KB274684

이야기문학 가을갈이

이야기문학 가을갈이

글누림 학술 총서 2

이야기문학 가을갈이

조 희 웅

　푸루름을 자랑하던 나뭇잎새들이 노랗고 빨간 빛깔로 물드는가 싶더니 어느새 늦가을 비에 낙엽이 되어 뒹군다. 그간 별로 긴치 않은 일들로 분주하여 한가하게 창밖을 내어다 볼 겨를도 없다가 모처럼 서재 밖을 바라보노라니 시간의 흐름이 새삼 느껴진다. 대학 교수로서 정년이 다가오자 더 늦기 전에 이제까지 미루기만 했던 일들을 빨리 마무리 지어야겠다는 생각에 마음이 조급했다. 우연히 손에 넣게 된 자료들은 자료집으로, 틈틈이 끄적거렸던 글들은 논저로, 착상만 한 채 미처 문자화하지 못했던 글감들은 원고로 옮겨야겠다고 생각해왔으며, 이 책들은 그러한 계획의 일부이다.

　필자는 지금까지 써왔던 글들 중 일부를 모아 몇 권의 단행본으로 출간한 바 있다. 『한국설화의 유형』, 『설화학강요』, 『이야기문학 모꼬지』 같은 책들이 그러하다. 이번에는 위 책들을 묶은 이후에 쓴 글이나 아직까지 이들 논저에 수록되지 않았던 글을 모두 모아 보았다. 글의 분량이 한 권으로는 묶을 수 없을 듯하여 몇 책으로 나누어야 했으며, 편집 방향을 생각해 보던 끝에 분야별로 묶기로 했다.

　글들을 모아놓고 읽어 가노라니 그중 어떤 글들은 너무 유치하여 책으로 묶는다는 것이 부끄럽기도 해서 아낌없이 내칠까도 생각했지만, 한편으로 개인적인 사고의 흐름을 정리한다는 구실로 그냥 남겨 두기로 하였다. 이미 세상에 공표한 글들을 세월이 흐른 후에 부끄럽다 해서 지워 버린다고 완전히 없어지는 것은 아니잖나 하는 욕심과 내가 살았던 시간을 부정하고 싶지 않은 못난 마음 등이 합해졌기 때문일 것이다.

　이 책은 그간 필자가 썼던 자료집이나 공동 저서를 제외하고 네 번째의 글 모음집이 되는 셈이다. 하지만 대중용이나 학술용의 글들을 함께 모았기 때문에 글의 성격들이 매우 다양하고 수준의 차이도 상당하다. 그 중에는 이미 낡은 정보나 전문가에게는 새삼스럽지도 않은 내용들도 포함되어 있을 것이고, 혹은 저자의 안목이나 지식의 정도가 너무나 현격해 보이는 것도 있으리라 생각된다. 원고를 실었던 원 게재지의 성격 탓도 있지만, 시간의 흐름으로 변명하고 싶다.

필자는 전공 분야의 성질상 '이야기문학'이란 용어를 지속적으로 사용한 경우가 많았다. 이번에 본서를 계획하면서도 이 용어를 서명에 담기로 작정하고 표제를 생각해 보았다. 그 결과 이제까지의 생각을 일단 총정리함과 동시에 새 출발을 다짐한다는 뜻에서 '가을갈이'란 낱말을 골라 보았다. 나름대로 가을을 맞아 추수를 하고 다시 새봄을 대비한다는 뜻을 담고 싶었지만 세월의 무상함은 피할 수 없다.

제1부 제1장에는 17세기 고전소설들에 대한 논의를 묶었다. 그중 허균이 지었다는 <홍길동전>은 원래 국문소설이 아니라 한문 전傳 작품이 아니었을까 하는 추정은 매우 독단이긴 하지만 저자로서는 아직도 버리고 싶지 않다. 또한 <숙향전>의 창작연대를 확증적인 논거를 찾아 17세기로 끌어올린 소논문은 학계에 적지 않은 기여를 했다고 자부한다. 한편 제2장에는 주로 서지론적인 입장에서 썼던 글들을 모았다. <편옥기우기>는 학계에 처음 보고되는 한문소설로서, 저자는 이 책에 관한 논문을 발표한 후 대학원 강의에 원작을 교재로 사용한 후에 강의 참여자들과 교주서를 간행한 바 있다. 그 밖에 북한 및 일본에 전하는 고전소설 작품을 개관한 글들은 지금까지 개별적으로 논의해 왔던 작품들을 총체적으

로 살폈다는 점에서 의의가 크다고 생각한다. 제2부 제1장에서는 '설화학 입문'이라는 소제목 아래 용어 및 개념 정의, 종류 및 분류, 각 종류들의 특질, 기원 및 전파, 의미, 형식과 구조, 역사 등 제반 문제에 대해 상세히 다루었으며, 나아가 설화 교육에 대해서도 우견을 제시하였다. 동 제2장에서는 주로 비교설화학적인 측면에서 썼던 글들을 묶었다. 앞으로 이루지기를 바라는 동아시아 지역의 설화 유형 인덱스를 염두에 두면서 그 기초적인 작업으로 한국과 일본 설화 유형의 비교를 시도하였다. 이어 양국 간 설화 비교 연구사를 정리한다는 의미에서 소고를 쓴 바 있으나 이 작업은 아직 미완인 채로 장차의 과제로 남긴 상태이다. 맨 끝에 덧붙인 중국어 및 일본어, 그리고 서구어로 쓰인 한국 설화 관계 자료 목록은 기왕에도 필자는 서구어로 쓰인 논저 목록을 몇 차례 다른 논저에 첨부했던 적이 있으나 이번에는 대폭 보완하여 중국어 및 일본어 자료를 새로 첨가한 외에 서구어 자료도 보강하였다. 한국 설화 연구에 큰 도움이 될 것으로 생각한다.

이 책을 계획하면서 당초 원고의 오기를 바로잡는 외에는 모두 그대로 두려다가 새 책에 담아내는 바에야 문장을 손보는 외에도 일부 내용을 추가해 넣기로 작정하였다. 시대 변화에 맞추어 가급적 한자 사용은 억제하되 난해하거나 오해의 소지가 있으리라 생각되는 단어들에는 한자를 작은 활자체로 병기하였다. 이 책에는 한자뿐만 아니라 일본어나 그밖의 서구어를 병기할 경우에도 괄호 없이 작은 활자체로 표기했다. 단, 일본어의 경우 한자와 읽는 음이 병기될 경우에는 [ ] 안에 표시했다.

처음에 글을 발표하였던 원 게재지가 학술지이냐 대중지이냐에 따라

주註의 유무에 차이가 있고 문장의 난이도도 다르며 더구나 중복된 서술도 있으리라 여겨진다. 한 가지 다행스런 것은 당초에 제 각각으로 표기되었던 문장 부호를 본서를 간행하면서 일관성 있게 통일할 수 있었다는 점이다. 서명에는 『　』, 작품명에는 ＜　＞, 논문 제목에는 “　”, 간접 인용이나 강조에는 ‘　’ 기호를 붙였다. 표기법 규정이 바뀌었거나 기관 명칭이 바뀐 경우는 당연히 현재 것을 따랐다. 원문에 없던 각주를 이번 간행시에 첨가해 넣은 경우도 있지만, 원 수록지의 성격상 일일이 주를 달지 않았던 것을 이번에도 고치지 않고 무단 인용한 경우가 있을 수 있으리라 생각되어 매우 염려스럽다. 나아가 일부 글의 경우 미처 원 게재사 측의 동의 없이 재수록한 글도 있으리라 생각한다. 행여 이런 점들을 문제 삼아 지적해 주신다면 차후에 성실히 수정할 것을 약속드린다.

끝으로 이 책이 태어나는 데 크나큰 기여를 해 주신 김주필 교수에게 깊은 감사를 드린다. 김 교수는 본서의 전체적 구성 및 표현과 같은 사항은 물론 세세한 교정 작업에도 커다란 도움을 주셨다. 그리고 보잘것없는 이 책의 간행을 선뜻 받아들인 글누림출판사 최종숙 사장 및 지루할 정도로 반복된 편집과 교정 작업을 훌륭히 마무리해 주신 편집부 직원 여러분께도 크나큰 고마움을 표한다.

아차산 자락 파정재에서
2008. 11. 11.

Ⅰ. 설화학 입문

II. 설화의 비교

원문자료 목록

제1부 고전소설 터파기

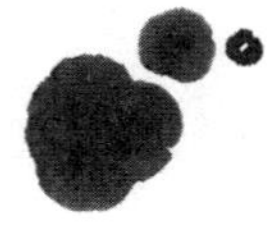

I. 17세기 고전소설론

1. <홍길동전>의 정체

   <홍길동전洪吉童傳>은 국문소설의 효시적 작품이라고 한다. 그리고 이 작품은 시대의 반항아 허균許筠(1569~1618)이 <수호지水滸志>를 탐독하고 모방하여 지은 것이라 한다. 이러한 기왕의 고정관념은 모두 이식李植의 문집인 『택당집澤堂集』 별집別集에 기록되어 있는 두어 줄의 기술記述에서 비롯된 것이다. 그러나 허균이 지은 <홍길동전>은 국문으로 쓰인 것이 아니라 한문으로 쓰인 것이며, 그 내용도 소설이 아니라 실존 인물이었던 홍길동洪吉同의 전기傳記가 아닐까 한다. 그러므로 현전 소설 <홍길동전>은 허균이 지었던 작품과 전연 별개의 것이다.

*   *   *

   한국 소설사에 있어서 <홍길동전>이 가지는 위치는 이제 요지부동搖之不動의 것이 된 듯하다. 웬만한 교육을 받은 사람이라면 각종 교과를 통하여 다음과 같은 사실쯤은 알고 있을 것이다. 즉 이 작품은 ① 광해군 때 ② 허균이 ③ 『수호지』를 모방하여 ④ 한글로 쓴 ⑤ 소설인데 ⑥ 그 주제는 계급타파이다. <홍길동전>에 대한 이러한 고정관념은 과연 옳은 것일까? 혹시 잘못된 견해를 무비판적으로 답습해 왔던 것은 아닐는지? 무릇 과학하는 태도에 있어서 첫째 요건이 의심을 가져 보는 것이라면,

<홍길동전>에 관한 위와 같은 기성 관념을 재검토해 본다는 것도 나름대로 의미 있는 작업이 될 것으로 여겨진다.

널리 알려진 바와 같이 국문본 소설의 효시로는 <홍길동전>설이 우리 학계에서 널리 공인되어 온 형편이다. 하지만 이에 대한 반론이 전혀 없었던 것은 아니었다. 학계에서는 적어도 두 가지의 의문점이 제기되었던 것 같다.

첫째는 <홍길동전>이 과연 허균의 작인가 하는 문제이다.[1] 이 의문점이 타당한 것으로 받아들여진다면 <홍길동전>의 광해군시 창작설은 흔들리게 된다. 둘째는 <홍길동전>이 과연 처음부터 한글로 쓰인 소설이었겠느냐 하는 문제이다.[2] 그럼 먼저 <홍길동전>의 작자가 허균이 아니라는 주장의 골자를 요약해 보기로 하자.

첫째, <홍길동전>의 작자가 허균이라는 기록의 근원은 『택당집』인데,[3] 『택당집』에는 '洪吉同傳홍길동전'으로 되어 있던 것이 『송천필담松泉筆談』에 와서 <洪吉童傳홍길동전>으로 바뀌었다.[4]

---

1) 이능우李能雨, "허균 연구", 『숙대논문집』 5(1965. 12) 및 동 "<홍길동전>과 허균과의 관계", 『국어국문학』 42 · 43(1969. 2) ; 또는 김진세金鎭世, "<홍길동전>의 작자", 『서울대교양과정부 논문집』, 인문사회과학 편 1(1969. 4) 참조.

2) 우리어문학회, 『국문학사』(수로사秀路社, 1948), p. 132 ; 동 『국문학개론』(일성당서점一成堂書店, 1949), p. 246 ; 고정옥高晶玉, 『국어국문학요강國語國文學要講』(대학출판사, 1949), p. 405 ; 이명선李明善, 『조선문학사』(조선과학사, 1948), p. 141 ; 정주동鄭鉒東, 『홍길동전 연구』(文豪社, 1969), p. 141 ; 이재수李在秀, 『한국소설연구』(형설출판사, 1973), p. 108 등 참조.

3) "世傳作<水滸傳>人 三代聾啞受其報應 爲盜賊尊其書也 許筠朴燁等好其書 以其賊將別名 各各占爲號以相謔 筠又作<洪吉同傳> 以擬<水滸> 其徒徐羊甲沈友英等 躬踏其行 一村齏粉 筠亦叛誅 此甚於聾啞之報也(세상에 전하는 말에, '<수호전>의 작자는 3대 농아가 되어 그 응보를 받았다.'고 한다. 그 책이 도적을 높인 까닭이다. 허균·박엽 등은 그 책을 좋아하여 적장의 별명을 각각 차지해 호를 삼고 서로 희롱하였다. 허균은 또한 <홍길동전>을 지어 <수호전>에 비겼다. 그의 무리 서양갑·심우영 등은 그 짓을 실천하다가 온 마을이 가루가 되고, 허균 또한 반역죄로 처형되니, 이는 농아의 갚음보다 심하다).

4) "澤堂云 世傳作<水滸傳>人 三代聾啞受其報 應爲盜賊尊其書也 許筠朴燁等好其書 以其賊將別名 各各占爲號以相謔 筠又作<洪吉童傳> 以擬<水滸> 其徒徐陽[sic]甲沈友英等 躬踏其行 一村齏粉 筠亦判[sic]誅 此甚於聾啞之報也."

筠又作<洪吉同傳>以擬<水滸> (『澤堂集』)
澤堂云 …… 筠又作<洪吉童傳> (『松泉筆談』)

　　현전 『택당집』(전 34권)은 원집(10권)·속집(6권)·별집(18권)으로 되어 있는데, 이 중 원집은 저자인 택당 이식 자신이 문집 간행을 위해 미리 선정해 두었던 작품들을 수록한 것이며, 속집은 저자의 54세 이후의 작품들을 김수항金壽恒(1629~1689)이 선정하여 수록한 것이고, 별집은 택당 사후에 송시열宋時烈(1607~1689)이 가장家藏 전고全稿를 교정 편찬한 것이라 한다. 그런데 위의 '허균이 <홍길동전>을 지었다.'는 택당의 발언은 별집 속에 들어 있다. 한편 심재沈縡의 『송천필담』의 기록은 위 인용문으로서도 충분히 알 수 있다시피 『택당집』의 기록을 재인용한 것에 불과한 것으로, 『택당집』의 '동同' 자가 '동童' 자로 잘못 인용되어 있음을 알 수 있다. 번거로움을 피하여 그 뒤의 인용문은 생략하였지만(각주 참조), 가령 『택당집』에서의 '서양갑徐羊甲(? ~1613)'이 『송천필담』에서는 '서양갑徐陽甲'으로 되었다든가, 앞 책의 '균역반주筠亦叛誅'가 '균역판주筠亦判誅'로 오기된 것을 보면 『송천필담』의 기록은 믿을 만한 것이 못됨을 알 수 있다. 요컨대 허균이 지은 것은 <홍길동전洪吉同傳>임을 기억해 둘 필요가 있다.

　　둘째, 당시 허균과 잘 알고 지내던 인물들의 문집에는 '홍길동전'에 대한 언급이 없는데 이에 반하여 별로 잘 아는 사이도 아닌 택당의 문집에 이러한 내용이 실려 있다는 것 자체가 이상하다(택당과 허균이 사촌 간이었다는 설도 있으나 이는 『광해군일기』에 의하여 오해임이 밝혀졌다). 또한 『광해군일기』 등의 편찬에 참가하였던 택당이 허균에 대해서는 매우 사소한 것까지 힘으로 기록하면서(『광해군일기』에는 허균에 대한 기록이 100회 이상이나 된다), 허균이 <홍길동전>을 지었다는 사실을 실록에 쓰지 않았다는 점도 이상하다. 더구나 택당의 사후 28년 만에야 이루어진 『택당집』에 허균이 <홍길동전>을 썼다는 사실이 기록되어 간행되었다는 것은 더욱 이상하다.

셋째, 허균이 대역을 도모한다 하여 체포되기에 이르렀을 때 그는 만일을 염려하여 그의 저작을 딸(사위 이사성李士星의 집)에게 몰래 보내 놓았다. 이때 나머지 작품은 가택 수색에서 압수·처리되었는데, 아무 데서도 <홍길동전>은 발견되지 않았다. 이이첨李爾瞻(1560~1623)이 허균을 죽일 만한 구실을 발견하지 못해 광해군을 협박하다시피 하여 공초供招도 결안結案도 없이 죽일 때에, 가족제도에 반기를 들고 사회제도에 모순을 지적하여 혁명적인 의도까지 엿보이는 불온한 작품이 나타났다면 어떠했을까? 또한 평소 매우 친밀한 정의情誼를 두고 지내던 기자헌奇自獻(1562~1624) 부자가 일단 사생의 갈림길에 서게 되자, 기자헌이 배소로 떠나면서 아들 기준격奇俊格(1594~1624)을 시켜 허균의 갖가지 허물을 폭로하는 비밀 상소를 올렸는데, 이 속에도 허균이 <홍길동전>과 같은 불온서적을 지었다는 기록은 보이지 않는다.

넷째, 작품을 통하여 적서嫡庶 차별의 폐지를 부르짖었다는 허균은 원래 서자도 아니었을 뿐더러(그는 경상도 관찰사를 지낸 허엽許曄(1517~1580)의 아들로 성筬·봉篈·난설헌蘭雪軒은 그의 손위 이복형자異腹兄姊들이다), 그 자신은 여러 명의 첩을 두었었다.『선조실록』에 의하면 그는 31세 때 이미 첩을 두었고, 33세에 모부인의 상을 치른 지 얼마 되지 않아 기녀들과 가무하고 동숙하여 당시 사류의 비난과 조소의 표적이 되기도 하였다. 그리고 그에게는 자신의 전처인 김대섭金大涉의 딸(피란 중 별세)과 후취인 김효원金孝元(1542~1590)의 딸 이외에 무옥巫玉·옥매玉梅·성옥成玉·추섬秋蟾 등의 첩이 있었다(『광해군일기』).

다섯째, 현전 <홍길동전>은 향토거벌鄕土巨閥과 토호와 귀족을 질시하여 지방 수령이나 거찰巨刹의 불의지재不義之財를 몰수하여 활빈活貧하였다는 내용으로 되어 있는데, 허균이 과연 이런 작품을 쓸 수 있었을까? 허균은 39세 때 불교에 대한 독실한 믿음으로 인해 파직을 당한 일까지 있을 정도의 신자였다. 하필이면 재물을 탈취할 곳이 없어서 그가 그처럼 신봉하던 불사佛寺를 택하였을까? 더구나 그는 해인사海印寺에 있는 <자

통홍제존자사명송운대사석장비명병서慈通弘齊尊者四溟松雲大師石藏碑銘幷書＞
를 쓴 일조차 있었다.5)

　그러나 문헌적 기록이 희소한 몇 백 년 전의 일을 이상의 이유로써 척
결剔抉해 버릴 수 있을 것인가? 전연 기록이 없는 구전이라면 모르되, 간
단하기는 하지만 엄연히 기록되어 전하고, 그것도 사실의 기록자인 이식
(1584~1647)이 허균(1569~1618)과 거의 같은 시대의 인물임을 생각해
본다면, 일단 ＜홍길동전＞의 작자에 대해서는 『택당집』의 기록을 믿어 두
는 수밖에 없다고 생각한다. 필자의 생각으로는 무슨 뚜렷한 준거準據가
없는 한 문헌 기록에 대한 부정은 어디까지나 가설에 불과할 뿐, 허균이
＜홍길동전＞을 지었다는 기록 자체를 부정하기는 어렵지 않은가 한다.

　그렇다면 허균이 지었다는 ＜홍길동전＞은 무엇인가? 혹시 이 ＜홍길동
전洪吉同傳＞은 현존 소설 ＜홍길동전洪吉童傳＞과 다른, 실존 인물 홍길동洪
吉同의 전기는 아닐까? 허균이 남경 황참봉의 집에서 교산소설喬山小說을
지었다는 기록도 있지만, 안정복安鼎福(1712~1791)의 『잡동산이雜同散異』,
는 지금 산일散佚되어 확인할 수 없어 유감이다. 그러나 그의 문집인 『성소
부부고惺所覆瓿藁』에는 ＜엄처사전嚴處士傳＞, ＜손곡산인전蓀谷山人傳＞, ＜장
산인전張山人傳＞, ＜남궁선생전南宮先生傳＞, ＜장생전蔣生傳＞과 같은 한문으
로 된 작품들이 현전하고 있다. 이들의 예로 보더라도 앞서 제기했던 두
번째의 문제점, 즉 허균이 지었다는 ＜홍길동전＞이 정말 한글본이었던가
하는 문제는 재검토되어야 마땅하리라 생각한다. 사실상 앞서 든 『택당집』
의 기록을 자세히 검토해 보면 허균이 ＜홍길동전＞을 국문으로 지었다는
기록은 전연 없다. 허균과 같은 사대부가 '언문'을 사용하여 소설을 창작
하였겠는가라든가, 조선조 한문 4대가 중의 한 사람으로 꼽히는 이식과
같은 사람이 그런 언문패설諺文稗說을 읽었겠는가 하는 문제는 그만두고라
도, 조선조의 관례로 국문으로 된 소설의 경우에는 '언역전기諺譯傳奇'

---

5) 이능우(1965) 및 김진세(1969)의 논문 참조.

(<사소절士小節>), '언과패설諺課稗說'(『추재집秋齋集』), '패설稗說'(『삼관기三官記』), '언패諺稗'(『매산잡지梅山雜識』), '언서고담諺書古談'(『임하필기林下筆記』) 등등의 단서가 붙기 마련이었다. 그러므로 아무런 단서도 없이 허균이 <홍길동전>을 지었다고 되어 있는 『택당집』의 기록은 그것이 한글이 아닌 한문으로 쓰인 것으로 보는 편이 더 옳지 않을까? 하여튼 『택당집』에서 이야기한 허균이 <홍길동전>을 지었다는 것은, 현전 <홍길동전>이 아닌, 실존 인물 홍길동洪吉同의 전기를 지었다는 말이며, 그것도 국문이 아닌 한문으로 지었다는 것으로 해석하여야 마땅하다고 생각한다.

사실 <홍길동전>의 한문 원본 설은 별로 새삼스러울 것도 못된다. 앞서 잠깐 비친 바 있지만 1948년에 간행된 우리어문학회 편의 『국문학사』(1948)를 비롯하여 이러한 견해는 종종 있어 왔다. 하나의 예를 들어 이명선李明善의 『조선문학사』(1948)로부터 인용해 보겠다.

> <홍길동전>은 한글소설의 효시嚆矢로서 알려져 왔으나, 오늘날 전하는 <홍길동전>이 과연 허균의 원작대로인지 어떤지는 매우 의문이며, 한 걸음 더 나아가서 허균이 한글로 지었는지 한문으로 지었는지도 그렇게 분명치 않다.(p. 141)

허균이 지은 <홍길동전>이 현전 <홍길동전>이 아니라는 추정은 또 다른 이유로도 방증될 수 있다. 즉 <홍길동전>의 판본 가운데 19세기 말 이상으로 소급될 수 있는 판본은 하나도 없다는 점이다. 서지적 상황은 말할 것도 없고, 각 이본에 사용된 어법이나 내용 같은 것들이 극히 최근의 것임을 나타내 주고 있는 것이다. 예를 들면 경판본京板本에 길동이 가출家出 이전에 어머니에게 자기도 장길산張吉山처럼 '아름다운 이름을 후세에 남겨 보겠다.'고 한 장면이 있는데, 장길산은 17세기 말의 군도대장群盜大將으로 크게 활약하던 광대 출신의 인물로서, 그의 활동 시기는 허균의 생존 연대로부터 거의 한 세기 지난 다음의 일인 것이다. 또한 완판본에 나타나는 '훈련도감訓練都監'에 대한 언급이나 경판·완판 모두에 들어 있는 '대

동미大同米' 운운도 허균의 생존 연대와 걸맞지 않는 내용들이다.6)

한편 실존했던 인물 '홍길동'에 관한 기록은『연산군실록』6년 및『중종실록』8년·18년·25년조에 나타나는데, 실록 자체가 특수한 기록이기 때문에 그의 자세한 행적은 전혀 보이지 않는다. 다만 연산군 6년(1500) 10월에 3정승이 왕에게 홍길동을 체포했으니 대단히 기쁜 일이라고 축하하는 말을 올리고 있으며, 홍길동이 잡힌 지 13년 후인 중종 8년(1513) 9월에 충청도 일대에 아직도 홍길동의 영향이 남아 도적을 피하여 흩어진 사람들이 귀농하지 않아서 양전量田들이 오래 황폐해 있었고, 따라서 세금을 거두기도 어렵다고 한 기록을 찾아볼 수 있다. 그리고 동 18년과 25년에도 대적大賊 사건이 있었는데, 이런 도적이 나올 때마다 실록에는 홍길동을 쳐들어가며 경계하도록 기록되어 있을 뿐이다.

결론적으로 말하여 광해군 때 허균은 실존했던 인물 홍길동洪吉同의 전기적 작품을 썼는데, 이것은 현재 전해지지 않고, 다만 19세기에 들어와서 이를 바탕으로(실제 문헌은 아니더라도, 구전을 바탕으로) 현전소설 <홍길동전>이 이루어진 것이 아닌가 한다. 그리고 지면의 제한으로 자세히 이야기할 여유가 없지만, 앞서 잠깐 이야기한 바와 같이 <홍길동전>의 내용 가운데는 계급 타파 의식과 어긋나는 장면도 적지 않으며, 또한 종래 흔히 일컬어져 왔듯이 <홍길동전>이『수호지』의 모방 작품이라는 고정관념도, 실제 양 작품의 내용을 검토해 보면 상당히 억설임이 드러난다. 양자가 모두 이른바 의적 혹은 반적 활동을 다루고 있다는 사실 이외에는 양자를 구태여 끌어다 붙일 이유가 하등 없는 것이다. 이 점 역시 택당의 잘못된 견해가 별 수정 없이 계승된 데에 그 원인이 있다고 본다.

✿ 참조 원고

"<홍길동전洪吉童傳> 삽의揷疑", 『국민대학보』 249(1978. 3. 20). 후에 『이야기문학의 모꼬지』(박이정출판사, 1995)의 "국문본 고전소설의 형성시대"에 요약하여 삽입·수록했음.

---

6) 임형택林熒澤, "<홍길동전>의 신고찰(상)", 『창작과비평』 42(11 : 4, 창작과비평사, 1976. 12), p. 70.

◆ ◆ ◆

2. 17세기 국문 고전소설의 형성
-<숙향전>을 중심으로-

1) 머리말

국문학사 상 국문소설의 출발점은 16세기 초경 허균의 <홍길동전>으로부터 잡는 것이 일반적인 통설이었다. 그러나 이 견해를 확증시켜 줄 수 있는 자료의 부족으로 이에 대한 회의적 견해가 제기되고 있을 뿐만 아니라, 설령 허균 창작설을 받아들인다 하더라도 후속작의 부재로, 우리 소설사에서는 근 한 세기 간의 공백을 인정하지 않으면 안 되는 형편에 있다. 물론 김만중의 <구운몽>이 있다고는 하지만, 이 역시 <홍길동전>의 경우와 마찬가지로 국문본 선행설을 확증시켜 줄 만한 문헌 자료나 실제 작품이 남아 있지 않다. 현전 자료로써 본다면 <홍길동전>이나 <구운몽>은 오히려 선한문본설이 타당할 것 같다. 그렇다면 참으로 17세기는 우리 국문소설의 미형성기였던 것일까? 이 글은 이에 대한 전반적인 검토를 하여 보고, 17세기에 <숙향전>이 이미 존재하였다는 확실한 새로운 증거 자료를 제시함으로써, 우리 소설사 확립에 적잖은 보탬이 되고자 한다.

이 글은 15세기에 완성된 한문소설의 전통이 16세기를 거쳐 17세기에 이르러 국문소설로서 비로소 개화한 당대만을 다룰 것이다. 따라서 17세기에 이은 18~19세기의 소설사적 상황은 이 글의 논지에서 벗어나므로 직접적인 연관이 없는 한 언급을 자제할 것이다. 논의의 순서로는 우선적으로 선학들이 문헌들에서 찾아낸 17세기경의 소설 유행에 관한 포괄적 자료들을 폭넓게 살펴보고, 이어 개별적인 국문소설 창작 사실들을 요약하여 보일 것이며, 이에 더하여 새로운 자료들을 제시할 작정이다. 후자로는 특히 일본에서 찾아낸 미공개 자료인 <숙향전>을 중심으로 논의할 예정이다. 지금까지 이 시기에 창작된 것임을 확실히 추정해 볼 수 있는 작품이 거의 없었던 터에 창작 연대를 확실히 가늠해 볼 수 있는 작품으로 <숙향전>을 들 수 있게 되었다는 것은 동 작품의 소설사적 의의, 나아가 국문학사적 의의가 적지 않음을 다시 한번 강조해 두어도 지나침이 없다 할 것이다.

2) 관계 기록 검토

(1) 일반적인 국문소설 관계 기록

　1) 조성기(1638~1689), 『졸수재집』 : (선생의) 대부인은 총명예철하고 고금 사적이나 전기소설 따위를 널리 섭렵하여 잘 알지 못하는 것이 없었다. 밤에는 자리에 누워 소설을 읽어주는 것을 듣기를 좋아하여 그로써 잠을 쫓고 근심을 물리치곤 하였으나, 늘 잇대어 읽을 소설이 없음을 걱정하였다. 부군(졸수재)이 어떤 집에 아직 보지 못한 책이 있다는 말을 들으면 언제나 힘써 구하여 손에 넣고야 말았다. 그리고 스스로도 옛이야기를 읽어 여러 권의 책을 만들어 드렸다.[1]

　2) 임영(1649~1696), 『창계집』 : 효종 7년(1656) 선생의 8세 때에 ······

---

[1] "太夫人聰明睿哲　於古今史籍傳奇　無不博聞慣識　晩又好臥聽小說　以爲止睡遣悶之資　而常患無以繼之　府君　每聞人家有未見之書　必竭力求之　得之而後已　又自依演古說　構出數冊以進"(졸수재拙修齋　조성기趙聖期, 『졸수재집拙修齋集』 12, 제27장 앞면　행장行狀).

경전을 읽던 틈에 늘 누이들로 하여금 (언문으로 된)『여사女史』나 이야기
책 따위를 읽어 달랬다. 누이가 이를 즐겨하지 않자, 선생은 스스로 읽지
못함을 분히 여겨 드디어 분연히 언문책을 청하여 가지고 방으로 들어가
공부한 끝에 반나절 만에 밖으로 나오매, 훤히 통하여 막힘이 없었다.2)

3) 박두세,『요로원야화기』(숙종 4년(1678) 경) : 우리 마을에 김호수란
사람이 있어, 호수가 된 지 10여 년에 가산이 넉넉해졌고, 남자로서 비록
진서는 모른다 하더라도, 언문을 깨우쳐 마련과 결복하는데 족하고, 소설
책 읽는 것은 마을 중에서 으뜸이었다.3)

(2) 특정 국문소설 관계 기록

1) <홍길동전>

이식(1584~1647),『택당집』: 세상에 전하기를, <수호전>을 지은 사람
은 3대에 걸쳐 농아가 태어나 그 앙화殃禍를 받았다고 하니, 도적들이 그
책을 존숭하였기 때문이리라. 허균(1569~1618)·박엽(1570~1623) 등이
<수호전>을 좋아하여, 그 책에 나오는 적장들의 별명으로써 각각 호를
삼아 서로 희롱하였다. 허균은 또 <수호전>을 모방하여 <홍길동전>을
짓기도 했다. 그의 무리인 서양갑·심우영 등이 그 짓을 몸소 실천하여
한 마을이 쑥밭이 되었고, 허균도 결국 모반하였으니, 이는 농아로 된 앙
보殃報보다 더 심하다 할 것이다.4)

2) <창선감의록>·<장승상전>

조재삼,『송남잡지』: 나의 선조인 졸수공拙守公(趙聖期, 1638~1689)의

---

2) "孝宗七年 先生八歲……讀書之暇 則必令姊妹 讀女史古談而聽之 姊氏厭苦 責其不能自眷
遂奮然請反切 持入 一室 閉面究之 半日而出 洞然無礙矣"(임영林泳,『창계집滄溪集』, <창
계선생연보滄溪先生年譜>).
3) "我里中有金戶首者 坐戶首十餘年亦致饒足 爲男者 縱不能眞書 學知諺文 亦足以磨鍊結卜
誦古談冊 雄於一村中耳"(박두세朴斗世,『요로원야화기要路院夜話記』).
4) "世傳作水滸傳人 三代聾啞受其報 應爲盜賊尊其書也 許筠朴燁等好其書 以其賊將別名 各
各占爲號以相謔 筠又作洪吉同傳 以擬水滸 其徒徐羊甲沈友英等 躬踏其行 一村薙粉 筠亦
叛誅 此甚於聾啞之報也"(이식李植,『택당집澤堂集』, 별집別集 15, 잡저雜著).

행장에 말하기를, 대부인이 고금의 사적을 널리 듣고 잘 알지 못함이 없었는데, 밤에는 누워서 소설 읽는 것을 듣기를 좋아하여, 이로써 잠을 쫓고 걱정을 덜곤 하였으므로, 졸수공이 스스로 소설을 지어 여러 책을 대부인께 드렸으니, 세상에 전하는 <창선감의록>·<장승상전> 등이 바로 그것이다.[5]

3) <구운몽>

이재(1680~1746), 『삼관기』: 처음 공(서포西浦 김만중金萬重, 1637~1692)이 귀양살이를 떠날 때에, 부인(서포의 어머니)이 환한 낮으로 말하기를, "이번에 네가 영남에 가는 것은 선인先人들도 면치 못했던 것이니, 가더라도 스스로 자중하고, 나를 염려하지는 말거라." 하고 당부하였다. 이 말을 들은 사람이 모두 눈물을 흘리지 않을 수 없었다. 패설 중에 <구운몽>이란 것이 있으니, 이는 곧 서포가 지은 것인데, 그 대체적인 뜻은 부귀공명을 일장춘몽으로 돌리는 것으로써 대부인의 근심을 위로하려 한 것이다. 이 책이 규방 중에서 성행하였는데, 나도 어렸을 적에 그 이야기를 익히 들은 바 있다. 대개 부처의 우언寓言으로 된 것이나, 그 중에는 초사楚辭의 남긴 뜻도 많이 들어 있다.[6]

4) <사씨남정기>

1) 김춘택(1670~1717), 『북헌집』: 서포가 언문으로 소설을 지은 것이 꽤 많은데, 그 중에서 <남정기>라 하는 것은 등한히 여길 것이 아니므로 내가 한문으로 번역하였다. …… 패관소설은 대개 허황된 것이 아니면 부미한 것인즉, 백성들의 도道를 두터이 하고 세교世敎에 보탬이 되는 것은 오직 <남정기>뿐인저. <남정기>는 원래 서포 선생의 지은 것으로 …… 선생이 언문으로써 지은 이유는 대개 여염의 부녀자로 하여금 모두 이로써 풍송과 관감케 하려 함이다.[7]

---

5) "我先祖拙修公行狀曰 太夫人於古今史籍無不博聞慣識 晚又好臥聽小說 以爲止睡遣悶之資 公自依演小說 構出數冊以進 世傳創善感義錄·張丞相傳是也"(조재삼趙在三, 『송남잡지松南雜識』, 계고류稽古類, '창선감의록創善感義錄' 조條).

6) "始公赴謫也 夫人怡然曰 嶺南之行 前修所不免 行矣自愛 勿以我爲念 聞者莫不出涕 稗說有九雲夢者 卽西浦所作 大旨以公明富貴 歸之於一場春夢 要以慰釋大夫人憂思 其書盛行閨合間 余兒時慣聞其說 盖以釋迦寓言而中多楚騷遺意"(이재李縡, 『삼관기三官記』, 이부耳部).

2) 이양오(1737~1811), 『반계집』: <사씨남정기>는 소설 고담에 지나지 않지만, 그 중에는 가히 보암직함 것이 있다. 옛부터 사물은 변화를 받지 않으면 그 재목이 되지 못하는 법이며, 사람도 일을 겪지 않으면 그 지혜가 자랄 수 없는 법이다. (<사씨남정기>의) 유연수가 역사와 변화를 겪어 잘못을 깨닫고 천선하는 속뜻은 노성함의 징험이요 재앙을 상서로 바꿈이다. 또한 하물며 현부가 모함에 빠졌다가 마침내 그 이름을 드날리게 되고, 간사스런 무리가 사람을 모함하였다가 마침내 몸을 망치고 마는 것은 복선화음의 이치이니 믿지 않을 수 없는 것이다.[8]

3) 김려(1766~1821), 『담정유고』: 7세에 언문 통달하고 / 8세에 머리카락 점칠했네 / 누이 본떠 혼자 머리 빗질하고 / 때때로 밝은 등불 아래 앉아 / <사씨남정기> 읽으니 / 미풍이 은은한 소리 보내 / 옥조각에 부딪쳐 소리를 내는구나.[9]

4) 이규경(1788~ ?), 『오주연문장전산고』: <남정기>는 북헌 김춘택(1670~1717)이 지은 것이다. 북헌은 숙종(1674~1720)이 인현왕후 민씨(1667~1701)를 손위시킨 일에 대하여, (이 작품으로써) 임금의 마음을 깨우치게 하고자 한 것이다.[10]

5) 김택영(1850~1927), 『한사경』: 갑술년 (숙종) 20년(1694) …… 장후(장희빈張禧嬪, ? ~1701)의 아름다움이 쇠해지자 임금의 대우가 점점 멀어

---

7) "西浦頗多以俗言爲小說 其中所謂南征記者 有非等閑之比 余故飜以文字 …… 稗官小說 非荒誕則浮靡 其可以敦民彝 裨世教者 唯南征記乎 …… 記[南征記]本我西浦先生所作 …… 然先生之作之以諺 盖欲使閭巷婦女 皆得以諷誦觀感"(김춘택金春澤, 『북헌집北軒集』 권16, '산고散藁', 제25장).

8) "按謝氏南征記 不過小說古談 其中盖有可觀焉 自古以來 物不受變則不能成其材 人不閱事則不得長其智 劉延壽之閱歷史變處 蕩然有覺非底意 藹然有遷善底意 此其爲老成之驗 而轉災爲祥者也 又況賢婦之見誣 卒得揚其名 奸徒之陷人 適足戕其身 福善禍淫之理 不可以不信也"(이양오李養吾, 『반계집磻溪集』, 초고草稿 권1, 하 제41장).

9) "七歲通諺書 八歲髮點漆 學姊能自梳 時向華燈下 朗吟謝氏傳 微風送逸響 琮琤破玉片"(김려金鑢, 『담정유고藫庭遺稿』 권12, 보유집補遺集, '고시위장원경처심씨작古詩爲張遠卿妻沈氏作').

10) "南征記 北軒金春澤所著 …… 北軒則爲肅廟仁顯王后閔氏巽位 欲悟聖心而制者"(이규경李圭景, 『오주연문장전산고五洲衍文長箋散藁』 권7, '소설변증론小說辨證論').

지고, 또 그 일족의 미력微力을 저어하게 되었다. 김만기(1633~1687)의 손
자인 춘택이란 사람이 호협하고 권모술수가 있었는데, 왕의 뜻을 헤아려
폐후(인현왕후)를 위하여 규방의 원한스런 일에 빗대어 <사씨남정기>라
하는 한 권의 책을 짓고, 이를 평소 친히 지내던 한중혁과 강만태로 하여
금 궁인을 시켜 임금께 올리게 하여, 숨은 뜻으로써 장후를 참소하니, 왕
이 그 책을 보고 깨달은 바 있어 폐후를 복위시키려 하였다.11)

　이상의 기록 중 연대적으로 가장 앞선 국문소설이 허균의 <홍길동전>
임을 새삼 말할 필요도 없는 것이다. 그러나 유감스럽게도 허균이 <홍길
동전>을 지었다는 택당의 기록을 액면 그대로 받아들인다 해도, 그 원작
이 국문으로 씌어진 것이라는 증거는 전혀 없다. 이 문제에 관하여는 그
간 많은 논란이 있어 왔고, 필자도 이에 관한 생각을 별도의 글을 통하여
밝힌 바 있으므로,12) 이곳에서는 더 이상의 언급을 자제하기로 한다. 하
여튼 기록 자체로서만 논한다면, 『택당집』의 문면文面은 <홍길동전>이
국문본 소설이라는 사실은 명언明言하고 있지 않다.
　그렇다면 다음으로 살펴볼 기록은 김만중(1637~1692)과 조성기(1638
~1689)의 경우이다. 양인은 연대적으로도 거의 동시대의 인물일 뿐만 아
니라, 우연히도 각각 두 작품씩을 남긴 것으로 되어 있다. 그런데 서포西
浦의 <구운몽> 역시 기록 자체만으로는 국문본임을 판별할 수 없고, 오
히려 그간 선한문설先漢文說이 정규복 교수에 의하여 제기되어, 현재 남은
문헌 자료만으로는 오히려 이 설은 뒤집을 수 없는 것이 되고 있다. 반면
<사씨남정기>는 서포의 종손인 북헌北軒의 증언을 비롯한 여러 문헌 기

---

11) "甲戌二十年 …… 以張后色衰 王待之稍稍疎 又厭其族之微 有金春澤者 萬基之孫也 豪俠
　　有權數 察之王意 乃爲廢后 作一書 假托閨房寃恨之事 名曰謝氏南征記 使所善韓重赫 康晚
　　泰等 因宮人以進 因以微言讒張后 王見其書感悟 欲復廢后之位"(김택영金澤榮, 『한사경韓史
　　綮』 권4).
12) 조희웅, "국문본 고전소설 형성 연대 고구 : 고전소설 연구 서설 기이", 『국민대 논
　　문집(인문・조형)』, 12(1978. 2), pp. 21~33. 『이야기문학 모꼬지』(박이정, 1995), pp.
　　40~57에 재수록.

록으로 미루어, 원본이 국문으로 쓰인 것임은 의심의 여지가 없다. 한편 졸수재拙修齋가 창작하였다는 두 작품 중 수많은 국문 이본이 현전하는 <창선감의록>의 경우는 논외로 하고, 또 다른 작품인 <장승상전>에 관하여는 현재 그 자세한 사실을 알 수 없다. 작품 자체가 이미 망실된 것이 아니라면 별명으로 전하고 있을 가능성도 생각해 볼 수 있다.[13)

이 밖에 17세기 작설이 제기된 작품으로 <한강현전韓康賢傳>이 있다. 다음에 논거論據가 된 동 작품의 필사자 후기後記 및 창작 연대에 대한 이왕의 논의를 간략히 소개한다.

시당 슝정 긔원 후 병진씨유 십월 염오일이 삭즉삭 필즉필 효공부ᄌ지 획인법ᄒ노라 연니어 칙 보시난 니 뉘기란지 희담과 웃지 마소 마음이 분요ᄒ며 ᄌᄌ니 조적힝이요 혹혹니 구린지거라 원근 쳠존보시든지 연쇼ᄒ 청안니 보시든지 경부녀가 보시든지 공부녀가 보시든지 ᄉ부녀가 보시든지 서부녀가 보시든지 규즁이 장양ᄒᄂ 쳐녀가 보시든지 어린아히 십시 안으로 볼지라도 족키 볼 만ᄒ기로 디강 긔록ᄒ여시니 니 칙 듀인 한강현은 가위 디인군ᄌ쑨 아니라 그 모부인을 이랄진디 밍모가 붓쓰럽고 한강현의 위의을 말ᄒ질진디 소년장원은 리쳥연을 친압ᄒ고 장약은 손오을 압두ᄒ 거시오 디인풍치는 비록 만니라도 급ᄒ야 ᄉ사로 회병ᄒ고 암힝어사 힝ᄉ는 우정국을 비교ᄒ고 양씨소져 살인인의지ᄉ는 탁무을 증흠ᄒ고 부모게 효양은 슌증을 쏨바드미요 빅ᄌ쳔손는 곽자의을 쌧그럽다 이리 ᄒ고야 음독이 읍실손이 치치ᄒ고 가소롭ᄃ 우리 갓툰 하우지몽 회과ᄌ칙ᄒ고져 ᄒ나 역불즉 염유혼탄ᄒ니 뉴지미취여씨로다 가즁이 크는 동싱 사촌과 ᄌ질 규녀로 ᄒ여곰 혹 이 칙 보고 쏜바들가 심렴ᄒ야 여광여취 고초치로 밧겨ᄉ오니 희롱 말시고 담치 맛시소 박장 마옵소서 우는 획인ᄌ 필적이라 이 칙 듀인는 션정 회지션싱 후 무쳠종파 지일가 별셩 듀딕 말녀 리소져 함규지물이라[14) (띄어쓰기 : 필자)

---

13) 김태준金台俊은 그의 『조선소설사』(p. 187)에서 이 <장승상전>을 <장풍운전>일 것으로 가정한 바 있다.

14) 이수봉李樹鳳, 『한국가문소설연구韓國家門小說硏究』(경인문화사景印文化社, 1992), p. 255 중인重引.

이 기록에서 문제가 되는 것은 '숭정 긔원 후 병진'이 언제인가 하는 점이다. 숭정崇禎은 중국 명나라 의종毅宗의 연호이니, 그 연대는 1628년에서 1644년까지가 해당되는데, 숭정 연간 이후의 첫 병진년은 우리나라 숙종 2년 곧 1676년이다.[15] 아직 원문을 얻어보지 못하여 단언할 수 없지만, 필자의 생각으로 이 병진년은 숙종 이후의 첫 병진년이라기보다 훨씬 후대(1736·1796·1856·1916)일 가능성을 배제할 수 없다. 소설사상의 일반적인 정황情況이 그러하고, 동 작품의 말미에 속편으로 <구룡전>이 있다고 한 기록도 의심이 간다는 점에서 그러하다. 아마 이 작품의 창작 연대에 관하여 별다른 기록이나 작품 내적 증거, 혹은 회재晦齋 이언적李彦迪(1491~1553)의 가보家譜 등을 상고詳考하면, 뜻밖의 결과를 얻을지도 모르겠으나 아직 고구考究하지 못하였다.

요컨대, 현전 국문본 소설 중 최고의 작품 연대를 명기明記하고 있는 소설로 <창선감의록>이 있다. 그러나 이 작품도 그 기록 자체가 작자 자신의 기록이 아니라, 후손인 조재삼趙在三의 기록 속에서 비로소 주장되고 있다는 점에서 다소 논란의 여지가 있다. 하지만 『송남잡지松南雜識』의 기록과 아울러 상기 『졸수재집拙修齋集』의 기록을 놓고 본다면, 그가 모부인을 위하여 국문소설을 썼다는 사실 자체만은 상당히 미더운 것으로 생각된다.

3) <숙향전>의 창작 연대

(1) 선행 연구

1) 김태준金台俊

일본 『상서기문급습유象胥紀聞及拾遺』에 의하면(가영嘉永 3년 전사본에 의함) 조선의 통속물어조하通俗物語條下에 '<최충전崔忠傳>, <임경업전林慶業

---

15) 윗글.

傳>, <백룡전伯龍傳>, 기타 송대물어宋代物語, <옥교리전玉嬌梨傳>, <숙향전
淑香傳>, <이백경전李伯慶傳>, <삼국지三國誌> 등 통속물다通俗物多'라고 하
였으니, 그『상서기문』이 순조시대의 작이라고 가정할지라도 <숙향전>의
저작은 영정시대英正時代에 소급한다. 『상서기문』은 조선에서 도일渡日한
사신의 필담筆談을 기술한 것이니 소설을 무시하는 한학자인 사신들의 뇌
수腦髓에까지 깊은 기억을 주려면 그 소설이 여간만 보편화한 것이 아니면
안 될 것이며 또 근세작이라고 보는 <배비장전裴裨將傳>에도 '<삼국(지)>,
<수호(지)>, <구운몽>, <서유기>, <춘향전>, <숙향전>……' 등을 열
거한 것을 보나니 그가 상당히 인기를 끌고 있던 것을 알 수 있다.16)

2) 이위응李渭應(상헌商憲)

  결론적으로 다시 말한다면 심본沈本 <숙향전淑香傳>의 출현 연대는 16
세기 말, 17세기 초로 추정할 수 있고, 따라서 그 창작 연대는 그보다 올
라갈 수도 있을 것이다. …… 이 심본도 그 창작 연대를 추정한다면 (17
세기의 음운音韻 사실事實과 거의 같음으로) 그 창작 연대도 16세기 말~17
세기 초로 추정하는 데에 큰 모순은 없을 것이라 생각된다. 한 말로 본고
에서는 적어도 <숙향전>의 창작 연대를 16세기 말~17세기 초에 이루어
진 것 같다고 보는 것이다.17)

3) 조희웅曺喜雄

  <숙향전>의 생성 연대는 17세기 말~18세기 초일 것으로 생각된다. 그
이유는 이러하다. 산전사운山田士雲(소전기오랑小田幾五郞)의『상서기문』(1794)

---

16) "日本 象胥紀聞及拾遺에 依하면 (嘉永三年 轉寫本에 依함) 조선의 通俗物語條下에 '崔
   忠傳・林慶業傳・伯龍傳・其他宋代物語・玉嬌梨傳・淑香傳・李白慶傳・三國誌等通俗
   物多'라고 하였으니 그 象胥紀聞이 純祖時代의 作이라고 假定할지라도 淑香傳의 著作
   은 英正時代에 遡及한다. 象胥紀聞은 朝鮮에서 渡日한 使臣의 筆談을 記述한 것이니
   小說을 無視하는 後學者인 使臣들의 腦髓에까지 깊은 記憶을 주랴면 그 小說이 여간
   한 普遍化한 것이 아니면 안 될 것이며 또 近世作이라고 보는 裴裨將傳에도 '三國・
   水滸・九雲夢・西遊記・春香傳・淑香傳 等을 列擧한 것을 보나니 그가 相當히 人氣
   를 끄을고 있든 것을 알 수 있다"(김태준,『조선소설사』(학예사學藝社, 1939), p. 216).
17) 이위응, "구주九州 묘대천苗代川에서 발견된 임란壬亂 유민遺民 심씨가沈氏家 세전본世傳
   本 <숙향전> 연구 : 그 필사 및 창작 연대 추정을 위한 음운학적 분석을 주로",『부
   산대 개교이십주년 기념논문집』(1966. 5), pp. 32~33.

에 <숙향전>이 나타남은 이미 살펴본 바 있거니와, 그보다도 훨씬 앞선 만화본晩華本 <춘향가>(영조 30년, 1754)에도 '이선요지숙향시二仙瑤池淑香是'라 하여 이선李仙과 숙향과의 로맨스를 말해 주는 대목이 나타난다. 이와 같이 18세기 중엽에 <숙향전>이 널리 전하였다면, 그 실질적 형성 연대를 같은 세기 초나 이전 세기 말로 잡아도 무리는 아닐 듯하다.18)

4) 이상구李尙久

   <숙향전>은 적어도 1731년 이전에 이미 존재했다는 것을 분명하게 알 수 있다. …… <숙향전>의 창작 시기는 숙종대 이전으로 소급되기 어렵다는 것이 필자의 생각이다.19)

이 밖에도 몇몇 분의 의견 개진이 있었지만, <숙향전> 창작 연대에 관하여서는 대체로 이같이 (1) 영·정조시대설, (2) 16세기 말~17세기 초설, (3) 17세기 말~18세기 초설의 세 가지로 요약해 볼 수가 있겠다. 먼저 천태산인의 영·정조(1725~1800)설은 너무 포괄적이고도 애매한 것이며 연대도 내려잡은 것이므로, 선구적인 업적이라는 점을 제외하면, 일단 제외해도 좋을 것이다. 다음 이위응의 16세기 말~17세기 초설은 필자의 상게 논문에 의하여 상세히 논박된 바 있지만, 이번 일본 체류시에 실제 조사한 바에 의하여 명백한 착오임이 밝혀졌다. 결국 이번 <숙향전>에 관한 기록을 담고 있는, 후술할 바의 우삼방주雨森芳洲[아메노모리 호슈]의 기록의 발견으로 말미암아, 적어도 17세기 말에 국문본 <숙향전>이 존재했었다는 사실은 확정할 수 있다.

---

18) 조희웅, "국문본 고전소설 형성 연대 고구 : 고전소설 연구 서설 기2其二" 주 1)의 논문, 31 및 주 1)의 책, 56.

19) 이상구, "<숙향전>의 문헌적 계보와 현실적 성격", 고려대 박사학위논문(1994. 6), p. 289 참조.

(2) <숙향전> 관계 자료

1) 옥소玉所 권섭權燮(1671~1759)의 『남행일록南行日錄』

한 쌍칼[쌍검雙劍]을 찬 어린 왜인倭人이 길을 안내하며 말하기를 자신은 대관代官[역관譯官]의 아들이라 하였다. 그는 앞서 가며 말하였다. "이 성을 넘어 조선인이 되지 못했음을 한스럽게 여깁니다." 내가 "왜 나같은 조선인이기를 바라는가?" 물었더니 그는 대답하기를 "나의 할아버지는 본래 밀양密陽의 이문장李文章이었는데 임진란 때에 일본으로 들어간 것이다."고 하였다. 내가 "이문장이 누구인가?" 묻자 그는 "문재가 뛰어났었기 때문에 이문장이라 부른 것으로, 내게는 3대 외가가 많이 조선에 살고 있다."고 말하였다. 내가 그의 "성명이 무엇이냐"고 묻자 그는 땅에 두 다리를 벌리고 앉더니 차고 있던 칼을 끌러 땅에다 쓰며 말했다. "이평치畜平治라 한다. 본래 성은 이씨성[이성李姓]이었는데 본성을 본뜨는 것을 금령으로 막았으므로 '이李' 자 아래 '전田' 자를 붙여 만든 것이니 이는 이자인 것이다." 내가 "고국 생각이 나지 않는가?" 물으니 그는 "때때로 생각이 나곤하여 마음이 아프다."고 하였다. 대관의 방으로 들어가니 방안은 매우 정결하였고 시렁 위에는 『고문진보古文眞寶』와 언문으로 쓰인 <숙향전>이 있었다. 내가 "<숙향전>은 어디에 쓰는가?" 물으니 그는 말하기를 "본국어를 익히기 위해 놓아 둔 것이다."라고 대답하였다.[20]

2) 유진한柳振漢의 만화본晩華本 <춘향가>(1754)

이선二仙이 노닐던 요지瑤池의 숙향이로다(二仙瑤池淑香是)

3) 『해동가요海東歌謠』(1755년 및 1763년 편찬)에 수록된 사설시조 작품

이선李仙[21]이 집을 판흐여 노식목에 금돈을 걸고 / 천태산天台山[22] 층암

---

20) "一少倭佩雙劍者導行云 是代官之子 前行而語 曰恨不踰此城而爲朝鮮人 余曰何羨我若此 曰我祖是密陽李文章 壬辰亂入倭國 余問李文章是何人 曰文才絶等故稱李文章 於我爲三代 母族 亦多在本國 余問姓名云何 蹲坐於地 拔佩刀書于地 曰畜平治 本是李姓 而冒本姓有 禁令 故李下着田 旣李字也 余曰頗思本國否 曰時時思之 痛心矣 問卜代官送一倭 恩要入 其室 室中淨潔 架上有古文眞寶諺書淑香傳 余問淑香傳何用 曰欲習知本國方言而置之矣" (권섭權燮, 『남행일록南行日錄』, '유행록遊行錄' 제34면. 권성민權性旻, "옥소玉所 권섭權燮 의 국문시가 연구", 서울대 석사학위 논문(1991), p. 9).

절벽을 넘어 방울시 솟기 치고 난봉공작이 넘노는 곳디 초부樵夫를 맛나
마고摩姑할미집이 어듸미오 / 저 건너 채운 어룐 곳디 수간모옥數間茅屋 대
사립 밧긔 청靑습수리를 츠즈소셔

4) 이옥李鈺(1770년경?)의 『이언俚諺』

　낭군의 누비옷 꿰매니 / 꽂기운 몰아쳐 나른케 하네 / 바늘 돌려 옷섶
에 꽂고 앉아 <숙향전>을 읽노라(爲郞縫納衣 花氣惱儂倦 回針挿襟前 坐讀
淑香傳)

5) 소전기오랑小田幾五郞[오다 이쿠고로]의 『상서기문』(1794)

　조선의　소설인　<장풍운전>·<구운몽>·<최현전>·<소대성전>·
<장박(백)전>·<임장군충렬전(임경업전)>·<소운전>·<옥교리>·
<이백경전> 따위는 중국의 일을 쓰고 언문으로 읽게끔 되어 있다고 한
다. 그 밖에 <삼국지>와 같은 것도 언문으로 쓴 본이 있다.23)

6) 조수삼(1762~1849)의 『추재집』

　'전기수'는 동문 밖에 살며 언문소설을 구송하였는데, <숙향전>·<소
대성전>·<심청전>·<설인귀전> 등의 전기소설이 그것이다. 그는 매
월 1일에는 제1교 아래에서, 2일에는 제2교 아래에서, 3일에는 이현에서,
4일에는 교동 입구에서, 5일에는 대사동 입구에서, 6일에는 종루 앞에 앉
아서 구송하였다. …… 책을 잘 읽었으므로 사람들이 그를 둘러싸곤 하
였는데, 가장 중요하고 들을 만한 대목에 이르면 갑자기 입을 다물고 말
아, 사람들이 그 하회를 듣고자 하여 다투어 돈을 던졌으므로 이를 '요전
법'이라고 했다.24)

---

21) 『병와가곡집瓶窩歌曲集』에는 '이선李仙'; 가람본 『가곡원류歌曲源流』에는 '니션'; 이씨
　　본 『시여詩餘』에는 '이선李先', 대부분의 『가곡원류歌曲源流』 이본들에는 '이선李禪';
　　주씨본周氏本 『해동가요海東歌謠』에는 '이보李譜'로 되어 있다.
22) 『병와가곡집』에는 '천태상天台上'으로 오기되어 있다.
23) "朝鮮小說 張豊雲傳 九雲夢 崔賢傳 蘇大成傳 張朴傳 林將軍忠烈傳 蘇雲傳 崔忠傳 此外
　　泗氏傳 淑香傳 玉橋梨 李白慶傳ノ類ハ唐ノ事ヲ書キ諺文ニテ讀ヨキヤウニ仕立タルト
　　云其外三國志ナトノ類モ諺文ニテ書タル本有之由"(內閣文庫本에 依據함).
24) "傳奇叟 居東門外 口誦諺課稗說 如淑香傳蘇大成傳沈淸傳薛仁貴等傳奇也 月初一日坐第
　　一橋下 二日坐二橋下 三日坐梨峴 四日坐校洞口 五日坐大寺洞口 六日坐鐘樓前 …… 而

(3) 우삼방주雨森芳洲[아메노모리 호슈, 1668~1755]의 글
"사계고지자사립기록詞稽古之者仕立記錄" 중의 기록

1) 내[모某]가 35세시(1703)에 참판사도선주參判使都船主로 조선에 처음 건너갔다. 그 곳의 모습을 견문했던바, 다시 신사信使를 보낼 때에 조선어를 모른다면 외교를 할 수 없다고 생각하여, 대마로 돌아오자마자 조선어에 능통한 사람 밑에 가 학습을 한 다음, 이듬해 36세시에 조선에 다시 건너가 꼭 2년 간 머무르며 『교린수지交隣須知』 1책, 『유년공부酉年工夫』 1책, 『을유잡록乙酉雜錄』 5책, 『상화록常話錄』 6책, 『권징고사언해勸懲故事諺解』 3책을 짓고, 그 밖에 『숙향전』 2책, 『이백경전李白瓊傳』 1책을 스스로 베끼어 매일 통사通事 들이 있는 곳으로 가 학습하였다. 비가 오는 날[우천雨天]에는 문을 지키는 군관軍官이나 통사를 불러 공부했다. 지금도 잊혀지지 않는 바는, 한여름 땡볕 아래[염천하炎天下]에서 통사들에게서 돌아와 배웠던 말들을 베낄 때에는 눈이 침침해질 정도였지만, '목숨을 5년쯤 단축하는 일이 있더라도 반드시 이루어내고야 말겠다.'는 각오로 밤낮으로 방심 않고 힘썼다.25)

위의 인용 부분이 실려 있는 원본 표지에는 '향보21년 병진년享保二十一年丙辰年 사계고지자사립기록詞稽古之者仕立記錄'이란 기록이 있고 그 안 표

以善讀 故傍觀匝圍 夫至最喫緊可聽之句節 忽默而無聲 人欲聽其下回 爭以錢投之 曰此邀錢法云"(조수삼趙秀三, 『추재집秋齋集』 7, '기이紀異 : 전기수傳奇叟').

25) "某義三十五歲之時 參判使都船主ニ而朝鮮へ初罷渡 彼地之樣子令見聞候處 重而信使有之候節朝鮮詞不存候而者 御用可難弁候と心付候付 罷歸候已後早速朝鮮言葉功者之衆下ニ稽古いたし 翌三十六歲之時 朝鮮江罷渡丸二年令逗留 交隣須知一冊 酉年工夫一冊 乙酉雜錄五冊 常話錄六冊 勸懲故事諺解三冊仕立 其外淑香傳二 李白瓊傳一冊自分ニ寫之 每日坂之下へ參リ令稽古 雨天之節者守門軍官又ハ通事を呼相勤候 于今失念不致候者 炎暑之節坂之下より罷歸リ習ひ候言葉なと書寫候時 目之くらみ候事も有之候へとも 命を五年縮候と存候ハ 成就させる道理やめるべきと存 晝夜無油斷相勤候"(우삼방주雨森芳洲 편저, 『방주외교관계자료芳洲外交關係資料・서한집書翰集 : 우삼방주전서 삼雨森芳洲全書三』, 관서대학동서학술연구서자료집간關西大學東西學術研究書資料集刊 11-3, 관서대학출판부關西大學出版部, 1982, p. 308). *이하 필자가 당초 발표했던 글의 원문에는 우삼방주의 생애에 대한 서술이 있었으나, 이것은 본서 p. 48 제14행~p. 49 제6행 및 p. 49 제10행~제18행의 내용과 일부 중복되므로 할애하였다.

지에는 ‘통사사립장通詞仕立帳 우삼동오랑雨森東五郎’이라 되어 있다. ‘통사 사립장’의 의미는 우리말로 ‘언어 학습자 양성 기록’ 정도로 될 것이다. 쿄호[향보享保] 21년은 서력 1736년에 해당하나, 인용문에도 나타나는 바와 같이, 그가 부산으로 건너가 왜관에서 한글로 된 <숙향전>으로써 한국어 공부를 했던 것은 그의 35세 때, 즉 1702년의 일이다. 따라서 우리는 당시 이미 <숙향전>이 민간에서 널리 읽혀졌음을 알 수 있게 되었을 뿐만 아니라, 그 창작 연대가 적어도 17세기 후반까지 소급시킬 수 있는 확실한 증거를 찾게 되었다. 게다가 우리는 이 기록을 통하여 당시의 한글소설로써 <숙향전>과 아울러 <이백경전李白瓊傳>도 있었음을 알 수 있다. <이백경전>은 후술할 바의 『상서기문』(1794)에도 <이백경전>으로 나타나고 있지만, 현재 이 작품의 소재를 알 수 없음은 유감이다.

한편 우삼방주雨森芳洲는 통사 교육의 필수 교과서로써 <숙향전>을 거론하기도 하였는데, 이것은 윗글에 앞서 1720년에 쓰인 것으로, <한학생원임용장韓學生員任用帳>이란 다음 글 속에 나타난다.

> 『물명책物名冊』, 『한어촬요韓語撮要』, 『숙향전淑香傳』의 세 책으로써 단계적으로 지도해야 할 것이다.26)

아마도 이 기록은 <숙향전> 관계의 기록 연대로만 말한다면 가장 앞선 것이 아닌가 한다. 이에 대한 자세한 언급은 별고別考로 미룬다.

4) 맺음말

본고는 지금까지 확실치 않았던 <숙향전>의 생성 연대에 관하여, 우삼방주의 <사계고지자사립기록詞稽古之者仕立記錄>이란 기록을 제시함으로

---

26) “物名冊·韓語撮要·淑香傳 此三部段段ニ指南可被致候”(우삼방주雨森芳洲, 위 책, p. 25).

써 보다 확실한 연대를 추정해 볼 수 있게 하였다. 따라서 필자는 이 논고가 그간 확증적 문헌의 결여로 말미암아, 17세기 국문소설의 형성론이 가정에서 그쳤거나 그에 대한 논의를 유보할 수밖에 없었던 학계에 적지 않은 기여를 할 것으로 생각한다.

● **참조 원고**

　"17세기 국문 고전소설에 대하여 : <숙향전>을 중심으로", 『어문학논총』16(국민대 어문학연구소, 1997. 2).

3. <숙향전>의 형성 연대
— 일본측 자료를 중심으로 —[1]

1) 머리말

한국의 고전소설사상 <숙향전>이 지니는 위치는 매우 중요하다. 왜냐하면 <숙향전>은 <홍길동전>에 이어, 그리고 <구운몽>과 그다지 멀지 않은 시대에 창작된 선구적인 국문소설 작품임이 분명하기 때문이다. 더구나 <홍길동전>이나 <구운몽>의 경우, 오늘날 그 서지적 연대가 원작자의 시대로까지 소급되는 사본이 발견되지 않은 상태에 있다. 따라서 이들 작품의 한문본 선창작설先創作說이 매우 신빙성 있게 제기되고 있다는 사실을 고려할 때, 국문본 <숙향전>의 창작 연대가 확실한 기록으로써 확정될 수만 있다면, 그 의의는 매우 중차대하다 할 것이다.

주지하다시피 고전소설기의 작가들은 소설 창작 행위 자체를 그다지 명예롭게 여기지 않았다. 그리하여 일부 한문소설의 경우를 제외하면, 일

---

1) 본고는 구주대 송원효준松原孝俊[마쯔바라 다카토시] 교수가 입수한 일본 구주九州[규슈]의 녹아도현鹿兒島縣[가고시마현] 묘대천苗代川[나에시로카와]의 심수관가沈壽官家 소장본 <숙향전>을 기반으로 하여 작성되었다. 본문 작성의 책임은 전적으로 조희웅에게 있으나, 일본측 자료의 구득 및 일부 해석에 마쯔바라 교수의 의견을 참작한 바 있어 공동집필로 하였다.

반적으로 고전소설의 작가는 기명記名은 물론 창작 연대에 대한 단서조차 남기려 하지 않았으므로, 일단 작가의 손을 떠난 작품은 독자 속에서 일종의 구비문학적 성격을 띠고 유전되면서 원작자가 '전설' 속으로 묻혀 버렸다. 시대가 흐름에 따라 당초의 원본은 사라지고 새로운 작자인 전사자에 의해 무수한 새로운 이본이 생겨남으로써 혼란은 가중될 수밖에 없었다.

전설로나마 작자가 전해지고 있는 <홍길동전>이나 <구운몽>의 경우는 그래도 다행이라 할 것이다. 이 같은 행운을 있게 한 것은 오직 『택당집澤堂集』이나 『삼관기三官記』 같은 후대의 문헌기록 때문임은 두말할 여지도 없다. 그러나 이들 기록의 사실 여부를 둘러싸고 기왕의 학계에서는 끊임없는 문제가 제기되어 왔다. 기록 원문 자체가 너무나 소략할 뿐만 아니라 이를 보완해 줄 그 이상의 자료들이 나타나지 않았기 때문이다. 앞으로 이들 자료들을 발굴하여 내는 일이야말로 고전소설 연구자들에게 남겨진 커다란 책무 중의 하나일 것이다.

한편 이 글에서 거론하려는 <숙향전>의 경우는 문헌기록이 남아 있는 위의 경우보다 형편이 더욱 나쁘다. 작품 자체에는 물론 타 기록 속에서도 그 창작에 관한 기록이 전연 보이지를 않는 것이다. 따라서 지금까지 <숙향전>의 창작에 관하여 너무나 막연한 후대 자료들을 통하여 추정하여 보는 수밖에 없었다. 가령 그 가장 대표적인 것이, 현재 일본의 구주지방 녹아도현 묘대천苗代川에 거주하는, 임진란 때의 피로인被擄人 후손인 심수관가沈壽官家에 전하는 사본으로써 그 창작 연대를 임진란 이전인 16세기까지 소급시켜 본다거나, 혹은 18세기 말 일본인 통사通事에 의하여 쓰인 『상서기문象胥紀聞』[쇼쇼키붕]에 나타나는 기록을 근거로, 17세기 말~18세기 초로 추정하여 보는 정도가 고작이었다.

본고는 새로 얻은 자료를 근거로 하여 이제까지의 가설을 재검토해 보려 한다. 즉 일본의 유학자였던 우삼방주雨森芳洲[아메노모리 호슈](1668~1755)의 18세기 초의 기록을 통해서, <숙향전>이 이미 17세기 말에 분명히 존재하였음을 증명하고, 아울러 <숙향전>에 대한 기록을 담고 있는 『상서기문』에 관한 이제까지 분명치 않았거나 잘못 알려져 왔었던 사실들에 대하여 밝혀 보려 한다. 아울러 현재 일본에 전하고 있는 여러 <숙향전> 이본들에 대한 비교·검토도 하여 볼 것이다.

2) 선행 연구업적 검토

<숙향전>의 생성 연대에 대한 최초의 언급은 아마도 천태산인天台山人 김태준金台俊의 『조선소설사朝鮮小說史』일 것이다. 논의의 편의를 위하여 우선 동서의 해당 부분을 원문 그대로 인용하여 보이겠다.

> 日本 象胥紀聞及拾遺에 依하면 (嘉永三年 轉寫本에 依함) 조선의 通俗物語條下에 '崔忠傳·林慶業傳·伯龍傳·其他宋代物語·玉嬌梨傳·淑香傳·李白慶傳·三國誌等通俗物多'라고 하였으니 그 象胥紀聞이 純祖時代의 作이라고 假定할지라도 淑香傳의 著作은 英正時代에 遡及한다. 象胥紀聞은 朝鮮에서 渡日한 使臣의 筆談을 記述한 것이니 小說을 無視하는 後學者인 使臣들의 腦髓에까지 깊은 記憶을 주랴면 그 小說이 여간한 普遍化한 것이 아니면 안 될 것이며 또 近世作이라고 보는 裵裨將傳에도 '三國·水滸·九雲夢·西遊記·春香傳·淑香傳 等을 列擧한 것을 보나니 그가 相當히 人氣를 끄을고 있든 것을 알 수 있다.[2]

이 인용에서 알 수 있는 바와 같이, 천태산인은 <숙향전>의 형성 연대에 관해 매우 중요한 발언을 하고 있다. 즉 그는 일본측 자료인 『상서기문』의 기록을 바탕으로 <숙향전>의 형성 연대를 '영·정시대'라고 하고 있는 것이다. 이 영·정시대를 서기로 환산하면 1724년~1800년이 되니, <숙향전>은 대충 18세기 초부터 동 세기말 사이에 이루어졌다는 이

---

2) 김태준, 『증보 조선소설사』(학예사, 1939), p. 216.

야기가 된다. 물론 이러한 그의 시대 추정은 너무 막연한 것이긴 하지만, 후학들의 연구를 위한 논거는 일단 마련된 셈이다. 그러나 동시에 그가 위의 기술에서 몇 가지 잘못을 범함으로써 후일의 혼란을 야기시킨 빌미가 되었음을 지적하지 않을 수 없다.

『상서기문』과 관련된 언급은 뒤에 상술하려 하거니와, 천태산인은 일본의 관정寬政[간세이] 6년(1794)의 서문을 가진 선본先本을 못 본 채 가영嘉永(가에이) 3년(1850)본을 인용함으로써, 그 생성 연대 추정을 무려 반세기 이상 낮게 잡는 잘못을 범하였다. 뿐만 아니라 『상서기문』의 '통속물어' 조에 열거되어 있는 고전소설 서목도 실제와 상당히 다름을 지적할 수 있다. 가령 간세이 연간의 사본에 들어 있는 <장풍운전>, <구운몽>, <최현전>, <소대성전>, <장박전張朴傳>(장백전張伯傳), <소운전>, <사씨전泗氏傳>(사씨남정기謝氏南征記) 등을 모두 누락시킨 대신 원전에는 보이지 않는 <백룡전>을 추가한 것이다. 천태산인의 이러한 잘못, 즉 『상서기문』의 간행 연대 및 당시 조선의 유행 소설 서목들에 대한 착오는 후일 나손羅孫 김동욱金東旭의 "한글소설 방각본坊刻本의 성립에 대하여"라는 글에서 정정되기는 하였지만,3) 그는 『상서기문』의 편자를 '산전사운山田士雲'이라 하는 과오를 범하여 후에 이것이 통설처럼 받아들여져 왔음은 유감이다.4)

<숙향전>의 형성 연대에 관한 새로운 가설은 1966년 이위응李渭應(李商憲)이 일본의 구주지방 녹아도현鹿兒島縣[옛 살마번薩摩藩, 사쯔마항] 일

---

3) "정조 18년 산전사운山田士雲의 『상서기문象胥紀聞』에 張豊雲傳 九雲夢 崔賢傳 蘇大成傳 張朴傳 林將軍忠烈傳 蘇雲傳 崔忠傳 泗(謝)氏傳 淑香傳 玉橋(梨)傳 李伯慶傳 三國誌 등이 諺文으로 쓰였음을 밝히고 있음으로써도⋯⋯"(『향토서울』 8, 1960. 7. ; 『춘향전연구』, 연세대출판부, 1960에 재수록).

4) 뒤에 상론하겠지만, 『상서기문』의 편자가 '산전사운山田士雲'라는 것은 잘못 전해진 것으로 사실은 '소전기오랑小田幾五郎'[오다 이쿠고로]이었다. 이것은 이미 대곡삼번大谷森繁[오타니 모리시게]의 "조선조의 소설독자 연구"라는 논문(고려대, 1984)에서 정정되긴 하였지만, 이 논문에서는 별다른 설명 없이 저자와 서명만 기재되고 있다(『조선조의 소설독자 연구』, p. 7 및 p. 83 참조).

치군日置郡[히키쿤] 이집원伊集院[이슈인] 묘대천苗代川(현 미산美山)의 심수관가에 전래돼 온 <숙향전>의 이본을 발굴하여 16세기 말~17세기 초로 추정함으로써 제기되었다.[5)] 그는 심씨가 이 마을에 처음 정착하게 된 유래를 더듬고, 그 선조가 임진란 때의 피랍 도공陶工이었음에 주목하여, 현지에 전래되어 온 <숙향전>이 일본에 전해진 시기도 임진란 때였을 것으로 추정하였다. 그리고 이를 증명하기 위하여 현전본 <숙향전>에 나타나고 있는 음운 현상을 분석한 끝에 동 작품의 임란 이전 형성설을 굳게 하였다. 동 논문에서 주장된 논지를 요약하면, 심씨가沈氏家 소장본에는 '·'음 유지, 경음화 현상('ㅄ, ㅼ' 표기)의 출현, 구개음화 및 원순모음화 현상의 빈출頻出, 어두에서의 /i, j/ 앞의 /n/ 탈락 현상의 부재 등이 심씨가본의 고본임을 증명해 주고 있다는 것이다. 그러고 나서 그는 동 논문을 다음과 같이 결론짓고 있다.

> 결론적으로 다시 말한다면 심본沈本 <숙향전>의 출현 연대는 16세기 말, 17세기 초로 추정할 수 있고, 따라 그 창작 연대는 그보다도 올라 갈 수도 있을 것이다. …… 이 심본도 그 창작 연대를 추정한다면 (17세기의 음운 사실과 거의 같음으로) 그 창작 연대도 16세기 말~17세기 초로 추정하는 데에 큰 모순은 없을 것이라 생각된다. 한 말로 본고에서는 적어도 <숙향전>의 창작 연대를 16세기 말~17세기 초에 이루어진 것 같다고 보는 것이다.[6)]

이러한 주장에 대하여 새삼 다시 세세한 반론을 펼 생각은 없지만, 한 가지 분명한 것은 심씨가본에 대한 철저한 음운론적 분석 결과, 동본은 오히려 18세기 이후의 것이라 함이 타당하다. 뿐만 아니라 실제로 동본이 후대에 심씨가로 흘러 들어간 분명한 증거도 있다.

---

5) 이위응, "구주九州 묘대천苗代川에서 발견된 임란 유민遺民 심씨가沈氏家 세전본 <숙향전> 연구", 『부산대 개교이십주년 기념논문집』(1966. 5).
6) 위 논문, pp. 32~33.

필자는 이미 위에 적은 나에시로카와[묘대천苗代川]에 전하는 <숙향전>의 임란 이전 생성론에 대해 음운론적 차원에서의 반론을 펴고, 심씨가본 <숙향전>의 생성 연대가 18세기 이후일 것이라고 확언한 바 있다. 나아가 필자는 <숙향전>의 생성 연대를, 만화본晩華本 <춘향가>(1754)에 나오는 '이선요지숙향시二仙瑤地淑香是'라는 구절 및 『상서기문』(1794)의 기록 등을 감안하여, 17세기 말~18세기 초일 것으로 추정하였다.7) 그러나 이 역시 당시에 내린 막연한 추론이었음을 인정하지 않을 수 없다.

그 후 <숙향전>의 형성 연대는 대략 필자의 소론과 대차 없는 선에서 유지되었다. 다만 이상구李尙久는 옥소玉所 권섭權爕(1671~1759)의 『남행일록南行日錄』(1731)과 『해동가요』(1755)8)에 나타나는 <숙향전> 언급 대문을 들어 18세기 초 창작설을 보강하였다. 이들 문헌 자료에 추가하여 그는 작품 속(이대본 및 정문연 A본)에 나타나는 '우리 황제도 션후를 폐 흐고 후궁으로 원비를 삼아거든'이라는 대문을 놓고, 숙종(1674~1720)이 인현왕후仁顯王后를 폐하고 후궁인 장희빈張禧嬪을 맞았던 이른바 '기사환국己巳還局'(1689)이라는 역사적 사건과 결부시켜, '<숙향전>은 적어도 1731년 이전에 이미 존재했다'고 하고, 그러나 '<숙향전>의 창작 시기는 숙종대 이전으로 소급되기 어렵다'고 결론지었다.9) 이는 18세기 초 창작설에 보다 신빙성을 높여 준 것임에 틀림없으나, 17세기 말 이전으로 창작 연대를 소급시켜 보는 데에까지는 미치지 못한 것이다. 이에 관하여는 역시 뒤에 재론할 예정이다.

---

7) 조희웅, "국문본 고전소설 형성연대 연구 : 고전소설 연구서설 기2其二", 국민대, 『논문집』 12(1978. 2). 『이야기문학의 모꼬지』(박이정, 1995)에 재수록.

8) 『해동가요』의 공식 편찬은 영조 31년(1755)과 동 39년(1763) 두 차례에 걸쳐 이루어진 것으로 알려져 있으나, 실제 작업은 이미 영조 22년(1746)에 어느 정도 진전되어 있었다고 한다(정병욱鄭炳昱, "『해동가요』의 편찬과정 소고", 『일석 이희승선생 송수기념논총一石李熙昇先生頌壽紀念論叢』, 일조각一潮閣, 1957).

9) 이상구, "<숙향전>의 문헌적 계보와 현실적 성격", 고려대 박사논문(1994. 6), p. 289 참조.

3) 우삼방주雨森芳洲와 〈숙향전〉

〈숙향전〉 형성에 관한 가장 오랜 기록은 우삼방주雨森芳洲의 글에 나온다. 먼저 그의 글 〈사계고지자사립기록詞稽古之者仕立記錄〉부터 인용해 보기로 하겠다.

> A. 내[모某]가 35세시(1703)에 참판사도선주參判使都船主로 조선에 처음 건너갔다. 그 곳의 모습을 견문했던바, 다시 신사信使를 보낼 때에 조선어를 모른다면 외교를 할 수 없다고 생각하여, 대마로 돌아오자마자 조선어에 능통한 사람 밑에 가 학습을 한 다음, 이듬해 36세시에 조선에 다시 건너가 꼭 2년 간 머무르며 『교린수지交隣須知』 1책, 『유년공부酉年工夫』 1책, 『을유잡록乙酉雜錄』 5책, 『상화록常話錄』 6책, 『권징고사언해勸懲故事諺解』 3책을 짓고, 그밖에 『숙향전』 2책, 『이백경전李白瓊傳』 1책을 스스로 베끼어 매일 통사通事들이 있는 곳으로 가 학습하였다. 비가 오는 날[우천雨天]에는 문을 지키는 군관軍官이나 통사를 불러 공부했다. 지금도 잊혀지지 않는 바는, 한여름 뙤약볕 아래[염천하炎天下]에서 통사들에게서 돌아와 배웠던 말들을 베낄 때에는, 눈이 침침해질 정도였지만 '목숨을 5년쯤 단축하는 일이 있더라도 반드시 이루어내고야 말겠다'는 각오로 밤낮으로 방심 않고 힘썼다.10)

다음은 우삼동오랑雨森東五郎의 이름으로 되어 있는 같은 필자의 〈한학생원임용장韓學生員任用帳〉이라는 글 및 좀 후대에 이루어졌을 것으로 보

---

10) "某義三十五歳之時　參判使都船主ニ而朝鮮へ初罷渡　彼地之樣子令見聞候處　重而信使有之候節朝鮮詞不存候而者　御用可難弁候と心付候付　罷歸候已後早速朝鮮言葉功者之衆下ニ稽古いたし　翌三十六歳之時　朝鮮江罷渡丸二年令逗留　交隣須知一冊　酉年工夫一冊　乙酉雜錄五冊　常話錄六冊　勸懲故事諺解三冊仕立　其外淑香傳二　李白瓊傳一冊自分ニ寫之　毎日坂之下へ參り令稽古　雨天之節者守門軍官又ハ通事を呼相勤候　于今失念不致候者　炎暑之節坂之下より罷歸り習ひ候言葉なと書寫候時　目之くらみ候事も有之候へとも　命を五年縮候と存候ハ　成就させる道理やめるべきと存　晝夜無油斷相勤候"(우삼방주 편저, 『방주외교관계자료芳洲外交關係資料・서한집書翰集 : 우삼방주전서 3雨森芳洲全書三』, 관서대학동서학술연구서자료집 간 11-3, 관서대학출판부, 1982, p. 308).

이는 <방주저술芳洲著述>이라는 글로부터의 인용이다.

> B. 『물명책』・『한어촬요』・『숙향전』의 세 책으로써 단계적으로 지도해야 할 것이다. 받아 쓰지조차 못하는 젊은이에게는 각각 필기장을 마련케 하여 가르쳤던 내용을 써 주지 않으면 안 된다. 더욱이 조선인에게 위 책의 뜻 및 발음 연습을 교정받아, 청탁고저가 조금도 틀림 없게끔 해야 할 것이다.[11]

> C. 『귤창다화』…… 이하 조선어로 된 『전일도인』(도사임), 『교린수지』, 『인어대방』, 『최충전』, 『숙향전』, 『옥교리』, 『임경업전』, 『서장록』, 『상담』 이하 40부[12]

위의 세 인용문 A와 B, C에는 똑같이 <숙향전>에 대한 언급 대목이 눈에 띤다.

이 글들이 언제 어떻게 쓰였는가를 살피기 전에, 우선 이 글들을 남긴 필자에 대해 간단히 알아보기로 하자.

우삼방주雨森芳洲(1668~1755)의 이름은 성청誠淸, 자는 백양伯陽, 흔히 동오랑東五郞이라고 불리웠다. 방주芳洲는 그의 호이다.[13] 그는 근강국近江國[오미노쿠니] 이번군伊番郡[이항쿤] 우삼雨森[아메모리],[14] 현재 자하현滋賀

---

11) "『物名冊』・『韓語撮要』・『淑香傳』　此三部段段ニ指南可被致候　若輩者自身ニ覺書も不罷成者ヘハ　銘銘帳面をとちさせ置　毎日被教候所を書付　可被相渡候　尤各義兼而朝鮮人ヘ右之書物得と被讀習　淸濁高低少の違無之樣ニ指南可被致事"(우삼방주, 위 책, p. 25).

12) "『橘窓茶話』…… 以下　朝鮮語『全一道人』(都詞ナリ)『交隣須知』, 『隣語大方』, 『崔忠傳』, 『淑香傳』, 『玉嬌梨』, 『林慶業傳』, 『書狀錄』, 『常談』以下　四十部"(방주서원 소장芳洲書院所藏, 『방주이력芳洲履歷』에 수록된 "방주저술芳洲著述").

13) 일본의 『국사대사전』(길천홍문관吉川弘文館, 1980)에 의하면 그의 이름은 준량俊良, 호는 상경당尙絅堂으로 되어 있다. 그의 저서인 『귤창문집橘窓文集』에는 '상경재필기尙絅齋筆記'라는 아호의 사용이 보인다.

14) 우삼씨雨森氏[아메모리씨]는 근강원씨近江源氏[오미 미나모토씨]가 경극씨京極氏[쿄오고쿠씨]의 관리로 발탁되어 아메모리의 땅을 받아 그 지명을 성으로 삼았다고 한다 (상원외헌일上垣外憲一[가미가이토 겐이치] 『우삼방주』, 중공신서中公新書(945, 중앙공론사中央公論社, 1993, p. 12).

縣[사가켄] 이향군伊香郡[이가군] 고월정高月町[다카쓰키쵸] 출신으로, 처음에는 부친의 업을 받아 의술을 공부하다가 17·8세 때에 강호江戶[에도]의 목하순암木下順庵[기노시타 준안]의 문하에 들어가 유학공부에 힘썼다. 이때 그는 뛰어난 재주로써 늘 사람들을 놀라게 하였다고 한다. 후에 그는 스승의 추천에 의해 원록元祿[겐로쿠] 2년(1689) 4월 대마번對馬藩[쓰시마번]에서 벼슬을 하여 문교를 담당하였다. 동문수학한 신정백석新井白石[아라이 하쿠세키](1657~1725)과 개인적으로 매우 친밀하였으나, 대한정책에 관한 이견, 특히 정덕正德[쇼토쿠] 원년(1711)의 조선 사신 내빙시來聘時의 조처에 대하여 양자는 이견을 보였다.

그는 유학자로서도 그 이름이 높았을 뿐만 아니라 중국어와 조선어에도 두루 통해, 이에 관한 저서가 적지 않았다. 특히 그의 원저라 하는 『교린수지交隣須知』15) 같은 것은 후일 한국어 연구의 지침이 되었고, 그 밖에 『귤창한화橘窓閑話』·『귤창橘窓(방주문집芳洲文集)』·『다파례기좌多波禮其佐』·『조선물어朝鮮物語』 등을 통하여서도 그의 한국어에 관한 식견의 일단을 알 수 있다. 또한 오늘날 사본으로 전하고 있는 『전일도인全一道人』(1729)과 같은 책은 『삼강행실三綱行實』 및 『오륜행실五倫行實』 등의 한국문에 일본문 대역을 붙인 것으로서, 그 중에는 한국어의 발음·어법에 관한 주도면밀한 주의까지도 붙어 있다.16) 그가 보력寶歷[호레키] 4년(1754) 10월 25일에 이르기까지 약 6개년 간에 1만여 수의 화가和歌[와카]를 읊은 일은 그의 절륜한 정력을 이야기해 주는 것으로 후세에까지 이야깃거리가 될 정도이다. 81세에 이르러 처음으로 와카 창작에 뜻을 두어 『고금화가집古今和歌集』 읽기 1천 번과 자작 1만 수를 목표로 한 지 불과 수년 만에 두 가지 목표를 모두 달성하였다. 이로써 그의 독실·정려精勵한 모습을 알 수 있다. 그는

---

15) 그러나 소창진평小倉進平[오구라 신페이]에 의하면 『교린수지』는 그의 저서가 아니라 그 이전에 이미 있었던 것이라고 한다("『교린수지』에 대하여『交隣須知』について", 『국어와 국문학國語と國文學』 13 : 6, 1936. 6, p. 1).

16) 소창진평 저, 하야육랑 보주, 『증정보주增訂補注 조선어학사朝鮮語學史』(도강서원刀江書院, 1964, p. 59).

호레키 5년(1755) 정월 6일 88세로 몰하여 현재 묘가 대마도 엄원嚴原[이 즈바라]의 장수원長壽院[쵸쥬인]에 있다. 저서로는 『방주시집芳洲詩集』 1권, 『방주구수芳洲口授』 1권, 『귤창문집橘窓文集』 2권, 『귤창다화橘窓茶話』 3권, 『다파례초多波禮草』 3권 등이 남아 전한다.[17]

　　1719년에 조선통신사(正使 洪致中 ; 副使 黃璿 ; 從事官 李明彦)의 제술관製述官으로서 수행하였던 신유한申維翰(1681~ ?)이 남긴 『해유록海游錄』에는 그가 방주를 만나게 된 사정에 대하여 다음과 같이 기록하고 있다.

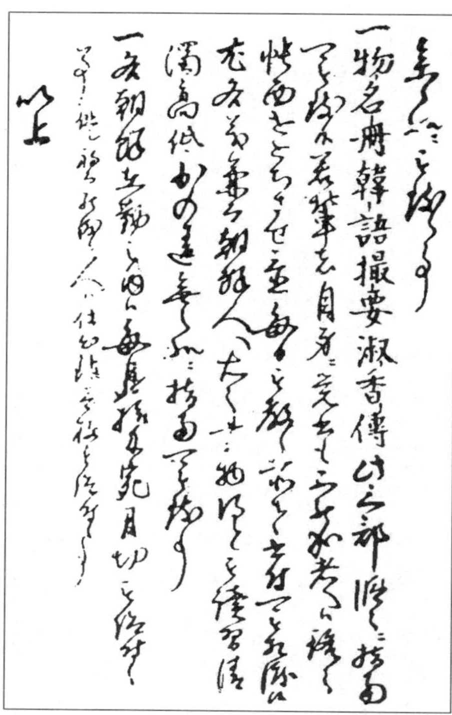

[원문자료 1] 〈한학생원임용장韓學生員任用帳〉

그(필자주 : 대마 태수)의 신하로서는 섭정攝政 1인, 봉행奉行 6인, 재판裁判 4인, 기실記室 2인 …… 등이 있고 …… 기실 2인 중의 한 사람은 우삼동雨森東이다. 성은 귤橘, 씨는 우삼雨森, 자는 백양伯陽, 호는 방주芳洲, 속호俗號는 동오랑東五郞, 또는 원장院長이라고도 부른다. 기이주紀伊州의 사람이다. …… (필자주 : 1717. 4.) 28일 기사己巳 …… 저녁 무렵에 우삼동이 내 숙소에 와 면회를 청하였다. 머리에는 검은 삼우관三隅冠을 쓰고 옷은 두 폭으로 된 반삼斑衫을 입었는데, 보기에 괴이하였다. 나는 세 서기書記[18]와

---

17) 이상은 주로 소창진평과 상원외헌일上垣外憲一의 위 책 및 이동미사랑伊東尾四郞의 "우삼방주유사雨森芳洲遺事", 『역사지리』 16 : 5(1910. 11)를 참조하였다.
18) 세 서기관은 진사 강백姜栢, 진사 성몽량成夢良, 진사 장응두張應斗이다.

함께 마주서서 두 번 읍[재읍再揖]하고 앉았다. 나는 원래 그 사람이 한어漢語에 능통하고 시문을 이해하여 일동국日東國의 교초翹楚란 말을 듣고 있었다.[19]

신유한의 글에는 방주를 일컬어 '우삼동'이라 하였지만, '동東'이란 방주의 본명인 '동오랑'에서 온 것임이 분명하다. 『통문관지通文館志』 인물편 홍순명조洪舜明條에도 '왜인의 말은 여러 다른 지방의 말에 비해 가장 깨우치기 어렵다. 공이 일본인 우삼동에게 볼모가 되어 긴 글과 유해서를 지었다(倭語比諸方最難曉 公質于日本人雨森東 作長語及類解書)'라는 기록이 있는바, 역관이었던 홍순명이 한일사전격인 『왜어유해倭語類解』를 편찬하는 데 우삼방주의 협력을 얻었음을 알 수 있다.

그러면 앞서 인용한 세 글 A와 B, C에 대하여 살펴보기로 하자. 먼저 A의 원본 표지에는 '향보21년 병진년享保二十一年丙辰年 사계고지자사립기록詞稽古之者仕立記錄'이란 문구가 있고 그 안 표지에는 '통사사립장通詞仕立帳 우삼동오랑雨森東五郎'이라 되어 있다. 이들 표제를 풀이하면 '언어 학습자 양성 기록'이나 '통역 양성안'쯤 될 것이다. '향보 21년'은 서력 1736이다. 그러나 인용 A에도 나타나는 바와 같이 그가 부산으로 건너가 왜관에서 한글로 된 <숙향전>으로써 한국어 공부를 했던 것은 그의 35세 때, 즉 1703년의 일이다. 따라서 우리는 당시 이미 <숙향전>이 민간에서 널리 읽혀졌다는 점에서 그 창작 연대가 적어도 17세기 후반까지 소급시켜 볼 수 있는 확실한 증거를 찾을 수 있게 되는 것이다. 뿐만 아니라 우리는 당시의 한글소설로써 <숙향전>과 아울러 <이백경전李白瓊傳>도 있었음을 알 수 있다. <이백경전>은 후술할 바의 『상서기문』(1794)에도 <이백경전李白慶傳>으로 나타나고 있으나, 현재 이 작품의 소재를 알 수 없음이 유감이다.

---

19) 신유한 저, 강재언姜在彦 역주, 『해유록海游錄 : 조선통신사의 일본 기행朝鮮通信使の日本紀行』(동양문고 252, 평범사平凡社, 1974), p. 37 및 p. 40 참조.

A자료를 통하여 방주는 경제적으로나 외교적으로 통사가 '매우 중요한 관리切要之役人'임에도 불구하고 점점 조선어 학습자가 줄어드는 실상을 우려하여 통사 양성안을 주장하였다. 그 구체적 방안으로서 그는 우선 체계적인 교육기관을 만들 것과 나아가 조기에 선발된 피교육자들을 한국에 직접 보내어 현지어를 습득케 하는 매우 선진적인 방법을 제시하였다. 이어 그는 한국어 교육의 매우 구체적인 방안까지 거론하였다. 문제의 <숙향전>에 대한 언급 대목은 마지막에 나온다. 자신의 경험을 회고하여 자신의 주장을 뒷받침하고 있는 것이다.

방주가 처음으로 한국에 왔던 것은 1703년(숙종 29) '고변참판사告變參判使'20)의 도선주都船主의 자격으로서였다. 원래 임진란·정유란 이전에는 일본의 사절이 서울까지 상경하였었으나 그 이후에는 부산의 왜관에서 머물게 하였다. 원래 왜관은 두모포豆毛浦에 있었던 것이나 대마번對馬藩[쓰시마항]에서 교통이 불편하다고 하여 그 이전을 끈질기게 요구하여 1678년(숙종 5)에 현 부산의 중심지인 초량草梁의 10만 평 부지로 이전하였다. 이곳에 주재하는 대마인이 400~500명 정도였다고 하니 그 규모가 대단했음을 알 수 있다. 이때 왜관은 일본의 유일한 외교 공관이었는데, 동시에 무역관으로서의 역할을 겸하였다. 이 초량 왜관의 출입은 엄격히 통제되어 무단 출입자는 엄벌에 처해졌다고 한다.

이곳에 온 방주는 조선어 학습의 필요성을 절감하였다. 한문을 이용한 필담으로도 대체적인 의사소통은 가능하였겠지만, 정확한 의사를 전달하는 것은 불가능하였기 때문이었을 것이다. 이에 그는 일단 대마로 돌아와 한국어에 능통한 사람에게 언어를 배우는 한편 이듬해(1704)에 다시 부산으로 건너가 전후 도합 햇수로는 3년간 조선어 학습에 힘썼다. 그 사이에

---

20) '고변참판사'란 대마번주對馬藩主의 자리 계승[습위襲位]을 한국에 알리기 위한 사절이다. 이때 대마도에서는 도주島主 의진義眞이 의륜義倫의 자리 계승 — 의륜의 죽음 및 의진의 재임再任 — 의진의 죽음 및 의방義方의 습봉襲封과 같은 사건이 있었으나, 여러 가지 이유로 사절단을 보내지 못하고 있다가 비로소 한꺼번에 세 번의 고지告知를 겸한 사절을 보냈던 것이다.

상기 A에 열거된 총 16책에 달하는 한국어 학습서를 저술하는 한편 그는 한글소설인 <숙향전>과 <이백경전>을 스스로 베끼어 한글을 깨우쳤다. 이보다 앞서 그는 중국어를 스스로 깨우쳤을 때에도 소설을 이용했었다고 하는데, 이러한 경험에 의해 소설이 언어 학습에 매우 유용함을 인식하였기 때문일 것이다. 하여튼 이러한 사실을 통하여 우리는 지식인층이 독점하고 있었던 난해한 한문에 대하여, 방주가 부녀자나 아동을 비롯한 상민층이 일상 사용하고 있던 한글의 실용성을 인정한 혜안慧眼을 평가하지 않으면 안 될 것이다.21)

여기서 한 가지 짚어보고 넘어가고자 하는 것은 상기 A에서 <숙향전>을 2책이라 하고 있다는 점이다. 현재 일본 경도대와 심수관가에 갈무리되어 있는 <숙향전>은 모두 2책으로 되어 있다. 더구나 심씨가본의 상·하권 및 경도대본의 상권에는 한국어 학습자에 알맞게 일본어 번역문이 한국어 원문 우측에 병기되어 있다. 경도대본 하권에는 일본어 번역문이 빠져 있지만, 상권과 필체가 확연히 다른 것으로 보아 원래 낙질이었던 것을 후에 필사하여 보충한 것임을 알 수 있다. 물론 이들 본이 1703년에 방주가 왜관에서 보았던 (혹은 번역했던) 바로 그 책이라고 주장할 수 있는 증거는 없다. 그러나 역문의 존재로 미루어 적어도 이들 본이 그가 보았던 것과 동계의 이본임은 부정할 수 없는 사실이라 하겠다. 순연한 번역만을 위한 것이었다. 한국어와 일본어를 이처럼 시종일관 꼼꼼하게 정자로 병기해 둘 필요는 없는 것이다. 이러한 대역 체제는 언어 습득을 위한 교과서일 때에야 존재할 수 있는 것이다. 추정을 좀 더 확대한다면 이 번역은 바로 방주 자신이 통사 교육을 대비하여 만든 것일 가능성이 크다.

자료 B는 A와 비슷한 내용의 조선어 통사 양성제도에 대한 계획서이다. 그러나 이 자료의 표지에는 '우삼동오랑雨森東五郎 한학생원임용장韓學

---

21) 상원외헌일, 위 책, 주 14) 참조.

生員任用帳 6번六番'이라는 기록 외에는 연대가 나와 있지 않다. 다만 위 A
에 의거하여 대마에서 조선어 통사 양성이 1727년부터 시작되었고,22) 본
사료의 한 구석에 '형보자년享保子年'이라 한 것을 보면, 분명 형보享保[쿄
호] 연간의 '자년子年'임을 확인할 수 있으므로, 이 연도가 1720년임을 알
수 있다. '6번六番'이란 아마도 문서의 정리 번호일 것이다. 따라서 기록
연대로 보면 이것은 위의 A보다도 다소 이른 것이라 할 수 있다.23)

　자료 C에는 방주의 저술로 알려진 서목書目들을 나열하고 있다. 이 중
에 포함되어 있는 <최충전>·<숙향전>·<옥교리>·<임경업전>이 그
의 저작이 아니라 조선어로 된 소설의 번역이었음은 물론이다.24) 또한 이
기록을 남긴 사람이 방주 자신이 아닌 후인일진대 그 정확성 여부가 해
결되어야 할 문제점이긴 하지만, 만약 이 기록을 그대로 받아들인다면 우
리는 적어도 18세기 초반에 국문소설로서 위의 <숙향전>, <이백경전>
외에도 <옥교리>, <임경업전> 등이 이미 민간에서 유행되었음을 알 수
있다.

　다음은 위에서 잠깐 거론하였던 옥소 권섭(1671~1759)의 『남행일록』
의 기록을 검토하여 보자. 먼저 관계 기록부터 인용한다.

　한 쌍칼을 찬 어린 왜인이 길을 안내하며 말하기를 자신은 대관代官(譯

---

22) 대마도에 대통사大通使의 직職이 설치되었던 것은 이미 1717년(형보享保[쿄호] 2)부터
　　이며, 정식으로 조선어학소朝鮮語學所가 설치된 것은 1872년(명치明治[메이지] 5) 10월
　　25일부터라고 한다.
23) 앞의 주 6)의 천징일泉澄—[이즈미 쵸이치]의 '해설' p. 8 참조.
24) 유탁일柳鐸—은 그의 논문("일본 간행 한글 활자본 <최충전崔忠傳> 고考")에서 <최충
　　전>과 <임경업전>이 부산에서 일본인에 의하여 각각 1883년과 1885년에 활자본으
　　로 간행되었던 일이 있음을 밝히고, 나아가 <최충전>·<임경업전>·<숙향전>·
　　<춘향전>·<옥교리>·<임진록> 등이 부산의 일본인 어학소語學所에서 조선어 학
　　습서로 사용되었다는 대곡미태랑大曲美太郎의 논문(참고문헌 참조)을 인용한 다음, "그
　　들[일본인日本시]이 우리나라 풍습을 알기 위하여 쓰인 우리 고소설은 상기 <최충
　　전>이나 <임경업전>을 제외하고도 <춘향전>·<숙향전>·<임진록>·<옥교리>
　　등이었으나 간행이 확인된 것은 <최충전>과 <임경업전>뿐이다."라고 결론짓고 있
　　으나, 대곡이 거론한 소설들은 활자본이 아니라 필사본이었음이 분명하다.

官)의 아들이라 하였다. 그는 앞서 가며 말하였다. "이 성을 넘어 조선인이 되지 못했음을 한스럽게 여깁니다." 내가 "왜 나 같은 조선인이기를 바라는가?" 물었더니, 그는 대답하기를 "나의 할아버지는 본래 밀양의 이문장李文章이었는데 임진란 때에 일본으로 들어간 것이다."고 하였다. 내가 "이문장이 누구인가?" 묻자, 그는 "문재가 뛰어났었기 때문에 이문장이라 부른 것으로, 내게는 3대 외가가 많이 조선에 살고 있다."고 말하였다. 내가 그의 "성명이 무엇이냐?"고 묻자, 그는 땅에 두 다리를 벌리고 앉더니 차고 있던 칼을 끌러 땅에다 쓰며 말했다. "이평치畜平治라 한다. 본래 성은 이씨 성이었는데 본성을 본뜨는 것을 금령으로 막았으므로 이李 자 아래 전田 자를 붙여 만든 것이니 이는 '이자'인 것이다." 내가 "고국 생각이 나지 않는가?" 물으니 그는 "때때로 생각이 나곤하여 마음이 아프다."고 하였다. 대관의 방으로 들어가니 방안은 매우 정결하였고 시렁 위에는 『고문진보古文眞寶』와 언문으로 쓰인 <숙향전>이 있었다. 내가 "<숙향전>은 어디에 쓰는가?" 물으니 그는 말하기를 "본국어를 익히기 위한 놓아 둔 것이다."라고 대답하였다.25)

이 글은 옥소玉所가 1731(영조 7)년에 남도 지방을 유람하고 쓴 일기체의 기행문이다. 이 글에서도 나타나는 바와 같이 부산 왜관에서는 방주 이후에도 국문본 <숙향전>이 일본인 통사들의 한국어 학습서로서 계속 사용되어 왔음이 분명하다. 따라서 현재 일본에 전하는 이본이 옥소玉所가 왜관에서 보았던 바로 그 책이라 단정 지을 수는 없지만, 일본인 통사通事들이 사용하던 이본 중의 하나임은 확실하다.

이어서 방주 이후의 <숙향전> 관계 기록들을 잠시 살펴보기로 하자. 다음은 종래 흔히 거론되어온 『상서기문』의 경우이다.

25) "一少倭佩雙劍者導行云 是代官之子 前行而語 曰恨不踰此城而爲朝鮮人 余曰何羨我若此 曰我祖是密陽李文章 壬辰亂入倭國 余問李文章是何人 曰文才絶等故稱李文章 於我爲三代 母族 亦多在本國 余問姓名云何 蹲坐於地 拔佩刀書于地 曰(畜)平治 本是李姓 而冒本姓有 禁令 故李下着田 旣李字也 余曰頗思本國否 曰時時思之 痛心矣 問卜代官送一倭 恩要入 其室 室中淨潔 架上有古文眞寶諺書淑香傳 余問淑香傳何用 曰欲習知本國方言而置之矣" (권섭權燮, 『남행일록南行日錄』, '유행록遊行錄' 제34면. 권성민權性旻, "옥소玉所 권섭의 국문 시가 연구", 서울대 석사논문(1991), p. 9 참조).

  조선소설 : <장풍운전>, <구운몽>, <최현전>, <소운전>, <장박전>, <임장군충렬전>, <소운전>, <최충전>. 이 밖에 <사씨전>, <숙향전>, <옥교리>, <이백경전> 따위는 중국의 이야기를 조선어로써 써서 읽게끔 한 것이라고 한다. 또 그 밖에 <삼국지>와 같은 것도 조선어로 쓴 책이 있다.26)

<숙향전>의 형성 연대에 대한 한, 1794년에 이루어진 위의 기록은 그다지 큰 의미를 지니지 못한다. 왜냐하면 그보다 연대적으로 앞서는 기록이 상당히 많이 있고, 그 중에는 무려 한 세기나 소급할 수 있는 기록까지 있기 때문이다. 예컨대 위에서 살펴보았던 우삼동오랑의 두 기록과 권섭의 『남행일록』이 그러하다. 여기에 이제까지 <숙향전>의 형성 연대를 18세기 초까지 소급시켜 줄 수 있는 증거로 늘 제시되었던 유진한의 만화본 <춘향가> 중의 '이선요지숙향시二仙瑤池淑香是'도 들 수 있겠다. 그 밖에 확실한 편찬 연대를 알 수 있는 것은 아니지만, 이상구가 전게 논문에서 예거한 바 있는 『해동가요海東歌謠』(1755년 및 1763년 편찬)에 수록된 다음과 같은 사설시조 작품도 들 수 있을 것이다.27)

  이선李仙이 집을 판ᄒ여 노시목에 금돈을 걸고
  천태상天台上 층암절벽을 넘어 방울시 쏫기 치고 난봉공작이 넘ᄂ는 곳
  디 초부樵夫를 맛나 마고摩姑할미집이 어듸미오

---

26) "朝鮮小說 張豊雲傳 九雲夢 崔賢傳 蘇大成傳 張朴傳 林將軍忠烈傳 蘇雲傳 崔忠傳 此外 泗氏傳 淑香傳 玉橋梨 李白慶傳ノ類ハ唐ノ事ヲ書キ諺文ニテ讀ヨキヤウニ仕立タルト云其外三國志ナトノ類モ諺文ニテ書タル本有之由." *내각문고본內閣文庫本에 의함. 구주대본九州大本과는 똑같은 내용이나 다만 <옥교리>의 '梨' 자가 '黎' 자처럼 되어 있다. 그러나 이 소설은 원래 중국의 명말 청초의 천화장주인天花藏主人, (혹은 이적산인荑秋散人)이 지은 것으로 알려진 작품으로, 작품 이름은 작중 주인공 이름인 '백홍옥白紅玉'·'오무교吳无嬌'·'노몽리盧夢梨'에서 한 자씩을 따서 만든 것이므로 '옥교리玉嬌梨'가 옳다(『옥교리玉嬌梨』, 상해고적출판사上海古蹟出版社, 1994). 천리대본天理大本[덴리대본]의 경우 소설 이름의 순서가 약간 바뀌어 있으나 그 사자체寫字體는 내각문고본과 유사하다.

27) 위 논문, p. 155.

> 저 건너 채운彩雲 어린 곳더 수간모옥數間茅屋 대사립 밧긔 청습스리를
> 츠즈소셔

이보다 다소 늦을 것으로 생각되는 이옥李鈺(1770년경 ?)의 『이언俚諺』
에는 다음 기록이 있다.

> 임의 옷 짓고 깁다가 / 꽃내음이 나를 나른하게 만들면 / 바늘을 돌려
> 옷섶에 꽂고 / 앉아서 <숙향전>을 읽는다.[28]

또한 『상서기문』과 비슷한 시기에 나온 조수삼(1762~1849)의 『추재집』
'전기수傳奇叟'의 기록도 추가할 수 있다. 이 같은 여러 기록들로 인하여 『상
서기문』은 <숙향전> 형성 연대에 관해서는 그다지 새삼스러울 바가 없
는 것이다.

4) 재일在日 <숙향전>의 이본 검토

지금까지 알려진 일본 각기관에 소장되어 있는 <숙향전>으로는 경도
대京都大[교토대]본, 동경대東京大[도쿄대] 아천문고본阿川文庫本[아가와붕코
본], 소창문고본小倉文庫本[오구라붕코본], 동양문고본東洋文庫本[도요붕코
본], 심수관가본沈守官家本 들이 있다. 본 절에서는 이 중 아직 보지 못한
동경대본 및 소창문고본, 그리고 아천문고본의 복사본으로 알려진 동양문
고본을 제외한 경도대본과 심씨가본을 대상으로 하여 논의할 작정이다.
먼저 심씨가본부터 보기로 하자. 심씨가는 일본의 서남쪽 이집원伊集院
[이슈인]의 서북쪽 미산美山[미야마]이라고 하는 작은 마을에 자리잡고 있
다. 이 마을은 현재 행정적으로 녹아도현鹿兒島縣[가고시마켄] 일치군日置郡

---

28) 爲郞縫納衣 花氣惱儂倦 回針挿襟前 坐讀<淑香傳>.

[히키쿤] 동시래정東市來町[히가시이치키쵸]의 미산으로 되어 있지만, 이처럼 정촌町村의 합병시에 마을 이름이 개칭되기 이전에는 보통 이집원의 묘대천苗代川[나에시로카와]이라고 불렸고, 아직도 현지에서는 이 이름으로 불린다고 한다. 이 마을 한 가운데 ‘수관도원壽官陶院’이란 현판이 걸려 있는 널따란 도예관陶藝館이 자리잡고 있는데, 이 곳이 바로 심수관가 1715번지이다. 이 심씨가에 전래되어 오는 <숙향전> 사본을 놓고 심씨가의 유래와 결부하여 임진란 이전 판본이라는 주장이 있었다 함은 이미 앞에서 이야기한 바 있다. 물론 심씨가의 묘대천 정착에 관하여 이미 널리 알려진 것이기는 하지만, 논의의 편의를 위하여 다시 언급하지 않을 수 없으므로 간략히 언급해 두기로 한다.

때는 임진·정유 양란이 끝나가는 1598년 11월로 소급한다. 결과적으로 싸움에서 지고 만 일본군은 제로군諸路軍이 일단 부산에 집결한 다음 철퇴하기로 약속을 하였다. 그러나 도진의홍島津義弘[시마즈 요시히로]이 사천泗川으로부터 부산에 도착했을 때 이미 제군諸軍은 철수하고 만 뒤였다. 이에 도진은 조선인 도공陶工 84명[29]을 포로로 하여 뒤늦게 귀국길에 올랐다. 그는 포로 중 남녀 43명을 관목야串木野[구시키노]에 상륙시켜 버렸다. 이것은 1598년 (경장慶長, 게이쵸 3년) 10월의 일이었는데, 이들 중에 도공 심수관의 조상도 끼어 있었던 것이다. 그러나 그들은 원주민들의 습격을 자주 받아 그 곳에서 도저히 살 수가 없으므로 5년여 후에 인가와 멀리 떨어진 묘대천의 산중으로 옮겨갔다. 그들은 그곳에서 밭을 일구는 한편 도자기를 구울 수 있는 흙을 찾아 잡기雜器를 굽기 시작했다. 그

---

29) “『지리찬고地理纂考』에 의하면, ‘개선일에 귀항歸降 조선인朝鮮人 22성姓[단성單姓 단單, 정鄭, 박朴, 이李, 나羅, 강姜, 김金, 변卞, 황黃, 장張, 임林, 차車, 노盧, 하河, 진陳, 백白, 심沈, 정丁, 최崔, 신申 등인데, 이 중 아직 남아 있는 것은 박朴, 이李, 변卞, 강姜, 정鄭, 진陳, 차車, 임林, 백白, 최崔, 심沈, 노盧, 김金, 하河, 주朱, 정鄭, 심沈의 17성이다. 그 밖의 2성은 유구琉球 국왕의 간청에 따라 유구로 옮겨 가 도기 기술을 전하게 되었고, 3姓은 없어졌다.]’”고 되어 있다(정광鄭光, 『살마묘대천전래의 조선가요薩摩苗代川傳來の朝鮮歌謠』, p. 91 각주 16) 중인重引).

리고 마을 서측 언덕 위에 조묘祖廟를 세워, 추석에는 그곳에 모두 모여 선령들에게 제사를 지내고, 멀리 바다 건너편을 바라보며 조국을 그리워 했다고 한다. 이 사당은 명치 초기 신불神佛 분리 운동으로 신사神社로 바 뀌어져 1917년에 건물도 신사풍으로 개조되었는데, 이것이 오늘날의 옥 산궁玉山宮(타마야마쿠)이다.30)

묘대천 도예陶藝의 '살마소薩摩燒[사쓰마야키, 일명 고려소高麗燒]의 시 조', '도예의 본향'이란 칭예稱譽를 얻게 했던 것은 12대째 심수관 씨 때 의 일이라 한다. 그는 백살마白薩摩[시로사쓰마]의 투조透彫를 만들어 명치 明治[메이지] 시대 전반에는 유럽이나 호주에까지 수출하여 '사쓰마 웨어' 의 이름을 널리 떨쳤던 것이다. 13대 심수관 씨는 7고七高를 거쳐 경도대 학 철학과를 다니다가 향리로 돌아와 도기 제작에 전념했다. 그는 일찍이 심씨의 본관인 경북 청송靑松을 방문하여, 3백 수십 년 전에 초대 심수관 이 고향으로 돌아가려다 끝내 이루지 못한 고향을 방문한 것이 무엇보다 큰 기쁨이라 한 바 있다. 그는 그로부터 1년 7개월 후 타계하였다.31) 현 재의 심수관은 14대로 그는 조도전부稻田[와세다]대학 정치과 출신이다. 그 역시 대학을 나온 후 묘대천으로 돌아와 가업을 잇고 있다. 그는 현재 대한민국 명예 총영사로, 도원 입구에는 태극기가 게양되어 있으며, 또 그의 정갈한 서재에는 색 바랜 조상 전래의 갓이 하나 걸려 있다.

필자가 심씨가에서 확인한 <숙향전>은 두 가지 종류였다. 하나는 일

---

30) 마을을 좀 벗어나 비탈길을 올라가면 옥산신궁이 나타난다. '옥산궁유래기'에는 '옥 산궁은 조선 개조開祖인 단군의 묘廟이다'라고 되어 있다. 사무소社務所에는 지금까지 옥산궁의 제사 때 사용하였던 황색 삼베에 대나무와 호랑이를 그린 깃발과 신관이 입는 제복, 신칼이 보존되어 있다. 악기 중에는 장구와 북, 바라, 그리고 무구인 방 울도 있다. 옥산궁에서 음력 8월 15일(현재는 9월 15일) 제사를 지내는데, 신관이 오 른손에 2개의 칼을 들고, 조선옷을 입은 영인伶人이 북이나 피리를 분다. 학춤이 추 어지고 신무가神舞歌가 불리고 한글로 된 축사祝詞(祭文)가 낭송된다(북도만차北島萬次, 『조선일기朝鮮日記・고려일기高麗日記』, 소시에테[そしえて], 1982, pp. 365~366 참조).

31) 이진희李進熙, 『에도시대의 조선통신사(江戸時代の朝鮮通信使)』(강담사講談社, 학술문 고, 1039, 1992), p. 84.

어 대역이 붙어 있지 않은 단책짜리로, 이상헌李商憲(이위응李渭應) 소장所
藏의 사진본에 의하여 이미 국내에 널리 알려진 것이고,32) 또 하나는 일
어 대역이 붙어 있는 상하 2책짜리이다. 두 종류 모두 완본이 아닌 낙장
본이다. 심씨가에는 그 밖에 <최충전>도 갈무리되어 있다. 심수관 씨에
의하면 고문서를 원 상태대로 보관하기가 매우 어렵고 또 열람을 요청하
는 사람들도 많아, 지금은 아예 자가 소장본 일체를 원본과 똑같은 영인
본으로 만들어 국립녹아도현립도서관國立鹿兒島縣立圖書館에 기증하였다고
한다. 이에 필자도 이 녹아도현립도서관본을 재영인한 것을 본고의 대상
으로 삼았음을 밝혀둔다.

심씨가본 <숙향전> 상·하권은 모두 후미 부분이 낙장되어 현재 각각
24장과 86장만이 남아 있다. 그나마 상권 처음 2장은 하단 일부가 훼손
되어 내용을 알 수 없다. 매면 9행이고 매행은 대체로 20~22자 정도로
필사되어 있으며, 본문은 국한문 혼용33)으로 본문 우측에 일어 역이 병기
되어 있다. 이 일어 역으로 인하여 이것이 역관들의 조선어 학습 교재였
음을 추측할 수가 있다. 끝 부분의 낙장으로 필사 연대를 전혀 알 수 없
음이 유감이나, 지질 상태로나 일어 역이 병기돼 있는 표기 형태 등으로
미루어, 심씨가에 같이 갈무리되어 있는 단책짜리보다 고본임은 확실해
보인다.

심씨가의 단책본(43장) <숙향전>은 전술한 바 있는 이위응李渭應이 본
바로 그 책으로, 그는 상·하 분책본은 못 보았던 듯하다. 이 본의 말미
가 '할미드러와보고크게것거'로, 미완인 채 끝나고 있음은 이위응의 논문
이나, 한국어문학회 편의『고전소설선』에 수록되어 있는 이상헌 소장 사

---

32) 한국어문학회 편,『고전소설선』, 한국어문학회 교재총서(1), 형설출판사, 1970, pp.
148~169. 뒤에 다시 언급될 것이지만, 이본의 내용은 경도대본 상권과 똑 같은 대
목에서 끝나고 있다.
33) 단, 하권 처음 1장 반 가량에는 이상하게도 한자어 우측에 한자를 병기하는 형태를
취하고 있다. 그러나 하권 둘째 장 앞면의 끝머리부터는 다시 본문이 상권처럼 국한
문 혼용으로 기사記寫되어 있다. 이 점은 뒤에서 언급할 경도대본도 동일하다.

진본의 영인으로도 확인된다. 이위응은 그의 논문에서 다음과 같이 말하
고 있다.

> 본책의 부피[후厚]·장長·광廣·무게·지질·묵색墨色·장정裝幀 ……
> 등 시각적 내지 질량면의 실측을 기록한 메모를 분실했으므로, 여기에 구
> 체적으로 나타낼 수 없음이 유감이나, 다만 종이 빛깔의 변색도가 심하지
> 않아 꽤 선명하고 지모紙毛가 과히 일지 않은 한지韓紙(?)에다가 묵흔墨痕
> 이 또한 꽤 선명한 4·6배판보다 약간 작은 총 50장(표지 합)의 새로 개
> 정改幀된 (심씨 말에 의하면 연전에 모대학에서 개정했다 하는) 군데군데
> 어휘의 우측에 주서朱書로 일역한 필사 한 장본漢裝本이었다는 정도로 말
> 해두는 데 그친다. 그러므로 이러한 막연한 기억만으로는 연대 고찰에 대
> 한 기준을 세우는 데에 있어서 이 면面 고찰은 거의 소용되지 않으나, 다
> 만 외관적 인상만으로는 꽤 가까운 연대의 필사본인 인상을 받았음을 우
> 선 여기에 말해둔다. 한데, 이에 대해서는 꼭 말해 두어야 할 것이 있다.
> 그것은 위에서 말한 유석우柳奭佑 선생의 말에 의하면, '30여 년 전 유 선
> 생이 처음 봤을 때는 분명히 그것은 아주 매우 고古해 보이는 거무스레하
> 게 그을은 것(=결은 것)이었다.'고 말한 사실이다. 이 말은 필자에게 처음
> 그 소재를 말할 때는 물론 필자가 도일渡日 실지로 실물을 접한 후 돌아
> 와 즉시 유 선생을 직접 방문, 이런 사실 보고를 했을 때도 틀림없이 아
> 주 고해 보였다고 확언하였다. 유 선생은 박람강기博覽强記, 그 기억력이
> 특출한, 그리고 전공인 사학 외에도 국어·국문학 등 국학 관계에 일생을
> 통하여 관심이 깊으신 분, 연장칠순年將七旬, 기력 상금尙今 확삭矍鑠하신
> 분이고 보니, 이런 모순된 사실을 어떻게 해결해야 할 것인지는 하나의
> 문제인 것이다.34)

인용이 다소 장황한 감이 있지만, 이 글에서 나타난 바처럼, 이위응이
실측했던 '꽤 가까운 연대의 필사본'과 유석우가 30여 년 전에 목도했었
다는 고본 간의 괴리에 대한 의문은, 심씨가에 <숙향전> 이본이 고본의

---

34) 이위응, 위 논문, p. 7.

상·하책본과 후대의 단책본 2종이 있다는 사실로써 확연히 풀리게 되었다. 두 사람이 심씨가에서 보았던 것은 각기 다른 사본이었던 것이다.

그런데 한 가지 이상스러운 것은, 이위응이 보았던 이본의 끝장에 '안정 3세 병진년 4월 16일 읽기를 마치다. 책 주인 박수열'[35]이라고 부기附記되어 있다는 발언이다. 유감스럽게도 필자는 이것을 심씨가에서 실물을 관찰할 때 미처 확인하지 못하고 놓쳐 버렸고, 후에 받은 복사본에는 이러한 기록이 나타나지 않았다. 한국어문학회의 『고전소설선』에도 이것은 보이지 않는다. 그러나 이진희의 저서에도 '박수열朴壽悅'이 아닌 '박수승朴壽勝'으로 되어 있다는 점이 다를 뿐, 비슷한 증언을 하고 있다는 점으로 미루어, 동 <숙향전> 제일 끝장에 필사자로 생각되는 서명이 들어 있음은 의심할 수 없는 사실로 보인다. 다음은 이진희의 발언을 인용한 것이다.

> 심씨가에서 이조 후기의 이야기책인 <숙향전>을 보았다. 19세기 이후 조선에서 가져온 것으로, 그 권말에는 '박수승朴壽勝이 안정安政[안세이] 3년(1856)에 '읽기를 마쳤다'는 기록이 있다.[36]

필자의 영인본에는 분명 박수열도 박수승의 서명도 나타나지 않았다. 그리하여 필자는 이 의문을 해결하기 위하여 심수관 씨에게 팩스로 문의하였던바, 심씨로부터 1986. 2. 1일부로 다음과 같은 팩스 답신이 전송되어 왔다.

> 전략前略 선일先日의 본당本堂 내방 대단히 감사합니다. 그런데 문의해 오신 건件(심씨가 소장의 <숙향전> 이본의 종류)은 2종류 있습니다.
> • 1종(A)은 귀하가 가지고 계신 것으로 1책으로 이루어져 있습니다.
> • 2종(B)은 상하 2책으로 되어 있고, 일본어로 훈訓이 붙어 있습니다. 단

---

35) "安政三歲辰(1856년 병진丙辰 : 필자주) 四月十六日是讀終 主朴壽悅".
36) 위 책, p. 86.

B의 1책째의 첫머리는 반쯤 파손되어 있어, 1페이지[頁頁]부터 4페이지
까지가 그러합니다. 분량으로는 B상上이 48페이지(본문만) B하下가 174
페이지로 되어 있습니다. 말씀하신 대로 A 전후 각 2페이지씩, B는 상
권 첫 부분 5페이지, 하권 2페이지를 보내 드립니다. 진지한 학구적 자
세에 마음으로부터 경의를 표합니다. (원문 일문)

이 편지에서도 나타나는 바와 같이, 필자는 심씨가 소장의 <숙향전>
이본의 종류를 다시 한번 확인하고, 위 서신에서 A본이라 일컬은 책의
끝장에 기재되어 있을 것으로 생각되는 박씨 성의 이름을 확인하려 했던
것이나, 답신으로 온 내용은 기대에 못 미치었다. 필자가 복사해 받은 본
은 A본이 아니라 B본이었고(A본은 이미 이상헌의 영인본을 통하여 널리
알려진 바 있으므로 복사하지 않았음), 새로 전송 복사해 받은 A본의 끝
장은 미완으로 끝나는 본문 말미 부분이었기 때문이다. 할 수 없이 다시
전화로 문의를 하였던바, 심씨는 끝장에는 이름만 적혀져 있어 별로 중요
치 않겠다고 판단한데다, 또 '끝 부분'은 당연히 본문만을 의미한다고 생
각하여 그리 하였노라 대답하고, 보내지 않은 A본 끝 부분엔 '박수열'로
되어 있다고 확언하였다.

필자가 이 서명 문제에 그토록 집착하였던 이유는 두 가지 때문이었다.
첫째는 원래 묘대천에 있었던 것을 가져갔다는, 경도대본 <숙향전>의
상권 끝 및 『표민대화漂民對話』 하권에도 '박태원朴泰元'이라는 이름이 보
이는데다, 후자에는 먼저 '박태량朴泰良'이란 이름에 이어 장을 달리하여
'박태원朴泰元'의 이름이 나타나고, 더구나 심씨가에 소장되어 있는『교린
수지交隣須知』에도 이 이름이 보인다는 점이다. 필자가 심씨가를 방문하였
을 때에 이 박씨가가 묘대천의 대표적인 통사 가문이었다는 증언을 들은
바 있다. 둘째는 본고의 논지와 사실 무관한 것이지만, 묘대천본의 <숙향
전>을 읽고 나서 자신의 이름을 써 남겼다는 문제의 인물인 '박수승'이
바로 2차대전 말 외무대신을 지냈던 동향무덕東鄕茂德[토고 시게노리]의

친부親父였다는 이진희의 자세한 소개글을 읽고,37) 임란 때의 피로자被擄
者의 후손이 그 적국의 대신이 되어 자신의 선조들이 꿈에도 못 잊어하던
바로 그 조국을 향하여 창을 돌려 댔다는 역사적 아이러니에 전율을 느
꼈었기 때문이었다. 그러나 어쨌든 묘대천본 <숙향전> A본의 끝장에 나
타나는 인물은 '박수열'인 것으로 확인되었으니, 이진희 씨가 묘대천 심
씨가 소장의 <숙향전>에 '박수승'이란 이름이 보인다고 한 것은 착오였
음이 밝혀진 셈이다.

경도대본은 상하 모두 도서번호가 'Philology 2D38b'로 되어 있는 것
을 보면 한 질의 책인 듯하다. 그러나 자세히 관찰해 보면 사실은 상·하
양권이 원래 이본이었음을 알 수 있다. 그 이유는 상권이 국한문 혼용의
본문 우측에 일어 역을 병기한 것임에 비하여, 하권은 일어 역이 전혀 없
기 때문이다. 그리고 상하 양권을 비교해보면, 두 책의 필체도 서로 다름
을 쉽게 알 수 있다. 더구나 하권 첫 부분 두 페이지는 순국문 원문 어휘
들에 군데군데 해당 한자를 달았음도 눈에 띤다. 이런 점들로 미루어 경
도대본 상·하권은 원래 이본이었던 양책을 합하여 권질을 맞춘 것임을
알 수 있다. 상·하권 모두 매면 9행, 매행은 대략 20~22자로 되어 있고,
상권 47장, 하권 91장으로 되어 있다. 상권은 '할미 드러와 보고 크게 깃
거 드립더'라고 되어 있고 4~5자 정도 더 쓸 수 있는 공간이 남아 있는
점으로 보아, 낙장본이 아니라 미완본임을 알 수 있다.

상권 마지막 장에 '숙향전 상 종淑香傳上終 / 생년 19세生年十九歲 / 우시
홍화 3년 오 12월 사지于時弘化三年午十二月寫之 / 박태원 사朴泰元寫'라 되어
있다. '홍화弘化[고카]'는 일본에서 사용한 연호로, 그 3년은 1850년이
다.38) 따라서 이 본은 일본에서 조선인에 의하여 필사된 것임을 알 수 있

---

37) 위 책, pp. 86~87 요약 인용.
38) 이위응이 위의 논문에서, 경도대학 법문학부 국어학·국문학연구실 간 <왜어유해倭
語類解> 경인본景印本(1958)의 빈전돈浜田敦[하마타 아쯔시]의 해제를 인용하여, 경도
대본에 '천보天保[뎀뽀], 8년(1837)'의 지어識語가 있다는 것은, <숙향전>이 아니라『왜
어유해』에 이 필사기筆寫記가 있음을 가리킨 것이다.

다. 한편 하권은 완본이기는 하나 필사기가 씌어 있지 않다.

　심씨가본과 경도대본을 비교해 보기 위하여 우선 양본 상권 첫머리 부분의 첫 장만을 들어보기로 하겠다.

　　昔---ニ　--地ニテ出生ノ--　……
　　녜宋時節의南陽짜의셔사는金典……
　　十六才ニテ--ノ詩ヲナスニ名ヲ云フ……
　　되二八의文章의글을일으니일홈……
　　ナラナンダ　ソノシンブハ----トテ……
　　와못듯더라그父親은雲水先生이라才……
　　　--　カンギ　--トリフ--ヲ仰付ラレモ……
　　皇帝諫議太夫와吏部尙書를ᄒ이시되……
　　ウケズシテ　　　　--ニテ死スニ　家モノサビ……
　　ᄒ고밧지아니ᄒ고山中의셔죽으니집이凄凉……
　　アル日--友ニハナムケシヤフトシテサケサカナヲソロヘ……
　　홀는金典이벗餞送ᄒ려ᄒ고酒饌을又초와……
　　ヲヽセテ--ノ川ヲワタルニ水バタニ三四人大キ龜……
　　싯고盤河믈을건너더니믈マ의셔너사룸이큰거복……
　　ヲトラヘ燒ヒテ喰フトスル　-留メテ曰ソノ獸ヲ
　　을잡어구어먹으려ᄒ고눌典이말려왈그즘싱을

— 심씨가본

　　昔---ニ　　--ノ地ニテ出生ノ--ト云フ人
　　녜宋時節의　南陽짱의셔사는金典이란　사룸이
　　……ニ十六才ニテ--ノ詩ヲナスニ名ヲ云フ儒者ドモ
　　이시되二八의文章의글을일으니일홈난션비들
　　……ナラナンダ　ソノシンブハ----トテ--
　　이돗토와못듯더라그父親은雲水先生이라才德이
　　--ヨリ--　----ト----ヲ仰付
　　兼全ᄒ니皇帝諫議太夫와吏部尙書를ᄒ

ラレモ ツイニシニテウケズシテ--ニテ死スニ
이시되終時辭讓ᄒ고밧지아니ᄒ고山中의셔죽으니
家ヘモノサビシカッタアル日--友ニハナムケシヤフトシテ
집이凄凉ᄒ더라홀는金典이벗餞送ᄒ려ᄒ고
サケサカナヲソロヘ驢ニヲ丶セテ--ノ川ヲワタルニ水バタニ
酒饌을又초와나긔게싯고盤河믈을건너더니믈ᄆ의
三四人 大キ龜ヲトラヘ燒ヒテ喰フトスル-トメテ(日ソノ獸ヲ)
서너사룸이큰거복을잡어구어먹으려ᄒ거늘典이말(려왈그즘싱을)

— 경도대소장본

* ('……' 부호는 원본이 파손되어 원문을 알 수 없음을 나타내며, '--' 부호
  는 한자어 부분을 나타낸 것임.)

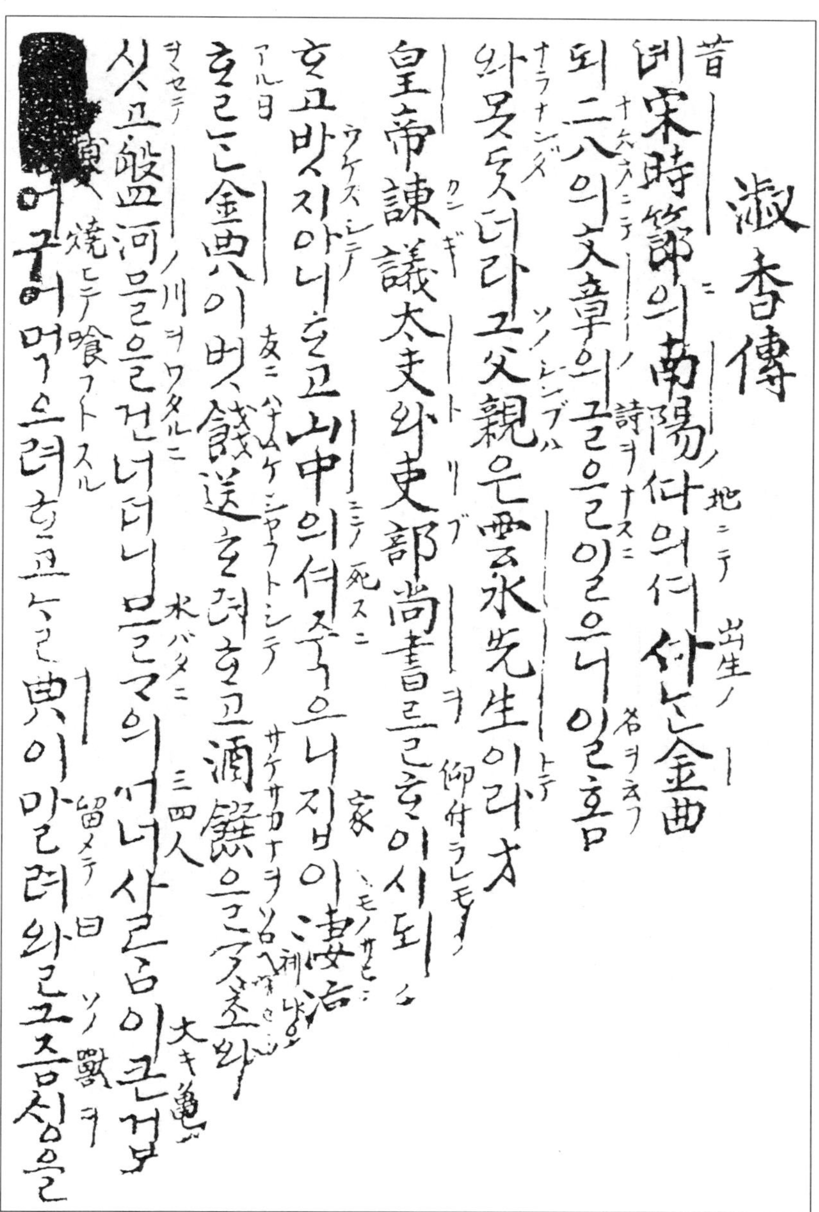

[원문자료 2a] <숙향전>(심수관가) 첫째 면

[원문자료 2b] <숙향전>(심수관가) 둘째 면

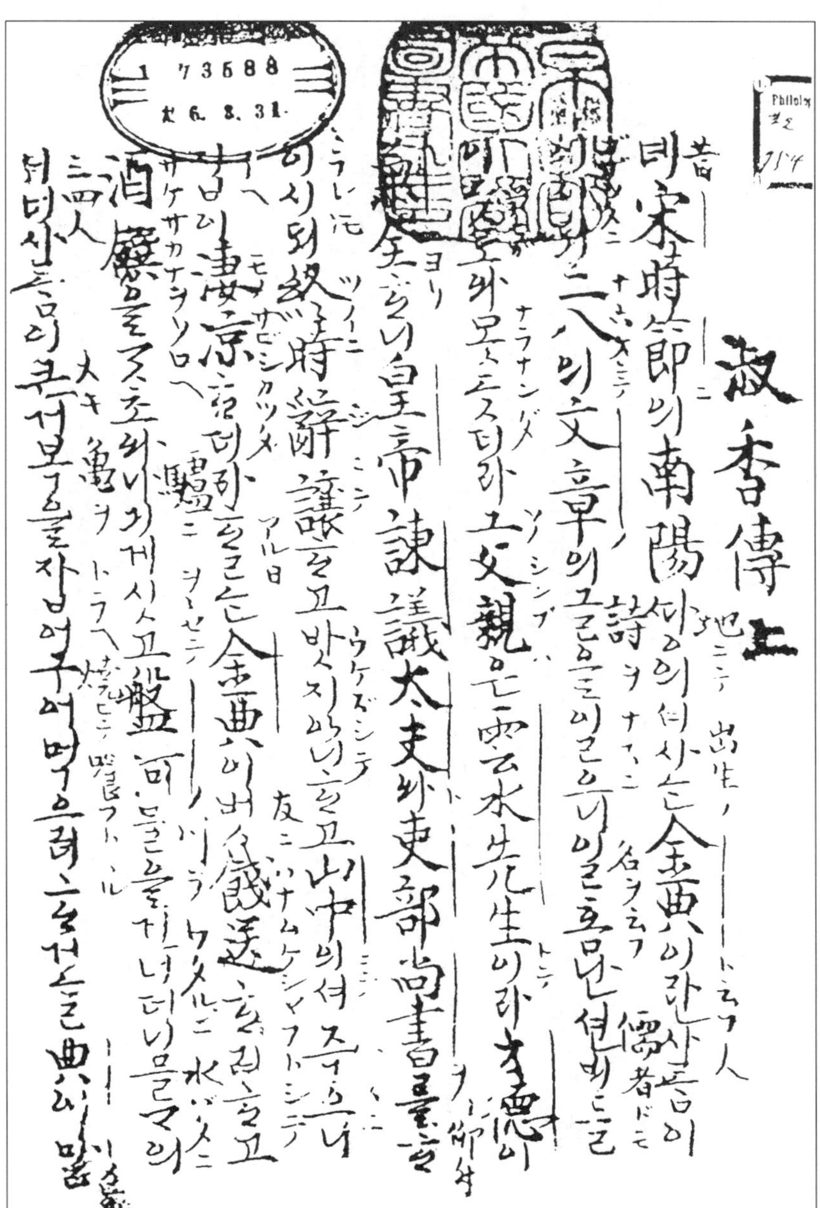

[원문자료 3a] <숙향전>(경도대) 상권 본문 첫장

[원문자료 3b] <숙향전>(경도대) 상권 본문 끝면

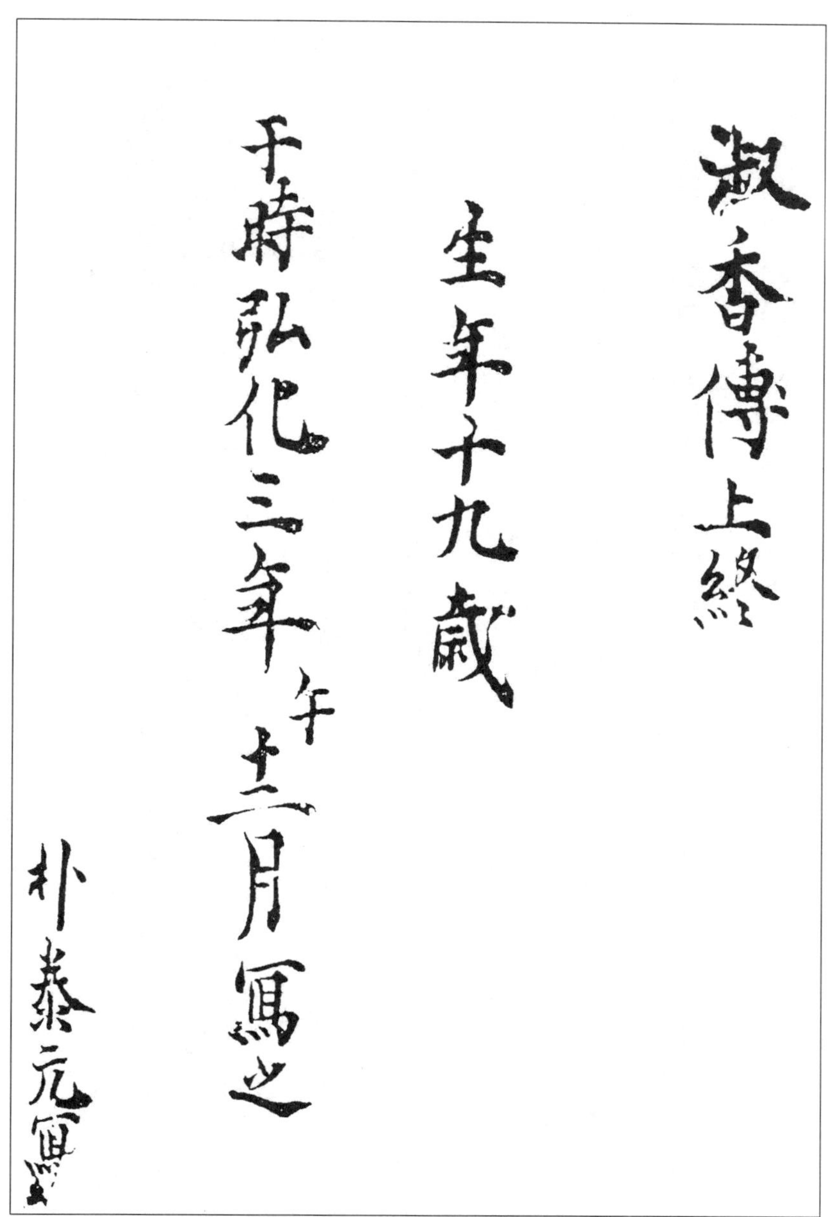

[원문자료 3c] <숙향전>(경도대) 상권 끝면 필사기

[원문자료 4] <숙향전>(경도대) 본문 하권 첫째 면

이 인용에서 보듯이 심씨가본은 하단 부분이 훼손되어 알 수 없으나, 경도대본과 비교하면 양본이 완전히 같은 것임을 알 수 있다. 번거로움을 피하여 이 이상의 비교는 생략하거니와, 24장 이하가 낙장된 심씨가본은, 비록 역시 미완본이긴 하지만 경도대본에 의하여 어느 정도(경도대본 제26장 뒷면 제2행 13자부터 제46장까지) 보완될 수가 있는 것이다. 심씨가본 <숙향전> 권상의 끝 부분은 난리통에 부모를 잃고 방황하던 숙향이 장승상의 양녀가 되어 사랑을 받게 되자, 이를 시기한 시비侍婢 사향四香이 장승상댁 가보를 훔쳐 내어 숙향이 쓰는 장 속에 넣어두고 장승상에게 무고誣告하니, 대로한 장승상이 부인에게 숙향을 당장 쫓아내라 하고, 이에 숙향이 부인에게 자신의 무죄함을 호소하매, 부인이 장승상에게 그 뜻을 전하여 화를 풀게 하겠다며 물러간 직후의 장면이다.

> 사향四香이 드러와 거즛 승상丞相 말숨으로 부인夫人끠 엿즈오되 숙향淑
> 香의 행실行實이 불측不測ᄒ거놀 엇지 지금至今 머므로 두고 므슴 말슴을
> ᄒ시ᄂ니잇가

반면 경도대본 상권의 끝 장면은 사향의 모략으로 결국은 장승상 집에서 쫓겨난 숙향이 자살을 결행하려다가 선인의 도움을 받아 마고麻姑할미의 집에 의탁하게 직후의 장면이다(이것은 바로 심씨가 소장의 또 다른 <숙향전> 이본의 끝 장면이기도 하다).

> 슉향이 여러 날 할미집의 이셔 보니 스나히 업슬시 올코 무을사롬도 만
> 대로 출입出入지 아니ᄒ거놀 숙향向이 소세梳洗롤 다스리고 새옷 ᄀ라닙고
> 사창紗窓을 지혀 안자 수繡ᄒᄃ니 할미 드러와 보고 크게 깃거 드립더

한편 양본 모두 하권의 첫머리는 숙향과 이선李仙이 청삽사리를 매개로 하여 서로 그리워하는 정을 담은 서신을 주고받는 장면으로부터 시작한다.

그 글의 ᄒ여시되 ○슬프다 슉향아 험홀샤 팔지야 오세예 부모를 여희
고 동서 개걸ᄒ니 놈이 다 쳔히 녀기ᄂ도라(다) 십년을 고공사리ᄒ니 ᄆ
츰내 악명을 면티 못ᄒ도다 삼싱연분이며 월하연분으로 니랑을 만낫더니
원앙금침 덥지 못ᄒ여 니별을(은) ᄆ슴 쥔고 오쟉교 ᄯᅳ저시니 면목을 엇
지 보며 약슈 삼쳔니 ᄀ려시니 쳥됴 쇼식 어렵도다 이싱이 박명ᄒ니 일
마다 블ᄒᆡᆼᄒ여 할미ᄆ자 세상을 니별하여시니 텬지ᄂ 비록 광ᄃᆡᄒ나 ᄒᆞ
몸 의탁이 어렵쏘다

전술한 바와 같이 심씨가본에는 일역이 병기되어 있다는 점이 특이하
고, 간혹 심씨가본의 오자誤字가 경도대본에서 정정된 것(예컨대 상기 인
례 중 괄호 내의 부분)이 다를 뿐, 양본은 완전히 같은 본의 필사임을 알
수 있다. 심씨가본의 후미는 '황제皇帝 긔득이 녀기셔 진서장군鎭西將軍의
서량태수西凉太守룰 ᄒ이여 도적盜賊을'에서 끝나고 있으나, 이를 경도대본
과 대조해 보면, 경도대본 제90장 앞면 제7행 둘째 자로부터 끝까지 대략
1장 반의 분량이 없어졌음을 알 수 있다.

그러면 심씨가본과 경도대본이 이처럼 같은 이유는 원래 같은 원본으
로부터 파생되었기 때문이 아닐까? 앞에서도 언급한 바 있지만, 경도대본
들은 모두 1917년 신촌출新村出[신무라 이즈루]이 묘대천에서 수집했던
것들이었다. <숙향전>도 그 중의 하나이므로 양본이 동일한 것은 당연
하다고 하겠다. 경도대본 <숙향전> 상권 말미에는 '생년19세生年十九歲
우시홍화3년오12월 사지于時弘化三年午十二月寫之 박태원사종朴泰元寫終'이라
되어 있는데, 이 기록에 의하면 우리는 이 책이 1850년 박태원이란 사람
에 의하여 필사되었음을 분명히 알 수 있다. 그런데 이 인물명은 심씨가
본 소장의 『교린수지』 권3의 말미에도 '천보13년인 11월 28일 박태원天保
十三年寅十一月二十八日朴泰元'이라 나타나고, 경도대본 『표민대화漂民對話』에
도 '박태원'이라 나타난다. 이처럼 세 본에 나타나는 '박태원'이란 인물에
대하여 우리는 다음과 같은 사실을 참고하여 봄직하다. 즉 필자가 녹아도
현 묘대천에 심씨가를 방문하였을 때 열람했던 조선어 사본 8종에 대하

여, 심수관 씨는 원래 동 문헌들은 모두 그 선조 때에 사돈 관계를 맺었던 같은 마을의 통사 집안인 박씨가에서 가져온 것이라고 한 바 있었다. 그는 또한 당 마을에 이씨와 박씨 같은 통사 집안의 후손이 지금도 거주하고 있으며, 이 중 박씨가의 종손만은 당시에 동경으로 이주하여 살고 있다고 하였다.

당초 임진·정유 양란 후에 묘대천으로 끌려 온 피로인들에게 맡겨진 책무는 살마소薩摩燒[사쓰마야키]를 굽는 일이 제일 중요하였지만, 그 밖에 조선과의 무역이라든가 혹은 표류민漂流民 처리시의 통역도 그들만이 담당할 수 있는 일이었다. 그러나 1세가 지나고 2세, 3세로 됨에 따라 그들의 조선어 능력도 차차 저하되어 갔으므로 이들의 교육을 위하여 대마도로부터 조선어 통사를 초빙하여 조선어 교육을 하게 되었다. 지금 그 정확한 연대를 알 수는 없지만, 1828년부터 1839년에 전후 6회에 걸쳐 사쓰마 지방을 여행한 후『살양왕반기사薩陽往返記事』를 남겼던 고목선조高木善助(1786~1854)가 묘대천에 갔었을 때 대마 통사를 만났던 일이 있으며, 1917년 신촌출이 자료 탐방차 묘대천에 가 수집하여 현재 경도대학 문학부 언어학연구실에 소장되어 있는 조선어 어학서 25책의 원천은 대부분 대마도에서 온 것이며, 묘대천의 통사에 의해 쓰인 것으로는『표래지조선인서문집漂來之朝鮮人書文集』과『조선어학서朝鮮語學書』정도에 불과한 것으로 밝혀졌다.39) 더구나 앞에서 언급한 바 있는 우삼방주의 <방주저술>에 보이는 책들의 상당수가 묘대천의 조선어 학습서와 일치된다는 점도 이를 방증해 준다.

한편 경도대 소장의『조선어학서朝鮮語學書』(가칭)를 하이선何伊仙(일명一名 일관壹官)이 학습했던 책임은 동서 말미의 '증문證文'에 밝혀져 있으며, 더구나 이 글에는 그가 '조선통사묘대천이흔달제자朝鮮通詞苗代川李欣達弟子'라 하고 있다. 이 인물에 대하여 현재 묘대천에 전하는『지난해의 조선인

---

39) 이들 책의 필사 연대도 1751년에 필사된『조선어학서』의 경우를 제외하면 대체로 1808~1864년에 걸쳐 있다. 정광, 앞의 책 p. 73 이하 참조.

피소도류 장부 묘대천(先年朝鮮より被召渡留帳苗代川)』이란 문헌의 관보寬保[칸보] 3년(1743) 6월 조에는 '이흔달 통사 제자 하이선·박춘림·신순열·정영석·이춘달李欣達通事弟子何伊仙 朴春林 伸順悅 丁榮石 李春達'이라 되어 있다.

한편 1995년 필자의 방문시에 확인할 수 있었던 묘대천 심씨가의 조선어 사본 8종도 조선어 학습용으로 사용된 것이 분명해 보인다. 따라서 경도대본 <숙향전>의 필사자인 '박태원'과 심씨가본『교린수지』및『표민대화』의 '박태원'이 동일인이며, 전자의 출처가 묘대천임이 분명하다 하겠다. 이 점에 추가하여 경도대본『표민대화』의 표지 이면에 '박태량朴泰良'이라 되어 있음을 보면, 그도 묘대천과 박씨가의 사람으로 박태원과 형제간임을 알 수 있다.40) 하여튼 박태원이 '홍화弘化[고카] 3년(1846)'에 19세였다는 경도대본 <숙향전>의 기록을 근거로 한다면 '천보天保[뎀포] 13년(1842)'에 쓰인『교린수지』는 그가 15세였을 때 쓴 것임을 알 수 있다. 앞서 든 우삼방주의 <한학생원임용장韓學生員任用帳>에 의하면, 그는 역관의 조년早年 양성 필요성을 서술한 데에 이어 보다 구체적으로 12~15세의 '계고생稽古生'(역생譯生)을 선발하여 교육시킬 것을 주장한 바 있었다. 지금『숙향전』·『표민대화』같은 묘대천과 박씨가의 사본들이 경도대 도서관으로 유입된 자세한 경로를 알 수는 없으나, 이는 전술한 13대 심수관이 경도대 출신이었던 데에 인연이 있는 것일지도 모르겠다.

일반적으로 모든 <숙향전> 이본들 간의 내용상의 차이는 별로 없으며, 현전 국내 이본 중 일본의 심씨가본41)과 가장 유사한 이본이 이대본임은 이미 앞서 언급한 이상구의 논문에 의하여 상세히 검증된 바 있다. 따라서 여기서는 내용적인 비교에 대한 상론을 피하기로 하고, 작품 첫머

---

40) 경도대본의 필사자들이『왜어유해』에 '박이원朴伊圓(1837) ;『인어대방』에 '박평관朴平寬(1859) 등으로 되어 있음도 참고된다.

41) 이상헌 소장의 영인본을 대상으로 한 것이기는 하지만, 이 본의 내용은 경도대본 상권 끝 부분의 '드립더'라는 단어가 결락된 외에는 경도대본과 같다. 물론 표기까지 꼭같다는 것은 아니다.

리에 나타나는 어절들 일부를 대비해 봄으로써 양본의 시대적 선후를 추정해 보고자 한다.

	A. 심씨가본	B. 이대본
(1) 하루는	홀눈	일일은
(2) 배[腹腹]에	비바당의	발의[42]
(3) 저물도록	져므도록	져무도록
(4) 몸은	몸으란	몸은
(5) 머리만	마리만	머리만
(6) 판자 같은 것	마판磨板ㄹ탄거시	판ㄹ갓탄것시
(7) 머리만	마리만	머리만
(8) 앞에	앒픠	압히
(9) 제비알	져븨알	제비알만한
(10) 구름모이듯하고	구름못듯ㅎ고	구롬갓거늘

이상은 양본의 처음 두 장에 나타나는 어휘만을 뽑아 본 것이다. 국어학적인 지식이 부족한 문외한이라도 B보다 A쪽이 훨씬 고태古態를 지닌 것임은 쉽게 알 수 있다. 따라서 심씨가본이나 경도대본이 동계의 이본인 이대본보다 선본先本이라는 결론이 된다.

일본에 소장되어 있는 <숙향전>의 계보적 위상을 살펴보기 위하여 이상구의 위 논문에서 문제시되었던 삽화들[43]을 중심으로 심씨가본과 경도대본의 특징을 간략히 살펴보기로 하겠다.

1) '김전'의 이름 표기 : 김전金典(이대본은 '김전. 그 밖에 이본에 따라 金瑑, 金銓, 金佺 등으로 나타나기도 함).
2) 운수선생雲水先生의 도덕성과 죽음 : 있음(이대본과 같음).

---

42) 이 예는 매우 흥미 있는 것으로서, 필사자는 '비바당'이 '뱃바닥' 곧 '배[腹腹]'인 줄 모르고 '발바닥'으로 착각한 듯하다.
43) 이상구, pp. 142~143 참조.

3) 생계를 위하여 거북을 놓아 줄 수 없다는 어부들의 거절 : 있음(위와 같음. 대부분의 한문본들에는 결여되어 있음).

4) 숙향의 탄생 징후 : 장씨가 태몽을 얻음(이대본도 같음. 경판본에서는 김전 부부가 태몽을 얻음).

5) 숙향의 이름을 짓게 된 동기 : '곳 ㄳ튼 얼굴이 비상非常ᄒ고 맑은 향香내 방房안의 진동振動ᄒ엿거ᄂᆞᆯ 일홈을 숙향淑香이라 ᄒ고'(모든 이본이 대체로 동일함. 단 경판본만은 선녀의 지시에 의함).

6) 숙향의 장래 액운에 대한 상자相者의 예언 : 있음(대부분의 이본이 동일하나 경판계에는 결여되어 있음).

7) 피난 가던 도중 숙향을 내버리는 문제로 인한 부부의 갈등 : 갈등 심함(이대본과 같음. 한중연 A본에는 부부간 갈등이 간략하게 되어 있는 반면 숙향과의 갈등은 매우 핍진逼眞하게 그려져 있음. 한편 일부 한문본에는 갈등이 결여되어 있음).

7~8) 저승[명사계冥司界]에 대한 숙향과 후토부인后土夫人 간의 문답 : 있음(한중연 A본과 같음. 이것이 이대본에는 일부 누락되어 문맥이 어색해짐).

8) 포진강에서 용녀에게 사례하는 사람 : 선녀(대부분의 이본이 동일. 나손 A본계만 '숙향'으로 오기되어 있음).

9) 이화정梨花亭에서 숙향이 불구자 행세를 함 : 있음(대부분의 한문본에는 결여되어 있음).

10)~16) (낙장된 관계로 미상임).

17) 동산에서 숙향을 처음 만난 사람 : 유부乳夫(경판본만 유모로 되어 있는 것 외에 여타본은 같음).

18) 이선이 형주자사荊州刺使를 자원하는 이유 : 국사國事 및 양왕梁王의 늑혼勒婚 거절(이대본이나 한중연 A본도 동일하나, 경판본이나 한문본들에는 '국사'만을 위한 것으로 처리되어 있음).

18~19) 영춘당迎春堂 감회시感懷詩 : 숙향이 승상부인이 없는 자리에서 영춘당 감회시를 지었더니, 시녀가 이를 승상부인에게 전송傳頌함(한중연 A본과 동일함. 이대본에서는 승상부인이 직접 듣게 되는 것으로 되어 있음).

19) 숙향이 부모를 만난 상봉 잔치에 참석했다가 황성皇城으로 돌아가 황

제께 그 기사奇事를 주달奏達한 사람 : 장승희張承喜(경판본과 한중연 A
본에는 '양회', 그밖의 한문본들에는 '장회張淮'로 나타나나, 이대본에
는 이름이 나타나지 않음).
20) 설중매雪中梅 탄생시의 태몽을 꾼 사람 : 양왕(한중연 A본도 같음. 여
타본에는 양왕의 부인으로 되어 있음).
21) 이선과 설중매의 결연 암시 : '봉래산蓬萊山 설중매 그딕 집의 쩌러려
시니 외얏남긔 가지 번성蕃盛ᄒ리라'(이대본을 제외한 다른 이본도 대
체로 동일함).
22) 양왕이 설중매에게 자신이 자식이 없음을 이유로 사위를 얻고자 함 :
결여(이대본도 결여. 반면 여타본에는 이 내용이 나타남).
23) 설중매가 이선과의 결연을 부모에게 고집하는 때에 황제 내외의 동석
여부 : 부동석(이대본에서만 동석인 것으로 처리되어 있음).
24) 이선이 구리성에 갇힘 : (이대본에만 이 삽화가 결여되어 있음).
25) 용궁 선관이 이선이 지닌 옥지환의 출처를 물음 : 이 대목이 들어 있
음(경판본을 제외한 모든 이본에 이 삽화가 나타남).

이러한 대비를 통해서도 알 수 있는 바와 같이, <숙향전> 이본군 중
일본 소재 이본과 가장 근사한 국내 사본이 이대본임은 틀림없다. 물론
양 이본 간의 차이가 전연 없는 것은 아니지만, 그것은 필사시의 실수이
거나 임의적인 축약 과정에서 파생된 것으로 보아도 좋을 것이다.

5) 맺음말

이상에서 필자는 그간 이론이 있어 왔던 <숙향전>의 형성 연대를 중
심으로 논의해 왔다. 그리하여 일본측 자료인 우삼방주(아메노모리 호슈)
의 <사계고지자사립기록詞稽古之者仕立記錄> 및 <한학생원임용장韓學生員任
用帳>에 나타나는 기록으로 인하여 <숙향전>의 형성 연대가 17세기 말
경까지 소급할 수 있음을 확증할 수 있게 되었다. 따라서 이 글은, 이미

전고를 통하여 <숙향전>의 형성 연대를 17세기 말~18세기 초로 가정한 바 있는 필자로서는, 지론을 바꾸는 것이라기보다 그것을 보다 명백한 증거를 바탕으로 보강하였다는 의미를 지닌다. 단적으로 말해서 일본인 우삼방주(1668~1755)가 35세 때(1703)에 <숙향전> 및 <이백경전>을 필사하여 한국어 공부를 하였다는 자전적 기록의 존재는 이들 작품이 적어도 국내에서 훨씬 이전에 창작되어 대중들 사이에서 널리 읽혔음을 확증해 주는 증거가 된다. 그리고 심씨가본과 경도대본 <숙향전>이 모두 녹아도[가고시마]의 묘대천[나에시로카와]의 역관가에서 나온 것임을 밝힐 수 있었던 것도 또 하나의 수확이었다.

그런데 본고의 대상으로 삼은 이들 두 이본이 대체로 완본이 아닌 탓으로 연구의 대상으로 삼는 데에 문제점이 전연 없는 것은 아니지만, 개중에는 그 서지적 연대가 국내본들보다 훨씬 앞서는 것으로 생각되는 판본도 있으므로 매우 귀중히 생각된다. 이 글 가운데에서 간혹 논지와 직접적인 관계가 없거나 다소 거리가 있는 사실들을 장황하게 인용한 감이 없지 않으나, 이는 일본에서 이미 잘 알려진 사실들이라 하더라도, 국내의 연구가들에게 그다지 알려지지 않은 것으로 생각하여 만용을 부려 본 것이다. 혜량惠諒하시기를 바란다.

문헌 입수난으로 일부의 재일 <숙향전> 이본을 미처 볼 수 없었음은 매우 유감이다. 그리고 혹시 필자가 확인하지 못한 이본이 어느 곳에 더 소장되어 있을 가능성도 있다. 후일 이에 대한 보강 작업이 요청된다. 그밖에 재일 이본들에 대한 상호 비교도 필요하리라고 생각되지만 이에 대해서는 앞으로의 과제로 미루어 두기로 하겠다.

● 참조 원고

"<숙향전> 형성연대 재고", 『고전문학연구』 12(한국고전문학회, 1997. 12).

규슈의 고려 도예 산지 기행

1995년 7월 17일. 아침 일찍 서둘러 집을 떠났다. 우리가 타야 할 기차인 JR미도리 3호가 8시 51분에 하까다 역을 출발하기 때문이다. 지하철을 타고 나까스 가와바타 역에서 공항 행을 환승하여 하까다 역까지 갔다. 노조에 교수 부부는 이미 도착하여 우리를 기다리고 있었다. 우리가 탈 기차는 나가사끼 행인데, 노조에 교수의 지적대로, 겉에 '미도리색'[綠色]이 아니라 붉은 색이 칠해져 있는 것이 이상했다. 열차는 8시 51분에 출발. 끝없는 도시의 건물 속을 겨우 벗어나 전원 속으로 진입한 것은 사가시에 거의 이르렀을 때부터였다. 그만큼 이곳 사람들도 사람에 부대끼며 일생을 살아가는 모양이다. 그런데도 일본인의 평균 수명이 세계 최고라니 놀랄 만한 일이다. 하여튼 사가현은 일본에서도 유수의 곡창지대라 하더니 과연 널찍한 들판이 가슴을 시원하게 해주었다.

미도리호는 특급이지만, 도중 후쓰까이치시－도스[鳥栖]－사가[佐賀]－히젠야마구치[肥前山口]－다케오[武雄]온천 등에서 잠시 정차한 후, 드디어 우리들의 목적지인 아리타[有田] 역에 도착했다. 이곳은 도자기의 고장이라 그런지, 역의 이정표부터가 도자기 타일로 된 것이 우선 눈에 띄었다. 인포메이션센터로 가서 지도를 얻고 물어보니 불행히도 오늘은 월요일이라 시내 전역의 박물관들이 문을 열지 않는다고 하였다. 유감스럽게도 가마들만 찾아보는 수밖에 없게 된 모양이다. 우리는 우선 짐을 역 구내에 있는 수하물 보관함에 넣어둔 다음 콜택시를 불렀다. 4명이 탈 경우 버스

값보다도 헐하기 때문이다. 우리는 우선 아리타 도자기 단지로 갔다. 그곳은 팸플릿에 쓰인 대로 아리타야키의 모든 것을 한 곳에 모아 전시하고 있는 곳이었다. 총 2만 평의 부지에 이런 대규모의 단지가 들어선 것은 3년 정도밖에 안 되었다고 하지만, 그 엄청난 규모에 새삼 놀랐다(대형 점포 총 25개). 노조에 교수의 말을 듣고 알았지만, 이곳 아리타 일대에 일본 최초의 도자기 산업이 문을 열게 된 것은, 1616년에 임진란 때 조선인인 이삼평李參平이 붙잡혀 온 이후부터라고 하니, '400년 역사 운운'이 결코 헛소리가 아님을 알 수 있었다. 이곳에서는 이삼평을 도조陶祖로 받들어 모시고 있다고 하는데, 그를 기념하는 대규모의 기념비가 산정에 세워져 있다고 하였다.

우선 단지 근처부터 돌아본 후 찾아가 보기로 하였다. 단지에 들어서서 왼쪽부터 구경하기 시작하였는데, 내가 놀란 것은 그 다양하고도 멋진 모습들 때문이기도 했지만, 또한 그 가격들이 상상을 초월할 정도(?)로 비쌌기 때문이다. 작품 하나에 1000만 엔을 호가하는 것도 있음을 보았는데, 웬만한 작품은 보통 10만 엔대가 넘었다. 노조에 교수는 정가의 '0'을 하나쯤 뺐으면 좋겠다고 하고, 그 부인은 아니 '0'을 두 개는 빼어야 하겠다며 농담을 하였다. 하여튼 자그만 소품 값도 모두 천 엔대가 넘는 것을 보고, 내심 '눈만 버렸다'는 생각을 잠시 하여 보았다.

점심 식사 후 도보로 근처에 있는 겐에몬요[源右衛門窯]로 갔다. 작업에 방해가 되어 내부에는 들어가지 못하고, 창 밖에서 도자기 제작 과정을 볼 수 있다기에 그 말을 따랐다. 대체로 한 사람이 동일한 형태의 자기에다 동일한 밑그림들을 그려 넣고 있는 것을 구경하였다. 저처럼 일일이 손으로 그려 넣으니 단가가 그처럼 비싸겠거니 이해도 되었다. 한 달에 두 번 넣는다는 가마의 모습도 둘러본 다음, 오늘은 모든 박물관들이 휴관을 하고 있지만, 이곳 자료 전시관은 특별 요청을 하면 보여 준다기에, 노조에 교수가 간청을 하여 전시관을 볼 수 있었다. 전시관 입구 양쪽에 돌을 올려놓았기에 궁금히 여겼더니, 안내인이 그것은 폐관 중임을 표시하는 것이라 하였다. 사설이니만치 전시관 내부는 다소 소규모의 것이었으나, 한국 자료들까지 비치했을 정도로 꽤 볼 만하였다. 그곳에서 나와 콜택시를 불러 이번엔 역시 3대 '－에몬' 중의 하나라는 서부 근린공원 근처의 가키에몬요[柿右衛門窯]로 갔다. 전시물을 둘러보니 문자 그대로 이곳의 자기는 감나무를 비롯한 식물 및 그 열매의 그림 무늬가 특징이었다. 물론 유명세 때문인지 값은 천문학적(?) 숫자들이었지만. 1643년 초대 가키에몬[酒井田喜三右衛門]으로부터 현재 14대 가시에몬[酒井]에 이르기까지의 도자기 자료를 중심으로 전시하고 있는 자료관도 관람을 했다. 밖으로 나와 상징목인 감나무를 배경으로 사진을 찍었다. 바로 곁에 있는 이노우에요[井上萬二窯]로 가서 작가가 작업하는 현장을 들여다 보았다.

천천히 걸어 나가와라[南川良原]라는 도로 표지판이 서 있는 교차점에서 또 콜택시를 불렀다. 시내 중심로를 관통하여 이삼평의 묘비가 올려다 보이는 곳에서 내려 우선 음료수 마실 곳을 찾았다. 냉커피를 시켜 마신 후 그곳을 나와 산정에 보이는 이삼평 묘비나 도오잔 신사[陶山神社]를 구경하고자 하였으나 시간이 없어 포기하지 않으면 안 되었다. 이삼평의 묘비는 도오잔 신사를 향해 급한 돌계단을 올라가야만 하는데, 묘비에는 '도조이삼평비陶祖李參平碑'라고 하고 '우리 도조 이삼평 씨는 조선 충청도 금강인金江人이다…… 우리 아리타의 도조이실 뿐만 아니라 운운'이라 새겨져 있다고 하였다. 그가 도조로 일컬어지는 것은 일본에서 처음으로 자기를 구웠기 때문이지만, 그것은 1616년의 일이었다.

자기를 만드는 데에는 백자광白磁鑛이라는 특수한 원료를 찾아내야 할 뿐 아니라, 굽는 기술도 도기보다 훨씬 어렵다. 다도가 성했던 무로마치 시대에 들어와서도 일본에서는 그것을 구울 수가 없었다. 그런 터에 자기가 만들어졌으니 보통일이 아니었다. 나베시마한[鍋島藩]은 그것을 알자마자 번내에 산재해 있던 조선인 도공들을 아리타로 집결시켰다. 그리하여 10년도 못 되는 사이에 아리타에는 40에 달하는 자기요가 만들어지고 조선풍의 자기(초기 이마리야키)가 대량으로 생산되었다. 아리타는 일본 자기 생산의 메카로 되고 일본 각지는 물론 먼 유럽에까지 그 이름이 알려지게 되었다. 자기로 인해 막대한 수입을 얻게 된 나베시마한[藩]은 '비법'이 다른 한[藩]으로 유출됨을 두려워 해 일본인의 아리타 출입을 엄중히 차단시키고 자기의 판매를 3리나 떨어진 이마리항[港]으로 한정시켰을 정도였다고 한다.

　이삼평 묘비나 도잔진자[陶山神社]를 구경하는 것은 시간이 없어 먼발치로 보는 것으로 만족하고 근처에 있는 후카가와제자[深川製磁]의 참고관을 찾아갔다. 이곳은 고란샤[香蘭社]와 함께 한국 청주의 한국도자기나 목포의 행남도자기 같은 도자기회사인 모양이었다. 기계 제품인 탓인지 그 중에는 비교적 싼 것들도 많았다. 그곳을 나와 역 쪽으로 가면서 고란샤 진열관을 단숨에 둘러보았다. 우레시노 온천 행 버스 시간이 다 되었기 때문이다. 그리하여 고란샤 근처에 3대 에몬으로 유명하다는 곤에몬[今右衛門]도 있었지만, 미처 보지 못하고 발걸음을 재촉하여야만 했다.

＊　　　＊　　　＊

　9월 10일 제주대 현 선생과 함께 8시경에 숙소를 나와 마쓰바라[송원효준松原孝俊] 교수의 차를 탔다. 도중 음식점에 잠시 들러 밥을 먹었다. 11시에 나에시로가와[苗代川] 곧 미야마[美山]의 심수관沈壽官 씨와 약속이 되어 있었으므로 별로 서두를 필요는 없었다. 나에시로가와는 가고시마본선의 종점에 가까운 이슈인[伊集院]이란 작은 역으로부터 길을 따라 서북쪽으로 가면 미야마[美山]란 곳에 이르게 되는데, 행정적으로는 헤키군[日置郡東市來町]에 속한다고 한다. '미산'은 마치[町]와 무라[村]를 합병했을 때에 붙여진 이름으로 원래는 나에시로가와[苗代川]라 하던 곳이다.

　임진왜란에 이어 정유재란이 발발한 이듬해인 1598년 11월, 다시 패주하게 된 왜병은 몇 개의 무리를 이루어 부산에 집결하고, 전군이 모이는 것을 기다려 철퇴하기로 결정하였다. 그러나 시마즈[島津]가 사천으로부터 부산에 이르렀을 때 가토오[加藤]나 구로다[黑田], 모오리[毛利]들은 이미 도

주한 후였다. 이런 와중에서도 시마즈는 84명의 조선인 도공을 연행하였다. 그 중 남녀 43명을 웬일인지 구시키노[串木野] 해안에다 표착에 가까운 모습으로 상륙시키고 말았다. 이때가 1599년경이었다고 한다. 그 후 토착인들이 수시로 무리를 지어 습격을 하여 왔으므로, 피로인들은 4년 후인 1603년에 마을로부터 멀리 떨어진 나에시로가와의 산중으로 옮겨가지 않으면 안 되었다. 그들은 그곳에서 밭을 일구는 한편 도기를 굽는 흙을 찾아 잡기들을 굽기 시작했다. 그리고 마을 서쪽에 있는 언덕 위에 조묘祖廟를 세우고 음력 8월 15일을 기해 온 마을 사람들이 그곳에 모여 선령들에게 제사를 지내며 고향을 그리워했다고 한다. 언덕 위에 올라서면 바다가 보이고 그 바다 저편으로 고국이 있다고 믿었기 때문이겠다. 그러나 그 조묘는 명치 초기의 신불神佛 분리 때 신사神社로 바뀌어져 1917년에는 신사풍으로 개조되었는데, 이것이 오늘날의 교쿠잔진자[玉山神社, 玉山宮]이라고 한다.

나에시로가와를 유명하게 만든 것은 시로사쓰마[白薩摩]의 투조透彫를 만든 제12대 심수관으로, 이곳에서 만들어진 자기는 메이지[明治]시대 전반에 이르러 유럽이나 호주에까지 수출되어 사쓰마·웨어의 이름을 떨쳤다고 한다. 13대의 심수관 씨는 7고를 거쳐 교토대학 철학과를 졸업한 후 나에시로가와로 돌아와 야키모노히토[燒物人]로 살았다. 그는 젊었을 때 심씨의 본관지인 경북 청송군을 찾은 일도 있었다고 한다. 그리하여 그는 일찍이 고국에 돌아갈 꿈을 끝내 이루지 못했던 1대 조상 심당관沈當官의 소원을 삼백 수십 년 만에 자신이 이루었던 일이 무엇보다 큰 즐거움이었다고 술회했다고 한다. 그러나 그도 한국을 방문한 지 불과 1년 7개월 만에 작고하고, 지금의 심수관 씨는 14대이다. 그는 일찍이 와세다대학 정치학과 출신으로, 대학 수학 때문에 잠시 동경에 머문 후에는 곧 나에시로가와로 돌아와 도기를 만드는 데에 전념해 오고 있다.

자기의 마을로 들어서니 아리타처럼 길 좌우가 모두 자기 상점이었으나 아리타에 비하면 그야말로 소박한 규모로 보였다. 심수관원壽官陶苑을

찾아가니 정문 입구에 '대한민국녹아도명예총령사大韓民國鹿兒島名譽總領事'
라는 간판과 함께 한일 양국기가 게양되어 있었다. 도자기 전시관으로 들
어가 잠시 둘러보고 있자니 여자 직원이 와 응접실로 안내하였다. 얼마
후 심수관 씨(14대)가 나왔다. 수염을 길게 기른 모습 때문에 얼핏 옛 한
국 노인을 대하는 느낌이 들었다. 안락의자에 앉아 장시간 대화하며 <숙
향전>, <최충전> 등을 열람하였다. 복사를 하고 싶었으나, 가고시마 현
립도서관에 원본 그대로를 모두 복사하여 비치하고 있으니 전화를 해 줄
테니 그것을 복사하여 가라고 하였다. 그리고 오늘이 일요일이지만 직원
이 나와 있을 것이며, 자신은 동 도서관의 운영위원이니 잘 해 줄 것이라
하였다. 그리고 심옹은 도서관으로 직접 전화를 하여 우리가 가거든 잘
대해 주라고 부탁까지 해 놓았다. 그는 업무가 바쁠 텐데도 매우 장시간
우리를 대해 주었다. 응접실에서 심옹이 보여 주는 가보家寶라는 낡은 망
건과 '백세청풍百世淸風'이란 탁본도 구경하였다. 사방벽에는 노 전 대통령
에게서 받은 명예총영사 임명장 및 히로히토 천황의 표창장, 사토 에사쿠
[佐藤榮作] 전 수상의 휘호 따위가 액자에 넣어져 실내를 장식하고 있었다.
12시 반경에 심옹가를 나온 우리는 옥산궁을 찾아보기로 하였다. 그곳은
단군을 모시고 있는 곳으로 알려진 곳이었다. 천천히 걸어 옥산신사를 찾
아가는 도중에 빗방울이 떨어지기 시작하였다. 마쓰바라 교수는 차를 가
지러 돌아가고, 현 선생과 나는 그대로 옥산신사로 향하였다.

　갑자기 빗방울이 굵어지기 시작하더니 금방 세찬 소낙비로 변하였다.
할 수 없이 우리는 근처 하까 곁의 대나무 숲으로 들어가 비가 그치기를
기다렸다. 처음엔 견딜 만하더니 나중엔 대나무 잎새를 타고 흘러내리는
빗방울이 금방 옷으로 스며들었다. 다행히 그제서야 마쓰바라 교수가 차
를 가져와 차를 타고 신사를 찾아 들어갔다. 신사로 이르는 길은 겨우 자
동차 한 대가 빠져 나갈 수 있는 좁은 길이었는데 별로 이용된 적이 없는
듯 험하기 짝이 없었다. 산사에 도착하니 소낙비가 그쳤다. 신사는 지키
는 사람도 전혀 없었고 본당도 자물쇠가 채워져 있었다. 신사를 둘러보고

그곳에서 내려와 마쓰바라 교수가 약속하였다는 노인을 사타로오요[佐太郎窯]로 찾아갔으나 문제의 인물인 사메지마[鮫島佐太郎]노인은 아직 돌아와 있지 않았다. 할 수 없이 배도 고프고 하여 점심을 먹으러 식당을 찾아보았으나 없어서 이슈인[伊集院]까지 나갔다. 일요일인데다가 이미 시각이 2시가 넘은 때문인지 모두 문을 닫아 버려 10여 곳을 헤매던 끝에 겨우 구멍가게나 다름없는 자그마한 식당으로 들어갈 수 있었다. 우동을 시켜 먹었다. 그곳을 나와 사타로요로 다시 가니 점원으로부터 사메지마 노인이 아직 돌아오지는 않았으나 이웃집에 있다는 말을 들었다. 그래서 그 집을 찾아 가보니 과연 사메지마 노인이 맞아 주었다. <옥산신사가>를 들려주기를 부탁하자, 옹은 그 노래는 어렸을 때 들었던 적이 있긴 하지만 자신은 전혀 알지를 못한다며, 당시의 신사에서의 의례에 관하여 몇 가지 증언을 하여 주었다. 요컨대 동 신사에서는 한국 무당에 의하여 한국식으로 의례가 행해지다가 전쟁이 끝나자 '한국 노래를 왜 부르느냐'는 동민들의 항의로 중단되고 말았다는 것이다. 하지만 나중에 가고시마대학에서 찾아낸 이두현 교수의 1973년 논문(『남일본문화』6, "옥산궁묘제玉山宮廟祭")에 의하면 그때에도 아직 생생한 증언자는 생존해 있었다는 것을 알 수 있었다. 하여튼 우리는 끝내 노래를 듣지 못한 채 미련을 남긴 채 나에시로가와를 떠났다.

● **참조 원고**
....
　"큐슈의 고려 도예 산지를 둘러보고", 『일원一源』(1997. 9).

4. 고전소설에 나타난 사대성과 주체성

1)

　지난 역사 속에서 우리는 많은 사대주의적 사례들을 찾아볼 수가 있다. 여기서 사대주의적이라 함은 자신의 능력과 자랑거리를 전혀 깨닫지 못하고, 자기 자신을 지나치게 낮춰봄과 동시에 남의 능력을 보다 더 높게 평가함으로써, 남의 것을 무조건 훌륭하다고 생각하여 떠받드는 태도를 이름이다. 사대주의적 태도의 밑바탕에는 능력의 한계성, 국토의 협소성에 따른 스케일의 문제가 뿌리 깊게 작용되고 있다. 그리하여 큰 나라와 작은 나라, 높은 나라와 낮은 나라라는 식으로 항상 이분법적인 대비 관념이 작용하여, 역사상의 인물이라도 으레 저편의 인물이 위대한 것으로 돋보이는 반면, 이 땅의 인물은 스스로를 과소평가하거나 상대를 뛰어 넘을 수 없는 벽으로 느껴 중도에 좌절하고 만다. 경우에 따라서 아예 그 밑뿌리를 저편에 두어, 자기 조상이 원래 이 땅에서 태어나지 않았음을 억지로 조작하여 큰 자랑거리인 양 내세우는 사람도 있다.

　예컨대 여러 성씨들이 그 선조를 중국인으로 가장하고 있다든가(물론 그 중에는 사실일 경우도 있겠지만), 또는 역사적 사실 속에서도 기자의 건국이라든가, 고려 왕실의 선조가 당나라의 황제였다는 기록을 꾸미며

(김관의金寬毅의 『편년통록編年通錄』), 신라의 솔거는 실은 당나라의 이름난 화가 승요僧瑤가 표류 입국하여 이름을 바꾸었다는 식으로(<백률사중수기栢栗寺重修記>) 주장하기도 한다. 이러한 예들은 이루 셀 수 없을 만큼 널려 있어서, 어떤 경우에는 그 정도가 심하여 그저 아연할 따름이다.

사대주의적 사고의 병폐의 하나는, 우리는 땅이 좁으니까, 따라서 스케일이 작으니까, 작은 대로 만족할 줄 알아야 하지, 큰 것을 넘겨다보아서는 안 된다는 터부[禁忌]가 뿌리 깊이 작용하고 있다는 점이다. 큰 것, 강한 것에 대한 피해의식이 이 땅의 백성으로 하여금 스스로 밖으로 향하는 의지를 애써 중도에 좌절시키는 지혜를 얻게 하였나 보다. 그러한 예를 우리는 다음과 같은 민간 설화를 통하여 얼핏 엿볼 수 있지 않을까 한다.

이성계가 대군을 몰아 중국을 치려던 중 만주 벌판에서 주막집을 찾아 목을 축이려고 하였다. 주막집 노파가 천 냥짜리 술과 만 냥짜리 술을 내어 선택을 강요하니, 이성계는 군자금을 축내지 않으려는 성심에서 전자를 택하였다. 그랬더니 노파는 만 냥짜리 술은 이미 주원장이라는 장수가 중국을 치러 가던 중 마셔 버렸다는 이야기를 들려주었다. 그리하여 이성계는 노파(실은 신령이었다 함)의 충고에 따라 요동 정벌을 포기하고 말았다는 것이다. 이 이야기야말로 한낱 호사가의 소일거리에 지나지 않는 것이지만, 문제는 이러한 이야기가 우리 민간에서 널리 전파되고 있다는 점일 것이다. 이것이 스케일의 대소, 바꾸어 말하면 이른바 대륙적이냐 아니냐를 따져, 스스로 주저앉고 마는 것에 대한 자기 합리화가 아니고 그 무엇이겠는가?

2)

사대주의적 태도는 고전소설 속에서 무수히 찾아볼 수 있다. 번거로움을 피하여 하나의 작품, 예컨대 <설인귀전>을 통하여 그러한 태도를 살펴보자. 이 소설은 다른 어떤 고전소설다도 비교적 일찍부터 우리 민간에서 애독되었음을 우선 지적해 두고 싶다. 고전소설 중에서 연대가 확실한 광해군 때 허균의 <홍길동전>과 숙종 때 김만중의 <구운몽>, <사씨남정기>를 제외하면, <설인귀전>은 시기로 보아 매우 앞선다. 이 사실을 반증해 주는 문헌으로는 영조 때 조수삼趙秀三(1762~1849)의 『추재집秋齋集』이 있다. 그 기록에 의하면, 당시 직업적인 이야기꾼들의 주요 레퍼토리로 <설인귀전>을 비롯하여 <숙향전>, <심청전>, <소대성전> 등을 들고 있다. 이를 보면 당시까지만 해도 오늘날에는 고전소설의 대표적인 작품이 되어 있는 이른바 판소리계 소설들―<춘향전>·<흥부전> 등―이 아직 유동적인 상태로 광대들의 입을 통하여 노래로 불릴 뿐이었음을 알 수 있다. 이 사실은 역시 정조 18년(1794)에 쓰인 일본 사람 오다 이쿠고로[小田幾五郎]의 『상서기문象胥紀聞』에도 위에서 말한 <구운몽>, <사씨남정기>, <소대성전>, <숙향전> 등만 보이지, 판소리계 소설은 하나도 없다는 사실에서 확인할 수 있다. 또한 현존 <춘향전>의 최고본이라고 할 수 있는 만화본晩華本 <춘향가春香歌>가 영조 30년(1754)에 이루어진 것이긴 하지만 타령의 활자화에 지나지 않으며, 저 유명한 신재효본申在孝本 <춘향가春香歌>의 연대도 대략 1867~1873년경으로 추측될 뿐, 소설의 출현을 이야기해 주는 증거는 전혀 나타나지 않는다. 이른바 상업적 출판의 시초인 방각본이 형성된 시기가 대략 철종 말에서 고종 초로 생각되느니만큼, 소설의 형성은 그보다 이전 대략 순·현종 때라 믿어도 좋으리라 생각된다.

하여튼 이렇게 소설이 시작될 무렵에 <설인귀전>이 이 땅의 민중들 사이에서 대단한 인기를 누렸다는 점은 소설사적으로 보아 의미 있는 일이다. 길게 설명할 필요도 없이 이 소설은 당나라의 설인귀가 우리 민족의 영웅 연개소문을 맞아 싸워 이긴다는 내용으로 되어 있다. 그런데 이 소설은 당대의 민중에게 많은 애호를 받았을 뿐만 아니라, 후대 소설에도 많은 영향을 주었음을 알 수 있으니, 군담소설의 출현에 크게 기여하였다는 막연한 사실은 제쳐 놓고라도, 구체적으로 연개소문이 당태종의 항복을 강요하는 장면이 <유충렬전>, <황장군전>, <홍계월전>, <소대성전> 등등에 그대로 나타남을 보아서도 짐작된다.

그러나 문제는 <설인귀전>이 이 땅의 소설에 영향을 주었다는 점을 말하려는 것은 아니다. 이 작품의 원작이 중국인에 의하여 이루어졌다는 사실, 즉 이 소설이 번역소설이라는 점을 감안한다면, 그 내용은 어디까지나 그들의 입장에서 그들 본위로 썼을 것이므로, 연개소문이 폄하되고, 끝내 그들의 승리로 끝을 맺으리라는 것은 누구나 쉽게 짐작할 수 있을 것이다. 그러나 이러한 민족의 패배를 너무나 분명히 그리고 있는 이 작품이 그 많은 소설 중에서 유독 이 민족의 사랑을 받고 읽혀졌음은 어인 일인가? 이 작품 속에서는 연개소문의 이름조차 당 태종의 이름 이연李淵을 피하여 합소문盍蘇門이라 하고 있는 것부터 눈에 거슬린다. (물론 원작자인 중국인들로서는 당연했겠지만) 우리가 우리 선조의 이름조차 제대로 부르지 못하였단 말인가? 이것은 『삼국유사』의 작자가 문무왕文武王을 문호왕文虎王으로 쓴 것과는 또 다르다. 왜냐하면 이 작품이 번역 소개된 시기는 조선조에서도 거의 말엽에 속하기 때문이다.

역사적 사실은 그만두고라도 연개소문의 무용담은 작품의 전편을 통하여 잘 나타난다. 비록 중국인들의 입장에서 그린 것이긴 하지만, 대적할 자가 없이, 천군만마 사이를 혼자 횡행하여 적의 목을 벰이 마치 가을바람에 가랑잎 떨어뜨리듯이 묘사하고 있다. 이는 그만큼 영웅 연개소문에 대한 저들의 솔직한 고백을 드러내 주는 것이리라. 그러나 끝내 연개소문은 설인귀에게만은 패하고 만다. 거듭 강조하지만 이러한 사실은 역사에 없는 것을 소설적으로 지어낸 허구일진대, 이 작품 속에서 허다한 허황된 사실을 나열하면서도, '당제唐帝가 합소문과 싸우는 것은 조금 모호한 사실'이라 결론 짓고 있는 태도는 무엇을 말함인가?

요컨대 사대주의적 근성이 이러한 작품을 통하여 보인다 함은 필자의 독단 때문만은 아닐 것으로 믿는다.

3)

국토의 좁음이 결코 자포자기의 이유가 될 수 없으며, 남보다 열등하다
는 근거는 되지 못한다. 이 땅에서의 문학 부재의 원인은 보다 다른 곳에
있다. 우리는 소극적·수동적·의타적인 태도를 씻어 버리고, 좀 더 적극
적·능동적·주체적인 의지를 찾아야 하겠다. 그러한 의미에서 고전소설
중 몇몇 작품들은 재평가할 필요가 있다고 본다.

우선 <최치원전> 속에서, 우리는 '작은 고추가 매움'을 확인할 수 있
다. 즉 최치원이 일곱 살 되었을 때, 당나라에서 신라의 능력을 시험하기
위하여 두 명의 고명한 학자를 사신으로 보냈다. 그들이 이 땅에 들어와
어린 치원을 만나 주고받은 글구의 내용은 다음과 같다.

> A 문 : 도천파저월棹穿波底月   돛대는 물결 밑의 달을 꿴다.
>   답 : 선압수중천船壓水中天   배는 물 가운데 하늘을 누른다.
> B 문 : 수조부환침水鳥浮還沈   물새는 떴다 잠긴다.
>   답 : 산운단복련山雲斷復連   산 구름은 끊어졌다 다시 잇는다.

사신이 깜짝 놀라 "이 나라에 문장 명필이 얼마나 있느냐?"고 묻자, 치
원은 "우리나라 공경 대신 이하 자녀·손들이 글 잘하지 못하는 사람이
없어 이루 셀 수 없고, 내게 비교하면 몇 배 이상이라, 어찌 나같이 일찍
부모를 잃고 공부를 못한 사람에게 비하리까?"라고 대답하여 기를 죽였
다. 그래 다시 당나라에서는 돌함 속에 달걀을 넣어 겉을 여러 겹 봉한
뒤 다시 무쇠를 녹여 붓고 옥새를 찍은 종이를 붙여 못 열게 한 뒤, "속
에 무엇이 들어 있는지 맞추지 못하면 군사를 내어 쳐서 멸하겠다."라고
으름장을 놓았다. 이에 신라에서는 어찌할 바를 모르던 중 당시 재상집에
서 종 노릇을 하던 최치원의 지혜로 겨우 답을 얻게 되었다.

단단석물중團團石物中	둥글고 둥근 돌 가운데에 물건이
반백반황금半白半黃金	반은 희고 반은 황금이로구나.
야야지시명夜夜知時鳴	밤마다 때를 알아 울되
함정미토음含情未吐音	뜻만 머금고 소리는 뱉지 못한다.

당나라 황제가 답을 받아 본즉, 앞 구절에서 '달걀'이라 함은 옳거니와, 맨 뒷 구절의 뜻은 이상스러워 뚜껑을 열고 보니 이미 달걀이 부화되어 있었다. 이에 당나라에서는 이 같은 재주를 가진 자는 그대로 살려 둘 수 없다 하여 최치원을 당으로 보내주기를 청하였다. 그리하여 당나라로 건너간 최치원은 가지가지의 시험을 차례로 모두 통과하게 되는데, 가령 당나라의 석학들과의 논쟁, 빨강·파랑·노랑 부적으로써 위기를 벗어남(이는 우리 민담의 주요 모티프 중의 하나를 이용한 것이다), 음식에 탄 독약을 알아냄, 자객을 물리침 등등, 신하임을 자칭하며 (물론 현실을 어찌할 수 없으므로 그러한 것이겠지만) 끝까지 당나라의 콧대를 꺾어준 <최치원전>의 자주의식은 높이 살 만하다. 우리는 고전소설 속에서 이러한 의식을 찾아 살려야겠다. 그러한 점에서 <임진록>이나 <박씨전>, <사명당실기> 등이 보암직하나 다음 기회로 미룬다.

● 참조 원고

"고전소설에 나타난 사대성과 주체성", 『유아발달』 3 : 5[20](유아발달사, 1975. 6).

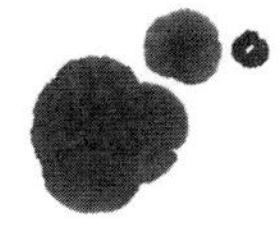

II. 고전소설 서지론

◈◈◈

1. 한문고전소설 <편옥기우기片玉奇遇記>

<편옥기우기>는 국민대 성곡도서관 소장(고813.5편01, 64196)의 고전소설로서 지금까지의 논저들에서 이름조차 언급된 바 없던 한문소설이다.[1] 이 작품은 현재 현 소장처 이외에는 소장된 곳이 알려져 있지 않으므로 유일본임을 인정할 수가 있을 것으로 생각되며, 일단 그런 점에서 소설 연구사상 일고의 가치가 크다고 하겠다. 이 소설은 전반적으로 한자 표기가 속자체俗字體로 필사되고 있어서 아직 완전 해독에 이르지는 못했으나, 내용의 전반적인 파악에는 별 어려움이 없다고 생각하므로 우선 자료 발굴 차원에서 이 소설을 소개해 보고자 한다.

이 작품의 발굴이 소설사적으로 지니고 있는 의의는 무엇보다도 새로운 한문소설의 추가라는 점을 들 수 있다. 우리 소설사 상 이른바 '전傳' 작품들을 제외한 순수 한문소설로 꼽을 수 있는 것들이 그다지 많지 않다. 더구나 단편이 아닌 중장편에 속하는 작품들은 십 수 개에 불과하다. 예컨대 우리의 고전소설 중 단행본으로 유통되었던 순한문의 중·장편 고전소설은 <김전전>(국중, 30장), <남홍량전>(국중, 91장), <서옥설>(약 30장), <수성지>(약 30장), <삼한습유>(약 40장), <상사동기>(약 20

---

1) 필자가 최근 펴낸 '고전소설 연구자료 총서'에는 표제 항목 756번으로 등재되어 있다.

장), <오유란전>(약 20장), <옥선몽>(국중, 86장), <왕회전>(한중연, 15
장), <운향전>(국중, 19장), <유선쌍학록>(이대, 총 715쪽), <일락정기>
(약 110장), <한당유사>(장수 미상) 등이 있을 뿐이다. 물론 그 밖에도
한문본이 더러 있으나, 그들은 한문본과 국문본 이본이 병존되고 있거나
중국소설임이 확실한 것들이다. 그러한 의미에서 <편옥기우기>(48장)의
발굴은 우리 한문소설사 목록에 새로운 작품을 덧보태어 표지를 추가 기
술을 할 수 있게 하였다는 점에서 적지 않은 의미를 지닌다.

　본 작품은 원표지 앞면이 해어지는 바람에 누런색의 서류 봉투를 이용
하여 표지를 개장改裝하여 붙였는데, 개장 표지에는 '片玉奇遇記편옥기우기
전全'이라 먹으로 쓰여[묵서墨書] 있으며, 풀로써 붙여져 있는 원표지는
글자가 마모되어 확실히 알 수 없으나 '片玉奇遇記편옥기우기'의 5자만은
뚜렷이 알 수 있다. 본문의 첫장 2면은 중복 필사되어 있는데, 그 중 처
음 1장 앞뒤 면은 개장의 과정에서 그렇게 된 듯, 1－2면의 순서가 2－1
면으로 엇바뀌어져 있으며, 자체字體로 보아 중복 필사된 앞머리 부분의
동일 내용의 두 장은 동일 필사자의 솜씨임을 알 수 있다. 중복 부분의
첫 장분은 그만두고 내용이 시작되는 사실상의 첫 장에는 '편옥기우기'라
는 제명 하단에 원 소장자의 것인 듯한 도장이 4개나 찍혀져 있으며, 같
은 도장[인印]이 작품이 끝나는 마지막에도 필사 연기 표시 아래 두 개
찍혀 있다. 전체 내용은 한지에 묵서되어 있으며, 책의 크기는 16.9cm×
26cm이고, 총 48장(96면)에 매면 10행, 각행 20자가 비교적 또박또박 쓰
여 있는데, 이를 글자 수로 계산하면 대략 19,200자 정도가 되어 결코 짧
지 않은 작품임을 알 수 있다.

　이 작품의 작자 및 창작 연대에 대하여는 아무런 기록이 없으므로 미
상으로 처리할 수밖에 없으나, 다만 작품 말미에 기록되어 있는 필사 연
대에 대해서 잠깐 언급해 보기로 한다. 제96면 제9행에 나타나는 '세재경
인지월일서종歲在庚寅至月日書終'으로 보아 이 작품은 '경인년' 섣달에 필사
되었음을 알 수 있다. 경인년을 역사상에서 찾아보면 가장 가까운 것이

1950년이고, 그 위로는 1890년, 1830년 등으로 소급된다. 이 중 1950년은 지질로나 동란動亂이라는 역사적 사실로 보나 우선적으로 배제할 수밖에 없겠으나, 상한선이 언제일까에 대하여는 뚜렷한 논거를 찾을 길이 없다. 다만 필자의 독단적인 가정으로는, 다음과 같은 특징으로 미루어, 이 소설을 19세기 이전으로 소급시키기는 어렵겠다고 생각한다. 우선 제64면에 나오는 문면文面을 보자.

> 외숙이 하인에게 글을 가져오라 하니, 하인이 각종 시편 약간편을 보여주었다. <u>페르샤시장의 아름다운 보물들을 갖추어 펼쳐 놓은 듯 명하고 기이하여 사람의 눈을 부시게 하였다.</u> 맹생은 자신도 모르게 눈을 씻으며 무릎을 꿇고 큰소리로 칭찬하여 말하기를, "이 아우는 진실로 외가의 뛰어난 인재입니다."라고 하였다(舅命治書 蒼頭出各體若干篇以示 <u>若波斯市上重寶具陳 恍怪泫人</u> 孟生不覺眼刮而膝屈 嘖嘖稱曰 是弟眞外氏之千里駒也).

이 대목은 작중 인물 중의 하나인 맹생孟生이 외숙인 풍시랑을 찾아갔다가 그 외사촌 형제인 풍생馮生의 글을 청하여 보고 감탄하는 부분으로, 밑줄 친 부분의 뜻은 '페르샤 시장의 보물이 찬란하게 빛난다'는 뜻이다. 여기에서 얼핏 <천일야화>적 분위기가 연상됨은 지나친 억단일까도 알 수 없다. 문제는 '파사시波斯市'란 용어가 언제부터 일반 대중에게도 사용되어졌겠느냐 하는 점인데, 필자의 어림짐작으로는 개화기에서 크게 벗어나지 않을 것으로 생각한다. 물론 '파사'라는 고유명사가 알려지고 사용된 것은 훨씬 이전부터일 수도 있겠지만, 풍생의 글에 대한 맹생의 인상을 작자가 '페르샤 시장의 중보'에 빗대어 표현한 점은 아무래도 이 작품의 상한 연대를 19세기 이후로 볼 수밖에 없지 않을까 한다. 그 밖에 이 소설에서는 '경성京城'이라는 어휘가 많이 사용되고 있지만, 이 용어는 고문헌에도 자주 등장하므로 논의의 대상이 되지 못한다.

<편옥기우기>의 문체는 매우 특이하다. 문장 자체가 대구對句로 이루어진 경우가 많고 고사가 많이 사용되고 있으며, 4언구가 두드러지게 나

招天奇遇記

[원문자료 5a] <편옥기우기>(국민대) 본문 첫째 면

生三子一女子婚益卲于朝為□□禾□眼□妻
年耽靜其懸嗜觀此傳有太平咬徉師妾為民之患
凡師李建為妻之烈烈師閔氏鳥人之固㣥仁孝美
金尚喜有之若李氏烈進修侗之誠譏悌彼之耶知
其智也承父母之患成口尸之先如其孝也事舅姑
刈㤕其敬佛父母烈㪉其愚兄一言一事一為
普吏以為閨範女烈美卓年茅不可及也勝烈此傳
庶幾有補風化之于一可看

歲在庚寅至月日書終

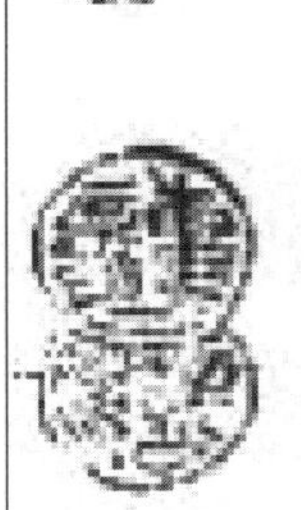

[원문자료 5b] <편옥기우기>(국민대) 본문 끝 면

타난다. 이로써 보면 작자는 매우 규격화된 문장을 쓰려고 노력하였음을 알 수 있다. 더구나 한자 자체가 속자로써 기사記寫된 경우가 많아 이 작품에서 사용된 속자체를 모은다면 소사전을 이룰 수 있을 정도라 하여도 지나친 말은 아니다. 그 밖에 문체적 특징으로 두드러져 보이는 점은 일견 매우 복잡할 것 같은 여러 사건들이 거의 인물의 직접적인 언술체로써 이루어져 있고, 서술자의 진술 부분이 극히 적다는 것이다. 말하자면 이 소설은 연극적인 내적 독백에 가까운 발언이 중심으로 되어 있고, 소설적 지문은 결여되어 있다는 것이다. 물론 중반부 이후에 이러한 서술 방식이 다소 변하기는 하지만, 그렇다고 하여 초반부의 문체적 기조가 완전히 뒤바뀌는 것은 아니다.

내친김에 이 작품의 작자에 대하여도 가상해 본다면, 전반적 내용이 재자가인의 '기봉奇逢'을 다루고 있으면서도 남녀간의 애정담보다 실제적으로는 철두철미 충효열 같은 교훈 위주로 일관되어 있다든가, 형식적인 면에 있어서 매면의 행수와 자수를 완벽할 정도로 지키려 하였다는 점, 그밖에 위에서 말한 바와 같이 4언 중심의 문장을 구사하거나 지나칠 정도로 대우법對偶法에 충실하고 있다는 점, 한자 표기에 속자체를 많이 쓰고 있다는 점 등으로 미루어 볼 때, 이 작품은 연소한 문사, 나아가 과문科文을 공부하고 있던 문사가 습작한 것이라는 느낌을 지울 수 없다. 작자가 중진 문인이었다면 이처럼 고형적固形的이고도 어설픈 투식적套式的인 문장을 사용했을 리 만무한 것이다.

이 소설의 독자가 제목인 <편옥기우기>의 단서를 찾을 수 있는 대목은 제15면에서 비로소 나타난다. 즉 여주인공(본명은 영효永孝, 후반부에서의 호칭은 영소저永小姐)의 부친이 자결에 앞서 어린 딸에게 작별의 시를 짓게 하고 그 내용을 세전 가보인 옥편玉片에 써서 자신의 관 속에 넣어줄 것을 당부했는데, 후일 이 옥편이 우연히 드러나 이를 주운 남주인공이 옥편의 임자를 찾던 중 여주인공을 만나게 되어, 결국에는 남녀 주인공이 결연하기에 이르기 때문에, 이러한 작품명이 생긴 것이다. 따라서 이 작품은 일반적으로 남녀 주인공이 특정물을 신물信物로 지니고 헤어졌다가 다시 만나는 '기우기奇遇記' 형태의 소설들과 다소 차이가 있다.

<편옥기우기>의 시대적 배경 및 공간적 배경은 발단에 '송'나라 때라 한 점과 작중 인물인 이건李建의 집이 변경汴京이라 한 점으로 미루어 북송 때 서울이었던 '변경'임을 알 수 있다. 나아가 이 소설의 정치·사회적 배경은 송조宋朝 '신종神宗~철종哲宗' 연간에 있었던 왕안석王安石·채경蔡京 대 사마광司馬光·구양수歐陽修 등으로 대표되는 이른바 신구 법당新舊法黨 간의 알력을 배경으로 하고 있다. 물론 이 소설에서는 당대 황제의 이름이 구체적으로 나타나 있지 않지만, 이건의 부친 이인서李仁緖가 왕안석의 신법을 배척하다 당시 재상[시재時宰]의 미움을 받아 해관解官되어 낙향하였다 함을 보면, 이 작품 역시 신종~철종 연간에서 그다지 벗어나지 않음을 알 수 있다. 이 무렵의 극단적인 정치적 갈등 및 사회적 혼란은 과거 많은 소설가들에게는 주요한 작품 소재로 되어 왔던바, 이 <편옥기우기>는 물론 <난학몽>, <인봉소>, <문장풍류삼대록>, <옥원재합기연> 등이 그러한 예다. 아마도 당파 싸움에 넌더리를 낸 작자군이 이러한 정치적 상황을 직설할 수는 없어, 먼 옛날의 중국 역사를 차용하여 표현한 것이 아닌가 한다.

이 소설의 전반적인 구성을 살펴보면, 그 내용은 크게 세 부분으로 나누어진다. 발단부에서는 이건 및 그 부인 민씨의 충렬 행위가 그려지고 있다. 여기에서 등장인물의 장황한 언술을 통한 작자의 주제 의식이 너무나 강조되는 나머지 사건다운 사건은 별로 보이지 않는다. 발단부에서 사건이 있다면 산림에 은거하고 있던 명신의 후예 이건이 조정 간신들의 전횡을 더 이상 방관할 수 없어 죽음을 각오하고 간언을 올렸다가 결국 반대파의 음해를 입고 자결하는 데 이어 그 부인인 민씨마저도 어린 딸에게 후사를 부탁한 후 남편의 뒤를 따라 자결한다는 내용이다.

전개부에서는 이건의 딸이며 이 작품의 실제적인 주인공인 영효가 유모 및 시비 3명과 함께 망명도생하여 떠돌아다니는 과정을 그리고 있다.

따라서 이 부분은 일반적인 이야기문학에 있어서 주인공이 겪게 되는 고 난의 과정이라 할 수 있다. 주인공은 부득이하게 집을 떠나 정처없이 표 랑하던 중 수 차례의 위기를 맞게 되지만, 그때마다 천우신조에 의하여 목숨을 부지한다. 일행은 깊은 산 중에서 길을 헤매던 끝에 지나가던 노 인의 안내로 백련암이라는 암자에 기탁하게 되는데, 뒤에 이 노인은 산신 적 존재였음이 암시된다.

또한 전개부에서는 앞서 발단부에서 있었던 이건 및 그 반동 세력 간 의 갈등이 이건의 딸에게로 전이되어 지속된다. 이러한 갈등의 승계 문제 는 <조웅전> 같은 작품에서도 찾을 수 있는데, <조웅전>에서는 처음(발 단부) 충신 조정인 대 역신 이두병 간의 갈등이 뒤(전개부)에선 조정인의 아들 조웅과 이두병 간의 갈등으로 바뀌는 것이다. 물론 양자의 대결 결 과 궁극적으로 승리하는 쪽이 주동적 인물임은 틀림없으나, 그 구체적 양 상이 <조웅전>과 <편옥기우기>에서 다소 차이가 남을 알 수 있다. 즉 <조웅전>에서의 갈등 해결의 주체는 조웅이라 하겠으나, <편옥기우기> 에서의 갈등 해결의 주체는 영효라고 말하기가 어렵다. 엄밀히 말하면 후 자의 경우에는 갈등을 스스로 해결하였다기보다 영효의 배우자인 풍욱을 비롯한 주변 인물들이 갈등 문제를 해결해 준 것이다. 이처럼 여주인공 영효를 의지가 굳은 인물로 시종일관 서술하고 있으면서도 갈등 해결 문 제에 있어서 그녀를 수동적 인물로 뒤바꾸어 버리고 만 것은, 다른 여성 영웅소설들에도 훨씬 미치지 못하는 결점으로서, 이 작품의 작자가 지녔 던 전근대적인 사고의 한계를 보여주는 것이라 하겠다.

이 작품은 후반부에 이르러 부모의 신원伸寃이라는 주인공의 지향점과 그녀를 출가시키려는 양부모의 목적의식이 괴리되어 또 다른 갈등이 야 기되지만, 이 부차적인 갈등은 결국 주변 인물의 중재에 의하여 해소된 다. 즉 주인공은 일찍이 부친이 자결 직전에 부명父命에 의하여 가보家寶 인 '편옥'에 글을 써 묻었던바, 이것이 우연히 풍생에게 입수되어 풍생이 그 글의 작자를 연모하게 되었는데, 결국에는 김상서의 중매로 인하여 양인이 결연하기에 이르게 된다. 따라서 전개부의 정적 간의 갈등에다 후반부의 혼인 문제로 인하여 야기되는 새로운 갈등이 부수되지만, 이 부차적 갈등이 해소됨에 따라 본원적 갈등은 자연 해소될 계기를 맞게 되는 것이다.

이 작품의 종결부는 남녀 주인공인 영효(이씨)와 풍생馮生의 혼인으로 대단원에 이른다. 그리하여 이 부분에서는 영효의 배우자인 풍생 등이 등과하고, 그들의 노력에 의하여 이건이 이루지 못했던 정치적 개혁이 비로소 이루어질 뿐만 아니라, 이건 부부도 복권되어 각각 이부상서와 신국부인申國夫人으로 추증追贈되고, 영효 부부도 영귀榮貴를 누린 데 이어 그 소생 3남 1녀들의 후손들이 모두 조정에 나란히 서, 김상서의 사후 3년 복상까지 입어 그 은혜에 보답하는 것으로 끝나고 있다.

이 작품은 그 표제가 시사하는 바에 의하면 염정소설로 치부하기가 쉽다. 이른바 '－기우기'란 소설로 대체로 남녀 주인공이 어떤 신물信物로 이합집산하는 과정을 그리는 염정담이기 때문이다. 그러나 위에서 살펴본 것처럼 <편옥기우기>는 염정소설이 아니다. 후반부 일부에 남녀 등장인물의 결연담이 들어 있기는 하지만, 해당 부분이 차지하는 분량이 전체적으로 극히 일부분에 지나지 않으며, 더구나 스토리 중에 일반 염정소설들과 같은 남녀간의 애정담이 거의 나타나 있지 않기 때문이다. 오히려 이 작품에 있어서의 결연담은 여주인공의 도덕성을 드러내 보이기 위한 하나의 수단으로써 차용되었을 뿐이다. 따라서 이 작품은 당연히 도덕소설로서 분류되는 것이 마땅하다.

이 문제에 대하여 좀 더 자세히 살펴보기로 하자. 이 작품 발단부의 주인공인 이건은, 송나라 진종眞宗 때의 명재상인 문정공文靖公 이항李沆의 5대손이요, 어사중승 이인서李仁緖의 아들이다. 인서는 왕안석의 신법新法을 배척하다 당시 재상의 미움을 받고 해직되어 낙향하여 생애를 마친 인물이다. 이러한 집안에 태어난 이건은 가훈을 받들어 그 지기가 높고 결백하며 송계松桂 같은 성품을 지녀 직언을 서슴지 않았을 뿐만 아니라 남의

허물을 용서치 않았다. 그리하여 사람들은 모두 그를 일컬어 "문정공에게
손자가 있고 중승에게 아들이 있어 이씨 가문이 반드시 번영하겠다."라는
평을 하였을 정도였다. 때에 조정에서는 채경·동관童貫·고구高俅·양전
楊戩의 무리2)가 조정의 권력을 독차지하여 위복威福을 자행하니 온 천하
사람들이 측목側目으로 볼 뿐 감히 불평을 입 밖에 꺼내지를 못하였다. 이
러한 시대에 처하여 이건도 처음에는 초야에 묻혀 은인자중隱忍自重하려
하였다.

> 건建은 "위행危行과 손언遜言은 옛 성인의 밝으신 경계가 아니었으며, 또
> 위방危邦에 거居하지 않음이 내 명도冥途의 지남指南이 아니었더냐?" 하고,
> 드디어 탁영濯纓의 노래를 노래하고, 불의拂衣의 행실을 지어, 오직 입산入
> 山의 깊지 못함을 두려워하였다. 분하汾河의 폐려弊廬는 신도申屠의 나무집
> 을 번작飜作하였고 율리栗里의 황원荒園은 또 한음漢陰의 관포灌圃를 흉내내
> 었다. 그 종적이 일찍이 산 밖을 나선 일이 없고, 얼굴은 사람을 대한 일
> 이 없이 다만 강산풍월만 이야기할 뿐, 인간세상의 자황雌黃을 말하지 아
> 니하였다. 천석泉石에 고황膏肓하고, 운림雲林에 바장여 언덕과 골짜기 사
> 이에서 거연居然히 노년을 마칠 계획을 가졌다. 그 분격奮激 강개慷慨의 뜻
> 은 오히려 높아 쟁영崢嶸 부제不除하였다. 주감酒酣에 붓대를 잡고 음농吟弄
> 하는 것은 분원憤怨에서 나오지 않음이 없었다.3)

그러나 간신들의 농권이 점점 심해지고 나라가 위태로워지자, 대대로
국록을 받아온 교목세신喬木世臣의 후예로서 그는 자신과 처자만의 보명保
命을 위하여 국가의 위기를 좌시할 수 없었다. 이 소설 최초의 갈등은 이
렇게 하여 시작되는 셈인데, 일반적인 다른 소설의 경우와 달리 이 작품
에서는 주체에 대한 반동적인 인물 내지 세력이 끝까지 확연하게 드러나

---

2) 중국소설인 <수호지>의 시대적 배경이 바로 송나라 때이고, 악역은 채경, 고구 등으
　　로 설정되어 있다.
3) 이하 작품 소개의 취지에 따라 원문은 번역문으로 제시하되, 가급적 의역보다 한자어
　　를 많이 포함하는 직역문으로 대신하고자 한다.

지 않는다. 구체적인 반동인물들이 문면에 별로 나타나지 않을 뿐만 아니라, 그들에 대한 서술도 극히 간략하다. 작가가 이처럼 등장인물 간의 갈등을 너무 모호하게 처리하여 작품의 완성도를 떨어뜨리고, 또한 너무 주동적 인물만을 내세워 자신의 주장을 일방적으로 편 것은 이 작품이 안고 있는 치명적인 약점이라 할 수 있다.

다음에서 (1)은 이건이 부인 민씨에게 자신의 결의를 토로하는 대목이고 (2)는 그에 대한 민씨의 대응 부분이다.

(1) "규방閨房에 머리를 쳐박고 연연戀戀히 처아妻兒를 위한 계획을 세우는 것은 장부가 할 일이 아니오. 하물며 나는 교목세신이요, 잠영구족簪纓舊族으로 득성得姓 이래로 대대로 식록食祿의 가문인즉 어찌 가히 필문篳門이나 규두閨竇에 사는 자에 비하리오. 입을 봉함은 금인金人과 같고 입 다물음은 기조飢鳥와 같이 하여 일신一身을 도모하기 위해 국가의 은혜를 저버리면, 사람들은 장차 나의 행적을 용납하지 않으리라. 유분劉蕡의 충분忠憤의 기氣써 치중馳仲하여 천인天人의 책策을 펴고 옥계玉階의 방촌方寸의 땅을 빌려 포의布衣의 광당지언狂戇之言을 드리겠소. 다행히 천자가 채택하여 쓰면 사직社稷의 복이요, 불행히 천자가 물리쳐 쓰지 않으면 그 후에 물러나 들판으로 돌아가 밭을 갈더라도 늦지 않으리라."

(2) "의가 있는 곳에는 정을 돌아보지 않는 것이라. 당신이 참으로 충신이 되고자 한다면, 첩 역시 마땅히 열부가 되겠소. 이런 의리는 본래 스스로 밝고 밝은 것이라. 청계책淸溪柵 변열부卞烈婦의 일단一段의 품렬凜烈은 그 말이 파도의 필筆에 실려 있어, 뭇 일월과 빛을 다툽니다. 첩이 비록 옛사람에게는 못 미치나 웅어熊魚의 취사取捨 분별은 참으로 이미 방촌方寸 중에 명백합니다. 낭군의 밝음[교皎]은 해의 뜻과 같고 차디참은 서리의 절節 같으니, 첩은 참으로 이를 공경합니다. 오직 마땅히 이를 찬성할 틈도 없는 터에 어찌 막을 소계疎計를 가져 혼자 한 가지 일에 경경耿耿히 마음을 두겠습니까?"

이처럼 작자는 등장인물들의 언술을 통하여 '충'과 '열'이라는 유교적 덕목을 강조하고 있다. 이건은 마침내 조정에 나아가 국정을 바로잡도록 온 힘을 다하였지만, 이에 불안을 느낀 무리들이 기필코 그를 해하기 위하여 갖은 모략을 가하기 시작하자, 이건은 최후의 결단을 생각지 않을 수 없게 되었다. 그리하여 그는 죽음을 각오한 끝에 충간문忠諫文을 지니고 임금 앞으로 나아가면서, 아내 민씨에게 후사를 당부하고 어린 딸 영효를 불러 머리를 쓰다듬으며 손을 잡고 작별을 고하였다.

"네 어미의 뜻을 내 이미 아노라. 남편이 충신이 되면 아내는 열부가 되는 법. 이는 참으로 나의 입 속의 항언恒言이며 마음속의 온축蘊蓄했던 바인즉 반드시 쌍성雙成의 절節을 본받되, 결코 내 한 몸만을 보전하려는 도리를 하지 않을 것이다. 아아, 내 딸이 이제 누구를 붙들꺼나. 아아, 네 몸은 비록 아녀兒女이나 뜻은 장부라. 널리 고서를 보아 대의를 꽤 보아 알고 있다. 네 아비의 죽음은 충이요, 네 어미의 죽음은 열이다. 사람이 누가 죽지 않는가. 죽을 때를 얻기란 어려우니라. 그 때를 얻어 죽으면 슬퍼할 필요가 없다. 너는 아비가 죽었다고 울지 말며, 또 어미가 죽었다고 슬퍼 말고 한 구덩이에 부모를 묻고, 다른 곳으로 피신하여 삶을 꾀하였다가, 만약 하늘이 정해준 짝을 만나 택상宅相의 현賢을 낳고, 외손의 아름다움에 힙입어 우리 선조의 유서遺緖을 빛나게 잇는다면, 봉구封丘 선마旋馬의 뜰은 능히 타인이 입실入室하는 바를 면할 것이요, 대축大祝이 예를 올리는 대청은 후손의 승사承祀를 얻을 것이니, 나는 지하에서도 불행을 슬퍼 않을 것이다. 내 비록 너를 잊으나, 너는 나를 잊지 말라."

여기에서 이건은 자신의 충에 더하여 부인 민씨에게는 열을, 어린 딸에게는 효를 다짐하였다. (사실 여아의 이름을 '영효永孝'라 지은 뜻도 심상한 것이 아니다) 이어서 이건이 딸에게 영결시를 지을 것을 명하니, 영효는 눈물을 머금고 붓을 잡아 7~8구의 글을 지어 바쳤다. 그 글로써 딸의 마음을 가늠코자 했던 그는 결국 가전家傳하던 편옥片玉에다 그 글을 새겨 자신의 관 속에 넣어 줄 것을 부탁하였다. 이 편옥이 바로 이 작품의 표제를 이루게 된 것이며, 작품 중에서 끝까지 주요한 복선적인 역할을 담당하게 된다. 즉 이 작품에서의 편옥의 존재는 끝까지 독자에게 일종의 수수께끼 풀기의 대상이 되는 셈이다.

이윽고 임금 앞에 나아간 이건은 마지막 고언苦言을 아뢴 후 물러나 곧바로 자문自刎하였다. 이에 간당姦黨들이 그의 시체를 거열형車裂刑에 처할 것을 주장하였으나, 그의 절행을 갸륵히 여긴 임금은 이건의 집사람들로 하여금 시체를 거두도록 허락하였다. 그리하여 이미 마음을 정한 바 있는 민씨는 남편의 시체를 안고 돌아가 염빈斂殯의 예절을 다한 후 종들을 불러 재물을 나누어 주며 말하였다.

> "신하와 임금, 종과 주인에게는 의가 제일이다. 주인이 이미 충성을 지켜 죽었으니 이목이 미치는 바요, 지기가 스스로 느꼈을 테니, 너희들 역시 어찌 주인의 마음에 보답할 생각이 없겠느냐. 아아, 심하구나! 여럿의 노함이 미처 씻기지 않았으니, 남은 화가 가히 두렵도다. 복소覆巢의 알은 완전하기를 바랄 수 없도다. 오늘의 계책은 삼가 피함만 못하니라. 혹 상여를 따라가든가, 혹 집을 지켜 남든가, 혹 서쪽으로 사슴처럼 달아나든가 혹 북으로 새처럼 도망가든가 하여 뒷날 소저의 방문을 기다리라."

이어 집안에 대대로 전해 오던 보물과 어부御府에서 하사한 책들은 모두 사당 밑에 묻은 후 민씨는 영이靈輀를 붙잡고 허관虛棺을 함께 실어 모녀가 함께 타고, 흰 장막을 가리고 가만히 도성문을 나서 서둘러 선영先塋으로 향하였다. 장사를 치를 준비를 끝낸 민씨는 『여훈女訓』 한 권을 내어 영효의 품속에 넣어주며 말하였다.

> "부녀자의 행신行身하는 법은 즉 인자人子의 효도하는 법이니, 모두 이 책 중에 있다. 내가 사람의 어미가 되어 어찌 어린 딸을 사랑하는 마음이 없을까마는, 내 차마 이미 죽은 사람을 저버리지 못함이지 혈혈단신에 의탁할 곳 없는 어린 딸을 잊어버림이 아니다. 네 아버지가 오직 충성 충자

만을 알았으니, 네 어미도 열자烈字를 본받고자 한다. 부모의 뜻을 받들어
문호의 계計로 삼아 한낱 효자孝字를 저버리지 않음은 너의 일이다. 너는
네 아버지가 네게 남겨주신 글을 보지 못했느냐? 아아, 죽음은 돌아감이
어든 무엇을 슬퍼하겠느냐?" 안색이 양양하고 어음語音이 낭낭하니 대개
조용히 죽을 것을 원래 정했던 때문이었다.

민씨가 의대衣帶에 찬 작은 칼로 자진自盡하려 하자 영효가 급히 달려
제지하려 하였으나 미치지 못했다. 영효는 몇 번이고 혼절하였다가 깨어
나기를 거듭하다가, 홀연 자신도 칼을 취하여 목을 찌르려 하였다. 이에
유모가 급히 나아가 빼앗고 울면서 말하였다.

"선대부께서는 불행히 나라를 위해 충을 다하였고, 선부인이 계속 따라
갔음은 남편에 대한 열이었습니다. 이제 소저가 죽지 않음은 효입니다.
이씨 가문의 한 덩어리 핏줄은 소저뿐입니다. 선대부의 가르침, 즉 '선조
의 구묘丘墓를 다북쑥밭으로 만들지 말라.'는 가르침과 선부인의 가르침인
'유교遺敎를 저버리지 말라.'는 경계를 소저는 차마 잊었습니까? 하물며
소저 역시 마저 죽고나면 양위의 영구靈柩는 땅속으로 들어갈 수 없을 것
입니다. 충신 열부의 집안에 어찌 효자만 없겠습니까?"

또한 민씨가 일찍이 소저의 후사를 당부하였던 차환叉鬟―춘란春蘭・보
홍寶鴻・영정永貞―세 사람도 계속하여 호소하였다.

"소저는 선부인께서 선대부의 상례를 치르시던 때를 보지 못하셨습니
까? 눈물 한 방울 흘리지 않으시고 강하게 하루 두 때의 죽을 드시면서
천리길에 영구를 받들었으나 모든 일을 구비하셨으니, 어찌 슬픔이 부족
하고 예가 넉넉해서 그러셨겠습니까? 말씀드리고 싶은 것은 오늘 소저도
이를 본받으십소사 하는 것입니다. 두 분이 아직 묻히지도 못하셨는데,
실낱 같은 목숨조차 멸하려 하시니, 선대부와 선부인이 일찍이 소저를 여
중군자라 하시더니 오늘 보니 소저는 참으로 불효이십니다. 앞서는 선대

부의 손을 붙잡고, 이별함을 당하여서도 소저가 오히려 마음을 억누르고 문자를 지어 두 번 절하고 나아가 꿇으셨기에, 선대부께서 비록 생사의 때를 당하셨어도 오히려 희색이 있으셔서 말씀하기를, '내가 이런 딸이 있으니 나는 죽지 않으리라.'고 하시던 이 말씀이 아직 귓가에 있거늘, 소저는 봉승奉承의 도는 생각지 않으시고, 오직 사멸의 계책만 생각하시니, 소저께서 무슨 면목으로 부모님을 지하에서 만나 뵈시렵니까?"

이에 영효는 드디어 정신을 수습하고 영궤靈几를 좌우에 모신 후 조석으로 꿇어 제를 지내며, 좋은 땅을 택하여 장사 지냄을 조금도 예에 어긋남이 없게 하니, 조상하는 사람들이 모두 칭찬하였다. 작자는 '이것은 대장부도 어렵거든 하물며 8세 아녀자'로서 행하기 어려운 일이라고 표현하였다. 과연 이 작품 전반에 걸친 여주인공 영효에 대한 서술은 나이를 전혀 고려 않은 인물로서 묘사되고 있다. 문장과 여공, 언행 모든 면에 있어 범인이라고는 볼 수 없는 완벽성을 발휘하고 있는 것이다.

작품 중반 이후에서의 예들은 더 이상 거론하지 않기로 하지만, 여주인공 영효가 양부모의 혼인 권유를 끝까지 거부했던 명분은 부모 및 가문의 복권을 위한 것이었다. 이로써 미루어 알 수 있는 바와 같이 이 소설의 작자는 작품 전반을 통하여 충효열이라는 덕목을 구구절절이 강조하고 있다. 따라서 이 소설의 주제 역시 유교적 덕목의 실천임을 알 수 있다.

이 소설에는 고대소설의 일반적인 투식 중의 하나인 주인공의 적강탄생謫降誕生 모티프가 보이지 않는다. 그럼에도 유치幼稚를 채 벗지 않은 8세 여아에게 세상을 달관한 경지의 조숙성을 부여하고 있는 것은 그의 전생이 천인天人이었음을 짐작케 하여 준다. 실제 이러한 징후는 작품 도처에서 확인된다. 예컨대 장례를 모두 마친 영효 일행이 목숨을 구하여 도망을 하던 길에 깊은 산중에서 헤매다가 뜻밖에 노인[산신山神]을 만나 백련암으로 인도를 받게 되거나, 그 곳에서 인총人叢을 피하여 다시 유랑길에 올라 한 촌마을의 굉루거각宏樓巨閣에 당도하여 유숙을 청하고자 하였을 때 겪게 되는 다음과 같은 사건이 그러하다.

바야흐로 문을 찾아 투숙하고자 하는데, 갑자기 어떤 동자가 스쳐 지나가며 노래하기를, "서쪽에 큰집이 있으나 쉬려는 생각은 불가하도다. 남쪽에 작은 집이 있으니 안적安適하리로다." 눈을 들어 살펴본즉 이미 동자는 보이지 않았다. 영효가 춘란 등에게 말하기를, "큰집을 말하기를 '옥屋'이라 하는데, '屋'이란 '주검[尸]이 이른[至] 것'이다. 또 작은 집을 일컬어 '사舍'라 하는데, '舍'란 '사람[人]이 길吉한 것'이다. 이는 저 큰집이 마을의 서쪽에 있는데 서쪽은 숙살肅殺의 방위니 아마도 이 집에 살기가 있을 것이다. 동자가 말한 바 남쪽이란 역시 유幽를 버리고 밝음을 취하지 말라는 뜻이 아닐까?" 일행이 드디어 마을 가운데 가장 작으며 햇볕을 받는 집을 택하여 안돈安頓하고 밤을 지내게 되었는데, 밤이 채 반도 지나지 않아 극악한 도적이 가만히 일어나 크게 거리낌없이 마음대로 겁략劫掠하니 큰집의 사람 중 노소간에 사상자가 반에 이르고, 온 마을이 시끄럽고 소란하였다. 오직 영효가 머무는 집만이 안연晏然하여 환이 없으니 자못 하늘이 도운 바였다.

하여튼 여러 곡절 끝에 서울로 흘러든 일행은 마침내 경성 장봉동藏鳳洞에 이르러 수림이 우거진 한 귀댁貴宅(김상서 댁)에 나아가 의지하기를 요청하게 되고, 영효의 탈속한 언행에 감동한 김상서 내외는 그녀를 양녀로 맞아 후원 깊숙한 곳에 있는 '현초당玄草堂'에 거처를 마련해 주어 안주시켰다.

부인이 이마를 어루만지며 말하기를, "월궁 항아月宮姮娥 하늘에서 내려온가? 낙수洛水의 신녀神女가 파도를 무릅쓰고 온가? 만약 모란에 비하면 모란이 번화하나 소나무의 아담함에는 못하고, 매화에 비하면 매화는 아담하나 번화함에는 험이 있으니, 여러 아름다움을 갖추고, 백태를 갖춰 겸비함은 이 늙은이가 처음 보도다." 인하여 여러 여자들에게 말하기를,

"아기씨는 천인이다. 내 양여로 하고자 하나 조물주의 시기를 입을까 두
려워, 황감하여 가슴에 가득 품고 경경耿耿히 잊지 못하노라. 교애嬌愛의
정은 막내딸보다 더하다. 너희들은 여사女師로써 대접하고, 동기처럼 동무
삼아 시종을 변함없이 하게 하라."

영효는 자신의 본색을 숨겨야 했기 때문에 상서 부부에게까지도 자신
의 성조차 모르는 것으로 처신하였다. 따라서 이후부터 영효는 이름의 첫
자를 따 영소저라 불리게 되었다. 이 칭호는 그녀가 혼인을 하기까지 지
속되고, 혼인을 한 후에야 비로소 본성을 따서 '이씨'로 불리게 된다.

이제까지 살펴본 바 이 작품 전반부에 등장하는 주요 인물들은 이건과
그 부인 민씨, 그리고 그들의 무남독녀 영효이다. 그 밖에 보조적인 인물
로 유모 및 시비들인 춘란·보홍·영정 등이 있다. 작품 후반부에 이르러
영효 일행이 김상서 댁에 의탁함에 따라 김상서 부부 및 그 세 딸과 사위
들이 새로 등장하게 된다. 김상공(상서尚書)은 상당히 고결한 성품의 소유
자이지만, 당시 난신적자亂臣賊子들의 만행에 대하여는 감히 맞서지 못하
는 인물로 묘사된다. 그는 우연히 근본을 알 수 없는 영효를 양녀로 맞아
5~6년 간 양육하다가 그녀의 혼기에 이르자 배필을 찾아주려 노심초사
하였다. 결국 친구 풍시랑馮侍郎의 아들 풍생이 영효와 인연이 있음을 알
고 중매를 한 끝에 마침내 일을 성사시켰다.

김상서의 자녀들 중 작품상에 직접 이름이 거론되는 인물들은 대략 2
남 3녀 및 그 아들(김상서의 손자)들이다. 그들은 장남(이름 미상)의 아들
들, 즉 김상서의 손자들인 아영阿英·성영盛英, 그리고 차남 숙淑, 맏딸 정
아貞娥, 둘째딸 혜아慧娥(맹참정孟參政)의 아들 운경雲卿의 처, 그리고 역시
이름 미상의 아직 출가하지 않은 딸이다. 이 중 아영과 성영은 모두 장손
으로 나타나는데, 둘 다 맏아들의 아들인지, 아영만이 맏아들의 아들이고
성영은 둘째아들의 아들인지 확실치 않다. 하지만 이들이 작품상에서 무
슨 실제적인 역할을 담당하고 있는 것은 아니다. 아영은 김상서가 영효의

배필감을 찾지 못해 애를 쓸 때, 그 부인이 아영과 영효를 짝 지워 주자고 하였다가, 김상서로부터 '예가 아니다(비례非禮)'라고 책망을 받는 대목에서 잠깐 간접적으로 등장할 뿐이고, 또한 성영은 김상서가 자신의 계매季妹를 방문하러 갔을 때 잠시 수행한 것으로 나타날 뿐 더 이상의 언급이 보이지 않는다. 딸 3형제에 대한 서술은 둘째사위 맹생을 등장시킬 때 잠깐 언급되는데, 그 중 맏딸 정아는 여복야呂僕射의 아들인 덕순德純의 처로 성품이 공손하고 말이 과중寡重한 반면, 둘째딸 혜아는 맹참정의 아들인 운경의 처로 성품이 대범하고 행동거지가 가벼워 침중하지 못한 것으로 되어 있으며, 막내딸에 대하여는 어리다고만 했을 뿐 그 이상의 언급이 보이지 않는다.

이들 중 그래도 비중이 두어지고 있는 인물은 맹생(맹운경) 부부뿐이다. 맹생은 우연히 자기 처로부터 장인 김상서의 수양딸에 관한 이야기를 전해 듣고 그녀의 근본에 대해 호기심을 갖게 되었다. 그가 문안차 낙향하여 있는 외숙댁을 찾아갔다가, 과거시험을 준비하러 상복사祥福寺에 출타 중인 표제表弟 풍욱의 시문을 우연히 접하게 되었는데, 그 중에는 풍생(풍욱)이 상경하였다가 영효 본가에서 지었던 시편도 있었다. 맹생은 가구佳句를 읽어 보고 풍생의 시재 및 시경詩境에 감탄한 나머지 그 시편을 얻어 가지고 돌아와 장인에게 보이고, 풍생을 영효의 배필감으로 추천하였다. 그러나 그 일은 곡절이 생겨 성사되지 못하였다.

그런데 풍생이 문제의 시편을 짓게 된 경위는 이러하다. 즉 상경 도중에서 소낙비를 만난 풍생이 이건의 구가舊家에 들어가 비를 긋게 되었는데, 그 집을 지키던 이건의 충비 노파로부터 그 집안과 영효에 대한 전말을 자세히 듣고 차탄한 나머지 시를 지었다. 이 시편을 노파가 간청하여 가지고 있다가 영효의 시비 보홍에게 전해 주고, 이것이 다시 영효에게까지 전해진다. 한편 이 시는 맹생을 통하여 김상서에게로 전해져 풍생과 영효의 인연이 이루어지는 단서가 되었던 것이다.

김상서는 바람도 쐴 겸 오랫동안 만나지 못했던 누이동생(계매季妹)도

만날 겸, 또한 영효의 배필도 찾을 겸 여러 가지 의도를 가지고 유람길에 올랐다. 도중에 진가장陳家莊에 당도하였을 때 역시 길을 가던 한 미소년과 만나게 되었는데, 그가 첫 친구인 풍시랑의 아들임을 알고 의기가 상합하게 되었다. 김상서가 풍생을 영효의 배필감으로 생각하여 그의 뜻을 물으니, 풍생은 전에 이건의 집에 비를 피하여 들렀다가 얻은 편옥에 대하여 이야기하고, 그 편옥에 시를 쓴 미지의 소저를 10년 기한으로 찾아 혼인하고자 한다는 뜻을 말하며 김상서의 제안을 완곡히 거절하였다. 순간 영효를 떠올린 김상서는 자신이 문제의 소저를 찾아보겠다며 편옥을 빌려 가지고 돌아와 영효에게 보이고 채근하였다. 이에 영효는 비로소 자신의 근본을 토로하고, 자신이 보홍을 통해 받았던 풍생의 시지도 꺼내 보이었다. 그 시는 김상서도 이미 알고 있었던 것이므로, 김상서는 양인이 천생배필임을 확인하고 급히 풍시랑집을 찾아가 풍생과 영효와의 결혼을 주선하였다. 경위를 다 듣고난 풍시랑 부자도 기꺼이 이를 응락하매, 드디어 풍생과 영효가 혼인을 하기에 이른다.

앞에서 필자는 이 소설의 작자가 사용한 복선적 장치로 '편옥'의 예를 든 바 있다. 그런데 이 작품 속에는 작자가 독자의 흥미를 끌기 위한 또 한 가지 수법으로 꿈을 통한 예시법을 사용하고 있다. 다음 장면은 영효의 명을 받은 시비들이 폐허가 되다시피 한 옛집을 다시 찾아갔을 때, 아직도 주인에 대한 충성을 지켜 집을 지키고 있던 노파에게서 듣게 되는 꿈 이야기이다.

　노구가 말하기를, "수년 전에 분명한 꿈 속에서 우리 노야를 뵈웠는데, 책상자를 열어 서책을 점검하시고, 정원을 배회하시며 화훼를 완상하시더니, 이어 부인과 더불어 영모당永慕堂 난간 앞에 앉으시어 노신을 불러 말씀하시기를, '너희들은 주인 없는 집을 지키며 주인은 생각지도 않느냐? 너희 소주小主 낭자는 이미 장성하여 다행히 큰 덕인德人을 만나 이미 의탁할 곳을 얻었다. 부모의 정은 유명幽冥 간에도 다름이 없으며 정령이

어둡지 않아 가만히 비바람을 거느리고 형영形影이 이르는 곳마다 음陰으로 도와 걱정을 돌림이 비봉飛蓬과 같고 그 편안함을 걱정함은 반석과 같도다. 이제 몇 해가 안 되어 이 곳에 이를 것이니라. 내일 오시午時에 유연油然히 구름이 일어나 미시未時가 되면 만연滿然히 비가 내릴 것이다. 소년 세 사람이 반드시 우리 집 앞을 지나다가 비를 피하여 들어올 터인데, 그 중 마지막에 이를 사람은 기재로서 그 충렬의 남은 소리로써 의기가 상감하게 되어 반드시 시구로써 찬미함이 있을 것이다. 네가 그 시를 청하여 잘 보관하고 기다려라. 이 사람은 우리 집의 사위가 될 것이고, 소낭자의 백년의 인연이 여기에 있을 것이다.' 꿈을 깨매 혈혈孑孑 남은 눈물 흔적은 없었으나 베갯잇이 얼룩져 있었다. 이튿날 아침 해가 뜨매 높고높은 하늘에 구름이 올 낌새가 없어 내가 속으로 아혹訝惑하여 생각기를, '꿈은 헛것이라.'고 하였더니 오시가 되매 별안간 구름이 일고 미시가 되매 비가 내려 과연 노야의 명하시던 바와 같이 되었은즉, 다음 일을 기꺼이 바랐더니, 잡자기 세 명의 수재가 옷이 반쯤 비에 젖어 말을 재촉하여 왔는데 그 마지막 수재는 형형炯炯하기가 마치 바람에 맞선 옥수玉樹 같았다. 노신老身이 여치여광如癡如狂하고, 일변 기뻐하고 일변 슬퍼하였으니, 비록 감히 말로 드러내지는 못했지만 마치 이미 돌아가신 우리 나으리를 본 듯하였기 때문이었다. 세 수재가 노신을 불러 묻기를, '비옥比屋으로 보아 달관達官의 댁인 듯한데 폐원이 되어 오직 노구老嫗 혼자 지킴은 어쩐 까닭이오?' 노신이 대략 이야기하니 세 수재는 절節을 치며 감탄하여 말하기를, '충신과 열부의 절의가 함께 이루어지니 아아 우러를 만하도다.' 마지막 수재가 흙벽을 바라보더니, 시구를 입으로 읊은 후 차상嗟賞하며 마치 느낀 바가 있는 듯하고 주저하며 참지 못하는 태도를 짓더니 드디어 붓과 벼루를 찾는지라. 노신이 상자 속에서 닳아빠진 벼루와 붓을 꺼내어 드리니, 양 수재는 상당히 고심하고 침음沈吟하는데, 이 수재는 붓을 나는 듯이 달려 일필휘지하여 글을 이루고는 구슬을 깨뜨리는 것 같은 소리로써 재삼 읊은 뒤 멈추었다. 양 수재가 소리를 함께 하여 찬미하여 말하기를, '누가 뭐래도 그대는 독보獨步요.'라고 했다. 노신이 나아가 울며 여쭙기를, '노신이 주가主家를 잃은 후 글 읽는 소리를 듣지 못한 지 이미 7~8년 됩니다. 갑자기 낭랑한 맑은 소리를 듣게 되니 황연怳然히 느낌이 더하여 마치 옛 주인을 뵌 듯합니다. 노신이 비록 지식은 없으나 가

만히 생각건대 시 속에 밝은 뜻이 주가를 위해 나타난 듯합니다. 노신이
그 종이를 얻어 열 번 싸 귀히 갈무리하였다가 뒷날 지하에 돌아가거든
이로써 주가의 남은 혼을 위로코자 합니다.”

헛것으로 생각되던 꿈이 하나하나 현실로 실현됨을 목도함은 작중 인
물인 노파의 기대치이자 경이였고, 이 점은 소설 독자들에게도 그러했을
것으로 생각된다.

지금까지 살펴본 바를 요약하면 다음과 같다. 본고는 그간 학계에 거의
알려진 바 없었던 <편옥기우기>(총 48장, 96면)라는 한문소설에 대한 자
료 소개를 겸한 시론試論이다. 서지적으로 볼 때 이 작품은 국민대 성곡도
서관 소장본이 유일본이고, 또 그다지 많지 않은 우리 한문 장편소설 서
목을 하나 더 추가한다는 점에서 우선 의의를 찾을 수 있다. 작품 말미에
기록된 ‘세재경인지월일서종歲在庚寅至月日書終’으로 보아 이 소설의 필사
연대는 대체로 19세기경으로 추정되며, 그 창작 연대도 작품 내적 증거
로 보건대 19세기 이전으로 소급하기는 어려울 것 같다. 작자에 대한 아
무런 근거를 찾을 수 없으므로 이 작품은 우선 작자 미상으로 처리할 수
밖에 없으며, 주제적 측면과 문체적 측면 등을 종합하여 보면 이 작품은
과문科文을 공부하던 어느 청년 문사의 습작품으로 생각된다. 그리고 이
작품의 표제는 여주인공이 부친의 묘에 묻었던 ‘편옥’을 인연으로 하여
남녀 주인공이 혼인을 하게 되는 것에서 연유한 것으로서, 보통 남녀 주
인공이 신물을 나누어 가지고 헤어졌다가 다시 만나는 다른 소설들의 구
성과 다소 다른 양상을 드러낸다. 이 소설의 문체적 특징으로는 대구對
句・고사故事・4언구・속자체의 사용이 두드러진다는 점 외에, 지문을 통
한 묘사나 서술보다 주로 작중인물의 발언을 빌어 작자의 뜻을 나타내고
있다는 점을 들 수 있다.

<편옥기우기>의 시대적・공간적 배경은 송나라 때 서울이었던 변경汴
京을 중심으로 삼고 있으며, 그 정치적・사회적 배경은 송조 신종~철종

연간에 있었던 왕안석 대 사마광 등의 신구 법당 간의 알력을 배경으로 하고 있다. 이는 작자가 조선조 말의 당쟁 및 세도정치에 대한 경계 의식을 중국 역사에 굴절시켜 나타낸 것이 아닌가 하는 생각을 갖게 한다. 이 소설의 내용은 전반적으로 보아 발단부·전개부·종결부의 세 부분으로 나뉘는데, 발단부에서는 이건 및 그 부인 민씨의 충렬 행위가 서술되고 있으며, 전개부에서는 앞서 발단부에서 있었던 이건 및 그 반동 세력 간의 갈등이 이건의 딸에게로 전이되어 지속되며, 종결부에서는 남녀 주인공인 영효(이씨)와 풍생[풍욱馮煜]이 결연을 함으로써 대단원에 이른다.

　본 작품은 표제만을 놓고 추단한다면 염정소설로 생각하기 쉬우나 실은 염정소설이라기보다 도덕소설로 분류될 수 있는 작품이다. 작품 속에 남녀 간의 결연 삽화가 없는 것은 아니지만, 남녀 간의 실제적 애정사가 거의 결여되어 있고, 그 비중도 극히 미약하다. 오히려 이 작품은 처음부터 끝까지 이건과 그 부인 민씨, 딸 영효, 나아가 주변 인물들의 충효열 의식을 일관되게 서술하고 있는 점으로 보아 당연히 도덕소설로 보아야 하겠다. 그러나 이 소설의 작자는 이러한 주제 의식을 여주인공인 영효를 통하여 중점적으로 실현하려 하였음에도 불구하고, 전체적인 개혁 갈등에다 후반부에 혼인 갈등을 부적절하게 접합시킴으로써 혼선을 초래시켰다는 점, 더구나 주동인물에 대한 반동인물을 끝까지 드러내지 못하고 일방적인 시각만 보여주었다는 점에서 작가적인 미숙성을 보이고 있는 것으로 생각된다.

● **참조 원고**

"<숙향전> 형성연대 재고", 『고전문학연구』 12(한국고전문학회, 1997. 12).

[참고] 작품의 전반적인 이해를 돕기 위해 아래에 전체 줄거리를 약시略示한다.

　송나라 때 이건李建은 소주인沼州人인데, 문정공文靖公 이항李沆의 5대손이며 전어사중승御史中丞 인서仁緖의 아들로, 집은 변경汴京 봉구문封丘門 밖에 있었다. 그의 부친은 일찍이 왕안석의 신법을 배척하다가 미움을 받아 면직된 후 고향으로 돌아와 생애를 마쳤다. 이건은 청수지질淸粹之質로 가정의 교훈을 받들어 지기志氣가 높고 깨끗했으며 언어는 올바르며 명문가의 풍이 있었으며, 문장과 풍채가 옛 사람에게 뒤지지 않고, 직사·경론直辭勁論은 남의 허물을 용납하지 않았다.

　그때 조정에는 악인의 무리가 가득하여 위복威福을 자행하니 선비들은 두려워하여 감히 바로 보지 못하고 백성들은 바로 서지를 못했다. 그리하여 이건은 일찍이 종적을 산 밖으로 나타내려 하지 않아 사람을 대한 일이 없이 다만 강산풍월만 읊었을 뿐이었고, 부인 민씨閔氏 또한 현재賢才를 겸하였으나 형차포군荊釵布裙으로 몸소 정구井臼의 힘들며 천한 일 하기를 꺼리지 않았다.

　10여 년 간 은인자중하고 초야에 묻혀 있던 이건은 조정 소인배들의 농권弄權을 보다 못하여 마침내 부인 민씨에게 대대로 국록을 먹은 잠영의 후손으로 보신를 위해 입을 다물고 있을 수 없어 죽음을 무릅쓰고 천자에게 충간을 드리려 한 결심을 말하니, 그 아내 민씨 또한 의가 있는 곳에는 정을 돌아보지 않는 것이니 참으로 충신이 되고자 한다면, 자신도 마땅히 열부가 되어 뒤따르겠다는 뜻을 말하였다.

　드디어 이건이 천자에게 간신을 멸하고 충신을 받아들일 것을 상소하자, 이에 놀란 간신의 무리들은 이건이 임금을 속이고 부도덕한 죄가 크게 불경하다 하여 죽일 것을 주장하였다. 천자는 이건의 충직함을 깨닫고 '죽이자는 논의는 너무 과하다.' 하여 받아들이지 않았으나 또한 간신배들의 세력을 꺾을 수 없어 이건의 상소문을 받아들이지 못했다. 간신들의 모함이 더욱 심하여지자 이건은 살아 남을 수 없음을 깨닫고 어린 딸 영효를 불러 영결의 뜻을 이르고, 부모가 죽은 후 피신하여 후일을 도모하기를 부탁하고 아울러 작별의 뜻을 담은 시를 짓기에 이르렀다. 영효가 글을 지으매 이건은 그 글을 편옥片玉에 새겨 자신의 관 속에 넣어 묻어주기를 당부하였다. 이어 조정에 나아간 이건은 다시 한번 충언을 드린 후 물러나와 자문自刎하니, 반대 당파의 관리들이 그를 거렬형車裂刑에 처할 것을 청했으나 상이 그 말을 듣지 않고 가인家人으로 하여금 그 시체를 거두게 하였다.

　이에 이건의 부인 민씨는 남편의 시체를 염습하여 관에 넣어 안치한 후 종들을 불러 돈과 비단을 나누어주며 떠남과 머묾을 임의로 하도록 하되 후일 어린 딸 영효永孝의 복귀를 기다리라 당부한 후 영구를 모셔 선영으로 향하였다. 민씨는 시부모의 무덤에 도착한 후 하늘을 우러러 통곡하고 영효에게『여훈』한 책을 품에 넣어주며 자신은 남편의 충을 이어 열을 본받고자 하니 부디 효를 저버리지 말 것을 당부한 후 자결하였다. 영효가 뒤따라 자결하려 하자 유모가 이씨 가문의 유일한 핏줄인 소저가 자결함은 불효임을 들어 극구 만류하고, 또 민씨에게 영효의 후일을 부탁받은 충성스런 차환 춘란과 보홍과 영정 들도 불가함으로써 간하니, 영효도 그 말에 따라 어머니를 좋은 땅을 택하여 장사지냈다. 영효는 다만 선친의 유서만 품속에 간수한 채 드디어 유모 및 세 사람과 더불어 서로 부여잡고 통곡한 다음 옷을 바꾸어 입고 문을 나서 행장을 다스려 유랑길을 떠났다.

하루는 산이 깊고 길이 험하며 해가 이미 황혼이 되니, 곁에 인가가 없어 황망하던 중 홀연 노인이 지팡이를 짚고 지나갔다. 차환이 달려가 구원을 요청하니, 노인은 손으로 산의 서쪽 기슭을 가리키며 작은 암자가 있어 가히 투숙함직하다고 하고 앞에서 인도하여 4, 5리 쯤 가니 과연 암자가 나타났는데, 순간 노인은 어디론가 사라졌다. 그 암자는 백운암이라 하는 비구니들의 거처였는데, 일행이 얼마간 거두어 주기를 간청하니, 한 늙은 여승이 위로하며 말하기를 이 산 수십 리에 사는 사람이 하나도 없고, 도깨비와 승냥이·호랑이가 날뛰는 곳으로 이 깊은 밤에 이 암자에 이르니 어찌 신인의 보호하는 바가 아니겠는가 하였다. 이에 춘란 등이 비로소 아까 만났던 노인이 산신이었음을 깨닫게 되었다. 이사尼師가 영효를 보고나서 마음속으로 자탄하여 생각기를, ‘내가 일찍이 남해의 묘희사妙姬師를 좇아 점쟁이의 술법을 대충 배워 명족名族 부녀의 상을 본 것이 많았으나 이같은 상을 본 적은 없었다. 조화의 희롱함인가, 음양이 어찌 바뀐 것일까? 일신과 백체가 부녀의 상법에 합치되지 않음이 없으되 다만 부모궁父母宮에 방해됨이 있도다.’ 하고 주방을 맡은 여승을 재촉하여 저녁밥을 올리게 하였다.

그 곳이 심히 유벽하고 여승들이 사는 곳이라 처음에는 오래도록 머무르려 하였으나 그때에 경성의 기녀들이 혹 환을 피해 오고, 혹은 기도를 하러 모여드니 그 수가 많아 암자의 방이 모두 가득 찼다. 이목이 이미 번거롭고 종적이 혐의되어 역시 오래 머물 곳이 못 되었다. 그래서 암자를 떠나 길을 가던 중 석양이 되려 하니 멀리 대단히 큰 누각이 보였는데 한 마을 전체에 가로 놓여 있었다. 마치 공후公侯의 제택第宅이 있는 것 같았다. 바야흐로 문을 찾아 투숙하고자 할 때, 갑자기 동자가 스쳐 지나가며 노래하여 말하기를, “서쪽에 큰집이 있으나 쉬려는 생각은 불가하도다. 남쪽에 작은 집이 있으니 안적安適하리로다." 눈을 들어 살펴본즉 보이지 않았다. 영효가 춘란 등에게 말하기를 "큰집을 말하기를 '옥屋'이라 하는데 '屋옥'이란 '주검[시尸]이 이른[지至] 것'이다. 작은 집을 일컬어 '사舍'라 하는데, '舍'란 '사람[시]이 길吉한 것'이다. 이는 저 큰집이 마을의 동쪽에 있는데 서쪽이라 했으니 서쪽은 숙살肅殺의 방위니 아마도 이 집에 살기가 있을 것이다. 그 이른바 남쪽이란 역시 유幽를 버리고 밝음을 취하지 말라는 뜻이 아닐까?" 드디어 마을 가운데 가장 작으며 햇볕을 받는 집을 택하여 안돈安頓하고 밤을 지내는데, 밤이 채 반도 지나지 않아 극악한 도적이 일어나 거리낌없이 맘대로 겁략劫掠하니 큰집의 사람 중 노소간에 사상자가 반에 이르고, 온 마을이 시끄럽고 소란하였다. 오직 영효가 머무는 집만이 편안하여 근심이 없으니 자못 하늘의 도우심이었다.

그 후 여러 날을 경과하여 비로소 경성에 도착했다. 제5교를 건너 장봉동藏鳳洞에 이르니, 마을 서편에 수양나무와 괴나무는 문 밖을 비추고, 대나무와 소나무는 원내에 울창했다. 집채는 심히 굉장하고 화려했으나, 정원은 역시 맑고 깨끗하여 은연 중에 성시城市 중에 산림의 취미가 있었는데, 하인 두 사람이 문을 지키고 있었다. 나아가 묻기를, "귀댁의 주인은 누구십니까?" 하니, 하인이 말하기를, "주인은 김상서 노야老爺이십니다." 차환의 인도에 따라 김상서 앞으로 나아간 영소저가 일시 기탁할 뜻을 간청하니, 김상서는 영효의 언행이 매우 범상치 않음을 보고 크게 감탄하며 그들이 후원 별당인 현초당玄草堂에 기거하기를 허락하였다. 김상서 부인도 영효의 범절에 못내 감탄하여 영효를 양녀로 삼고 집안 사람들로 하여금 깍듯이 대하기를 당부하니, 영효 등은 그 은혜에 감읍感泣하지 않을 수 없었다. 이튿날 김상서 부인이 현초당으로 나아가 영효를 보고 그 이름과 관향을 물었으나, 영효는 자신의 정체를 드러낼 수 없어 자신은 어려서 부모를 잃어 성씨나 종파는 모르나 이름은 영효라 한다고 대답하였다. 그리하여 김씨가에서는 '영효'를 '영소저永小姐'라 일컫게 되었다. 그 뒤 김상서 부부는 영소저의 거처에 함부로 잡인이 출입함을 금하게 하니, 영소저도 현초당 밖을 나오는 일 없이 여공女工에만 마음을 붙이고, 도사圖史와 잠규箴規의 교훈에만 마음을 썼다.

덧없는 세월이 재빨리 흘러 4년이 지났으나 영소저는 여전히 소복을 벗지 않고 맛있는 음식을 입에 대지 않은 채 상심하니 그로 인하여 몹시 쇠약해져 갔다. 보다 못한 유모가 부모의 원분怨憤을 씻고 가문을 다시 일으키기 위해서라도 자중할 것을 간하였다. 하루는 김상공이 공사公事에서 물러나와 현초당에 바로 나아가 영소저의 영접을 받은 후 시서詩書의 깊은 뜻과 제가諸家의 여러 말로 응대의 재주를 보고자 하니, 영소저의 뛰어난 견해가 문자와 언어 밖에 많이 드러났다. 상공이 기이히 여겨 감탄하기를 마지않고 부인에게 돌아와 말하기를 영소저를 천인이라 일컬으며 합당한 배우자 찾기를 의논하였다. 김상서에게는 세 딸이 있었는데, 막내딸은 아직 어렸고, 맏딸 정아貞娥는 여복야呂僕射의 둘째아들 덕순德純의 처로서 말이 과중寡重하여 일찍이 한만閑漫한 말을 한 적이 없었으므로 남편이라도 김가金家의 수양녀를 알지 못하였다. 반면 둘째딸 혜아慧娥는 맹참정孟參政의 첫째아들 운경雲卿의 처였는데, 행동거지가 가벼워 남편에게 영소저의 일을 세세하게 말하니, 맹생이 영소저의 일에 대하여 묻다가 영소저의 성姓 없음과 소복 착용을 의심하고 나아가 그 근본까지 의심하게 되었다.

김상서가 영소저가 들어온 지 5년이 지나도록 늘 수심 속에 묻혀 살며 혼취婚娶할 꿈을 꾸지 않음을 보고 늘 초조해 하자, 이를 엿본 맹생이 그 까닭을 물으니, 김상서는 마침내 맹생에게 실정을 이야기하고 말았다. 이때 마침 바야흐로 태액지太液池에 연꽃이 만개하였는데, 황상皇上이 선화처宣和處로 납시며 외부 사람에게 태액지 완상을 허락하였다. 김상서 댁의 온 식구도 연꽃을 완상하러 나아가 김상서 부부 주위에는 영소저와 그의 시녀들만이 남게 되었다. 이 틈을 타 김상서 부부가 영소저를 불러 혼인 문제를 간곡히 당부하였으나, 영소저는 양부모의 양육지은에 극진히 감사하면서도 혼인 문제에 대해서는 아직 때가 이르지 아니하였음을 들어 완곡히 거절하였다. 영소저를 돌려보낸 김상서가 부인에게 산천 유람도 할 겸 영소저의 배필감도 찾을 겸 여행을 떠날 뜻을 말하니, 상서의 부인은 영소저를 장남 손孫인 아영阿英과 짝을 맺어줌이 어떻겠느냐는 의견을 말하였다. 이에 김상서가 깜짝 놀라 예가 아님을 들어 부인을 나무랐다.

한편 영소저는 보홍과 영정에게 명하여 옛집에 가서 소식을 탐문하여 오되, 자신이 생존하였음을 절대로 이야기하지 말라 하였다. 보홍과 영정이 돌아가 살펴보니 옛집이 처참히도 황폐하였으되, 그간 집을 지키는 자가 아직 남아 있었고, 흩어져 도망했던 자들도 차차 돌아와 생계를 도모하며, 때가 되면 제사를 지내어 옛 주인의 은혜를 생각하고, 소저의 귀환을 기다리고 있었다. 한 노파가 보홍 등을 반가이 맞아 자신이 꾸었던 꿈과 그 징험徵驗한 바를 이야기해 주었다. 즉 노파의 꿈에 옛주인[이건李建]이 나타나 이르기를, '내일 오시午時에 구름이 일어나 미시未時가 되면 비가 쏟아질 터인데, 소년 세 사람이 집 앞을 지나다가 비를 피하여 들어오면, 그 중 마지막 사람이 기재奇才로서 의기意氣가 상감하여 반드시 시를 지어 찬미할 것이다. 네가 그 시를 청하여 잘 보관하고 기다려라. 이 사람이 우리 집의 사위가 될 것이고, 소낭자(영소저)의 백년 인연이 그에게 있을 것이다.' 하였다. 이튿날 과연 세 소년이 비를 피하여 들어왔다가, 이 같은 큰집이 황폐해진 이유를 노파에게 물어 그 사정을 듣게 되자, 그 중 마지막 수재가 감동한 바 있어 시를 지으니, 노파가 간청하여 그 시지詩紙를 얻어 간직해 두었다는 것이다. 보홍이 노파에게서 그 시지를 받아들고 작별을 고한 후 김상서 댁으로 돌아와 영소저에게 그간 고향에서 본 바를 이르고 시지를 전하니, 영소저는 부모의 음조陰助임을 기뻐하며 보홍들에게 입조심하기를 당부하였다. 영소저의 현숙함과 재주에 대한 소문이 퍼져나가매 고관대가들이 다투어 청혼하니, 김상서는 지나던 걸인 여아를 불쌍히 여겨 거두어 길렀으나 근간近間에 그 숙부가 데리고 가 혼인시켰다는 소식을 들었다는 말로써 핑계하고 물리쳤다.

한편 김상서의 둘째 사위 맹생의 외숙인 풍시랑馮侍郎은 조정에 있음을 즐겨 아니하고 벼슬자리를 물러나 서울 근교에 살고 있었다. 맹생이 달려가 찾아뵙고 수일을 머물렀다. 외종 형제는 4인이었는데 그 맏이는 바야흐로 상복사祥福寺에서 독서를 하고 있었다. 맹생이 외숙에게 장외종長外從의 글 보기를 청하니, 풍시랑이 하인에게 명하여 아들의 글을 내어다 주게 하였다. 맹생이 읽어 본즉 그 글재주가 참으로 놀라워 감탄을 금치 못하였는데, 특히 그 중 한 편의 시가 자못 의기가 격발激發하고 지의志意가 비장하였으므로 그 시를 짓게 된 동기에 대하여 여쭤 보았다. 풍시랑에 의하면, 그 시는 몇 해 전 아들 풍생이 우연히 상경시에 갑자기 비를 만나 길가 폐가를 찾아 들어갔다가 한 노파에게서 그 집안 내력을 듣고 지은 것이라 하였다. 맹생이 그 시를 간직하고 돌아와 김상서에게 보이니, 김상서가 읽고 놀라 그 시를 지은 풍생을 영소저의 배필로 삼고 싶어했다. 그러나 어떤 사람은 그 시가 맹생의 가작假作이라 의심하고 말들이 많으니, 맹생도 더 이상 영소저의 친사親事를 위해 말하지 않았다.

그 후 김상서는 중양절을 맞아 잔치를 열고 인재를 찾으려 했으나 끝내 찾지를 못하였다. 풍생의 시가 비록 뛰어났으나 그 품성이 어떠한지 알지 못했고, 자나깨나 생각하여 인재를 구했으나 얻지 못하자 문득 마음속의 한 병이 될 지경에 이르렀다. 김상서에게 한 누이가 있어 회수현에 살았는데 서로 못 본 지가 여러 해 되어 만나 보러 가게 되자 둘째아들 숙淑과 장손 성영盛英이 모시고 가게 되었다. 길을 떠난 지 이틀 만에 진가장陳家莊에 도달하니 강산은 수려하고 누대는 조요照耀하였다. 상공이 말을 쉬며 완상하더니 갑자기 한 소년이 털빛이 검푸른 나귀[靑

驢]를 타고 비단주머니를 손에 들고 천천히 오는데 바라보니 신선 중의 사람이었다. 상서가 소년의 집과 이름을 물으니 그가 바로 맹생의 표제인 풍생이었다. 상서가 앞서 보았던 풍생의 시 이야기를 하며 칭찬하니 그는 매우 부끄러워하며 겸양하였다. 이에 두 사람은 가던 길을 멈추고 함께 머물러 묵으며 마음을 토로하니 평생지기와 같았다. 상서가 풍생에게 혼인 여부를 물으니 풍생은 아직 미취未娶임을 말하고, 앞서 자신이 폐가에서 시를 짓고 비가 개어 떠나려 할 때, 주춧돌 사이에서 시구가 쓰인 편옥을 얻어 읽어 보매 여자의 솜씨임을 알아, 그같이 뛰어난 시를 지은 숙녀를 만나 해로하기를 맹세하였으며, 만약 앞으로 10년을 기한하여 그 숙녀를 만나지 못한다면, 그때야 비로소 타처에 장가들겠다는 뜻을 말하였다. 상서가 웃으며 그 편옥 보기를 청해 거기에 쓰여 있는 시구를 읽어 보니 과연 그 재주가 놀라워 그 솜씨의 주인공이 영소저가 아닌가 의심하였다. 그리하여 상서는 풍생에게 만약 옥을 내게 빌려 주면 그를 위하여 도모하겠다고 약속하고, 일간 상경시에 자신의 집을 찾아오라고 당부한 후 서둘러 귀가하였다.

  김상서는 다시 영소저를 은밀히 불러 그의 근본을 채근하였다. 영소저도 더 이상 숨길 수 없음을 알고 자신이 간신들의 음해를 입어 자결한 이건의 여식임을 실토하였다. 그리고 유모를 시켜 보홍이 노파에게서 얻어 왔던 시지를 가져다 바치게 하니, 그것은 곧 맹생이 읊조린 바 있는 풍생이 지은 시였다. 이에 김상서도 옥편을 꺼내어 보이니, 이를 알아본 소저는 차마 말을 이루지 못하고 흐느껴 울다가, 그 옥편은 집안 전래의 보물이요 그 글은 자신이 지은 것으로서, 부친과 영결시에 부친이 자신의 손을 잡고 작별의 시를 지으라 하여 슬픔을 참고 4언 7, 8구를 지어 올렸더니, 부친이 옥에 새기어 함께 묻어 달라 하시기에 모친이 옥인玉人으로 하여금 글을 새겨 관 속에 넣었는데 어떻게 주춧돌 사이에 버려지고 부시자賦詩者의 손으로 돌아가게 되었는지 알지 못한다고 하였다.

  김상서는 마침내 부인에게 노파의 꿈에 이한림이 나타났음은 귀신이 지휘함이요 이한림의 집에 풍생이 비를 피했음이나, 자신이 풍생을 만났음은 모두 하늘의 정한 바며, 또 영소저가 쓴 옥편의 시나 풍생이 읊은 시지의 징험은 그 어느 것 하나 우연이 아니었음을 들어 양인을 결연시킬 것을 상의하였다. 그리고 손수 옛 친구였던 풍시랑을 찾아가 그간 서로 적조하였음을 이른 다음 풍생 부자에게 물중옥物中玉으로써 인중옥人中玉을 구했음을 말하고 혼사 맺기를 청하였다. 풍생 부자가 의아해 하자 상서가 그 동안의 이야기를 자세히 들려 주었다. 김상서가 또 규수가 바로 일찍이 충언을 고하다 뜻을 이루지 못하고 자결한 옛 벗인 이한림의 외동딸임을 이야기하니 풍시랑도 감동하여 결혼을 응낙하였다. 이에 김상서는 집으로 돌아가 혼인 날짜를 잡고 영소저에게 이제 그만 상복 벗기를 청하였다. 그러나 영소저가 아직 부모 영전에 고하지 못했음을 들어 응하려 하지 않으니, 상서도 깨달은 바 있어 늙은 창두에게 명하여 춘란과 보홍을 시켜 영소저(이씨)의 선영에 가서 신주를 모셔내어 묘하의 정사精舍에 안치하고 사유를 갖추어 고하라 명하였다. 어느덧 혼인 날짜가 이르자 드디어 예를 갖추어 풍생과 이씨가 혼례를 치르니 두 사람은 참으로 난봉의 짝이요 원앙의 짝이었다.

혼인한 지 3일 후 이씨가 바야흐로 시가로 떠나려 할 제, 이씨는 상공에게 이르기를 제 몸소 신주를 모시고 돌아가 부모 영전에 제물을 진설하고 사유를 갖추어 고한 후에 시가로 가고 싶다 하니, 김상서도 응낙하고 우선 자제를 보내어 준비시키되 춘란과 보홍으로 하여금 수행케 했다. 이에 영소저는 지난 6년 간 슬픔으로 짜고 눈물로써 수놓았던 비단옷 두 벌을 내어주며 부모님 무덤에 벌여 놓고 제사를 지낸 후에 태워 버리라 하였다. 이듬해 상께서 태학에 나아가 친히 많은 선비를 뽑을새 풍욱馮煜(풍생)이 제1위가 되고 맹운경은 제3위에 오르니, 단계丹桂가 쌍으로 빛나고 청포青袍가 서로 어리었다. 영효가 풍생에게 이건의 신원을 청하여 풍생이 상께 상소하자, 상이 비로소 이건의 상소를 취하여 조당朝堂에 널리 보이고, 또 이건에게 예부상서를 추증하고 민씨를 봉하여 신국부인申國夫人으로 삼았다. 후에 풍욱의 벼슬은 상서에 이르고, 이씨는 3자 1녀를 낳았으니, 아들과 사위 모두가 조정에 나란히 섰다. 김상서 부처의 상복을 3년 간이나 입어 그 은혜에 보답하였다.

● 참조 원고

『고전소설 줄거리 집성 2』(집문당, 2002).

2. <인봉소> 해설

저자 미상. 사본. 필사년 미상. 3권 3책. 반엽半葉 10행 20자.
테두리 없음[무곽無郭]. 사란 없음[무사란無絲欄]. 판심 없음[무판심無版心].
29.7×19.5cm. 선장線裝. 도장印 : 장서각인藏書閣印.
지질紙質 : 닥나무 종이[저지楮紙].

1)

장서각에 소장되어 있는 국문소설 <인봉소>는 한문소설 <인봉소引鳳韶>를 국역한 것이다. 이 중국 원본 <인봉소>에 대하여는 일찍이 손해제孫楷第의 『중국통속소설서목中國通俗小說書目』(北平, 1933, p. 195)에 의하면 '<인봉소引鳳篇> 4권 16회 청 무명씨 일본 내각문고內閣文庫·대련만철도서관大連滿鐵圖書館 풍강반운우 집楓江半雲友輯'이라 소개되어 있고, 또한 갈현녕葛賢寧의 『중국소설사』(대북 중화문화사업출판위원회, 1916, p. 138)에는 '<인봉소> 16회. 제題에 풍강반운우집楓江半雲友輯이라 되어 있다. 백인과 김봉낭의 연애고사를 서술했다(敍白引與金鳳娘戀愛故事)'고 약술되어 있다. 다시 말하면, <인봉소>는 4권 16회로 된 청나라 때의 통속소설로 현재 그 작자를 알 수 없으나, 풍강반운우가 편집한 것이 중국 만철도서관과 일본 내각문고에 소장되어 있으며, 그 내용은 백인과 김봉낭이라는 남녀 주인공의 연애에 관한 것이다.

작품의 제명인 <인봉소>도 실은 이 두 사람의 이름과 봉낭의 시여인

하소何簫의 이름에서 각각 한 자씩 떼어 만든 것이다. 그러나 장서각 소장본의 표지에는 '인봉소麟鳳韶'라 되어 있음은 어인 일인가? 아마도 이것은 원 초역자가 한문본을 번역하여 '인봉소'라 표기한 것을, 원명을 모르는 후인이 '삼령三靈', 혹은 '사령四靈'을 연상하여 '인봉'을 '麟鳳'으로 오기하고, '소' 자마저 임의로 '피리'를 뜻하는 '소韶' 자로 붙인 데에서 비롯된 것이 아닌가 한다.

　　<인봉소>의 내용을 소개하기 전에 우선 장서각본 <인봉소>를 독해하는 데에 필요하리라 생각되는 국문 표기 장회명章回名을 내각문고본을 참조하여 대조해 보기로 하겠다.

제1회	빅미션뎡뇨셜고	白眉仙庭撩雪鼓
	황독긱각괘산편	黃犢客角掛珊鞭
제2회	증금백의셕비신	贈金帛義釋飛神
	건비뎡이뉴은사	建碑亭愛留隱士
제3회	회계지직실삼사	會計才織失三司
	위복권듀힝빅비	威福權誅行百輩
제4회	협시유원슈대덕	俠士踰垣酬大德
	션관셰가식댱됴	禪關稅駕識長途
제5회	탄복긱향규됴몽	袒腹客香閨兆夢
	쇄미인분벽졔졍	瑣尾人粉辟題情
제6회	셔셔빈이우역마	西序賓以午易馬
	북창몽치우등운	北窓夢致雨騰雲
제7회	십영난슈각국축	十泳難酬覺跼蹐
	일스즁도디진안	一詞重覩知眞贋
제8회	힐홍지힉당스종	詰鴻才海棠四種
	증대밍호박쌍환	訂大盟琥珀雙環
제9회	녁변연파향교리	歷遍煙波回故里
	상구슐긔각텬익	相求聲氣名天涯
제10회	셔효범신긔식고	西湖泛神機式告

	남안귀텬눈유셔	南雁歸天倫攸敍
제11회	양두간자참응견	煬灶奸自慚鷹犬
	티악윤친숑난봉	泰嶽尹親送鸞鳳
제12회	졀도영자등피안	截渡嬴資登彼岸
	분장취실속젼현	分庄娶室續前絃
제13회	(결)	薦故交草章納欵
		表遺賢石刻流芳
제14회	雙데혼인젼우의	雙綿婚姻全友誼
	참뎨방안샤황은	參題傍額謝皇恩
제15회	(결)	功成馬鬣封三尺
		壽進霞觴祝八衮
제16회	단편듕계고졔각	單鞭重繫高低角
	雙계뎨등뎌쇼괘	雙桂齊登大小料

　내각문고본과 장서각본을 비교해 보면, 대체적으로 후자는 전자로부터의 직완역임에 틀림없다. 그러나 양자가 완전히 일치하지는 않는다. 한문본에 상당수 포함되어 있는 한시들이 번역본에서는 대부분 생략되어 있기 때문이다. 예를 들면, 한문본에서는 매 장회마다 본문이 시작되기 전에 '시왈詩曰' 운운하여 평시評詩를 싣고 있는데 이런 것들은 번역본에서 모두 없애 버렸고, 또 한본문 속에 들어 있는 한시들도 거의 번역되어 있지 않았다. 뿐만 아니라 본문 중 그다지 중요하지 않다고 여겨지는 서술 부분이나 만연체의 문장들은 요령 있게 축약되어 있다. 가령 한문본에는 신구 양법당 간의 당쟁이라든가, 왕안석王安石의 신법 등의 내용이 비교적 소상하게 나타남에 비해, 번역본에는 아주 간략하게 축약되어 있는 것이다.

　또한 이러한 사정은 양본의 장회수를 대조하여 보아도 알 수 있다. 장회명은 이미 앞서 제시한 바 있지만, 한문본이 모두 16회인 반면, 번역본은 한문본의 16회 중 13회와 15회가 빠져 총 14회(원래 장서각본에는 장회의 순차는 붙어 있지 않다)로 되어 있다. 하지만 양본을 좀 더 자세히 대조해 보면 이 양회분도 완전히 빠진 것이 아니라 매우 간략히 축약되어 번역본의 제12회와 제14회로 통합되어 있음을 알 수 있다. 가령 번역본의 제12회는 208~231페이지에 '절도영자등피안 분장취실속전현'의 장회명으로 되어 있는데, 실은 208~226페이지까지만이 한문본의 제12회 '절도영자등피안截渡嬴資登被岸 분장취실속전현分庄娶室續前絃'인 것이고, 나머지는 제13회 '천고교초장납애薦故交草章納欸 표유현석각유방表遺賢石刻流芳'에 해당되는 것이다. 그리하여 앞의 장회들이 평균 15~20페이지 정도로 이루어져 있음에 비하여 제13회(한문본의 제14회)는 5페이지, 제14회(한문본의 제16회)는 11페이지 정도밖에 안 된다.

   2)

   제1회 송나라 신종神宗 연간에 청주青州 낙안현樂安縣의 감찰어사監察御使 백양白壤의 아들 인기은 학업을 위해 남장南庄의 황니토黃泥土 별장으로 간다. 신종이 신법을 행하려 하니 백공이 반대해 상소하다가 벼슬을 사직하고 향리에 은거한다. 백인이 추운 겨울에 매림梅林에서 설경을 완상타가 황독객黃犢客을 만나 자신의 앞날을 예언받고 산호편珊瑚鞭도 얻는다.

   제2회 원소절元宵節에 도적 유쇠劉釗가 백공가에 침입하나 오히려 생포당하니 백공이 그를 용서하고 금전까지 주어 보낸 후 가택을 동리인에게 나누어주고 황니보黃泥堡로 이주한다. 백공의 동년 계우契友인 지현知縣 포현鮑龍이 백공을 기려 송덕비와 정자를 세우고 '유은留隱'이란 편액扁額을 달자 황이보는 유은촌留隱村으로 개칭케 된다.

   제3회 소주蘇州 오강吳江 지사 김혁金革은 원래 항주杭州 신성현新城縣의 사람으로 선정한 덕택에 왕안석이 신법을 행하는 데 기용하려 한다. 그러나 금혁은 왕안석의 13조 신법을 반대하므로 건주建州로 안치安置되고 만다. 신법 시행의 반대 여론이 심해지자, 왕안석의 당인 여혜경呂惠卿과 그 아들 왕방王雱은 본보기로 전의 백양의 반대상소를 들춰 내어 체포 명령을 내린다.

제4회 백양은 포룡의 피신 권고를 물리치고 투옥된다. 이때 유쇠가 청묘법青苗法에 의거 관채官債를 썼다가 못 갚게 되자, 백공에게 그를 구해 달라고 요청하러 간다. 그러나 백공의 피체被逮 사실을 알고 급히 상경하여 옥을 깨뜨린 후 백공을 구하여 강상어옹江上漁翁이 되어 때를 기다린다. 백공 대신 백인을 잡으려 하자 그도 피신하여 항주성까지 떠돌아다니다가 목은암牧雲庵에 기탁한다.

제5회 항주 성내에는 전 오강 지현 금혁의 가족이 살고 있다. 그 딸 봉낭鳳娘이 어느 날 중 속에서 황독객과 산호편을 든 미소년을 만나는데 황독객이 소저와 소년에게 서로 인연이 있음을 암시한다.

제6회 백인이 성중 소년 시객들과 친하여 서호西湖 유람을 떠난 후 삼월 삼일을 맞은 봉낭은 시녀 하소何簫를 데리고 목운암으로 분향을 하러 간다. 백인이 남긴 벽상시와 산호채를 발견한 봉낭은 크게 놀란다. 꾀를 내어 백인을 동생인 학랑鶴郎의 선생으로 모시려 하나 종제從弟인 요연了緣을 백인으로 오인하고 데려간다

제7회 봉낭이 수차 백인의 글재를 시험하려 하나 가짜 백인인 요연의 글을 보고 크게 실망한다. 이듬해 봄 다시 목운암을 찾은 봉낭은 먼저 보았던 시 옆에 또 다른 백인의 시가 있음을 보고 의아히 여겨 백인의 방을 엿본다. 거기에서 꿈에 보았던 미소년과 산호채를 본다.

제8회 드디어 정체가 탄로나 김가金家에서 쫓겨난 요연은 귀향 도중 배가 풍랑을 만나 익사하고 학낭의 스승으로 김가로 간 백인은 마침내 봉낭과 맹세하는 글 신물로써 후일을 언약하는 사이가 된다.

제9회 신종이 왕안석과 여혜경 등을 물리치고 전일 내쫓았던 옛 신하들을 복직시키니 백공도 유은촌으로 귀환하고, 백인의 죽마고우인 방단여方端如와 원점륙袁漸陸은 각각 완아婉兒와 유쇠를 데리고 백인을 찾아 남북

으로 떠나간다.

제10회 방단여가 토지신묘土地神廟에서 영험스런 꿈을 얻고 신성현 목은암에 이르러 백인의 글을 발견한다. 수소문 끝에 백인을 김공가에서 찾아내니, 백인은 봉낭에게 후일 언약을 남기고 떠나게 된다. 아들과 만난 백공은 단여로부터 봉낭의 일을 듣고 완아를 보내어 구혼하게 한다.

제11회 신종에 이어 즉위한 철종哲宗이 왕안석의 신법을 폐하게 되니, 여혜경은 건주로 안치하게 된다. 전 가산을 수습하여 건주로 내려가던 여혜경은 도중 강도의 습격을 받아 무일푼이 된다. 마침 서울로 영전되어 가던 김혁이 이를 보고 약간의 돈을 나눠준다. 김공은 잠시 집에 들러 가족들과 재회의 기쁨을 나누고 마침 이르른 백인의 구혼을 받아들여 귀경길에 봉낭을 데리고 백가白家에 이르러 혼례를 올린다.

제12회 이하는 대개 등장인물들의 후일담(출세·치사·혼인 등)이므로 생략한다.

3)

<인봉소>의 정치적 배경이 되고 있는 것은 송나라 신종 연간으로부터 철종 연간에 있었던 이른바 신·구 양 법당의 당쟁 사건이다. 그러므로 이 작품 속에는 송대의 정치적·사회적 형편이 잘 반영되어 있다. 이 작품의 시대적 배경은 송조 희령 연간熙寧年間 즉 신종대로부터 시작되어 원우 연간元祐年間 즉 철종대에 이르기까지의 사실史實을 서술해 주고 있는데, 이는 실제 역사상에 있어서 왕안석이 등장하여 신법을 강행하던 시기였다. 그는 정계에 군림하자 일대 혁신 정책을 베풀어 다음과 같은 '13조'의 신법을 단행하였다(내각문고본 <인봉소引鳳簫> 권일, pp. 18~19).

① 입균수법立均輸法　　　　⑧ 입수실법立手實法
② 입보마법立保馬法　　　　⑨ 태학생삼사법太學生三舍法
③ 농전수리약속農田水利約束　⑩ 입갱수법立更戍法
④ 행모역법行募役法　　　　⑪ 갱정과거更定科擧
⑤ 행시역법行市易法　　　　⑫ 영방전균세법領方田均稅法
⑥ 치제로제거관置提路提擧官　⑬ 입청묘법行靑苗法
⑦ 행보마법行保馬法

그러나 이 소설의 작자는 신·구 양파의 싸움에는 구법당을 옹호하고 신법당을 배척하는 입장에 서 있다. 그러하여 전편을 통하여 신법당의 인사는 간악한 간신배로, 구법당의 인사는 위국충신爲國忠臣·교결지사皎潔之士로 일관되고 있다.

<인봉소>에 등장하는 양당 인사를 정리하면 다음과 같다.

신법당 : 왕안석王安石·왕방王旁·여혜경呂惠卿·한강韓絳·채확蔡確·진승지陳升之·등관鄧綰·증공량曾公亮·이정李定·선우선鮮于侁 등
구법당 : 사마광司馬光·한기韓琦·부필富弼·왕규王珪·풍경馮京·정호程顥·문언박文彦博·소식蘇軾·장재張載·여회呂誨·한유韓維·범순인范純仁·조변趙抃·소철蘇轍·당경唐坰·양회楊繪·이사중李師中·유지劉贄·정협鄭俠·왕안국王安國·범진范鎭·구양수歐陽修 등
— 이상 내각문고본, pp. 17~22 참조

이들은 물론 모두 실재 인물들이다. 그러므로 <인봉소>는 주요 주인공에 있어서 작품의 구성상 허구적인 인물을 많이 등장시키고 있으나, 부차적인 인물로서는 역사상 실재 인물들을 상당수 등장시키고 있다. 이는 요컨대 작품의 내용에 대한 신빙성을 높이려는 작자의 의도가 반영된 것으로 보인다.

한편 신법당에 대한 작자의 공격은 왕안석에 대한 것이라기보다 오히려 그의 아들인 왕방이나, 동류 여혜경에 대한 것으로 묘사되고 있는데,

그 까닭은 왕안석의 학자로서의 공을 인정하였기 때문이 아닌가 생각된다. 작품 속에 나타나는 왕안석은 다소 관용성 있는 인물로(장서각본 pp. 46~49 참조), 그리고 여혜경은 악의 표본으로 그려져 있다.

여혜경은 정계에 발을 들여 놓은 후 차츰 승진하여 숭정전설서崇政殿說書라는 요직에까지 이르게 되자, 왕안석의 아들 왕방과 결탁하여 온 조정의 염결지사廉潔之士를 몰아내고 정권을 마음대로 휘두르게 되었다. 작자는 양인에 대하여 이렇게 기술하고 있다.

> 셔로 안셕을 부츅ㅎ야 신법을 힝ㅎ는 고로 안셕의 텬하 싱민 그룻 민단 죄 이인이 셕반이나 ㅎ더라(同上, pp. 40~41).

이는 말하자면 모든 죄과가 왕안석에게 있는 것이라기보다 그를 사주한 왕방이나 여혜경에게 있다는 논리로 보인다. 여혜경은 이른바 13조 신법을 왕안석이 시행하게 한 장본인일 뿐만 아니라, 그것의 강행을 독려督勵한 신법당의 거두였고, 구법당의 인사들을 몰아내는 데에도 앞장을 섰다. 백인 부자가 화를 입은 것도 역시 여혜경이 반신법反新法의 간언을 막으려는 본보기로서 백양의 묵은 상소를 들추어 내었기 때문이었다. 이와 같이 갖은 횡포를 부리던 여혜경에게도 마지막 날이 오고야 말았으니, 그것은 신종에 이어 철종이 즉위하였던 까닭이다. 그리하여 여혜경은 마침내 좌천되어 건주로 향하던 중 중로에서 강도를 만나 전 재산을 빼앗기고, 청주부윤으로 영전되어 오던 김혁[용무用武]을 만나 반전盤纏을 얻어야 하는 수모受侮조차 당하게 되자 분함을 못 이겨 자진하고 말았던 것이다.

● **참조 원고**

“(해설)<인봉소引鳳簫>”, 『국학자료』 31(문화재관리국, 1978. 12). <인봉소>에 대한 좀 더 상세한 것은 “<인봉소> 연구－낙선재본 <인봉소麟鳳韶>(한글 필사본)와 일본 내각문고본 <인봉소引鳳簫>(한문 목판본)의 대비고찰－”(『고전문학연구』 2, 1974. 3)이나, 이를 재수록한 『이야기문학 모꼬지』(박이정, 1995)를 참조하기 바람.

❖❖❖

3. 고전소설 연구 낙수落穗
─『상서기문象胥紀聞』·<구운기九雲記>·<연당전蓮塘傳>에 대하여─

1) 머리말

최근 우리 학계에서는 고전소설 연구의 활성화로 인하여 지금까지 의문으로 여겨져 왔던 상당한 사실들이 차츰 해명되고 있을 뿐만 아니라, 속속 새로운 자료의 발굴도 이루어져, 우리의 고전소설사도 부분적인 개편이 이루어지지 않으면 안 될 계제에 이르지 않았는가 생각된다. 예컨대, 17세기 말 <숙향전> 창작 연대를 확인할 수 있는 자료의 발굴이라든가,[1] 혹은 <홍길동전>보다 100여 년이나 앞선 것으로 알려져 왔던 <설공찬전>의 발견 등이 그러한 것들이겠다.[2] 이는 우리 국문소설의 형성 연대를 적어도 반세기 혹은 한 세기 이전까지로 확실히 올려 잡을 수 있게 하는 것들로서 고전소설사 상에서 매우 귀중한 가치를 지닌다. 물론 이들의 연구 결과가 우리 소설의 형성 연대에 대한 이왕의 학설들을 근본적으로 바꾸는 것은 아니고 막연히 추정되어 왔던 사실들을 확증시킬

---

1) 조희웅, "17세기 국문 고전소설의 형성에 대하여",『어문학논총』16(국민대 어문학연구소, 1997. 2).
2) 이복규 편저,『설공찬전』(시인사, 1997).

수 있게 되었다는 점이 중요한 것이 아닌가 한다. 따라서 앞으로 숨겨진 자료의 발굴 여하에 따라서는 더 많은 새로운 사실들이 나타나 그만큼 우리의 고전소설사를 풍성하게 할 것이라는 기대를 가져도 좋을 듯하다.

　이 글에서 논의하고자 하는 문제들은 그리 획기적인 문제들이라고 할 수는 없다. 다만 평소 고전소설에 대해서 꾸준한 관심을 가져 왔고, 기왕의 연구작업을 검토하는 과정 중에서 얻게 된 단편적인 사실들을 통하여, 우리 소설사에 적으나마 이바지를 할 수 있는 몇 가지 새로운 사실들을 언급하고자 하는 것이다. 그 하나는 우리 소설사의 편년 문제를 언급하면서 흔히 거론되었던 『상서기문』에 관한 문제이고, 또 하나는 종래 작품의 국적 문제 등으로 이론이 제기되어 왔던 한문소설 <구운기>에 대한 새로운 문헌기록을 제기해 보려 하는 것이요, 그밖에 <연당전> 또는 <황연당전>의 근원설화에 대해서도 논의해 보려 한다.

2) 소전기오랑小田幾五郎[오다 이쿠고로]과 『상서기문象胥紀聞』

　우리나라의 고전소설에 관한 기록을 포함하고 있는 『상서기문』을 국내 학계에 최초로 소개한 업적은 천태산인 김태준의 『조선소설사』이다. 필자가 『상서기문』을 새삼 거론하려는 이유는 아직도 일부 학계에서 이 책에 관한 오전된 사실이 그대로 통용되는 듯하기 때문이다. 우선 천태산인의 위 책에서 논급 부분을 인용해 보면 다음과 같다.

　　일본 『상서기문급습유象胥紀聞及拾遺』에 의하면 (가영嘉永 3년 전사본에 의함) 조선의 통속물어조하通俗物語條下에 '<최충전崔忠傳>, <임경업전林慶業傳>, <백룡전伯龍傳>, 기타 송대물어宋代物語, <옥교리전玉轎梨傳>, <숙향전淑香傳>, <이백경전李伯慶傳>, <삼국지三國誌> 등 통속물다通俗物多'라고 하였으니, 그 『상서기문』이 순조시대의 작이라고 가정할지라도 <숙향

전>의 저작은 영정시대英正時代에 소급한다.『상서기문』은 조선에서 도일渡日한 사신의 필담筆談을 기술한 것이니 소설을 무시하는 한학자인 사신들의 뇌수腦髓에까지 깊은 기억을 주랴면 그 소설이 여간만 보편화한 것이 아니면 안 될 것이며 또 근세작이라고 보는 <배비장전裴裨將傳>에도 '<삼국(지)>, <수호(지)>, <구운몽>, <서유기>, <춘향전>, <숙향전> ……' 등을 열거한 것을 보나니 그가 상당히 인기를 끄을고 있든 것을 알 수 있다.

이러한『상서기문』에 대한 천태산인의 발언은 여러 가지 점에서 오류를 범하고 있다. 우선 그는『상서기문』의 '관정寬政[간세이] 6년'(1794) 필사본을 못보고 '가영嘉永[카에이] 3년'(1850)판을 보았으며, 인용에서 열거된 소설명들도 간세이본과 상당한 차이를 보이고 있다. 즉 천태산인이 인용한 가영판에는 관정판 사본에 들어 있는 <장풍운전>, <구운몽>, <최현전>, <소대성전>, <장박전[張伯傳]>, <소운전>, <사씨전[謝氏南征記]> 등이 빠져 있는 대신 관정판에 보이지 않는 <백룡전伯龍傳>이 추가되어 있다. 그리고 또 그가 인용한『상서기문급습유』란 것도 엄밀히 말하자면 동일 저자의 단일 서명이라기보다,『상서기문』과 그 저자의 아들에 의하여 쓰인 '보유補遺' 편을 합간한 것이다. 더구나 천태산인은『상서기문』의 작자 내지 편자에 대하여 아무런 논급도 하고 있지 않다. 천태산인의 이러한 잘못, 즉『상서기문』의 간행 연대 및 당시 우리나라에서 유행하였던 소설 서목들에 대한 착오는 후일 나손羅孫 김동욱金東旭의 "한글소설 방각본坊刻本의 성립에 대하여"라는 글에서 정정되기는 하였지만,3) 그는『상서기문』의 편자를 '산전사운山田士雲'이라 하는 과오를 범하여 후에 이것이 통설처럼 받아들여져 왔다.4)

---

3) "정조 18년 산전사운의『상서기문』에 <장풍운전>, <구운몽>, <최현전>, <소대성전>, <장박전>, <임장군충렬전>, <소운전>, <최충전>, <사씨전泗氏傳 또는 사씨전謝氏傳>, <숙향전>, <옥교(리梨)전>, <이백경전>, <삼국지> 등이 언문으로 쓰였음을 밝히고 있음으로써도……" (『향토서울』8, 1960. 7. ;『춘향전연구』, 연세대출판부, 1960에 재록).

『상서기문』의 편찬자가 '산전사운'이 아닌 '소전기오랑小田幾五郎[오다 이쿠고로]'으로 국내에 비로소 수정 소개된 것은 대곡삼번大谷森繁[오타니 모리시게]이 일본 천리대天理大[덴리대]도서관 소장본을 소개하면서부터였다.

　　관정寬政 6년(1794)에 대마도 역관 소전기오랑小田幾五郎이 조선 사신에게서 들은 이야기를 수록한 천리본天理本『상서기문』에는 <장풍운전>·<구운몽>·<장박전>·<임장군충렬전>·<소대성전>·<소운전>·<최충전>을 들고, 이 밖에 <사씨전>·<숙향전>·<옥교리>·<이백경전> 등은 당대의 이야기를 언문으로 쉽게 쓴 것이며, 이 가운데는 (5자 생략) 김려金鑢나 조수삼趙秀三의 기사에도 보이는 <소대성전>의 이름도 들어 있으며, 또 <삼국지연의>가 이미 번역되어 있음을 이에 의해서 알 수 있다.5)

그런데 어찌된 일인지 이 기록에서도 원본에 나타나는 <최현전>에 대한 언급이 빠져 있다. 천리대본『상서기문』의 해당 대목은 다음과 같이 되어 있다.

朝鮮小說
　　張風雲傳 九雲夢 崔賢傳 張朴傳 林將軍忠烈傳 蘇大成傳 蘇雲傳 崔忠傳 此外 泗氏傳 淑香傳 玉橋梨 李白慶傳ノ 類ハ 唐ノ事ヲ書キ諺文ニテ讀ヨキヤウニ仕タルト云 三國志ナトノ類モ諺文ニテ書タル本由之由6)

오타니는 아마도 실수로 <최현전>을 누락시킨 듯하다.7) 물론 이 점은

---

4) 위의 내용 일부는 이 책 p. 22에서 이미 언급된 내용을 재인용한 것임. 뒤에 상론詳論하겠지만,『상서기문』의 편자가 '산전사운'라는 것은 오전된 것으로 사실은 '소전기오랑'이었다. 이것은 이미 대곡삼번大谷森繁의 "조선조의 소설독자 연구"라는 논문(고려대高麗大, 1984)에서 정정되긴 하였지만, 동 논문에는 별다른 설명 없이 저자와 서명만 기재되어 있다(오타니[대곡大谷],『조선조의 소설 독자 연구』, p. 7 및 p. 83 참조).
5) 대곡삼번大谷森繁, "한글소설 발전사의 특색",『숭전어문학崇田語文學』6(1977. 12).
6) 덴리대본『상서기문』(권1의 표지에는 '조선기문朝鮮記聞'이란 이칭도 병기竝記되어 있다), 권2, '조선소설'조.

본고의 논지와 거리가 먼 것이기는 하지만, <최현전>이 18세기 말경에 이미 성립되어 있었음을 환기시킨다는 뜻에서 지적해 두려는 것이다.

　김동욱이 원본에 가까운 이본을 참조하여 천태산인의 몇 가지 잘못을 바로잡았으면서도,[8] 편자에 대해서만은 '산전사운'설을 좇았던 것은 전연 이유가 없는 것은 아니었다. 왜냐하면 일본에서도 이 같은 설이 있었기 때문이다. 가령 1933년에 간행되었던 임평서점판林平書店版의 『증정 도서 해제』의 '상서기문'조에 다음과 같이 기록되어 있다.

　　『상서기문象胥紀聞』 사본 3권 산전사운山田士雲

　　조선국의 잡사를 기록했던 것. '상서象胥'란 역관譯官을 말한다. 이제 본 서의 총목을 들면 권상에 역세歷世, 조의朝儀, 도리道里 ; 권중에 절서節序, 인물, 관제官制, 예속禮俗 ; 권하에 호적, 문예, 무비武備, 형률刑律, 도량度量, 복색, 음식, 제택第宅, 물산, 잡문雜聞 등이다. 관정 6년 갑인(1794) 대부對府 (필자주 ; 대마도)학사 원적자혜源廸子惠의 서序가 있다. 저자 산전사운은 같은 대부의 통사이다. (원문 일문)

　또한 소창진평小倉進平[오쿠라 신페이]의 『증정 조선어학사』(1964)에는 『상서기문』에 관한 언급이 p. 60 ; p. 104 ; p. 144 ; p. 299 ; p. 311 모두 다섯 곳에 나타나는데, p. 299를 제외한 다른 곳에서는 그 편자를 모두 '소전기오랑'이라 한 데 비하여, p. 299에서는 유독 '산전사운'이라 하고 있다. 이러한 결과를 빚게 된 확실한 연유를 알 수는 없으나, 아마도 이 는 증정판을 내면서 이전에 '산전사운'으로 되어 있던 것을 '소전기오랑' 으로 고치는 과정에서 간과했던 까닭이 아닌가 한다.[9]

---

7) 이 점은 대곡의 위 논문을 인용한 소재영蘇在英, 『고소설통론古小說通論』 이우출판사二 友出版社, 1983), pp. 13~14 및, 후일의 대곡의 저서인 『조선후기소설朝鮮後期小說 독자 연구讀者研究』(고려대 민족문화연구소, 1985), pp. 83~84에 바르게 되어 있음을 보아서 도 알 수 있다.

8) 각주 1) 참조.

9) 『상서기문』이 일본 학계에서 널리 소개되었던 것은 염기연방染崎延房[소메자키 노부

이처럼 제가諸家의 주장에 차이가 나게 되었던 근본적인 이유를 확실히 단정할 수는 없으나, 아마도 사본 해독상의 오인 때문이었을 것으로 추측된다. 즉 원저자인 '소전小田'의 '소小' 자의 흘림자를 '산山' 자로 잘못 읽은 것이 아닌가 하는 것이다. 그럼 '사운土雲'은 무엇인가? 이 '사운'은 '소전기오랑'의 호였을 것으로 생각되지만, 기왕의 그 어떤 인명사전이나 아호 사전에도 나타나지 않으므로 이는 하나의 추정에 불과하다.

현재 일본에 전하는 『상서기문』의 이본으로는 다음과 같은 것들이 알려져 있다.

국회도서관	2책
내각문고	명치明治[메이지] 사본 3-3 (2종)
동상	상권 결본 1책
동상	창평판학문소본昌平坂學問所本 3-2
동박東博	3책
동상	강호江戶[에도] 말기 사본 중권 1책
동상	명치明治 사본 하권 1책
구주대九州大	2책
경도대京都大	대정大正[다이쇼오] 사본 3책
동경대東京大	3-1[10]
대마도 엄원嚴原[이즈바라] 중앙공민관中央公民館 종가문고宗家文庫[소케붕코] 『상서기문습유象胥紀聞拾遺』[11]	
천리대天理大	2책[12]

후사]의 『조선사정朝鮮事情』(1874)이 처음이라 하는데 필자는 미처 이 책을 참고하지 못하여, 같은 책에서 『상서기문』의 필자를 누구로 하였는지 확인하지 못하였다.

10) 이상은 『보정판 도서총목록補正版 圖書總目錄』 권4(암파서점岩波書店, 초판 1966 ; 보정판 제1쇄 1990)에 의거함.

11) 하권 일부 낙장. 스즈키 토조[영목당삼鈴木棠三] 편, 『상서기문』, 대마총서 제7집(촌전서점村田書店, 1979), p. 1 및 국사편찬위원회, 『종가문고목록宗家文庫目錄』(1990), p. 503, no. 6493.

12) 10여 년 전 고전문학연구회에서 한정판으로 영인본(총 220페이지)을 만들어 연구자들에게 배포한 적이 있다. 이 책에는 서문 및 목차가 없이 바로 본문이 시작되고 있

이 중 내각문고본은 1961년에 간행된 『내각문고 분류목록內閣文庫分類目錄 하下』를 보면 창평판학문소본昌平坂學問所本에 대하여 '산전사운'이라 명기되어 있고, 구주대九州大 추야문고본萩野文庫本[하기노분코본]도 카드 목록에 역시 '산전사운'이라 되어 있다.13) 한편 『신편 제국도서관 화고서목록新編帝國圖書館和古書目錄』(동경당출판東京堂出版, 1985), 중권中卷, p. 657을 보면 '상서기문 사본 소전기오랑 2책'으로 되어 있고, 구주대본 및 내각문고본의 『상서기문』 실책實冊 본문 첫머리에는 각각 '상서기문 권지상 대부對府 상관象官 소전小田 근지謹識'와 '상서기문 상 대부 상관 소전기오랑 근지'로 기재되어 있다. 그러나 이상하게도 천리대 소장본 『상서기문』에는 저자가 밝혀져 있지 않다.

어쨌거나 『상서기문』이 '산전사운'이 아닌 '소전기오랑'의 저서라는 사실은, 신뢰할 수 있는 이본들에 그 편자가 '소전기오랑'으로 명기되어 있을 뿐만 아니라, 이것이 사실들을 통하여도 방증될 수 있다는 점에서 분명하다. 이 '소전기오랑'이라는 인물 및 그의 저서인 『상서기문』에 대해서는 일찍이 전천효삼田川孝三[다카와 고조]의 논문이 나온 바 있고,14) 그후 1979년 대마총서對馬叢書[쓰시마총서]의 하나로서 내각문고본 『상서기문』이 영인 발간될 때에, 안등량준安藤良俊[안도 료슌]이 현지 답사 결과 발굴해 낸 소전가小田家[오다가] 전래 문건를 토대로 한 간략한 보고를 겸

는데, 그 첫머리에 '천리도서관天理圖書館'이라는 장서인에 이어 '금서춘추도서今西春秋圖書[이마니시슌쥬도서]', '흑천진뢰장서黑川眞賴藏書[쿠로카와마요리장서]', '흑천진도장서黑川眞道藏書[구로카와신도장서]' 등의 도장이 찍혀 있다.

13) 앞의 '조선소설'조의 기록이 내각문고본과 구주대본은 똑같으나, 내각문고본의 경우 '옥교리'의 '리梨' 자가 '려黎' 자처럼 되어 있다. 그러나 이 소설은 원래 중국의 명말 청초의 천화장주인天花藏主人, 혹은 이적산인荑秋散人이 지은 것으로 알려진 작품으로, 작품 이름은 작중 주인공 이름인 '백홍옥白紅玉'·'오무교吳无嬌'·'노몽리盧夢梨'에서 한 자씩을 따서 만든 것이므로 당연히 '옥교리玉嬌梨'가 옳다(『옥교리玉嬌梨』, 상해고적출판사上海古蹟出版社, 1994). 한편 천리대본의 경우 소설 이름의 순서가 약간 바뀌어 있으나 그 사자체寫字體는 내각문고본과 유사하다.

14) 전천효삼田川孝三, "대마 통사 소전기오랑과 그 저서對馬通詞小田幾五郎と其の著書", 『서물동호회책자書物同好會冊子』, 제11호(1940. 6).

한 '해제'가 나옴으로써 더욱 확실하게 되었다.[15] 이 두 논저를 토대로
『상서기문』의 편자에 대하여 알아보기로 한다.

[원문자료 6a] 내각문고본 『상서기문』

[원문자료 6b] 구주대본 『상서기문』

---

15) 각주 21)의 책, pp. 147~154 참조.

소전기오랑小田幾五郎[오타 이쿠고로]은 등팔랑藤八郎[토오 하치로오]외 아들로, 이름을 치구致久[치큐], 아명은 오랑팔五郎八[고로야]이며, 호는 이강二羹, 법명은 정예정거사定譽定居士였다. 1754년 11월 28일 대마도에서 출생하였다. 원래 소전가小田家는 비전국肥前國[히젱노쿠니]의 소전촌小田村(오다무라, 현 사가켄[좌하현佐賀縣] 기시마군[오도군杵島郡] 고호쿠마치[강북정江北町] 가미오다[상소전上小田]과 시모오다[하소전下小田], 시가시[좌하시佐賀市]와 다케오시[무웅시武雄市]의 중간)이 묘자苗字[묘오지]의 땅[본관本貫]이었으며, 원조遠祖는 소전임암小田林庵[오다 링앙]이다. 임암은 원래 무등씨武藤氏[타케후씨]의 근신이었으나 무등씨가 1441년에 축전筑前[치쿠젱]에서 대내지세大內持世[오우치 모치요]와 싸워 패배하여 대마도로 피신하였다. 이때 대마도주인 종정성宗貞盛[소오 사타모리]이 그에게 삼근三根[미네]의 중촌中村[나카무라]에 거관居館을 정해 주고 삼근공방三根公方[미네 쿠보오]이라 칭하였으므로 그 근신들을 공방인公方人[쿠보오진]이라고 부르게 되었다. 임암의 이름은 현전 문서의 30여 명 공방인 명단 중에 보인다. 무등씨의 실각失脚으로 종씨宗氏가 축전에 소유하고 있던 영지도 빼앗겨 옛 신하들은 대마도로 이주하였지만, 종씨로서는 그들 모두에게 영지를 줄 여유가 없었다. 그리하여 그들에게 다른 곳으로 이주할 것을 권유하였지만, 이를 듣지 않고, 상인이 되어 대마도에 머물렀다. 그들은 모두 60가家였기 때문에 이것을 '60인중六十人衆'이라 불렀다고 한다(『본주편년략本州編年略』). 소전가는 '예(고래古來)로부터의 60인' 중의 일가一家라고 관문寬文[칸붕]의 비比의 기록에 있다[소전가가보小田家家譜]. 기오랑의 조부 때에 1723년과 1734년 2차에 걸친 화재로 모든 가장 서적들이 타버려 임암 이후의 기록은 모두 불명이다.

소전가보小田家譜의 계도系圖에 의하면, 소전기오랑 '생애를 통하여 통사로 근무했다. 별기(生涯通詞勤 別記)'라고 되어 있고, 그의 장남 관작管作[간사쿠]는 '생애 중 통사로 근무. 장기長崎[나가사키]에서 근무. 교대되어 귀국하던 중 배 가운데서 작고했다(평호대도[히라토섬]에서 졸). (生涯通詞勤

長崎勤番 交代歸國船中病死之事[平戶大島ニテ卒])'이라고 되어 있다. 기오랑은 어려서부터 조선어를 배워 12·3세 때에 부산 초량草梁 화관和館(왜관倭館)으로 건너가 조선어 학습에 힘썼다. 그는 귀국 후 번藩의 한학사韓學司(조선어 교육기관)에서 수업하였다. 그는 1774년에 사계고면찰詞稽古免札을 받고, 1780년 장기근번어고통사長崎勤番御雇通詞로 되었다가 다시 본통사本通詞를 거쳐 1795년에는 대통사大通詞로 되었다. 1821년 노령으로써 의원 은퇴하니 그의 근무 연한이 46년에 이르렀다. 그는 그 공으로 후계가 사분士分([시붕], 무사의 신분계급)으로 격상되어 어도사御徒士 2인부지二人扶持[니닝부치]를 받게 되었다. 그러나 그때 이미 장남[사자嗣子]인 관작은 통사로 근무 중이었으므로, 2인부지는 차남인 무조茂助[모쓰케]에게 적용되었다. 그는 직업상 평생 조선의 역관들과 친교가 깊었는데 친교를 맺은 역관으로는 이성흠李聖欽, 박사정朴士正, 현경천玄敬天 등의 이름을 들 수 있다. 그 밖에도 그에게 보낸 조선인 역관들 언간諺簡이 꽤 많이 있을 정도였다.16) 그는 1831년 10월 22일 몰하였는데 향년 78세였다. 그 및 부조父祖, 장남 간사쿠의 묘는 현재 대마의 해안사海岸寺에 있다. 그의 저작으로는 『상서기문』(1794) 외에 『초량화집草梁話集』, 『조선사서朝鮮詞書』, 『통역수작通譯酬酌』, 『북경노정기北京路程記』 등이 알려져 있다.17)

『상서기문』의 첫머리에는 서문이 실려 있는데, 그 말미에 '관정寬政 갑인甲寅(1794) 윤복월하현閏復月下弦 대부학사對府學士 원적자혜제源迪子惠題'18)

---

16) 장정통張正統, "왜학 역관의 서간으로 본 역지행빙 교섭倭學譯官書簡よりみた易地行聘交涉", 『사연史淵』 115(1978. 3)에 오다 이쿠고로에게 보낸 조선인 역관 최국정崔國禎과 최경崔玧의 국문 서간이 각 1통과 2통이 소개되어 있다.

17) 소전가 『교린수지』에도 정보訂補를 가했다는 설이 있으나, 이는 착오임이 전간공작前間恭作[마에마 쿄사쿠]에 의해 밝혀진 바 있다(小倉進平, "『교린수지』에 대하여『交隣須知』に就いて", 『國語と國文學』 13 : 6, 1936. 6, p. 14 참조).

18) 이 서문을 쓴 원적자혜源迪子惠란 인물은 본명이 좌좌목혜길佐佐木惠吉[사사키 게이기치], 후에 문내文內라고 칭했던 인물로, 그의 대한 기록은 『낙교기문樂郊紀聞』 권4에 나타난다. 그의 저작으로는 『교린지진록交隣知津錄』이 유명하다 한다(위의 대마총서 7. 『상서기문』, p. 3).

라는 기록이 있다. 그리고 목차에 이어 본문이 시작되는데, 편자의 이름은 바로 이 부분에 '상서기문상대부상관소전기오랑근지象胥紀聞上對府象官小田幾五郎謹識'라 명기되어 있다. 따라서 필사자가 의도적으로 이름을 바꾸어 쓰지 않는 한, 혹은 기명 표지가 낙장되어 임의로 고쳐 쓴 것이 아닌 한 필사자의 이름이 바뀔 까닭은 없는 것이다. 이 책의 권수에 대하여『통역수작』의 '지識'에 6책이라 되어 있지만, 현전본은 1책 내지 3책으로 된 사본으로 전하고 있다. 서문에 나타난 바에 의하면 1794년(정조 18년, 종의공宗義功 7년)경, 즉 그의 통사通詞 시대인 39세나 40세 때의 저술이다. 그는 이 책을 지은 다음 해 12월 대통사가 되자 본서를 도주에게 올려 그 표창[포미褒美]으로써 공목公木 1필을 하사받았다고 한다.

한편『상서기문급습유象胥紀聞及拾遺』에 대하여 몇 마디 추가하고자 한다. '습유 3권'은 오다 기오랑의 장남인 관작이 1841년에 자신의 부친의 저작에 속편을 쓴 것으로, 본편에 못지않은 수작이라 한다. 전본이 드물어 현재 완본으로는 축파대筑波大([쓰쿠바대], 구동경교육대舊東京敎育大)본만이 알려져 있을 뿐, 엄원공민관嚴原公民館[이즈바라코민칸] 소장본은 권 하만 있는 결본이라 한다.[19] 따라서『상서기문』혹은 동『습유』가 아닌『상서기문습유』를 오다 기오랑(혹은 산전사운山田士雲)의 작이라 함은 분명 착오인 것이다. 이 책은 일찍이 소창진평小倉進平에게 그 어학사적 중요성이 주목되어 소개된 바 있다.[20]

3) <구운기九雲記> 원작 문제

<구운몽>의 이본으로서 <구운기>가 존재한다는 사실을 맨 처음 학계에 보고한 것은 윤영옥에 의해서였다. 즉 그는 "『구운기』고攷"라는 논

---

19) 윗글 참조.
20) 소창진평小倉進平, <증정 조선어학사>, p. 61 ; p. 104 ; p. 145 참조.

문을 통하여 다음과 같은 사실을 알린 바 있다.[21]

> 1) 영남대 문파문고汶波文庫 소장으로, 정식 표제명은 <신증재자 구운기新
>   增才子九雲記>. 필사본 한문소설. 9권 9책. 총 335장. 총 18만 2천여 자
>   정도 (<구운몽>은 총 7만 3천여 자). 전 35회 (<구운몽>은 16회).
> 2) 작자를 시사해 주는 원본의 '무명자無名子 첨산添刪'의 '무명자'는 영
>   조~순조 연간의 인물인 윤기尹愭(1741~1826)다.
> 3) 내용적으로 <구운몽>의 스토리에 많은 에피소드가 첨가되어 <구운
>   기>가 된 것 같다.
> 5) 문체가 중국 산문체를 닮았다.
> 6) <구운기>는 표현·서술 등에서 <홍루몽>과 많은 상관성을 가지고 있다.

　그 후 정규복은 조선 후기 역관 김진수金進洙(1797~1865)의 『벽로집碧蘆
集』에 실린 '연경잡영燕京雜詠' 시에 의거, <구운기>(<구운루>)는 중국 문
인인 매화梅花가 <구운몽>을 보고 쓴 백화소설임을 주장하였다.[22] 우리의
소설사 상으로 볼 때, 한·중 간의 영향의 수수 관계는 상호 내왕보다 중
국으로부터의 일방적인 전래가 예외 없는 사실로서 여겨져 왔다. 그러던
차에 <구운몽>을 중국에서 번역하여 <구운기>가 이루어졌다는 사실은
이례적인 사건으로서 우리의 관심을 끌기에 충분한 것이었다.
　우선 문제의 『벽로집』에 기록된 시구 원문과 번역문을 재인용해 보기
로 하겠다.

---

21) 윤영옥尹榮玉, "『구운기』 고攷", 『조선후기의 언어와 문학』(형설출판사, 1978. 10), pp.
　　113~132). 이보다 앞서 윤영옥은 『영대신문嶺大新聞』(1978. 4. 19) 제911·912합송
　　에서 "<구운기> 일고一攷"라는 소문小文을 발표한 바 있다.
22) 정규복丁奎福, "<구운몽>과 <구운기>의 비교 연구<九雲夢>與<九雲記>之比較研究", 『중
　　국학논총』 6(고려대 중국학연구회, 1992. 12). 이 글은 원래 1992년 5월 제7차 중국
　　역외 한적 국제회의에서 발표되었던 것이다. <벽로집>의 게재된 김진수의 시구를
　　학계에 최초로 소개한 것은 오춘택吳春澤의 "한국소설비평사 연구"(고려대 박사학위
　　논문, 1990)이었다.

墨鳶裴虎迄無休 篇什叢殘盡刻舟 豈但梅花空集句『九雲夢』幻『九雲樓』
묵자의 연이나 배민의 호랑이 잡이는 여태까지도 쉬임 없으니
자잘한 문장을 긁어 모으는 것이 각주구검이나 다를 바 없네
어찌 다만 매화시를 쓸데없이 모으는 일만이 공허하다 하리오
<구운몽> 소설도 하릴없이 새로운 <구운루>로 탈바꿈하는 것을[23]

다음은 이 시에 붙어 있는 주석의 인용이다.

우리나라 소설인 <구운몽>을 자신의 뜻에 따라 부연하였으니, 예를
들면 양소유를 양진의 후예로 하고, 가춘운을 가충의 후예로 말한 것 등
이다. 다른 것도 이와 마찬가지다. 권두에는 김성탄의 사대 평점소설과
같이 삽화[수상繡像]를 그려넣어 10책으로 만들고, 서명을 <구운루>로 고
쳤다. 그 서문에는 "내가 서성西省의 벼슬을 하고 있을 때 배에서 <구운
몽>을 얻어 읽었는데, 즉 조선 사람이 지은 것이었다. 내용은 가히 취할
만하나 조선에선 패관야사의 책을 짓는데 능숙하지 않아 이를 고쳐 지은
것이다."라고 적혀 있었다.[24]

정규복이 제기한 <구운몽>의 중국에서의 <구운기> 개작설은 그 후
최용철에 의해서 거듭 심도있게 논의된 바 있다.[25] 동 논문에서 최용철
은, ① <구운기>의 작자는 김진수의 『벽로집』의 기록을 참조하면 중국
문인일 가능성이 높다. <구운기> 작자는 중국에 전해진 우리나라의 소
설 <구운몽>을 보고 자신의 의도대로 새 소설을 만들었을 듯하다. 현전
영남대 소장 9권본 <구운기>는 이 원본을 근거로 한 필사본이다. ② <구
운기>의 창작(개작) 연대는 대체로 1830년에서 1850년 사이에 이루어졌

23) 김진수, 『벽로집』, 전집前集, 1, '연경잡영'. 최용철崔溶澈, "<구운기>에 나타난 <홍루
     몽紅樓夢>의 영향 연구", 『중국어문논총』 5(고려대 중국어문연구회, 1992. 12), p. 46.
24) "我東小說<九雲夢> 增演其意 如楊少遊系以楊震 賈春雲系以賈充 他皆倣此 皆寫像於卷
     首 如聖歎四大書 著爲十冊 改名曰 <九雲樓> 自序曰 余官西省也 於舟中得見<九雲夢>
     卽朝鮮人所撰也 事有可采 而朝鮮不嫻於稗官野史之書 故改撰云." 위 책 같은 페이지.
25) 최용철崔溶澈, "<구운기>에 나타난 <홍루몽>의 영향 연구", 『중국어문논총』 5(고려
     대 중국어문연구회, 1992. 12).

을 것으로 추정된다(<구운기>에서 활용되고 있는 『경화연鏡化緣』이 1828
년 개자원본芥子園本을 초간본으로 하고 있고, <구운기>(<구운루>)에 대
해 언급하고 있는 김진수의 『벽로집』에 1856년에 쓴 황종현黃鍾顯의 서문
이 실려 있기 때문). ③<구운기>의 작자는 '정을본丁乙本' 계통의 <홍루
몽>을 보고 상당량의 묘사를 활용하여 내용을 풍부하게 했다. <홍루몽>
이외에 <경화연>의 영향도 받았다는 결론을 내리고 있다. 한편 장효현
은 이우준李遇駿(1801~1867)의 『몽유야담夢遊野談』에 실린 <구운몽>에
관한 구절을 들고, <구운기>를 중국인 나경성羅景星이 개찬한 <구운기>
로 보았다.26)

　이에 이어 중국에서 유세덕의 의견 발표가 이루어졌는데, 그 논지를 요
약해 보면, ①<구운루>(『벽로집』)와 <구운기>는 동일 작품의 다른 이름
일 것이다. ②<구운기>는 <구운몽>의 기초 위에서 고쳐 쓴 것이다. <구
운몽>은 한국소설이지만 <구운기>는 중국소설이다. 어떤 무명의 중국 작
가가 '무명자'라는 필명으로 <구운몽>을 개편 재창작하여 <구운기>로
만든 것이다. ③<구운기>는 이미 오래 전에 중국에서 인멸되었으나, 그
유일본이 한국의 영남대 문파문고에 필사본으로 남아 있다. ④<구운기>
의 창작 연대로 가장 가능성이 높은 것은 가정 연간이다. 원고가 탈고된
것은 가경 23년(1818)에서 25년(1820) 사이일 것이라는 것이다.27)

　이처럼 <구운기>의 작자 문제는 일단 중국인의 작품으로 기우는 듯했
으나, 육재용에 이르러 다소 회의적인 시각이 대두되었다. 즉, ① '김만중
의 <구운몽> → 중국인이 증연增演·신증新增한 <구운루九雲樓> → 무명

---

26) 장효현, "<구운몽>의 주제와 그 수용사에 관한 연구", 『김만중문학연구』(국학자료
　　원, 1993), pp. 129~130.
27) 유세덕劉世德, 최용철崔溶澈 역, "<구운기>에 대하여 논함", 『중국어문논총』 8 (고려
　　대 중국어문연구회, 1995. 8). 역자에 의하면, 이 글은 원래 1993년 9월 북경에서 열
　　린 중국 고대소설 국제학술세미나에서 발표되었던 것인데, 1994년 강소고적출판사
　　에서 <구운기> 활자본을 출판하면서 그 부록으로 전재轉載된 바 있다고 한다. 해당
　　논문, p. 260.

자無名子 첨산添刪 <구운기>'로 전개되었다. 그런데 <구운루>와 <구운기>의 내용은 동일하다고 할 수 없으며, <구운루>에서 <구운기>로 바뀌는 과정에 전사자轉寫者(개작자)의 작가의식(개작의식)이 어느 정도 반영되었을 듯하다. ② 무명자의 국적은 한국이다. ③ <구운기>의 우리 문학사 귀속 여부는, 새로운 자료가 발굴되어 이에 관한 사항이 결정적으로 해결되기 전까지 <구운기>를 <구운몽>계 소설의 하나로 우리 소설사에 포함시켜 다루어야 할 것이라는 것이다.[28]

<구운기>의 작자 문제를 해결하기 위해 이제까지 거론되었던 자료들은 『벽로집』과 『몽유야담』의 것이었다. 전자에 의하면 중국인이 개작한 것은 <구운기>가 아닌 <구운루>로 되어 있다. 이제 후자의 기록을 살펴보자.

또 이른바 <구운몽>은 공(김만중金萬重)이 적소에 있었을 때 지은 것으로, 육관대사의 도제인 성진이 남악의 팔선녀와 더불어 서로 희롱한 죄로 인간으로 유배되어 양씨 가문에 환생한 일을 그린 것이다. 양소유는 문장 훈업이 일세에 으뜸이 되어 출장입상하여 몸은 극도의 부귀를 누려, 팔선녀와 서로 만나 인연을 이루고 일생을 즐기다가 마침내는 기한이 되어 공문으로 돌아갔다. 그 뜻은 대개 부귀공명을 한 바탕의 꿈으로 돌리고, 석가우언으로써 굴원屈原의 <이소경離騷經>의 남긴 뜻을 띠게 하여 상·하 2권으로 만든 것이다. 중국의 문사가 이것(<구운몽>)을 보고 그 기축은 매우 좋으나 미처 그 일을 펴지 못했음을 한스럽게 여겨 대편질을 이루었다.[29]

위 인용 중의 밑줄 부분에 대하여 이제까지의 논의에서는 범연하게 넘

---

28) 육재용陸宰用, "<구운기> 연구의 현황과 문제점 검토", 『영남어문학』 28(영남어문학회, 1995. 12), p. 307.

29) "又所謂『九雲夢』 公在謫時所作 六觀大師 徒弟性眞與南岳八仙女 相戲得罪 謫下人間 還生於楊家之事也 楊小遊 文章勳業 冠于一世 出將入相 身極富貴 因以八仙女相會 做緣一生懽洽 終而限滿還歸空門 <u>其意盖以功名富貴 歸之於一場夢境 以釋迦寓言 帶得楚騷遺意 爲上下二卷 中原文士 見之以爲機軸甚好 而恨不能舖張其事 以成大篇帙云.</u>" 『몽유야담』 하, '소설'.

긴 듯하다. 이는 분명 한문본 <구운몽>(상·하 2책)을 본 중국인이 원작의 간략함을 유감스레 여겨 확대 부연했음을 확언해 주는 것으로 볼 수 있다. 물론 인용문 속에는 그 작품명에 대한 언급이 없으나, 아마도 그것은 <구운기>(혹은 <구운루>)일 가능성이 크다. 더구나 그것이 2책짜리의 <구운몽>으로부터 '대편질'을 이루었다 했으니, 적어도 '대편질'이라는 말의 함의含意 속에는 10책 정도의 거질巨帙이 아니면 안 된다고 생각되므로, 이는 현전 <구운기>에 상응하는 것이라 하겠다.

그런데 이를 좀 더 분명히 확언시켜 주는 또 다른 자료가 있다. 물론 이것도 어쩐 까닭인지 그간 간과看過되어 거론되지 않았던 자료이다. 그것은 이수정(1842~1886)이 쓴 『금오신화』 발문跋文(1884)에 나타난다.

조선에는 원래 많은 소설이 있으나 그들은 모두 근거가 있어 대체로 야사류에 속하는 것이고 전기 작품은 드문데, 근자의 매월당의 『금오신화』나 김춘택의 <구운몽> 따위의 수 종뿐이다. <구운몽>은 먼젓번 청나라의 어떤 사람이 평점을 하여 10권으로 만들어 인행한 바 있다.[30]

이 기록에 의하면 우리는 몇 가지 중요한 사실을 알 수 있게 된다. 그것은 첫째, 청인淸人이 우리나라의 <구운몽>을 바탕으로 중국에서 평점본을 만들었다는 것, 둘째, 그것은 10권으로 구성되어 있다는 것, 셋째, 활자본이라는 것, 넷째, 발문을 쓴 연대(1884)로 보아 <구운몽>의 개작본이 이루어진 것은 1880년 이전이라는 점 등이다.

따라서 위에서 거론한 여러 문헌 기록들로 미루어 <구운몽>이 중국에서 개작된 것임은 분명하다. 유감스럽게도 그 필사본은 물론 활자본조차 중국에서 발견된 바 없지만, 다행히도 국내에 필사본이 남아 있어 그 사실을 증명해 주고 있는 것이다. 물론 중국에서 붙여진 작품명이 무엇이었

---

30) "朝鮮固多小說 然皆有根據 盖野史之類 其傳奇之作 甚稀 近有梅月堂『金鰲新話』金春澤 『九雲夢』 數種而已 『九雲夢』 向爲淸人某所評點成十卷 印行於世"(李樹廷, 『金鰲新話』, 跋文).

던가는 자료의 인멸로 알 수 없지만, 『벽로집』에서 <구운루>라 하였고, 영남대본은 <구운기>로 되어 있다. 생각건대 핵심어에 해당하는 '구운'이 동일하다면, '몽'·'루'·'기'의 구별 의식은 별로 문제될 것이 없는 것으로, 따라서 이에 대해 기록자들도 별 의식 없이 특기하지 않았던 것으로 이해할 수 있다.

4) <손 없는 색시> 설화와 <연당전>

우리 고전소설 중 세계적인 광포설화의 작품화로 이루어진 작품으로 보통 <토끼전>·<흥부전>·<콩쥐팥쥐전> 등이 거론되어 왔다. 물론 그 밖에도 고전소설 중에는 설화적 삽화를 이용한 작품들이 상당수 있다. 필자는 기왕에 '설화가 이용된 고전소설 목록 일람'을 작성하는 기회에, <연당전>이 <손 없는 색시> 설화의 소설화임을 지적한 바 있지만,[31] 이에 대하여 좀 더 상세히 살펴보고자 한다.

주지하다시피 <손 없는 색시> 유형은 아아르네-톰슨(AT) 유형집에서 706으로 등재된 세계 광포설화이다. 이 유형은 11세기에 이미『천일야화 千一夜話』의 유화가 발견되고 있지만, 1200년경에 쓰인 것으로 알려진 <오해왕의 생애Vita Offae Primi>를 비롯하여 17세기에 이르기까지 서구에서는 20여 종에 달하는 확실한 문헌 자료가 전해지고 있다.[32] 이 설화의 내용을 살펴보기 위하여 우선 볼테-폴리브카의『그림 설화 주석』에 정리된 내용을 소개한다.

---

31) 『이야기문학의 모꼬지』(박이정, 1995), p. 231 및 p. 235. 그러나 이 글에서는 다만 <연당전>의 작품명을 들었을 뿐, 그 내용이라든가 이본들에 대한 고찰은 전연 없었다.
32) 조희웅, "<손 없는 색시>(AT 706) 고考",『수여 성기열 박사 환갑기념 논총水余成耆 說博士還甲紀念論叢』(인하대출판부, 1989).

    A. 여주인공이 양손을 잘린다. 왜냐하면,
      (A1) 그녀가 부친과 결혼하지 않으려 하기 때문에,
      (A2) 그녀의 부친이 그녀를 악마에게 팔았기 때문에,
      (A3) 그녀에게 기도를 금했기 때문에,
      (A4) 어머니가 그녀를 질투했기 때문에,
      (A5) 그녀의 시누이가 그녀를 남동생에게 중상하였기 때문에.
    B. 왕이 그녀를 숲속(정원·마굿간·바다)에서 발견하여 그녀가 불구임에도 결혼한다.
    C. 그녀가 두 번째로 신생아와 함께 쫓겨난다. 왜냐하면,
      (C1) 시어머니
      (C2) 아버지
      (C3) 어머니
      (C4) 시누이
      (C5) 악마
      가 왕에게 보내는 편지를 바꾸었기 때문에
    D. 숲속에서 기적적으로 그녀는 양손을 회복한다.
    E. 그녀가 남편에게 다시 발견된다.[33]

    세계적인 설화 연구가 톰슨은 이 설화 유형이 인도 이동以東에서는 아직 발견되고 있지 않다고 선언한 데 대하여,[34] 필자는 상게 논문에서 지금까지 국내에서 보고된 경기 용인, 경북 대구·달성, 평북 용천·선천·철산 등지의 자료가 있으며 일본에도 많은 예들이 나타남을 지적하고, 이 설화들을 분석·비교한 바 있다. 우리 설화 이본들에 나타난 이 유형의 모티프 단락은 다음과 같다.

    (1) 계모가 전처의 딸을 미워하여 해하려 하였다.
    (2) 계모가 껍질 벗긴 쥐를 의붓딸의 이불 속에 넣고 처녀가 낙태했다고

---

33) J. Bolte und G. Polivka, *Anmerkungen zu den Kinder-u. Hausmärchen der Brüder Grimm*, B. 1 (Hildesheim : Georg Olms Verlagsbuchhandlung, 1913), p. 302.
34) S. Thompson, *The Folktale*, p. 121.

모함하였다.

(3) 계모의 강청으로 친부가 딸의 양손을 잘랐다.

(4) (A) 잘려진 손이 어디론가 날아가버렸다.

　　(B) 새가 물어갔다.

　　(C) 오쟁이(섬)에 넣어 강물에 띄워 보냈다.

(5) 손 잘린 의붓누이를 계자繼子로 하여금 강물 속에 넣게 하였으나, 그
　　는 차마 넣지 못하고 누이를 떠나 보냈다.

(6) 주인공이 주림을 못 이겨 부잣집 감(배)나무 위로 올라가 감을 따 먹었다.

(7) 부잣집 아들이 그녀를 숨겼다.

(8) 수상히 여긴 부잣집 식구들이 아들 방을 감시하자, 그는 사실을 이야
　　기하고 그녀와 결혼하였다.

(9) 남편이 과거를 보러 떠나간 뒤 색시가 아들을 낳았다.

(10) 이 소식을 알리는 부모의 편지를 가져 가던 심부름꾼이 우연히 계모
　　　집에 유숙하게 되자, 계모는 편지의 내용을 '괴물을 낳았으니 쫓아
　　　버리자.'고 고쳤다.

(11) '돌아갈 때까지 그냥 두라.'는 신랑의 답장을 가지고 돌아가던 하인
　　　이 다시 계모의 집에 머무르게 되자, 계모는 '내 쫓으라.'고 고쳤다.

(12) 아들의 편지를 받은 부모는 할 수 없이 며느리에게 아이를 업혀 내쫓았다.

(13) 정처없이 길을 가던 색시가 목이 말라 샘물에 엎드려 물을 마시려 했다.

(14) 모자가 어떤 사람(노파)의 집에 이르러 기식畜食하게 되었다.

(15) 귀가한 남편이 색시를 찾아 나섰다.

(16) 남편이 우연히 어떤 곳에 이르러 자신을 아버지라 부르는 (혹은 자신
　　　을 닮은) 아이를 만났다.

(17) 아내와 다시 만나 사실을 알게 된 아들이 계모를 처벌하고 잘 살았다.

　　그 후 필자는 우연한 기회에 고전소설 <연당전>(조동일 / 조동필 소장)
이 <손 없는 색시> 설화를 거의 그대로 수용한 작품임을 알게 되었고,
나아가 <황연단>(한국학중앙연구원 소장)도 표제는 다르지만, 동일 소설
의 이본임을 알게 되었다.35) 다음에 양 작품의 경개를 소개하겠다.

---

35) 단언할 수는 없지만, 어쩌면 북한에서 간행된 『고전소설해제』에 부록된 '고전소설

<연당전>

　중국 명나라 시절 유환柳環이라는 명환이 있어 늦게야 연당이라는 딸을 얻었다. 유소저가 출가할 나이가 되었을 때 부인이 병을 얻어 죽자, 유공은 손시랑孫侍郎의 딸을 후처로 맞이하였다. 손씨는 마음이 사나워 전처의 딸인 유소저를 미워하고 학대하였다. 마침 유공이 대궐에 들어가 며칠을 나오지 않자 의원에게 물어 배를 부르게 하는 약을 먹여 임신한 것처럼 하고는, 남편이 오자 유소저가 외간남자와 사귀어 임신하였다고 하였다. 유소저는 아버지에게 불려가 노여움을 샀으나 변명할 길이 없었다. 유소저는 "두 손목을 자르면 청조가 되어 날아갈 것이니, 그렇게 되면 제가 애매한 줄을 아소서." 하고는 아버지에게 두 손목을 잘라 달라 하였다. 유공이 하인을 시켜 딸의 두 손목을 자르게 하였더니, 과연 청조가 되어 날아갔다. 유공은 그제야 딸의 애매함을 알았으나, 집을 떠나는 딸을 만류할 면목이 없자, 벼슬을 버리고 집에 들어앉아 울울한 세월을 보냈다. 이때 유소저가 한 집을 찾아가니 최원이라는 고관의 집이었다. 최공은 유소저를 불쌍히 여기며 그녀의 인물을 보아 아들 귀와 혼인시켰다. 최공자가 상경하여 과거에 장원급제하였다. 최공이 아들에게 편지를 보내는데 후처 손씨가 편지를 훔쳐 고쳐 썼다. 최학사가 그 편지를 받아보고 아내의 죄를 다스리지 말고 기다려 달라는 회답을 보내나, 손씨가 또 편지를 훔쳐 아내를 내쫓으라는 사연으로 고쳐 쓴다. 최공으로부터 남편의 편지를 받아본 유부인은 아들을 업고 집을 나갔다. 한 여승의 가르침을 받아 우물을 찾아가 우물물을 마시다가 아이를 업으려고 손을 뻗쳐보니 잘렸던 손목이 완연하였다. 유부인은 선계로 들어가 무사히 지냈다. 서울에서 편지를 받아보고 불안해진 최학사는 말미를 얻어 집에 돌아와서야 편지가 조작되었음을 밝혀내고, 유부인을 선계로 가서 찾아 데리고 왔다.[36]

<황연단>

　조선국 태종시절에 한양 남문 밖에 황판서가 살았다. 황판서가 상처하여 재취하였는데, 후처는 전실자식인 연단을 미워하여 해칠 계획을 세웠다.

　목록'의 <황영전>(필사본)도 그 제명의 유사성으로 미루어 동일 작품의 이본일 가능성이 있다(고전문학실 편, 『한국고전소설해제집』, 보고사, 1997).

36) 『한국학백과대사전』 참조.

계모는 무녀를 불러들여 비방의 떡을 만들어 먹여 연단이 포태한 것으로 꾸몄다. 황판서가 이 사연을 알고 연단을 죽이려 하였으나, 겨우 목숨을 부지하고 양팔이 잘린 채로 집에서 쫓겨났다. 규중처자의 몸으로 양팔도 없이 생계를 이를 도리가 없을 때 현몽한 윤부인이 배를 따 먹으라고 지시하였다. 바람에 불려 떨어진 배를 먹고 있을 때 허정승의 아들 진이 이 광경을 보았다. 이를 계기로 두 사람은 성혼하고, 허진은 알성과를 보아 장원급제를 하여 한림주서를 제수받았다. 이때 집에서는 연단이 아들을 낳았다. 이 소식을 전하러 가던 하인이 황판서의 집에 유숙하게 되자 계모가 편지를 몰래 훔쳐내어 고쳐 써보냈다. 이로 말미암아 남편과 시어머니를 이간하게 된 연단은 아기를 업고 집을 떠나지 않으면 안 되었다. 연단은 산중에서 노승이 지시한 샘에 엎드려 물을 먹으려다 아기가 빠지려 하자 놀란 나머지 붙잡으려다가 새 팔을 얻었다. 선관을 만난 연단은 어머니와 함께 10년을 지낸 뒤에 인간으로 돌아가게 되었다. 한편, 허한림은 말미를 얻어 집에 왔다가 편지가 바뀌었음과 황판서집 조화임을 알게 되자 자식과 아내를 찾아 나섰다. 그는 돌부처에 지성으로 발원하여 오작교를 건너 요지궁에서 아내와 아들을 만나 집으로 데려왔다. 연단과 허한림이 황판서 댁을 찾아가 전후사연을 고하자 계모는 칭병하고 만나려 하지 않았다. 연단이 계모의 죄를 사하려 하였으나 갑자기 나타난 백호가 계모를 물어 죽였다. 연단은 간청하여 계모의 장례를 극진히 모시게 하였다. 대부인에게 전후사연을 고하고 한림이 경성에 올라가 상감께도 상달하니 허한림에게 이부시랑을, 연단에게 정렬부인을 봉하였다. 대부인과 황판서도 영화를 누리다가 죽고, 허시랑의 아들 삼형제도 모두 벼슬에 나가고 딸도 좌의정의 며느리가 되었다. 시랑의 나이 여든이 되어 문호와 부귀를 따를 이 없이 세상을 즐기다가 부인 연단과 함께 구름을 타고 상천하였다.[37)]

　이로써 보면 <연당전>과 <황연단>이 민간에서 널리 유전되던 <손없는 색시> 설화를 거의 그대로 수용한 작품임이 분명하다. 물론 미상의 작가에 의하여 동 설화 유형이 소설 작품으로 개작되면서 상당한 문학적 형상화가 이루어지긴 했지만(특히 <황연단>에서), 전체적인 줄거리를 보

---

37) 위와 같음.

면 이 소설이 민간설화에 근원을 두고 있음은 틀림없는 사실이다.

5) 맺음말

이상에서 필자는 고전소설 연구사상 지금까지 오인되고 있거나 널리 알려지지 않았던 몇 가지 사실들을 중심으로 논의하여 왔다. 이들을 요약하면 다음과 같다.

우선 고전소설 연구자들이 흔히 인용하여 왔던『상서기문』에 대한 고구를 통하여, 지금까지 제가諸家의 인용이 올바르지 못했음을 밝히는 한편, 그 편찬자는 '산전사운'이 아니라 '소전기오랑'[오다 이쿠고로]임을 재천명하였으며, 여러 이본을 살펴보고 아울러 일본인 학자들의 연구 결과에 의거 편찬자의 생애에 대해서도 자세히 살펴보았다. 이어 그간 학계에서 많은 논란이 있었던 <구운기>의 원작에 대하여는 몇 가지 문헌 기록을 근거로, 동 작품은 중국인에 의하여 재창작된 작품으로서 일찍이 중국에서 간행되었던 것임을 확정지었다. 끝으로 그간 별로 알려지지 않았던 <연당전>과 <황연단전>이란 고전소설이 세계 광포설화인 AT 706 <손 없는 색시>의 소설화임을 밝혔다. 따라서 앞으로 이 소설은 설화 유형 전체가 소설화한 <콩쥐팥쥐>, <흥부전>, <토끼전> 같은 작품과 같은 차원에서 논의될 수 있을 것으로 보인다.

이 같은 연구 결과가 비록 획기적인 것이라 할 수는 없겠으나, 고전소설 연구의 큰 물결을 이루게 하는 작은 지류支流로서의 이바지는 할 수 있을 것으로 생각한다. 앞으로 이 글의 성과를 토대로 좀 더 활발하고 심도 있는 연구 성과가 이어지기를 기대한다.

● **참조 원고**

"고전소설 연구 낙수落穗 수칙數則",『어문학논총』17(국민대 어문학연구소, 1998. 2).

4. 성곡省谷기념 도서관 소장 고전소설
─〈태아션적각녹〉·〈장하뎡슉연긔〉·〈훗씨호공록〉을 중심으로─

1) 머리말

　고전소설 연구에 있어서 이본 발굴은 가장 우선적이고도 필수적인 것으로서 결코 소홀히 할 수 없는 작업에 속한다. 가령 특정 소설의 이본이 새로 발굴되었다고 할 때, 우리는 그 이본이 지닌 의미를 여러 가지로 생각할 수가 있다. 우선 그 이본이 유일본일 경우, 그것은 우리 소설문학사에 새로운 자료 목록을 더해 주는 것이 될 것이고, 유일본이 아닐 경우라도, 어쩌면 그 이본은 기왕의 이본들이 지니고 있는 특징과 다소간 방향을 달리하는 것으로서 문제성을 지니게 될 것이다. 또한 설령 그 작품이 내용적으로 이왕에 알려졌던 본들과 별다른 특징이 없는 범작에 지나지 않는다고 하더라도 그 이본의 출현은 그 자체로서 의미가 있다고 할 수 있다. 단순히 이본의 숫자만을 더해주는 것에서 나아가, 이왕의 본들에서 명확치 않던 서지상의 문제나 혹은 자구상의 문제 등을 확인해 볼 수도 있기 때문이다. 따라서 우리는 아무리 범연해 보이는 이본이라도 연구의 대상으로써 꼼꼼히 살펴볼 필요성이 있는 것이다. 예컨대, 알려진 <춘향전>의 이본이 백여 종을 넘음에도, 지금까지 연구가들은 그 하나하나를 독자적 판본으로써 인정하여, 논의의 대상으로 삼아 왔음은 누구나 잘 알고 있는 사실이다.

지금까지 학계에서는 많은 전문적인 이본 연구가 발표된 바 있다. 여기에 이본 연구 자체를 위한 것은 아니더라도, 이본 연구를 포함했던 훨씬 많은 연구물들이 추가될 수 있다. 하여튼 소설 연구가 진척됨에 따라 종전까지 알려지지 않았던 새로운 이본들이 발굴되어 우리의 소설사를 더욱 풍성하게 하고 있는 것이다. 새 이본들의 소장처는 공공기관이나 개인 중 어느 하나이겠지만, 그 어느 경우도 미처 전문 연구자의 정독을 거칠 기회가 없어 제대로 평가되지 못하고 낮잠을 자고 있었던 것들이다. 물론 개중에는 이미 개방되어 연구 검토 작업을 거친 것도 있지만, 아직 미공개의 것도 적지 않다. 공공기관의 경우 국립중앙도서관·한국학중앙연구원(특히 장서각본)·국사편찬위원회·고려대·단국대(특히 천안분교)·동국대·서강대·서울대(여러 문고 및 규장각 등)·성균관대·연세대·이화여대·일본의 천리대 및 동양문고·영국의 대영박물관·미국의 하버드대·프랑스의 동양어학교·러시아의 아스톤문고 들의 소장본들이 잘 알려진 편이며, 개인의 경우는 강전섭·김광순·김동욱·박순호·사재동·이능우·이병기·이수봉·임형택·조동일·조윤제·조병순·홍윤표 등의 소장처럼 일부가 공간되거나 목록이 공개되어 누구나 쉽게 접할 수 있는 자료들이 많다. 하지만, 그 밖에도 아직 공개되지 않아 햇빛을 보지 못하고 있는 이본들이 전국 도처에 엄청난 양으로 묻혀 있음은 더 말할 필요조차 없다.

필자가 이 글에서 검토하려는 이본들은 국민대 소장의 것들이다. 양적으로 보아 많다고 할 수는 없지만, 적은 가운데 이제껏 알려지지 않았던 특이한 이본 몇 가지가 소장되어 있어, 일단 학계에 소개해 보려는 것이다. 시간과 노력의 부족으로 타기관 소장 이본의 상고詳考조차 하지 못한 채 이 같은 글을 씀이 편치 않으나, 소개 자체에 의의를 두고, 우선 간략한 서지 사항과 함께 내용 일부를 훑어 보는 정도에서 그치기로 하겠다.

2) <태아션적각녹>

표지에는 <태아션적각녹>으로 표기되어 있는 이 본은 원본이 아니라 복사본이다. 성암고서박물관誠庵古書博物館에서 간행한 『성암문고전적목록誠庵文庫典籍目錄』(1975)에 '태아선택각록'이란 서목(4-1390)이 들어 있음을 보면, 아마도 국민대의 이 복사본은 성암誠庵 조병순趙炳舜 소장본이 원본일 듯하나, 아직 양본을 대비해 보지는 못하였다. 그러나 상기 목록에 의하면, 성암본의 필사기가 '병인납월이십일시부셔ᄒ노라'라고 되어 있고, 또 전체 분량도 69장이라 하는데, 국민대본은 필사기가 '정축십이월이십삼일'로 되어 있고, 분량도 58장에 불과하니, 양본은 애초에 다른 본일 가능성도 있다. 단, 장수의 차이는 국민대본의 경우 후미에 붙어 있는 <우미인가>와 <칠석가>를 제외한 나머지의 장수인 만큼 별 차이가 있는 것은 아니다.[1]

이 작품의 전반적인 구성을 검토해 본 결과에 의하면, 그 서사적 전개가 다른 많은 가문소설이나

[원문자료 7] <태아션적각녹>(국민대)

---

1) 이원주李源周의 "고전소설 독자의 성향", 『한국학논집』 3(계명대 한국학연구소, 1975. 8), p. 17에 의하면, 이 소설의 이본이 경북 상주군 낙동면洛東面 화산리花山里의 남수여(82) 씨 댁 및 동 승장리升長里의 김노아(63) 씨 댁에도 소장되어 있음을 알 수 있으나, 이 책들의 현존 여부는 알 수 없다.

쟁총형 가정소설과 그다지 다르지 않고, 또한 이본의 희소성으로 미루어 보아, 그 창작 연대가 고전소설기의 후반에 속할 것이라는 느낌을 갖게 해 준다. 따라서 위에서 들었던 성암본의 '병인년'이나 국민대본의 '정축년'이란 필사기가 그 대체적인 창작 연대를 가늠해 볼 수 있는 하나의 준거가 되지 않을까 생각한다. 즉 이들 필사기가 가리키는 병인년과 정축년의 최하한선은 일단 1926년과 1937년이 될 것이며, 최상한선은 1806년과 1817년일 것이다. 그러나 이 작품의 상한선을 19세기 초까지 끌어올리기에는 다른 고전소설들의 예들에 비추어 다소 무리일 듯하고, 빨라야 1866년이나 1877년이 되지 않을까 한다.

그러면 먼저 이 작품의 경개를 살펴보자.

대명 성화 연간 청주 땅에 유영이란 명사가 있었다. 소년 등과하여 벼슬이 각로閣老에 이르고, 부인 정씨도 백행이 구비하여 부부 금슬이 중하였으나, 일점 혈육이 없어 늘 한탄하였다. 하루는 유각로의 꿈에 한 여동女童이 각노에게 나아와 자신은 태아공주로 상제께 득죄하여 인간에 내치매 의탁코자 왔노라며 절하여 뵈었다. 꿈을 깬 유각로가 부인에게 그 이야기를 하니 부인 또한 같은 꿈을 꾸었음을 알게 되었다. 그 후 부인이 잉태하여 열 달만에 여아를 낳으니 몽사夢事로 인하여 태아라 이름지었다. 여아가 자라나매 총명과 재주가 과인하였는데, 소저 12세에 부인이 병사하매 지성으로 부친을 공경하였다. 소저가 14세에 이르매 각로가 배필을 맞아 주려 했으나 마땅한 상대가 없어 근심을 하고 있었다. 한편 이부상서 만풍경이 국권을 잡아 충신을 모해하고 소인배와 친히 지내더니, 한 아들을 두어, 유소저의 재주와 용모가 뛰어남을 듣고 예부시랑을 보내어 구혼하였으나 거절당하고 말았다. 이를 전해 들은 만풍경은 대로하여 보복을 결심하였다. 이때 안남국이 교지와 통화하여 군사를 거느려 침입하니 만풍경이 임금께 아뢰어 유영으로 하여금 막게 하라고 하였다. 이에 임금이 유영을 대도독으로 삼아 출전케 하였다. 만풍경은 일변 예관을 각로에게 보내어 허혼만 하면 다른 사람을 대신 출전시킬 뜻을 전하였으나, 각로는 이를 받아들이지 않고 딸에게 태수에게 가 의탁할 것을 당부하고 출전하였다. 위험을 느낀 소저가 시녀와 유모를 데리고 일단 양춘각에 들어가 피신해 있자니, 각로가 떠난 지 3일 만에 만풍경이 아들 춘흥을 데리고 각로집에 닥쳤다. 그러나 수많은 사람이 드나들며 북새통을 이루고 있어 사람을 붙잡고 까닭을 물으니, 소저가 부친과의 이별을 애통해 하다가 죽어 빈소를 차렸다는 대답이었다. 그래서 내당에 들어가 보니 과연 사람들이 관을 놓고 애곡 중이었으므로 할 수 없이 만풍경 부자는 탄식하고 고연에 조상한 후 돌아설 수밖에 없었다. 일단 계교로써 만부자를 물리친 소저는 그 뒤 후원에 숨어 살며 단을 모아 부친의 무사 귀환을 축원하였다. 각설, 황제가 태자를 두어 장성하매 참정 양정순의 딸을 빈궁으로 간택하였더니 성례 전에 죽어 다시 간택하려는데 대궐에 재변이 일어 영안궁에 피우避憂하였다. 그곳은 유각로의 집과 담 하나를 사이에 두고 있었다. 춘삼월을 맞아 태자가 소항문과 함께 배회하던 중 누각 위에서 한 처녀가 책을 읽다가 눈물짓는 모습을 엿보게 되었다. 유소저는 관음사에 가 부친의 안녕을 기원하기 위하여 집을 나서자, 동정을 살피던 태자도 여복으로 개장하고 뒤밟아갔다. 절에 이른 두 사람은 동편 전당에 거처를 정하여 묵게 되었다. 자연스레 회동하게 된 양인은 각각 상대방의 태도와 용모에 감탄하고 수인사 후 친교를 맺게 되었다. 태자와 소저는 각각 부처님 앞에 나아가 배우자 얻기와 부친의 무사 귀환을 빌었다. 두 사람은 마침내 결의형제를 맺고 태자가 유소저의 침소로 나아가 함께 지내게까지 되었다. 어느 날 태자가 잠든 소저를 보고 춘정을 이기지 못해 가까이서 바라보다가 놀라 깨어난 소저의 나무람을 받자 태자는 자신의 정체를 실토하고 말았다. 소저가 태자를 책하고 자결하려 하였으나, 태자가 극구 사죄하고 이치로써 달래어 침석을 같이 한 후 궁으로 돌아가 황상과 황후께 유소저와의 이야기를 한 후 혼인을 허락받았다. 황상이 예부 상서 진궁으로 하여금 그 부인과 함께 유가에 가 구혼케 하고 혼구婚具도 갖추게 하였다. 이에 자신의 질녀를 태자비로 간택시키려 하던 만귀비는 앙앙불락怏怏不樂하게 되었다. 한편 황제는 정시랑의 딸이 국색이라 듣고 데려다 첩여婕妤로 삼으니, 만귀비는 이를 시기하여 모해할 뜻을 품게 되었다. 태자는 혼일이 이르매 예의를 갖추고 유부로 가 예를 올린 후 유소저를 맞아들였다. 정첩여는 유비에게 만귀비를 조심하라 일러주었다. 태자가 상께 아뢰어 유소저의 부친을 전장에서 돌아오게 하려 하였으나, 유비는 만풍경 일당의 해를 입을까 하여 도리어 만류하였다. 해가 바뀌어 유비가 수태하니 만귀비는 대경하여 모해할 계책을 꾸미고 황룡단 한 필을 유비에게 보내며 황상의 용포를 고치고자 하였으나 수를 잘 놓는 자가 없으니 수고를 아끼지 말라고 하였다. 마침 귀비의 딸 옹주 비련이 태자궁에 갔다가 유비가 수놓는 것을 보고 돌아와 황상께 고하니, 상은 유비가 태자의 입을 옷을 손수 짓는 것으로 오해하고, 이후부터 태자를 보면 얼굴색을 변하였으나, 태자는 그 이유를 알지 못하였다. 유비가 용포를 완성하여 만귀비에게 보내자, 만귀비가 이를 황제에게 드리며, '태자비가 영민하여 미리 알고 깨달아 용포를 폐하께 드리라 하고 보내었다.' 고 하니, 황제는 노한 채 불살라 버리게 하였다. 하루는 정첩여가 태자와 이야기를 하던 끝에 바둑으로 승부를 다투었는데, 황제가 갑자기 첩여를 부르매 다소 지체되니, 만귀비의 참소로 태자와 첩여의 사이를 의심하고 대로하여 태자를 죽이려 하였다. 만귀비가 짐짓 만류하여 황제의 진노가 누그러졌으나 의심이 완전히 풀린 것은 아니었다. 이후로 첩여는 칭병하고 출입을 하지 않자, 태자는 경황하여 눈물로 지내게 되었다. 원래 만귀비에게는 아들이 있어 매우 총명하여 상의 사랑을 받던 터였다. 그런데 귀비가 독약을 먹여 죽이고 태자와 유비의 소행으로 무고하니 원수를 갚아 달라고 간청하였다. 상이 즉시 유비를 죽이려 하다가 태중임을 감안하여 일단 영안궁에 가두게 하였다. 그로부터 한 달만에 유비가 옥동자를 낳자, 황제가 즉시 유비에게 사약을 내리도록 명하였다. 태자가 사약을 가져가는 강문창을 가만히 불러, 유비의 목숨을 구해 주면 후일 은혜를 갚겠다고 부탁하였다. 유비의 무죄함을 아는 강문창은 유비 대신 다른 여자를 사약하여 죽이고, 유비는 유각로의 집 후원에 숨게 하였다. 문창이 유비의 죽음을 알리니, 황상은 유비의 죄가 중하기는 하지만 황손을 낳았으니 왕후의 예로 장사지내게 하였다. 유비를 이별한 태자는 심신이 산란하여 마음을 정치 못하였으나 상을 두려워하여 겉에 나타내지를 못하였다. 이때 유비는 후원 깊은 곳에 숨었는데, 산후 조리를 제대로 하지 못하여 중병을 얻었으나 태자가 의약으로 힘써 곧 차도가 있게 되었다. 한편 상은 만풍경의 딸로 태자비를 삼게 하였는데, 만비는 귀비를 닮아 간악하였다. 태자는 황손을 데리고 서춘각에 거처하며 만비를 대하려 하지 않았다. 태자가 종종 유비를 은밀히 찾아가니, 유비는 일이 누설될까 두려워

극구 간하였으나 태자가 듣지 않았다. 마침내 궁중에서 유비가 살아 있다는 의논이 분분해지매, 황후가 듣고 태자를 불러 채근하니 태자도 숨기지 못하고 사실을 고하였다. 황후는 이를 듣고 기뻐하였으나 일이 황상에게도 알려질까 두려워하여 강문창을 불러 유비의 자취를 깊이 감추게 명하였다. 일이 이에 이르자 유비는 자결하려 하였으나 강문창이 만류하고 유비로 하여금 남복으로 변장하여 급히 고향으로 도망하게 하였다. 유비는 의지할 데가 없는 고향보다 외구外舅가 태수로 있는 장사땅으로 가기로 정하고 시비 유소아와 유랑을 데리고 몸을 빼어 강가에 이르렀다. 장사로 가는 배 속에서 마침 벼슬에 뜻을 버리고 가속家屬을 거느려 고향인 장사로 돌아가던 전 시랑 이원중 일가를 만났다. 이시랑에게는 방년 20세의 딸이 있었는데, 성이 민첩하고 미모가 뛰어나며 백행을 구비하였다. 유공자(유비)란 젊은이가 동선했음을 안 이시랑이 유랑을 청하여 예를 마친 후, "뉘 댁 공자가 무슨 연고로 어디로 가는가?" 물으니, 유랑은 "가화家禍를 만나 엄친嚴親이 만리 밖으로 떠나고, 의지할 곳이 없어 장사태수로 있는 지친至親을 찾아 간다."고 대답하니, 이시랑은 자신을 소개하며 굳이 유랑의 이름을 알고자 하였다. 유랑은 주저하다가 교지交趾에 출정 중인 유각로의 아들이라 하였다. 이에 이시랑은 놀라며, 자신은 유각로와 금석지교金石之交를 맺은 사이로, 일찍이 유각로에게 아들이 없었음을 아는데 사실을 감추지 말라고 하였다. 유랑은 여전히 자신이 유각로의 양자로 입양했음을 주장하였다. 이에 이시랑은, "그러면 장사태수가 외구라 하니, 얼마 전 태수를 사임하고 고향으로 돌아간 정문현을 이름인가, 아니면 새로 임명된 회동 사람 손경을 말함인가?" 하고 물었다. 비로소 외구가 이미 장사땅을 떠나 귀향하였음을 알게 된 유랑은 의지할 곳 없음을 깨닫고 정신을 잃었다. 시랑이 옛벗의 아들인 유랑도 자식과 다름 없음을 들어 동행을 권유하니, 유랑은 어쩔 수 없이 의탁하기로 응락하였다. 장사땅에 안착한 유비는 이시랑의 배려로 편안한 생활을 하였다. 하루는 이시랑이 부인과 의논하여, 유랑의 비범함이 여아와 차등이 없어 천생연분이라 하고 두 사람의 혼인을 정하려 하였다. 시랑이 유랑에게 그 뜻을 말하니, 유랑은 가친의 허락이 없었음을 핑계하여 완곡히 거절하였다. 그러나 시랑이 재삼 권하자, 유비는 '일단 부부가 된 후 사실을 이른 후 장차 좋은 시절을 만나면 함께 태자를 섬기자'고 마음을 정하고 응락하였다. 마침내 혼인날이 이르매, 유비는 태자에게서 받았던 옥패와 명광주를 예물로 내어놓았다. 그 후 유비는 시랑댁에 거처하며 낮이면 글을 읽고 부부 사이의 정도 매우 좋았으나 잠자리는 극력 피하니, 이소저는 마음속으로 매우 괴이하게 생각하였다. 이 말을 들은 시랑 부부는 사위를 불러 그 곡절을 물었다. 마침내 유비는 더 이상 숨길 수가 없어 사실을 고할 수밖에 없었다. 시랑은 대경하여 땅에 내려 유비에게 사죄하고 이후로 여복으로 개착改着하기를 권하였다. 그리고 시랑은 태자가 유비의 간 곳을 몰라 하여 근심하니 곧 서울로 이사함이 좋겠다 하고, 온 가족을 거느려 상경하여 종남산 밑 사향이란 곳에 머물게 되었다. 한편 이에 앞서 태자는 유비를 잊지 못하고 동교東郊의 유비의 집으로 가 보니 사람들이 담과 집을 헐고 있거늘 놀라 물으니, "이 집 소낭자가 고향으로 가며 집을 우리에게 맡겼다."고 대답하였다. 태자가 심사를 정치 못하고 머뭇거리고 있을 때 한 창두가 슬며시 유비의 친필로 된 편지를 전해 주어 뜯어 보았다. 그 내용은 "자취를 감추어 때가 이르기를 기다리겠다."는 내용이었다. 태자가 궁으로 돌아와 주야로 근심하던 중 병을 얻어 강문창을 불러 내밀히 유비의 소식을 탐지하게 하였다. 이때 만귀비는 태자를 원망하던 끝에 마침내 해할 뜻을 품고, 태자와 정첩여 간의 편지를 가짜로 만들어 두 사람이 사통하였다고 참소하였다. 황제가 진로하여 두 사람을 당장에 잡아 죽이려 하다가, 태자가 억울함을 호소하고, 또 황후도 그들의 무죄함을 짐작하여 만귀비에게 죄줌을 간하니, 황제도 잠깐 노기를 거두고 일단 첩여를 강동에 가두게 하고, 태자는 뒷날의 처치를 기다리게 하였다. 태자가 통한痛恨함을 이기지 못하고 자리에 누워 바야흐로 목숨이 위태할 지경에 이르렀다. 이 소식을 시랑의 집에서 들은 유비가 식음을 전폐하매, 시랑 부부와 이소저도 근심에 싸이자 시비인 옥소가 계교를 일렀다. 즉 옥소가 당초 대궐 안에 있었을 때 협실夾室을 지킨 관계로 아무도 자신을 알아보지 못하니, 어찌어찌하면 만씨를 제거하고 태자를 보전할 것이라는 것이었다. 유비가 대희하여 옥소를 성중으로 들여보내니, 옥소는 궁중을 출입하는 제 숙모를 통하여 일을 꾸미게 하였다. 그리하여 옥소의 숙모는 황상을 모시던 틈을 타 정첩여가 갇힌 다음 황상이 매우 쓸쓸하실 것인데, 마침 자신에게 자색과 성행이 뛰어나고 나이 2·8인 질녀가 있으니 시칙侍側케 하겠다 자청한 후, 황상의 허락을 받아 옥소를 단장시켜 모시게 하였다. 옥소가 마침내 황상의 총애를 받기에 이르자, 만귀비가 이를 크게 시기하였으나 감히 해치지는 못하였다. 하루는 옥소가 황상을 모시다가, 태자가 궁천지통窮天之痛을 품어 목숨이 다하게 되었음과 천륜의 중함을 깨우치고, 또 만씨의 행동을 수탐搜探하면 자연 옥석을 구분할 수 있을 것이라 간하니, 천자도 잘못을 깨닫고 태자를 불러 위로하였다. 천자가 만비의 지휘를 받아 일을 꾸민 교판을 잡아다 엄히 국문하니, 교판이 만귀비의 지휘를 받은 일과 만풍경이 제 누이(만귀비)와 딸(태자비)을 재촉하여 태자를 죽이려 했던 일을 실토하였다. 또한 만비 침전을 수탐시킨 환관이 귀비의 서신과 풍경에게 지휘하던 글들을 올리니, 상이 대경하여 만비와 풍경은 사약하고 만귀비도 죽이려 하였으나, 태자가 읍소 만류하여 남경으로 귀양보내고 정첩여를 즉시 불러들였다. 하루는 태자가 대전에 문안하였을 때, 상을 모신 연희(옥소)를 자세히 보고 곧 유비의 시녀 옥소임을 알았으나, 사색에는 나타내지 못하였다. 다시 황후를 조회할 때 역시 연희가 모셔 있거늘 비로소 “네 유비의 시녀 옥소가 아니냐?” 물으니, 옥소가 비로소 유비가 장사로 가다가 이시랑을 만나 지금 종남산 밑에 돌아와 있음을 말하였다. 이에 태자는 미복微服으로 이시랑 집을 찾아가니, 동산 후원에서 낭랑한 음성이 들리어 다가가 문 틈으로 엿보니, 유비가 한 미인과 더불어 바둑을 두며 농담을 건네고 있었다. 4년간이나 그리던 얼굴을 대하여 더 참지를 못한 태자는 마침내 문을 열고 들어갔다. 두 사람이 재회의 감격을 나눈 후, 유비가 태자에게 이소저를 천거하니, 태자는 이소저를 후궁으로 봉할 것을 약속하였다. 태자는 유비를 보살펴 준 시랑 부부의 은혜에 감사를 표하고 일단 궁으로 돌아갔다. 한편 황상은 유비가 억울하게 죽게 한 데 대한 뉘우침으로 새삼 황후의 예로써 장사를 치르라 하니, 태자가 차마 사실을 아뢰지 못하고, 강문창을 시켜 복죄伏罪케 하였다. 비로소 사실을 안 황상은 태자에게 빨리 유비를 맞아오도록 명하였다. 연희가 황상에게 태자에게 전위傳位함을 권하니, 상이 곧 그 말을 따라 태자에게 자리를 물려 주려 하였다. 태자가 굳이 사양하다 대위에 오르니 연호를 홍치弘治 원년이라 하였다. 새 황제는 유비를 맞아 황후로 봉하고, 국구國舅인 유각로도 후侯로 봉하여 빨리 돌아오게 하니, 만조백관이 성덕을 칭송하고 만세를 불렀다. 홍치제는 또한 이소저도 맞아 귀비로 삼고, 이시랑을 이부상서로 봉하였다. 상과 후가 태상황제께 고하여 만귀비를 용서하고 대내로 맞게 하였더니, 만씨는 사나운 마음을 고치지 않고, 여서女婿 부마 등과 공모하여 반역을 도모하였다. 역적을 잡아 국문하니 모두 만귀비의 지휘에 의한 것임이 드러났다. 상은 할 수 없이 만귀비 및 여서 부마 간당을 처참하였다. 이때 연희가 태후와 상과 후의 앞에 나아가 천한 몸으로서 귀비까지 이르게 된 것은 모두 유황후를 구하려는 충성된 계교에서 나온 것임을 고하고, 자신이 낳은 자식을 부탁한 후 후당에 들어가 자결해 버리고 말았다. 태후와 상과 후가 이를 슬피 여기고 왕례로 장사지낸 후 그 아들을 왕에 봉하였다. 태자(홍치제의 태자)가 장성하매 학사 장운의 딸을 빈궁으로 간택하였다. 유국태(유각로)가 홀연 득병하여 90세로 몰하니 선산에 예장禮葬하고 승상후를 추증하고 시호도 내렸다. 그 후 유황후는 3자 1녀, 이귀비는 6자 1녀를 두어 모두 후왕으로 봉하거나 명문거족에 하가下嫁하였다. 상과 후는 원래 천상 선녀로서 인간에 적강한 것이었으므로, 80의 수를 누린 후에 신선이 되어 천상으로 돌아갔다.

이상의 줄거리를 통하여 알 수 있는 바와 같이, 표제로 적혀 있는 '태아선적각녹'이나 '태아선택각록'은 '태아선적강록' 즉 '太娥仙謫降錄'의 오기임이 분명하다. 내용으로써 보건대, 이 소설은 '천상[仙仙]의 태아 공주가 적강한 기록'이기 때문이다. 국민대본이나 성암박물관본의 '각'은 '강'의, 또 후자의 '택'은 '적'의 오기 내지는 오독에서 비롯된 것으로 생각된다.

구성상으로 볼 때, 이 작품은 이른바 쟁총형爭寵型 가정소설의 범주에 속하는 작품임을 알 수 있다. 전체적으로 이 소설에는 여러 차례의 갈등이 야기되며 스토리가 진행되어 가는데, 대립 주체를 중심으로 갈등 양상들을 정리해 보면 다음과 같다.

우선 첫 번째의 갈등은 작품의 단초를 열어주는 예비적 갈등으로서, 천상 인물인 태아 공주가 상제께 죄를 지음으로써 생긴 것이다. 그 결과 작중 여주인공은 인간계로 적강하여 유각로와 정씨의 외동딸로 태어나게 되는데, 이 원초적 갈등은 작품의 결말에서 그녀(유소저-유비-유황후)가 인간계에서 80년 고락을 마침으로써 완전히 해소되어 천상계로 복귀하게 된다.

두 번째의 갈등은 그녀와의 혼인을 강압하려는 이부상서 만풍경 및 그의 아들 만춘흥과 이를 거역하려는 각로 유영 및 그의 딸 유소저 사이에서 생긴 갈등이다. 이 대립관계에서는 만풍경의 계략으로 유각로가 전장으로 내몰리면서 유각로와 유소저에게 위기를 일으키나, 반면 유소저가 죽음을 가장함으로써 결국은 만상서가 억혼抑婚(늑혼勒婚)을 포기함으로써 일단락된다.

세 번째의 갈등은 황제(성화成化, 헌종憲宗, 1465~1487)와 만풍경의 누이동생인 만귀비 간의 대립으로 진행된다. 즉 만귀비가 자신의 질녀, 곧 만풍경의 딸을 태자(홍치弘治, 효종孝宗, 1488~1505)의 비妃로 삼으려 함에 반하여, 정작 당사자인 태자는 이미 결연했던 유소저를 맞으려 함으로써, 만귀비와 태자 사이의 갈등이 생겨났다. 따라서 앞 부분에서의 유영과 만풍경 간에 일어난 태자와 만귀비 간의 갈등으로 바뀌기는 했지만, 사실상의 대립의 주체는 여전히 유소저와 만풍경인 셈이다. 물론 이 부분에서의 갈등은 황제가 정시랑의 딸을 첩여로 맞아들임으로써 더 복잡한 양상을 띠게 된다. 말하자면, 정첩여의 입궁으로써 황제와 만귀비 간의 갈등이 생기게 되어, 만귀비를 중심으로 황제와 태자 간의 대립이란 이중의 갈등 양상이 벌어지게 된 것이다.

마지막으로 네 번째의 갈등은 만귀비가 계략에 의하여 태자 및 유비를 모함함으로써 생겨난다. 즉 만귀비가 유비에게 용포를 만들게 하는 한편, 이를 황제에게 보내어 태자와 유비가 참람僭濫한 뜻을 두고 있는 것으로 무함誣陷하고, 또한 태자와 정첩여의 사이를 황제가 의심하도록 모함함으로써, 만귀비와 태자·유비와의 갈등이 황제에게까지 증폭되기에 이르렀던 것이다. 더구나 만귀비가 황제가 사랑하는 자신의 소생까지도 독살하고 그 죄를 유비에게 뒤집어 씌우매, 황제의 진노가 극도에 달하여, 마침내 태자와 유비는 죽음에 처하게 되었다. 그러나 이때 유비가 황손(정덕正德, 1506~1620)을 낳음으로써 처형은 잠시 유예되고, 옥소라는 시비의 희생적인 충의지행忠義之行으로써 만귀비의 간악함이 폭로되기에 이르자,

만귀비는 결국 반역을 도모하다 실패하고 참형을 당하기에 이르렀다. 그런데 이 마지막 갈등 속에는 만귀비의 딸이 태자비로 억지 간택되나 태자의 사랑을 받지 못하고 새로운 갈등을 일으키는 부수적인 사건이 들어 있기도 하고, 또한 유비가 피신하여 남장을 하고 장사태수로 가 있는 외구外舅를 찾아가던 도중 전 시랑 이원중을 만나 데릴사위로 의탁하는 사건이 일어나기도 하는 등 상당히 다양한 삽화들이 곁들여져 복잡하게 구성되어 있다.

다음은 이 작품에 나타나는 주요 관습적 삽화들을 순차적으로 정리한 것이다.

(1) 천상인의 적강.

(2) 태몽에 의한 탄생 예시.

(3) 고간의 억혼抑婚을 거절.

(4) 보복에 의해 전장戰場으로 파견됨.

(5) 거짓 죽음으로 억혼을 피함.

(6) 여장女裝한 남주인공이 여주인공을 속여 결연함.

(7) 황실이 남주인공에게 청혼하였다가 거절당하나 결국은 억혼 성공.

(8) 남주인공이 처음 연분을 못 잊어 권세가의 배우자를 소박함.

(9) 권세가에서 주인공들을 갖은 방법으로 모해함.

(10) 여주인공이 남장으로 친척을 찾아 도망하던 도중 후원자를 만나 의탁함.

(11) 후원자가 여주인공을 남자로 알고 구혼하여, 여주인공이 어쩔 수 없어 허락하나, 후일 함께 남주인공과의 결연을 뜻함.

(12) 모해자들이 편지를 거짓으로 꾸며 불륜을 조작함.

(13) 결국 황제가 깨달음을 얻어 주인공들과 화해함.

(14) 반면 갖가지 간계를 쓰던 모해자들의 죄상이 탄로나고 처벌당함.

(15) 용서받은 주모해자가 여전히 개심 않고 반역을 꾀하다가 마침내 처형당함.

(16) 주인공들은 부귀영화를 누린 끝에 천상으로 돌아감.

이러한 각개 삽화들은 고전소설에 익숙한 독자라면 별로 낯설 것이 없는 전형적인 예들의 모방임을 알 수 있다. 이 같은 창의성의 결여는 결국 작가의 역량에서 비롯된 것이지만, 이는 나아가 작품 평가에도 직접적으로 관계되는 것이어서, 소설사적으로 말한다면 그만큼 당 작품의 소설사적 의의는 그다지 크다고 할 수는 없겠다.

3) <장하뎡슉연긔>

원래 <장하정숙연정기張河鄭淑演貞記>는 5책짜리가 서울대(古3350-12)에 소장되어 있었던 것으로 알려졌으나 현재에는 행방을 알 수 없게 되었다. 따라서 그 내용을 전연 알 수 없었던 것을, 다행히 금번에 국민대 고서 중에서 이 작품의 낙질본(고813.5.장02)을 찾아내었다. 그러나 이 낙질본은 불과 17장에 불과한데다가 제2권뿐이고, 더구나 양면괘지[2]에 청색 잉크로 필사된 점으로 미루어 그 연대도 그리 오래 되지 않았음을 알 수 있다. 우선 이 책의 서지적 상황을 좀 더 살펴보면, 책의 크기는 15.6×22.7cm이고, 매 페이지 10행으로 되어 있다. 표제表題에는 '장하뎡 슉연긔 이' 및 '張河鄭淑演記 二'라 국한자가 병기되어 있음에 비하여, 내제內題에는 다만 '장하뎡슉연정긔 이권'이라 씌어져 있다. 따라서 이 작품의 정확한 이름이 서울대본처럼 '張河鄭淑演貞記'인지, 아니면 국민대본 내제처럼 '장하뎡슉연정긔'인지, 아니면 국민대본 표제처럼 '張河鄭淑演記' 인지는 알기 어렵다. 다만 현전하는 국민대본 권2의 내용으로 본다면 정씨 鄭氏에 관한 이야기가 전혀 나타나지 않으나, 없어진 다른 권에 정씨의 이야기가 들어 있다고 본다면, 이는 저 <임화정연林花鄭燕>이나 <윤하정삼 문취록尹河鄭三門聚錄>의 예로 보아 '장하정'이란 성씨의 열기列記로

---

2) 이른바 뒷면이 비쳐 보이는 인철지. 따라서 매장에 접혀져 철해진 속에 간지로 백지를 끼워 넣어 앞뒷면이 비쳐 보이지 않게 하여 놓았다.

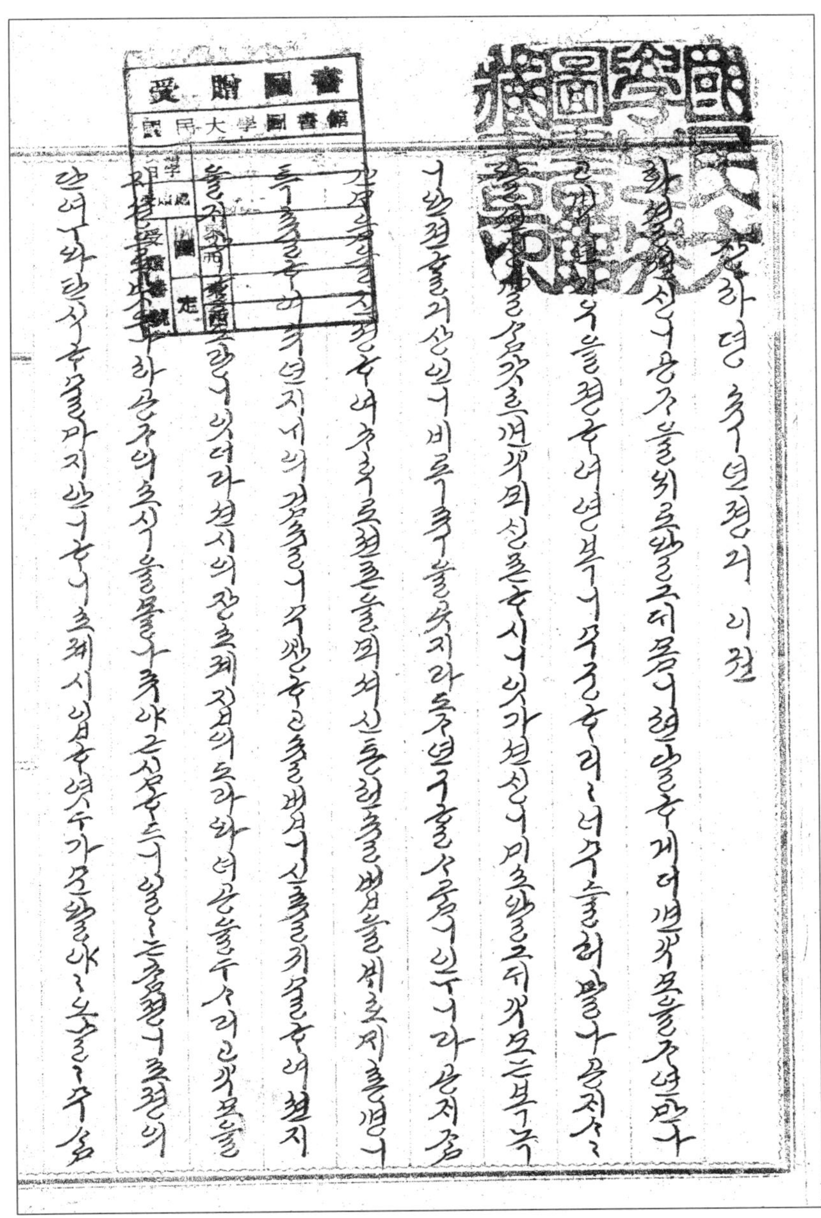

[원문자료 8] <장하뎡슉연뎡긔> 권2(국민대)

보아도 좋을 듯하다. 그러나 이 소설의 표제는 '장하張河'와 '정숙연정기', 혹은 '정숙연기'가 합하여 된 것인지 알 수 없으며, '혹은 '장하연기鄭淑演記'란 한자 표기도 '숙연기宿緣記'의 오기일지 모르겠다.

연구자의 참고를 위하여 권2의 시작 부분과 끝 부분만을 옮겨 보겠다.

[시작 부분] "화셜션싱니 공주을 위로왈 그디 몸니 현달ᄒ게 디면 부모을 주연 만나고 빅년가우을 정ᄒ여 영복니 무궁ᄒ리니 너무 슬허 말나"

[끝 부분] "남만왕니 스승으로 디졉ᄒ여 디스을 의논ᄒ더라 추시는 무슐 십일월의 츌스ᄒ여 옥문관을 파ᄒ고 길쥬을 범ᄒ니 군용니 호디 ᄒ여 지 나는 바의 망풍귀순ᄒ더라 추청 하회ᄒ라"

이 책의 필사기는 단지 '구월니십오일야의필셔'라고만 되어 있어 그 연대를 전혀 가늠할 수 없다. 도서분류란에는 이 책의 기증자를 1954년 4월부터 1955년 7월까지 국민대 제2대 학장이었던 박이순朴彝淳이라 밝혀 놓았는데, 아래에서 살필 <홋씨효공록>의 기증자도 동일인인 점으로 미루어, 모두 해방 전의 필사본임이 거의 확실하다.

본 작품의 줄거리는 다음과 같다.

[권1] 결본 (권2) 선생이 하공자에게 장차 현달한 후에 부모와 백년 가우佳偶를 만날 것이니 걱정 말라고 위로하였다. 이에 하공자는 천존天尊을 모셔 신통한 술법을 배우니 몇 해 지나지 않아 신출귀몰한 솜씨를 지니게 되었다. 이보다 앞서 장소저는 집으로 돌아와 부모를 지성으로 받들었으나 한편 하공자의 소식을 몰라 밤낮으로 근심하였다. 하루는 장참정(장보)이 조정에서 돌아와 탄식함을 마지 않자 소저가 그 까닭을 물으니, 소인들의 집권으로 정사가 어지러워져 하추밀(하유)이 간신들을 논핵하다 천리 밖으로 귀양가게 되었음을 말해 주었다. 소저가 내심으로 하추밀이 하공자의 부친임을 알고 창연悵然한 빛을 띠고 침소로 돌아가니, 참정이 이를 괴이히 여겼으나 묻지 않았다. 세월이 흘러 소저의 나이 13세가 되자,

소저의 색태色態가 천하에 짝이 없게 되었다. 소저에게는 충성스런 시비 10여 명이 있었는데, 그 중에서도 운빈과 춘심이 더욱 뛰어났다. 하루는 장공이 부인에게 여아의 배필을 구해줄 의논을 하고 형부상서 설낙수의 아들에게 유의함을 이야기하였다. 이 말을 들은 소저가 크게 놀라 아직 혼인할 뜻이 없다고 반대하니, 참정이 크게 꾸짖어 소저가 무안해 하며 물러났다. 부모가 더욱 설생과의 혼사를 서두르자 소저는 밤낮으로 근심 하다 식음까지 폐하기에 이르매, 참정 부부가 놀라 의약을 권하며 그 까 닭을 채근하였다. 소저가 묵묵부답하자 보다 못한 유모가 실토하고 말았 다. 즉 당초에 소저가 남장하여 윤부尹府에 수학할 때 하추밀의 소공자 역 시 동학하였는데, 수년이 되도록 소저의 본색을 알지 못하고 친밀히 지내 다가 차차 의혹을 품게 되고 마침내 소저의 본색이 탄로나매, 소저 자문 하려 하였다가 하공자의 만류로 그치고, 사세 부득이하여 신물까지 받았 던 바, 이제 혼인을 다른 곳에 구함을 보고 병을 얻게 되었다는 것이었다. 부부가 놀라 소저를 꾸짖으니, 유모가 하공자의 옥골선풍과 문장 재주를 극구 칭찬하여, 부부가 할 수 없이 사람을 하공자에게 보내어 통혼하기로 하자 자연 소저의 병도 나았다. 이때 조철이란 자가 준이란 아들을 두었 는데, 준은 주색에 빠져 청루주사青樓酒肆를 주야로 왕래하며 세월을 보내 고 있었다. 그 친구인 여주는 장소저의 표종表從형제로 집이 가난하여 조 준과 사귐에 세 치 혀를 놀려 아첨하니, 준도 그를 총애하여 돈을 주며 친히 사귀었다. 조준이 가인佳人 얻기를 소원하니, 여생이 표매表妹인 장소 저를 생각하여 자신에게 후한 상을 내리면 천하 절색을 천거하겠다고 장 담하였다. 조준이 소원만 이룬다면 천금을 주겠다고 약속하자, 여생은 장 소저의 절색을 대찬하고, 결국 조준의 간절한 중매 요청을 받기에 이르렀 다. 이에 여생이 장부張府를 찾아가니 마침 모친과 이야기를 나누고 있던 소저가 자리를 피하려 하였다. 부인은 소저에게 "어찌 질아姪兒를 보고 피 하느냐?" 하고 만류하였으나, 소저는 여생은 간교奸巧한 인물이라 하고 피 해버렸다. 부인과 만나 이것저것 이야기를 하던 여생은, 조생의 이야기를 슬며시 꺼내어 크게 칭찬한 끝에 표매의 혼처를 그곳에 정할 것을 권유 하였다. 부인이 이미 하추밀의 공자와 정혼했음을 말하니, 여생은 하씨 일문이 고향으로 가다 중로에서 도둑을 만나 사면으로 도망하여 여러 해 가 되도록 소식이 없음을 말하였다. 부인이 놀라 캐어 물으니, 여생은 교

외에 나갔다가 절강땅에서 오는 사람을 만났더니, 몇 달 전에 하공의 행차가 백마강에서 적화賊禍를 만났다는 말을 하더라는 것이었다. 여생이 돌아간 후 부인이 참정에게 여생의 말을 전하니 참정이 매우 놀라는 한편 여생의 방자함을 통탄하였다. 한편 여생을 만난 조생이 일의 결과를 재촉하여 물으니, 여생은 숙모의 반허락은 받은 셈이니 매파를 보내어 통혼하라고 권하였다. 조생이 크게 기뻐하여 부친께 그 사실을 고하였다. 조철은 그 아들을 사랑하는지라, 즉시 매파를 참정댁으로 보내었다. 매파가 문안하고 통혼을 청하니, 참정은 이미 하부河府와 정혼하였음을 들어 거절하였다. 매파가 돌아와 사연을 고하니, 조생이 불열不悅하여 여생과 대책을 의논하였다. 여생이 꾀를 내어 장공을 멀리 보내면 일을 이룰 것이라고 하자, 조생은 그 말을 받아들여 부친에게, "장공이 야야爺爺를 이리이리 욕하고 우리를 소인의 무리라 하였다."고 충동하였다. 조철이 크게 노하여 즉시 왕진을 만나 참소하기를, "참지정사 장보가 하유의 친구인데다 그 자녀를 정혼함으로써 합하閣下에 대한 분한憤恨이 하늘까지 맺혀 왕적의 간휼奸譎한 죄를 승상께 아뢰어 합하를 멀리 귀양보내 하유의 원怨을 씻으려 한다."고 하였다. 이에 왕진이 크게 노하여 임금을 만나 "장보가 폐하를 원망한다."고 하니, 임금 역시 대로하여 참정을 정위에 내리니, 왕진이 급히 금오랑金吾郞을 보내어 장참정을 나입拿入하자, 임금이 그를 소주로 귀양보내게 하였다. 참정이 적소謫所로 떠난 후 부인과 소저가 슬퍼하고 있을 때 여생이 다시 찾아왔다. 여생이 우선 부인을 위로하는 말을 하고 슬며시 숙부(장참정)를 돌아오게 하는 계책이 있다고 뜻을 떠본 후, 부인이 방법을 묻자, 방금 조상서(조철)의 벼슬이 1품에 있어 부귀영화가 천하에 으뜸이요 그 아들은 풍류남아라, 표매와 인연을 맺게 되면 숙부는 일순一旬 안에 돌아올 것이라고 일러 주었다. 부인이 이 말을 듣고 솔깃이 여겼는데, 이를 엿들은 시비 설소가 분을 내어 여생의 무도함을 꾸짖었다. 여생이 듣고 분노하여 설소를 쳐 죽이려 하니 부인이 설소를 꾸짖어 물리치고 여생을 달래어 돌아가게 하였다. 소저도 설소의 강개慷慨함을 나무란 뒤 모친에게 부친의 당부대로 귀향할 것을 청하니, 부인이 그러기로 정하였다. 한편 여생이 돌아가 조생에게 전후 수말首末을 고한 뒤, 숙모가 고향으로 돌아가기로 하였으니, 노복을 보내어 중도에 숨었다가 표매를 탈취하여 오라는 계책을 일러 주었다. 이때 부인과 장소

저 일행이 여러 날만에 광릉땅에 이르러 날이 저물매 주점에 들어 쉬더
니, 비몽사몽간에 한 노승이 들어와 소저에게 '화가 당도하였으니 급히
피신하여 부인도 모르게 부친의 적소로 찾아가라'고 일러주었다. 그리하
여 소저가 급히 한 장의 편지를 써놓고는 남장으로 시비 설소 등을 데리
고 문을 나서 가다가 돌아보니, 주점에 화광이 일어나며 '장소저를 잡아
라'고 외치는 사람들의 소리가 들려왔다. 소저는 혼백이 날아 동서를 헤
아리지 않고 달아났다. 이때 조생은 여생과 더불어 장부인 행차의 뒤를
밟아 가다가 인가가 적은 주점에 이르러 밤이 되기를 기다려 일시에 소
리치고 돌입하였으나 이미 소저의 종적은 찾을 길이 없었다. 날이 밝아오
자 조생은 탄식하고 헛되이 돌아설 수밖에 없었다. 한편 부인은 겨우 정
신을 차려 통곡을 하다가 비복을 불렀으나, 소저의 시비 설소 등 수인이
없음을 알고 비로소 피화避禍했음을 알고 유모 춘섬 등을 데리고 마을을
두루 찾았으나 끝내 찾지 못하였다. 그때 지나던 여승이 부인을 보고 합
장 배례한 후 "부인은 장참정댁 부인이 아니십니까?" 하고 물었다. 그 여
승은 현묘암의 여승으로, 10년 전 참정댁에서 많은 시주를 받았음을 밝히
고, 또 간 밤의 꿈에 부처님이 나타나 장참정댁 부인이 영릉땅에서 적화
를 만났으니 빨리 가 데려 오라 하여 이르렀다고 하며, 상공이 있는 하남
땅은 수천 리나 되어 부인이 쉽사리 갈 수 없는 곳이니 잠시 자신을 따라
암자로 가 후일을 기다리면 자연 상공과 소저를 만날 날이 있으리라 하
고 동행을 권유하였다. 부인은 응락하고 여승을 따라 현묘암으로 갔다.
이때 소저는 도망하여 산속에 숨었다가 도적이 물러감을 기다려 주점으
로 돌아가 부인을 찾았으나 행방을 알 수 없어 하는 수 없이 부친의 적소
를 찾아가기로 하였다. 여러 날만에 능주땅에 다다라 날이 저물매 주점을
찾아 쉬었는데, 갑자기 함성이 일어나며 무수한 도적이 달려들어 행장과
나귀를 모두 빼앗아 가버렸다. 이튿날 소저는 시비를 데리고 걸어서 다시
길을 떠났다. 수 리를 못 가 발이 부르트고 기력이 다하여 소저는 설소·
운빈 등을 붙들고 하늘을 향해 통곡하였다. 한편 송주 양무산에 천산도사
란 이가 있어 도학이 이름높았다. 그는 인덕이 후하더니 하루는 천문을
살피다가 '월궁의 소아小娥가 하계에 내려와 장씨 여자가 되었더니 궁곤
한 액厄을 당하였도다' 하고 동자를 명하여 산에서 내려가 구해 오라 명
하였다. 동자가 청운을 타고 길가에서 울고 있는 세 사람을 찾아 스승의

분부라고 하여 데리고 갔다. 도사는 소저에게 액운이 아직 다히지 않았으
니 함께 산중에서 지내며 때가 이르기를 기다리라 하였다. 그리하여 소저
는 그곳에 머물러 자청하여 무술을 수학하게 되었다. 때는 영강 19년. 천
하가 태평하여 산무도적山無盜賊하고 도불습유道不拾遺하더니 왕진·조철
등이 국권을 잡아 정사를 어지럽힌 후로 양민이 도적으로 변하여 재물을
빼앗거늘, 백성들이 농업을 폐하고 인심이 흉흉해졌다. 이때 남만왕이 군
사를 모으고 설학수·양순·천길 같은 뛰어난 장수와 채봉·선학 같은
고명한 도사를 얻어, 무술 십일월에 기병하여 옥문관을 파하고 길주를 범
하니, 그가 지나는 곳마다 망풍귀순望風歸順하였다.

이상의 줄거리로써 본다면, 이 작품 역시 위에서 살펴본 <태아선적강
록>과 유사한 종류에 속하는 작품이라 할 수 있다. 즉, 발단 부분인 권1이
결여되어 자세치 않으나, 권2의 내용만으로도 이 소설은 적강 인물인 하공
자와 장소저의 이합離合을 날줄로 하고, 거기에 장소저와의 억혼을 성취시
키려는 설생과의 갈등을 씨줄로 하여 구성된 가정소설이다. 그러나 권2만
으로 제목이 시사하는 바와 같은 가문소설의 흔적을 찾을 수는 없다. 정확
한 결론은 결여된 잔권 부분을 볼 때까지 유보할 수밖에 없겠다.

이 작품은 특히 다음에 살펴려는 <월영낭자전>과 전반적인 스토리의
전개가 매우 흡사하고, 개중에는 부분적인 삽화까지 동일하게 나타나고
있다. 가령, 여주인공이 억혼을 모면하기 위하여 자신의 죽음을 알리는
가빈소假殯所를 차려 놓고 시비들로 하여금 조석으로 통곡하게 한다든가,
악녀의 모해를 그대로 믿은 시부媤父가 며느리인 여주인공을 죽이려다가
마침 임신 중이라 일단 해산 후로 처형을 미루는 것 등이 그러하다. 물론
<장하정숙연기>의 잔권 권2의 내용만으로 <월영낭자전> 전체와의 비
교 결과를 예단하여 논한다는 것은 상당한 무리이지만, 아무튼 양 작품
중 어느 쪽인가는 그 창작 과정에서 다른 작품의 영향을 꽤 받은 듯하다.
그러나 이 문제에 대한 자세한 고구 역시 <장하정숙연기>의 완본 발굴
을 기다릴 수밖에 없다.

4) <홋씨호공록>

표제가 '홋씨호공록'으로 되어 있으나, 정서법으로는 '호씨호공록'이라 하여야 옳겠다. 그리고 이 소설은 내용적으로는 새로울 것이 없는, '월영전'·'월영낭자전'·'호씨명행록'·'호씨전'·'호씨행록전' 등의 이칭을 갖고 있는 소설의 한 사본으로3) 저자는 역시 알 수 없다. 전 1책으로 책의 크기는 22.1×28.2cm이고, 총 47장으로 되어 있으며, 매 페이지당 12행으로 되어 있다. 표제 및 내제 모두 '홋씨호공녹 권지단'으로 기록되어 있다. 필사기가 '을축초춘조소졔필셔'라 되어 있는데, 이는 1865년이 아니면 1925년이겠으나, 책의 상태로 보아 일단 후자로 추정해 둔다.

지금까지 필자가 조사한 이 작품의 이본은 다음과 같다.

[국문필사본]

월령전   한중연(남애장서목록南涯藏書目錄) / 한중연(D7B-32)4) 1(경신십이월이십이일종庚申十二月二十二日終, 34f.)

호시젼   홍윤표(가장목록家藏目錄) 1(78f.)

호씨힝녹전   국립중앙도서관[고1](한-48-229)5) 4-1(계축츄칠월망간필셔ᄒ노라, 71f.)

홋씨호공록   국민대(고813.5.호01) 1(을츅초츈조쇼졔필셔, 47f.)

[국문활자본]

월영낭자전   『도서분류목록』(1921 개정)] 1(경성서적업조합)

월영낭자전   유탁일 / [이능우李能雨 : 『고소설연구』 295] 1(한성서관·유일서관, 1916, 81pp.)

월영낭ᄌ전   [이능우 : 동상, 295 ;『한국의 딱지본』 113]1(한성서관, 초

---

3) <월영낭자전>에 관하여는 김기동金起東, 『한국고전소설연구』(1983 / 1987), pp. 563~565를 참조할 것.

4) 『한국고전소설목록』, 795(R16N-001147-12).

5) 『한국고전소설목록』, 1428(R35N-002974-5).

　판 1914 ; 재판 1917 ; 3판 1920, 61pp.)
월영낭자전　서울대(3350-174) / [아세아문화사, 『활자본고전소설전집』,
　　　　　(4)] 1(회동서관滙東書舘, 1925, 61pp.)

[원문자료 9] <홋씨호공녹> 권지단(국민대)

[원문자료 10a]
<월영낭ᄌ젼>(한성서관漢城書館, 1917)

[원문자료 10b]
<월영낭자젼> 권지단(회동서관滙東書館, 1925)

작품의 시작과 끝 부분은 다음과 같다.

[**시작 부분**] "디송 시절의 유지셩이라 ᄒᆫ다6) 옥황긔 득죄하고 인간의 적거
ᄒᆞ니 디악을 한 번 지니고 으지홀 곳을 정치 못ᄒᆞ던니 잇디 상셔부인 왕
씨 침쇼이 닐몽을 잠관 어던니 잇쩌는 춘정월 망간니라"

[**끝 부분**] "홋씨 말연 부귀와 ᄌᆞ숀 창셩ᄒᆞ물 디강 긔록ᄒᆞ고 니어 경계니
하이 이 칙을 보는 범연ᄒᆞ 니약칙으로 보지 말고 홋씨 전후 ᄒᆡᆼᄒᆞ신 열ᄒᆡᆼ
과 셩덕을 쏜바드셔 복을 안니 구ᄒᆞ여도 졀노 복녹니 진진ᄒᆞ리이 부디부
디 공겡ᄒᆞ여 효칙[효칙效則]ᄒᆞ여라 칙 글시 흉괴ᄒᆞ온니 보시는 니 비쇼[비
소卑笑] 마시오"

---

6) 오기일 듯.

이 책의 특이한 점은 제1장부터 제10장에 걸쳐 본문 상단에 횡서 1행으로 다음 내용이 기록되어 있다는 점을 들 수 있다('/'은 장 구분, 'A·B'는 전·후면 표시).

　　(1A)을축초츈 십오일 조소졔 / (1B)슈필이라 조소졔 문즁 명필이닌 즁 / (2A)웃듬되고 일류과 복녹니 호시 갓치 무 / (2B)랑ᄒ기 원축원축 츄홉고 초연 시롭 / (3A)도드 날 갓튼 인싱니여 젼싱이 무슴 죄 / (3B)가 지즁ᄒ와 츠싱여신 되어 깁고깁푼 구즁 / (4A)무쳐 안즈난고 슐갓치 쌜을 세월 무졍 / (4B)이 다 보니난고 지지 졀통졀통 우마갓치 시여 / (5A)난고 쌜으도 쌜으도다 유슈세월 쌜 / (5B)르도드 어나 로인(이하 5자 정도 판독 불명) 디 슴 / (6A)츈 호세랄 굼(꿈)갓치 다 보니 츠시 촌초 / (6B)가 임경ᄒ온지라 방초는 쳐쳐萋萋ᄒ고 노음[녹음綠陰] 울울鬱鬱 / (7A)혼디 셩화시盛花時 분명이ᄅ 황금갓 / (7B)튼 꾀꼴리난 노음[녹음綠陰] 스이 우지지며 / (8A)화우셩[환우성喚友聲]을 놉피ᄒ며 실피 우난 두견셩 / (8B)은 젹막혼 공숀의 부려귀[불여귀不如歸]랄 일 / (9A)숌으 낙막심스 가장 못ᄒ로다 / (9B)지지 통분통분 칙 글시 흉괴ᄒ오이 / (10A)보시나 이 비소 말고 용셔ᄒ소셔

국민대본과 회동서관판(1925)의 내용을 대조해 본 결과 양본은 전반적으로 고유명사 및 수식어구를 비롯한 삽화 들의 차이가 상당한 것으로 나타났다. 이로 미루어, 양본의 원초 대본은 전연 다른 것이었음을 알 수 있다. 우선 양본의 등장인물을 중심으로 하여 비교해 보겠다.

<홋씨호공록>과 <월영낭자전>[7)의 비교

비교 항목	필사본 <홋씨호공록>	활자본 <월영낭자전>
시절	대송 시절	송태조
장소	(언급 없음)	소주땅
남주인공의 부	최상서 / 부인 왕씨	이부시랑[8)] 최현 / 부인 진씨
남주인공	희셩	아들 희셩 (자 춘운)

---

7) 아세아문화사, 『활자본고전소설전집』, (4), pp. 595~655.

비교 항목	필사본 <홋씨호공록>	활자본 <월영낭자전>
여주인공의 부	병부시랑(호원) / 부인 여씨	이부상서 호원 / 부인 연씨
여주인공	월영(자 운빙)	딸 월영(자 운빙)
교환된 신물信物	옥장도 / 월귀탄	백장도 / 월대탄
간신	연화 / 연단 등	연환 / 연쾌
고향	임안臨安	소주蘇州(임안)
자사刺史	위션	위현
자사의 본부인	정씨	정씨
매파媒婆	서모 정씨	매파
월영의 유모	홍춘	(무명無名)
월영이 찾아간 사원	옥유동 금광사	×
월영의 수양모	정어사의 부인 주씨	어사 경홍의 부인
정어사 부인의 비	홍션	홍션
남주인공의 초사初仕	한림학사	한림학사
남주인공의 첫혼인	민경사의 딸	민상서의 딸
남녀주인공의 전신	천상의 유진성(희성) / 옥진성월영) / 남희영의선녀(민씨)	천상의 유진성(희성) / 옥진성 (월영) / 남희여희성(민씨)
남주인공의 승직	이부시랑 틱우[대부大夫]	한림학스 겸 례부샹셔간의 틱후
남주인공에 대한 사위 구하기 실패	×	샹셔 죠졍
호씨의 침소寢所	취운당	동취운당
제3부인(정씨)	정국공[국구國舅] 정안의 딸	국공國公 정한과 왕씨의 차녀 셜잉
정씨의 침소	경츈당(계춘당)	서취운당(계운당)
정씨 시녀	채운 / 경애 등	치운 등
여섯 창녀	월미 / 옥단 / 빅단 / 셜미 / 모란 / ??	?? / 난혜 / 홍션 / 난계 / 셜미 / 화션
남주인공의 외정外征	벽히 도사	발히도(순무어사巡撫御使)
조작된 간부姦夫	결강승 할임[한림翰林]	결강고인
상서부부 개심단 복용	정씨 시녀 벽리의 계교	×
내다버린 호씨가 유아 구함	옥유동 금광사 승려 셜난	×

---

8) 활판본에는 최현과 호원의 벼슬인 상서와 시랑이 혼동되어 나타나는 곳이 많다. 즉 최상서와 최시랑, 호상서와 호시랑이 착종되어 있다.

비교 항목	필사본 <홋씨호공록>	활자본 <월영낭자전>
호씨 생산	귀남자	쌍티
대해大海에서 해적을 쫓아준 선관仙官	호원	×
동자 인도로 만난 다섯 선관	이빅 / 두목지 / 여동빈 / 간선싱 / 소동파	×
남주인공의 귀환 후 봉작封爵	최현=각로 / 희성=예부시랑겸 티후 / 민씨=노국부인 / 호씨=위국 부인	최현=각노 / 희성=례부샹셔 / 민씨=쵸국 부인 / 호씨=정열부인 겸 외국 부인
정어사댁에서 찾은 아들	최중녹	×
주인공들의 소생	민부인=3자 2녀 / 호부인=4자 2녀	민부인=3자 3녀 / 호부인=3자 2녀
흉노 정벌 후 피작被爵	×	희성9)=우승상 겸 양은후 / 민=정국비 / 호씨=츙열부인 초국부인 겸 정국부인 / 별궁= 셩연궁

이 비교표로 짐작할 수 있듯이, 양본의 대체적인 줄거리상의 차이는 그다지 없다. 그러나 양본 모두 부분적으로 상대본에 결여되어 있는 삽화들이 다소 눈에 띈다. 몇 가지 두드러진 대목만을 살펴보기로 한다.

국민대본에 의하면, 여주인공 월영이 소주자사 '위선'의 겁탈을 모면하기 위하여 거짓으로 죽음을 가장하여 도망하고, 자사가 이를 확인하기 위하여 서모인 정씨를 호부胡府로 보내어 확인하려 하니, 마침 월영의 유모인 '홍츈'이 제문을 지어 애통해 하는 척한다.

모월 모일에 유모 홍츈은 삼과 두 번 절ᄒ야 호낭즈 여연ᄒ니 알외ᄂᆞ니 오호 통지ᄅ 우리 낭즈 천상 황졍경 닐즈랄 그룻 닐고 닌간이 격ᄒ야 아람ᄃᆞ온 옥면과 헌달한 옥면 진적함은 요조숙여에 ᄒ니 업던니 천지 살피지 안니ᄒ사 십 세 젼에 양친을 여히고 쳘니 고힝의 부모 영구랄 효성

---

9) 활자본에는 '최현'으로 오기되어 있으나, 부인들의 이름을 '민씨'와 '호씨'라고 한 점으로 미루어 이는 당연히 '최희성'이 옳다.

으로 뫼신니 슬푸드 낭자니 효성은 천지 감동할지른 쏘흔 정절니 놉푸사
최씨의 금석지밍을 직히시거날 무지한 도젹니 무례히 핏박흐기로 금수장
가온디 분하물 니기지 못흐여 옥체 여명니 위듕흐사 세승을 바리신니 힝
기로온 영정은 원혼니 되실지라 천지 아득흐고 일월이 무광흐이 낭즈랄
여히고 우리 등은 뉘을 이지흐여 스리요 오호 통지 슝향

한편 황급히 도망한 월영은 남장男裝을 하고 시비들을 거느려 부모의
고향을 향하여 가던 중 십여 일만에 소주 지방의 깊은 산속에 있는 옥유
동 금광사에 이르렀다. 마침 날이 저물매 하룻밤 유숙을 청하게 되고, 이
튿날 날이 새자 부처님 앞에 나아가 축수하고 물러나 7언시 1수를 별당
에 써붙였다. 그날 밤 꿈에 월영은 '오래지 않아 의탁할 곳이 있고, 소원
을 이루려니와 다만 전두에 커다란 액을 면치 못할 것이니 삼가 조심하
라'는 부처의 지시를 얻게 된다. 그리하여 다시 길을 떠나 10여 일 만에
월영은 우연히 '정어스집'에 당도하여 유숙을 요청하게 되고 마침내 어사
부인 주씨의 수양딸이 되어 정착하였다. 그러나 활자본에는 유모 홍춘이
제문 읽는 삽화와 월영이 금광사에 들렀다가 앞날의 일에 대한 꿈을 꾸
는 삽화는 보이지 않는다.

반면 활자본에는 월영이 떠난 후 최시랑이 그 소식을 탐지하기 위하여
노복을 소주로 파송하였더니, 노복이 수월 만에 돌아와 월영이 이미 죽었
다는 소문을 전하였다. 이에 최생이 즉시 향촉을 갖추고 제문을 지어 월
영의 명복을 빌었다. 그런데 다음 단락은 국민대본에는 없다.

유세차 모년 모월 모일에 박복한 최생은 돈수재배하옵고 호상셔 낭즈
양위의 올니나니 텬디 광대하오나 오히려 일신이 의탁하기 어렵도다 일
월이 광명하나 애원한 일을 살피미 업도다 호공의 부부 무죄하나 비명의
기셰하시니 텬디 무심하시도다 가인을 모르미여 군신의 시긔 잇도다 셰
상을 술피미여 아름다온 언약이 쓴 구름이 되엿도다 여츠훔이 양가의 불
힝이요 나의 박복훔이로다 전일을 싱각건디 가련흔 심스를 정홀 곳지 어

렵도다 츠회라 일장 제문으로 고정을 진달하고 일비 청작으로 고혼을 위
로하나니 호씨 고혼은 알으심이 잇쓸진터 널니 술피소서

　한편 활자본에는 '희성'이 과거에 급제한 후 한림학사가 되었다가 천자
의 총애를 받아 예부상서 간의태후가 되니 때에 상서벼슬하던 조정이 사
위를 삼고자 하였으나 거절을 당하는 삽화가 들어 있다. 이 장면은 국민
대본에는 전연 보이지 않거니와, 활자본의 경우에도 이후의 작품 줄거리
와는 아무런 관련이 없는 단발적인 사건으로 그치고 있는 점으로 미루어,
일종의 연문衍文에 지나지 않는 것이라 할 수 있다.
　양본의 차이를 가장 현저하게 드러내는 대목은 후반부에 나타난다. 국
민대본에 의하면, 희성의 제3부인 정씨(태후太后의 매妹)가 호씨(월영)를
몰아내고 남편의 사랑을 독차지하려 갖은 모해를 하다가 시부모에게 개
심단改心丹을 먹여 그 판단을 흐리게 한 끝에, 마침내 상서[시부媤父]로 하
여금 호씨의 간통 죄를 물어 처형시키게 하는 데에까지 이르게 된다. 이
때 상서는 대로한 나머지 호씨 소생을 죽여 내다버리게 하였는데, 마침
금광사 승려 '설난'이 아이를 발견하여 소생시켜 사원으로 데려 갔다. 그
때 절을 찾은 정어사 부인 주씨는 수양딸인 월영을 떠나보낸 후 고적하
게 살다가 아이를 데려다 자식 삼아 기르게 되었다. 물론 결말 부분에 이
르러 양모를 찾아간 호씨가 아들과 재회하고, 양모를 모시고 상경하여 봉
양하게 된다. 반면 활자본에는 호씨 소생의 유기遺棄 및 재회까지의 삽화
가 결여되어 있다. 그러나 활자본에는 국민대본에 없는 결말 부분의 일련
의 삽화들이 지리하게 부연되어 있다. 즉 활자본은 희성이 천자의 명을
받고 흉노를 정벌하고 돌아오고, 그 공으로 제후에 봉하여져 별궁인 '성
연궁'을 하사받으며, 호씨 부모의 원수인 연환·연쾌 등의 간신을 처형시
키고, 희성·민씨·호씨 자녀들이 입신양명하고, 부모(최현 부부)와 주씨가
작고, 민씨가 별세한 후 마지막으로 희성과 호씨가 천사의 영접을 받아
승천하는 삽화가 부가되어 대단원을 이룬다.

5) 맺음말

이상에서 필자는 국민대 성곡기념도서관 고전자료연구실에 갈무리되어 있으나 아직 학계에 알려져 있지 않은 고전소설 <태아선적강록>, <장하정숙연기>, <호씨호공록>을 살펴보았다. 그 결과 이들이 비록 획기적인 자료는 못 된다고 하더라도 우리 고전소설 연구자들에게 작은 보탬이 될 수 있으리라는 확신은 갖게 되었다.

<태아선적강록>은 기왕에 제목이 알려져 있었으나 내용을 알 수 없던 작품으로서 이를 새로 발굴하여 그 자세한 내용을 소개하였다. 그리고 이제까지 이 작품의 제목이 <태아선적각록>, 혹은 <태아선택각록> 등으로 오전되던 것을 바로잡았다. 또한 이 소설의 출현 시기는 빨라야 19세기 말경임을 추론하였다.

<장하정숙연기>도 이제까지 완본이 행방불명된 채 작품의 제목만 전해오던 것을, 국민대 소장 결본(권2)을 발굴함으로써 내용 일부를 알 수 있게 되었다. 그러나 제목으로 미루어 가문소설로 여겨짐에도 현전 내용으로 보아서는 남녀 주인공, 즉 하공자와 장소저의 애정 문제를 다룬 가정소설에 지나지 않는다는 의문이 남았고, 또 작품 표제의 정확한 의미도 완전한 잔권들이 발견되기 전에는 알 수 없음을 이야기하였다.

<호씨호공록>은 활자본으로도 간행된 바 있는 <월영낭자전>의 이본임을 확인하였다. 아울러 이 작품이 그 밖에도 매우 다양한 이름으로 전하여 왔음을 여러 이본들의 조사를 통하여 알 수 있었다. 특히 국민대 소장본 <홋씨호공록>과 회동서관본 <월영낭자전>(1925)의 비교를 통하여, 이 양본 즉 필사본과 활자본의 내용은 대체로 일치하나 부분적으로 양본 특유의 삽화들이 달리 들어 있음을 알았다.

● **참조 원고**

"국민대 성곡省谷기념 도서관 소장 고전소설에 대하여", 『어문학논총』 18(국민대 어문학연구소, 1999. 2).

5. 재일在日 한국 고전소설의 서지적 연구

1)

국내에서는 일찍부터 자취를 감췄던 『금오신화』를 일본에서 가져올 수 없었다면 우리의 고전소설사는 어떠했을까? 아마도 『금오신화』로부터 100여 년 이상 지난 16세기 중반 무렵을 우리 소설사의 기점으로 잡아야 하지 않았을까? 그것도 최근에 속속 발굴된 16세기 중반 무렵의 소설 자료들— 가령 신광한의 『기재기이』같은 것— 을 놓고 할 수 있는 이야기지, 이런 자료들을 소설사가들이 전연 알 수 없었을 때라면 자칫 17세기 무렵까지 소설사의 기점을 끌어내려야 했을지도 모를 일이다. 실제 천태산인의 소설사에는 김시습(1435~1493)의 『금오신화』에 이어 임제(1549~1587), 허균(1569~1618)의 작품들이 기술되고 있으며, 이러한 소설사의 기술 상황은 그 후 거의 반세기가 지나도록 별로 변함이 없었다. 요컨대 우리 소설사 상에서 『금오신화』가 차지하는 선구적 위치는 그만큼 중대한 것이라 할 수 있다.

그런데도 정작 이 작품은 국내에서 널리 유포되지 못한 채 어느새 자취를 감추어 버리고, 그 낱권 하나가 어쩌다 해외에 입양되어 애호를 받게 되어 그 곳에서 수 차에 걸쳐 간행된 끝에 1927년에야 비로소 모국으

로 역수입되는 기구한 운명을 겪었다. 요컨대 『금오신화』는 이국땅에서
나마 잔명을 보존했기에 망정이지, 그렇지 않았더라면 영원히 사라질 뻔
하였다. 또 다른 선인들의 걸작이 어디 국외에 숨어 있지나 않을까? 그러
다 어느 날 갑자기 나타나 우리의 소설사에서 광채를 발할지도 모를 일
이다. 많은 민족의 유산이 고난에 찬 역사 속에서 타버리고 빼앗기거나
팔려 버렸지만, 그렇게 해서라도 살아남은 것이 있다면 감사해야 할 일이
다. 이건 분명 아이러니이긴 하지만. <남원고사>가 그렇고 영국과 프랑
스에서 찍어온 방각본 소설들이 그러하며, 하버드대의 필사본 소설들이
그러하다. 물론 이와 정반대되는 경우도 없는 것이 아니다. 차라리 이 땅
어디엔가 남아 있었더라면, 저 혹독한 전쟁을 겪고서도 살아남았을지 모
르는 귀중본들이 외국으로 유출된 탓에 한스럽게도 사라져 버린 경우도
있으니까. 동경대지진 때 소실된 야담소설의 거편『광사廣史』(70책) 총서
가 바로 그러한 예이다. 또 다른 야담소설의 거질인『한고관외사寒皐觀外史』
(200책)는 기구한 운명을 거친 끝에 지금 하버드-옌칭의 3층 귀중본 서
고에서 보아주는 사람도 없이 기나긴 잠에 빠져 있다. 하지만 이 경우는
언젠가 뜻있는 연구가에 의해 햇볕을 볼 날이 있으리라는 희망은 있으니
그나마 위안이 된다.

　역사적으로나 지리적으로 우리나라는 이웃 일본과 끊임없는 교섭이 있
었다. 개화기 이전만 하여도 대륙의 선진 문명이 이 땅을 통하여 일본으
로 흘러갔음을 부인할 사람은 아무도 없다. 그리하여 아직도 일본 도처에
는 우리 문화의 자취가 고고·미술·건축 등 분야에 헤아릴 수 없이 많
이 남아 있는 것이다. 도서도 여기에서 예외일 수가 없다. 우리가 알게
모르게 놓아 버린 많은 전적들이 일본의 각 기관에 산재해 있는 것이다.
개중에는 국내에서는 찾아볼 길이 없는 유일본이나 귀중본들도 적지 않
다. 저 유명한 <몽유도원도>(덴리대[천리대天理大]) 소장은 가장 대표적인
것이다. 근래에 화제가 되었던『화랑세기』는 아직도 진위 여부가 논란되
고 있기는 하지만 이것은 정창원본正倉院本의 필사라고 한다. 그 밖에 사

학이나 언어학 분야에도 주목할 만한 상당수의 저작들이 있다.

 문학 분야에서는 정확한 실상이 드러나지 않았지만 각 도서관이나 개인문고 속에 상당량의 문집들이 산재되어 있고, 그 밖에 국문 혹은 한문으로 쓰인 소설 작품들의 수도 적지 않다. 물론 개중에는 유일본이나 희귀본도 있을 것으로 생각한다. 위에서 『금오신화』에 대한 이야기를 하였지만, 일본 소재 여타의 소설들도 나름대로 가치를 지니고 있는 것들이 많다. 그리하여 본고에서는 이러한 일본 소재 고전소설 이본[1]들이 지닌 학술적 가치를 종합적으로 점검해 보려 한다. 따라서 이 글의 궁극적 목표가 이본 자체의 서지적 점검이라는 성격이 강하기 때문에, 각 이본들에 대한 내용적 분석적 연구는 후기를 기약할 수밖에 없다. 그리고 현재까지 실물이나 복사본을 접하지 못하여 자세한 검토를 할 수 없는 이본들에 대해서도 역시 앞으로의 연구과제로 넘기기로 하겠다.

  2)

 우선 각종 논저에 나타난 일본 소재 우리나라 고전소설 이본들의 소장처를 기관별로 정리하여 보면 다음과 같다.

 {국회 : 고종목} 국회도서관國會圖書館. 『고서목록古書目錄』. 서울 : 국회
   도서관國會圖書館, 1995.
 {선책} 金三不 : 『국문학 참고 도감國文學參考圖鑑』(전간공작前間恭作 선책
   명제鮮冊名題 卷 15, 16 문예편文藝編).
 {일소재한고목} 여강출판사驪江出版社. 『일본 소재 한국 고문헌 목록日本
   所在韓國古文獻目錄』. 여강출판사驪江出版社, 1990.

---

1) 본고에서는 이본을 첫째, 우리나라에서 창작되고 필사된 소설 작품이 일본에 현전하
  고 있는 것, 둘째, 우리나라의 작품이 일본에 전해져 그 곳에서 다시 간행된 것, 셋째,
  우리나라의 작품이 일본어로 번역된 것 등을 모두 포괄하는 개념으로 사용할 것이다.

{일소재한전목} 문화재 관리국文化財管理局 문화재 연구소文化財研究所.『일본 소재 한국 전적 목록日本所在韓國典籍目錄』. 문화재 관리국 문화재연구소, 1991.

{동양조목} 국립 국회도서관 지부國立國會圖書館支部 동양문고東洋文庫.『증보增補 동양문고 조선본 분류목록東洋文庫朝鮮本分類目錄』. 동경東京 : 국립 국회도서관國立國會圖書館, 1979.

{금서조목} 서적 문물 유통회書籍文物流通會.『금서 박사 수집今西博士蒐集 조선 관계 문헌 목록朝鮮關係文獻目錄』. 서적 문물 유통회書籍文物流通會, 1961(＜일한고목日韓古目＞, 1 소수所收)

{대판부 도한목}『대판 부립 도서관장大阪府立圖書館藏 한본 목록韓本目錄』. 大阪府立圖書館シリ-ズ第二十三號. 대판 부립 도서관大阪府立圖書館, 1968 (동상同上)

{아천조목}『동경대학 총합 도서관장東京大學總合圖書館藏 아천문고 조선본목록阿川文庫朝鮮本目錄 조선본朝鮮本』. 동경대 부속 도서관東京大附屬圖書館, 19??(동상同上)

{하합문목}『경도대학 부속 도서관소장京都大學付屬圖書館所藏 하합문고 도서목록河合文庫圖書目錄』. 하합문고 도서목록河合文庫圖書目錄』. 경도대京都大, ??(동상同上)

{하합수목}『하합홍민 박사 수집서적 목록河合弘民博士蒐集書籍目錄』. 경도대京都大, 1917(동상同上)

{국회조목} 국립 국회도서관 참고서지부國立國會圖書館參考書誌部.『국립 국회도서관國立國會圖書館 조선 관계 자료 목록朝鮮關係資料目錄』. 동경東京 : 국립 국회도서관國立國會圖書館, 1984(동상同上, 3 소수所收)

판본의 특징에 대한 약호

국사 : 국문 필사본	국경 : 국문 경판본
국안 : 국문 안성판본	국완 : 국문 완판본
국판 : 국문 판각본	국활 : 국문 활자본
한사 : 한문 필사본	한완 : 한문 완판본
한판 : 한문 판각본	한활 : 국문 활자본
한현 : 한문 원문의 국문 현토본	

1. 국립국회도서관

(1) 국사 : ① <운영전雲英傳>(1책)

(2) 국판 : ① <임장군전林將軍傳>(1책)

(3) 한사 : ① <구운몽九雲夢>(2책)

(4) 한완 : ① <구운몽>(3책)

(5) 한판 : ①『금오신화金鰲新話』(2책)

2. 동양문고東洋文庫

(1) 국사 : ① <곽해룡전郭海龍傳>(3책) / ② <구운몽>(7책) / ③ <금령전
金鈴傳>(3책) / ④ <금향정기錦香亭記>(7책) / ⑤ <김진옥전金振玉傳>(4
책) / ⑥ <남정팔난기南征八難記>(14책) / ⑦ <당진연의唐秦演義>(17책)
/ ⑧ <도앵 행桃櫻杏>(1책) / ⑨ <북송연의北宋演義>(13책) / ⑩ <삼국지
三國志>(69책) / ⑪ <삼국지>(낙질 1책) / ⑫ <서상기언해西廂記諺
解>(1책) / ⑬ <소대성전蘇大成傳>(2책) / ⑭ <숙녀지기淑女知己>(5책) /
⑮ <숙영낭자전淑英娘子傳>(1책) / ⑯ <숙향전淑香傳>(2책) / ⑰ <숙향
전>(1책) / ⑱ <쌍주기연雙珠奇緣>(1책) / ⑲ <열국지列國志>(42책) / ⑳
<옥교리玉嬌梨>(낙질 1책) / ㉑ <수저옥난水渚玉鸞>(8책) / ㉒ <옥루
몽玉樓夢>(30책) / ㉓ <옥린몽玉麟夢>(2책) / ㉔ <월왕전越王傳>(5책) /
㉕ <유충렬전劉忠烈傳>(낙질 7책) / ㉖ <유화기연柳花奇緣>(7책) / ㉗
<륙선긔기>(1책) / ㉘ <이대봉전李大鳳傳>(4책) / ㉙ <임장군전>(2책)
/ ㉚ <장자방전張子房傳>(2책) / ㉛ <적성의전狄成義傳>(2책) / ㉜ <정
비전鄭妃傳>(4책) / ㉝ <정을선전鄭乙仙傳>(3책) / ㉞ <창선감의록唱善
感義錄>(10책) / ㉟ <춘향전春香傳>(10책) / ㊱ <평산냉연平山冷燕　사재
자전四才子傳>(3책) / ㊲ <하진양문록河陳兩門錄>(29책) / ㊳ <현몽쌍룡
기現夢雙龍記>(낙질 1책) / ㊴ <현수문전玄壽文傳>(8책) / ㊵ <현씨양웅
쌍린기玄氏兩雄雙麟記>(6책) / ㊶ <홍길동전洪吉童傳>(3책) / ㊷ <계순전
桂荀傳(홍백화전紅白花傳)>(1책) / ㊸ <황운전黃雲傳>(2책)

(2) 국경 : ① <구운몽>(1책) / ② <금령전>(1책) / ③ <소대성전>(1책) /
④ <숙향전>(낙질 1책) / ⑤ <양산백전梁山伯傳>(1책) / ⑥ <옥주호연
玉珠好緣>(1책) / ⑦ <임장군전>(1책) / ⑧ <정수정전鄭水晶傳>(1책)

(3) ① 국안 : <적성의전>(1책)

　　(4) 국판 : ① <최충전崔忠傳>(1책) / ② <홍길동전>(1책)

　　(5) 한사 : ① <강도몽유록江都夢遊錄>(1책) / ② [강도]<몽유록>(합) / ③
　　　　<환화록幻化錄>[구운몽](3책) / ④ <금화사기金華寺記>(1책) / ⑤ <금
　　　　화사기>(합) / ⑥ <동상기東廂記>(附) / ⑦ <오륜전비전五倫全備傳>(1책)
　　　　/ ⑧ <옥선몽玉仙夢>(1책) / ⑨ <원생몽유록元生夢遊錄>(1책) / ⑩『전등
　　　　신화剪燈新話』(2책) / ⑪ <정향전丁香傳>(1책)

　　(6) 한완 : ① <구운몽>(3책)

　　(7) 한판 : ① <유연전柳淵傳>(1책)

　　(8) 한활 : ① <각간선생실기>([鑄] 2책)

　　(9) 한현 : ① <천군본기天君本紀>(1책)

3. 재산루在山樓(아리야마로, 동양문고)[2]

　　(1) 국사 : ① [강릉]<추월전秋月傳>(1책) / ② <비소기悲笑記>(낙질 1책) /
　　　　③ <쌍선기雙仙記>(5책) / ④ <옥환기봉玉環奇逢>(6책) / ⑤ <운영
　　　　전>(1책)

　　(2) 국경 : ① <임장군전>(1책) / ② <제마무전齊馬武傳>(1책) / ③ <흥부
　　　　전興夫傳>(1책)

　　(3) 국안 : ① <삼국지>(낙질 1책) / ② <소대성전>(1책) / ③ <심청
　　　　전>(1책) / ④ <양풍운전梁風雲傳>(1책) / ⑤ <조웅전趙雄傳>(1책) / ⑥
　　　　<춘향전>(1책) / ⑦ <홍길동전>(1책)

　　(4) 한사 : ① <남정기南征記>(1책) / ② <서옥설鼠獄說>(1책) / ③ <오대
　　　　변송문烏對卞訟文>(합) / ④ <와사옥안蛙蛇獄案>(합) / ⑤ <운영전>(1
　　　　책) / ⑥ <원자허전元子虛傳>(합) / ⑦ <작여오상송문鵲與烏相訟文>(합) /
　　　　⑧ <절화기담折花奇談>(1책) / ⑨ <종옥전鍾玉傳>(1책) / ⑩ <천군연의
　　　　天君演義>(1책) / ⑪ <화사花史>(합)

　　(5) 한판 : ①『전등신화구해剪燈新話句解』(2책)

---

2) '재산루在山樓'란 남산 서북쪽 기슭에 있었던 지역의 이름으로, 이곳에 일본인 전간공
　　작前間恭作[마에마 쿄오사쿠](1868~1942)이 땅을 사서 거택居宅을 마련한 후 한식풍
　　韓式風의 서루書樓를 지어 '在山樓'라는 편액篇額를 내건 데서 유래한 것이다. 그의 장
　　서는 1924년과 1941년 두 번에 걸쳐 동양문고에 기증되었다.

4. 궁내청 서릉부宮內廳書陵部

　(1) 한사 : ① <창선감의록倡善感義錄>(2책)[3]

　(2) 국판 : ① <장경전張瓊傳>(1책)

　(3) 한판 : ①『전등신화』(2책)

5. 소창문고小倉文庫(오쿠라붕코, 도쿄대)

　(1) 국사 : ① <별숙향전別淑香傳>(2책) / ② <창선감의록>(4책) / ③ <최
　　　충전>(1책) / ④ <황운전>(2책)

　(2) 국경 : ① <홍길동전>(1책)

　(3) 국완 : ① <조웅전>(3책) / ② <조웅전>(3책)

6. 아천문고阿川文庫[아가와붕코](도쿄대)

　(1) 국사 : ① <도앵행>(낙질 1책) / ② <서상기西廂記>(1책) / ③ <별숙
　　　향뎐 淑香傳>(1책) / ④ <옥교리>(3책) / ⑤ <옥린몽>(2책) / ⑥ <춘
　　　향전>(2책) / ⑦ <현씨양웅쌍린기>(6책)

　(2) 한완 : ① <九雲夢>(3책)

7. 백산흑수문고白山黑水文庫(도쿄대)[4]

　(1) 국사 : ① <보홍루몽補紅樓夢>(8책) / ② <설월매전雪月梅傳>(10책) /
　　　③ <속홍루몽續紅樓夢>(9책) / ④ <여선외사女仙外史>(22책) / ⑤ <팔
　　　상록八相錄>(16책) / ⑥ <홍루몽>(60책) / ⑦ <홍루몽보紅樓夢補>(14
　　　책) / ⑧ <홍루부몽紅樓復夢>(25책) / ⑨ <후홍루몽後紅樓夢>(10책)

　(2) 한사 : ① <창선감의록>(2책)

　(3) 한완 : ① <구운몽>(3책)

---

3) 원래 통감統監을 역임한 증미황조曾禰荒助[소네 아라스케]의 장서. 그는 재직 중 다량
　의 한적韓籍을 수집했던바, 이들은 모두 후에 궁내성서료부宮內省書寮部(宮內廳書綾部)에
　기증되었다.

4) 원래 남만철도회사조사부南滿鐵道會社調査部에서 수집하였던 책들로 '백산흑수문고白山黑
　水文庫'로 동경대에 들어갔으나 1912년 관동대지진關東大地震 때 대부분 소실되었다고
　한다.

8. 내각문고內閣文庫[나이카쿠붕코]
   (1) 한사 : ① <운영전>(1책)
   (2) 한판 : ①『금오신화』(2책) / ② <몽기夢記>(부附)

9. 정가당문고靜嘉堂文庫[세카도붕코]
   (1) 국사 : ① <신미록辛未錄>(2책)
   (2) 한사 : ① <오륜전비전>(1책)

10. 상야도서관上野圖書館[우에노토쇼캉]
   (1) 한사 : ① <운영전>(1책)

11. 오차노미즈도서관[お茶の水圖書館] 성궤당문고成簣堂文庫[세키도붕코]
   (1) 한판 : ①『금오신화』(2책)

12. 조도전대早稻田大[와세다대]
   (1) 국사 : ① <소대성전>(1책)
   (2) 국활 : ① <강감찬전姜邯贊傳>(1책)
   (3) 한현 : ① <천군본기>(1책)

13. 동경외대東京外大
   (1) 국경 : ① <춘향전>(1책)

14. 동경교육대학(현 축파대筑波大[쓰쿠바대])
   (1) 한판 : ①『전등신화구해』(2책)

15. 경도대京都大[교토대]
   (1) 국사 : ① <숙향전>(2책) / ② <최충전>(1책)

16. 하합문고河合文庫[가와이붕코](교토대)
   (1) 국사 : ① <곽해룡전>(3책) / ② <금향정기>(3책) / ③ <금향정기>(2
       책) / ④ <김씨효행록金氏孝行錄>(9책) / ⑤ <남정팔난기>(9책) / ⑥
       <남정팔난기>(4책) / ⑦ <백학선白鶴扇>(1책) / ⑧ <삼옥삼주三玉三

珠>(2책) / ⑨ <임장군전>(2책) / ⑩ <장백전張伯傳>(2책) / ⑪ <장한
절효기張韓節孝記>(1책) / ⑫ <장한절효기>(3책) / ⑬ <전운치전田雲致
傳>(1책) / ⑭ <전운치전>(2책) / ⑮ <정수성전鄭壽星[景?]傳>(9책) / ⑯
<정을선전鄭乙扇傳>(1책) / ⑰ <제갈무후諸葛武侯>(1책) / ⑱ <징세비태
懲世鄙態>(2책) / ⑲ <현수문전玄書[壽?]文傳>(2책) / ⑳ <현수문전>(4책)
  (2) 한사 : ① <남정기>(낙질 1책) / ② <남정기>(2책)

17. 대판 부립 도서관大阪府立圖書館[오오사카후리쓰도쇼캉][5]
  (1) 국사 : ① <남정팔난기>(3책)
  (2) 한사 : ① [금오金鳥]<몽유록夢遊錄>(1책) / ② <남정기>(2책) / ③ [용
    문龍門]<몽유록>(합)
  (3) 한완 : ① <구운몽>(3책)
  (4) 한판 : ① <금산사연기金山寺宴記>(1책) / ②『전등신화구해』(2책)

18. 명고옥名古屋市敎育委員會[나고야시쿄이쿠이인카이] 봉좌문고蓬左文庫[호사붕코]
  (1) 한판 : ① <몽기>(부附) / ②『전등신화구해』(2책) / ③ <화왕전花王
    傳>(부附)

19. 천리대天理大[덴리대]
  (1) 국경 : ① <소대성전>(1책)

20. 금서문고今西文庫[이마니시붕코](천리대)
  (1) 국사 : ① <도앵행>(2책) / ② <육선기六仙記>(1책) / ③ <장경전張景
    傳>(1책) / ④ <장경전>(1책) / ⑤ <창선감의록>(2책) / ⑥ <취미삼선
    록翠微三仙錄>(1책)
  (2) 국경 : ① <도원결의桃園結義>(1책) / ② <소대성전>(1책) / ③ <숙영
    낭자전>(1책)
  (3) 국판 : ① <소대성전>(1책) / ② <진대방전陳大房傳>(1책)
  (4) 국활 : ① <홍무왕삼한전>(1책) / ② <금산사몽유록金山寺夢遊錄>(1책)

---

5) 이 도서관에 소장된 한국 전적들은 대체로 일본인 좌등육석佐藤六石[사토 로쿠세키]이
  1900년대 초에 수집한 것들이 이관된 것이다.

　　　/ ③ [낙양洛陽]<삼사기三士記>(합) / ④ <교뎡심쳥뎐沈淸傳>(1책) / ⑤
　　　<옥루몽>(4책) / ⑥ <림경업전>(1책)
　　(5) 한사 : ① <구운몽>(1책) / ② <금화사몽유록金華寺夢遊錄>(1책) / ③
　　　<금화사기>(1책) /『기재기이企齋記異』: [④ <서재야회록書齋夜會錄>
　　　/ ⑤ <안빙몽유록安憑夢遊錄> / ⑥ <최생우진기崔生遇眞記> / ⑦ <하생
　　　기우전何生奇遇傳>(1책)] / ⑧ <동선기洞仙記>(1책) / ⑨ <비평신증요로
　　　원기批評新增要路院記>(1책) / ⑩ <운영전>(1책) / ⑪ <월단단전月團團
　　　傳>(부附) / ⑫ <이장백전李長白傳>(합슴) / ⑬ <일석화一夕話>(1책) / ⑭
　　　<정향전>(1책) / ⑮ <서유록西遊錄(정향전丁香傳)>(1책) / ⑯ <최척전崔
　　　陟傳>(합) / ⑰ <화사>(1책)
　　(6) 한판 : ①『금오신화』(2책) / ② <유연전>(1책) / ③『전등신화구해』(2책)

21. 구주대九州大[규슈대]

　　(1) 국경 : ① <구운몽>(1책) / ② <삼국지>(낙질 1책) / ③ <임장군전>
　　　(1책) / ④ <춘향전>(1책) / ⑤ <춘향전>(1책) / ⑥ <홍길동전>(1책) /
　　　⑦ <흥부전>(1책)

22. 동북대東北大[도호쿠대]

　　(1) 국판? : ① <흥보전興甫傳>(1책)

23. 소전기오랑가小田幾五郎家[오다이쿠로](쓰시마[대마도對馬島])

　　(1) 국사 : ① <숙향전>(1책) / ② <임장군전>(1책) / ③ <최충전>(1책)
　　(2) 국판 : ① <임장군전>(1책)

24. 심수관가沈壽官家(가고시마현[녹아도현鹿兒島縣])

　　(1) 국사 : ① <숙향전>(2책) / ② <숙향전>(1책) / ③ <최충전>(1책)

25. 남규문고南葵文庫[낭키붕코]

　　(1) 국사 : ① <임진록>(1책)
　　(2) 한판 : ①『금오신화』(2책)

26. 고교형高橋亨[다카하시 도오루]
　(1) 한사 : ① <심청왕후전沈清王后傳>(1책)

27. 사내정의寺內正毅[데라우치 마사타케]
　(1) 국사 : ① <임진록>

　이상에서 나타난 바와 같이 한국 고전소설들은 일본 국내 약 30여 개 기관(혹은 개인)에 소장되어 있음을 알 수 있다. 물론 그 밖에도 누락된 기관(예컨대 존경각尊經閣 같은 곳)이나 개인의 소장본이 상당수 있을 것임을 감안하면 이 숫자는 훨씬 증대될 것이다. 또한 위에 인용된 소장처들의 경우라도 필자가 미처 확인하지 못한 상당수의 이본들이 더 있을 가능성도 있다. 위에서 든 내각문고內閣文庫6)의 경우 필자가 이용할 수 있었던 문헌은 너무나 미흡하였다. 따라서 앞으로 정세한 보완작업이 절대적으로 요청된다고 하겠다.

　　3)

　다음은 일본 소재 한국본 고전소설들을 작품별로 살펴보겠다. 번거로움을 피하여 가급적 내용 소개는 생략하고, 이본의 소장처 및 간단한 서지사항만 적어놓는다. 참고 사진은 모두 복사에 의거 스캐너 작업을 한 것이므로 선명도가 매우 떨어지나, 이본의 비교 연구를 위하여 매우 유용하리라 믿는다.

---

6) 도쿠가와 이에야스[덕천가강德川家康]가 설치한 모미지야마문고[紅葉山文庫](일명 풍산문고楓山文庫), 하야시 라잔[임라산林羅山]의 창평판학문소본昌平坂學問所本, 모리씨毛利氏의 구장본舊藏本 등으로, 임진란 때 가져간 우리나라 전적이 소장되어 있다고 한다.

(1) <각간선생실기角干先生實記> ← **<흥무왕연의興武王演義>**

<각간선생실기>는 삼국을 통일한 김유신金庾信 장군의 실기소설. <삼국사기> 열전의 김유신조를 중심으로 하고 그 밖에 여러 설화를 가미하여 <삼국지연의>식으로 만든 작품. 현재 알려진 이본으로는 <흥무왕연의>(목활자, 지례본知禮本·구성본龜城本, 1897년), <각간선생실기>(목활자, 금산본金山本, 1900년대)·김원배본金元培本(1902)·경성본(1908), <개국공실기(목활자, 1924), <해동명장 김유신실긔>(연활자鉛活字, 영창서관永昌書館·한흥서림韓興書林·삼광서림三光書林(1925), <흥무왕전>(사본寫本), <흥무왕삼한전興武王三韓傳>(연활자) 등이 있다.

① 동양문고 {동양조목, p. 19}(Ⅶ-2-140), 한활, 도광道光 22년(1842), 3-2) : 표제는 '각간선생실기角干先生實記'이며, 헌종 8년(1842)에 간행된 주자본鑄字本.

② 금서룡今西龍[이마니시 류우] {금서조목, p. 225}(국활, 신명서림新明書林, 1921, 1책) : 국한병기, 32회. 표제는 '흥무왕삼한전興武王三韓傳'

(2) <강감찬전姜邯贊傳>

① 조도전대早稻田大 {국회 : 고종목}(국활, 광동서국光東書局, 1914, 1책, 33p.)

(3) <강도몽유록江都夢遊錄>

① 동양문고 {동양조목}(Ⅶ-4-445, 한사, 1책) : <선유문답船遊問答> 부재附載. 미국 캘리포니아대학 도서관본의 사진본이라 한다.

② 동양문고 {동양조목}(Ⅶ-2-97, 한사, 1책, 2f.) : '몽유록夢遊錄'이란 이름으로 <강도록江都錄>에 합철되어 있다.

(4) <강릉추월전江陵秋月傳>

① 재산루在山樓 {선책}(국사, 1책, 53f.) : 표제는 <추월젼秋月傳>이며, '함풍2년咸豊二年 壬子(임즈, 1852)춘삼월春三月'이란 필사기가 있다.[7]

(5) <곽해룡전郭海龍傳>

① 동양문고 {동양조목}(Ⅶ-4-242, 국사, 3책) : 각 책 모두 '을사'년에 '향슈동'에서 필서畢書했다는 기록이 적혀 있는데, 이 해를 스킬렌드 Skillend(1968)는 1905년으로 보았다.[8]

② 하합홍민河合弘民(가와이 히로타미) {하합수목, 5}(국사, 3책)

(6) <구운몽九雲夢>

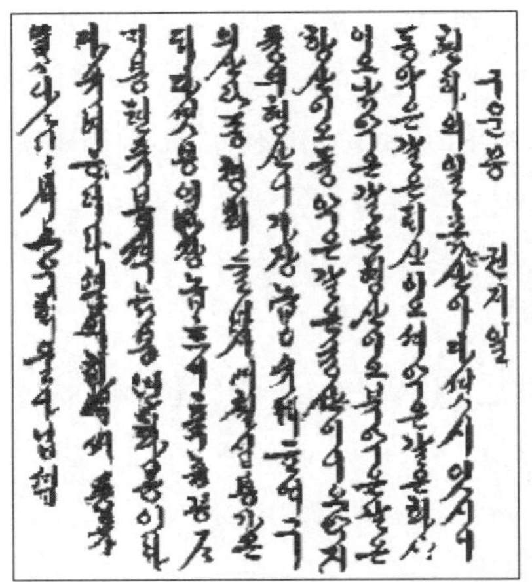

[원문자료 11] <구운몽> 권지일(동양문고)

① 동양문고 {동양조목}(Ⅶ-4-250, 국사, 7) : 필사기를 각 권별로 살펴보면 권1~2는 '긔유' ; 권4~5, 7은 '임인'년에 '향목동'에서 필사한 것으로 되어 있는데,[9] Skillend 는 '긔유'를 1909년으로 보았다. 제1책이 광무 4~5년간(1990~1991)의 호적을 뒤집은 종이에 필사한 것으로 보아 이 추정은 옳은 듯하다.[10]

---

7) 그러나 국립국회도서관지부國立國會圖書館支部 동양문고東洋文庫, 『증보동양문고조선본분류목록增補東洋文庫朝鮮本分類目錄』(도쿄 : 국립국회도서관, 1979)에서는 찾지 못하였다.
8) W.E. Skillend, <고대소설 *Kodae Sosol : A Survey of Korean Traditional Style Popular Novels* (School of Oriental and african Studies, University of London, W.C.I., 1968). 이하 같음.
9) 제3책은 흰 종이로 붙여 '향목동서'란 글씨가 속으로 비쳐 보이며, 제5책은 미완이라 필사기가 없다고 함(정양완鄭良婉, 『일본동양문고본 고전소설해제』, p. 203 참조).
10) 이하 본고에서 사용한 동양문고 소장 한국본 고전소설의 사진들은 대체로 정양완,

② 동양문고 {동양조목}(Ⅶ-4-442, 한사, 3책) : 외제外題는 '환화록幻化錄'으로 되어 있다. {동양조목}에서는 이 본이 천견륜태랑淺見倫太郎[아사미 린타로] 원 소장본(현재 미국 칼리포니아대학도서관 소장)을 복사한 것이라 하였는데, 이 원본을 {선책}에서는 '천견륜태랑씨장淺見倫太郎氏藏 등사본謄寫本 제현화록題玄化錄'[11]이라 하였다.

③ 금서룡 {금서조목, p. 183}(한사, 1책)

④ 동양문고 {동양조목}(Ⅶ-4-214 / Ⅶ- 4-396,[12] 한완, 가경 계해嘉慶癸亥, 6권-3책) / 궁내부 구장宮內府舊藏 {선책}(한완, 가경 계해嘉慶癸亥, 6권-3책) / 대판 부립 도서관 {대판부도한목, p. 23}(韓8-43, 한완, 1803, 6권-3책) / 동경대 백산흑수문고 {선책}(한완, 전주 칠서방七書房, 1803, 6권-3책) / 동양문고 {동양조목}(Ⅶ-4-214, 한완, 숭정 삼도 계해崇禎三度癸亥, 6권-3책) / 동 {동양조목}(Ⅶ-4-396, 한완, 청 가경淸嘉慶 8(1803), 6권-3책) / 동경대 아가와문고(아천문고阿川文庫) {아천조목, p. 25}(25344, 한완, 1803, 6권-3책) / 동 {아천조목, p. 25}(25345, 한완, 1803, 6권-3책)[13] / 경도대 가와이문고[하합문고河合文庫] {하합수목, 4책}(한완, 1803, 6권-3책) / 국립국회도서관 {국회조목}(860-18, 한완, 3책) : 이들은 판각 연대가 같음으로 보아 완판 동일본으로 보인다. '가경 계해嘉慶癸亥' 혹은 '숭정 삼도 계해崇禎三度癸亥'는 모두 청나라 인종仁宗 8년으로, 서기로 1803년이다. 그러나 이 간기가 원본에는 '숭정후 삼도 계해崇禎後三度癸亥'로 되어 있을 듯하다.

⑤ 구주대(651-キ-4, 국경, 한남서림翰南書林, 1책, 32f.) / 금서룡 {금서조목, p. 183}(국경, 한남서림, 1책) / 동양문고(Ⅶ-4-388, 국경, 한남서림, 1920, 1책) : 동양문고 소장본은 한국 국회도서관 소장판의 사진판이라 한다.[14]

『일본동양문고본 고전소설해제』의 것을 이용하였다. 저자께 감사를 드린다.

11) '현화록玄化錄'은 '환화록幻化錄'의 오기일 듯하다.

12) 2종이 소장되어 있다.

13) 일명 선회연仙會錄.

14) 그러나 {동양조목}에서 우리나라 국회도서관 소장본의 사진판이라 하는 것들(약호 '한韓')은 모두 원전 미상이다.

{동양조목}에 의하면 동문고에 소장되어 있는 <옥선몽>도 국내본의 사진본이라 하며, 장서번호도 동일하게 Ⅶ-4-388으로 되어 있는 것은 어쩐 까닭인지 후고後考를 요한다. 동양문고의 <소대성전>·<심청전> 등 10종의 소설이 동일 책갑冊匣 속에 넣어져 도서번호가 모두 Ⅶ-4-25(235)인 것처럼,[15] 이들도 같은 책갑 속에 들어 있는 때문일까?

　⑥ 국립국회도서관 {국회조목, p. 54}(860-18, 한사, 2책)

(7) <금령전> / <금방울전金鈴傳>

　① 동양문고 {동양조목}(Ⅶ-4-247, 국사, 3책) : 책1과 책2에 '무슐'년에 '향슈동'에서 필사했다는 기록이 나타나 있는데, Skillend는 이것을 1898년으로 보았다. 책3 끝에 '이후의 일은 별권이 잇기로 디강 기록ᄒ여 알게 ᄒ나니 셕남헐지어다'라는 것이 보인다. 그러나 '별권'이 무엇인지는 미상이다.

　② 동양문고 {동양조목}(Ⅶ-4-387, 국경, 한남서림, 1920, 1책) : 한국국회도서관본의 사진본이라 한다.

(8) <금오몽유록金鳥夢遊錄>

　① 대판부립도서관 {대판부도한목, p. 23}(한韓9-2, 한사, 1책) : 표제의 좌측 상단에 종서로 '몽유록夢遊錄'이라 적혀 있고, 우측 상단에는 '금오金鳥'와 '용문龍門'이 2행으로 적혀 있다. 한 책 속에 <금오몽유록金鳥夢遊錄>과 <용문몽유록龍門夢遊錄>이 합철되어 있다. {선책}에는 '몽유록'이란 이름으로 등재되어 있다. → 용문몽유록

---

15) <소대성전>조 참조.

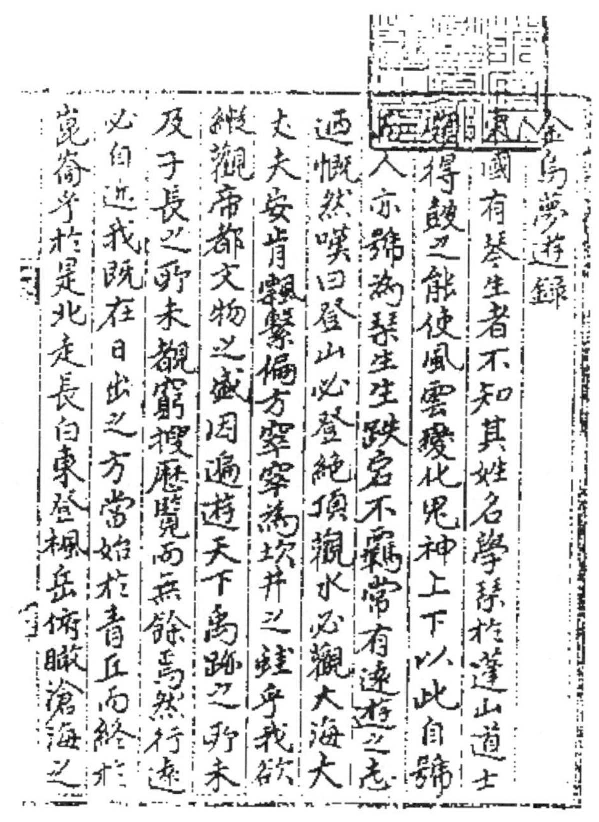

[원문자료 12] <금오몽유록>(대판부립도서관)

(9) 『금오신화金鰲新話』

　현재 국내에는 필사본이나 목판본 어느 것도 남아 있지 않으며,16) 일본 소장본을 가져다 읽고 있는 형편이다. 일본에서는 이 작품이 일찍이 1653년에 대총언태랑大塚彦太郎[오쓰카 히코타로]의 가문에서 전해 오던 것을 목판본으로 간행한 바 있으며, 동본의 간기를 개각한 만치본萬治本

---

16) 최근 중국에서 임란 이전 목판본[윤춘년尹春年(1515~1567) 편]이 발견되어 국내에 소개되었다.

(1660)을 다시 출판소 이름을 깎아내고 1673년에 후쇄한 것도 있었으며, 1653년 간본을 원본으로 하여 다시 1884년에는 삼도중주三島中州[미시마 나카스], 소야호산小野湖山[오노 고잔] 등의 비평과 의천백천依田百川[요다 하쿠셍](1833~1909)의 서문, 전재荃齋 이수정李樹廷의 '매월당소전梅月堂小傳' 및 가모 포생중장蒲生重章[가모 시게아키라](1832~1901)의 발문跋文을 더해 동경東京 매월당楳月堂에서 간행하기도 하였다.

金鰲新話卷之上　　韓人　金時習　原著

○萬福寺樗蒲記

南原有梁生者早喪父母未有妻室獨居萬福
寺之東房外有梨花一株方春盛開如瓊樹銀
堆生每月夜遊巡朗吟其下詩曰
　一樹梨花伴寂寥可憐辜負月明宵青年獨
　臥孤窻畔何處玉人吹鳳簫
　翡翠孤飛不作双元央失侶浴晴江誰家有
　約敲碁子夜卜燈花愁倚窻

[원문자료 13a] 『금오신화』(대종본)

① 내각문고(한판, 승응承應[죠오]) 2년(1653) 중춘仲春 곤산관 도가처사 간행崑山館道可處士刊行, 2책

② 오차노미즈도서관(お茶の水圖書館) 성궤당문고成簣堂文庫(세키도붕코) {국회 : 고종목}(한판, 만치삼력중하길단萬治三歷(1660)仲夏吉旦, 관문 13년축년중춘寬文十三年(1673)丑年仲春 복삼병좌위문판행福森兵左衛門板行, 2책, 45f.) / 금서룡天理大 {금서조목, p. 158}(한판, 2책) : 정확한 표제명은 '도춘훈점 금오신화道春[17)訓點 金鰲新話'이다.

③ 국립국회도서관(한판, 동경 : 매월당장재楳月堂藏梓, 명치 17년 갑신세 초추明治十有七年甲申歲(1884)初秋, 명치 17년 9월明治十七年九月 학해거사 의전백천지學海居士依田百川識, 상·하, 72f.) : {국회조목, p. 54}(131-222) / 동 {국회조목, p. 54}(GE122-21) / 남규문고南葵文庫(동경대, 한판, 2책)

이 중 지금까지 국내에 소개된 일본본들을 소개하면 다음과 같다.

- 최남선崔南善 해설, "『금오신화』" 『계명啓明』 19(계명구락부啓明俱樂部, 1917. 5). (일본 대총본의 활자화)
- 한국어문학회, 『고전소설선』, 형설출판사, 1970. (대총본의 영인, 심재완沈載完 소장)
- 『금오신화』, 김동욱 편, 『경인 고소설 판각본 전집景印古小說板刻本全集』 1, 연세대, 1973. (일본 매월당장판楳月堂藏板의 영인)
- "도춘훈점道春訓點『금오신화』", 『조선학보』 112(조선학회, 1984. 7).[18) (천리대 소장본의 영인)

---

17) '도춘道春'은 일본의 유명한 유학자인 임라산林羅山 하야시라잔(1583~1657)이 삭발한 후의 이름으로, 그는 경장慶長(게쵸) 3년(1598) 가을에 포로로서 경도에 있었던 우리나라의 강항姜沆(1567~1618)을 만나 주자학에 대해서 배운 바도 있으며, 동 10년(1605)에는 우리나라의 사승使僧 송운松雲과 필담을 한 기록도 남아 있다. 내각문고에는 그가 21세에 자필한 지어識語(1602)가 있는 우리나라 판『전등신화구해』가 소장되어 있다(대곡삼번, "천리도서관본『금오신화』해제", 『조선학보』 112, 1984. 7. 참조).

18) 윗글 참조. 이하 본고에서 사용한 천리대 소장 한국본 고전소설들의 사진은 대체로 『한국야담사화집성韓國野談史話集成』에 영인되어 있는 것을 중사重寫하였다.

　그리고 『금오신화』가 일본에 전래되어 읽히면서 구체적으로 일본문학에 끼친 영향에 대하여도 많은 비교문학적 논고들이 있었는데, 그 중 대표적인 것들만 살펴보면 다음과 같다.

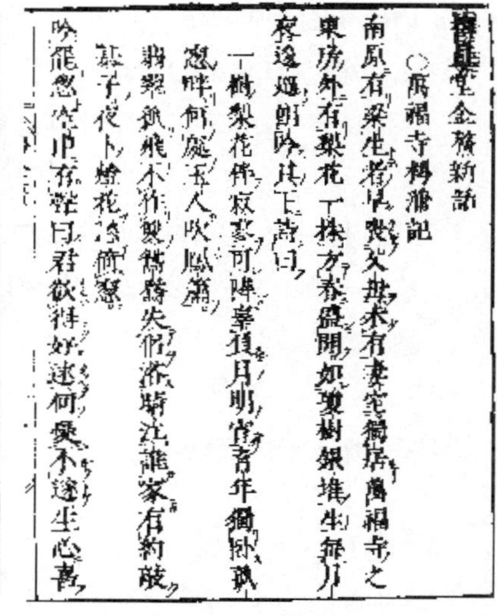

[원문자료 13b] 『금오신화』(매월당장판)　　　[원문자료 13c] 『도춘훈점道春訓點 금오신화』(천리대)

久保天隨. “『剪燈新話』と東洋近代文學に及ばせる影響.” 『文學科學研究年譜』 1(臺北
　　　帝國大學 文政學部, 1934)
宇佐美喜三八. “『伽婢子』に於ける飜案について.” 『和歌史に關する研究』(大阪 : 若
　　　竹出版社, 1952)
玄昌廈. “『伽婢子と『金鰲神話』.” 『比較文學』 3(日本 比較文學會, 1960)
佐藤俊彦. “『剪燈新話』・『伽婢子』及び『金鰲神話』の比較研究.” 『조선학보』 23(조선
　　　학회, 1962. 4)
鄭琦鎬. “『金鰲神話』と『伽婢子』における受容の樣態.” 『조선학보』 68(조선학회, 1973. 7).
한영환(韓榮煥). 『한・중・일 소설의 비교연구 : 전등신화・금오신화・도기보오
　　　꼬를 중심으로』(正音社, 1985)
劉建强. “『剪燈新話』・『伽婢子』以及『金鰲神話』的 比較研究.” 『梅月堂學術論叢 : 그

文學과 思想』(春川文化放送・江原大 人文科學研究所, 1988)
富士昭雄. "金時習の文學と淺井了意の文學について."『梅月堂學術論叢』(春川文化放
送・江原大 人文科學研究所, 1988)

(10) <금향정기錦香亭記>

[원문자료 14] <금향정긔> 권지일(동양문고)

중국소설의 번역본이다. 청淸 무명씨無名氏 찬. 원전으로는 '고오소암주인 편古吳素庵主人編'・'무원종화소사 열茂苑種花小史閱'이란 제題가 있는 4권 16회본이 잘 알려져 있다.

① 동양문고 {동양조목}(Ⅶ-4-232, 국사, 7책) : 필사기는 모든 책에 '임자'년 '향목동'에서 필사한 것으로 나타나, 이 역시 세책방의 책임을 알 수 있다. 스킬렌드Skillend는 이 '임즈'를 1912년으로 보았다. 권7 끝에 '평북공 자녀 구남매의 희비호 셜화는 <죵갈양문녹>의 긔록호엿기로 그만 그치노라'라고 되어 있는 점으로 보아 속편으로 <죵갈양문록>이 있는 듯하나, 이 속편은 아직 발견된 바 없다. '죵갈'은 <금향정기>의 남녀 주인공인 '죵경기'와 '갈명화'의 성이다.

② 하합홍민 {하합수목, 5책}(국사, 3책)

③ 하합홍민 {하합수목, 13책}(국사, 2책)

(11) <금화사기金華寺記> / <금화사몽유록金華寺夢遊錄> / <금산사연기金山寺宴記>

① 동양문고 {동양조목}(Ⅶ-3-240, 한사, 1책) : 정가당본의 사진판이라 함. <금화사기>가 『어우야담於于野談』·<오륜전비전>과 합철되어 있다.

② 동양문고 {동양조목}(Ⅶ-4-454, 한사, 1책) : <금화사기>가 <오륜전비전>에 합철되어 있다.

③ 금서룡 {금서조목, p. 54}(한사, 1책) : <금화사몽유록>

④ 금서룡 {금서조목, p. 158}(한사, 1책) : <금화사기>. <최척전> 불분권不分卷

⑤ 금서룡 {금서조목, p. 200}(국활, 회동서관滙東書館, 1915, 1책) : 표제는 <금산사몽유록>. <삼사기三土記>가 부재附載되어 있다.

⑥ 대판 부립 도서관 {대판부도한목, p. 22}(한韓13-10, 한판, 1책) : 표제는 <금산사연기>

*『기재기이企齋記異』→ <서재야회록> / <안빙몽유록> / <최생우진기> / <하생기우전>
① 금서룡 {금서조목, p. 236}(한사, 1책)

(12) <김씨효행록金氏孝行錄>

① 하합홍민 {하합수목, 5}(국사, 9책)

(13) <김진옥전金振玉傳>

① 동양문고 {동양조목}(Ⅶ-4-238, 국사, 4책) : 필사기는 모든 책에 '긔유 …… 항목동셔'라 되어 있다. Skillend는 '긔유'를 1909년으로 보았다.

(14) <(낙양)삼사기(洛陽)三土記>

① 금서룡 {금서조목}(p. 200, 국활, 회동서관, 1915) : <금산사몽유록>

에 부재되어 있다.

(15) <남정팔난기南征八難記>

작품의 제명은 작중 주인공
인 황극이 남방에서 여덟 번의
난관[팔난八難]을 겪는 이야기
란 뜻에서 붙여진 것이다.

① 대판부립도서관 {대판부
도한목, p. 23}(국사, 3책)

② 동양문고 {동양조목}(Ⅶ-4
-230, 국사, 14책) : 필사기를 보
면 대체로 '신희 …… 향목동
셔'로 나타나는데, Skillend는 '신
희'년을 1911년으로 추정하였다.

③ 하합홍민 {하합수목, 5}
(국사, 9책)

④ 하합홍민 {하합수목, 12}(국사, 4책)

[원문자료 15] <남정팔난긔> 권지일(동양문고)

(16) <당진연의唐秦演義>

나관중羅貫中의 <소진왕사화小秦王詞話>(현 부전) 및 이를 중정重訂한 제
성린諸聖隣의 <대당진왕사화大唐秦王詞話>(현전, 전 64회)를 번역한 작품으
로, 원작은 강창문학講唱文學 작품인 '고사鼓詞'이다. 일찍이 모리스 꾸랑은
그가 지은 『조선서지朝鮮書誌』 중에서 "이 소설은 아마도 883년 반란을
일으키다 체포당해 888년 죽은 진종권秦宗權의 반란과 관계가 있는 것 같
다."라고 하였다.[19]

---

19) 모리스 쿠랑 원서原著, 이희재李姬載 역譯, 『한국서지韓國書誌 : 수정번역판修訂飜譯版』

① 동양문고 {동양조목東洋朝目}(Ⅶ-4-271, 국사, 17) : 전책의 필사기에 '경술·신축·임자'가 나타나는데, Skillend는 '신축'을 1901년으로, '임자'는 1912년으로 보았다. 필사장소는 모두 '향수동'이다.

(17) <대관재몽유록大觀齋夢遊錄> / <몽기夢記>

① 내각문고(한판)
② 봉좌문고(명고옥名古屋)(한판)

모두 『대관재난고大觀齋亂稿』에 포함되어 있다. 원전은 권응인權應仁 편차編次의 4권 2책. 심의沈義의 자편自編 원고를 바탕으로 외손인 윤대승尹大承이 수집하고, 권응인이 편찬한 것으로, 1577년 성주星州에서 초간된 목판본이다. 잡저 첫머리에 '몽기'란 제목의 소설 작품이 실려 있다. 작품 끝에 '가정 8년嘉靖八年(1529) 계동한야季冬澣也'란 연대가 나타난다. 단, 봉좌문고본에는 '가정 8년嘉靖八年 계동한야季冬澣也'로 되어 있으나, 서울대 소장 『잡동산이雜同散異』본에는 '가정계동상한의지서우대관재운嘉靖季冬上澣義之書于大觀齋云'으로 되어 있고, 부기附記에는 '가정8년(1531) 정월초 길유자사순지嘉靖十年正月初吉猶子思順誌'라 되어 있다. 김기동金起東 편, 『필사본고전소설전집』 3에 수록되어 있는 <대수잡록代睡雜錄 대관재기몽大觀齋記夢>에도 '가정계동嘉靖季冬…' 운운으로 되어 있다.

(18) <도앵행桃櫻杏>

작품의 제목은 '도원동桃源洞 행화촌杏花村 앵화원櫻花園에 은거하는 태원처사太原處士(周黨)의 삶을 그린 작품'이라는 뜻에서 나온 것이다. <옥원재합기연玉鴛再合奇緣>(온양정씨溫陽鄭氏, 1725~1799) 권14 표지 이면裏面에 <도앵행>의 이름이 보이고, 가람본 『언문고시諺文古詩』 '언문칙목녹'에는 <잉도힝>이란 것이 있다. 꾸랑의 『조선서지』 901번에는 <됴밍힝趙

(1994), p. 265.

孟行>이란 것이 있으나 이는 <도앵행>의 오기일 듯하다.

[원문자료 16] <도잉힝> 권지일(천리대)

① 동경대 총합도서관總合圖書館 아천문고 {아천조목, p. 104}(25462, 국사, 낙질 1책, 2 : 62f.)

② 동양문고 {동양조목}(Ⅶ-4-447, 국사, 1책) : 동경대 아천문고본의 사진판

③ 금서룡(천리대) {금서조목, p. 207}(국사, 2책, 1 : 80f. ; 2 : 92f.) : 천리대본 권2에 '긔희초츈필셔'란 필사기가 보인다. Skillend는 이것을 1899년으로 보았다. 『조선학보』 67~69호에 영인 소개된 바 있다.[20]

---

20) 『조선학보』 67~69(조선학회, 1973. 4 ; 7 ; 10). 단, 『조선학보』 69, p. 119는 중복 영인되어 있다.

(19) <도원결의桃園結義>

『삼국지』의 내용 중 유비劉備·관우關羽·장비張飛 3인의 행적을 중심으로 엮은 소설이다. 금서룡 {금서조목, p. 207}(국경, 1책)[21]

(20) <동상기東廂記>

동양문고 [한사] 소장『청구야담靑邱野談』수록. 이 작품은 이덕무李德懋 1741~1793)가 찬한 <김신부부전金申夫婦傳>을 매화치농梅花癡儂이 개작한 것인데, 1791년(정조 15년) 6월 문양산인汝陽山人이 국가로부터 3일 간의 휴가를 얻어 이 작품을 지었다고 한다. 희곡 형식으로 되어 있으나, 실제 연극의 대본이라기보다 <서상기> 형식을 모방하여 쓴 작품이다. 가람본 『청구야담』에는 이옥李鈺이 지은 것으로 되어 있다. 동양문고본은 국내에는 서벽외사栖碧外史 해외수일본海外蒐佚本『청구야담』의 영인 간행으로 알려졌다. 모든 본에 <동상기>에 앞서 이덕무 작인 <김신부부전>이 실려 있다.

(21) <동선기洞仙記>

① 금서룡 {금서조목, p. 202}(한사, 1책)
* <몽기夢記> → <대관재몽유록大觀齋夢遊錄>
* <몽유록夢遊錄> → <금오몽유록金鰲夢遊錄> / <용문몽유록龍門夢遊錄>

(22) <백학선白鶴扇>

① 하합홍민 {하합수목, 13 / 34}(국사, 1책) : {하합수목, 34} <백학선白鶴扇>조항에 '백학선 외 6책. 앞에 적은 바 있다. 합하여야 할 것이다'라고 했는데, 여기에서 백학선 외 6책이란 동 {하합수목, 12}에 나와 있는 <현

---

21) 김동욱 편,『경인고소설판각본전집』1(연세대, 1973)에 수록된 바 있는데, 다만 동서에는 남곡신판南谷新版 권하 17장만이 영인되어 있으므로 보완이 요망된다.

수문전>・<남정팔난기>・<전운치전>・<장한절효기> 및 동 13에 계속되고 있는 <징세비태록>・<금향정기>・<백학선>을 일컫는 것이다.

(23) <보홍루몽補紅樓夢>

원본은 중국소설로서, 48회. 청淸 가경嘉慶 경진庚辰 25년(1820) 간본이며 석인본石印本으로 청 위모魏某의 찬[22]이다. 원본 책머리에 가경 갑술 19년(1814)에 쓴 자서自序가 있다.[23]

① 동경대 백산흑수문고 {선책}(국사, 8책) : 현재는 행방불명.

(24) <북송연의北宋演義>

이른바 양가장계楊家將系 소설에 속하는 <북송지전北宋志傳>의 번역. <북송지전>은 명나라 가정 연간의 웅대목熊大木이 지은 것이다. 이 작품은 일명 '양가장전楊家將傳'・'양가장연의楊家將演義'[24] 또는 '북송금창전전北宋金槍全傳'이라고도 불리는데, 내용은 송태조 개보開寶 8년(976)에서 시작하여 송宋 진종眞宗 건흥乾興 원년(1022)까지의 역사 고사를 기술하고 있다. 소설의 전반 10회는 주로 호연찬呼延贊의 복수와 녹림 의적綠林義賊들이 싸우는 이야기이고, 후반 40회는 양가장 영웅들이 충군애국하는 이야기를 그리고 있다.[25] 현재까지 알려진 이 책의 번역본은 낙선재 소장본과 동양문고본의 2종이 있으나, 낙선재본이 전 5책임에 비하여 동양문고본은 전 13책으로, 양적으로 보면 동양문고본이 거의 배나 된다.

① 동양문고 {동양조목}(Ⅶ-4-252, 국사, 13책) ; 이 책은 원래 전간공작前間恭作 소장본이었으며, 모든 책의 필사기가 '임인'년에 베긴 것으로

---

22) 『중국고전소설총목제요中國古典小說總目提要』(국역, 3, p. 356)에는 '낭현산초嫏嬛山樵' 지음으로 되어 있다

23) 손해제孫楷第, 『중국통속소설서목』, p. 168.

24) 별종의 소설인 <양가부연의楊家府演義>와 구별되어야 한다.

25) 박재연 교주, 『북송연의』, 중국소설・희곡 번역자료 총서 6(학고방, 1996), pp. 1~2 참조.

나타나 있고, 특히 마지막 책인 제13책에는 '셰지임인팔월일사직동필셔'
로 되어 있다. Skillend는 이 '임인'을 1902년으로 보았다.

(25) <비소기悲笑記>

[원문자료 17] <비쇼긔> 권지이(동양문고)

　　<월봉기>·<소운전>·<소학사전> 등과 같은 계열의 소설이기는 하나
내용상으로 볼 때 별도의 이본이라 할 수 있다. 소장본으로 현재까지 알려
진 바로는 국내에 이본이 없어 동양문고본이 유일한 이본이라 할 수 있다.
제명의 의미는 끝장에 적혀 있는 '이 듕의 가쇼로온 일도 잇고 비감흔 일도
만흐므로 이리 긔록흐여 일홈을 비쇼긔라 흐니라'에서 미루어 알 수 있다.
　① 재산루 {선책} : 동양문고 {동양조목}(Ⅶ-4-225, 국사, 상·중책 결,
하1책, 44f.)[26]

(26) <사씨남정기謝氏南征記> / <남정기南征記>

① 재산루 {선책鮮冊} : 동양문고 {동양조목}(Ⅶ-4-218, 한사, 1책) : '남정기'

② 경도대 하합문고 {하합수목, 5}(한사, 1책, 건乾) '남정기'. '남정기번등후록南征記飜謄後錄'이 붙어 있는데, 그 중에서 '언문으로 쓰인 것을 번역한 것인데, 오늘날 현인이 인세의 도가 다기한 탓으로 남주에 귀양갔다가 지은 것이다. 건륭 갑신(1764) 납월 운운'27)이라 하였다.

③ 하합홍민 {하합수목, 18}(한사, 2책) : <남정기>

④ 대판부립도서관 {대판부도한목, p. 23}(韓8-59, 한사, 2책) : '남정기'

⑤ 궁내청서릉부 {일소재한전목, p. 331}(한사, 1책)

⑥ 금서룡 {금서조목, p. 232}(국활, 영풍서관永豊書館, 1책) : 이주완李柱浣 편

그 밖에 천견륜태랑淺見倫太郎 소장의 한문 사본 2책짜리와 1책짜리가 있었음을 알 수 있는데({선책}), 이들은 아마도 현재 미국 버클리대학의 Asami Collection에 이관되어 있을 것이다.

(27) <삼국지三國志>

① 동양문고 {동양조목}(Ⅶ-4-255, 국사, 69책) : 필사 연대는 전책에 걸쳐 '신해·임자·무술·경자·임인·기해·신축' 등이 나타나는데, Skillend는 '임인', '신해', '임자'를 각각 1902년, 1911년, 1912년으로 보았다. 필사 장소는 제1책~제39책은 향목동 ; 제40책~제54책은 향수동, 제55책은 향목동 ; 제56책~제64책은 향수동 ; 제68~제69책은 다시 향목동으로 나타난다.

② 동양문고 {동양조목東洋朝目}(Ⅶ-4-388, 국사, 낙질 1책, 권1~2) : 한국 국회도서관본의 사진판이라 한다.

---

26) 정양완, 『일본 동양문고본 고전소설 해제』(국학자료원, 1994)에 영인되어 있다.

27) 飜諺書牘則今之賢人世道多岐滴[謫]居南洲之時爲之者也云云 乾隆甲申臘月云云.

③ 재산루 {선책} ; 동양문고 {동양조목}(Ⅶ-4-235, 국안, 안성동문이신판, 낙질 1책, 3(下) : 20f.) : {선책}이나 이능우의『국문학개론』(1954), p. 11에 의하면 광서光緖 연간 간본이라 되어 있으나, 정양완의 조사(『일본 동양문고본 고전소설 해제』)에는 간기刊記가 나타나지 않는다.

④ 구주대(546-サ-1, 국경, 낙질 1책, 권3 : 기미 맹하己未孟夏 홍수동 신간紅樹洞新刊, 30f.)

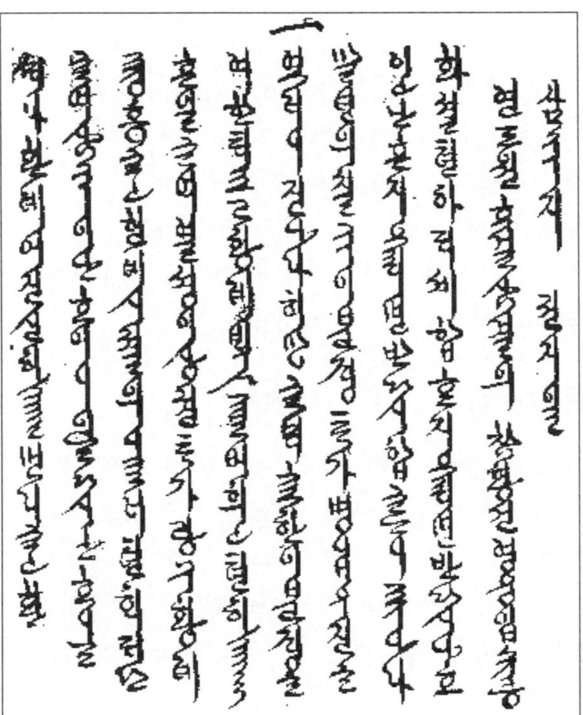

[원문자료 18] <삼국지> 권지일(동양문고)

이상의 각 이본의 번역 대본이 이른바 나관중 편차의『삼국지통속연의三國志通俗演義』(24권 240회, 1522)인지, 혹은 주왈교周日校 간행의『삼국지

통속연의』(12권 140회, 1591)인지, 혹은 이탁오李卓吾 비평본(불분권 120회)인지, 이립옹李笠翁 비열批閱 『삼국지』(24권 120회본)인지, 김성탄金聖歎 서문序文 모성산毛聲山·종강宗崗 부자 정리본(60권 120회, 1664)인지는 앞으로 규명되어야 할 점이다.

(28) <삼옥삼주三玉三珠>, <옥주호연玉珠好緣>

① 하합홍민 {하합수목, 5}(국사, 2책)

(29) <서상기西廂記>, <서상기언해西廂記諺解>

원본은 중국 원나라 때 왕실보王實甫가 지은 총 5본本 20절折의 잡극이다. 그러나 이야기의 근원은 당나라 때의 원진元稹이 쓴 <앵앵전鶯鶯傳>에서 따 온 것이며, 이것을 금金나라 때의 동해원董解元이 제궁조諸宮調라는 강창 형식으로 만들었고, 왕실보가 잡극으로 개작한 것이다. 후에 청나라 때에 이르러 김성탄이 비점批點을 한 <제6재자서第六才子書>가 유행하였는데, 우리나라의 번역본들도 이것을 모본으로 하였다.

① 동경대 총합도서관 아천문고 {아천조목, p. 86}(국사, 1책)

② 동양문고 {동양조목}(Ⅶ-4-388, 국사, 5-1책) : <서상기언해西廂記諺解>. 한국 국회도서관본의 사진판이라 한다.

(30) <서옥설鼠獄說>

① 재산루 {선책}(한사, 1책) : 뒷면에는 '패언稗言'이 등사되어 있다 하나 현재는 행방을 알 수 없다.

* <서유록西遊錄> → <정향전丁香傳>

(31) <서재야회록書齋夜會錄> ←『기재기이』

① 금서룡(천리대) {금서조목, p. 236} 『기재기이』(한사, 10f.)

(32) <설월매전雪月梅傳>

중국소설의 번역으로 작자는 '경호일수鏡湖逸叟'라 알려져 있으나 그의 행적은 미상이다. 중국 덕화당德華堂 장판본藏板本의 처음에 나오는 발문跋文 끝 부분에는 '건륭 40년乾隆四十年 세차을미歲次乙未(1775) 맹춘 망후 일일孟春望後一日 고정역동기금古定易董寄綿'이라 적혀 있고, 이어 나오는 서序에는 '건륭 을미乾隆乙未 중춘 화조仲春花朝 경호일수鏡湖逸叟 자서우고조양지송월산방自序于古釣陽之松月山房'이라 적혀 있고, 이름인 진랑陳郞과 자 창명蒼明, 호 효산曉山으로 된 음문인陰文印이 있으며, 목록 뒤에 있는 '설월매 독법雪月梅讀法'의 첫 부분에 '설월매雪月梅 경호일수鏡湖逸叟 진랑 효산陳郞曉山 편집編輯 개산거사介山居士 동맹분월암董孟汾月巖 평석評釋 영상산인潁上散人 소송년계소 교정邵松年鷄巢校定'이라 적혀 있다고 한다.[28]

① 동경대 백산흑수문고 {선책}(국사, 10책) : 현재는 행방을 알 수 없음.

(33) <소대성전蘇大成傳>

① 동양문고 {동양조목}(Ⅶ-4-246, 국사, 2책, 1 : 33f. ; 2 : 32f.) : 필사 연대는 권1에 '세신축이월일 항슈동서' ; 책2에 '셰계축ㅅ월일 항목동즁서'이라 되어 있어 추정해 볼 수 있다. Skillend는 '신축'을 1901년, '계축'을 1913년으로 보았다.

② 조도전대 {국회 : 고종목}(국사, 1책)

③ 동양문고 {동양조목}(Ⅶ-4-387, 국경, 한남서림, 1920, 1책) : 한국 국회도서관본의 사진판이라 한다.

④ 재산루 {선책} ; 동양문고 {동양조목}(Ⅶ-4-235, 국안, 1책, 20f.) : {선책}에는 '동치·광서간 방각본同治光緖間坊刻本'이라 기록되어 있다. Ⅶ-4-25(235)에는 <흥부전>·<심청전>·<홍길동전>·<임장군전>·<춘향전>·<소대성전>·<조웅전>·<적성의전>·<양풍운전>·<제마무전>의

---

28) 『중국고전소설총목제요』 3, p. 154.

10편이 한 푸른 갑(청갑靑匣) 속에 들어 있다.[29] 이능우의 『국문학개론』, p. 9
에 전간공작 소장 1책이라 하였으나 이는 <양풍운전>의 오기일 듯하다.

[원문자료 19] <쇼대성전> 권지단(동양문고)

⑤ 금서룡(천리대) {금서조목, p. 232}(국경, 한남서림, 1913, 낙장 21f.)

⑥ 금서룡 {금서조목, p. 232}(국판, 1책) : 판본 미상.

⑦ 천리대(국경, 1책, 16f.)

---

29) 정양완, 앞의 책, p. 95.

(34) <속홍루몽續紅樓夢>

　중국의 <홍루몽> 속작 중의 하나로, <속홍루몽>이란 이름의 작품이
2종이나 현전한다. 즉 하나는 진자침陳子忱 원작(30회, 1799)이고, 다른 하
나는 해포주인海圃主人 원작(40회, 1805)이다. 전자는 <홍무몽> 원본의
제97회 임대옥林黛玉 사망 이후부터 이야기가 전개되며, 후자는 <홍루
몽> 제120회 이후에 내용이 이어지고 있다.
　① 동경대 백산흑수문고 {선책}(국사, 9책)

(35) <숙녀지기淑女知己>

[원문자료 20] <숙녀지긔> 권지일(동양문고)

　① 동양문고 {동양조목}(Ⅶ-4-228, 국사, 5책) : 필사기는 모든 책에 '을
사……향목동'으로 나타나는데, Skillend는 이 '을사'를 1905년으로 보았다.

(36) <숙영낭자전淑英娘子傳>

① 동양문고 {동양조목}(Ⅶ-4-377, 국사, 1책)

② 금서룡(천리대) {금서조목, p. 211}(국경, 한남서림, 1책)

(37) <숙향전淑香傳>

일본의 녹아도현 묘대천 심수관가에서 발견된 <숙향전> 이본으로 인하여, 한국 국문소설사의 편년編年에 중요한 사실을 알려 준 작품이다.[30] 즉 심씨가에 전해 온 한·일문韓日文 병기본과 우삼방주雨森芳洲(1668~1755)의 <사계고지자사립기록詞稽古之者仕立記錄>에 나타나는 '36세 때 (1803)······<숙향전> 2책과 <이백경전>을 손수 필사했다.'[31]는 사실로 미루어 17세기 말에 이미 국문본 소설 <숙향전>이 존재했었다는 점이 명확해진 것이다.

① 소창문고(동경대, 국사, 2책) : '별숙향전'

② 동경대 총합도서관 아천문고 {아천조목, p. 74}(25440-E46195, 국사, 1책) : '별슉향뎐淑香傳'

③ 소전기오랑가(대마도, 국사, 관정5 계축년 사지寬政五癸丑年(1793)寫之 소전기오랑, 1책, 99f.)

④ 동양문고 {동양조목}(Ⅶ-4-446, 국사, 2책) : 동경대의 아천문고본의 사진본.

⑤ 동양문고 {동양조목}(Ⅶ-4-1042, 국사, 안정3년安政三年, 1856, 1책) : 한문본 여부 미상

⑥ 동양문고 {동양조목}(Ⅶ-4-387, 국경, 무오(1858), 권상 결, 낙질 1

---

30) 이위응, "구주 묘대천에서 발견된 임란유민 심씨가 세전본 <숙향전> 연구 : 그 필사 및 창작 연대 추정을 위한 음운학적 분석을 주로", 『부산대 개교 이십주년 기념 논문집』 12(부산대, 1966. 5) 및 조희웅·송원효준, "『숙향전』 형성 연대 재고", 『고전문학연구』 12(한국고전문학회, 1997. 12).

31) "三十六歲[1803]之時······<淑香傳> 2·<李伯瓊傳> 自分に寫之."

책) : 한국 국회도서관 소장본의 사진판이라 한다.

　⑦ 심수관가(녹아도현, 국사, 2책, 권상 말 낙장 24f. ; 권하 말 낙장 87f.) :
녹아도현립도서관본(국사, 2책)은 심씨가본의 복사본. 국문 우측에 일본어
번역문이 붙어 있는 것으로 보아 조선어 학습의 교재로 사용되었던 것임
을 알 수 있다.32)

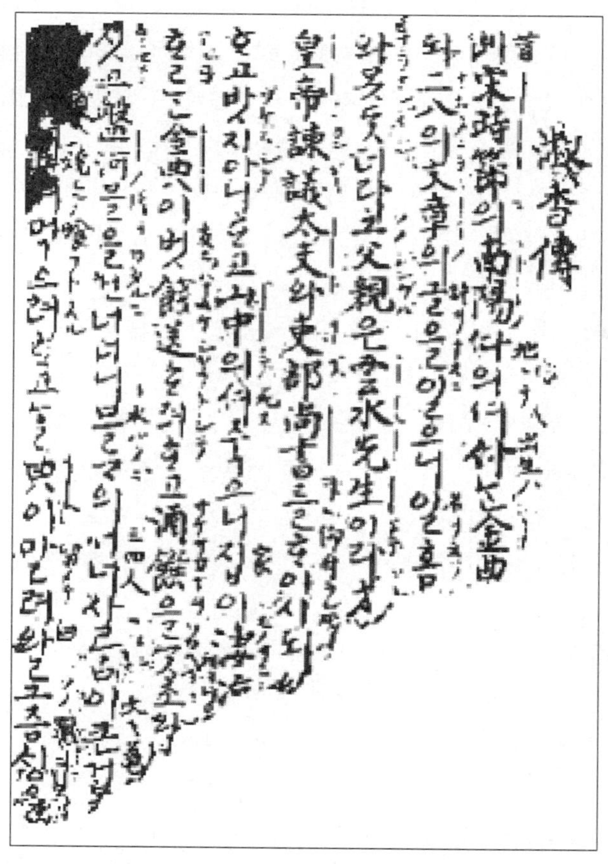

[원문자료 21] <숙향전> 심수관가

---

32) 김진영·차충환, 『숙향전전집』 1(박이정, 1999. 10)에 활자화하여 수록되었다.

[원문자료 22] <별슉향뎐>(경도대)

⑧ 심수관(녹아도현, 국사, 국한자 혼용, 1책, 낙장 43f.) : 이상헌李商憲의 복사본을 한국어문학회 편, 『고전소설선』(형설출판사, 1970), pp. 148~169에 영인하여 알려진 바 있다.[33]

---

33) 역시 김진영·차충환, 『숙향전전집』, 1에 활자화하여 수록되었다.

⑨ 경도대(국사, 2책, 상 : 홍화弘化 3년(1846), 46f. ; 하 : 90f.) : 상권은 국한문 혼용인데, 국문의 경우 우측에 일본어 번역문이 붙어 있다. 하권은 상권과 필체가 전연 다르며, 일본어 번역문도 붙어 있지 않고, 한자어의 경우 그 우측에 한자가 붙어 있는 점으로 미루어, 원래 낙질본을 보충하여 완본으로 만든 것으로 추정된다.

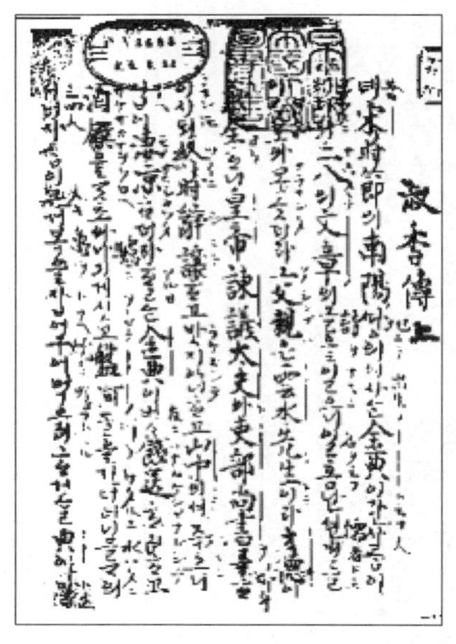

[원문자료 23] <숙향전> 상(경도대)

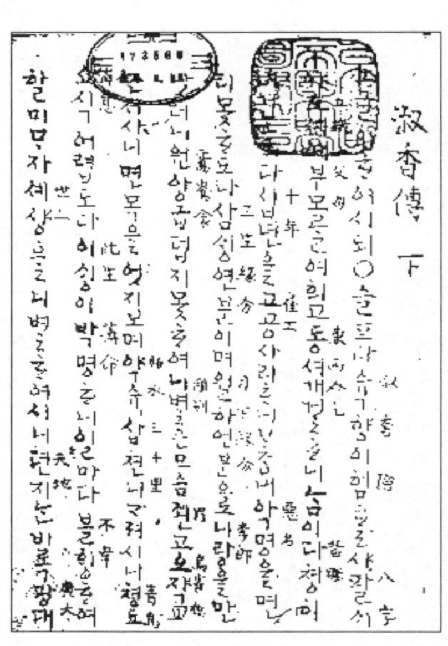

[원문자료 24] <숙향전> 하(경도대)

(38) <신미록辛未錄>

① 정가당문고 {국회 : 고종목}(국사, 2책)

(39) <심청전沈淸傳>

① 재산루 {선책} 동양문고 ; {동양조목}(Ⅶ-4-235, 국안, 1책) : 본래 전간공작前間恭作 소장.

② 금서룡(천리대) {금서조목, p. 194}(국활, 광동서국光東書局・박문서관博文書舘・한성서관漢城書舘, 초판 1915 ; 9판, 1920, 1책, 64p) ; 제명이 ‘교뎡심쳥젼 沈淸傳’으로 되어 있다.34)

③ 고교형(한사, 8회, 1책) : 원표제는 ‘잡극 심청왕후전’이다. 하정荷亭 여규형呂圭亨(1848~1921)이 편찬한 연본演本.35)

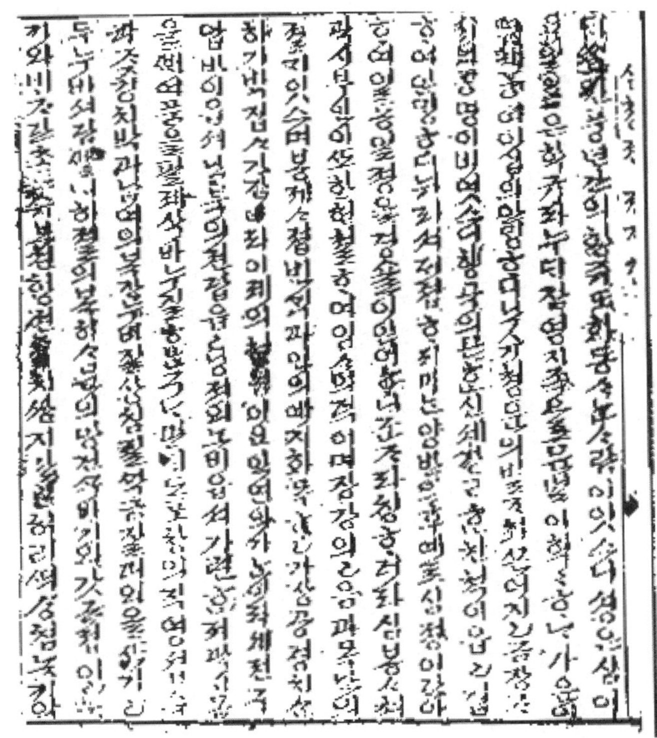

[원문자료 25] <심쳥젼> 권지단(동양문고)

---

34) pp. 65~89에 <심부인젼>(p. 25) 합철.
35)『조선학보』, 13(1959. 12), pp. 183~301에, 고교형의 자료 해설에 이어 수록되어 있다.

(40) <쌍선기雙仙記>

① 재산루 {선책} ; 동양문고 {동양조목}(Ⅶ-4-350, 국사, 5책, 20회[36]) : 본래 전간공작前間恭作 소장본이다.[37]

[원문자료 26] <쌍션긔> 권지일(동양문고)

(41) <쌍주기연雙珠奇緣>

① 동양문고 {동양조목}(Ⅶ-4-388, 국사, 1책) : 한국 국회도서관 소장본의 사진판이라 한다.

(42) <안빙몽유록安憑夢遊錄> ←『기재기이企齋記異』

① 금서룡(천리대) {금서조목, p. 236},『기재기이』(한사, 11f.)

---

36) 실제로 권2의 첫 장 회제가 빠져 19회이다.
37) <쌍선기>, 김기동 편,『필사본고전소설전집』8(아세아문화사, 1980)에 영인 수록되어 있다.

(43) <양산백전梁山伯傳>

중국 민간에서 유전되어 온 유명한 '양축설화梁祝說話' 혹은 '양산백·
축영대梁山伯·祝英臺 이야기'를 소설화한 작품이다. 이 설화의 내용은 당
나라 장독張讀의 찬撰인『선실지宣室志』에 이미 보이며, 청나라 때에 이루
어진『고금정사古今情史』에도『영파지寧波志』를 인용하여 수록하고 있다.
그리고 이 설화는 우리나라의 고전소설뿐만 아니라 함경도 지방의 서사
무가인 '문굿'으로도 변용되었다.

① 동양문고 {동양조목}(Ⅶ-4-387, 국경, 한남서림, 1920, 1책) : 우리나
라 국회도서관 소장본의 사진판이라 한다.

(44) <양풍(운)전梁風[豊](雲)傳>

[원문자료 27] <양풍운전> 단(동양문고)

① 재산루 {선책} ; 동양문고 {동양조목}(Ⅶ-4-235, 국안, 안셩동문이신

판, 1책, 20f.]

(45) <여선외사女仙外史>

청나라 초기(1700년 초)에 중국의 여웅呂熊(1640?~1722?)이 지은 소설이다. 조황헌釣璜軒 각본에 의하면 강희康熙 47년(1704) ‘강서남안군수 진혁희향천 서언江西南安郡守陳奕禧香泉序言’과 동 신묘辛卯(1711) 광주태수廣州太守 섭부전葉敷田의 발문이 들어 있고, 본문 권두에는 ‘신각 일전수 여선외사 대기서新刻逸田叟女仙外史大奇書’라 적혀 있는데, ‘일전수逸田叟’가 곧 여웅呂熊이다. 작품의 내용은 15세기 초에 반란을 일으켰던 당새아唐賽兒라는 여걸을 주인공으로 하고 있다.

① 동경대 백산흑수문고 {선책}(국사, 22책) : 현재는 부전

(46) <오대변송문烏對卜訟文> ← <강도록江都錄>

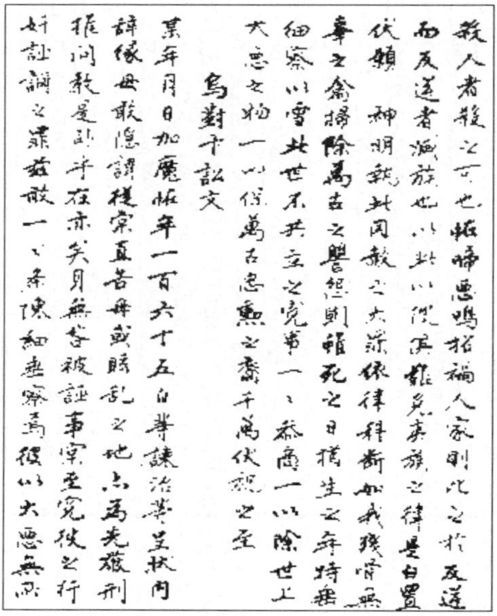

[원문자료 28] <오대변송문>(동양문고)

① 재산루 {선책} ; 동양문고 {동양조목}(Ⅶ-2-97, 한사, 2f.) : <강도록江都錄>에 합철되어 있다. 지금까지 알려진 바로는 이것이 유일본이다.[38]

(47) <열국지列國誌>

<열국지>의 이름을 가진 중국소설로 <춘추열국지전春秋列國志傳>(여소어余邵魚 편집, 만력萬曆 연간 여상두余象斗 간행, 1606)·<신열국지新列國志>(묵감재墨憨齋 풍몽룡馮夢龍,[39] 1574~1646 편, 108회)·<동주열국지東周列國志>(청 채원방蔡元放 비평, 108회)·<동주열국지집요東周列國志輯要>(청 양용楊庸 집輯, 1774) 등이 있다. 이들은 모두 주나라 및 춘추전국시대를 거쳐 진秦나라의 천하통일에 이르는 무렵의 역사를 연의화한 작품이다.

① 동양문고 {선책} {동양조목}(Ⅶ-4-256, 국사, 42책) : 필사기는 '계묘·기해'년에 향수동에서 필사한 것으로 되어 있다. Skillend는 '계묘'를 1903년으로 추정하였다.

(48) <오륜전비전五倫全備傳>

제명의 '오륜五倫'은 유교의 덕목을 가리키는 것이 아니라 인명인 '伍倫全'과 '伍倫備'의 '伍倫'을 오기誤記한 것이다. 원전은 중국의 명나라 구준寇準이 지은 <오륜전비기伍倫全備記>라는 희곡 작품이다. 1696년(숙종 22)에는 교회청敎誨廳에서 그 언해가 시작되었고, 1720년(숙종 46)에 고시언高時彦(1671~1734)에 의해 『오륜전비언해伍倫全備諺解』 8권이 완성되었다. 이 작품은 조선 후기에 사역원司譯院 한학漢學 3서書의 하나로 채택되었는데, 영조 22년(1746) 반포된 『속대전續大典』에는 역과譯科 한학漢學 초시初試의 배송背誦 서책으로 『직해소학直解小學』 대신 『오륜전비기』가 지정되어

---

38) 대곡삼번大谷森繁, "<와사옥안蛙蛇獄案> 및 <작여오상송문>·<오대변송문>의 해설 <蛙蛇獄案>並びに<鵲與烏相訟文>·<烏對卞訟文>の解說", 『조선학보』 54(조선학회, 1970. 1).
39) 그는 '삼언三言 즉 『고금소설古今小說』(유세명언喩世明言)·『경세통언警世通言』·『성세항언醒世恒言』의 편자이기도 하다.

있다. 『통문관지通文館志』(권2, 과거조)나 『대전통편大典通編』(권3, 예전禮典 제과조諸科條)을 보면, 역과 초시譯科初試에 『노걸대老乞大』와 『박통사朴通事』와 함께 이 『오륜전비』가 배송되어야 했으며, 오륜은 본디 『직해소학』을 대신한 것이라는 전후 경위가 그 세주細注에 밝혀져 있다. 작품의 성격은 오륜전伍倫全과 오륜비伍倫備 형제의 이야기를 담은 윤리소설倫理小說이라 할 수 있다.

① 정가당(한사, 1책)

② 동양문고 {동양조목}(Ⅶ-4-454, 한사, 1책) : 정가당 소장본의 사진판. <금화사기>와 『어우야담』을 합철.

(49) <옥교리玉嬌梨>

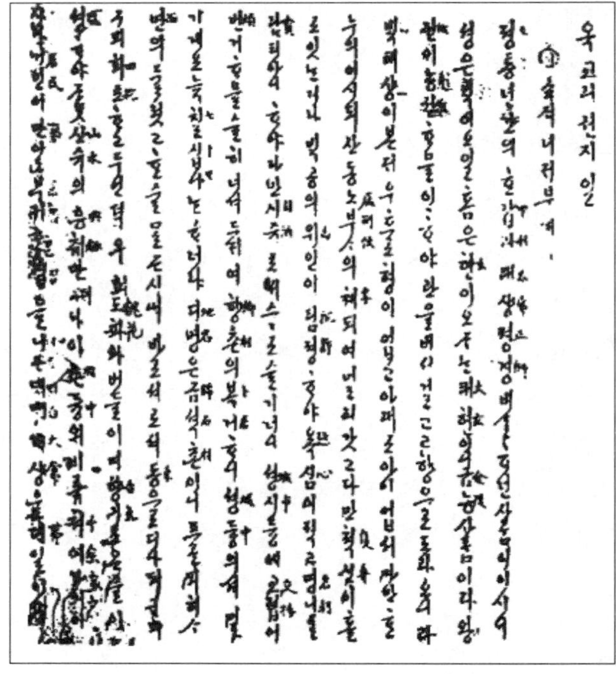

[원문자료 29] <옥교리> 권지일(동경대)

중국 작품의 번역 작품이다. 현전 청나라 초기 원각본으로 여겨지는 <신전비평수상 옥교리 소전新鐫批評繡像玉嬌梨小傳>은 전 20회로 편자는 '이적산인薳秋散人'[40]으로 되어 있으며, 그 후대 강희康熙 연간본들은 일본의 내각문고·동경대도서관·동경대 동양문화연구소 쌍홍당문고雙紅堂文庫들에 소장되어 있다. 이른바 '천화장합각칠재자서天花藏合刻七才子書'로 알려진 합각총서본合刻叢書本은 <삼재자 옥교리三才子玉嬌梨>와 <사재자 평산냉연四才子平山冷延>을 한 책에 각각 상·하권으로 나누어 합각한 것으로, 두 권 모두 '이추산인薳秋散人 편차編次'로 되어 있어, 양 책 모두 천화장주인의 작품임을 알 수 있다. 이 책들은 순치順治 15년(1658) 내지 강희 초년간(1660년대 초)에 간행되었다.[41] 중국에서는 <옥교리>를 후세 간본에 의하여 일명 <쌍미기연雙美奇緣>이라고도 한다. 이 작품의 표제는 주인공 이름인 '백홍옥白紅玉', 그가 변성명했을 때의 '오무교吳无嬌' 및 '노몽리盧夢梨'에서 각각 끝 자 한 자씩을 따서 만든 것이다.

　① 동경대 아천문고 {아천조목, p. 26}(국사, 3책)[42]
　② 동양문고 {동양조목}(VII-4-450, 국사, 낙질 1책, 권3)

(50) <옥난빙水渚玉鸞聘>

　① 동양문고 {동양조목}(VII-4-254, 국사, 8책) : 표제는 '수저옥난水渚玉鸞'으로 되어 있는데, 국내 이본들의 표제는 '옥난빙玉鸞聘'이다. 필사기는 '을묘·을사'년에 '향목동'에서 필사한 것으로 나타난다. Skillend는 '을사'와 '을묘'를 각각 1905년과 1915년으로 보았다.

---

40) 손해제, 『중국통속소설서목』, p. 133에는 '이적산인薳荻散人'으로 되어 있고, 그 밖에 '이적산인薳狄散人'으로 되어 있는 문헌도 있다. 어느 것이 옳은지는 미상이다.

41) 『중국고전소설총목제요』, pp. 255~256 참조.

42) 이 본에 대한 자세한 연구는 정병설, "조선후기 동아시아 어문교류의 한 단면 : 동경대 소장 한글번역본 <옥교리>를 중심으로", 『한국문화』 27(서울대 한국문화연구소, 2001. 6)을 참조할 수 있다. 사진은 동 논문의 것을 다시 복사한 것이다.

[원문자료 30]『슈져옥난빙』 권지일(동양문고)

(51) <옥루몽玉樓夢>

[원문자료 31] <옥누몽> 권지일(동양문고)

① 동양문고 {동양조목}(Ⅶ-4-253,[43] 국사, 30책) : 필사기는 각 책에 '무술' 및 '무신'년 '향목동'에서 필사한 것으로 나타난다. Skillend는 '무술' 과 '무신'을 각각 1898년과 1908년으로 보았다.

② 금서룡 {금서조목, p. 189}(국활, 경성서적업조합, 1920, 4책) : <수정 옥루몽修正 玉樓夢>

(52) <옥린몽玉麟夢>

① 동경대 아천문고 {아천조목, p. 26}(25287, 국사, 2책)

② 동양문고 {동양조목}(Ⅶ-4-451, 국사, 2책) : <옥닌몽> 아천문고 소장본의 사진판이라고 한다.

(53) <옥선몽玉仙夢>

① 동양문고 {동양조목}(Ⅶ-4-388, 한사, 1책) : 탕옹宕翁 저著. 이두 혼입. 한국 국회도서관 소장본의 사진판이라고 한다.

(54) <옥선몽玉仙夢>

① 동양문고 {동양조목}(Ⅶ-4-388, 국경, 한남서림, 1920, 1책) : 한국 국회도서관소장본의 사진판이라고 한다.

(55) <옥환기봉玉環奇逢>

① 재산루 {선책} ; {동양조목}(Ⅶ-4-351, 국사, 광무光武 정유丁酉, 6) : Skillend는 '정유'년을 1897년으로 보았다.

---

43) {국회 : 고종목}에는 일본 국회도서관 소장으로 30책짜리를 들고 있는데, 이는 동일 서를 가리킴이 분명하다.

(56) <와사옥안蛙蛇獄案>

재산루 {선책}(한사, 1책, 27f.) : <종옥전鍾玉傳>에 합철되어 있다.44)

[원문자료 32] <와사옥안>(동양문고)   [원문자료 33] <신증비평요로원기>(천리대)

(57) <요로원기要路院記>

① 금서룡(천리대) {금서조목, p. 193}(한사, 1책, 28f.) : 표제명은 '비평
신증요로원기批評新增要路院記'이다.45)

---

44) 위의 주 38) 참조

45) 대곡삼번, "비평 <신증요로원기>의 소개 : 이조소설의 각설批評 <新增要路院記>の小紹
   介 : 李朝小說の覺書", 『조선학보』 52(조선학회, 1969. 7).

(58) <용문몽유록龍門夢遊錄>

① 대판 부립 도서관 {대판부
도한목, p. 23}(한韓9-2, 한사, 1
책, 8f.) : 표제의 좌측 상단에 종
서로 ‘몽유록夢遊錄’이라 적혀 있
고, 우측 상단에는 ‘금오金鰲’와
‘용문龍門’이 2행으로 적혀 있다.
한 책 속에 <금오몽유록金鰲夢遊
錄>과 <용문몽유록龍門夢遊錄>
이 합철되어 있다. → <금오몽유
록金鰲夢遊錄>

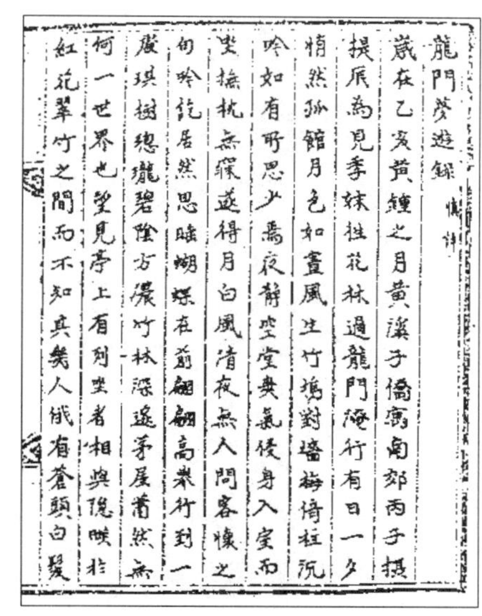

[원문자료 34] <용문몽유록>(대판부립도서관)

(59) <운영전雲英傳>

① 천견륜태랑 {선책}(국사, 1책) : 현재는 미국 캘리포니아대학 도서관
본으로 이관되었다.

② 국립국회도서관 {국회조목, p. 55}(202~272, 국사, 1책, 21f.)

③ 내각문고 {전간 :『고선책보』}(한사, 1책)

④ 상야도上野圖 {선책}(한사, 1책)

⑤ 금서룡(천리대) {금서조목, p. 218}(한사, 계해 10월 초4일 지건서癸
亥十月初四日稤乾書, 1책, 47f.)46)

⑥ 재산루 {선책} ; 동양문고 {동양조목}(Ⅶ-4-349, 국사, 대한 광무 8
년 갑진 용상동서大韓光武八年甲辰(1904)龍翔洞書, 1책, 47f.)

⑦ 재산루 {선책} ; 동양문고 {동양조목}Ⅶ-4-443, 한사, 1책, 24f. :
<녹의인전綠衣人傳> 합철. 캘리포니아대학 도서관본(아사미본[천견본淺見

---

46) 대곡삼번, “<운영전雲英傳> 소고小攷”,『조선학보』, 37·38합병호(조선학회, 1966. 1)
　　참조『조선후기소설독자연구』(고려대 민족문화연구소, 1985. 9)에 재수록.

本])의 사진본이다.

(60) <원생몽유록元生夢遊錄>

① 동양문고 {동양조목}(Ⅶ-4-316, 한사, 1책)
② 동양문고(재산루)(Ⅶ-4-354) <천군연의天君演義>에 <원자허전元子虛
傳>의 이름으로 <화사花史>와 함께 부재附載
  * <원자허전元子虛傳> → <원생몽유록>

(61) <월단단전月團團傳>

東國滑稽傳 一日太平閑話
四佳徐居正撰

○有蔡生忘其名三韓士族容儀醞籍兒宇卓犖
藝老成年十九中戊午進士二十二權辛酉生員華
聞日搏人皆以大器目之性又豁達不拘小節嘗語
同志曰大丈夫生天地間自崇孫逢失己有四方之
志雖生在海隅未能遍覽天下安能欝欝雌伏如井
蛙然我吾故盡訪三韓名勝以償吾跌宕之志吾慕
司馬子長氏者也正統己巳春二月甲子俶裝啓行
登漢江樓酒酣慨然歎曰斯樓也南臨漢江北帶華
岳東連華陽樂天之勝西控麻浦喜雨之景山川佳

[원문자료 35] <월단단전>
(천리대 소장 『태평한화太平閑話』 수록)

① 금서룡 {금서조목, p. 186}(한사, 11f.) : 야담집인 『태평한화太平閑話』(일명 『동국골계전東國滑稽傳』) 첫머리에 수록되어 있다. 원본은 순암順菴 안정복安鼎福의 구장 사본으로 천천백교淺川伯敎 소장의 전사轉寫라 한다.[47]

(62) <월왕전越王傳>

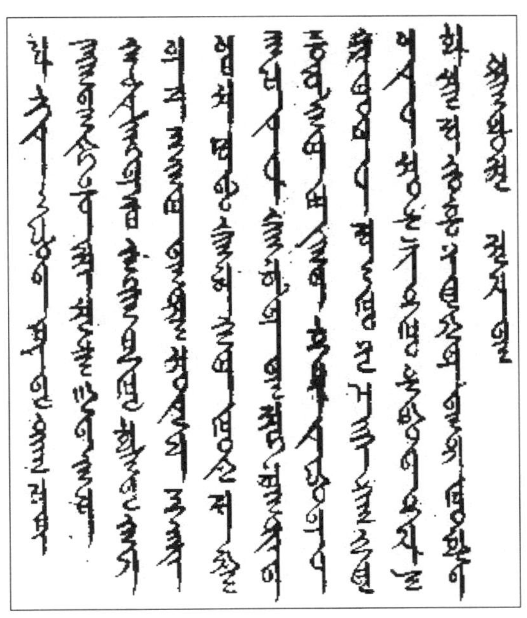

[원문자료 36] <월왕전> 권지일(동양문고)

① 동양문고 {동양조목}(Ⅶ-4-226, 국사, 5책) : 필사기에 '임자……향목동'이라 되어 있다. Skillend는 '임자'년을 1912년으로 보았다.

---

47) 관련 논고로는 김현룡金鉉龍 해제. "<월단단전月團團傳, 가칭>", 『어문연구』 25 · 26합병호(한국어문교육연구회, 1980. 5) 및 김현룡. "서거정徐居正의 『태평한화골계전太平閑話滑稽傳』에 대하여 : 안정복의 소설 <월단단전>도 아울러 밝힘." 『인문과학논총』 10(건국대 인문과학연구소, 1977. 12) 참조. 또한 원 자료의 영인은 박용식朴湧植 · 소재영蘇在英 · 대곡삼번大谷森繁 편. 『한국야담사화집성』 3(태동泰東, 1989)에서 찾아볼 수 있다.

(63) <유연전柳淵傳>

대구의 선비 유연柳淵이 형을 죽였다는 무옥誣獄으로 원사寃死한 이야기에 의거하여 이항복李恒福(1556~1618)이 작품화한 것(1607)을 이원익李元翼(1547~1634)이 지니고 있다가, 호서관찰사를 제수받고 부임하는 최기崔沂(1553~1616)에게 부탁하여 무신년戊申年(1608)에 간포刊布토록 한 것이다. 이항복의 『백사집白沙集』 16, 잡저雜著에도 수록되어 있다. 왕조실록의 기록이라든지 백사白沙의 <유연전>을 통해서 볼 때, 이 사건은 당시에 큰 사건이었고, 특히 대구를 중심으로 한 영남 일대에 널리 전파되었던 듯한데, 『부계기문涪溪記聞』이나 『효빈잡기效嚬雜記』 같은 잡록집들에도 언급되어 있다. 이로 보아 당초 명종대에 일어난 사건이 선조대에 마무리가 되고, 임진란을 거치면서 다시 <유연전>으로 만들어져 광포되고, 광해·인조대까지도 계속 논의되었다는 점에서, 혹은 실사의 소설화라는 점에서 주목된다.

① 금서룡(천리대) {금서조목, p. 62}(한판, 갑인 9월일 성주목 중간甲寅九月日星州牧重刊, 1책, 11f.)

② 동양문고 {동양조목}(Ⅶ-4-441, 한판, 갑인 9월 성주목 중간본甲寅九月星州牧重刊本, 1책) : 이항복 찬. 천리대 소장 금서룡본의 사진본이라 한다.

(64) <유충렬전劉忠烈傳>

① 동양문고 {선책} {동양조목}(Ⅶ-4-240, 국사, 결본 7책) : 필사기에 '임인'·'정미'년에 '향목동'이라 나타난다. Skillend는 '임인'과 '정미'를 1902년과 1907년으로 보았다.

(65) <유화기연柳花奇緣>

① 동양문고 {동양조목}(Ⅶ-4-229, 국사, 7책) : 필사기에 '을사'·'기유'년에 '향목동'에서 필사한 것으로 나타난다. Skillend는 '을사'와 '기유'

를 각각 1905년과 1909년으로 보았다.

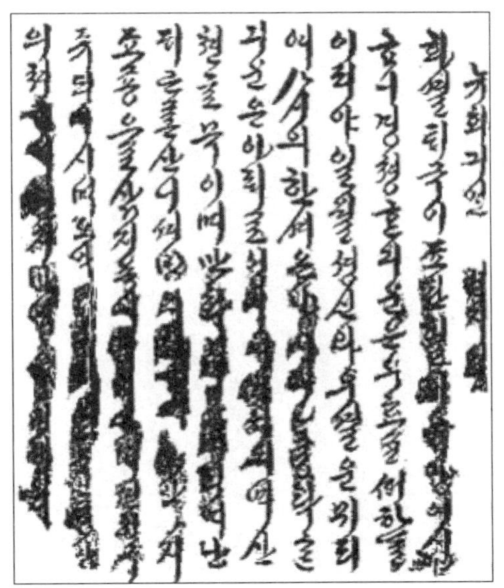

[원문자료 37] <뉴화긔연> 권지일(동양문고)

(66) <육선기六仙記>

아직 내용이 확인되지 않은 작품이다. 작품의 제명으로 미루어 <뉴긔
록>의 이칭을 갖고 있는 <옥루몽>일 가능성도 있다.

① 금서룡(천리대) {금서조목}(p. 185, 국사, 1책, 33f.) : 필사기의 내용
으로 보아 역시 세책점의 책이었음을 짐작할 수 있다.

② 동양문고 {동양조목}(Ⅶ-4-452, 국사, 1책) : '륙션긔기'. 천리대 소
장 금서문고今西文庫본의 사진판이라 한다.

(67) <이대봉전李大鳳傳>

① 동양문고 {동양조목}(Ⅶ-4-241, 국사, 4책) : 필사기는 모든 책에 '을

사 …… 향목동서'라 나타난다. Skillend는 '을사'를 1905년으로 보았다.

(68) <이장백전李長白傳>

[원문자료 38] <이장백전>(천리대)

① 금서룡(천리대) {금서조목, p. 52}(한사, 1책, 14f.) : 표지에 '정향전丁香傳 부이장백전附李長白傳'이라 되어 있고, <일석화一夕話> 및 <정향전丁香傳>이 합철되어 있다.48)

(69) <일석화一夕話>

금서룡(천리대) {금서조목, p. 183}(한사, 광서5년추光緒五年(1879)秋 강유근서姜雅謹書, 1책, 18f.) : 유일본이다. <정향전>과 <이장백전>이 합철되어 있다.49)

---

48) 대곡삼번, "<일석화> 및 <정향전>·<이장백전>의 해제<一夕話>並びに<丁香傳>·<李長白傳>の解題", 『조선학보』 90(조선학회, 1979. 1) 참조.

[원문자료 39] <일석화>(천리대)

(70) <임장군전林將軍傳>

① 동양문고 {동양조목}(Ⅶ-4-249, 국사, 2, 1 : 31f. ; 2 : 37f.) : 필사 연대 책1~2 모두 '세경자정월일항슈동서'. Skillend는 '경자'년을 1900년 으로 보았다.

② 경도대 하합문고 {하합수목, 28 / 29}(국사, 2책, 1 : 25f. ; 2 : 29f.) : 언문諺文 한자부漢字付

③ 소전기오랑가(대마도, 국사, 1책)

④ 재산루 {선책} ; 동양문고(Ⅶ-4-235, 국경, 정해 맹동丁亥孟冬, 1책, 21f.) : {선책}에는 동치 을해 방각본同治乙亥坊刻本이라 하였으나 이는 잘 못으로 생각된다. Skillend는 '정해丁亥'를 1887년으로 보았다.

---

49) 위 주 48) 참조.

⑤ 동양문고(Ⅶ-4-387, 국경, 1책) : 한국 국회도서관본의 복사판

⑥ 소전기오랑가(대마도, 국판, 1책)

⑦ 구주대(651-リ-1, 국경, 1책, 17f.)

⑧ 금서룡(천리대) {금서조목, p. 52}(국활, 외무성, 명치 14(1881), 1책) : 표제 <임경업전林慶業傳>

⑨ 국회도서관(국판, 대일본제국기원2543년大日本帝國紀元二千五百四十三年, 명치 16년 3월 인행明治十六年(1883)三月印行, 외무성장판外務省藏版, 111pp.)[50]

[원문자료 40] <님장군전> 권지단(동양문고)

* 동양문고 {동양조목}(Ⅶ-2-148, 한판, 강희康熙 50(1711), 1책) : 소설이 아닌 실기류다. 송시열宋時烈 편. 내제는 <임장군전>으로 되어 있고 외제는 <임경업전>으로 되어 있다.

(71) <임진록壬辰錄>

① 남규 {국회 : 고종목}(국사, 1책)
② 사내 {국회 : 고종목}(국사, 1책)

---

50) <임경업전>(세림문화재단世林文化財團, 1983) 및 김의정金義政, 『역사소설 림장군전 연구』(솔터, 1992)에 영인되어 있다.

(72) ＜작여오상송문鵲與烏相訟文＞

① 동양문고(전간前間 : 재산루在山樓){동양조목}(Ⅶ-2-97, 한사, 3f.) :
＜강도록江都錄＞에 합철되어 있다. 유일본이다.51)

[원문자료 41] ＜작여오상송문＞(동양문고)　　　[원문자료 42] ＜댱경전＞ 권지일(동양문고)

(73) ＜장경전張景傳＞

① 동양문고 {동양조목}(Ⅶ-4-244, 국사, 2책, 1 : 33f. ; 2 : 33f.) : 원
전간공작 소장. 필사 연대 제1책에는 '셰병오팔월일향슈동서' ; 제2책에는
'셰을ᄉ듕하일향목동서'라 되어 있다. Skillend는 '을사'와 '병오'를 각각
1905년과 1906년으로 보았다.

② 궁내청서릉부 {일소재한전목}(p. 330, 국판, 광서, 1책) : 표제는 '장
경전張瓊傳'

③ 금서룡 {금서조목, p. 210}(국사, 1책) : 표제는 '장경전張景傳'

④ 금서룡 {금서조목, p. 210}(국사, 1책) : 표제는 '댱경전張敬傳'

---

51) 위의 주 38) 참조.

(74) <장백전張伯傳>

① 하합홍민 {하합수목, 5}(국사, 2책)

(75) <장자방전張子房傳>

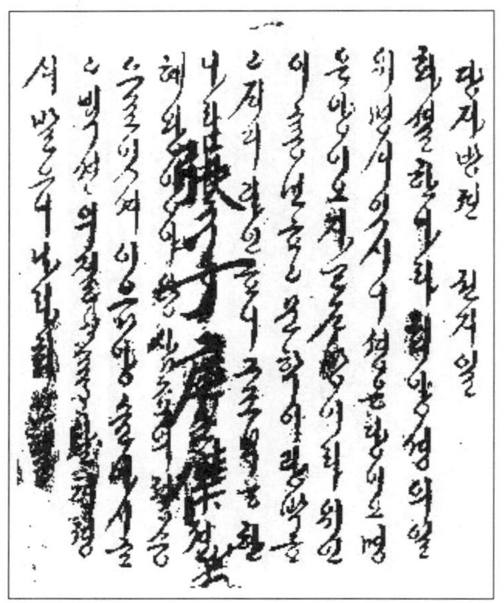

[원문자료 43] <댱자방젼> 권지일(동양문고)

① 동양문고 {동양조목}(VII-4-243, 국사, 2책, 1 : 31f. ; 2 : 34f.) : 필사기는 두 책 모두 '을ᄉ …… 항목 동셔'로 나타난다. Skillend 는 이 '을사'년을 1905년으 로 보았다.

(76) <장한절효기張韓節孝記>

① 하합홍민 {하합수목, 5}(국사, 1책)
② 하합홍민 {하합수목 12}(국사, 3책)

(77) <적성의전狄成義傳>

① 동양문고 {동양조목}(VII-4-236, 국사, 2책, 1 : 30f. ; 2 : 30f.) 필사 연대 책1, '셰을묘사월일 항목동셔' ; 책2, '셰을묘사월일 항목동셔'. Skillend

는 '을묘'를 1915년으로 보았다.

② 재산루 {선책} ; 동양문고
{동양조목}(Ⅶ-4-235, 국안, 안
성동문이신판, 1책, 19f.)

(78) 『전등신화剪燈新話』

① 재산루 {선책} ; 동양문고
{동양조목}(Ⅶ-4-225, 한판, 2
책) / 동경교육대학 {일소재한전
목}(p. 388,[52] 한판, 2책) / 금서
룡 {금서조목}(p. 209, 한판, 2
책)[53] / 명고옥시 교육위원회 봉
좌문고 {일소재한전목}(p. 381,

[원문자료 44] <젹셩의젼> 권지단(동양문고)

한판, 2책) / 국립국회도서관 {국회조목}(p. 55, 한판, 2책) ; 동 {일소재한
고목, 3책}(국회, p. 55, 한판, 1648, 4책) / 대판 부립 도서관 {대판부도한
목}(p. 23, 韓9-83, 한판, 2책) : 윤춘년尹春年 정訂 임기林芑 집석集釋의 간본
『전등신화구해剪燈新話句解』

② 동양문고 {동양조목}(XI-4-B-31, 한사, 2책)

③ 궁내부구장 {선책}(한사, 2책)

(79) <전운치전田雲致傳>

① 하합홍민 {하합수목, 5}(국사, 1책)

② 하합홍민 {하합수목, 12}(국사, 2책)

---

52) {일소재한전목日所在韓典目}, p. 8에 의하면 이 책의 간년刊年을 '고려우왕高麗禑王4(1378)'
   이라 하고 있으나 이는 잘못된 것이다.

53) {금서조목今西朝目, 2, p. 209}에 의하면 동일본이 3종이나 있다.

(80) <절화기담折花奇談>

① 재산루 　{선책} ; 동양문고 {동양조목}(Ⅶ-4-225, 한사, 가경 갑술嘉慶甲戌, 1책, 37f.) 현재로서 는 유일본. 전 3회, 남화산인 추 서우대존당서실南華山人追序于帶存堂 書室, 가경 14년 기사 단양 후 1 일 석천주인 추서우훈도방정사嘉 慶十四年己巳(1809)端陽後一日石泉主人 追書于薰陶坊精舍. 서두에 ‘남화산 인’의 서문에 이어 ‘석천주인’의 자서自序가 붙어 있다. 매 장회마 다 장회명에 이어 ‘남화자왈南華子 曰’이란 해설문이 있고 본문은 그 다음부터 시작되고 있다. 작품 끝 에 남화산인이 쓴 1장 가량의 추 서追序가 붙어 있다.[54)]

(81) <정비전鄭妃傳>

① 동양문고 　{동양조목}(Ⅶ-4- 231, 국사, 4책, 1-3 : 각 30f. ; 4 : 33f.) : 김삼불金三不의 『국문 학참고도감國文學參考圖鑑』, 부록 p. 26 및 이능우의 『입문을 위한 국문학개론』 모두 ‘정시전鄭始傳’

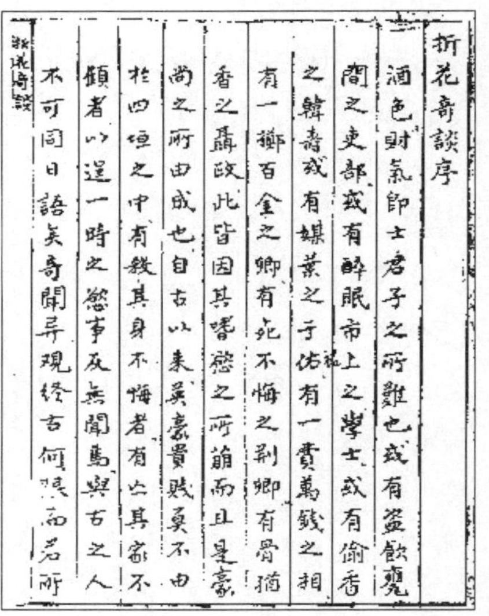

折花奇談序
酒色財氣即士君子之所難也或有益飲兎
閭之吏部或有醉眠市上之學士或有偷香
之韓壽或有媒蘗之于佑有一費萬錢之相
有一獵百金之卿有死不悔之剡卿有骨猶
香之聶政此皆因其嗜慾之所縮而且是豪
尚之所由成也自古以來吳豪貴賤奠不由
柱四垣之中有毀其身不悔者有出其家不
顧者以逞一時之慾事及無聞焉與古之人
不可同日語矣奇聞异觀终古何嘆而名所

[원문자료 45] <절화기담> 서序(동양문고)

[원문자료 46] <정비전> 권지일(동양문고)

---

54) 정양완, 『일본 동양문고본 고전소설 해제』(국학자료원, 1994)에 영인되어 있다.

이라 하였으나 이는 명백히 '정비전鄭妃傳'의 오기誤記이다. 필사기는 모두 '셰갑인오월일향목동서'. Skillend는 '갑인'을 1914년으로 보았다.

(82) <정수정전鄭水晶傳>

① 하합홍민 {하합수목, 5}(국사, 9책) : 표제가 <정수성전鄭壽星傳>으로 되어 있다.

② 동양문고 {동양조목}(Ⅶ-4-387, 국경, 한남서림, 1920, 1책) : 한국 국회도서관 소장본의 사진판이다.

(83) <정을선전鄭乙仙傳>

① 동양문고 {동양조목}(Ⅶ-4-237, 국사, 3책) : 필사기가 모두 '셰을사 삼월일향목동서'로 되어 있는데, Skillend는 '을사'를 1905년으로 보았다.

② 하합홍민 {하합수목, 5}(국사, 1책) : '정을선전鄭乙扇[先?]傳'으로 되어 있다.

(84) <정향전丁香傳> / <서유록西遊錄>

① 동양문고 {동양조목} (Ⅶ-4-318, 한사, 1책)

② 금서룡(천리대) {금서조목, p. 52}(한사, 1책, 15f.) : <일석화> · <이장백전>과 합철되어 있다.[55]

③ 금서룡 {금서조목, p. 192}(한사, 1책) : 표제는 <서유록>으로 되어 있다.

그 밖에 야담적 수준의 작품

[원문자료 47] <정향전>(천리대)

이 동양문고 소장 『기문총화記聞叢話』(9f.)와 동경대 소장 『청구야담靑邱野談』 권1(16f.)에도 수록되어 있다.

(85) <제갈무후(전)諸葛武侯(전)>

① 하합홍민 {하합수목, 5}(국사, 1책)

(86) <제마무전齊馬武傳>

① 재산루 {선책} ; 동양문고 {동양조목}(Ⅶ-4-235, 국경, 1책, 16f.) : <회심곡>(3.5f)이 합철되어 있다.

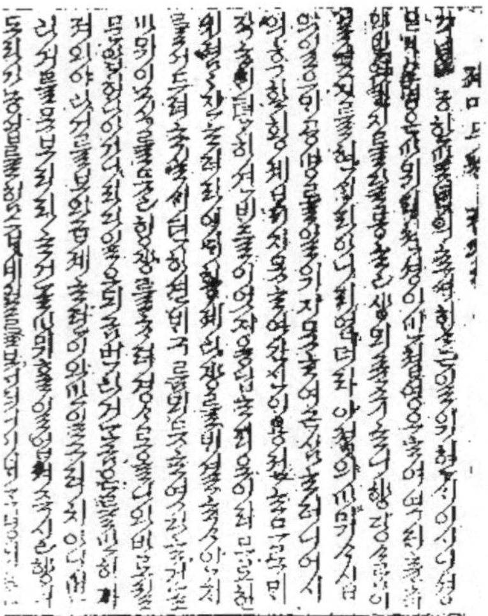

[원문자료 48] <제마무전> 권지단(동양문고) 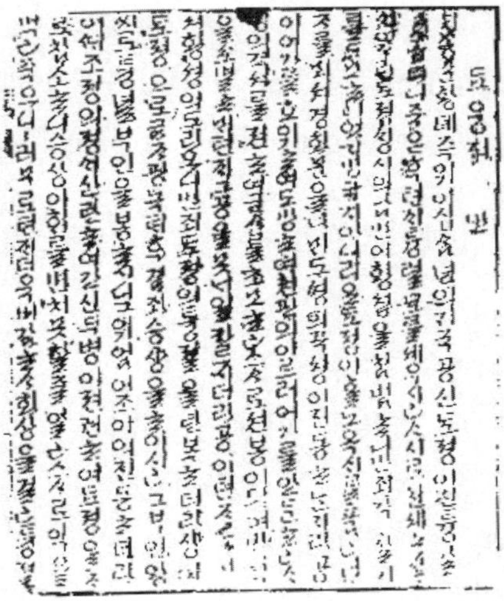   [원문자료 49] <됴웅전> 단(동양문고)

(87) <조웅전趙雄傳>

① 재산루 {선책} ; 동양문고 {동양조목}(Ⅶ-4-235, 국안, 안성동문이신판, 1책, 20f.)

② 소창 {방각본일람}(국완, 3책, 1 : 33f. ; 2 : 33f. ; 3 : 31f.)
③ 소창 {방각본일람}(국완, 3책, 1 : 30f. ; 2 : 30f. ; 3 : 32f.)

(88) <종옥전鍾玉傳>

① 재산루 {선책} ; 동양문고 {동양조목}(Ⅶ-4-360, 한사, 전 5회, 서序) : 도광 무술 계동道光戊戌季冬 운와거사雲窩居士 목태림 기睦台林記, 1책, 32f.] : 일찍이 전간공작의 『조선의 판본(朝鮮の板本)』, p. 72에 소개된 바 있다. <와사옥안> 합철. Skillend는 이 소설을 찾을 수 없었다고 하였다(p. 207).

(89) <진대방전陳大房傳>

① 금서룡(천리대) {금서조목, p. 213}(국판, 1책, 16f.) : <니훈졔스> (6f.) 합철. 페이지 수로 보아 안성판본일 듯하다.

(90) <징세비태(록)懲世鄙態(錄)>

① 하합홍민 {하합수목, 5 / 13 / 34}(국사, 2책)

(91) <창선감의록倡善感義錄>

① 금서룡 {금서조목, p. 204}(국사, 2책)
② 소창문고(동경대)(국사, 4책)
③ 백산흑수문고(동경대) {선책}(한사, 2책)
④ 동양문고 {동양조목}(Ⅶ-4-238, 국사, 10책) : 표제는 <창선감의록唱善感義錄>. 필사기가 전책에 걸쳐 '신축·을사·임자'로 나타난다. Skillend는 이들을 각각 1901년, 1905년, 1912년으로 보았다.
⑤ 증미자작曾禰子爵 {선책}(한사, 2책)
⑥ 궁내청서릉부 {일소재한전목}(p. 331, 한사, 4권 2책)

(92) ＜천군본기天君本紀＞, ＜심사心史＞

① 동양문고 ｛국회 : 고종목｝(한현, 1885, 1책)
② 조도전대 ｛국회 : 고종목｝(한현, 1책)

(93) ＜천군연의天君演義＞

① 재산루 ｛선책｝; 동양문고 ｛동양조목｝(Ⅶ-4-354,   한사,   1책) : 부附
＜화사＞·＜원자허전＞

(94) ＜최생우진기崔生遇眞記＞←『기재기이』

① 금서룡(천리대) ｛금서조목 p. 236｝(한사, 12f.)

(95) ＜최척전崔陟傳＞

① 금서룡 ｛금서조목 p. 158｝(한사) : ＜금화사기＞에 부재되어 있다.

(96) ＜최충전崔忠傳＞

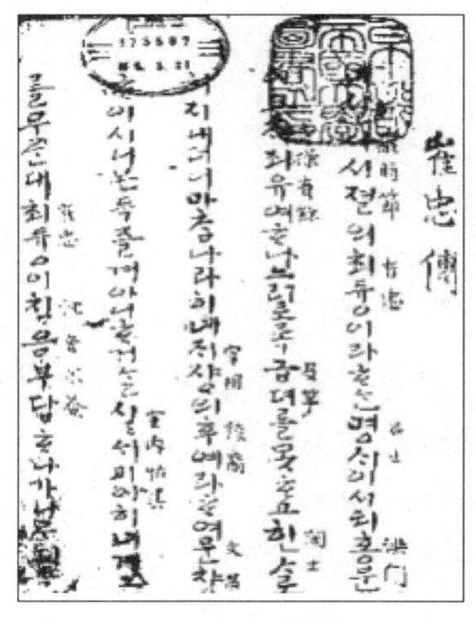

[원문자료 50] ＜최충전＞(경도대)

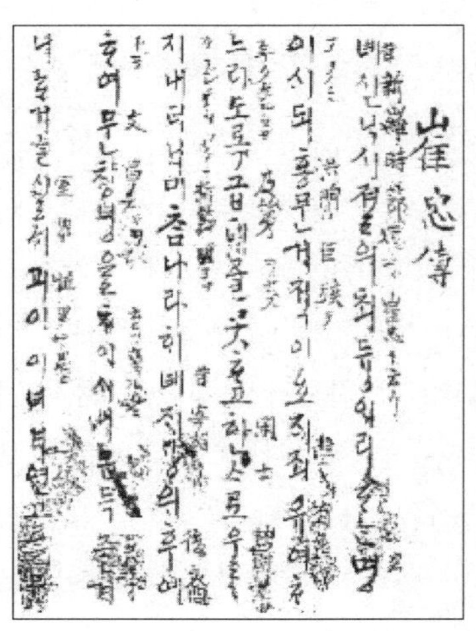

[원문자료 51] ＜최충전＞(심수관가)

① 경도대(국사, 1책, 63F.)

② 심수관가(녹아도, 국사, 1책, 63f.)

③ 소전기오랑가(대마도, 국사, 1책)

④ 소창문고(동경대, 국사, 명치6년 계유(1873), 1책, 50f.)

⑤ 동양문고 {동양조목}(Ⅶ-2-230, 국판, 부산, 광서光緖 9, (1883), 1책) : <최충전>

그 밖에 일본에서 간행된 이본들도 참조할 수 있겠다.56)

* <춘몽연春夢緣> → <춘향전>

(97) <춘향전春香傳>

① 동양문고 {동양조목}(Ⅶ-4-248, 국사, 10책)57) : 필사기가 '갑진・기유・신해'년에 '항목동셔'로 나타난다. Skillend는 이들을 각각 1904년, 1909년, 1911년으로 보았다.

② 동경대 총합도서관 아천문고 {아천조목, 73}(25441, 국사, 전 9권 2책, 상책 : 전 5권, 121f. ; 하책 : 세정미삼월일간동셔, 전 4권, 107f.)58) : 권4, 5, 7 등에 모본母本이 낙장인 까닭으로 부분적으로 필사하지 못한 곳이 있음을 밝히고 있다.

③ 구주대(국경, 1책, 35f.)59)

---

56) 유탁일, "일본 간행 한글 활자본 <최충전> 고", 송랑 구연식 박사 회갑기념 논총松郎具然軾博士回甲紀念論叢『국문학 연구』(동 위원회, 1985. 9). 한국고소설 연구회 편, 『한국 고소설의 조명』(아세아문화사, 1990. 1)에 재수록. 혹은 일본어 번역본인 <신라최랑물어新羅崔郎物語>(대마도엄원중앙공민관對馬島嚴原中央公民館, 도도차랑島嶋次郎, 1책, 57f.)도 있다.

57) 한국어문교육연구회의 『어문연구』, 51[14 : 3](1986. 10) ; 동, 53[15 : 1](1987. 4) ; 동, 55・56[15 : 3・4](1987. 11)에 동양문고본 <춘향전>의 활자화 원문과 함께 주석이 붙여져 소개되었다.

58) 『조선학보』, 126(조선학회, 1988. 1)에 원문 영인 및 박갑수의 해제(동경대본 <춘향전>)가 실려 있으며, 『월간중앙』 148(중앙일보사, 1988. 5)에는 같은 필자의 "동경대 소장 <춘향전> 그 멋과 재미"라는 글이 발표되기도 하였다.

59) 김동욱, "경판 35장본 <춘향전> : 구주대학본"(『한국학보』 9, 일지사, 1977. 12)이

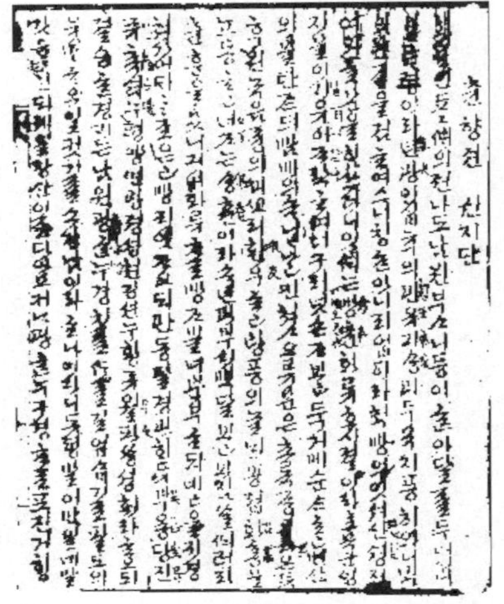

[원문자료 52] <춘향전> 권지단(동양문고)

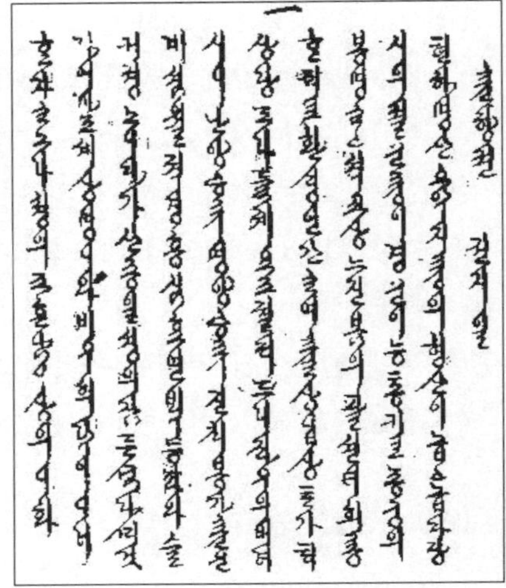

[원문자료 53] <춘향전> 1(동양문고)

④ 동상(국경, 1책, 30f.)

⑤ 동경외대(국경, 1책, 30f.)

⑥ 재산루 {선책} ; 동양문고 {동양조목}(Ⅶ-4-235, 국안, 안성동문이신판, 1책, 20f.)

그 밖에 개화기 이후의 것으로 다음과 같은 것들을 찾을 수 있다.

* 춘향전 고본춘향전(최창선 편) : 금서룡 {금서조목, p. 188}(국활, 1책)

* 춘몽연春夢緣 경응대慶應大 {국회 : 고종목}(한활, 1책, 1929) / 금서룡 {금서조목}(p. 202, 한활, 1929, 1책) : 이능화李能和 찬간撰刊. 한시 춘향가漢詩春香歌

* 동양문고 {동양조목}(Ⅶ-4-1, 한간, 여규형 편呂圭亨編, 1책) / 동경대 아천문고 {아천조목, 73}(25441-E43-854, 한사, 여규형 편, 2권 2책)

* 옥중화獄中花 춘향가연정春香歌演訂 금서룡 {금서조목, p. 203}(국활, 보급서관普及書館, 7판 1914, 1책) : 이해조李海朝 편역編譯. 춘향가연정

____

라는 논고 및 동지 해제 참조.

[원문자료 54] <츈향전> 권지일(동경대)

(98) <취미삼선록翠微三仙錄>

① 금서룡 {금서조목}(p. 223, 국사, 1책) : 필사기로 보아 1927년 이후의 책임을 알 수 있다.

(99) <팔상록八相錄>

① 동경대 백산흑수문고 {선책}(국사, 16책)

(100) <평산냉연 사재자전 平山冷燕 四才子傳>

작품의 이름은 작중에 등장하는 네 명의 남녀 주인공 평여형平如衡·산대山黛·냉강설冷絳雪·연백령燕白領 들의 성씨에서 유래된 것이다.

① 동양문고 {동양조목}(Ⅶ-4-388, 국사, 3책) : 한국 국회도서관본의 사본이라 한다.

(101) <하생기우전何生奇遇傳> ←『기재기이』

① 금서룡 {금서조목 p. 236}(『기재기이』, 한사, 10f.)

(102) <하진양문록河陳兩門錄>

[원문자료 55] <하진양문녹> 권지일(동양문고)

① 동양문고 {동양조목}(Ⅶ-4-234, 국사, 29책) 필사기는 '무신'과 '기유'에 '향목동'과 '향수동'에서 필사한 것으로 되어 있다. Skillend는 '무신'과 '기유'를 각각 1908년과 1909년으로 보았다.

(103) <현몽쌍룡기現夢雙龍記>

① 동양문고 {동양조목}(Ⅶ-4-370, 국사, 낙질 2권 1책) : 전 16책 중 현존 권13, 14.

(104) <현수문전玄壽文傳>

① 동양문고 {동양조목}(Ⅶ-4-239, 국사, 8책) : 필사기에 '을사'와 '을해'년에 '향목동서'라 하였다. Skillend는 '을사'를 1905년이라 하고, 6책에 나타나는 '을해'는 '을사'의 오기일 것이라고 하였다.[60]

② 하합홍민 {하합수목, 5}(국사, 2책) : 표제가 <현서문전玄書文傳>으로 되어 있다.

③ 하합홍민 {하합수목, 12}(국사, 4책)

(105) <현씨양웅쌍린기玄氏兩雄雙麟記>

① 동경대 아천문고 {아천조목 p. 40}(25281, 국사, 6책)

② 동양문고 {동양조목}(Ⅶ-4-453, 국사, 6책) : 동경대 아천문고 소장본의 사진판이라 한다.

2(106) <홍길동전洪吉童傳>

① 동양문고 {동양조목}(Ⅶ-4-251, 국사, 3책) : 필사기가 모두 '셰신축십일월일ㅅ직동셔'로 되어 있는데, Skillend는 이 '신축'을 1901년이라 추정하였다.

② 소창문고(동경대, 국경, 1책)

③ 구주대(651-ㄱ-6, 국경, 1책, 24f.)

④ 재산루 {선책} ; 동양문고 {동양조목}(Ⅶ-4-235, 국안, 안성동문이 신판, 1책, 23f.)

⑤ 동양문고 {동양조목}(Ⅶ-4-387,

[원문자료 56] <홍길동전> 단(동양문고)

국판, 1책) : 2종이 소장되어 있으며, 한국 국회도서관 소장본의 사진본이라 한다.

(107) <홍루몽紅樓夢>

<석두기石頭記>, <금릉십이차金陵十二釵> 등의 이칭을 갖고 있는 중국 소설 <홍루몽> 120회본의 번역. 원작자는 조점曹霑(자호 설근雪芹 1715?~1762?). <홍루몽>의 전前 80회는 저자 몰년 이전 10년 전후부터 이미 전사轉寫되어 세상에 알려졌으며, 작품의 후반부도 이미 기본적으로는 완성되었으나 혹자에게 빌려 주었다가 잃어버려, 현전하는 120회 중 후後 40회는 고악高鶚이 속서續書한 것이라 하는데, 문학적으로 후자가 전자에 크게 못미친다는 중평이 있다. <홍루몽>의 판본은 지연재脂硯齋 등이 평한 조기초본早期抄本과 정위원程偉元과 고악의 정리와 수정을 거친 각본刻本의 2종이 있으며, 현재까지 발견된 지본계脂本系는 11종, 정본계程本系는 10여 종이나 된다고 하므로,61) 우리나라말로 번역된 <홍루몽>의 직접적인 대본이 이 중 어느 것인지에 대한 후고도 있어야 하겠다.
　① 동경대 백산흑수문고 {선책}(국사, 60책) : 다른 홍루몽계 속작들과 더불어 현재 행방을 알 수 없다.

(108) <홍루몽보紅樓夢補>

중국의 귀서자歸鋤子 원작(1819, 총 48회)의 국역이다.
　① 동경대 백산흑수문고 {선책}(국사, 14책)

(109) <홍루부몽紅樓復夢>

역시 중국의 진소해陳少海(혹은 진남양陳南陽)의 원작을 국역한 작품인데, 원서原序 끝에 '가경嘉慶 4년(1799)'이라 되어 있으나, 현전 최고본으로는 가경 10년(1805)본이 있다.

---

61)『중국 고전소설 총목 제요中國古典小說總目提要』, pp. 56~60 참조.

① 동경대 백산흑수문고 {선책}(국사, 25책)

(110) <**홍백화전**紅白花傳>, <**계순전**桂荀傳>

① 천견륜태랑淺見倫太郎 {선책}(국사, 3책) : 원 천견륜태랑 소장본으로 현재는 미국 캘리포니아대학(버클리대) 아사미컬렉션에 소장.

② 동양문고 {동양조목}(Ⅶ-4-444, 국사, 1책) : 표제명은 '계순전桂荀傳'. 미국 캘리포니아대학 도서관본의 사진본이다. '계순전'이란 제명은 주인공들의 성인 '계'씨(계동영 및 그 아들 일지)와 '순'씨(순경화 및 그 딸 직소)에서 따 붙인 것이다.

(111) <**화사**花史>

① 재산루 {선책}(한사 1책) : <천군연의>에 합부合附되어 있다.
② 금서룡 {금서조목}(p. 53, 한사, 1책) : 외제 '화사花史 부잡조附雜調'

(112) <**화왕전**花王傳>

① 봉좌문고(명고옥) 『졸재선생문집拙齋先生文集』[62]

(113) <**황운전**黃雲傳>

① 소창문고(동경대, 국사, 1894, 갑오(1894), 2책)
② 동양문고 {선책}(국사, 2책)

(114) <**후홍루몽**後紅樓夢>

중국 원본의 작자는 '소요자逍遙子' 혹은 '백운외사白雲外史'라 하나 본

---

62) 인천채씨 종회仁川蔡氏宗會가 1988년에 봉좌문고 소장 『인천세고仁川世稿』를 기본으로 『인천채씨문헌집 : 졸재선생문집』 3을 간행한 바 있는데, <화왕전>은 그 잡록雜錄 속에 들어 있다.

명은 알 수 없다. 현재까지 고증된 바에 의하면 이 책은 가경嘉慶 원년
(1796)이나 이보다 약간 앞서 탈고되었다고 한다. 내용은 <홍루몽> 120
회본을 속서續書하고 있다.

① 동경대 백산흑수문고(국사, 10책) : 이능우의 『입문을 위한 국문학개
론』(p. 6)에도 소개되어 있으나, '부홍루몽復紅樓夢'으로 오기되어 있다.

(115) <흥부전興夫傳>

① 재산루 {선책} ; 동양문고 {동양조목}(Ⅶ-4-235, 국경, 1책, 송동 신
판宋洞新板, 낙장 있음)

② 구주대(651-ㄱ-7, 국경, 1책, 25f.) : 표지는 표제 부분이 훼손되어 있
으며, 신장新裝 서갑書匣에는 '홍부전興溥傳'으로 표기되어 있다.

③ 동북대 {일소재한전목}(p. 339, 국판?, 1책) : <흥보전興甫傳>

그 밖에 소설 여부를 알 수 없는 다음과 같은 작품들이 있는데, 추후의
보완작업이 필요하다 하겠다.

* <고려보감高麗寶鑑> {동양조목}(Ⅶ-4-245, 국사, 10책)[63]

* <디셩훈몽전> 소창문고(동경대, 국사, 1책)

* <옥소화담玉少華談> : 동양문고(한사, 1책)[64]

* <백송□몽강호수문白松□夢江湖廋聞> : 하합홍민 {하합수목, 5}(한사, 1책)

* <목란정전木蘭亭傳> : 하합홍민 {하합수목, 18}(국사, 4책)

* <형세언型世言>[65]

---

63) Skillend, p. 46에 의하면, 이 책은 제목상으로는 역사서인 듯 보이나 내용 중에는 실
   제 역사적 인물이 전혀 나타나지 않으며, 발단 부분에는 중국 당씨 집안에 관한 이
   야기가 서술되어 있다고 한다.
64) 『고선책보』 1, p. 334에 의하면, 이 책은 전설·이화俚話를 집록輯錄한 것으로, 각편
   에 연의소설을 모방한 7자구의 편제篇題를 붙여 있으며, 외제外題는 '옥소화담인玉少
   華談寅'이라 되어 있다고 한다.
65) 『고선책보』 3, 부록 '전간선생 소전前間先生小傳'에서는 전간공작의 일기를 인용하여,
   그가 1891년에 한국에 오자마자 시중에서 <흥부전>을 구입하여 한국어를 공부하

4)

　서두序頭에서도 말한 바와 같이 본고는 재일본 한국 고전소설의 총 목록을 점검하기 위한 작업이다. 그리고 앞으로 현지 확인을 위한 준비작업이기도 하다. 다시 말한다면 이 글은 연구계획서의 성격을 지닌다고도 할 수 있다.

　본고에서 일본 소재 고전소설 이본들을 종합 점검해 본 결과, 대충 30여 개 기관에 소장된 120여 종의 소설 작품들을 목록화할 수 있었다. 양적으로도 적지 않을 뿐만 아니라 그 중 상당수는 질적으로도 우수한 이본들임이 확인된다. 대부분 실물 검증을 거치지 못한 채 암체어에서 종합된 것이어서 개중에는 상당한 오류가 있을 수 있음을 자인하지 않을 수 없지만 어쨌든 일본에 근 120여 종의 한국 고전소설이 보존되어 있다는 사실을 확인하게 된 것은 놀라운 일이다. 개중에는 유일본도 더러 보인다. 비록 그들이 그리 대단한 작품은 아닐지 모르지만, 다행히 살아 남아 우리 소설사를 풍부히 해준다는 점에서 의의가 적지 않다고 할 수 있다.

　동양문고본이나 경도대 하합河合문고, 천리대 금서今西문고 들의 경우 보존된 이본 숫자가 상당함은 물론이고, 그 이본의 상태도 비교적 양호하고 필체도 유려하다. 필사기에 의하여 이들은 대체로 전문 필사가에 의하여 쓰인 세책貰冊임을 알 수 있다. 특히 동양문고본들에는 '향수동'이나 '향목동'이란 지명이 거듭 나타나는 사실로 미루어, 특정 세책점의 책들

　는 한편, 다시 <형세언> 5책, <비소기悲笑記> 1책을 구입하였다고 하고 있다. 이들 중 <흥부전>과 <비소기>는 아직도 동양문고에 소장되어 있으나, <형세언>만은 1924년에 작성된 <재산루수서록在山樓蒐書錄>이나 1935년에 작성된 <속재산루수서록續在山樓蒐書錄>, 혹은 1927년에 작성된 "선책명제鮮冊名題" 어디에도 들어 있지 않다. 이들은 모두 전간前間 스스로 작성한 목록인 점으로 미루어, <형세언>은 이미 타인의 손으로 넘어갔던 것으로 보인다. <형세언>은 원래 중국소설의 번역인바, 이 책은 현재 한국학중앙연구원의 국문번역 필사본 낙질 4책(제3~6책)이 세계 유일본으로 알려져 있다.

을 일괄 구입한 것임을 알 수 있게 하여 준다. 이 글에서 미처 살피지 못
하고 빠뜨렸거나, 또는 잘못 기술한 부분들은 앞으로 정정 보완할 생각
이다.

● 참조 원고
"재일在日 한국 고전소설의 서지적 연구", 『어문학논총』 21(국민대 어문학연구소, 2002. 2).

6. 북한 소재 고전소설 서목 검토

1) 머리말

우리 소설사의 전면적 검토를 위하여 북한 소재의 고전소설 목록을 살 피는 일은 매우 중요하고도 의의 있는 일이 아닐 수 없다. 원래 하나의 문 학사였던 것이 지난 날 정치·사상적인 이유 때문에 남북이 분단됨에 따 라 문학사 자체도 양분된 채 각자의 길을 밟아 왔고, 그 결과 남한의 <홍길 동전>과 북한의 <홍길동전>이 따로 존재하여 왔던 것이다. 물론 오늘날 학술적 성과의 언급이 비교적 자유스러워지긴 하였지만, 그간에 존재해 왔 던 양 지역간의 학술적 장벽이 완전히 허물어졌다고 할 수는 없다. 북한 자료를 접근할 길이 거의 없어 북한의 것이 자연히 실제 이상으로 과대 혹은 과소 평가되고 있는 형편이며, 남한에서 이미 사라진 희귀자료가 북 한에 남아 있지 않을까 하는 막연한 기대를 갖게 되기까지 한다.

6·25 동란이라는 민족의 대비극이 있은 후, 남북 교류가 완전히 단절 되어 남과 북은 문헌 자료의 수수授受도 막히게 되었고, 자연 우리는 선조 들이 물려준 고전소설의 자산 중 일부에 대하여 그 존재조차 망각한 채, 오랜 세월 동안 반쪽의 부절符節을 전체로 간주하고 연구해 왔던 것이다. 그러나 자료의 학술적 인용이 폭넓게 허용되고 있는 지금 우리는 그간

잊고 있었던 나머지 반쪽을 찾아 온전한 모습을 맞춰 보는 작업이 필수적인 급무로 요청되기에 이르렀다. 이 땅의 진정한 소설사는 남쪽과 북쪽의 모든 자료를 합친 바탕 위에서 이루어져야 할 것이다. 그 어느 한 자료의 결여도 결국은 반 쪽만의 역사밖에 못 되기 때문이다.

물론 피차의 자료적 접근이 완전히 자유롭지 못한 지금 그 원천적인 필요성은 절감한다 하더라도 실제적 성과는 미미할 수밖에 없다. 예컨대 북한에 소장되어 있는 고전소설 작품을 직접 대할 수 없음은 물론 그 서지적 상황조차 거의 알려져 있지 않은 터에, 막연히 상당한 자료가 있으리라는 기대와 논저들의 단편적인 기록을 통한 추론적 소설사 연구는 사상누각에 그치기 쉽다. 하지만, 미래를 대비하고 기초를 단단히 하기 위한 기초적 작업은 어느 정도 필요할 것으로 여겨진다.

현재 북한에 남아 있거나 혹은 거론되고 있는 고전소설 자료는 대체로 다음 세 가지 중 어느 하나일 것이다. 첫째, 원래부터 북한에 있었던 자료, 둘째, 1950년 사변을 전후하여 남한에서 북한으로 가져간 자료, 셋째, 3·8선이란 인위적 장벽이 생김으로써 학술자료의 공식적 수수 경로가 차단된 이후 그 어떤 경로를 통하여 북한에 소개된 남한 혹은 해외의 자료. 그런데 북한에서 간행된 각종 문학사나 소설 연구서들을 보면 논급되고 있는 소설 작품들의 서지적 상황을 밝힌 경우가 매우 드물다. 따라서 특정 소설에 대한 그들의 논의가 구체적으로 어느 곳에 소장된 어느 이본에 근거하였는지 알 길이 없다. 그 중에는 분명히 남한 소재의 작품들을 근거로 하고 있는 경우도 있는 듯한데, 이를 문면에 드러내지 않았기 때문에 심증으로 추측할 수밖에 없는 형편이다.

본고에서는 필자가 접할 수 있었던 문헌의 한도 내에서 북한의 고전소설 작품들에 대해서 논의하려 한다. 그 대상 문헌을 미리 밝혀 보면 김대종합도서관金大綜合圖書館 간행의 『김대종합도서관도서목록金大綜合圖書館圖書目錄 2, 한서분류목록漢書分類目錄』(1957) 및 수종의 북한 문학사, 근자에 국내에도 소개된 김춘택 저, 『조선 고전소설사 연구』(김일성종합대학 출판사, 1982), 조선문학창작사 고전문학실 편의『고전소설해제』(전3권, 문예출판사, 1988~1992), 그리고 그 밖의 몇몇 북한 잡지에 발표된 논문들이다. 이들 문헌을 통하여 북한 소재의 고전소설 및 그 이본, 또는 그들의 특징이나 소설사 기술에 있어서의 특징 따위를 고찰할 것이다.

2) 『김대도서관도서목록』의 서목

현재까지 필자가 접해 볼 수 있었던 북한의 고전소설 목록은『김대도서관도서목록 2 한서분류목록』(1957)이 유일하다. 그 밖에 다른 기관에서 목록들이 얼마나 나왔는지, 혹은 그 중에 고전소설 서목이 포함되어 있는지 능력의 부족으로 아직 알 수가 없다. 확실치 않지만, 언젠가 평양의 인민대학습당에도 수백만 권의 장서가 있다는 일간지 보도를 본 기억이 있는데, 그 장서 중에는 고서도 상당수 포함되어 있다고 한다. 그리고 그곳에 소장되어 있는 고전소설을 인용한 북한의 문헌에 대한 해제나 연구서도 있었다.[1] 짐작컨대, 그곳 외에 다른 공공도서관이나 대학도서관에도 고전소설이 상당수 수장되어 있을 것이지만,[2] 유감스럽게도 수중에는 이미 40여 년 전에 프린트본으로 나왔던『김대도서관목록』밖에 없다. 물론 그 이후에 증보판이 나왔을 법한데, 이 역시 현재로서는 미상이다.

우선 1957년의『김대도서목록 2 한서분서 목록』에 수록되어 있는 고전소설 서목을 살펴 보기로 하자.

---

1) 북한의 고전문학실 편의『고전소설 해제』에 의하면, 인민대학습당 소장 필사본으로 <옹고집전>(26f.)・<용강전>・<임진록>・<임진병란기>・<진대방전>・<춘향전>・<황백호전> 등이 있음을 알 수 있다.
2) 예컨대, 백순남의 "<임진록>의 이본 고찰"이라는 논문에 의하면, <임진록>의 이본으로 인민대학습당의 9종, 사회과학원의 3종, 그 밖에 인민대학습당의 <임진병란기>와 <룡강전> 각 1종 및 소장처 불명의 <임진록> 4종과 <흑룡일기> 1종을 들고 있다(박현균 편,『조선 고전문학 연구』1, 문학예술종합출판사(1993) ; 한국문화사 1995, pp. 219~221).

[필사본]

제목	작자	판종	권–책
(1) 고소셜古小說		필사	2
(2) 금산몽유록金山夢遊錄		필사	1
(3) 김생전金生傳		필사	3-1
(4) 남화덩연긔		필사	1
(5) 뇨광현젼		필사	1
(6) 님호은뎐		필사	2
(7) 대셩전大成傳		필사	1
(8) 동션기洞仙記		필사	1
(9) 됴웅전		필사	1
(10) 명주귀봉		필사	1
(11) 별주부전鱉主簿傳		필사	1
(12) 병자강도록丙子江都錄		필사	1
(13) 보심녹		필사	1
(14) 빅학션젼		필사	1
(15) 사씨남졍기謝氏南征記	김만중金萬重	필사	2
(16) 서옥셜鼠獄說	임제林悌	필사	1
(17) 소대션전蘇大善傳		필사	1
(18) 쇼현셩녹		필사	2
(19) 운영전雲英傳	유영柳泳	필사	1
(20) 유빅소전		필사	1
(21) 임진록壬辰錄		필사	1
(22) 창선감의록	김도수金道洙	필사	1
(23) 창선감의록彰善感義錄	김도수	필사	2
(24) 창션녹		필사	1
(25) 챵난긔		필사	1
(26) 소씨쳥졀록淸節錄		필사	1
(27) 최치원전崔致遠傳		필사	2
(28) 파경전破鏡傳		필사	3-1
(29) 화몽집花夢集		필사	8-1

[목판본]

제목	작자	판종	권-책	출판사
(1) 구운몽九雲夢	김만중	목각木刻	6-3	
(2) 숙영낭자전淑英娘子傳		목각	1	한남서림翰南書林, ?
(3) 월왕전月王傳		목각	1	
(4) 초혼지		목각	2-1	
(5) 황운전		목각	1	

[신활자본]

제목	작자	판종	권-책	출판사
(1) 구운몽九雲夢	김만중	연활鉛活	3-1	유일서관唯一書舘, 1917
(2) 사씨남정기謝氏南征記	김만중	연활	1	영창서관永昌書舘, 1916
(3) 옥루몽玉樓夢	김동진金東縉	연활	3	덕흥서림德興書林, 1938
(4) 옥중가화춘향가獄中佳花春香歌		연활	1	대창서원大昌書院, 1923
(5) 원본강태공전原本姜太公傳		연활	1	영창서관, 1925
(6) 정향전丁香傳		연활	1	회동서관匯東書舘, 1916
(7) 창선감의록彰善感義錄	백두용白斗鏞	연활	1	한남서림, 1924
(8) 춘몽연春夢緣(漢詩春香歌)	이능화李能和	연활	1	문화서림文化書林, 1929
(9) 춘향전春香傳		연활	1	동창서국東昌書局, 1917
(10) 현토삼국지懸吐三國誌		연활	5	영창서관, 1941
(11) 현토천군연의부심사 懸吐天君演義附心史	정태제鄭泰齊	연활	1	한남서림, 1917

　　이상 총 45종의 서목을 판종에 따라 가나다순으로 정리해 본 결과 필사본 29종 ; 목판본 5종 ; 신활자본 11종이라는 결과를 얻었다. [필사본](1)의 <고소설>이라는 것은 아마 표제 낙장으로 인한 가제假題일 것으로 생각되지만, 그 내용이 무엇인지는 알 수 없다. [필사본](2)의 <금산몽유록>이 <錦山夢遊錄>인가 <金山寺夢遊錄>인가도 미상이다. [필사본](3)의 <김생전>은 충남 금산錦山의 박의영朴義永 씨가 같은 이름의 단권짜리 소설을 소장하고 있음이 알려져 있다. [필사본](4)의 <남화뎡연긔>는

<임화정연林花鄭延>이겠고, (10)의 <명주귀봉>은 <명주기봉明珠奇逢>이겠으며, (17) <소대선전蘇大善傳>은 <소대성전蘇大成傳>이겠다. (20) <유빅소전>은 아마 <유백로전兪伯魯傳> 곧 <백학선전白鶴扇傳>의 이본이겠고, (24) <창선녹>은 <창선감의록彰善感義錄>, (25) <창난긔>는 <창란호연昌蘭好緣>, (28) <파경전>은 <최고운전崔孤雲傳>일 것이다. 필사본 중 전연 내용을 짐작할 수 없는 것은 [필사본](5)의 <뇨광현전>인데, 이는 유일본인지 알 수 없다. 한편 판각본 중에 보이는 (30) <구운몽>은 그 책수가 6권 3책인 점으로 보아 한문 완판본임이 분명하다.

작자를 밝히고 있는 것들은 아마도 원본에 그렇게 기록되어 있는 것이라기보다 통설을 따른 결과일 듯하다. 가령 <서옥설>을 '임제', <운영전>을 '유영', <창선감의록>을 '김도수'의 작이라 한 것이 그러한 예다. 활자본 중에도 <옥루몽>의 작자를 '김동진', <창선감의록>의 작자를 '백두용'이라 한 것은, 물론 근대소설기에 출판된 고전소설들에 사주社主가 흔히 '저작 겸 발행인'이라 되어 있던 것을 그대로 옮겨놓은 까닭이다. '회동서원'에서 출간되었다는 <정향전>은 다소 새롭다. '회동서원'은 '회동서관'을 말하는 것일 듯한데, 이제껏 <정향전>이 활자본으로 출간되었다는 것은 알려진 바 없다.

특기할 만한 것은 [필사본](29)의 『화몽집花夢集』이다. 이 단편소설집은 유일본으로 알려진 것으로, 김춘택이 쓴 연구 논문을 참조할 수 있다. 동 논문에 나타난 바에 의하면, 이 책은 초서체로 쓰인 한문 필사본으로, 그중에는 <원생몽유록元生夢遊錄>・<운영전雲英傳>・<주생전周生傳>・<영영전英英傳>・<동선전洞仙傳>・<몽유달천록夢遊達川錄>・<피생명몽록皮生冥夢錄>・<금화령회金華靈會>3)・<강로전姜虜傳>의 총 9편이 수록되어 있다고 한다. 이 책의 편집자가 누구인지 알 수 없으나, 책 중에 '약거기개 시 천계6 略擧其槩 時天啓六'(대충만 들어둔다. 때 천계 6년)이란 기록이

---

3) 동아대 석당전통문화연구원石堂傳統文化硏究院에 <금화사몽유록>의 이본인 <금화사경회록金華寺慶會錄>이 소장되어 있는데, <금화령회록金華靈會錄>도 유사본이 아닌가 한다.

있는 것으로 보아, 늦어도 1626년부터 편집되어 기록되기 시작하였다는 것을 알 수 있다. 또한 이 필사본에는 1568년에 창작된 임제의 <원생몽유록>과 17세기 초에 창작된 윤계선尹繼善의 <몽유달천록>(<달천몽유록>), 1618년~1627년 사이에 있었던 후금과의 싸움을 소재로 한 <강로전>4) 등이 실려 있는 것으로 보아, 이 소설집은 1626년 이후의 17세기 전반기에 편집된 것으로 보인다.5) 9편의 작품 중 <강로전>을 제외한 나머지 작품들은 모두 기왕에 알려져 있던 것들이나, 17세기 초엽에 쓰인 작품집이라는 점에서 이 소설집의 발굴은 우리 소설사 상 매우 중요한 의의를 갖는 것임에 틀림없다. 다시 말해『화몽집』은 15세기 중엽 김시습金時習(1435~1493)의『금오신화』, 16세기 중엽 신광한申光漢(1484~1555)의『기재기이』에 이은 단편소설집으로,6) 17세기 초엽7) 김집金集(1574~1655)의『신독재수택본전기집愼獨齋手擇本傳奇集』과 거의 비슷한 무렵에 이루어진 것이라는 점에서 그 소설사적 의의를 살 수 있겠다.

3) 제 문학사에 나타난 소설 서목

북한에서 간행된 문헌에 기술된 문학사들은 시대 구분이 대체로 각 세기별로 구분되어 있다. 그런데 그 문헌들이 소설 전문서가 아니기 때문에, 거론되고 있는 작품 서목들이 매우 한정되어 있을 뿐만 아니라, 그마저도 특

---

4) 이 소설에 대한 자세한 사항은 조선문학창작사 고전문학실 편,『고전소설해제』권1 (평양 : 문예출판사, 1988) /『한국고전소설해제집』, 상(서울 : 보고사, 1997), pp. 28~37 참조.

5) 김춘택, "중세소설작품집『화몽집』에 대하여",『조선어문』1986. 2호, p. 43.

6) <설공찬전> 등이 기록되어 있는 이문건李文楗(1494~1567)의『묵재일기默齋日記』도 들 수 있으나, 이 경우 한문 필사본의 이면을 따고 필사한 국문본 소설 <설공찬전>·<주생전>·<왕시전>·<왕시봉전>·<비군전> 등의 필사 연대에 대해서 아직 논증된 바 없지만,『묵재일기』보다 훨씬 뒤진 것임은 분명하다.

7) 수록 작품 중 <왕경룡전> 말미에 임진왜란 이야기가 나온 것으로 보아서 전쟁 이후의 작품집임을 유추할 수 있다.

정 소설만 대상으로 기술하고 있다. 개별적인 논급에 앞서 우선 대표적인
문학사 4종에 나타난 고전소설 서목들을 정리해 보기로 한다('●'는 상세
히 다루어진 작품, 'ㅇ'는 간단히 서술되거나 작품명만 기재된 작품, '×'는
전연 거론되지 않은 작품임을 나타낸다).

각 문학사에 나타난 고전소설 서목 일람

※ 약호略號

『통사』: 과학원 언어문화연구소 문학연구실, 『조선문학통사』 상上(과학원출판사,
　　　　1959)

『김대』: 김일성종합대학 편, 『조선문학사』I (김일성종합대학출판사, 1982)

『개관』: 정홍교·박종원 공저, 『조선문학개관』I (사회과학출판사, 1986)

『김하명』: 김하명 저, 『조선문학사』3-5(사회과학출판사, 1991~1994)

　　　　('▶' 기호는 동종이명 소설을 나타낸 것임.)

작품명	『통사』	『김대』	『개관』	『김하명』
▶ 가루지기타령 → 변강쇠타령				
<가수재전>(김려金鑢)	×	ㅇ	×	×
<가짜신선타령>	×	×	×	ㅇ
<강감찬전>	ㅇ	×	×	×
<강남홍전>	×	ㅇ	×	×
<강로전>	×	×	×	ㅇ
<강릉매화전>	ㅇ	×	×	×
▶ <강상련> → <심청전>				
<계축일기>	×	×	×	●
<광문전>(박지원朴趾源)	ㅇ	ㅇ	ㅇ	●
▶ <광한루기> → <춘향전>				
▶ <광한루악부> → <춘향전>				
▶ <교중기轎中記> → <구운몽>				
<구운몽>(김만중金萬重)	●	ㅇ	●	●
<금방울전>	×	ㅇ	ㅇ	×

작품명	『통사』	『김대』	『개관』	『김하명』
▶ <금화령회> → <금화사몽유록>				
<금화사몽유록>	×	×	×	○
<김신부부전>(이덕무李德懋)	×	×	×	○
<김신선전>(박지원)	○	×	○	●
<김씨봉효록>	×	×	×	○
<남궁선생전>(허균許筠)	×	○	○	●
<남염부주지>[남염부주 이야기](김시습)	●	○	○	●
<노처녀가>	×	×	○	○
▶ <놀부와 흥부> → <흥부전>				
<달천몽유록>[달천의 꿈놀이](윤계선)	×	○	○	●
<동방일사전>(이익李瀷)	×	×	×	○
<동상기>	○	×	×	○
<동선기(전)>	×	○	○	○
▶ <두껍전> → <섬동지전>				
<마장전>[말거간전](박지원)	○	×	○	●
<만복사저포기>[만복사의 윷놀이](김시습)	○	○	○	●
<매화타령>	×	×	×	○
<명주기연>	×	×	×	○
<명행정의록>	×	×	×	○
<무숙이타령>	○	○	×	○
<민옹전>[민노인전](박지원)	○	×	○	●
<박씨부인전>	●	○	●	●
▶ <박타령> → <흥부전>				
<배비장전>	●	●	●	×
<백학선전>	○	●	○	×
<변강쇠타령>	○	×	×	○
▶ <별주부전> → <토끼전>				
<보심록>	×	×	○	●
<봉산학자전>(박지원)	○	×	○	○
<빈소선생전>(이익)	×	×	○	○

작품명	『통사』	『김대』	『개관』	『김하명』
▶ <사성기봉> → <임화정연>				
<사씨남정기>(김만중)	•	•	•	•
▶ <사씨전> → <사씨남정기>				
▶ <사혼기> → <동상기>				
<삭낭자전>(김려)	×	•	×	×
<삼대충효록>	×	×	×	○
<삼사오입황천기>[세 선비가 황천에…]	×	×	○	•
<삼자원종기>	×	×	○	○
<삼한습유>(김소행金紹行)	○	×	×	○
<상번군사>(유몽인柳夢寅]『어우야담』)	×	×	×	•
▶ <상사동기> → <영영전>				
▶ <상사동전객기> → <영영전>				
<서대쥐전>	×	×	•	•
<서동지전>	×	○	×	•
<서문충효록>	×	×	×	○
<서옥설>[재판받는 쥐](임제林悌)	•	•	•	•
<서초패왕기>	×	×	○	○
<서화담전>	○	×	×	×
<설문충효록>	×	×	×	○
<설인귀전>	○	×	×	×
<섬동지전>	×	○	○	•
<성현공숙렬기>	×	×	×	○
<소대성전>	○	×	×	○
<소씨충효록>	×	×	×	○
<소운전>	○	×	×	×
<손곡산인전>(허균)	×	○	○	○
▶ <수궁가> → <토끼전>				
▶ <수성궁몽유록> → <운영전>				
<수성지>[시름에 싸인 성](임제)	○	•	○	•
<숙영낭자전>	•	•	○	×

작품명	『통사』	『김대』	『개관』	『김하명』
<숙향전>	×	○	○	×
<순군부군청기>[순군부군의 말을 들고서](허균)	×	×	×	●
<신유복전>	×	×	○	○
▶ <심청가> → <심청전>				
▶ <심청왕후전> → <심청전>				
<심청전>	●	●	●	●
<쌍성효행록>	×	×	×	○
<쌍주기연>	×	×	×	○
<쌍천기봉>	×	○	●	●
<안황중전>(김려)	×	○	×	×
<양반전>(박지원)	●	●	●	●
<양산백전>	○	×	×	×
<양풍운전>	○	×	×	×
<어룡전>	×	×	×	○
<엄처사전>(허균)	×	○	○	×
<여용국전>(안정복安鼎福)	×	×	×	○
<역학대도전>(박지원)	○	×	○	○
▶ <연의각> → <흥부전>				
▶ <열녀춘향수절가> → <춘향전>				
<열녀함양박씨전>(박지원)	○	×	×	●
▶ <영수창선기> → <옥린몽>				
<영영전>	○	○	○	●
<예덕선생전>(박지원)	○	○	○	●
<오호대장기>	×	×	○	●
<옥낭자전>	○	×	×	×
<옥단춘>	●	●	○	×
<옥련몽>	○	○	×	○
<옥루몽>	○	●	●	●
<옥린몽>	×	×	●	●

작품명	『통사』	『김대』	『개관』	『김하명』
<옥소기연>	×	×	×	○
<옥연재합록>	×	×	×	○
▶ <옥중화> → <춘향전>				
<옥쌍환기봉>	×	×	×	○
<옥환기봉>	×	×	×	○
<옹고집>	○	×	○	×
▶ <왈자타령> → <무숙이타령>				
<요로원야화기>(박두세朴斗世)	×	○	×	●
<용궁부연록>[용궁의 상량잔치](김시습)[8]	○	○	○	●
<우상전>(박지원)	○	○	○	●
<운영전>(유영柳泳)	●	●	●	●
<원생몽유록>[원생의 꿈](임제)	○	○	○	●
<위소명행록>	×	×	×	○
<유록전>	×	×	×	●
<유연전>	○	×	×	×
<유우춘전>(유득공柳得恭)	×	×	×	○
<유충렬전>	×	×	○	○
<유효경선행록>	×	×	×	○
<육미당기>(김재육金在堉)	○	×	×	○
<육효자전>	×	×	○	×
<은애전>(이덕무)	×	×	×	○
<을지문덕전>	○	×	×	×
<이대봉전>	×	×	×	●
<이생규장전>[이생과 최낭의 사랑](김시습)[9]	○	○	○	●
<이순신전>	○	×	×	×
<이씨효문록>	×	×	×	○
<이안민전>(김려)	×	●	×	×
<이춘풍전>	×	×	○	×

---

8) 『개관』에는 <용궁에 갔다온 이야기>로 되어 있다.
9) 『개관』에는 <이생의 사랑>으로 되어 있다.

작품명	『통사』	『김대』	『개관』	『김하명』
<인형왕후전>	×	×	×	○
<일치전>	×	•	•	×
▶ <임경업전> → <임장군전>				
<임격정전>(박동량朴東亮)	×	×	×	•
<임장군전>	•	○	×	•
▶ <임장군충렬전> → <임장군전>				
<임진록>	•	•	•	•
<임화정연>	×	○	•	•
<장[위]경천전>(권필權韠)	○	×	×	×
<장국진전>	○	○	○	○
<장끼전>	•	×	○	•
<장산인전>(허균)	×	×	×	○
<장생전>(허균)	×	○	×	•
<장생전>(김려)	×	•	×	○
<장풍운전>	○	•	×	×
<장화홍련전>	•	•	•	•
<적벽가>	○	×	×	○
<전우치전>	•	•	•	•
<정수정전>	×	○	○	•
<정을선전>	○	×	×	○
<정진사전>	×	×	×	○
<조웅전>	○	×	○	•
<주생전>(권필)	•	×	×	•
<진대방전>	×	×	×	○
<창선감의록>	×	×	×	•
<채봉감별곡>	•	•	•	×
<천군연의>	○	○	×	×
<최충전>	×	×	×	○
<춘향전>	•	•	•	•
<취유부벽정기>[부벽정의 달맞이](김시습)	•	○		•

작품명	『통사』	『김대』	『개관』	『김하명』
<콩쥐팥쥐>	●	○	●	●
<토끼전>	●	○	●	●
▶ <토끼타령> → <토끼전>				
▶ <토별산수록> → <토끼전>				
▶ <토별전> → <토끼전>				
▶ <토생원전> → <토끼전>				
▶ <토생원전> → <토끼전>				
▶ <토의간> → <토끼전>				
<포쇄별감>[『어우야담』(유몽인)]	×	×	×	●
<피생명몽록>	×	×	×	○
▶ <피생몽유록> → <피생명몽록>				
<하씨선행록>	×	×	×	○
<하진양문록>	×	×	○	●
<한중록>	×	×	×	●
<해서개자>[해서의 거지](이용휴李用休)	×	×	×	○
<허생전>(박지원)	●	●	●	●
<호질>[범의 꾸중](박지원)	○	○	○	●
<홍길동전>(허균)	●	●	●	●
<홍도>[정생 일가의 기이한 상봉][10]	×	×	×	●
<홍백화전>	○	×	×	×
<홍생원유기>(안정복)	×	×	×	○
<화사>[꽃역사](임제)	●	●	○	●
▶ <화용도> → <적벽가>				
▶ <화충가> → <장끼전>				
<황주기연>	×	×	×	○
<황주목사계자기[황주목사의 충고]	×	×	○	○
<황한기봉>	×	×	×	○
▶ <회산군전> → <영영전>				

---

10) 유몽인柳夢寅, 『어우야담』 소재.

작품명	『통사』	『김대』	『개관』	『김하명』
▶ <흥보가> → <흥부전>				
<흥부(보)전>	●	●	●	●
『금오신화』	●	●	●	●
『기담수록』	○	×	×	○
『단량패사』(김려)	○	×	×	○
『방경각외전』(박지원)	○	×	○	○
『삼설기』	×	×	○	○
『우초속지』(김려)	○	×	×	○
『화몽집』	×	×	○	○
『황강잡록』	○	×	×	○

이상에서 알 수 있는 바와 같이 조사 대상이 된 4종의 문학서들에 언급되어 있는 고전소설 작품의 총 수는 155종이며, 작품집의 수는 8종에 달한다. 물론 이들 모두가 상세하게 고찰되고 있는 것은 아니어서 상당수의 작품들은 단순히 작품명만 나열되고 있는 정도에 불과하다. 경우에 따라 현재 행방을 알 수 없는 작품이나 실재 여부를 알 수 없는 작품까지 섞여 있는 경우도 있다. 어쨌든 이들 작품의 총량으로 보면 기왕에 북한 문학사에서 거론되었던 고전소설의 총량이 150여 편임을 알 수 있다.

가장 앞선 문헌인 『통사』(1959)에서 간단하나마 작품론을 곁들이고 있는 작품 <구운몽>·<남염부주지>·<박씨부인전>·<배비장전>·<사씨남정기>·<서옥설>·<숙영낭자전>·<심청전>·<양반전>·<옥단춘>·<운영전>·<임장군전>·<임진록>·<장끼전>·<장화홍련전>·<전우치전>·<주생전>·<채봉감별곡>·<춘향전>·<취유부벽정기>·<콩쥐팥쥐>·<토끼전>·<허생전>·<홍길동전>·<화사>·<흥부전> 등 총 26편에 불과하고, 단순히 작품명만 거론된 것이 45편이다. 전반적으로 볼 때 특별히 취급된 작품은 별로 없으며, 다만 <서옥설>·<주생전>·<채봉감별곡> 등에 비중이 두어지고, 후대에 나온 문학서들에서도 이들 작품이 계속 중시되고 있다. 그리고 작품집으로 『금오신화』 외에 『기담수록奇談隨錄』·『우초속지虞初續志』·『단량패사丹良稗史』·『방경각외집放璚閣外傳』·『황강잡록黃岡雜錄』 등이 나타나고 있는데, 이들은 아마도 기왕의 천태산인 『조선소설사』의 언급을 참조한 것으로 보이며,11) 이들 작품집의 내용이 상론되고 있지는 않다. 또한 권필의 작품을 논하는 가운데 그의 작품으로 <장경천전章敬天傳>을 들었으나, 이 역시 실물에 의거했다고 보기 어렵다. 이명선이 『조선문학사』에 실은 고전소설 일람표 중 광해군 때 권필의 <주생전>과 『고담요람』에 수록되어 있다는 <장경천전>을 들었던 것을 재인용한 것으로 보이는데,12) <장경천전>은 <위경천전韋敬天傳>의 잘못임이 최근 밝혀진 바 있다.13)

『김대』에서는 상론詳論한 작품의 수가 25편인데, 그 중에는 <백학선전>·<수성지>·<삭낭자전>·<옥루몽>·<이안민전>·<일치전>·<장생전>(김려)·<장풍운전> 따위가 포함되어 있다. 그 밖에 단순히 작품명이 소개되거나 열거된 작품의 수는 36편이다. 따라서 앞의 『통사』에 비해서도 소루疏漏한 셈이다. 그 단적인 예로 김만중의 <사씨남정기>는 비교적 상세히 거론되었지만 <구운몽>은 작품명만 거론된 점이라든가, 다른 문학사서들에서 대체로 중시된 <박씨부인전>·<콩쥐팥쥐전>·<토끼전> 등이 매우 소략하게 다루어져 있다는 것 등을 들 수 있다. 다만 김려의 단편들에 대하여 상당히 주목하여 『단량패사』에 수록되어 있는 <이안민전>·<안황중전>·<장생전>·<삭낭자전>·<가수재전>14) 같은 작품들을 들고, 이들 각 작품에 대하여 꽤 자세하게 언급한 점이 특징적이다. 그리고 김려의 단편에 대한 언급에 이어 다른 문학서에

---

11) 김태준, 『조선소설사』(학예사, 1939), p. 163.
12) 이명선李明善, 『조선문학사』(조선문학사朝鮮文學社, 1948), p. 135.
13) 임형택林熒澤, "전기소설傳記小說의 연애주제와 <위경천전韋敬天傳>", 『동양학』 22(단국대 동양학연구소, 1992. 10), p. 38.
14) 원문에는 '가수재賈秀才'가 장사아치라는 점에 중점을 두어 <고수재전>이라 적고 있다.

서 별로 언급되지 않은 <일치전>을 소개한 것도 눈에 띈다. 이 작품은 넓게 보면 <전우치전>의 이본 계열에 속하는 것으로서 남한에서는 아직 발견된 적이 없는 만큼, 북한에 현전하는 필사본에 의거한 것으로 보인다.

『개관』에서는 상론된 작품은 25편의 단순 거명된 작품은 46편이다. 이로써 보면 숫자상으로는 『통사』의 경우와 거의 유사하다. 특기할 만한 것은 <서대쥐전>·<쌍천기봉>·<옥린몽>·<임화정연> 같은 작품들이 좀 상론되었다는 점 정도이고, 그 밖에는 그다지 진전된 것이 없다.

『김하명』에서 상론된 작품은 63편, 단순 거명된 작품은 60편이다. 물론 이전의 모든 문학사들이 15~19세기의 여러 문학 장르들에 대하여 단한 책을 배당한 데 비하여, 『김하명』은 15~16세기에 1책, 17세기에 1책, 18세기에 1책 등 모두 3책이나 배당하고 있으나, 지면상의 차이로 보아이전 문학사들과 거론된 작품량을 단순 비교한다는 것은 무의미하겠다.

이 책을 통하여 논의된 문제점 중 쟁점이 되는 것들을 중심으로 살펴보면 다음과 같다.

1) 『금오신화』 관계

현적복이 『현은산일기』(1585. 7. 26)에서, "적적함을 이기지 못하여 『금오신화』를 읽었다."는 기록을 인용하고, 이로써 『금오신화』가 당대에 이미 전국적 범위에 전파되었음을 알 수 있다고 하였다. (3, p. 201)

2) 채수의 <설공찬전>에 대한 언급

"중종 때에 승지 채수가 친구를 위하여 <반혼기>를 지었는데 대간이 혹세무민하는 것이라고 하면서 형벌을 주자고 왕에게 주청하니 이로써 사람들이 모두 화를 입을까 두려워하여 감히 붓을 들지 못하였다."는 『일당육미』의 서문을 인용 제시하였다. (3, p. 238)[15]

---

15) 이것은 이미 『통사』 1, p. 233에도 인용된 바 있으나, 『일당육미』가 어떠한 문헌인지는 미상이다.

3) 임제가 지은 여러 소설 작품, 특히 <원생몽유록>의 창작 사실 해명

<원생몽유록>·<서옥설>·<수성지>·<화사> 등 4편이 모두 임제의 창작이라고 말한 데 이어,[16] <원생몽유록>에 대하여 작품 끝에 임제가 20세 되던 무진년(1568)에 썼다고 하여 창작 연대가 밝혀져 있음을 지적하였다. 또 동 작품이 『임백호집』에는 수록되어 있지 않으나, 17세기 초엽에 편찬되어 필사본으로 전하는 소설집 『화몽집』과, 1677년 목판본으로 간행된 남효온의 『추강집』 속집 및 정태제의 전기소설 <천군연의>에 합본되어 있는 것 등 3종의 이본이 전하고 있다. 특히 『화몽집』본 뒷끝에 '무진년戊辰年 중추仲秋 해월거사海月居士 임자순林子順'이라 한 기록에서 창작 연대와 작자를 알 수 있다고 설명하였다. 한편 『추강집』 속집에 있는 본에는 작품 첫머리에 '임제'라고 작가의 이름이 밝혀져 있는 것으로 미루어, 이 소설은 임제가 자신의 부친 임진林晉이 전라우수사로 있던 때에 전라도의 영암·강진 등지에서 수학하며 지은 것이라고 하였다. (3, pp. 238~239)

4) <주생전>의 작자

『화몽집』에 수록된 작품 끝의 '계사년 5월에 무언자 권여장은 쓰노라'로 보아, 이 작품이 1593년 임진왜란이 일어난 이듬해, 다시 말해 권필이 24세 되는 해에 썼음을 알 수 있다고 하였다. 그리고 창작 동기는 작품 끝에 있는 기록에 의하건대, 작자가 계사년에 일이 있어 송도에 갔다가 객사에서 병을 앓아 머물고 있던 주생을 만나 하루 밤을 같이 지내면서 필담으로 그에게서 들은 이야기에 기초하여 지은 것이라고 하였다. (4, pp. 128~129).

5) <임꺽정전> 소개

박동량의 『기재잡기』에 수록되어 있는 <임꺽정전>을 소설 작품으로 특필하였다.[17] (4, p. 207)

---

16) 『통사』, p. 232에서도 이와 같은 견해를 편 바 있다.
17) 박동량朴東亮, 『기재잡기企齋雜記』 3, 역조구문歷朝舊聞, 3, 명종, '임거정林巨正'조條.

6) <운영전>의 작자

<운영전>이 작중 인물인 청파사인靑坡士人 유영柳泳의 작품임을 상술하였다. (4, p. 213)

7) <유록전> 특기

<유록전>에 대해 특기하고 있다. (4, p. 230)

8) <사씨남정기>보다 <창선감의록> 선창작설

<사씨남정기>가 숙종의 인현왕후 민씨 폐위를 경계하기 위하여 지었다는 자료의 내용들을 사실로 인정하여 김만중이 이 사건으로 1689년에 남해에 유배되어 사망한 1692년까지의 2~3년 간에 창작된 것으로 추정한다면, <창선감의록>은 작자인 조성기가 1689년에 사망한 것인 만큼, <창선감의록>이 <사씨남정기>보다 먼저 창작된 것이라고 하였다. (4, p. 234)

9) 『어우야담』 소재 작품

<상번군사>[18] · <가소로운　절부節婦　정문旌門> · <포쇄별감>[19] · <홍도>[20] 등을 단편소설다운 풍격을 갖춘 작품이라 하고 상론하였다. (4, p. 246)

10) <요로원야화기>의 장르

<요로원야화기>를 소설로 다루면서 한문본에 의거 작자를 박두세朴斗世로 주장하고, 창작 연대를 17세기 후반 작품으로 추정하였다. 그러나 위의 『어우야담』 소재 작품의 소개나 『요로원야화기』에 대한 것은 이병기李秉岐 선해選解 『요로원야화기』[21]의 것을 그대로 수용한 듯하다. (4, p. 252)

11) 허균의 단편들 언급

『성소부부고惺所覆瓿藁』에 실려 있는 단편소설들 즉 <순군부군청기巡軍

---

18) 원문에는 <상번군사>에 이어 <서천령의 장기수>가 별개의 작품인 것처럼 나열되어 있으나, 후자는 전자의 내용에다 설명적으로 덧붙인 별칭으로 보아야 한다. 양자는 동일 작품인 것이다.
19) 이 작품의 내용은 바로 <설공찬전>의 작자인 채수에 대한 이야기이다.
20) 원문에는 제목이 <정생 일가의 기이한 상봉>으로 되어 있다.
21) 이병기李秉岐 선해選解, 『요로원야화기要路院夜話記』(을유문화사, 1949).

府君廳記>·<장생전蔣生傳>·<남궁선생전南宮先生傳>에 대하여 상론하였
다. (4, p. 261)

12) <구운몽>의 창작 시기

　<구운몽>을 설명하는 가운데, 선천과 남해 어느 곳에서 쓰였는가 하는
문제와 <사씨남정기>와의 선후 문제는 미결로 남겼으나, 다만 <구운몽>
의 창작경위에 관련된 하나의 일화로, 서포가 중국 사신으로 갈 때 이야기
책을 좋아하던 그의 어머니가 중국의 소설 작품을 사 가지고 오라고 한
부탁을 그만 깜빡 잊고 돌아오다가 압록강을 건너서야 생각이 나 가마 속
에서 부랴부랴 쓴 것이 <구운몽>이라 소개하고, 이런 사연으로 인해 이
작품은 또한 <교중기轎中記>라고도 한다고 설명하였다. (4, p. 307)

13) 기봉류 소설 및 충효록류 소설 서목 소개

　18세기 문학, 제4장 '소설의 다양한 발전'을 논하는 가운데 '기봉기연
소설'들로 <옥루몽>을 비롯하여 <사성기봉>·<옥환기봉>·<옥쌍환기
봉>·<명주기봉>·<황한기봉>·<옥연재합록>·<하진양문록>·<쌍
주기연>·<옥소기연>·<황주기연>·<명주기연> 등을 열거하고, 또
충효록·선행록 계열의 소설로 <소씨충효록>·<서문충효록>·<삼대
충효록>·<설문충효록>·<유효경[공]선행록>·<하씨선행록>·<위
소명행록>·<명행정의록>·<쌍성효행록>·<김씨봉효록>·<이씨효
문록>·<성현공숙렬기> 등 수십 종이 있다고 하였다. 그러나 이들 서목
들은 저자가 실제 확인한 작품들이라기보다 쿠랑의『조선서지』서목이나
천태산인의『조선소설사』를 참조한 것으로 생각된다. (5, p. 104)

14) <옥루몽>의 국문·한문 선행설

　<구운몽>의 예 및 국문 삽입 가요에 의거하여 선국문설이 옳을 것으
로 추정하였다. (5, p. 125)

15) <옥린몽>의 작자

　일부 본에 저자를 '회헌'이라 한 것에 근거하여, 그 작자를 회헌이라
인정할 수 있으나, 그 회헌이 숙종 연간에 활약한 이정작과 조관빈의 어

느 쪽인지는 확정할 수 없다고 하였다. (5, p. 128)

16) 규중문학 혹은 궁정문학

'부녀자들의 산문문학'에서 <조침문>·<규중칠우쟁론>·<계축일기>·<인현왕후전>·<한중록> 들을 소설 아닌 산문문학으로 다루었다. (5, p. 133)

17) <장화홍련전>의 작자

17세기 전동흘의 문집『가재집』의 기록을 근거로, 원작은 박경수가 지은 한문본이며, 국문본 <장화홍련전>은 이 한문본에 의거 18~19세기에 성립되었다고 하였다. (5, p. 139)

18) 한문본 <서대주전>의 번역

국역이 1962년에 처음 나왔다고 소개하였다.(pp. 5-157)[22]

19) 18세기 한문 단편 소개

18세기 실학파 문인들을 거론하는 가운데 이익李瀷 <동방일사전東方一士傳>·<빈소선생전嚬笑先生傳> ; 이용휴李用休 <해서개자海西丐者>(해서의 거지) ; 안정복安鼎福의 <홍생원유기洪生遠遊記>·<여용국전女容國傳> ; 이덕무李德懋의 <은애전銀愛傳>·<김신부부전金申夫婦傳> ; 유득공柳得恭의 <유우춘전柳遇春傳>을 거명하였다. (5, p. 187)[23]

이상에서 소개된 바와 같이『조선문학사』에 거론된 서목이나 문제점들 중에는 자못 새로운 것들도 있으나, 그 중 상당수는 남한쪽의 풍부한 자료들의 발굴로 인하여 좀 더 정세하고 사실에 가깝게 규명된 것들이 많다. 하지만 근 반세기에 걸친 학술교류의 분단 사태로 인하여, 양쪽 모두 각각의 한정된 자료를 바탕으로 연구를 진행한 결과, 경우에 따라 잘못된

---

22) 이는 문선규文璇奎, 『화사花史·주생전周生傳·소대주전鼠大州傳』(통문관通文館, 1961)을 가리키는 듯하나, 출판 연도는 차이가 있다.
23) 이가원李家源, 『이조한문소설선李朝漢文小說選』(민중서관, 1961)을 참조하였을 듯하다.

결론을 고집하는 결과를 빚게 되었다. 앞으로 남북 자료 개방 및 그 상호
보완 연구에 따라서는 이러한 문제점들이 보다 명백하게 밝혀질 수 있는
여지가 충분히 있다.

4) 『조선고전소설사 연구』와 『조선고전문학선집』

김춘택의 『조선고전소설사 연구』가 출간된 것은 1886년이었다. 따라서
김춘택이 사실상 집필한 『김대』(1982)보다 4년 늦고, 『개관』과 『김하명』보
다 앞서서 간행된 셈이다. 그러므로 『고전소설사 연구』에서 다루어진 작
품들은 책의 성질 상 각 소설에 대한 상론이 곁들여진 것 외에 서목상으
로 추가된 작품이 그리 많지 않다. 참고로 제 문학사서들에서 간략히 취
급되었거나 누락되었던 서목들을 살펴보면 다음과 같다. 이 책에서 비교
적 상론된 작품으로 <장산인전>(허균)·<동선기>·<황생의 망상>(이
수광李睟光,『지봉유설』 소재)·<이안민전>·<가수재전>·<삭낭자전>·
<한숙원전>(이상 4편 김려 作)·<임호은전>·<소학사전>·<정수정
전>·<정을선전>·<양풍운전>·<육효자전>·<옹고집전>·<이춘
풍전> 등이다. 이 중 <황생의 망상>·<한숙원전>·<임호은전>·<소
학사전>·<정수정전> 들은 처음 거론된 작품들이다. 그 밖에 이 책에서
처음 작품명이나마 소개된 것은 <장익성전>·<적성의전>·<이진사
전>·<담낭전>·<김진옥전>·<조생원전>·<최고운전>·<삼국이
대장전>·<벽성선전>·<용강전>·<쌍미기봉>·<이인향전>[24] 등이
있다. 이렇게 하여 서목상으로 제 문학서에서 거론되었던 155종에 새로
17종 가량이 추가된 셈이다. 그러나 이 책에서도 각 서목들에 대한 서지
적 상황은 거의 밝혀져 있지 않으므로, 각 작품의 실재 여부는 알 길이

---

[24] 이것은 <김인향전>의 이본일 듯하다.

없다.

한편 1980년대 초부터 간행되기 시작한 『조선고전문학선집』(평양 : 문예출판사 혹은 문학예술종합출판사) 중 그 출판 정보를 입수할 수 있었던 소설집들은 다음과 같다.

11 : 로은옥 등 윤색. 『홍길동전』(1981 ; 1985).

12~13 : 윤석범 · 김광현 윤색 · 주해. 『하진량문록』 상 · 하(1987).

14~15 : 오희복 역. 『옥린몽』. 상 · 하(1989).

16 : 로은옥 윤색 · 주해. 『김태자전』(1990).

22 : 권택무 · 림호권 윤색 · 주해. 『황백호전』(1987).[25]

23 : 리창유 · 김세민 · 최옥희 윤색 · 주해. 『리대봉전 · 진장군전 · 어룡전』
(1988).[26]

24 : 김칠환 윤색 · 주해. 『현수문전』(1988).

25 : 최태권 · 김복련 윤색 · 주해. 『류충렬전』(1990).[27]

39 : 김윤세 역. 『림경업전』(1992).[28]

40 : 김영철 윤색 및 주해. 『보심록』(1985).

41 : 조령출 윤색 및 주해. 『춘향전』(1991).

44 : 권택무 · 최옥희 윤색 및 주해, 『토끼전』(1992).[29]

48 : 지정엽 윤색 및 번역. 『란초재세기연록 · 천군연의』(1994).

 ? : 신진순 윤색 · 편집부 해제. 『장화홍련전』(1981).

 ? : 조령출 윤색 · 편집부 해제. 『양반전』(1981).

 ? : 오희복 윤색 · 해제. 『쌍천기봉』(1983).

 ? : 김하명 해제 · 김홍량 윤색. 『리춘풍전 · 옥단춘전 · 옥랑자전』(1985).

---

25) <황월선전> · <운영전> 합편.
26) 리창유 윤색 · 조동옥 주해, <리대봉전> ; 김세민 윤색 · 주해, <진장군전> ; 최옥희
    윤색 · 주해, <어룡전>이 합책되어 있다.
27) 최태권 윤색 · 주해 <류충렬전>과 김복련 윤색 · 주해의 <홍계월전>이 합책되어
    있다.
28) <몽유달천록> · <영영전> 합편.
29) <장끼전> · <금방울전> · <두껍전> 합편.

실제 자료의 입수난으로 일부 서지적 상황이나 그 밖의 서목들은 현재로서는 미상이다. 서목 중 주목을 끄는 것은 <황백호전>과 <난초재세기연록>인데, 전자는 현재 남한에 전혀 알려져 있지 않는 작품으로서 그 자세한 상황은 후술할 『고전소설 해제』(평양 : 문예출판사, 1988~1992)에서 찾을 수 있고, 후자는 1956년에 개최되었던 '일석이희승선생환갑기념 도서전시회—石李熙昇先生還甲記念 圖書展示會' 때 이숭녕李崇寧 소장의 필사본 <난초재세록蘭蕉在世錄> 1책이 전시되었던 일이 있고, 또 한국학중앙연구원에도 필사본 <난초지세록>(D7B-88) 1책 84장본이 소장되어 있는 것으로 알려지고 있으나 이제껏 전연 거론된 적이 없었던 작품으로, 이 역시 『고전소설해제』에 소개되어 있다. 『고전문학선집』48 해제 및 『고전소설해제』에 기술된 바에 의하면, 이 작품은 북한에서 고전문학 유산을 체계적으로 수집·정리하는 과정에 새로 찾아낸 작품으로, 전 3책으로 되어 있으며, 내용으로 보아 대략 18세기 이전에 창작된 것으로 추정된다. 그 내용은 옛 중국의 고전장편서사시 <공작행孔雀行>(일명 <공작동남비孔雀東南飛>)의 불행한 남녀 두 주인공인 난지와 초중경이 다시 인간 세상에 태어나 전세의 한을 풀고 복록을 누린다는 이야기로, 어쩌면 이 작품이 번역소설이 아닌가 하는 생각이 든다.

<금방울전> 해제에서는 3책짜리 필사본을 언급하고 있는데, 이 작품의 북한 소재 여부는 확실치 않으며, 일본의 동양문고에 소장되어 있는 3책본을 가리킨 것이 아닌가 한다. <림경업전>은 한문본 <임경업전>을 번역한 것이며, 같은 책에 수록된 <몽유달천록>과 <영영전>의 원본은 앞서 살펴본 『화몽집』의 것을 번역한 것이다. <보은록>의 해제에서는 이본으로 <피은보심록>·<보은록>·<금낭이산>·<명사십리> 따위가 있다고 하였는데, 이 중 <피은보은록>과 <보은록>은 남한에서는 아직까지 발견된 바 없다. 한편 <열녀춘향수절가>를 대본으로 하고 있는 『고전문학선집』41의 <춘향전> 해제에서는 북한 소재 이본으로 김대도서관의 <리도령춘양전>, 인민대학습당의 <춘양전 단>, 사회과학원도서

관의 <춘향전> 등을 소개하고 있다. 이로써 보면 북한 도처에 상당한 양의 고전소설 이본들이 소장되어 있을 것으로 추정된다.

5) 『고전소설 해제』

이 책 상권에는 91편, 하권에는 102편, 총 193편의 각 소설에 대한 간단한 해설과 줄거리, 그리고 비평들이 수록되어 있다. 서목을 검토해 본 결과 그 중에는 상당량의 남한 소재 작품들도 참조하여 얻어진 것이라는 점을 알 수 있었다. 하여튼 단일 서적에서 고전소설 작품을 이처럼 다수 취급한 예는 김기동의 『한국고전소설연구』의 207편에 버금가는 것이다.

『한국고전소설연구』의 서목과 비교하여 『고전소설 해제』에만 들어 있는 작품('*' 표시)만 찾아보면 다음과 같다.

강감찬실기	강남홍전	*강로전	고독각시
곽분양실기	*귀영전	규중칠우쟁론	그 아내
금강탄유록	*금섬전	*금수기몽	김덕령전
*김해진전	까치전	*난초재세기연록	남궁선생전
남윤전	*담낭전	매화전	벽성선전
*백흑란	봉황금	*부용헌	*부인관찰사
상번군사	*서씨전	서해무릉기	*석일태전
*설용운전	*섬노장전	*섬노전	소진장의전
소학사전	신립대장실기	신숙주부인전	십생구사
양산백전	*염라왕전	오자서실기	*옥봉쌍인
*옥포동기완록	와사옥안	완월루	왕소군새소군전
*왕제홍전	요로원야화기	월왕전	유연전
유황후전	의승기	인현왕후전	*임진병란기
장릉혈사(단종대왕실기)	장학사전	*전웅치전	정도령전(정진사전)
정수경전	정열사전(정영제구전)	정향전	제마무전

*조일선전	*조창전	*진문공	진장군전
징세비태록	*창낭전	천군기	천군실록
천추원30)	청루지열녀	축관장	*축빈설
춘무전	*칠선기봉	*팔장사전(남정팔난기)	*학강전
한중록	*한태경전	허생별전	홍경래실기
화왕전	*황백호전	황부인전	*황설현전
효종대왕실기			

　　이상 85편의 작품이 김기동의 연구서에는 누락되어 있다.31) 그렇다고 하여 이들 모두가 신발굴 자료는 아니다. 김기동의 연구서에서 상당수가 개화기 이후 활자본으로 간행되었던 것이거나,32) 혹은 소설 장르 여부에 이론이 있는 작품들은 대상에서 제외하였기 때문이다. 위에 열거된 작품 중 <그 아내>・<상번군사>・<축관장>의 3편은 이병기의 『요로원야화기』에 같은 이름으로 수록되어 있는 야담계 작품들이며,33) <금강탄유록>・<남궁선생전>・<의승기>・<화왕전>은 이가원의 『이조한문소설선』에 소개되었던 것이고, 또 <담낭전>・<서해무릉기>는 이화여대 한국문화연구원 편 『한국고대소설총서』에 수록되어 있다. 또 <남정팔난기>・<징세비태록>・<진장군전>(진성운전)・<정향전>(서유록)・<정열사전>(정영제구전)・<매화전>은 『나손본필사본고소설자료총서』에, <춘

---

30) <천추원>은 미처 원전을 확인하지 못한 유일한 활자본으로, 1918년 동미서시東美書市에서 출간되었다고 한다(총 67p).
31) 양서의 수록 총량이 207 : 193으로 14편의 차이밖에 없으나 이처럼 격차가 있는 것은, 김기동의 저서에는 있으나 『고전소설 해제』 서목에는 없는 것이 있고, 그 반대의 경우도 있기 때문이다.
32) <강감찬실기>・<강남홍전>・<곽분양실기>・<김덕령전>・<벽성선전>・<봉황금>・<소진장의전>・<소학사전>・<신숙주부인전>・<십생구사>・<양산백전>・<오자서실기>・<완월루>(장학사전)・<왕소군새소군전>・<유황후전>・<장학사전>・<정도령전>(정진사전)・<정수경전>・<제마무전>・<청루지열녀>(왕경룡전)・<홍경래실기>(신미록)・<황부인전>은 인천대 민족문화연구소 편. 『구활자본고소설전집』에도 수록되어 있는 활자본 소설이다.
33) <상번군사>는 『어유야담』, <그 아내>와 <축관장>은 『청구야담』에 수록되어 있다.

무전>은 월촌문헌연구소月村文獻研究所 편『한글필사본고소설자료총서』99
에, <남윤전>은 김기동 편『필사본고전소설전집』6에, <월왕전>은 김
동욱 편『경인고소설판각본전집景印古小說板刻本全集』2에, <와사옥안蛙蛇獄
案>은『조선학보』54(1970)에, <까치전>은『문학사상』22(1974)에 수록
되어 있다. 그 밖에 <고독각시>·<규중칠우쟁론>·<허생별전>(야담집
소재), 그리고 <인현왕후전>·<한중록> 등도 기왕에 널리 알려져 온 작
품들이나, 그 장르 규정에 논란의 여지가 있는 작품들이다. 또한 <강남홍
전>은 <옥련몽>의 파생본이고, <소학사전>과 <봉황금>·<월왕전>·
<장학사전> 등은 <소운전>의 동계 혹은 이본이며, <홍경래 실기>는
<신미록>의 이본이다.

상기 서목 중 '*'표가 없는 작품들은 모두 김기동의 상게서에 누락되어
있는 것이지만, 그간 다른 저서들을 통하여 이미 잘 알려진 것들로서, 그
대부분은 한국학중앙연구원의『한국민족문화대백과사전』에 동명 혹은 이
명으로 해설되어 있다. 따라서『고전소설해제』의 수록 작품 중 이제까지
전연 알려지지 않았던 이른바 신발굴 자료는 '*'표를 한 작품들뿐이다. 동
서의 해설 및 비평에 의거하여 이들 작품들에 대하여 약술해 보기로 한다.

(1) <강로전姜虜傳> :『화몽집』에 수록되어 있는 한문소설. 강홍립의 전
   기로서, 우리나라의 요동 원정군을 총 지휘한 그의 일생을 비판하고,
   그를 오랑캐로 낙인 찍은 소설.
(2) <귀영전> : 남녀 주인공 '귀영'과 '취란'을 중심으로, 애정담과 군담
   을 결합시킨 소설.
(3) <금섬전> : <두껍전> 계열의 군담소설. 필사 연대가 1910년으로 되
   어 있는 69쪽짜리의 필사본.
(4) <금수기몽> : 몽세자가 꿈 속에서 만난 새와 짐승들의 세계를 그린
   몽유록계 소설.
(5) <김해진전> : '해진'과 '숙양'이라는 남녀 주인공을 중심으로 한, 낙
   장 74쪽의 애정소설.

(6) <난초재세기연록> : (위의 p. 280 상단 서술을 참조)

(7) <백흑란> : 홍우원(1605~1687)이 유배지에서 쓴 한문소설로 『남파집南坡集』에 실려 있다.

(8) <부용헌> : 남녀 주인공 '몽옥'과 '숙영'의 애정소설.

(9) <부인관찰사> : <이춘풍전>의 한 이본.

(10) <서씨전> : <서동지전>의 한 이본.

(11) <석일태전> : 상권만 현전하는 군담소설. 그 내용은 <금방울전>과 유사하다.

(12) <설용운전> : 후반부가 낙장되어 전하는 필사본. '설용운'과 '계향'이 남녀 주인공으로 등장한다.

(13) <섬노장전> : <두껍전> 계열의 소설. 줄거리는 <두껍전> 계열의 소설과 매우 다르다.

(14) <섬노전> : <두껍전> 계열의 이본. 전반부는 <두껍전>과 유사하나 후반부는 전혀 다르게 진행된다.

(15) <염라왕전> : 총 21회로 된 장회 소설.

(16) <옥봉쌍인> : 증현의 두 부인 즉 등부인과 양부인 간의 갈등을 그린 가정소설. '옥봉쌍인'은 등부인의 몸에 있는 체인體印이다. 현재 상권만 전한다.

(17) <옥포동기완록> : <두껍전> 계열의 소설. 상당히 긴 장편소설이다.

(18) <왕제홍전> : 백성대학습당에 소장되어 있는 122쪽짜리의 군담소설.

(19) <임진병란기> : 임진왜란시 명장들의 활약을 그린 군담소설.

(20) <전웆치전> : <전우치전>의 이본.

(21) <조일선전> : 조일선을 주인공으로 한 가정소설, 뒷부분이 낙장되어 있다.

(22) <조창전> : <삼국지연의>에서 조조의 다섯째 아들인 조창에 대한 이야기를 뽑아 새롭게 엮은 군담소설.

(23) <진문공> : 옛 중국 진나라의 임금이었던 문공에 대한 이야기를 소설화한 작품.

(24) <창낭전> : 김대도서관에 소장되어 있는 45쪽짜리의 도덕소설. 작품 말미에 '계해정월 시작하여 염팔일까지 필서하다'라 되어 있다 한다.

(25) <축빈설> : 박문빈(1622~1700)의 『관산유고』에 수록되어 있는 작품.

(26) <칠선기봉> : 뒷부분이 낙장된 채 전하는 애정담과 군담이 결합된 소설.

(27) <학강전> : 61쪽짜리의 가정소설. 1897년 2월 필사.

(28) <한태경전> : 주인공 한태경의 가정생활 이야기를 중심으로 한 소설.

(29) <황백호전> : 염라대왕의 죄상을 다스린 황백호의 이야기를 그린 소설.

(30) <황설현전> : <장화홍련전> 유형의 가정소설.

　이상과 같이 『고전소설 해제』에 소개된 소설 작품 가운데 북한에 소재하는 유일본으로 인정될 수 있는 소설은 30종을 헤아릴 수 있다. 이 중 소장처를 알 수 있는 것은 김대도서관에 소장되어 있는 『화몽집』 소수의 <강로전>과 역시 김대도서관 소장되어 있는 <창낭전>, 인민대학습당의 <왕제홍전> 등 3종뿐이고, 홍우원의 『남파집』에 수록되어 있다는 <백흑란>과 박문빈의 『관산유고』에 수록되어 있다는 <축빈설>은 한문 단편임이 분명하지만, 미처 상고詳考하지 못하였다. 물론 북한에는 이 30종 외에도 아직 알려지지 않은 소설 이본들이 더 있을 것이라 생각되지만, 현재로서는 그 이상에 대해서 언급할 수 없음이 유감이다.

6) 맺음말

　필자가 조사한 바에 의하면 현재까지 알려진 고전소설의 총목은 850여 종에 이른다. 물론 이 숫자는 독립성을 인정할 수 있는 각개의 작품만을 헤아린 것이고, 지금까지 소설 연구자들이 소설 작품으로 거론한 바 있는 가전 및 전傳 작품, 문헌설화 작품 일부, 그리고 번역소설까지를 망라한 것이다. 앞으로 새로 발굴되는 신작품들을 추가한다면 우리 고전소설의 총 자산은 대략 900여 종에 달할 것으로 생각된다. 이 중 위에서 살펴보았던 북한측의 소설은 각종 문학사류에서 거론되었던 서목 총 155종 및

『조선고전소설사 연구』 및 『고전소설 해제』에서 추가로 거론된 90여 작품을 합치면 대략 250여 종 가량이 된다. 그렇다고 하여 850여 종의 고전소설 서목 중 250여 종을 제외한 나머지가 모두 북한에 실재하지 않음을 의미하지는 않는다. 왜냐하면 그 중 상당수는 한문 단편이며, 이들은 물론 북한에도 존재하고 있음이 분명한 작품들이다.

한편 250여 종의 소설 속에는 남한측 자료에 의거한 작품도 상당수 있는 듯하다. 그럼에도 양측의 소설 총목 상에 이처럼 커다란 격차가 나는 것은 아마도 소설의 개념 규정에 대한 차이에 기인하는 것으로 생각된다. 가령 우리 소설 연구자 사이에서도 많은 논란이 있는 가전이나, 서사성이 강한 수필류, 일기적 작품 따위는 북한의 소설 관계 서적들에는 소설로 간주하지 않아 나타나지 않았지만 남한측에서는 소설로 다루는 경우도 많기 때문에 소설 총목에 차이가 생기게 된 것이다.

위에서도 본 바와 같이 북한측에는 희귀본 소설들이 상당수 있음을 확인할 수 있었다. 반면 여러 면으로 북한보다는 다수의 문적이 남아 있는 남한에는 그 이상의 희귀본들이 발굴되어 있다. 그러나 양측의 연구 결과를 확실히 알 수 없는 현재로서는 정확한 사실을 바탕에 두고 비교를 할 수 없음이 안타까울 뿐이다. 더구나 북한측 소설 서목의 경우 그 정확한 서지적 상황이 알려진 바가 거의 없기 때문에, 이본 연구라든가 정확한 서목 작성은 거의 불가능하다. 앞으로 좀 더 풍부한 자료가 입수되어 좀 더 나은 결과를 얻게 될 날이 하루 속히 오기를 기대한다.

● 참조 원고

"북한소재 고전소설 목록 검토", 『양포 이상택교수 환력기념논총陽圃李相澤敎授還曆紀念論叢, 상上, 한국고전소설과 서사문학』(동同 간행위원회, 집문당集文堂, 1998).

◈ ◈ ◈

7. 동종이명同種異名 고전소설론
─고전소설 표제表題 설정을 위한 예비적 검토─

1) 머리말

한국의 고전소설 총량은 얼마나 될까? 얼핏 보아 매우 사소한 듯싶은 이 문제는 실은 고전소설 연구에 있어 매우 중요한 문제이다. 왜냐하면 이는 단순한 숫자 상의 문제에 그치는 것이 아니라, 고전소설의 개념 정의 및 범주와 직결되기 때문이다. 고전소설의 총량에 대하여는 이미 몇 분의 연구에서 리스트화하여 제시한 바 있지만, 적게는 850여 종에서 많게는 1,300여 종에 이르러 그 차이가 너무 커서 좀처럼 고전소설 총량의 근사치를 어림해 보기조차 힘들다.[1]

도대체 이 같은 차이가 생기는 근본적인 이유는 무엇일까? 그 주된 이유는 첫째, 소설과 비소설에 대한 연구자들의 주관적 차이가 제일 큰 원

---

[1] 김기동,『이조시대소설론』(1959), pp. 588~601, 부록 "이조소설 일람표" 274종 ; 신기형申基亨,『한국소설발달사』, pp. 473~486, "고대소설 총람" 309종 ; Skillend,『고대소설 Kodae Sosŏl』(1968) 531종 ; 소재영蘇在英, "고대소설 작품 일람표",『월간문학』(1970. 12) 625종 ; 김동욱, "한국고전소설목록",『국어국문학사전』860종(1973) ; 우쾌제禹快濟, "고소설 명칭 및 총량의 통계적 고찰",『고소설의 저작과 전파』(1994) 1,273종.

인이라 할 수 있다. 즉 장르 처리에 대한 이견에서 비롯되는 것으로서 예컨대 전傳 작품의 처리 여하에 따라 고전소설의 총량은 상당한 차이를 나타낼 수 있다. 둘째, 야담 혹은 문헌설화 작품들을 고전소설 범주에 넣느냐 넣지 않느냐 여부에 따라서도 고전소설의 총량은 현격한 차이를 나타낼 수 있다. 물론 모든 문헌설화적 작품을 소설로 간주한다는 것은 분명 잘못된 일이지만, 관용적으로 학계에서는 일부 작품들을 소설로 인정하여 왔음도 사실이다. 셋째, 그간 연구가 미진척된 탓이기는 하지만, 작품의 실내용이 전혀 검토된 바 없이 제명으로만 알려졌던 소설이 꽤 많았다는 사실이다. 물론 개중에는 앞으로 실제 작품이 나타난다거나 연구 진척 여하에 따라 독립 작품으로 판명될 작품도 상당히 있겠지만, 아마도 그 상당수는 이명동종 작품일 가능성이 많다.

그런데 본고는 바로 위에서 제기한 문제들에 대하여 모두 논하고자 하는 것이 아니다. 본고에서는 고전소설의 개념 및 범주 규정에 직접적으로 상관되는 첫째, 둘째 문제보다 오히려 셋째 문제에 대하여만 살펴보려 한다. 이명동종 소설이란 바로 작품의 표제는 다르게 나타나나 그 내용이 동일한 소설을 말한다. 예컨대, 우리의 대표적인 고전소설인 <춘향전>은 <춘향전>이라는 제명 외에도 <남원고사>・<열녀춘향수절가>・<옥중화>・<옥중가인>・<절대가인>・<성렬전>・<대방화사>・<성춘향전>・<오작교>・<광한루>・<익부전> 등의 별명이 존재하며, 혹은 한문본으로 <광한루기>・<광한루악부>・<춘몽연>・<향낭신설>도 있으며, 그리고 <춘향가>라는 판소리로서도 알려져 있다. 그 밖에 유사 작품으로 <약산동대>와 같은 것도 있다. 이 <약산동대>는 별도의 독립 작품으로 인정한다 하더라도, 그 앞엣것들은 사실상 이명동종의 작품들이다. 따라서 이러한 여러 제명으로 유전되던 <춘향전>의 각개 작품을, 실내용을 고려하지 않고 서목화書目化할 때, 우리 고전소설 자산의 총 수치가 상당한 차이를 보이게 될 것임은 자명한 사실이다.

한편 <강릉추월>의 경우는 좀 더 복잡한 양상을 띤다. 지금까지 학계에서 활발히 거론되었던 바와 같이 이 작품의 이본 혹은 동계의 작품으로는 <옥소전>·<봉황금>·<소운전>·<소학사전>·<소한림전>·<옥소기연(봉)>·<월봉(산)기>·<이춘백전>·<천도화>·<추월전> 같은 것들이 있다. 이 중 <옥소전>이나 <이춘백전>은 분명 이명동종 소설이지만, 나머지 작품들을 동일한 것으로 규정하기에는 문제가 그렇게 간단치가 않다. 그 대부분이 이명이종 소설로 인정할 수밖에 없을 만큼 내용상의 거리가 있기 때문이다.

　지금까지 한국문학의 다른 연구 분야의 경우에는 대체로 연구의 대상이 되는 총 작품들의 숫자가 어느 정도 드러났다. 즉, 향가와 여요는 물론이고 시조·가사의 경우도 그 총량적 윤곽이 제시되고 있는 것이다. 그러나 소설의 경우에는 예외적으로 아직까지 작품의 총량에 대한 결정판이랄 것이 없었다. 몇 종의 소설 전집이 출간된 바 있으나, 이는 특정 소장가의 장서를 묶어낸 데에 지나지 않았고, 시도되었던 몇몇 소설 서목들도 그다지 믿음직스럽지 못했다. 그렇다고 하여 현재 필자가 본고에서 시도하고자 하는 바도 고전소설의 총목 작성 그 자체가 아니다. 본고의 궁극적 목표는 총목 작성에 있어 매우 중요한 문제 중의 하나로서 아직까지 구체적으로 분류작업이 이루어지지 않은 이명동종 소설들을 일차적으로 정리해 보려는 데에 있는 것이다. 아마도 이 같은 문제가 어느 정도 해결되고, 이른바 일부 '미발굴 소설'들에 대한 내용 검토가 어느 정도 마무리된다면, 비로소 비교적 확실성이 있는 소설 총목이 얻어질 수 있을 것으로 생각된다.

　우리가 이명동종 소설들을 개괄함으로써 얻을 수 있는 소득은 대충 다음과 같다. 먼저 같은 내용의 작품을 제명으로만 성급히 판단하여 중복 계산함에서 오는 총목 상의 오류를 피할 수 있다. 나아가 별로 새로울 것도 없는 작품을 이른바 '신발굴' 자료로 오인하는 우愚에서 벗어날 수 있다. 민간에는 아직도 미처 재소개되지 않은 작품이 꽤 남아 있을 법하지만, 그렇다고 하여 그 숫자가 막대하게 불어날 수 있는 것은 분명 아니겠다. 아마도 몇 십 종에 지나지 않을 것이다.

다시 한번 말하지만, 본고의 목적은 고전소설 작품의 총량적 수치를 얻으려는 데 있는 것이 아니라, 그것에 이르기 위한 과정에서 밝혀야 할 복잡한 작품들의 관계를 정리하는 것이라고 할 수 있다. 생각건대, 이러한 작업을 통하여 고전소설들의 이본 관계 혹은 파생본 관계 등이 어느 정도 파악될 수 있을 것이다. 그리고 부수적인 소득으로는 고전소설의 작제법의 갖가지 양상들을 알 수 있게 될 것이다. 이 글은 필자의 "고전소설 연구 서설"이라는 작업2)의 일환으로 계획된 것으로서, 현재 진행 중인 『고전소설 연구자료 총서』의 작업3) 결과를 기반으로 한 것이므로, 본고의 기술 방식은 대체로 설명보다 사례 위주의 열거 방식이 될 것이다.

2) 동명이종의 고전소설론

주지하다시피 고전소설의 표제는 상당수의 예외가 있기는 하지만 일반적으로 작중 인물이나 사건을 시사해 주는 어휘에 '-전'이나 '-기'·'-록' 따위가 붙어 있다. 그런데 이들 '-전/-기/-록' 들이 각각 무슨 차이를 가지고 쓰였다고 볼 수는 없을 것 같다. 왜냐하면, 똑같은 작품들의 표제 끝에 '전'이나 '기' 또는 '록'이 아무런 차이 없이 덧붙거나, 혹은 붙지 않는 경우가 상당수 나타나기 때문이다. <구래공>이 있고, <구래공전>이 있는가 하면, <홍백화>와 <홍백화전>, <홍백화기>가 있다. <금강취유>가 있고, <금강취유기>도 있으며, <임화정연>이 있고, <임화정연기>도 있다. 또한 <창란호연>과 <창란호연록>도 있으며,

---

2) 조희웅, "고전소설 연구서설 (1)", 『한양어문』 1(1974. 12) ; 동, "국문본 고전소설 형성연대 고구 : 고전소설 연구서설 기이其二", 국민대, 『논문집』(1978. 2).

3) 고전소설연구자료총서 Ⅰ, 『고전소설 이본목록』(집문당, 1999) ; 동 Ⅱ, 『고전소설 작품연구 총람』(집문당, 2000) ; 동 Ⅲ, 『고전소설 문헌정보』(집문당, 2000) ; 동 Ⅳ, 『고전소설 줄거리 집성』(집문당, 2000).

<대송홍망록>과 <대송홍망기>, <동선전>과 <동선기>, <사명당기>와 <사명당전>, <월봉전>과 <월봉기>, <옥수전>과 <옥수기>, <평요기>와 <평요전>, <홍백화기>와 <홍백화전>, <홍백화기>와 <홍백화전> 들이 있으며, <소현성전>과 <소현성록>, <심청록>과 <심청전>, <여와록>과 <여와전>도 있다. 그밖에 <효열록>과 <효열지>의 예에서와 같이 '－록'과 '－지'가 통용되든가, 중국 소설의 예를 받아 '－전' 또는 '－지'가 '－연의'와 통용되기도 하였고, 판소리계 소설의 경우처럼 '－가(타령)'와 '－전'이 통용되기도 하였음은 잘 알려진 사실이다.

한편 '－전'과 '－실기'의 통용 예는 다음과 같다.

<강감찬전姜邯贊傳>	<강감찬실기>
<강태공실기姜太公實記>	<강태공전>
<곽분양실기郭汾陽實記>	<곽분양전>
<권익중실기權益重實記>	<권익중전>
<남이장군전南怡將軍傳>	<남이장군실기>
<박태보실기朴泰輔實記>	<박태보전>
<박효낭실기朴孝娘實記>	<박효낭전>
<사명당실기泗溟堂實記>	<사명당전>
<아태조전我太祖傳>	<태조대왕실기>
<오자서실기伍子胥>	<오자서전>
<울지경덕실기蔚遲敬德實記>	<울지경덕전>
<이순신실기李舜臣實記>	<이순신전>
<이태백(전)李太白(傳)>	<이태백실기>
<장자방전張子房傳>	<장자방실기>
<조선이태왕실기朝鮮李太王實記>	<이태왕실기>
<조선태조대왕전朝鮮太祖大王傳>	<태조대왕실기>
<진시황실기秦始皇實記>	<진시황전>
<초패왕실기楚覇王實記>	<초패왕전>

　　이상에서도 알 수 있는 바와 같이 '－전'이나 혹은 '－기'와 '－실기', 기타 '－록', '－지' 등은 고전소설의 제명으로 흔히 사용되었다. 그러나 이 같은 경우는 단순 부가 혹은 개변에 지나지 않는 것이므로, 이들이 작품 내용을 판단하는 데에 혼동을 일으킨다고 할 수는 없다. 따라서 기왕의 고전소설 서목들에서도 이 같은 예들을 한 작품 이상으로 계산한 예는 별로 없다.

　　이와 비슷한 경우이지만, 표제명의 일부가 생략 혹은 첨가되었을 때도 작품의 내용을 유추하는 데에는 그다지 문제가 없어 보인다. 그러한 예를 몇 가지 종류로 나누어 살피기로 한다. 우선적으로 찾아볼 수 있는 예들은 성명이 갖추어진 등장인물의 전傳 작품 표제에서 성姓을 생략하고 이름만으로 표제명을 삼은 것들이다. 이러한 예들에 비해 사례는 좀 적지만, 이름만으로써 이루어진 보편적인 표제명에 성을 덧붙여 만들어진 경우도 있다.

(1) 성姓씨 생략 / 첨가
<계월전桂月傳> / <홍계월전>(생략)
<길동록> / <홍길동전>(생략)
<김연단전> / <연당전>(첨가)
<대방전大方傳> / <진대방전>(생략)
<대봉전大鳳傳> / <이대봉전>(생략)
<대성전大成傳> / <소대성전>(생략)
<마무전馬武傳> / <제마무전>(생략)
<박흥보가朴興甫歌> / <흥부전>(첨가)
<박흥보전朴興甫傳> / <흥부전>(첨가)
<백아전伯牙傳> / <유백아전>(생략)
<번이화정서전樊梨花征西傳> / <이화정서전>(첨가)
<봉빈전鳳彬傳> / <이봉빈전>(생략)
<삼출전三出傳> / <박삼출전>(생략)
<선달기전鮮妲己傳> / <달기전>(첨가)

<성운전聖運傳> / <진성운전>(생략)

<성춘향가成春香歌> / <춘향전>(첨가)

<소달기전蘇妲己傳> / <달기전>(첨가)

<소정월봉기> / <월봉기>[4](첨가)

<수문전壽文傳> / <현수문전>(생략)

<장옥란전張玉蘭傳> / <옥란전>(첨가)

<월선(성)전月仙(星)傳> / <황월선전>(생략)

<윤구전> / <이윤구전>(생략)

<이지봉전李芝峯傳> / <지봉전>(첨가)

<장옥란전張玉蘭傳> / <옥란전>(첨가)

<장흥보전張興甫傳> / <흥부전>(첨가)

<진옥전振玉傳> / <김진옥전>(생략)

<춘매(무)전春梅傳> / <이춘매전>(생략)

<춘풍전春風傳> / <이춘풍전>(생략)

<충렬(열)전忠烈傳> / <유충렬전>(생략)

<풍운전風雲傳> / <장풍운전>(생략)

<해룡전海龍傳> / <이룡전>(교체)

<호은전虎隱傳> / <임호은전>(생략)

<황연당전> / <연당전>(첨가)

<힐문전詰問傳> / <김힐문전>(생략)

　작품의 표제에 주체적 인물이 부가됨으로써 만들어진 이명동종 작품도 퍽 많다(예, <혜경궁읍혈록>과 <읍혈록>). 이 경우 <괴똥전>과 <괴똥어미전>, <꼭두각시전>과 <노처녀 꼭두각시전>, <여와전>과 <여와씨전>, <월영전>과 <월영낭자전>처럼 다만 '어미', '노처녀', '씨', '낭자' 같은 호칭이 덧붙거나 <낭자전>과 <숙영낭자전>, <향낭전>과 <임열부 향낭전>, <충효(의)록>과 <화씨충효록>처럼 '숙영', '임열부', '화씨' 같은 이름이 붙는 것, <권률장군전>과 <도원수 권장군전>, <사심보

---

4) 주인공 '소운'이 헤어졌던 '정부인'과 월봉산 자호암에서 상봉한다.

전>과 <송재상 사심보전>, <박문수전>과 <어사 박문수>, <왕경룡전>과 <왕어사 경룡전>, <용문전>과 <용문장군전>, <윤지경전>과 <거평위 윤지경전>, <박태보전>과 <충진 박태보전>처럼 '도원수, 송재상, 어사, 장군, 거평위, 충신' 같은 신분을 가리키는 호칭이 덧붙는 경우도 있다. 또한 여러 <몽유록>의 경우처럼 당초에는 특정 작품명이랄 것이 없는 단지 '장르' 명칭에 불과하던 '몽유록'에 후인(대개는 연구자)이 작품에 대한 차별의식을 더하여 <−몽유록>(<대관재 몽유록>, <만옹 몽유록>, <만하몽유록>, <원생몽유록>, <취은 몽유록> 등)처럼 가칭한 것들도 있다. <몽기夢記>②와 <대관재몽기>도 같은 경우이다.

<매화전>의 경우는 여주인공의 이름을 표제로 삼은 경우인데, 남주인공의 이름까지 더하여 <매화양류전>으로 하기도 하였다. <사씨언행록>은 <유한당사씨언행록>이라고도 불리는데, 이는 아마 <사씨남정기>와의 혼동을 피하기 위한 방편이었을 것이다. 이것을 축약하여 <유한당전>이라 한 것도 있다. <선관仙官두껍전>(<두껍전>②)는 <섬동지전>으로도 불리는 <두껍전>①과 구별하기 위해 만들어진 이름이며, <인人두껍전>도 마찬가지이다. <두껍전>②가 사람을 뜻하는 어사를 더하여 <선관두껍전>・<인두껍전>・<섬처사전>처럼 별칭됨에 비하여, <두껍전>①은 <섬동지전>으로 불리운다. <설소저전>은 <설제전>으로 약칭되기도 했는데, 이는 <설저전薛姐傳>의 방언을 표기한 것으로 보인다. <월봉기>는 남녀주인공의 성씨를 덧붙여 <소정월봉기>로 별칭되며, <숙향낭자전>은 <숙영낭자전>에 비견될 듯하나 내용은 역시 <숙향전>이다. 반면 제명은 <숙향전>으로 되어 있으나 내용은 <숙영낭자전>인 것도 있다. <양풍전>과 <장풍전>은 각각 <양풍운전>과 <장풍운전>으로 변개되기도 하였다. '<적강칠선임호은전> → <임호은전>', '<주중칠선이태백실기> → <이태백실기>' 같은 것들은 주인공의 신분을 보다 분명히 드러내기 위하여 관식冠飾을 붙인 경우이다. 따라서 일반적으로는 관식어구를 버린 채 통용된다. <호연록> → <제호연록>, <효자전> →

<육효자전>은 다만 '제諸'나 '육六' 자를 더함으로써 내용을 보다 더 드러나게 했다. <현씨쌍린기>·<현씨양웅록>·<현씨양웅쌍린기>은 모두 '현씨 가문의 두 영웅(수문과 경문)'을 뜻하는 의미를 표제 속에 담고 있다. 이본 처리시 가장 주의해야 할 작품은 <정수경전>과 <정수정전>인데, 이들은 분명 별개의 작품임에도 불구하고, 그 표제 및 작중인물명이 서로 혼동된 경우가 적지 않다. 여성영웅소설 <정수정전>과 공안소설公案小說 <정수경전>이 여성영웅소설 <정수경전>과 공안소설 <정수정전>으로 엇바뀌어 있는 것이다.5)

원표제에 장소나 시대를 가리키는 어사를 덧붙여 새로운 표제를 만들어낸 예로는 다음과 같은 것을 들 수 있다.

[장소]
<강릉매화전江陵梅花傳> / <매화전>
<강원조생원전> / <조생원전①>
<괴산정진사전塊山鄭進士傳> / <정진사전>
<노릉육신기魯陵六臣記> / <육신전>
<강도몽유록夢遊錄>① / <몽유록>
<강도수궁별주부전水宮鱉主簿傳> / <별주부(토끼전)>
<음양염라왕전陰陽閻羅王傳> / <염라왕전>

[시대]
<고려강시중전高麗姜侍中傳> / <강감찬전>
<고열녀전古列女傳> / <열녀전>
<대명국유충렬전大明國劉忠烈傳> / <유충렬전>
<대명정태비전大明鄭太妃傳> / <정비전>
<동주열국지東周列國誌> / <열국지>
<본조충신 박태보전本朝忠臣朴泰輔傳> / <박태보전>

---

5) 예컨대, 북한에서 간행된 『고전소설 해제』(고전문학실 편, 1988~1992)를 남한에서 재간한 『한국고소설 해제집』(보고사, 1997), pp. 272~278의 <정수경전>은 여성군담소설이고, pp. 279~287의 <정수정전>은 공안소설이다.

<선임록鮮壬錄> / <임진록>
<신라국흥무왕전> / <흥무왕전>
<이씨후대인봉쌍계록> / <인봉쌍계록>
<조선이태왕실기朝鮮李太王實記> / <이태왕실기>
<조선태조대왕전朝鮮太祖大王傳> / <태조대왕실기>
<주국안언동전安彦童傳> / <안언동전>
<춘추열국지春秋列國誌> / <열국지>
<화씨팔대충효록花氏八代忠孝錄> / <화씨충효록>

이상의 예들은 대체로 원표제가 너무 막연하거나, 동명이종의 작품들과의 혼동을 피하기 위하여, 작품의 배경이 되는 장소적 명칭 혹은 시대를 가리키는 어사를 덧붙임으로써 내용적 구체성을 보다 더하여 주고 있다. 이와 유사한 방법으로 표제명을 변개하는 작제법 중 가장 흔히 쓰였던 방법은 <감의록感義錄> → <창선감의록>의 경우처럼 내용을 드러내 주는 어사를 일부 첨가함으로써 내용을 보다 확연하게 드러내 주는 것이다. 동종이명 소설의 대부분이 이 방법을 취하고 있으므로 예시는 생략하기로 한다.

좀 특이한 작제법의 예로 <황운전>을 들 수 있다. 이 작품은 작중의 남녀 주인공 이름을 따서 <황운설련전>이라 한 것도 있고 혹은 남녀 주인공의 이름에서 한 음절씩 따와 <황설록>이라 한 것도 있다. 이와는 달리 <소대성전>과 <용문전>의 사실상의 합본인 <대성용문전>은 이 두 작품과 이명동종 소설이 아니라 이명이종 소설이라 하여야 옳을 것이다.

위에 열거한 예들은 대체로 원 표제명에 간단한 어사語辭를 첨가하거나 혹은 생략한 것들로서, 표제가 좀 다르긴 하지만, 별개의 작품으로 판단될 정도의 것은 아니다. 단순한 '−전 / −기 / −록' 쪽이 지칭하기에 좋다는 장점은 있으나, '−전 / −기 / −록' 쪽은 내용을 짐작케 하여 주는 어사가 첨가됨으로써 보다 확실하게 작품 내용을 드러내 준다는 점에서 이들 중에서 어느 쪽이 더 낫다고 할 수는 없다.

고전소설 총목 파악에 많은 어려움을 야기시키는 가장 큰 문제는 지금까지 살펴본 바와 같은 단순한 첨가 내지 생략법을 쓴 데에서 오는 것이 아니라, 완전히 다르게 붙여진 표제 때문에 생기는 것이다. 이러한 종류들의 제명에 대한 섣부른 유추는 자칫 동일한 작품을 전연 별개의 작품으로 오인할 소지가 많다. 연구의 진척에 따라 이러한 문제는 자연 해소되겠지만, 연구 성과가 매우 미진했던 지금까지의 결과만으로도 그 같은 사례들이 적지 않게 발견된다. 사실상 이 글에서 중점을 두려 했던 문제는 바로 이 같은 종류의 이명동종 소설에 대한 것이다. 이들도 몇 개의 유형으로 나누어 살펴도록 하겠다.

(1) 등장인물명의 변개

같은 작품이면서도 표제명이 전연 다르게 나타나는 경우 중 우선 들 수 있는 것은 남녀 주인공들을 작품의 표제로 삼은 예들이다. 예컨대, 춘향과 이도령의 로맨스는 남녀 주인공에 따라 <춘향전> 혹은 <이몽룡전>이 되며, 숙영낭자와 백선군의 사랑 이야기는 <숙영낭자전> 혹은 <백선군전>이 된다. <백상서가>[6]는 남주인공의 벼슬에서 온 표제이다. <이장백전>의 남주인공은 '이장백'인 반면 여주인공은 '계낭자'이다. 따라서 이런 사실을 알고 있다면, <계씨보은록>이라는 제명이 결코 낯설지 않지만, 이 사실을 알지 못한다면 양 표제는 전연 별개의 소설명으로 오인될 가능성이 많다. 꿩의 암·수 속명이 '장끼'와 '까투리'인 데서 <꿩전>과 아울러 <장끼전>과 <까투(토)리전>이란 제명이 생겼는가 하면, 이를 한문식으로 바꾼 <웅치전雄雉傳>과 <자치가雌雉歌>도 나타났다. 죽은 남편 이춘매를 따라 죽은 아내 유씨의 열행으로 저승에서 부부가 함께 환생하여 인간 세상의 영화를 누린다는 소설은 <이춘매전>, 혹은 <유씨전>, <상주유씨전>, <유씨부인전>, <유씨열녀전>, <유씨열행

---

6) 실제 작품에는 '상서'라는 벼슬이 선군의 아버지 '백공[백상군]'의 것인지, 아들 백선군의 것인지는 나타나 있지 않다. <이선군전>처럼 성이 바뀌어 있는 경우도 있다.

록> 등등의 제명을 가졌다. 이처럼 <왕경룡전>과 <옥단전>, <와룡선생출사전(제갈공명전)>과 <황부인전>, <유소저전>과 <정을선전>, <이몽우전>과 <취취전>, <이시백전>과 <박씨전>, <이어사[혈룡]전>과 <옥단춘전>, <숙향전>과 <이태을[선]전>, <김희경전>과 <장소저전>(<장씨효행록>), <양산백전>과 <축영대> 등은 모두 남녀 주인공에서 취제取題한 것이다.

남녀 주인공의 이름이 아니라 주동적 인물의 본명과 이명, 다시 말하면 동일 인물의 별도의 이름이 제명으로써 사용되어 이명동종 소설이 된 예들도 매우 많음을 알 수 있는데, 이명은 대체로 아호이거나, 별명, 관직명, 칭호들이 쓰였다.

작품명	이명
<강감찬실기>	<강시중전姜侍中傳>
<강남홍전>	<홍난성전紅鸞城傳>
<곽낭자전>	<곽씨전郭氏傳(霍氏傳)>, <곽열녀전郭烈女傳>
<곽재우전>	<곽장군전郭將軍傳>, <홍의장군전紅衣將軍傳>
<곽해룡전>	<쌍두장군전雙頭將軍傳>
<광문자전>	<광문전廣文傳>
<권용선전>	<권신랑전權新郎傳>
<권익중전>	<(권)선동전權仙童傳>
<금방울전>	<방울동자전>
<김덕령전>	<김장군전金將軍傳>
<김영철전>	<김철전>
<김학공전>	<김학사전金學士傳>
<김희경전>	<김상서전金尙書傳>
<당태종전>	<세민(황제)전世民(皇帝)傳>
<무목왕정충록>	<설악전說岳傳>, <악왕연의岳王演義>
<박씨전>	<명월부인전明月夫人傳>, <박(씨)부인전朴(氏)夫人傳>, <충렬부인전忠烈夫人傳>
<박태보전>	<박응교전朴應敎傳>, <박한림전朴翰林傳>

작품명	이명
<사대장전>	<사안전史安傳>
<서동지전>	<서씨전鼠氏傳>, <서옹(용)전鼠翁(勇)傳>
<서화담전>	<서경덕전徐敬德傳>
<설인귀전>	<백포장군전白袍將軍傳>
<설저전>	<설경전薛卿傳>
<섬동지전>	<두껍전>①, <섬공전蟾公傳>, <섬호전蟾狐傳>, <옥섬전玉蟾傳>
<섬처사전>	<두껍전>②, <인두껍전>
<소씨전>	<소부인전蘇夫人傳>
<소운전>	<소학사전蘇學士傳>
<심청전>	<심낭자전沈娘子傳>
<안상서전>	<안여식전安汝式傳>
<양신랑전>	<쌍신랑雙新郎>
<양풍운전>	<양태백전>
<연당전>	<순금전>
<염시탁전>	<염승전廉丞傳>
<옥단춘전>	<옥태전>
<옹고집전>	<옹씨전雍氏傳>
<왕경룡전>	<왕랑전王郎傳>②, <왕어사전王御使傳>
<왕소군새소군전>	<명비전明妃傳>
<왕장군전>	<왕비호전王飛虎傳>
<원생몽유록>	<원자허전元子虛傳>
<월영낭자전>	<호씨전胡氏傳>
<이윤구전>	<쌍동전雙童傳>
<이태경전>	<이대장전李大將傳>, <이진사전李進士傳>②
<이학사전>	<이상서전李尙書傳>, <이현경전李賢卿傳>
<인현왕후전>	<민성후전閔聖后傳>, <민중전(실)기[전]閔中殿(實)記[傳]>, <민중전덕행閔中殿德行>
<임경업전>	<임장군전林將軍傳>, <임충신전林忠臣傳>
<장끼전>	<웅치전雄雉傳>, <화충(선생)전華蟲(先生)傳>

작품명	이명
<장자방실기>	<장량전張良傳>
<장학사전>	<장한림전張翰林傳>
<정비전>	<정설매전>, <정성모전>, <정현무전鄭賢武傳>
<정수정전>	<여장군전女將軍傳>
<정영저구전>	<정열사전程烈士傳>
<제갈량>	<제갈무후전諸葛武侯傳>
<조생원전>①	<조순일전>, <조중덕전趙重德傳>, <조한림전趙翰林傳>
<조웅전>	<조원수전趙元帥傳>
<진대방전>	<진효자전陳孝子傳>
<진성운전>	<진장군전陳將軍傳>
<초패왕전>	<항우본기項羽本記>, <항우전項羽傳>
<최치원전>	<최고운전崔孤雲傳>, <최문헌전崔文獻傳>, <최충전崔忠傳>
<최칠칠전>	<최북전崔北傳>
<토끼전>	<별주전鼈主傳>, <별토가(전)鼈兎歌(傳)>, <옥토전玉兎傳>, <토공전兎公傳>, <토별전兎鼈傳>, <토생전兎生傳>, <토석사전兎碩士傳>, <토선생전兎先生傳>, <토처사전兎處士傳>
<포염라연의>	<염라왕전閻羅王傳>
<홍계월전>	<평국전平國傳>, <홍평국전洪平國傳>
<홍장군전>	<홍윤성전洪將軍傳>
<황운전>	<황장군전黃將軍傳>
<흥무왕연의>	<각간선생실기角干先生實記>, <개국공실기開國公實記>, <김각간실기金角干實記>, <김유신실기金庾信實記>, <김유신전金庾信傳>

이 외에 기타 인물의 이름이 제명으로 쓰여 동종이명 소설을 이룬 경우도 있다. 예컨대, 부자의 이름이 동일 작품의 이름으로 쓰인 예로서 <목염전>~<목시룡전>에서는 '목염'과 '목시룡', <정도령전鄭道令傳>~

<정진사전>에서는 '정도령'과 '정진사', <주여득전>~<주봉전>에서는 '주여득'과 '주봉', <주해선전朱海僊傳(朱海仙傳)>~<주봉전>에서는 '주해선'과 '주봉',[7] <진공필전>~<진성운전>에서는 '진공필'과 '진성운', <권경채전>~<권용성전>에서는 '권경채'와 '권성운' 등이 있다. 부녀의 경우는 <황공전黃公傳>~<황월선전>, <황처사전黃處士傳>~<황부인전> ; 모녀의 경우는 <계월선전桂月仙傳>~<계상국전> ; 모자의 경우는 <남용성전南龍成傳>~<양씨전>이 있으며, 형제의 경우는 <놀부가(전)> ~<흥부전> ; 신하의 경우는 <이완실기李浣實記>~<효종대왕실기>, <노산전魯山傳>~<육신전>가 있다. 그리고 <낙성전落星傳>~<방한림전>의 경우는 수양아들의 경우요, <안녹산전安祿山傳>~<곽분양전>은 정적政敵의 경우라 할 것이며, 특이한 경우로는 <유영전柳泳傳>~<운영전>을 들 수 있는데, 여기에서 각각 액자소설의 화자話者인 '유영'과 소설 속의 '운영'이라는 주인공 이름을 사용하였다. 이와 비슷한 내용의 소설이지만 <회산군전檜山君傳>~<영영전>의 경우는 주군主君과 궁녀의 경우이다. <장선생전獐先生傳>~<섬동지전>, <조무전趙武傳>~<정영저구전> 들은 모두 별다른 등장인물로써 제명을 삼은 동종소설이다.

다음, 동일 주인공을 이명으로 개변시킨 경우를 들어보면, <계향전>~<정향전>, 전우치전계(<전우치전>~<전운치전>~<전울치전>, <전일치전>, <전윷치전>), <윤인경전>~<윤지경전>, <이장백전>~<홍순언전>, <장두영전>~<장풍운전> 등이다.

또한 성을 변경한 경우로는 <김길동전>과 <홍길동전>, <이인향전>과 <김인향전>, <정백화전>과 <홍백화전>, <김성운전>과 <진성운전> 등이다. 아마 이 같은 현상은 필사자의 실수일 듯도 하지만, 그보다는 의도적 개변일 가능성이 더 많다고 생각한다.

---

7) 결국 <주여득전> ↔ <주봉전> ↔ <주해선전>은 3대에 걸친 인물이 등장하는 동일 소설이다.

(2) 사건(또는 주제)에 따른 변개

이 경우는 표제 속에 사건을 드러내는 어사語辭라든가 또는 주제를 암시하는 어사를 첨가함으로써 내용을 짐작할 수 있게 해주고, 다른 작품과의 차별성을 보다 분명하게 드러내주는 효과를 얻을 수 있다. 그러나 내용을 잘 알지 못한다면 표제의 의미를 이해하기 어려운 것들이 대부분이어서, 이명의 의미를 상고詳考할 필요가 있다.

① <계순전桂荀傳>~<홍백화전> : 남녀 주인공인 '계'씨와 '순'씨의 성을 딴 것이 <계순전>이며, '홍백화'는 작중의 주요 제재로 쓰인 시제詩題를 그대로 딴 것이다.

② <공부자언행록孔夫子言行錄>~<공부자동자문답> : 공자와 동자가 문답한 이야기.

③ <금환기봉金環奇逢>~<김희경전> : 남녀 주인공인 김희경과 설빙이 신물信物로써 '백금'과 '금환'을 교환하였다가 후에 이를 매개로 하여 다시 만나게 된다는 이야기.

④ <(낙양)삼사기(洛陽)三士記>~<삼사횡입황천기> : 낙양의 세 선비가 죽어 저승에 가 염라대왕의 판결을 받는다는 이야기.

⑤ <남씨충렬[효]록南氏忠烈[孝]錄>~<양씨전> : 남주인공 '남전'과 여주인공 '양씨'의 충렬 혹은 효열록.

⑥ <능견난사能見難思>~<금방울전> : 사람처럼 보고 생각까지 할 수 있는 방울 이야기.

⑦ <도앵행桃櫻杏>~<영평공주전> : 원제는 장소적 배경인 '도원동桃源洞 행화촌杏花村 도화원櫻花園'의 머릿글자를 딴 것이며, '영평 공주'는 작중 인물의 이름.

⑧ <몽결초한송夢決楚漢訟>~<제마무전> : '제마무'8)라는 선비가 꿈에 염

---

8) 김태준에 의하면, 이 작품은 원래 <전상평화삼국지全相平話三國誌> '사마모전司馬貌傳'이라 하였는데, 이 작품이 우리나라에 유입되어 번역 전사傳寫되는 동안에 어음語音의 변화로서 '사마모司馬貌'가 '제마무諸馬武'로, '제마무'가 다시 '마무馬武'로 변하여, 혹은 '초한송楚漢訟'의 별칭이 생긴 듯하다고 한다(『증보 조선소설사』[1939], pp. 91~92).

라대왕이 되어 옛날 초한 시절의 영웅들의 송사를 처리하고 깨어나는 이야기.

⑨ <몽린기(록)夢麟記(錄)>, <영수창선기永垂彰善記>~<옥린몽> : <영수창선기>란 '선善을 영구히 알리기 위한 기록'이란 뜻. 반면 <옥린몽>은 유담柳淡이란 사람이 기자祈子 정성을 드린 후 '옥린玉麟'을 안은 태몽을 얻고 주인공 '몽린夢麟[유원柳原]')을 낳았음에 연유한다.

⑩ <문렬공기사록文烈公己巳錄>, <정재민절록定齋愍節錄>~<정재전> : 정재定齋 박태보朴泰輔(1654~1689)의 전기적 작품. '문열공文烈公'은 시호諡號. 그는 숙종이 기사년(1689)에 인현왕후를 폐위시킬 때 그 부당함을 간하다가 왕의 노여움을 받고 귀양가던 도중 죽었다.

⑪ <반혼기返魂記>, <설공찬환혼전薛公瓚還魂傳>~<설공찬전> : 설공찬이 죽었다가 그 영혼이 돌아와 사촌의 몸에 깃들어 괴롭히는 이야기.

⑫ <백빈주중봉기白蘋洲重逢傳>~<사씨남정기> : 남주인공 유연수가 부인인 사씨와 헤어졌다가 후에 '백빈루白蘋洲'에서 다시 만난다.

⑬ <사성기봉四姓奇逢>~<임화정연> : 남주인공인 임공자가 화·정·연의 세 소저와 인연을 맺는 이야기.

⑭ <사혼기賜婚記>~<동상기> : 임금의 명령으로 노총각과 노처녀를 혼인시키는 이야기. 중국의 <서상기>에 대비되는 우리나라의 이야기란 뜻으로 <동상기>라 하였다.

⑮ <상사동기相思洞記>~<영영전> : 남주인공 김생이 우연히 상사동을 지나다가 회산군댁 시녀인 영영을 만나 사랑하게 된다는 이야기. <운영전>과 내용이 매우 유사하나 <운영전>의 비극적 결말과 달리 행복한 결말로 끝난다.

⑯ <설비효행록薛妣孝行錄>~<설저전> : 여주인공 '설저(설소저)'가 무고죄로 귀양간 부친을 위하여 효행을 다한 끝에 황비皇妃가 된다.

⑰ <설악전說岳傳>~<무목왕정충록> : 중국 송조宋朝 말末의 충신 악비岳飛의 전기적 소설. 악비는 후에 '무목왕'으로 추증追贈되었다.

⑱ <섬설록蟾說錄>~<섬동지전> : '두꺼비[섬蟾]' 곧 '섬동지'의 이야기. '섬설록蟾說錄'은 '섬설록蟾舌錄'으로 볼 수도 있다.

⑲ <섬자호생의설전蟾子狐生의舌戰>~<섬동지전> : '두꺼비'와 '여우'의 설전舌戰, 곧 <두껍전>(<섬동지전>)의 내용과 같다.

⑳ <성렬전成烈傳>, <성씨부인열녀록成氏夫人烈女錄>~<춘향전> : '성씨부인 열녀成氏夫人烈女(성춘향)'의 이야기.

㉑ <소씨삼대록蘇氏三代錄>②~<문장풍류삼대록> : 중국 송나라 때에 문장가로 이름 높았던 소순蘇洵과 그 아들 소식蘇軾·소철蘇轍 형제 및 그 아들들 3대에 걸친 문장과 풍류에 얽힌 이야기.

㉒ <소씨열공명행록>, <소씨정충효봉>, <소씨청절록>, <소씨청행록蘇氏淸行錄>, <소씨충효록>~<소씨명행록> : 주인공 소씨 가문 윤씨의 뛰어난 행위를 기록한 작품.

㉓ <소씨직금회문록蘇氏織錦回文錄>~<소약란직금도> : 소씨(소약란)가 비단에 써 남편에게 보낸 회문에 얽힌 이야기.

㉔ <쌍문충효록雙門忠孝錄>~<김희경전> : 김·장 양문兩門의 자녀인 '희경'과 '설빙' 두 남녀 주인공의 충효록.

㉕ <여자충효록女子忠孝錄>~<정수정전> : 여장군 '정수정'의 충효록.

㉖ <연진길전>~<진길충효록> : 주인공 '연진길'의 충효록.

㉗ <원감록寃感錄>~<창선감의록> : <원감록>은 '원감'을 적은 이야기란 뜻이며, <창선감의록>은 '창선'하여 '감의'하는 이야기란 뜻.

㉘ <육문정충절행록六文靖忠節行錄>~<육신전> : 여섯 신하의 '정충'과 '절행'을 적은 이야기.

㉙ <읍혈록泣血錄>~<한중록> : 한중恨中에서 읍혈泣血로 쓴 기록.

㉚ <이사마효충록李司馬孝忠錄>, <이진사효행록李進士孝行錄>~<이태경전> : 이진사 곧 이태경의 충효록. 그는 후에 사마벼슬에 오른다.

㉛ <이운선전李雲仙傳>~<십생구사> : 남주인공인 '이운선'이 '십생구사'하는 운명을 겪는 이야기.

㉜ <이적선취초하만서李謫仙醉草嚇蠻書>~<이태백실기> : '이적선'이란 칭호를 듣던 이태백이 취중에도 만국蠻國을 꾸짖는 글을 초草한 이야기.

㉝ <장량옥소가張良玉簫歌>~<서한연의> : 초楚의 항우와 한漢의 유방이 천하를 다툴 때에, 해하의 최후 접전에서 장량이 옥퉁소를 불어 초나라 군사의 사기를 꺾는[사면초가四面楚歌] 묘책으로써 항우를 패배시킨다는 이야기.

㉞ <장릉혈사莊陵血史>~<단종대왕실기> : '장릉'은 단종대왕의 능. 따라서 '장릉혈사'는 단종의 실기를 뜻한다.

㉟ <재생연再生緣>~<숙영낭자전> : 원래 천상 인물이었던 숙영과 백선
군이 죄를 짓고 인간 세상으로 적강謫降 재생하여 인연을 맺는다.

㊱ <재세기우기再世奇遇記>~<숙향전>① : 역시 천상 인물이었던 숙향과
이선이 이 세상에 태어나 기우奇遇하는 이야기.

㊲ <적씨효행록>~<적성의전> : 안평국의 태자 '적성의'의 효행담.

㊳ <정재민절록>~<정재전> : 정재定齋 박태보의 민절愍節 이야기.

㊴ <제왕연회기帝王宴會記>~<금산사몽유록> : 금산사에서 중국 역대의
제왕이 연회하는 내용의 몽유록.

㊵ <중산망월전中山望月傳>~<토끼전> : 중산에서 망월望月하는 토끼 이
야기. 별주부의 꾀임을 받아 수궁에 간 토끼가 보름때면 간을 빼어 말
리느라 안 가져왔다 핑계를 대고 사지에서 벗어난다.

㊶ <춘몽연春夢緣>~<춘향전> : 춘향의 모친 월매의 태몽에 어떤 선녀가
도화桃花·이화梨花를 양손에 갈라쥐고 내려와, 도화(춘향)를 내어주며
이화(이도령)에 접 붙이면 모년暮年 행락이 좋을 것이라 지시함을 보고
춘향을 낳았다.

㊷ <충렬부인전忠烈夫人傳>~<박씨전> : 충렬부인 박씨의 전기적 작품.

㊸ <호씨행록전胡氏行錄傳>, <호씨명행록胡氏明行錄>~<월영낭자전> : 낭
자 호월영의 행록.

㊹ <홍문연鴻門宴>~<항장무전> : 초한楚漢 시절 홍문에서 있었던 잔치석
상에서 항장項莊이 추었던 검무.

㊺ <화사성몽花事醒夢>~<오유란전> : 도덕군자인 체하던 남주인공 이생
이 기생 오유란의 계책에 빠져 그녀의 선술을 참말로 믿고 행동하다
가 마침내 미망迷妄에서 깨어난다.

㊻ <화진전花珍傳>~<창선감의록> : <창선감의록>의 주인공 이름이 '화
진'이다.

㊼ <화형옥전花荊玉傳>~<화씨충효록> : <화씨충효록>의 주인공 이름이
'화형옥'이다.

(3) 사물에 따른 변개

표제에 인명 대신 사물들이 쓰인 경우인데, 이들 사물은 대체로 주인공들의 애용물이다. <삼옥삼주기>나 <옥소전>의 경우는 그것이 선관에 의하여 수여된다.

① <모란화>, <목단화>, <용매기연龍媒奇緣>~<장익성전> : 남주인공 장익성이 걸식 표랑하다 모란꽃 밑에 잠이 들었는데, 그때 여주인공 채운이 모란화 밑에 쉬고 있는 용의 꿈을 꾸고 나서 모란화를 찾아가 장익성을 만나 인연을 맺게 된다.

② <백아금伯牙琴>~<유백아전> : 중국 춘추시대 초나라의 거문고의 명수였던 유백아의 전기.

③ <백포장군전白袍將軍傳>~<설인귀전> : 백포白袍를 입고 전장戰場을 횡행했던 설인귀 장군의 전기.

④ <불로초不老草>~<토끼전> : 용왕이 중병에 걸려 불로초(토끼의 간)을 구하러 별주부를 보낸다.

⑤ <삼생기연三生奇緣>, <옥소기봉玉簫奇逢>, <옥소삼봉玉簫三逢>~<쌍렬옥소삼봉> : 남주인공 위명이 옥소로 인연하여 여주인공 양소저와 세번 다시 만나게 되는 기연.

⑥ <삼옥삼주기三玉三奏記>, <삼주기화三珠奇話>, <음양삼태성陰陽三台星>~<옥주호연> : 옥주玉珠 세 개를 받는 태몽으로 태어난 3태아三胎兒(최완·최명·최경)들이 후에 장성하여 3자매(자주紫珠·벽주碧珠·명주明珠)를 만나 인연을 이루게 되는 이야기. 그리고 남녀[음양陰陽] 주인공 모두 보옥寶玉과 옥주玉珠 세 개를 받고 삼태三胎를 얻으리라는 예언에 의하여 태어났다.

⑦ <옥소기玉簫記>~<육미당기> : 신라의 태자 김소선金簫仙이 피리를 잘 불어 그로써 당나라의 옥성공주와 혼인하게 됨. 소선은 결국 '여섯 부인'(옥성공주玉星公主·백소저 운영白小姐 雲英·설소저 서란薛小姐 瑞蘭·춘향秋香·설향雪香·춘앵春鶯)을 취娶하여, 그 3부인 3낭자의 처소를 각각 학운당鶴雲堂·봉소당鳳簫堂·취란당翠蘭堂·상추각賞秋閣·청설헌

聽雪軒・탐춘헌探春軒이라 하고, 이들을 총칭하여 '육미당六美堂'이라 하였다.

⑧ <옥소전玉簫傳>~<강릉추월> : '강릉추월'은 선관이 주인공인 이춘백에게 준 옥퉁소(옥소玉簫)의 이름이다. 이 옥퉁소, 즉 '옥소'로 인연하여 춘백은 여주인공 조낭자와 그 시비인 춘낭과 인연을 맺었을 뿐만 아니라, 작품 전편에 걸쳐 옥소는 주요 제재로 사용되고 있다.

⑨ <옥원중합록玉鴛重合錄>, <옥원중회연玉鴛重會緣>~<옥원재합기연> : 역시 '옥원'을 신물信物로 하여 남녀 주인공이 다시 만난다.

⑩ <옥중금낭獄中金囊>~<정수경전> : 옥중의 정수경이 살인죄로 죽게 되었을 때, 전일 점쟁이에게서 받았던 금낭의 수수께끼 같은 그림을 법관에게 제출하여, 그 뜻을 이승상의 딸 이소저가 풀고 범인을 잡게 되고, 결국 수경과 이소저는 혼인하여 해로한다.

(4) 시대적 배경에 따른 변개

표제에 사건이 일어난 시기를 구체적으로 나타내는 경우이다.

① <숙조역사>~<장희빈전張嬉嬪傳> : 숙종조 때의 인현왕후와 장희빈 사이의 갈등을 그린 역사 이야기.

② <삼한습유>~<의열녀전義烈女傳> : 숙종시대 경북 선산善山 지방에서 있었던 향낭고사香娘故事를 기반으로 하여 시대적 배경을 삼국시대로 끌어올리고 허구화한 작품.

③ <신미록>~<홍경래(실기)洪景來(實記)> : 홍경래가 난을 일으킨 1811년 곧 '신미년 난'의 전말을 기록한 작품.

④ <춘추전春秋傳>~<춘추대성전> : '춘추 대성'은 곧 공자孔子를 뜻한다.

(5) 장소적 배경에 따른 변개

표제 중에 사건의 구체적 장소적 배경을 명시하는 것이다. 물론 그곳은 특정 장소로서 작품의 전 내용이 그곳을 중심으로 전개되는 경우가 많다.

① <광한루廣寒樓>, <광한루기廣寒樓記>, <광한루악부廣寒樓樂府>, <오작교烏鵲橋>~<춘향전> : 작품 속의 남녀 주인공이 처음 만난 곳이 남원에 있는 '광한루'이며, '오작교'는 그곳에 있는 다리 이름.

② <금산사몽유록>~<성생전成生傳> : 몽유자가 성생(성허成虛)이다.

③ <금오몽유록>~<금생이문록琴生異聞錄> : 금생琴生이 금오산金烏山에서 몽유夢遊한 기록.

④ <금향정기>~<종경기전鍾景期傳> : 작품의 남주인공 '종경기'가 '금향정'에서 '갈명화'를 만나 결연한다.

⑤ <동국지東國志>~<임진록> : 중국의 <삼국지>에 대비되는 우리나라의 대전쟁담인 '임진왜란'의 기록이란 뜻.

⑥ <문성궁몽유록文成宮夢遊錄>~<사수몽유록> : '문성궁'은 '문성왕'으로 추존된 공자의 거처를 말하며, '사수泗水 가'에 있다.

⑦ <백옥루白玉樓>~<옥루몽> : 옥황상제가 백옥루白玉樓를 중수하고 선관들을 초대하여 낙성연을 베풀었는데, 여기에 문창성文昌星 및 제방옥녀帝傍玉女·제천선녀諸天仙女 및 천요성天妖星·홍난성紅鸞星·도화성桃花星 등도 참석하여 놀다가, 속세로 적강하여 각기 양창곡, 윤소저, 황소저, 강남홍, 벽성선, 일지련 등으로 태어나 결연 후 상계로 되돌아간다는 내용.

⑧ <봉래신선록>~<방운전> : 봉래산 선관 선녀가 상제에게 죄를 짓고 적강하여 방운과 주채란으로 태어나 결연한다는 이야기.

⑨ <봉황대鳳凰臺>~<이대봉전> : 늦도록 자식이 없던 상서 이익이 천축국 백운암 부처에게 시주하고 나서, 부인이 봉鳳이 자신에게 날아들고 황凰이 장화의 집으로 가는 꿈을 꾼 후 대봉을 낳았다. 같은 때에 한림 장화도 같은 꿈을 꾸고는 애황을 낳았다.

⑩ <산양대전>~<조자룡실기趙子龍實記> : <삼국지연의>에 들어 있는 산양수山陽水의 싸움을 중심으로 한 것으로 조자룡의 활약을 그리고 있다.

⑪ <서궁록西宮錄>, <서궁일기西宮日記 상上>~<계축일기> : 계축년(1613, 광해군 5)에 있었던 '계축화옥癸丑禍獄'으로 몰려나 서궁(현 덕수궁)에 유폐된 인목대비(1584~1632, 영창대군의 생모)의 일을 일기체로 기록한 작품.

⑫ <수궁가水宮歌>, <수궁록水宮錄>, <수궁별주부전水宮鼈主簿傳>, <수궁

용왕전水宮龍王傳>, <수궁전水宮傳>, <수륙문답水陸問答>~<토끼전>

⑬ <수성궁몽유록壽聖宮夢遊錄>~<운영전> : 남녀 주인공 김진사와 운영이 사랑을 한 장소적 배경이 안평대군의 옛집인 '수성궁'이다.

⑭ <안평국전安平國傳>~<적성의전> : 적성의는 안평국이라는 나라의 태자이다.

⑮ <양산박梁山泊>~<수호지> : '양산박'은 수호전의 산채山寨를 둘러싸고 있는 물의 이름이다.

⑯ <옥유동기玉遊洞記>~<숙영낭자전> : 남주인공 백선군이 '옥유동'에서 여주인공 '숙영'을 만났다.

⑰ <옥중가인(화)獄中佳人(花)>~<춘향전> : 변사또의 수청 요구를 듣지 않고 옥중에 갇힌 춘향을 가리킨다.

⑱ <완월루玩月樓>~<장학사전> : 남주인공 장혜랑이 완월루에 올랐다가 여주인공 소소저를 만나게 된다.

⑲ <용강전龍崗傳>~<임진록>① : 등장인물인 김응서의 집이 '용강'에 있었던 데서 작품 이름이 생긴 듯하다.

⑳ <위도왕전韋島王傳>~<홍길동전> : 홍길동이 고국을 떠나 율도聿島(위도韋島는 오기일 듯)에 들어가 나라를 세우고 왕이 된다.

㉑ <유리국심씨전琉璃國沈氏傳>~<심청전> : 안맹眼盲한 부친의 눈을 띄우려 효녀 심청이 몸을 팔아 유리국 인단소에 투신하게 되는데, '유리국'은 결국 '수궁'을 가리키는 말이다.

㉒ <육미당기>~<김태자전金太子傳>, <보타기문普陀奇聞> : <육미당기>의 주인공인 신라의 태자 김소선이 중병이 든 부왕을 위하여 보타산에 가 영약을 얻어 오는 동안의 고난을 그린 작품. '육미당'에 대하여는 위의 것을 참조.

㉓ <이화정기梨花亭記>, <이화정기우기梨花亭奇遇記>, <이화정기적梨花亭奇跡>~<숙향전>① : 남녀 주인공이 만난 장소가 '이화정'이다.

㉔ <중산토선생전中山兎先生傳>~<토끼전> : 산속의 토끼 이야기란 뜻.

㉕ <탄금대彈琴臺>~<김학공전> : <탄금대>는 <김학공전>의 신소설기 작품으로, 작품 속에서 주인공인 만득이 운유암에게서, "고금도古今島 달밤에 원수가 은인이 되고, 연광정練光亭 가을바람에 잠깐 거짓 인연을 만나고, 탄금대 저녁볕에 우연히 길인을 만나 다니라."라는 글구를

받게 되는데, 이 예언적 글구의 내용은 뒷날 모두 실현된다.
㉖ <화룡도>~<적벽대전> : '화용도華容道'는 적벽대전에서 대패한 조조
   가 도망가던 길의 이름.
㉗ <화산중봉기>~<김상국전金相國傳> : 작중 인물 김상국이 화산에서
   다시 만난다는(중봉重逢) 이야기.
㉘ <황석산몽유록黃石山夢遊錄> ↔ <용문몽유록>

(6) 표제의 단순 도치

표제의 어순을 단순히 뒤바꾸어 놓은 것에 불과하므로 오인의 여지가
거의 없다. 하지만 혼동의 여지를 피하기 위하여 통일적으로 사용할 필요
가 있다.

① <고금기관古今奇觀>~<금고기관>
② <몽유달천록夢遊獺川錄>~<달천몽유록>
③ <오대잔당연의五代殘唐演義>~<잔당오대연의>
④ <함양열녀박씨전咸陽烈女朴氏傳>~<열녀함양박씨전>

(7) 한자 어휘 혹은 우리말로의 개변

어려운 한자식 표제와 우리말식의 표제가 병존하는 경우인데, 그 선후
여부는 판단하기 곤란하다.

① <고독각씨전孤獨閣氏傳>, <곡독각씨전曲獨閣氏傳>~<꼭두각시전>
② <금독전金犢傳>, <금우전金牛傳>, <금우태자전金牛太子傳>, <오색우전
   五色牛傳>~<금송아지전>~<금송아지전>
③ <금령전金鈴傳>~<금방울전>
④ <서대주전>~<다람의 소지>, <쥐전>
⑤ <섬동지전>~<두껍대전>, <두껍전>①
⑥ <섬처사전>~<두껍전>②, <인두껍전>

⑦ <태서두서太鼠豆鼠>~<콩쥐팥쥐>

⑧ <토선생전兎先生傳>, <토전兎傳>, <토처사전兎處士傳>, <퇴별가>~<토
   끼전>

⑨ <화충선생전華蟲先生傳>, <화충전華蟲傳>~<장끼전>

(8) 별칭의 사용

원래의 표제 외에 사용되는 이른바 '일명一名'식의 제목이거나, 원제 위
에 덧붙여 사용되는 부가적 표제이다. 대체로 <사성기봉>, <오미인>,
<육기록>, <칠선기봉>, <팔장사전>, <팔선녀록>과 같은 명수법命數法
을 사용한 것들이 많다. 이는 숫자로써 주요 인물을 포괄시키는 방법으로
서, 환유법換喩法을 사용한 것이다.

① <사성기봉四姓奇逢>~<임화정연> : 남주인공인 임공자가 화·정·연
   의 세 소저와 인연을 맺는 이야기.
② <심사心史>~<천군본기> : '천군' 곧 '마음'의 역사.
③ <쌍린자녀별전雙麟子女別傳>~<명주기봉> : <현씨양웅쌍린기>의 속
   편. <현씨양웅쌍린기>의 주인공인 현수문과 현경문의 자녀들(14남 6
   녀)의 결혼 및 그들의 무용담을 그린 내용.
④ <여중호걸女中豪傑>~<김희경전> : 여주인공 설빙이 남장을 하여 장
   수정이 되어 전장에 나아가 대공을 이룬다.
⑤ <오미인五美人>~<무릉도원> : 국영, 수영, 난영, 벽옥, 금란 등 다섯
   미인이 자매의 의를 맺고 살다가 만년에는 무릉도원으로 들어가 여생
   을 보낸다.
⑥ <옥중화獄中花>, <형산옥荊山玉>~<춘향전> : 옥중 춘향을 꽃 혹은 형
   산옥에 비김.
⑦ <운선전雲仙傳>②~<구운몽> : 천상 인물 아홉 명이 적강하여 결연하
   는 이야기.
⑧ <육기록六奇錄>~<옥루몽> : 천상인물로 이 세상에 적강한 양창곡, 윤
   소저, 황소저, 강남홍, 벽성선, 일지련 여섯 인물의 기이한 이야기.

⑨ <일백단팔귀화기一百單八歸化記>~<수호지> : 양산박 수채에 총 108인
의 호걸들이 모여 적당賊黨을 이룬다.

⑩ <천정연분天定緣分>~<신유복전> : 남녀 주인공 신유복과 이경패는
하늘이 정해준 연분으로 혼인한다.

⑪ <칠국춘추七國春秋>~<범저전> : 전국시대와 춘추시대에 걸친 범저范
雎를 중심으로 한 이야기.

⑫ <칠선기봉七仙奇逢>②~<임호은전> : 남주인공 임호은이 천정연분
인 6명의 부인(선옥·정옥·미애·윤옥·계화·공주)과 차례로 결
연한다.

⑬ <팔선녀록八仙女錄>~<구운몽> : 선계仙界의 성진性眞(양소유楊少遊)과
팔선녀八仙女(난양공주·정경패·가춘운·계섬월·백능파·심요연·
적경홍·진채봉) 9명이 인간계로 적강謫降하여 인연을 맺고 뜬구름[부
운浮雲] 같은 삶을 산 후 꿈[몽夢]에서 깨어나는 이야기.

⑭ <팔장사전八壯士傳>~<남정팔난기> : 황극이 남방에서 여덟 번의 난
관[팔난八難]을 겪는 이야기. '팔장사'는 '황극·주봉진·용진천·현덕
무·호성태·마성춘·이태진·월파'이다.

⑮ <현화록玄化錄>~<구운몽> : 작중 인물들이 현화玄化하는 선교적仙敎的
내용의 이야기.

⑯ <효장황제장대기孝莊皇帝粧臺記>~<여용국전> : '여용국'(여자의 얼굴
및 화장 도구들의 의인화)의 전기. 여용국이 처음 세워졌을 때 열다섯
이나 되는 보국輔國이 효장황제孝莊皇帝(단정한 얼굴)의 염대奩臺(경대鏡
臺)에 관한 일을 맡았다.

⑰ <흑룡록黑龍錄>, <흑룡일기黑龍日記>~<임진록> : '임壬'은 '흑黑'이요
'진辰'은 '용龍'이다. 따라서 '흑룡'은 곧 '임진壬辰'과 같다.

(9) 신소설식으로의 개변

고전소설의 표제에는 일반적으로 작중인물명에 '－전', '－기', '－록'
등이 부가되는 데 비하여, 신소설의 표제에는 이러한 고정된 문자가 붙지
않는 대신, 작품 내용을 시사하는 임의의 3자 혹은 4자로 된 용어를 사용

하는 경우가 많다. 표제 발생의 선후를 따져 볼 때, 이러한 신소설식의
표제가 대체로 후래적일 것임은 분명하다 하겠다.

1) 3자식 표제

① <강상련江上蓮>~<심청전>

② <광한루廣寒樓>, <오작교烏鵲橋>, <여중화女中花>, <오작교烏鵲橋>,
   　<옥중화獄中花>, <춘몽연春夢緣>, <형산옥荊山玉>~<춘향전>

③ <금옥연金玉緣>②~<홍루몽>

④ <모란화牡丹花>, <목단화牧丹花>~<장익성전>

⑤ <백아금伯牙琴>~<유백아전>

⑥ <봉황대鳳凰臺>~<이대봉전>

⑦ <부용당芙蓉堂>~<금산사몽유록>

⑧ <불로초不老草>, <토의간兎의肝>~<토끼전>

⑨ <양산박梁山泊>~<수호지>

⑩ <연의각燕의脚>~<흥부전>

⑪ <오미인五美人>~<무릉도원>

⑫ <완월루玩月樓>~<장학사전>

⑬ <용함옥龍含玉>~<왕경룡전>

⑭ <잠상태岑上苔>~<영영전>

⑮ <재생연再生緣>~<숙영낭자전>

⑯ <천도화天桃花>~<소한림전>

⑰ <축영대祝英臺>~<양산백전>

⑱ <탄금대彈琴臺>~<김학공전>

⑲ <홍문연鴻門宴>~<항장무전>

⑳ <홍백화紅白花>~<홍백화전>

㉑ <화용도華容道>~<적벽대전>

2) 4자식 표제

① <가인기우佳人奇遇>~<사각전> : 남주인공 '사각'이 여주인공 '월계'
   와 '벽도화'와 기우하는 내용.

② <금낭이산金囊二山>~<보심록> : '금낭이산'이란 '금낭에 두 개의 산'

　　이란 뜻으로 '출자出字'를 의미함.9)

　③ <금환기봉金環奇逢>~<김희경전> : 말뜻 그대로 주인공 '김희경'과 '설빙'이 신물信物로 백금과 금지환金指環을 교환하고 백년가약을 맺는다는 이야기.

　④ <능견난사能見難思>~<금방울전>

　⑤ <대방화사帶方花史>~<춘향전>

　⑥ <명사십리明沙十里>~<보심록> : 착한 마음에 의한 보응報應을 기록함.

　⑦ <명주보월明珠寶月>~<명주보월빙> : 남녀 주인공이 용이 토해 주고 간 '명주明珠'와 '보월패寶月佩'를 빙물聘物로 결연한다는 이야기.

　⑧ <사성기봉四姓奇逢>~<임화정연>

　⑨ <삼생기연三生奇緣>~<쌍렬옥소삼봉>

　⑩ <쌍미기봉/연雙美奇逢/緣>~*<옥교리> : <쌍미기봉> 주인공이 두 가인(증운아·오녹균)과 기연을 맺는다는 이야기. 반면 <옥교리>는 주인공 이름인 '백홍옥白紅玉'·'오무교吳无嬌'·'노몽리盧夢梨'에서 각각 끝 자 한 자씩을 따서 만든 것임.

　⑪ <쌍봉기연雙逢奇緣>~<왕소군새소군전> : '왕소군'과 '새소군' 자매가 혼인을 이어서 하여 원수를 갚는다.

　⑫ <쌍완기봉雙婉奇逢>, <쌍환기봉雙環奇逢>~<방한림전> : '방관주'와 '영혜빙' 두 여자[쌍원雙媛]가 혼인을 하여 부부생활을 한다는 내용.

　⑬ <옥난기봉 玉鸞奇逢>~<옥난빙> : '옥난玉鸞'의 태몽으로 태어난 남녀 주인공 '진석홍'과 '석난영'의 결연한다는 이야기.

　⑭ <옥난(란)기연玉鸞(蘭)奇緣>~<옥난기연> : 남녀 주인공이 '옥란玉蘭'으로 인하여 기이하게 만남.

　⑮ <옥소기봉玉簫奇逢>, <옥소삼봉玉簫三逢>~<쌍렬옥소삼봉>

　⑯ <옥중가인獄中佳人>, <옥중가화獄中佳花>~<춘향전>

　⑰ <옥중금낭獄中金囊>~<정수경전>

---

9) 간신의 무고로 옥중에 갇힌 여주인공 '왕부인'이 옥중에서 아들을 낳았으나, 아기를 옥외로 빼어 돌릴 도리가 없었는데, 진찰을 핑계로 삼아 옥중으로 들어온 여의女醫가 말없이 이 금낭의 그림을 보여 주매, '왕부인'이 그 뜻을 아기를 내어 가겠다[출出]는 것으로 풀고 말없이 아기를 내어 주어, 여의가 아기를 금낭에 담아 무사히 내어 가게 하였다.

⑱ <용매기연龍媒奇緣>~<장익성전>

⑲ <우리들전別春香傳>~<춘향전>

⑳ <유록의 한柳綠의恨>~<유록전>

㉑ <이춘백전>~<강릉추월>

㉒ <육선기봉(연)六仙奇逢(緣)>~<육선기六仙記>

㉓ <장릉혈사莊陵血史>~<단종대왕실기>

㉔ <재세기우기再世奇遇記>~<숙향전>①

㉕ <절대가인絕代佳人>, <절세가인絕世佳人>~<춘향전>

㉖ <직금회문織錦回文>~<소약란직금도>

㉗ <천리춘색千里春色>~*<조생원전>②

㉘ <천정연분天定緣分>~<신유복전>

㉙ <천하장군天下將軍>~<병자임진록>

㉚ <청루지열녀青樓之烈女>~<왕경룡전> : 청루 기녀青樓妓女인 옥단玉檀이
   왕경룡에 대한 사랑을 끝까지 지켜가는 이야기.

㉛ <칠선기봉七仙奇逢>②~<임호은전>

㉜ <태서두서太鼠豆鼠>~<콩쥐팥쥐>

(10) 분작식分作式 개변

장편소설에 등장하는 다수의 작중인물 가운데 특정인물이나 특정사건
을 중심으로 작품을 독립시켜 재구성하는 것이다. 예컨대, <옥련몽>의
내용 중 '강남홍'이나 '벽성선' 같은 인물에 관한 이야기만을 독립시켜
<강남홍전>·<벽성선(전)> 따위가 출간되었고, <삼국지연의>의 경우
도 <강유실기>·<공명실기>·<관운장실기>·<도원결의록>·<산양
대전>·<삼국대전>·<오관참장>·<장비마초실기>·<적벽대전>·
<제갈량실기>·<조자룡전>·<황부인전> 등으로 분작分作되었다. '<설
인귀전>-<서정기>-<설정산실기>-<이화정서전>' 등의 연작도 같
은 범주에 넣을 수 있겠다.

지금까지 고전소설 표제를 개변시켜 동종이명 소설을 만들어 다양한

제명을 붙임을 보아 왔는데, 마지막으로 소설 표제의 오류에 의하여 이명
이 생겨나는 예들을 살펴보기로 하겠다. 이 경우 오류는 대체로 한자음
표기에서 비롯된 것이다.

※ 고투古套 / 속음俗音 표기
1) <강상누>~<강상루江上樓>, <옥누몽>~<옥루몽玉樓夢>, <백년전>~
   <백련전白蓮傳>, <옥인몽>~<옥린몽玉麟夢>, <이인전>~<옥린전玉麟
   傳>, <장노전>~<장로전張魯傳>, <장양전>~<장량전張良傳>, <장영
   전>~<장녕전張寧傳>, <충열전>~<충렬전忠烈傳>, <취연전>~<취련
   전>
2) <조실록>~<조슬록蚤蝨錄>
3) <옥랑자전>~<옥낭자전玉娘子傳>, <옥란기연>~<옥난기연玉鸞奇緣>
4) <김선각>~<금선각>, <금원전>~<김원전金圓傳>, <소야란직금도>~
   <소약란직금도蘇若蘭織錦圖>, <염시도전>~<염시탁전廉時度傳>
5) <계우사>~<계우사誡友詞>
6) 방언적 표기 : 사객(~각)전, 짐(~김)홍전, 퇴(~토)별가, 금광(~강)공주
   전, 서대쥐(~주)전, 저(~제)마무전, <상낭전尙娘傳>~<향낭전>, 금덕
   (~犢)전, <장국증(~진)전張國曾傳>~<장국진전>
7) 월황(~왕)전, 소향(~약)란전
8) 두음법칙이나 구개음화의 적용 여부
      뇽(~용)문젼, <뉴>~<유>, <뉵>~<육>, <니>~<이>,
      <님>~<임>(<댱>~<장>, <뎍>~<적>, <뎐>~<전>,
      <됴>~<조>, <란>~<난>, <로>~<노>, <룡>~<용>,
      <류>~<유>, <륙>~<육>, <리>~<이>, <림>~<임>
9) 한자 자형 혼동 : <범수전范雎傳>~<범저전范雎傳>, <위도왕전韋島王傳>
   ~<율도왕전聿島王傳>, <장경부전章敬夫傳>~<위경천전韋敬天傳>, <이
   경난전>~<이정난전>
10) 자획 누락 / 증감
   ① <감용전>~<김용전> : 작중인물의 이름이 '김용'인 것으로 보아
      표제가 <감용전>으로 되어 있는 것은 오기로 보인다.
   ② <겁지전>~<둑겁전> : 북한의 『고소설 해제』 부록에 보이나 이것

도 <둑겁지전>의 '둑' 자가 훼손된 것인 듯하다.

③ <난조재세기연록>~<난초재세기연록> : 남녀 주인공이 '초중경'과 '난지'이므로, 이 작품의 표제는 <난초재세기연록>임이 분명하다.

④ <호백화>~<홍백화> : 쿠랑의 『조선서지』 제497번에 <호백화>란 것이 보이나 이는 아마 <홍백화>의 오기일 듯하다.

⑤ <소윤전>~<소운전蘇雲傳>

⑥ <여화록>~<여와록女媧錄>

⑦ <최보은전>~<최보운전崔保雲傳>

12) 자형 오인

① 김시각전>~<임시각전>

② <김연단전>~<김연당전>

③ <방휼동자전>~<방울동자전>

④ <봉래신설>~<봉래신선(록)>

⑤ <쌍환기봉>~<쌍원기봉>10)

⑥ <양부밀전>~<양부인전>

⑦ <양주밀전>~<양추밀전>

⑧ <영일남전>~<뎡일남전>

⑨ <왕시봉전>~<왕십붕전>11)

⑩ <용생원전>~<옹생원전>12)

⑪ <유희련전>~<유희현전>

⑫ <이은선전>~이운선전>

⑬ <이형경전>~<이현경전>

⑭ <장박전>~<장빅전>

⑮ <저마무전>~<제마무전>

⑯ <정대광이사적>~진대방이사적

⑰ <정두경전>~<정수경전>

⑱ <정빈전>~<정비전>13)

---

10) <방한림전>의 이본.
11) 혹은 '십十'의 속음이 '시'이기 때문인지도 모르겠다.
12) 혹은 벽성僻姓의 임의 개변일 듯하다.
13) 혹은 '비妃'에 대한 '빈嬪' 자를 뜻했을 수도 있다.

　　⑲ <정숙전>~<정수경전>
　　⑳ <조맹행>~<도잉행>
　　㉑ <진태방전>~<잔대14)방전>
　　㉒ <춘무전>~<춘미전>
　　㉓ <태아선적각록>~<태아선적강록>
　　㉔ <한대경전>~<한틔경전>
　　㉕ <황연단>~<황연당>
　　㉖ <황월성전>~<황월선전>
　　㉗ <회동이씨삼대록>~<희동이씨삼대록>
　　㉘ <희경전>~<희경전>

3) 맺음말

　이제까지 고전소설 표제의 작제作題 양상에 관하여 다각적으로 검토해 본바, 동종이명 소설의 작제 원리에 대한 여러 가지 사실을 알게 되었다. 그 방법으로는 대체적으로 단순 어사의 첨가 내지 삭제, 전혀 다른 표제로의 변개, 여러 가지 요인에 의한 오류의 세 가지임을 살폈다. 이 가운데 단순 어사의 첨가나 삭제는 제명 파악에 그다지 문제가 되지 않으나, 별도 표제로 변개된 경우는 내용 검토 없이는 그것이 이명동종 소설임을 파악할 도리가 없기 때문에 서목 작성에 혼란을 야기시킨다. 따라서 우리 문학사 상 고전소설의 자산 총목의 근사치를 얻기 위하여는, 각개 작품들의 확실한 내용 대비를 기반으로 이명동종 소설의 총체적 검토가 이루어진 후, 항목 리스트가 작성되어야 하는 것이다. 이러한 문제 인식 하에서 필자는 본고를 통하여 전 고전소설 작품을 대상으로 검토한 결과 많은 동종이명 소설들을 정리할 수 있었고, 나아가 부록으로 별첨한 동종이명 고전소설 총목을 작성하게 되었다. 그 작업 과정에서 지금까지 학계에서 미처 거론

─────────────

14) 혹은 중국어로 '태'와 '대'가 통하는 데에 기인했을 수도 있다.

되지 못했거나 또는 잘못 알려졌던 문제들이 새로 밝혀진 점에 대하여 매우 다행스럽게 생각하지만, 얕은 생각으로 오류를 범했거나 혹은 미처 살피지 못한 점이 있다면 후일 계속 보완할 작정임을 밝혀둔다.

● **참조 원고**

"동종이명同種異名 고전소설론 : 고전소설 표제 설정을 위한 예비적 검토", 『어문학논총』 19 (국민대 어문학연구소, 2000. 2) *원문 끝에 첨부했던 '이명동종 고전소설 총목總目'은 뒤에 정보訂補하여 『고전소설 연구보정』 하(박이정, 2006)의 부록으로 실린 바 있으므로 생략함.

제2부 **설화론 다지기**

Ⅰ. 설화학 입문

1. 설화의 종류와 특질

1) 개념·특징·용어

인간을 규정하여 흔히 '언어적 동물'이라고 한다. 이 경우 '언어' 대신에 '말' 또는 '이야기'란 어휘를 대치시켜 보자. 그러면 '언어적 동물'이란 어구는 '말을 할 줄 아는 동물', 또는 '이야기를 할 줄 아는 동물' 쯤으로 될 것이다. 다시 말하면 이 경우 '말'이나 '이야기'란 어휘는 '언어'의 동의어로써 쓰인 것이다. 그러나 우리나라에 있어서 '이야기'란 어휘는 단순히 일상적인 차원의 담화뿐만 아니라, 어떤 특별한 의미가 담겨져 있는 경우가 많다. 즉 '이야기를 한다'거나 '이야기를 듣는다'는 언술은 단편적인 발화 행위를 넘어서서 어떤 줄거리를 가진 인과적 사건을 이야기하거나 듣는다는 의미를 내포하고 있는 것이다. 이러한 뜻에서 이야기는 서사성을 갖는다고 하며, 이러한 서사성을 띤 이야기가 다음과 같은 특성을 지닐 때 우리는 그것을 학술적으로 규정하여 '설화folktale'라고 일컫는다.

첫째, 설화는 구전적인 것이다. 설화는 시간과 공간을 초월하여 입에서 입으로 전승된다. 이렇게 구구전승되던 구전설화가 어느 시기에 문자의 힘을 빌어 기록되면 문헌설화로서 정착하게 된다. 그러나 설화의 구전적 특성을 고려할 때, 문헌설화는 구전설화처럼 이야기 현장에서 듣게 되는 것이 아니고 문헌을 통하여 읽게 되는 것이므로, 엄격히 말한다면 문헌설화 설화로서의 생기를 잃은 것이라고 볼 수도 있다. 그렇다고 하여 문헌설화는 설화가 아니라는 뜻은 아니다. 왜냐하면 일단 문자로 기록된 설화라고 하더라도 원래는 구전되던 것이었으며, 그것이 문헌에 기록되어 전해질 수도 있고 전승됨과 동시에 다시 구전되기도 하기 때문이다.

하여튼 설화가 지닌 구전적 특성 때문에, 그것은 전승되는 도중 끊임없이 개변된다. 그 개변은 망각에 의한 것일 수도 있고 혹은 재미를 더하기 위하여 화자가 일부러 첨삭添削한 것일 수도 있다. 그러나 화자에 의하여 아무리 첨삭이 이루어진다 하더라도 그것은 지엽적인 것일 뿐, 본질적인 부분은 늘 변하지 않고 남아 있게 마련이다. 이 변하지 않는 부분이야말로 설화의 화자가 전수받은 민중의 공동 자산資産인 것이다.

과거에 설화의 기록자가 설화를 문자로 기록할 때, 구전 그대로를 기록한 경우란 거의 없었다. 대부분 구전자료를 바탕으로 나름대로 첨삭을 하고 있는 것이다. 물론 문헌설화 중에서 이런 개변 부분을 정확히 분리하여 낸다는 것은 매우 곤란하지만, 설화에 있어서 기록자의 의도적인 창작이 많아지면 많아질수록, 그것은 이미 설화가 아닌 창작문학으로 변질된 것이라 할 수 있다.

둘째, 설화는 민중적인 것이다. 설화에는 뚜렷한 작자가 있을 수 없다. 그것은 다만 무명의 민중 속에서 만들어져 구구전승되는 것이다. 민중이라 하면 흔히 평민이나 무식자층을 생각하는 경향이 있다. 그러나 설화의 작자층과 향유층을 평민이나 무식계급으로 한정시킬 수는 없다. 왜냐하면 설화는 평민·무식계급에서는 물론 양반·지식계급에서도 만들어지고 애호되어 오기도 했기 때문이다. 또한 이렇게 상층에서 사랑받던 이야기라도 다시 하층계급 속으로 퍼져 나가는 일은 드물지 않다. 예컨대 문헌설화와 같은 것이 그러하다. 따라서 위에서 말한 '민중'이란 어휘는 매우 폭넓은 개념으로 받아들여져야 할 것이다.

물론 어떤 설화의 기원을 따져 올라가면 애초에는 특정 작자가 있었을 수도 있다. 그러나 그 작품이 민중 속에서 전승되는 동안 원작자는 어느 덧 잊혀지게 마련이다. 뿐만 아니라 원작품은 수많은 구연자口演者들에 의하여 그들의 기억 속에 저장되어 있는 설화적 자산이 덧붙여져 변질되어 버린다. 따라서 원작이 지녔던 개성은 매우 미약해지는 반면 공동성이 강해지게 된다. 이 경우 공동성이란 민중의 기억 속에 단편적으로 전승되어 오던 모티프의 차용 같은 것을 예로서 들 수 있다. 설화의 이러한 특성은 소설의 경우 작가가 뚜렷이 존재하고(비록 실명失名이라 하더라도), 작가의 개성미에 의존하는 것과 좋은 대조가 된다.

셋째, 설화는 산문적인 것이다. 인간이 어떠한 이야기narrative를 전달하는 방법에는 세 가지가 있을 수 있다. 즉 노래에 의존하거나, 몸짓에 의존하거나, 단순히 말로써 하는 경우가 그것이다. 이 중 설화는 두말할 필요도 없이 노래나 몸짓보다는 말에 중점을 두고 있는 것이다. 서사시·민요·무가·연극 들에도 이야기로써 이루어진 것이 있긴 하지만, 이들은 그 전달 방식이 설화와는 다르다. 서사시·서사무가 따위의 전달방식이 운문에 의존하는 데 비하여, 설화의 전달 방식은 산문에 의존한다. 연극도 이야기 및 산문으로 전달되는 점에 있어서 설화와 비슷하지만, 연극은 설화처럼 들려주는 것이 아니라 보여주는 것이란 점에서 양자는 확연히 구분된다.

만약 전달방식을 문제 삼지 않고 줄거리만을 문제 삼는다면, 서사시·서사민요·서사무가·연극 등은 모두 설화의 범주 속으로 들어올 수도 있다. 가령 한국의 서사민요 <강남땅 김소저>나 서사무가 <당금애기> 따위가 민요나 무가로 불리지 않고 이야기꾼에 의하여 구연된다면, 이들은 분명히 설화인 것이다. 그러나 본질로써 말한다면, 서사민요는 민요이고 서사무가는 무가이지 결코 설화일 수 없는 것이다.

설화는 산문으로 된 이야기이므로, 어떤 인물·사건·배경 등의 요소를 갖추어야 하며, 사건은 인과적 타당성에 의하여 서술되어야 한다. 따라서 설화는 연대기적이고 계기적繼起的으로 진행되며, 삽화적·소묘적인 특성을 띠기 쉬운 것이다.

넷째, 설화는 허구적인 것이다. '설화'란 곧 '이야기'를 뜻하지만, 모든 이야기를 설화라고 할 수는 없다. 가령 역사 또는 사실담 같은 것이 그대로 설화가 될 수는 없고, 이들에 민중의 상상력이 더하여 허구화되었을 때 비로소 설화가 성립되는 것이다. 그리하여 우리가 종종 사용하는 '이야기감'('이야기꺼리')이란 말 속에는, 대개 현실세계에서 좀처럼 있을 법하지 않은 이야기란 뜻을 내포하는 경우가 많지만, 그렇다고 하여 현실에서 전연 불가능한 사건, 전기적傳奇的·공상적 사건만이 설화인 것은 아니다. 설화의 내용은 본래 현실에서 얼마든지 가능한 사건일 때도 많다. 그러나 설화 속의 사건이 아무리 현실에서 가능한 것일지라도(가령 '꾀보'나 '바보'의 이야기처럼), 그 범상하지 않은 성질 때문에 다분히 그 실제 여부가 의심되는 그런 종류의 것이다.

다섯째, 설화는 보편적인 것이다. 설화의 역사는 인류가 문자를 갖기 이전, 즉 역사시대를 훨씬 소급할 수도 있다. 현존 자료로써 보더라도, 이집트나 바빌로니아와 같은 고문화古文化 민족들 사이에서는 이미 기원전 3000~4000년 경에 설화가 존재했음이 확증된다. 그 이래로 설화는 세계 도처에서 끊임없이 만들어져 민중 속에서 유전流轉되어 왔으며, 오늘날에도 설화의 발생은 계속되고 있는 것이다.

한편 설화의 전달 범위는 지리적 국경은 물론 언어적 국경까지도 초월한다. 그리하여 상호간의 교류가 전연 있었을 것 같지 않은 극히 멀리 떨어진 이민족 사이에서, 결코 우연의 합치라고는 할 수 없는 복잡한 구조로 병존하고 있는 설화가 발견되기도 한다. 또한 앞에서도 언급한 바 있지만, 설화는 지식계급 간에서는 물론 무식계급 간에서도 유행되어 왔다. 따라서 설화의 구연자는 대학자일 수도 있고, 촌로村老·머슴·소금장수·길손·병사兵士·노파일 수도 있으며, 그 구연 장소는 사랑방일 수도 있고, 고기잡이배 위이거나 산山판일 수도 있다. 요컨대, 설화는 과거·현재·미래를 통하여, 언어를 사용하는 인간이 존재하는 곳이라면, 성별이나 연령·계급의 제한없이 애호되어 온 것이다.

2) 설화의 분류

어떤 학문이든 연구의 첫걸음이 자료의 수집과 분류로 시작하고 있음은 두말할 여지조차 없다. 설화의 자료가 아무리 많이 쌓이더라도, 그것이 연구에 쓰일 수 있도록 정리되고 분류되지 않으면, 그 자료는 별 쓸모없게 되어 버리는 것이다. 연구자는 그 모든 자료를 일일이 체험할 수 있는 능력도 여가도 없기 때문이다. 생물학이나 광물학에서 분류 자체가 중요한 연구과제나 연구업적이 되듯이, 설화의 분류는 설화학에 있어서 그 자체로서 중요한 과제가 되는 것이다.

설화의 분류법은 대체로 두 가지가 있을 수 있다. 그 하나는 자료를 분류하면서 자동적으로 분류항목을 추출해 내는 경우, 즉 귀납적인 설화 분류법이며, 다른 하나는 구조를 염두에 두고 그에 따라 분류해 내는 경우, 즉 연역적인 분류법이다. 이 두 가지 방법 중 이제까지는 주로 전자 쪽이 많이 사용되어 왔는데, 여기에는 커다란 문제점이 내포되어 있다. 그것은 똑같은 구조의 이야기가 내용에 따라 다른 분류 항목 속으로 배분되어야 한다거나, 하나의 이야기 속에 몇 개의 유형이 혼재되어 있을 때에는 분류가 곤란하다는 점이다. 이러한 난점을 해소시키기 위하여는 귀납적 방법에 구조적 분류 방법이 병행되어야 한다.

그럼, 한국설화 분류의 전제조건으로서 고려되어야 할 사항은 무엇인가를 생각하여 보기로 하자.

첫째, 분류 및 인덱스는 한국 설화의 특성을 충분히 고려한 독자적인 것이어야 할 것이다. 물론, 국제간의 설화 비교를 위하여 아르네-톰슨 Aarne-Thompson의 분류기호와 대조시킨 별도의 인덱스도 마련되지 않으면 안 되겠다.

둘째, 주분류 항목은 기억에 곤란할 정도로 세분되어서는 안 된다. 예컨대 다섯 이상이 되어서는 곤란하다. 주분류의 하위분류인 종분류從分類

(2차적 분류 이하)의 수도 될 수 있으면 간단한 것이 좋다. 그리고 주분류이든 종분류이든 그 안에 다수의 동종同種의 설화를 내포할 수 있는 분류 항목이 아니면 곤란하다. 다시 말하면, 하나의 분류 항목 속에 극히 소수의 유형밖에 배속시킬 수 없다면 그 분류 항목은 무의미한 것이다.

셋째, 구전설화와 문헌설화를 다 같이 고려해야 할 것이다. 흔히 설화의 분류와 인덱스에는 이 양자 중 어느 하나에 전적으로 치우치는 감이 있다. 현전 문헌설화 중 대부분이 어느 시기까지 구전되다가 문자로 정착된 것임을 감안하거나, 또는 현재 구전되는 설화 중 상당수가 문헌설화의 영향을 받은 것임을 추량한다면 이것은 자명한 일이 아닐 수 없다.

넷째, 신화·전설·일화·야담의 처리도 충분히 고려해야 할 것이다. 이제까지의 분류 안에서 문헌설화나 구전설화, 무속 신화 같은 것에 대하여는 다소 소홀한 감이 있었다. 또한 민담화한 전설이나 전국적인 분포를 보이고 있는 전설 따위를 제외한다면, 설화를 분류할 때 전설 전반에 대한 검토가 별로 없었던 것 같다. 일화나 야담도 전설의 경우와 똑같이 말할 수 있다. 요컨대 민중 속에서 오랜 세월 동안 전해 내려온 여러 설화적 작품들을, 민담에 못지않게 설화 분류 혹은 인덱스 작성시에 고려하지 않으면 안 되겠다.

이러한 여러 문제점들을 충분히 감안한 결과 얻어진 분류 시안을 다음에 제시해 보겠다.

3) 한국설화 분류표

Ⅰ. 동(식)물담
　　① 기원담, ② 지략담, ③ 치우담癡愚譚, ④ 경쟁담
Ⅱ. 신이담神異譚
　　⑤ 기원담, ⑥ 변신담, ⑦ 응보담應報譚, ⑧ 초인담超人譚, ⑨ 운명담(예언담), ⑩ 주보담呪寶譚(magic object)

Ⅲ. 일반담
 ⑪ 기원담, ⑫ 교훈담, ⑬ 출세담出世譚, ⑭ 염정담艶情譚
Ⅳ. 소담笑談
 ⑮ 기원담, ⑯ 풍월담語戱譚, ⑰ 지략담, ⑱ 치우담, ⑲ 과장담, ⑳ 우
 행담偶幸譚, ㉑ 포획담捕獲譚, ㉒ 음설담淫褻譚
Ⅴ. 형식담形式譚(formula tales)
 ㉓ 어희담語戱譚, ㉔ 무한담無限譚(endless tales), ㉕ 단형담短型譚, ㉖ 반
 복담(연쇄담)

위에서 볼 수 있는 바와 같이 설화의 제1차적 분류는 동(식)물담·신이
담·소담·일반담·형식담의 5개 항목으로 나누고, 이들을 다시 26개 항목
으로 나누어 제2차적 분류로 삼았다. 제1차적 분류에 대한 자세한 설명은
뒤로 미루고, 여기서는 우선 각 항목들의 특성에 대해서 약술하기로 하겠다.

(1) 동(식)물담

의인화된 동물, 또는 매우 드물기는 하지만 의인화된 식물들의 이야기
이다. 인간이 등장하는 경우도 있지만, 이 경우 인간의 역할은 보조적인
역할 외에는 별 의미를 가지지 못한다. 대부분의 유형들이 소담적 성질을
띠는 것이 보통이지만, 주인공이 특히 동물이라는 데서 소담과 별도로 분
류한다. 그리고 동물의 둔갑담에도 동물이 등장하기는 하지만, 둔갑담은
그 신이적 특성으로 말미암아 신이담에 배속시키고, 때로는 형식적 특성
으로 인하여 형식담에 배속할 수도 있다.

① 기원담 : 동물들의 형상, 성질의 유래를 설명한다.
② 지략담 및 ③ 치우담 : 각각 동물들의 현우賢愚에 대하여 이야기한
 다. 다만 한 이야기 속에 양자의 성질이 모두 포함되어 있다면, 중점
 이 어느 편에 두어지는가에 따라 배속시킨다.
④ 경쟁담 : 동물들 간의 재능 비교담이다.

(2) 신이담

현실에서 절대로 일어날 수 없는 상상적인 초인들의 신비스러운 이야기이다.

> ⑤ 기원담 : 우주·인류·국가·지방·습속·기타 사물들의 유래담. 신화·전설의 상당수를 포괄한다.
> ⑥ 변신담 : 인간·동물·이계인·정령들의 둔갑·탈신脫身 disenchantment ·환생과 같은 변형담이다.
> ⑦ 응보담 : 선악과 같은 인간 행위에 대한 신령들의 보답을 이야기한다.
> ⑧ 초인담 : 위 ⑤~⑦의 경우에도 초인적인 존재가 등장하기는 하지만, 초인담은 ⑤~⑦에 속하지 않는 영웅·거인·이인異人·신귀神鬼 들의 이야기를 말한다.
> ⑨ 운명담(예언담) : 풍수風水(geomancer)·점복占卜·해몽·언참言讖 등에 의한 운명의 예언담이다.
> ⑩ 주보담 : 주보에 의해 난관을 극복하고 행운을 얻는 이야기이다.

(3) 일반담

신비스런 요소가 제거된 보통 인간들의 이야기로서, 이른바 야담·일화들의 상당수가 포함된다. 교훈성을 띠게 되는 경우가 많다.

> ⑪ 기원담 : 음식·지명·기타 사물들의 유래를 설명하는 이야기로서, 전설로 분류되던 것 중에서 신이적인 요소가 제외된 설화들이라 할 수 있다.
> ⑫ 교훈담 : 인정 가화人情佳話라고 할 수 있다. 특히 오륜五倫에 관한 윤리담, 정직하고 완고한 사람의 이야기 따위가 포함되는데, 이 설화류는 행위에 대한 응보성應報性이 강하다.
> ⑬ 출세담 : 주로 과거에 의해서 출세하는 설화를 지칭한다. 역시 어느 정도 교훈적인 요소를 띠고 있다.
> ⑭ 염정담 : 남녀간의 애정담이다.

(4) 소담

웃음을 주는 이야기로 대개가 단편적인 구성으로 되어 있다. 구전성이 강한 일화들 중 소담적인 것들도 여기에 배속시킨다.

⑮ 기원담 : 속담 혹은 관용구 들의 유래담이다.
⑯ 풍월담(어희담) : 시화詩和(시를 주고받음)·파자시破字詩·육담풍월·곁말, 기타 언어의 희롱을 중심으로 한 이야기이다.
⑰ 지략담 : 명판결名判決·아동의 지혜·거짓말·징치懲治·역습·응구應口輒對에 대한 것처럼 기지機智에 찬 이야기들이다.
⑱ 치우담 : 어리석은 사람(바보)들의 이야기이다. 예컨대, 바보로는 남편·사위·아들·아내·며느리·딸, 혹은 한 집안, 기타 불구자·상인·촌사람 등이 등장하여 실언失言·오해·우행愚行 등을 저지른다.
⑲ 과장담 : 허풍선이·이재異才를 가진 사람·구두쇠 들의 과장된 이야기이다.
⑳ 우행담 : 우연의 행운에 관한 이야기로, 보통 사람이나 바보가 뜻밖의 성공을 거두게 된다.
㉑ 포획담 : 인간이 동물을 잡는 이야기이다. 이 유형의 이야기가 동물담에 배속되지 않는 이유는 이야기 속에 등장하는 동물들이 의인화되어 있지 않기 때문이다.
㉒ 음설담 : 성행위에 관계된 음담패설이다. 그 내용적 특성으로 인하여 공공연한 장소가 아닌 은밀한 장소에서 동성 간에 주로 이야기된다.

(5) 형식담

이야기의 진행 자체가 특별한 형식frame에 의거하여 진행된다. 가령 반복·누적·연쇄·회귀와 같은 형식을 취한다. 이 이야기들 역시 넓은 의미로는 소담에 내포시킬 수 있는 것이지만, 그 형식적 특성에 의하여 별도의 유형으로 독립시킨다.

㉓ 어희담 : 언뜻 보면 이야기의 줄거리가 별로 없이 순전히 어사語辭의 반복으로 이루어진다. 이러한 반복적인 리듬 때문에 민요로 볼 수 있는 경우도 있다.

㉔ 무한담 : 쉽게 말하면 끝이 없는 이야기로, 둔사遁辭를 위하여 구연된다.

㉕ 단형담 : 둔사를 위해 구연된다는 점은 무한담과 같지만, 이야기의 내용이 극소화되어 있다는 점이 다르다.

㉖ 반복담(연쇄담) : 성공이건 실패이건 유사한 행동이 거듭되어 나타난다.

4) 한국설화의 유형과 그 특징

(1) 동(식)물담

동물담은 의인화된 동식물들의 이야기이다. 다시 말하면, 동물담 속에 등장하는 동물들은 인격을 가지고 인간처럼 사고하고 행동하고 대화하며, 선·악·현賢·우愚의 갈등을 일으킨다. 동물담에는 동물만 등장하는 것이 원칙이지만, 개중에는 동물과 인간이 함께 등장하는 것도 있다. 그러나 동물과 인간이 한 이야기 속에 등장하는 경우, 전자가 주인공임에 비하여 후자는 조역의 구실밖에 하지 못한다.

동물담의 예에 따라 인격화된 식물들이 등장하는 소수의 설화들도 '식물담'이란 명칭 아래 하나로 묶어서 '동물담'에 대응시킬 수 있을 것이다. 그러나 식물담을 하나의 독립 범주로 설정하기에는 너무나 해당 설화 자료가 적다는 것이 문제이다. 그러므로 무의미한 이론적인 분류를 하기보다는 실제를 참작하여 식물담을 차라리 동물담 속에 포함시킴이 좋을 듯하다. 말하자면 여기에서 말하는 '동물담'은 '동식물담'이라 해야 옳겠지만, 간편함을 위하여 '동물담'으로 축약한 것으로 생각하면 좋을 것이다.

위에서 필자는 동물담을 정의하여 '의인화한 동물들의 이야기'라고 하였지만, 다음과 같은 경우는 설사 동물들이 등장한다고 하더라도 동물담의 범주에서 제외할 것이다.

첫째, 주술呪術에 의하여 일시 인간으로 둔갑한 동물, 또는 동물화한 인간들이 등장하는 이야기, 즉 둔갑담－가령 <둔갑한 여우>나 <소로 된 사람>－은 동물담으로 분류하기보다 신이담으로 분류한다.

둘째, 동물이 인간으로, 혹은 인간이 동물로 변형·탈신脫身·환생하는 이야기 역시 신이담으로 처리한다. 예컨대, <잉어색시>·<우렁이 색시>·<뱀 신랑>·<개구리 신랑>과 같은 이류교혼담異類交婚譚, 또는 <할미꽃 전설>·<백일홍 전설>·<접동새 전설>과 같은 동·식물 전생담前生譚은 동물담에서 제외한다.

셋째, 상상적 동물(가령 용·이무기·조마구·불가사리 등)이 등장하는 설화들도 신이담으로 분류한다.

넷째, <두꺼비의 보은>·<의구義狗>·<의마義馬> 이야기와 같은 동물의 보은담 역시 신이담으로 분류한다.

다섯째, <새의 말을 알아듣는 형제>나 <짐승이 보호해 준 영웅> 이야기처럼 동물이 이야기 속에 등장하기는 하나 극히 부분적인 삽화를 이루거나, <효성에 감동한 호랑이>[효감호孝感虎]·<효자와 잉어> 이야기처럼 동물이 중요한 역할을 하더라도 동물이 주인공의 보조적인 역할을 하는 것에 불과한 경우도 신이담으로 처리한다.

여섯째, <기름 강아지로 잡은 호랑이>·<참새 잡기> 같은 동물 포획담은 소담으로 분류한다.

일곱째, <고래 뱃속에서의 도박>과 같은 과장담 역시 소담으로 분류한다.

여덟째, <늙은 닭과 그 동료들>·<지게가 져다 버린 범>·<두더지 사위>와 같은 설화 유형들은 그 내용으로 미루어 동물담임에 틀림없지만, 그 형식적 특성을 고려하여 형식담으로 분류한다.

따라서 동물담은 이상의 경우를 제외한, 이야기 속에 동물들이 등장하여 의인화된 행동을 하는 이야기라고 할 수 있다.

인류는 이 지구상에 거주하기 시작한 태고적부터 동물들과 접촉을 하며 살아왔다. 그들은 동물들과의 접촉을 통하여 동물들의 영리함, 강함 등을 찬양하거나 또는 외경했을 뿐만 아니라 그들로부터 많은 것을 배우기도 했다. 동물들은 때로 신이요 조상이기도 했고 때로 동류同類이기도 했다. 그리하여 여러 설화 속에서 동물이 신이나 조상으로 동질시되었을 뿐만 아니라, 때로는 신의 모습이 변화한 형태로 표현되기도 했던 것이다. 신화나 영웅담들의 주인공이 인간의 형태가 아닌 동물의 형태를 취하고 있음은 이러한 원초적인 의식의 발로임이 분명하다. 여러 설화의 서두 부분이 동물들도 인간처럼 이야기하며 행동했던 시대가 있었음을 암시하고 있음은 재미있는 현상이다. 가령 '옛날옛적 까막까치 말할 적에'라든가 '호랑이 담배 먹을 적에'라는 설화의 발화 형식發話形式은 동물과 인간 사이의 미분未分 의식을 가리키고 있는 것이다.

동물담은 설화의 종류 중에서도 가장 오래된 것이다. 동물담에 비하면 신이담이나 소담·일반담·형식담들은 훨씬 후대적인 것이다. 왜냐하면 전자에 비해 후자들에는 미적美的이고도 논리적인 사고의식이 분명히 드러나 보이며, 인간사회의 모습이 보다 리얼하게 비쳐지고 있기 때문이다. 물론 동물담에도 인간사회의 모습이 투영되어 있는 이야기가 적지 않게 있다. 그러나 이러한 작위적인 이야기들은 순수 동물담에 비하여 훨씬 후대에 만들어진 이야기라 할 수 있다.

동물담의 발생은 인간이 동물적인 삶을 유지하며, 그들과 갈등을 일으켰던 상고시대로부터 비롯되었을 것으로 추정된다. 동물의 모습이나 특성을 원시적으로 설명하려 했던 동물 유래담은 특히 그러하다. 개체 발생에 대한 과학적인 지식이 부족하였던 원시인들은 그들이 생활 속에서 접촉하였던 생물들의 이상한 생김새나 습성들에 대하여 나름대로 합리적인 해석을 내리려 하였던 것이다. 뿐만 아니라 그 생물들도 자신처럼 생각하고 말하며 행동할 수 있다고 믿었을 것이다. 이렇게 하여 동물 유래담들은 생겨났다.

그 후 직설直說할 수 없는 인간사회의 모순·비정非情·부도덕성 따위를 풍자하기 위하여 동물들을 이용하였을 것으로 생각되는바, 인간 대신 동물을 등장시킨 현실에 관한 허구적 이야기가 동물 우화라 할 것이다. 한편 동물담이긴 하되 인간에 의하여 만들어진 동물이 등장하는 이야기 — 가령 동물보은담이나 동물변신담 — 도 있게 되는데, 이쯤 되면 벌써 동물담의 영역을 벗어나 신이담으로 탈바꿈한 것이라 할 수 있다.

설화의 발생론에 있어서 설화가 언제 어떻게 발생하였는가 하는 문제와 더불어 또 하나의 흥미 있는 문제는 설화가 어느 지역에서 발생하였는가 하는 점일 것이다. 그리하여 동물담(특히 동물우화)의 원발생지에 관하여 설화 연구가들 사이에 몇 가지 이론이 제기되어 왔다. 그러나 동물담의 발생지를 어느 특정 장소로 한정시킨다는 것은 별로 찬성할 일이 못 된다. 문헌자료의 인멸은 특정 설화의 역사에 대한 가정을 매우 조심스럽게 만드는 것이다. 기껏해서 설화 연구자가 할 수 있는 일은 개개의 설화에 대하여 발생장소를 개별적으로 추정할 수 있을 뿐이고, 그 추정도 새로운 자료의 발굴에 따라 쉽사리 수정될 수 있는 것이다.

한국의 동물담에 등장하는 동물의 빈도수를 조사해 보면 ① 호랑이 43회, ② 토끼 40회, ③ 여우 24회, ④ 두꺼비 15회, ⑤ 쥐 14회, ⑥ 게 12회, ⑦ 곰·돼지 각 11회, ⑧ 개구리 10회, ⑨ 소 9회, ⑩ 개미·거북 각 8회, ⑪ 개·닭 각 7회의 순이다. 등장인물의 분석을 통하여 얻을 수 있는 결론은 다음과 같다.

첫째, 동물담에는 토끼가 호랑이와 비슷하게 나타나고, 여우보다 토끼가 월등히 많이 나타나고 있다. 이것은 다소 의외의 느낌이 든다. 왜냐하면 설화의 세계에 관한 한 우리는 토끼보다 여우에 더 친숙해져 있기 때문이다. 사실 신이담의 경우에는, 여우 또는 호랑이가 그 '둔갑성'으로 말미암아 토끼보다 월등히 많이 등장하고 있다. 그러나 동물담의 경우, 주요 등장인물은 호랑이와 토끼이다. 게다가 전자는 '슬기로운 자', 후자는 '어리석은 자'로서 대비된다. 한국 설화 토끼는 서구설화에 있어서 여우가 하는 역할 즉 '교활자trickster'로서의 역할을 하고 있다는 사실이 매우 흥미있는 문제이다. 한국 동물담에 있어서 여우는 '꾀보'로도 나타나지만, '바보'로도 나타난다. 즉 여우가 등장하는 24개 유형들을 분석해 보면, 여우가 꾀보(혹은 승리자)인 경우는 7개 유형인 데 비하여, 바보(혹은 패배자) 경우는 9개 유형이며, 양자 모두로 나타나는 것이 3개 유형이고 기타 5개 유형이다. 반면 토끼는 경쟁담의 경우를 제외한 전 유형에서 교활자로 나타나고 있다.

둘째, 동물담에서는 작고 약한 자가 슬기로운 반면, 크고 강한 자는 어리석은 모습으로 나타난다. 그러므로 흔히 토끼·원숭이·두꺼비·메추라기·여우 들이 '속이는자'·'승리자'임에 비하여, 호랑이·곰 들은 '속는 자'·'패배자'로서 나타나기 마련이다. 여러 동물담(특히 경쟁담)의 유형 속에서 두꺼비가 토끼나 여우보다도 지혜가 많은 것으로 되어 있는 것은 아마도 전통적인 민속신앙과 관련되어 있을 것이다. 그 밖의 동물들의 전형화, 상징화로서 현저한 것은 꿩이나 개구리, 당나귀, 돼지 들의 미련함, 고양이의 보은 따위 등을 들 수 있다.

셋째, 동물담 속에는 동물뿐만 아니라 인간도 빈번히 등장하고 있는데(총 30유형), 동물담 속의 인간은 대체로 그 존재 자체가 희미하거나 무력하다. 이는 동물들이 주인공인 이야기에서는 당연한 결과라고 할 것이다. 그 밖에 동물담에 등장하는 비동물류로서는 하느님(10개 유형), 용왕(6개 유형), 구름과 바람(1개 유형)이 있고, 식물류로는 소나무가 유일하게 조역으로 나타나는 1예가 있고 그 외에 콩과 팥, 곶감도 각 1개씩의 예가 보인다.

넷째, 동물담의 등장인물로는 사자·원숭이·앵무새 등도 나타나는데, 이들은 그 분포상의 특질로 보아 상당히 이국적인 것이다. 아마도 이러한 예들은 외국설화의 유입시 자국自國에 맞는 동물로써 치환시키지 않고 그대로 둔 결과가 아닌가 한다.

다섯째, 신이담에 빈번히 등장하는 동물이 동물담에서 그다지 큰 역할을 하지 못하는 예는 앞서 여우의 예를 든 바 있으나 뱀의 예도 그러하다. 뱀은 신이담에서 최다 빈도수를 차지하는 동물 중의 하나이나, 동물담에는 뱀의 예가 단 하나도 보이지 않는다.

앞서 동물 유래담이 동물담 중에서는 아마도 가장 오래 되었을 것이라는 이야기를 한 바 있다. 그러나 그것은 대체적인 가정일 뿐, 모든 동물 유래담이 그렇다는 뜻은 아니다. 현전 동물 유래담 중에 처음에는 유래담이 아니었던 것이 차차 전승됨에 따라 흥미의 제고를 위하여 유래담적인 요소가 덧붙여진 것도 있을 수 있다. 혹은 그 반대로 동물 유래담이었던 것이 전승되면서 점차 유래담적인 요소를 잃어버린 예도 가상할 수 있다. 가령 민간에서 전승되는 동물담을 보면, <메추라기의 꾀>·<토끼의 간>·<돌떡[석병石餠] 먹는 호랑이>·<참새 기다리는 호랑이>·<호랑이와 곶감>·<떡을 차지한 두꺼비> 등과 같은 이야기들의 각편처럼 동물 유래담의 형태를 띤 것도 있으며, <담배 피우던 호랑이>는 '호랑이 털이 얼룩진 이유'를 설명하는 유래담이지만, 민간에서는 유래담 부분이 결여되고 치우담으로 구전되는 경우도 있다. 이와 같은 예들에서 전자는 유래담적인 요소가 후대에 덧붙여진 경우이겠고, 후자는 처음의 유래담이 후대에 비유래담화非由來談化한 것이 아닌가 한다. 후자의 경우 '담배에 취한 호랑이를 인간이 팔아 부자가 되었다.'는 치우담보다는 '호랑이가 담배를 피우다 털을 태워 얼룩덜룩하게 되었다.'는 유래담 쪽이 훨씬 자연스럽고 설화다운 것으로 생각된다.

동물 유래담은 크게 ① 동물의 생김새를 설명하는 것과 ② 동물의 성질을 설명하는 것으로 나눌 수 있다. 신이담에 속하는 이야기 중에도 동물의 명칭이나 동물의 전생前生을 이야기하는 유래담들이 있지만, 이는 동물 유래담과 별개의 것이다. 한편 동물 경쟁담도 약자가 간계로써 강자를 물리친다는 점에서는 동물 지략담과 동일하다. 그러나 동물 경쟁담의 경우는 쌍방이 언어 혹은 행위로써 공개적인 경쟁을 한다는 특징을 지니고 있다. 그리고 경쟁의 동기는 보통 떡을 차지하거나 상좌를 차지하기 위한 경우가 많다.

(2) 소담

소담은 설화의 여러 하위 장르 중에서 '웃음을 주는 이야기'를 가리키는 말이다. 그런데 설화의 다른 장르들에 대비되는 이 소담의 범주는 어떠할까? 엄격히 말하자면, 5분법에 의한 설화의 하위 장르들, 즉 동물담·신이담·소담·일반담·형식담 중에서 동물담과 형식담은 소담의 범주 속에 드는 것이라 할 수 있다. 왜냐하면 이들은 모두 웃음을 주는 이야기들이기 때문이다. 그러나 동물담이 동물을 주인공으로 하고 있음에 반해, 소담은 인간을 주인공으로 한다는 점에서 양자가 구별된다. 또한 형식담이 일정한 형식에 치중하는 이야기임에 비해서, 소담은 내용에 치중하는 이야기라는 점에서 구별된다. 다시 말한다면, 동물담과 형식담은 본질적으로 소담에 속하는 것이지만, 그 변별적 특성에 따라 각각 개별적인 유형으로 독립시키는 것이다.

초인적인 행위를 이야기하는 신이담에도 소담적인 요소가 전연 배제되는 것이 아니다. 설화를 구연하는 주요 목적이 재미를 주기 위한 것이라면, 자연 그 속에 소담적인 요소가 포함되게 마련인데, 이 점은 신이담의 경우라고 예외일 수는 없다. 유능한 이야기꾼일수록 이야기 자체를 소담화하는 경향이 적지 않다. 그러나 신이담 속에 소담적인 요소가 포함되어 있다고 하더라도, 그것은 부분적인 것에 지나지 않는다. 신이담은 초인적인 주인공의 초인적인 행위를 복합 모티프로써 나타내는 데 비하여, 소담은 현실적인 인간의 행위를 단일 모티프로써 나타낸다는 차이가 있는 것이다.

일반담의 경우는 일상적인 인간을 주인공으로 내세운다는 점에서 소담과 공통되고, 한편 복합 모티프로써 이루어진다는 점에서 신이담과 공통된다. 설화의 다른 장르가 주로 쾌락을 목적으로 구연되는 데 비해 일반담은 교훈을 주려는 의도가 강하게 반영된 상태로 구연된다. 그러나 일반담에도 소담적인 요소가 있을 수 있음은 물론이다.

그 밖에 '일화'의 경우를 살펴보자. 일화는 물론 설화의 독립된 장르 명칭은 아니다. 그것은 설화의 여러 하위 장르에 두루 적용될 수 있는 것이기 때문이다. 그리하여 일화는 대부분 단일 모티프로 되어 있다는 점, 현실적인 인물의 독창적인 위트나 유머를 묘사하고 있다는 점, 이야기 속에서 시간의 흐름이 별로 인지認知되지 않는다는 점 등에서 소담과 비슷한 성격을 지니나, 특정 역사적 인물의 언행을 그린다는 점, 교훈적인 성질이 강하다는 점 등에서 소담과 다소 다른 성격을 지닌다.

소담의 특징으로 무엇보다도 먼저 단편성을 들지 않으면 안 된다. 설화의 다른 종류, 즉 신이담이나 일반담이 다수 모티프로써 이루어져, '발단－전개－결말'과 같은 전기적 구조를 취하는 데 비하여, 소담은 단일 모티프로써 완결된 이야기를 형성한다. 소담의 구연이 쓸데없이 길어진다면, 빨리 결말을 듣고 싶어하는 청자가 이내 흥미를 잃고 말 것이다. 그 이유는 소담이 갖는 형식상의 특징이 결말 부분에 중점을 두고 있기 때문이다. 즉 결말 부분에서 화자가 흔히 청자의 의표意表를 찔러 재치·임기응변·역습에 의한 반전을 보여준다. 어리석은 듯한 자가 영리한 자로, 영리한 듯한 자가 어리석은 자로 역전되는 것에 흥미의 초점이 있는 것이다. 그러므로 소담의 구연은 요점만 요령 있게 제시할 필요가 있으며, 구연 시간도 될 수 있는 한 짧아야 한다. 소담은 화롯가에 앉아 밤을 패며 하는 긴 이야기가 아니라, 순간적인 심심파적을 위해 제시되는 짤막한 이야기인 것이다. 혹은 어떠한 주제를 선명히 하기 위하여 간단히 인용되는 예화이기도 하다.

물론 소담 중에도 꽤 긴 이야기가 있을 수 있다. 가령 어리숙해 보이는 하인이 상전을 거듭 골탕먹이는 이야기나, 실수를 거듭하는 바보의 이야기 같은 것은 상당히 길게 구연되는 경우도 있다. 그러나 자세히 살펴보면, 이들은 단순한 모티프들의 반복이나 혼합으로 이루어진 복합담으로서, 각각의 모티프들을 따로 떼어내어 별개의 소담으로 독립시킬 수도 있다. 말하자면 단일 모티프로써 이루어진 단편적인 소담들이 주제의 유사성에 의해 하나의 이야기로 결합된 복합 소담인 것이다.

설화의 주요 기능으로 오락적인 것과 교훈적인 것을 들 수 있는데, 이 중 오락적인 것에 보다 치중하는 장르가 소담이다. 소담의 구연은 어디까지나 청자를 웃기기 위한 것이다. 경우에 따라서는 오락적인 요소가 지나치게 부각되어 교훈적인 요소나 윤리적 요소를 무시해버리고 저급화하는 경향까지 있다. 소담은 등장인물의 결함이나 사기詐欺 등을 중점적으로 과장하게 되므로 극단적인 경우에는 비도덕적인 경향을 띠기까지 하는데, 음설담淫褻譚과 같은 것이 그 현저한 예라 할 수 있다.

한편 소담이 고급화하였을 때 그것은 청자에게 지적인 만족을 주게 된다. 소담은 꽤 높은 유머나 위트가 활용되므로, 상당한 지적 능력 없이는 이들을 활용한 내용을 이해할 수 없게 되며, 화자도 이러한 내용을 잘 전달하기 위해서는 이야기를 능숙하게 구사할 줄 아는 능력을 가지고 있어야 한다. 또한 어떤 고급화된 소담의 구연에는 필연적으로 화자와 청자의 유식함이 전제되는 경우도 있다. 예컨대 '문자의 희롱'을 주로 하는 어희담이 그러한 예이다. 이들은 화자와 청자의 문자에 대한 이해력이 없고서는 이해 불가능한 이야기인 것이다.

아무리 우스운 이야기라도 똑같은 이야기를 거듭 하게 되면, 그 우스움이 절감되는 법이다. 그러므로 소담의 화자는 청자의 관심을 계속 이끌기 위하여 끊임없이 이야기의 내용을 신기한 것, 진기한 것으로 바꿀 필요가 있다. 이를 위하여 그에게는 신기한 이야기와 접할 수 있는 기회가 필연적으로 요청된다. 소담의 화자는 견문이 넓을수록 화제가 풍부해지며, 따라서 그러한 기회가 많은 사람일수록 훌륭한 소담의 화자가 될 수 있는 것이다.

소담은 이야기 자체가 지닌 단편성이나 신기한 이야기를 찾으려는 화자와 청자의 공통적인 요구에 의해 쉽게 전파된다. 이런 이유로 설화의 다른 장르는 점차 소멸하는 경향이 있음에도, 소담은 오히려 끊임없이 반복 구연되며 개변되고 또 새로이 창조되는 경향을 보이기까지 한다. 가령 소담은 라디오나 TV의 코미디, 만화, 또는 여담의 주요한 소재가 되고 있으며, 젊은이들 가운데서 한창 인기가 있던 '참새 시리즈'나 '식인종 시리즈' 같은 유행담은 오늘날에도 소담이 창작되고 있다. 훌륭한 본보기가 된다.

소담의 주인공은 정상적인 사람의 상식을 벗어난 비정상적인 인물이 대부분이다. 예컨대 바보·사기꾼·구두쇠·게으름보·겁쟁이·건망증 심한 사람·말더듬이·허풍쟁이·불구자 들이 그 주역이다. 소담은 흔히 대립적인 수법을 사용하여 꾀 많은 자와 어리석은 자를 등장시키고, 양자로 하여금 각각 승리와 패배를 맛보게 한다. 이 경우 주인공의 행위가 정상인의 행위를 벗어나면 벗어날수록 그 이야기는 성공적인 효과를 거두게 된다.

소담의 주인공은 어디까지나 자기 힘에 의존하는 현실적인 인물이다. 이 점은 신이담의 주인공이 초인적인 능력을 지녔거나 혹은 초인의 도움을 받는다는 점과 다르다. 신이담이 민중의 공상에 의해 만들어진 허구임에 비하여 소담은 민중의 실제 경험을 바탕으로 성립된 이야기이다. 물론 현실적인 이야기가 공상 속에서 극대화되어 과장되기도 한다. <방귀쟁이 며느리>가 그러한 예의 이야기이다. 이러한 과장이 더욱 극대화되면 현실과는 매우 거리가 먼 허풍담으로 발전하게 된다.

소담의 주인공은 흔히 가난하고 억눌림받는 자가 궁극적인 승리자로 등장하는 자가 많다. 반면 소담 속에 등장하는 부자나 양반들은 곧잘 야유와 풍자의 대상이 되기도 한다. 양반들만이 등장하는 일화풍의 소담인 경우라도, 그 결론은 '양반들의 어리석음'을 야유하는 내용으로 끝을 맺는 것들이 많다. 민중은 곤란을 당하면 당할수록, 억압을 받으면 받을수록 그들의 앙갚음을 소담으로써 대신하는 지혜를 지녔다. 김선달이나 방학중·정만서와 같은 인물들의 이야기에는 지배계층이나 가진 자에 대한 민중들의 저항의식이 표현된 것으로 생각된다.

(3) 형식담

　형식담은 문자 그대로 '형식을 주로 한 이야기'라 할 수 있다. 내용상으로 본다면, 형식담은 단순 모티프로써 이루어지는 것이 대부분이고, 또 궁극적으로 웃음을 자아낸다는 성질이 소담과 일치하기 때문에, 소담에 포괄시킬 수도 있음은 위에서 이미 말한 바 있다. 그러나 소담이 내용에 치중하는 이야기임에 반하여, 형식담은 일정한 형식, 즉 '틀frame'에 치중하는 이야기라는 점에서 독립 장르로서의 설정이 필요하다. 형식담의 '틀'은 연쇄에 의한 누적성, 혹은 반복성을 띠는 것이 보통이다.

　형식담이 내용보다 형식에 치중하는 이야기라고 하여, 형식담에서 내용이 전혀 무시된다거나 소홀히 여겨진다는 뜻은 절대로 아니다. 왜냐하면 그것은 기본적인 형식(틀)을 따라서 내용이 진전되기 때문이다. 특히 형식담의 한 종류인 누적담cumulative tale과 같은 이야기에서는 형식에 못지않게 내용도 중시된다. 이것을 좀 더 근원적으로 살펴본다면, 설화란 것 자체가 '이야기'를 뜻하므로, 의미 없는 설화란 있을 수 없는 것이기 때문이라고 할 수 있다.

　형식담은 일정한 형식에 의하여 이야기가 진행되기 때문에 화자는 그 형식을 항상 기억하고 있지 않으면 안 된다. 특히 누적담과 같은 것에서는 그 이야기의 사슬(고리)에서 하나만 빠져도 이야기의 진행이 곤란하게 된다. 얼핏 보아 매우 복잡해 보이는 형식담의 형식도 실은 전후 상응하는 의미관계에 의하여 진행되는 것이기 때문에, 화자가 이야기의 첫머리만 잘 기억하고 있다면 뒷부분은 별 어려움 없이 슬슬 풀어나가게 되는 것이다. 그러나 이를 듣는 청자에게는 화자가 그토록 복잡한 이야기의 형식을 용하게도 기억하고 있다는 데 감탄을 일으키게 되는 것이다.

　형식담은 어희적語戲的인 요소가 강하여, 그 중의 어떤 것은 말장난 즉 언어유희에 지나지 않는 것도 있다. 가령 <재치 문답>·<찌그락 빠그락>과 같은 것이 그러한 예다. 또한 <고바우 영감>·<꼬부랑 할머니>

와 같은 것은 동음同音 내지는 동운同韻을 사용함으로써 민요의 '머리따기' 또는 '꼬리따기'와 같은 형식을 취하기도 한다. 따라서 민요와의 장르 구분이 분명치 않은 것도 있게 된다. 예컨대 <김서방 나무하러 가세>와 같은 것이 그러하다.

형식담은 흔히 반복성을 띠게 된다. 반복은 어희적 형식담이 대부분이나 또는 <끝없는 이야기>에서와 같이 동일 어사語辭나 동일 행위의 반복으로 되는 것과, 누적적 형식담의 대부분처럼 행위의 연쇄 혹은 점층적 누적으로 되는 것이 있다. 그런데 한 가지 유의할 것은 이 반복성이란 것이 형식담을 판별하는 절대적인 척도는 되지 못한다는 점이다. 왜냐하면 설화의 서사법칙으로 '3의 법칙'이란 것이 있듯이, '반복'이란 설화의 전반적인 특징으로 형식담 이외의 양식에서도 누누이 나타나기 때문이다. 가령 <떡보와 사신>·<문자 쓰는 사람>·<문장 잘하는 사위> 등의 소담도 형식담적인 성질을 가지나 이들을 형식담으로 분류하지는 않는다. 이들에서 보이는 반복은 형식담에서 보이는 반복처럼 연쇄성·누적성을 띤 것이 아니라 단순한 나열이나 병렬에 불과한 것이다.

형식담은 화자가 이야기에 싫증을 느꼈거나 이야기 밑천이 떨어졌는데도 졸림에 못 이겨 이야기를 계속해야 하는 경우에 꺼내는 이야기라는 점에서 둔사적遁辭的인 것이라 할 수 있다. 물론 형식담 전체가 둔사적이란 뜻은 아니고, 특히 어희적인 형식담이 대부분 그러하다.

동물담 속에서도 동물이 등장하여 인간의 언어와 행동을 하지만, 형식담에서는 동물뿐만 아니라 일반 사물까지도 등장하여 인간의 역할을 하는 예가 있다. 가령 <지게가 져다 버린 범>과 같은 유형에는 각편에 따라 조금 차이가 있지만, 파리·풍뎅이·달걀·국자·자라·게·고추가루·송곳·바늘·밤·쇠똥(개똥)·절구통·멍석·동아줄·지게·호미 등이 등장한다. 그러므로 이 유형은 동물담으로 분류하지 않고, 그 누적적 형식이나 등장인물의 다양함을 고려하여 형식담으로 분류하는 것이다.

형식담은 허언적虛言的이며 과장적인 특징을 가지기도 한다. 형식담의 이와 같은 성질은 그것이 이야기의 내용보다도 이야기를 하는 행위 자체에 흥미의 초점이 두어지기 때문에 생긴 것으로 생각된다. <새빨간 거짓말>이란 이야기는 두말할 것도 없거니와 <새끼 세 발> · <조 이삭 하나>와 같은 유형에서도 이러한 허언성 · 과장성이 엿보인다.

(4) 신이담

신이담은 설화의 여러 종류 중 가장 중심이 되는 것이라 할 수 있다. 그것은 양적으로도 방대할 뿐만 아니라 내용적으로도 설화를 대표하는 것이기 때문이다. 뿐만 아니라, 설화의 주요 특징 중의 하나인 허구성을 가장 잘 드러내 주는 것이 이 신이담이다. 이에 반하여 일반담은 현실적인 경험을 바탕으로 하는 것이므로 설화적인 특성이 모호해지기 마련이다. 또한 동물담이나 형식담은 등장인물, 사건, 구조 따위가 독특하기는 하지만, 작품의 길이나 자료의 양에 있어서 한정적이다. 한편 소담은 오락성이나 방대한 자료의 양으로 미루어 설화의 중요 유형임에 틀림이 없지만, 그 길이나 문학성에 있어서 신이담과 비교할 수는 없다. 이는 설화의 국제적 개별 유형 연구가 소담보다 신이담 중심으로 이루어지고 있는 사정으로 미루어 보아서도 추량할 수 있는 일이다. 요컨대 신이담은 설화의 핵심 부분이 되는 것으로, 그 존재 양상이 매우 복잡다기하여 이제까지 설화학계에서는 이 신이담의 미학적 · 사상적 특성 해명에 많은 노력을 경주해 왔다.

신이담이란 용어는 종래 간혹 사용되었던 괴담怪談이나 기담奇譚 따위와도 혼용할 수 있는 용어이다. 그러나 이들 어휘와 신이담의 의미 범주가 완전히 부합될 수 있는 것이라 할 수는 없다. 왜냐하면 신이담은 이들이 포괄할 수 없는 특이한 내용 영역까지 담을 수 있기 때문이다. 한편 주술담 · 마법담 · 이적담 · 공상담 · 환상담 등의 경우도 신이담과 매우 밀접한 관계를 지닐 수 있으나, 이들은 모두 너무 제한적인 내용 범주를

지니거나, 혹은 너무 막연한 의미 범주를 지칭한다는 단점 외에, 다분히
외국 용어들의 직역어로 이루어진 것이므로, 신이담의 특징을 아우르는
등가어로서 적당치 않다.

신이담은 자의字義 그대로 신기하고 이상한 존재 혹은 사건들에 관한
이야기이다. 따라서 이 용어로써 지칭되는 이야기의 범주는 매우 포괄적
일 수 있다. 다시 말하면, 신이담에는 통상적으로 일컬어지는 설화의 하
위 유형 중 신화 전부와 전설의 상당 부분이 내포될 수 있고, 동물담이나
소담, 형식담 중에도 신이담으로 분류되어 무방한 유형들이 있을 수 있으
며, 사실상 이들 속에는 신이담적인 요소가 들어 있는 경우가 적지 않다.
그러나 동물담·소담·형식담 들은 그 등장인물이나 내용 혹은 형식적
특성에 의하여 신이담과 확연히 구별될 수 있는 특성을 지니고 있기 때
문에 전자와 후자를 혼동할 염려는 없다.

그러면 신이담에 포함될 수 있는 설화들이 어떠한 것인가에 대하여 자
세히 살펴보자.

우선 신화에는 초시간적·초공간적인 배경을 중심으로 신이나 초인적
인 인물들이 등장한다는 점에서, 모든 신화 자료가 신이담 속에 포함될
수 있다. 일반적으로 서구에서는 신화가 명백히 인간들의 이야기가 아니
며, 구전보다 문헌에 의한다는 점 등에서 민담·전설과 별도로 독립시키
는 경향이 있으나, 한국설화의 경우에는 이와 부합되는 자료가 그다지 많
지 않다는 점에서, 신화를 별종으로 처리해야 할 필요는 없을 것으로 생
각한다.

한편 전설은 흔히 그 내용이 일정한 시간과 공간의 제한을 받고, 특정
대상에 대한 설명성을 띠게 되므로, 따라서 그 대상물에 대한 이상화의
경향으로 내용적으로 자연스레 신이성을 띠게 된다. 그러나 모든 전설들
이 신이담이라 할 수는 없다. 가령 전설에 속하는 것으로서 과거의 역사
적 인물이나 사건을 이야기하는 야담이나 일화들 중에는 신이담의 요소
가 제거된 것도 상당히 많으므로, 이런 것들은 당연히 신이담의 영역에서

제외하여 일반담이나 소담으로 분류하여야 할 것이다.

의인화된 동물들의 이야기인 동물담도 어느 모로 보면 신이담의 범주에 속하는 것으로 볼 수 있다. 그러나 신이담이 인간을 중심으로 하는 이야기인 데 비하여, 동물담은 어디까지나 동물 중심의 이야기라는 점에서 양자는 구별된다. 그리고 동물담에 등장하는 동물은 어디까지나 상상적 동물이 아닌 실제적 동물인 데 비하여, 긴 이야기 가운데 동물적 특성을 드러내 보이는 데 불과한 이야기들 (가령 변신담의 경우처럼), 혹은 환상적 동물들의 이야기, 나아가 실제적 동물이 등장하기는 하더라도 전체의 줄거리 속에서 그 역할이 극히 미미하게 나타나는 이야기들은 신이담으로 처리되어 마땅할 것이다.

신이담은 동물담·소담·형식담·일반담 들과 혼동되기 쉽다. 그러나 이 같은 혼동을 방지하기 위해서는 이들을 판별하는 기준이 필요하리라 생각한다. 가령 이야기 속에 등장하는 동물들을 야성적인 것과 초야성적인 것으로 구분하여, 전자의 경우면 동물담, 후자의 경우면 신이담으로 판단하여도 좋을 듯하다. 그리고 설화를 구연하는 주요 목적이 재미를 주기 위한 것일진대, 자연 신이담에는 소담적 요소가 포함되기 마련이다. 그러나 전반적으로 볼 때 이러한 신이담 중의 소담적 요소는 부분적인 것에 지나지 않으며, 신이담이 초월적인 영웅의 삶을 보여주는 데 비하여, 소담은 현실적인 인간의 삶을 반영해 주고 있으므로 양자는 명백히 구분될 수 있다. 일반담 역시 인간의 현실 생활을 바탕으로 하고 있다는 점에서 신이담과 구별될 수 있으며, 형식담은 내용보다 형식에 치중하는 이야기라는 점에서 신이담과 구별될 수 있다.

신이담은 현실에서 있을 수 없는 공상적인 이야기이다. 그리하여 흔히 화자는 자신이 구연하고 있는 설화가 순전한 허구임을 시사하는 발언을 끼워넣기도 한다. 특히 서두나 결말의 형식에서 이 점을 시사하는 투어套語가 덧붙여지는 경우가 많다. 전설적인 이야기에서는 증거물 따위를 놓고 이야기 내용의 사실성을 강조하기도 하나, 화자話者나 청자聽者 모두 이야기의 진실성을 믿는 경우란 거의 없다. 신이담이 이처럼 의도적인 허구인 만큼 사건이 전개되는 시간이나 공간도 제한이 없거나 막연하다. 가령 '호랑이 담배 먹던 강원도 두메산골에' 같이 모호한 경우는 말할 것도 없고, '조선조 숙종대왕 시절에 경상도 안동 땅에'와 같이 시간과 장소가 어느 정도 명시된다 하더라도, 그것이 특정 시대, 특정 장소이어야 할 필연성은 없으므로 모호하기는 마찬가지이다. 특히 전설의 경우 공간적 배경이 특정 사물 및 장소에 연관되어 명시되기도 하나 그것의 진실 여부를 확인할 길이 거의 없는 것이다. 이처럼 신이담은 그 배경이 시공을 초월할 뿐만 아니라 그 내용도 현실을 초월한다. 거기에는 온갖 초월적 능력을 가진 인물이 등장하여 초자연적 사건을 성취한다. 가령 신이담에는 흔히 초월적 영웅이나 귀신·도깨비 따위들이 등장하여 변신을 행하고 요술을 보여준다.

신이담 중에는 단일 삽화로 이루어진 것이 없는 것은 아니지만, 본격적인 신이담이라면 대체로 다수 모티프가 결합되어 일정한 방향으로 플롯이 전개되며, 그 총체적 길이도 소담류(동물담·소담·형식담)에 비하여 긴 것이 특징이다. 전형적인 신이담의 계기적繼起的 플롯은, 남녀 주인공이 어떤 결핍 상태로 인하여 고통을 받게 되고, 이로 인하여 여행을 떠나 도중에 온갖 시련을 겪게 되는데, 그들은 초인적 인물 또는 사물들의 도움으로 이런 시련을 무난히 극복하고 마침내 목적했던 바를 성취한다. 따라서 전형적인 신이담은 흔히 탐색quest의 형태를 띠며, 늘 해피엔딩으로 이르는 멜로드라마의 수법을 이용한다. 이에 반하여 단순 모티프로써 이루어지는 전설적 신이담들은 주인공이 현실적인 대처 능력의 부족으로 좌절하고 마는 경우가 많다. 신이담은 골계미를 배제하지 않지만 대체로 숭고미와 비장미가 주조를 이루는 특성이 있다.

신이담의 주인공의 결핍 상태는 매우 다양하게 나타난다. 우선 주인공의 가족 상황을 살펴보면 대체로 결손 가정일 경우가 많다. 그리하여 신이담의 주인공은 ① 부모가 전연 없거나, ② 부모 중 한쪽만이 있는 경우,

③ 부모가 있더라도 이야기 속에 거의 등장하지 않는 경우로 나누어 볼 수가 있는데, ②의 경우는 주인공이 남성이면 어머니, 여성이면 아버지가 대체로 나타난다. 홀어머니를 모시고 있는 남자 주인공이 주위 사람들로부터 '아비 없는 후레자식'이란 모욕을 당함에 비하여, 여성 주인공은 계모나 이복동생들로부터 시달림을 받는다. 여러 형제·자매가 등장할 경우라면 주인공이 막내로서 손위 형제·자매에게 배척을 받는다. 이처럼 주인공은 가정에서 고립되거나 혹은 부富·수명·배우자 등의 결여라는 운명적 상황 때문이라든가, 혹은 잃어버린 가족의 구성원을 찾아 집을 떠나게 된다. 즉 고립된 상태로부터 벗어나기 위하여 주인공은 여행을 떠나, 자신이 지닌 능력이나 미덕으로써, 혹은 그런 능력을 지닌 자의 도움을 받아 일련의 모험을 겪은 후 목적점에 무사히 안착하게 된다. 이때 주인공이 지닌 능력이나 미덕이란 가령 용맹·육체적인 힘·지혜·너그러움·침착함·남의 충고에 귀를 기울이는 겸허함·친절·예절 바름·부지런함 등이다. 물론 주인공이 충고를 따르지 않는다든가 하는 인간적인 능력의 한계 때문에 실패하는 경우도 종종 있다. 또한 주인공이 정직이라는 미덕 때문에 성공하기도 하지만, 때로는 거짓말로 인하여 성공하는 예도 있다. 간혹 주인공이 처음에는 바보로서 출발하더라도 결국 바보가 아닌 것으로 낙착되기도 한다.

신이담의 주인공은 이름도 없고 신분도 낮은 무명인물인 경우가 많다. 서구의 신이담에는 흔히 주인공이 왕실과 결부되어 왕·왕비·왕자·공주 및 신하들이 등장하지만, 한국의 신이담에는 이런 상층 인물이 나타나는 경우가 드물며, 상층에 속하는 주인공이라 하더라도 그저 대감이나 원님, 양반가의 자녀들로 나타남이 보통이다. 따라서 주인공의 이름이 고유명사로써 나타나지 않으며, 특정 이름이 나타나더라도 그것은 별명이거나 문헌의 영향에 의한 것이다. 혹 전설적 성격을 지닌 이야기에서는 역사적 특정 인물에 대한 민중들의 신비화가 작용하여 고유명사가 붙은 예가 있다. 한국의 신이담에는 서구처럼 기사나 요정·마녀·거인·난쟁이 등이 등장하는 경우도 드물다. 이런 예가 있다면 그것은 외국설화의 유입이었거나 그 영향을 받았을 가능성이 많다. 반면 한국 신이담에 자주 등장하는 특수한 인물들로서는 과객科客·풍수·점쟁이·도승·효자·호랑이 등을 들 수 있다.

신이담의 주동적 인물은 대체로 가상적이거나 혹은 가상된 역사적 인물이며, 적대자나 원조자로는 인간 이외에도 환상적 인물이나 동물, 사물들이 등장한다. 우선 적대자는 두 부류로 나누어 볼 수가 있다. 그 하나는 주인공의 근친자로서 악하고 못생긴 계모, 시기심 많은 친형제 자매, 혹은 의붓자식, 배반하는 동료들이고, 또 다른 하나는 주인공과 무관한 자로서 귀신·도깨비·용(이무기)·둔갑한 동물과 같은 환상적 동물들이다. 후자의 경우 서구의 설화에서는 주술을 사용하거나 주술에 걸린 자가 흔히 나타나지만, 한국 설화에서는 이런 특성이 거의 나타나지 않는다. 이들 적대자들에게는 초인적 능력이 갖추어져 있으나 지적 능력은 열등한 편이다. 따라서 그들의 초인적인 능력도 주동적 인물의 민첩성과 재치와의 겨룸에서 결국은 패배하게 된다.

한편 원조자는 인간, 신적인 존재(신·영혼 등), 변신한 인간, 동물(가축·야생동물), 사물, 식물 등이다. 이들이 주인공을 돕게 되는 이유는 주인공이 갖고 있는 덕성 때문이기도 하지만, 주인공이 베푼 선행에 대한 보은의 형태로 나타나는 경우가 많고, 때로는 적대자를 주인공이 굴복시켜 도움을 받거나 원조자가 이유 없이 스스로 도움을 주기도 한다. 이들 원조자는 일단 난제를 해결한 후에는 이내 시야 밖으로 사라진다. 원조자의 조력의 형태를 살펴보면 그는 주인공에게 방향을 지시해 주거나 난관을 돌파하는 방법을 알려주고, 과업을 해결할 수 있는 주보呪寶를 수여한다. 조력 내지 주보가 뚜렷한 수여자 없이 우연히 입수되거나 속임수에 의하여 탈취되는 경우도 더러 있다.

(5) 일반담

일반담은 일상적인 인간들의 현실적인 이야기다. 따라서 일반담의 내용상 두드러진 특징은 경험을 바탕으로 이루어진 일화적인 것이라는 데 있다. 따라서 일반담 속에 등장하는 동물은 어디까지나 소도구적인 것이고, 초월적인 인물도 꿈이나 공상 속에나 등장하는 인물에 지나지 않는다. 소담과 비교해 보았을 때, 일반담에도 물론 웃음의 요소가 포함되어 있지만, 소담의 경우에는 '웃음의 유발'이 주목적이라면, 일반담의 경우에는 '교훈이나 감계 鑑戒'가 주목적이고 '웃음'은 부차적인 것이다.

일반담의 길이는 한마디로 단정 지어 말할 수는 없겠다. 그것은 매우 짧은 일화 형식으로 구연되는 경우가 있는가 하면, 기나긴 일화(야담의 경우처럼) 형식으로 구연되는 경우도 있기 때문이다. 문헌설화의 예를 보더라도 『어우야담』이나 『계서야담』(혹은 『계서잡록』), 『고금소총』 등에 포함된 일반담들은 후대의 『청구야담』이나 『동야휘집』의 일반담들보다 훨씬 간략하다. 아마도 당초의 이야기가 시간과 공간이 변함에 따라 세밀화되기 때문이리라 생각된다. 물론 후대의 기록이 보다 이전의 것에 비해 간략화한 예도 종종 있다.

일반담의 내용은 대체로 청자에게 어떤 지식을 전달하거나 감계를 주는 것으로 채워져 있다. 따라서 일반담의 상당수는 사물 명칭의 기원이나, 역사적 사실(물론 대부분 허구에 가까운 것이겠지만)에 대해 청자에게 설명하려 한다. 이는 지명전설이나 역사적 인물전설, 사담史譚 따위를 검토해 보면 잘 알 수 있는 사실이다.

일반담은 교훈성이 강하다. 화자는 청자에게 이야기를 통하여 지식의 전달에만 그치지는 게 아니라, 인륜 도덕을 명시적으로 혹은 암시적으로 강조하거나 시사한다. 따라서 일반담에 속하는 이야기들은 군신 간이나 주종 간의 충의忠義, 부모 자식 간의 효孝, 형제 간의 우애, 사제 간의 도리, 친우 간의 우정, 부부 혹은 남녀 간의 사랑이나 열烈 따위가 주제다.

일반담은 이러한 주제들을 극적으로 고조시키기 위하여 쌍방 간의 갈등적 요소를 일단 제시하고 갖가지 갈등을 겪은 끝에 파국 또는 갈등 해소에 이르는 결구를 취하게 된다. 따라서 일반담의 화자는 청자에게 이야기의 내용을 좀 더 리얼하게 전달하기 위하여 상황묘사를 상세화하고 곡진하게 함으로써, 이야기 전체가 장편화하는 것이다. 물론 이와는 반대로 간단한 사실 전달로 그칠 때에는 단편화한다.

　일반담의 주인공들이 지니는 덕목은 물론 사회적 도덕성에 있다. 그리하여 주인공의 성실, 의리, 정직, 청렴, 인내 따위가 이상 실현의 척도가 된다. 따라서 일반담의 상당수는 고전소설의 경우처럼 권선징악勸善懲惡, 복선화음福善禍淫의 결말로 끝난다. 하지만 모든 일반담에서 위와 같은 덕목의 소지자가 최후의 승리자가 된다는 보장은 없다. 고전소설의 경우와는 다르게 설화의 일반담은 주인공의 패배로 끝나는 비극적 결말을 가진 이야기도 많다. 고전소설은 허구적 세계를 그린 이야기이지만, 그것은 거의 해피엔딩 일변도의 것이다. 반면 일반담 역시 허구적 세계의 일을 그렸지만, 그것에는 현실의 냉혹함이 그대로 반영되어 언해피엔딩으로 끝나는 경우가 적지 않다. 이런 점에서 본다면, 일반담은 고전소설보다 리얼리티를 좀 더 보여주는 것이라고 할 수도 있겠다.

● **참조 원고**

　원문은 『한국설화의 유형』(한국연구원, 1983 ; 증보판, 일조각一潮閣, 1996) 등을 참조하여 요약 재작성한 것으로, 『*Korean Folktales*』. Korean Studies Series No. 5(Edison · Seoul : Jimoondang International, 2001)에 영역 수록하였다. 단, 맨 끝 '일반담과 그 특징' 부분은 새로 추가한 것이다.

$$\diamond\ \diamond\ \diamond$$

2. 설화 연구의 이모저모[1]

1) 설화와 소설

설화든 소설이든 허구적인 스토리를 일정한 구조 속에 산문적으로 표현한다는 점에서 이들 양자는 동일하다.[2] 그러나 이 양자를 구별해 주는 근본적인 차이점 중의 하나는 전자가 언어로 전달됨에 비하여 후자는 문자로 전달된다는 데에 있다. 물론 설화에는 구비설화뿐 아니라 문헌설화도 존재한다. 다시 말하자면 설화는 언어로써 전승될 뿐 아니라 문자로 기록되어 전승되기도 하는 것이다. 이것은 언뜻 보아 양자에 대한 앞서의 일반적 구별과 모순될 듯도 하다. 그러나 문헌설화라 하더라도 그것이 문자로 정착되기 이전에는 구전되었으리라는 점을 생각해 보라. 설화가 구두로 전승되어 온 장구한 세월에 비한다면 문자로 정착된 역사는 매우

---

[1] 이 글은 설화 연구의 여러 측면을 개관해 보기 위하여 시도된 것이다. 그러나 기록 문학과 설화 문학과의 관계에 대한 상론詳論은 할애하기로 하였다. 또한 이 글에 등장하는 여러 설화이론들에 대하여는 번거로움을 피하기 위하여 상세한 주를 생략하였으나, 그 대부분이 톰슨의 『설화*The Folktale*』(New York ; Holt, Rinehart and winston, 1946)를 참조하였음을 밝혀 둔다.

[2] 학자에 따라서는 모든 설화가 과연 허구적인 것이냐에 관하여는 이견을 가지고 있다. 가령 제의학파祭儀學派나 역사학파들이 그러한 예일 것이다. 이 점에 대해서는 후술하기로 한다.

짧다. 이러한 특징으로 미루어 보면 설화 연구에 있어 문헌설화보다 구전 설화가 보다 더 중시되어야 할 이유가 자명하다 할 것이다.

소설과 설화를 구별해 주는 또 하나의 차이점은 작자의 문제이다. 소설이라면 작자가 망각되어 미상일 경우는 있어도, 원칙적으로 그 작자는 한 개인으로 고정되어 있다. 반면 설화는 작자가 알려져 있는 경우란 전연 없고, 만약 작자가 알려져 있다면 그 이야기는 벌써 설화가 아닐 것이다. 물론 설화도 창작인 이상 최초에는 창작자가 없을 수 없다. 가령 훌륭한 이야기꾼이 하나의 설화를 창작했다 한다면 그는 그 이야기의 작자임에는 틀림없지만, 일단 그가 창작한 설화가 다른 사람에게 구전되고, 또 그 이야기를 들은 사람이 똑같은 과정을 되풀이하였다고 할 때 이미 그 이야기의 작자 개념은 흐릿해지지 않을 수 없다. 아울러 원작의 모습도 설화의 재전달자의 기억력의 차이 또는 자의적인 첨삭에 의해 상당히 달라진다. 그러므로 세상에 유전流轉되는 여러 설화들은 엄격히 말하여 개인 창작이라기보다 공동작이라 할 수 있다. 이런 의미에서 설화를 일컬어 유동문학流動文學 또는 적층문학積層文學이라 하기도 하는 것이다.

문학의 역사에 있어서 소설의 역사는 설화의 역사와 비교가 될 수 없을 만큼 일천日淺하다. 뿐만 아니라 설화를 바탕으로 하지 않고서는 소설이 시작될 수 없었으며, 소설이 성립된 이후라도 소설은 설화로부터 끊임없이 필요한 영양소를 섭취해 왔다. 또한 소설문학의 개화기 후에도 민중은 여전히 설화문학과 친숙한 관계를 유지해 왔으며, 자신들이 설화 창작에 관여해 오고 있기도 하다. 그러므로 소설문학 훨씬 이전에 태어나서 소설문학에 영향을 주며 장구한 세월에 걸쳐 민중 속에서 살아온 설화문학에 대하여, 우리는 그보다 훨씬 짧은 세월 동안에 소수의 독자를 가지고 있음에 불과한 소설문학 못지 않은 관심과 주의를 기울여야 마땅할 것이다.

소설사의 출발기에 있어서는 소설과 설화를 구별할 수 없을 만큼 소설은 설화성이 농후했다. 가령 우리 소설사에 있어서 『금오신화』의 경우나 서구 문학사에 있어서 『데카메론』, 『캔터베리이야기』와 같은 것들은 설화문학과 매우 근접하여 있는 것이다. 우리의 고전소설이 문자로 기재되어 유전되었던 사실의 저편에는, 그들의 대부분이 작자 미상인 채로 민간에 유포되다가 많이 변개되고 구전되기도 했다는 사실에서도 고전소설과 설화문학의 관련성이 드러난다. 더구나 개중의 어떤 소설은 민간에 떠돌아다니는 설화를 기반으로 하여 이룩된 것임에랴.

그러나 설화문학의 연구는 반드시 소설문학과 연관지어 연구해야 하는 것은 아니다. 설화문학은 설화문학 나름대로의 세계가 따로 있기 때문이다. 물론 설화 연구는 공동체를 구성하는 민족의식의 추구나 문헌문학의 원천 탐구라는 측면으로부터 출발하였던 것도 사실이다. 하지만 설화는 단순히 문헌문학의 소재사 내에서만 파악될 수 있는 것이 아니라, 설화 그 자체가 문학의 중요 장르로서 다양한 연구 방법론이 적용되어야 할 것이다.

2) 용어의 선별

우리가 흔히 사용하고 있는 설화라는 포괄적인 용어 대신에 다른 용어를 대체하는 경우가 많다. 가령 '전설'의 경우가 그것이다. 설화의 하위 분류에 속할 것으로 생각되는 이 용어가 때에 따라서는 훨씬 더 광범위한 뜻을 가져, 문자 그대로 전해 내려오는 이야기 전체를 뜻하는 것이다. 이와 같이 전설(광의廣義)의 개념 속에 다시 신화·민담 및 전설(협의狹義)을 포괄시킨다면 전설의 개념에는 상당한 혼란이 오게 된다. 즉 광의의 전설이냐 협의의 전설이냐를 우선 따지지 않으면 안 되는 것이다. 이런 점에서 포괄적인 의미로 쓰인 '민담', '민화'란 용어도 똑같은 뜻에서 피하지 않으면 안 된다.

'옛말', '옛날이야기', '고담古譚(談)', '석화昔話'의 경우도 비슷한 형편이다.3) 이들은 용어 자체에 시간적인 제약을 내포하고 있다든가, 학술용어로서의 부적합성 때문에, 혹은 '옛 격언'이나 '속언俗言'의 의미로도 쓰이는 까닭에 '설화'의 대치어代置語로서 부적당하다. '동화' 또는 '전래동화'는 비교적 많이 사용되어 온 말이긴 하지만, 그것 나름대로의 부적합성을 가지고 있다. 이 용어들은 원래 '아이들을 위한 이야기'란 뜻으로부터 생긴 것이어서, 이를테면 그림 형제의 유명한 『어린이와 가정을 위한 동화 *Kinder und Hausmärchen*』는 그 현저한 예다. 그러나 이 용어에 대하여 우리가 간과해서 안 될 것은 설화 중에는 성인의 사회에서만 이야기되거나 남자 또는 여자들 사이에서만 이야기되는 설화도 적지 않다는 점이다. 환언하면 모든 설화가 동화일 수는 없다. 기간既刊 전래동화집들 속에는 서명書名에 어울리지 않게 <열불열녀烈夫烈女>, <효불효孝不孝> 따위의 성인용의 이야기들이 적지 않게 포함되어 있음을 볼 수 있는데, 이는 여간 잘못된 것이 아닌 것 같다.

원래 'märchen'이라는 독일식 단어는 그에 걸맞은 적당한 대역어를 찾아내기가 어렵다. 영어권에서도 적당한 단어를 찾지 못하여 'fairy tale'이라 하고 있지만, 사실 'märchen'에는 'fairy'가 등장하지 않는 이야기도 많다. 물론 'fairy'의 개념 역시 그렇게 협의적狹意的인 것만은 아니어서 'fairy'가 등장하지 않는 이야기까지 포괄하는 것이긴 하지만, 그래도 선입감이 주는 용어의 한정성은 무시할 수 없는 것이다. 또 'märchen'이라는 독일어의 다른 영역어인 'nursery tale', 'household tale', 'wonder tale' 등도 예외는 아니어서 그에 대응되는 적격의 국어를 찾기 어렵다는 점, 또는 그 어의語意가 극히 협의적이라는 점 등으로 인하여, 이들은 모두 우리가 말하는 설화와는 거리가 먼 것 같다. 불어인 'conte populaire'가 일견 합당할 듯하나 영어의 경우와 마찬가지로 합성어라는 결점은 어찌할 수가 없다.

결국 이러한 용어들의 대안代案으로 'märchen'과는 관계없이 만들어져

---

3) 민화民話 또는 석화昔話란 용어는 일본에서 주로 사용한다는 난점難點도 지적할 수 있겠다.

근래에 널리 사용되고 있는 'folktale'이 가장 무난하지 않나 생각된다. 'folktale'의 어의로서 본다면 그 번역어는 '민담'이라야 적당할 것 같이도 생각되지만, 피셔J. L. Fisher가 사용한 이 용어의 개념은 그렇게 좁은 것이 아니어서, 우리의 '설화'와 근사한 면이 발견된다.

> 'Folktale'이라는 용어는 매우 넓은 의미로 전통적이며 극적인 구전설화를 모두 포함한다. 이 용어는 초자연적인 것을 다루고 있는 엄숙한 신화는 물론 주로 흥미를 위한 이야기나 역사적 사건을 어떤 목적의식을 가지고 하는 사실적인 설명, 도덕적인 우화, 기타 여러 분류 기준에 의해서 구별될 수 있는 여러 이야기들의 형태를 포함한다.[4]

이와 같이 folktale의 개념 속에는 신화·전설·민담 기타의 여러 구비적 서사 형태들이 포괄되고 있는 것이다. 따라서 folktale에 대한 우리의 용어로는 '설화'가 합당하다고 할 수 있다.[5]

3) 설화 분류의 3분법과 5분법

(1) 3분법

주지하는 바와 같이, 설화는 신화·전설·민담의 셋으로 유분類分하는 것이 통례였다. 그리하여 설화를 거론할 경우에는 대개 이 3자의 차이점에 대하여 거의 예외 없이 논급論及하고 있으므로, 이들에 대한 상론은 그러한 연구 서적들에게 할애하기로 하고, 여기서는 논의의 편의를 위하여 간단한 요점만 도시圖示하기로 한다.

---

4) "The Sociopsychological Analysis of Folktales", *Current Anthropology*(June, 1963), p. 236.
5) 'folktale'이란 용어가 민담과 혼동되기 쉽다면 'folk narrative'란 용어를 사용해도 좋을 것이다.

신화 · 전설 · 민담의 특징6)

항목	신화	전설	민담
전승자의 태도	신성성을 인식	진실성을 믿음	신성성이나 진실성을 인식하지 않음.
시간과 장소	태초의 신성한 장소	구체적인 시간 및 장소	뚜렷한 시간 및 장소 없음.
증거물	매우 포괄적인 증거물	특정의 개별적인 증거물	증거물이 없거나 아주 포괄적인 증거물
주인공	신 중심	인간 중심	일상적인 인간이나 인간적인 행동을 하는 동물, 기타
주인공의 행위	신적 능력 발휘	예기치 않은 사태에서는 좌절	인간적인 행동. 그러나 예기치 않은 사태에는 초월자의 도움으로 운명을 개척
결구의 특징	숭고적 · 종교적	비극적 · 운명론적	희극적 · 낙천적
전승의 범위	민족(또는 씨족 · 부족)적인 범위	지역적인 범위	범세계 · 범민족적인 범위

　설화의 이런 3분법은 과연 타당하며 필연성을 가지고 있으며 한국 신화의 전 자산資産을 신화 · 민담 · 전설로 분속시킬 수 있는가? 위에 보인 바와 같은 제 특성을 한국 설화 분류에 적응시키려 한다면 많은 어려움이 생기게 된다. 설화 연구가들에 의하면, 민족에 따라서 3분법이 꼭 적용되지 않는 경우도 있다고 한다. 가령 북미 인디언들은 신화나 전설은 가지고 있지만 민담은 거의 가지고 있지 않으며, 뉴기니아 동북부 지방의 카이족은 전설만 가지고 있다는 것이다. 이와 연관지어 본다면 우리의 경우에도 한국 설화에 있어 신화적 자료의 빈곤성에 착목著目하게 된다. 일부의 무속 신화를 제외한다면 구전 신화는 전무한 형편이며, 문헌 신화의 경우는 양도 적거니와 순수 신화와 다른 이질성을 보이고 있기 때문이다.

　선학先學들이 논의한 한국 신화 혹은 신화적 자료를 정리하면, ① 우주 창조, ② 인류 발생, ③ 건국 및 시조신화, ④ 민간 신앙적 신화(무속계巫俗

---

6) 장덕순 · 조동일 · 서대석 · 조희웅 공저, 『구비문학개설』(일조각, 1971), pp. 17~20.

系), ⑤ 신화적 요소를 가지고 있는 민담의 다섯으로 나눌 수 있을 것이다. 이들 중에서 ⑤가 신화일 수 없음은 더 말할 것도 없거니와, ①과 ②의 경우도 우리나라에는 해당 자료가 거의 없으며, 있다고 하더라도 무속 신화나 민담 속에서 이와 유사한 흔적만을 더듬어낼 수 있을 뿐이다. ③이 이제까지 우리의 신화 중에서는 그래도 가장 빈번히 논의된 영역이었다. 그러나 이들 모두가 과연 진정한 의미의 신화라고 할 수 있을까 하는 의문에 이르면 그 대답이 긍정적이라고 답하기 어렵다. 왜냐하면 건국신화의 대부분은 신화라기보다 차라리 전설이라고 해야 마땅하기 때문이다. 가령 단군신화로부터 시작하여 동명·혁거세·알지·탈해·처용·수로·삼성三姓·고려 국조·조선조 국조 설화와 같은 것들이 우리 문헌신화의 중요한 자산으로 여겨졌던 것들인데, 이들은 역사적으로 보아 후기의 것일수록 신화와 거리가 멀다. 그렇다고 하여 이들 모두가 전설이라고 단정 지으려 할 의사는 조금도 없다. 하지만 이들 중 어떤 것이 신화에 속하고 어떤 것이 전설에 속하는지를 바로 구분할 만한 잣대[척도尺度]가 필자에게도 준비되어 있지 않다. 그 밖에 시조설화 중에도 신화적 모티브를 가진 것이 있기는 하지만 그렇다고 하여 그것이 곧 신화라고 할 수는 없다.

요컨대 한국 신화의 자료적 빈곤성을 보완하기 위해서는, 신비스런 모티브만 내재하면 신화로 간주하려는 무분별하고 무개념적 방법을 지양하고, 차라리 구전 신화 예컨대 무속 신화 같은 것으로 관심을 돌리는 것이 보다 첩경일 것이다. 설화 분류의 3분법의 의의는 이와 같이 자료의 편재성偏在性이란 면에서 본다면 그렇게 큰 의미를 지니지 못하게 된다. 또한 위에서 말한 바와 같이 우리 설화의 경우 신화와 전설의 구분점이 애매하다는 것뿐만 아니라 전설과 민담의 차이가 애매한 경우도 적지 않다. 이른바 유래담이 그 현저한 예다. 아울러 설화의 하위 분류가 3분법으로 모든 설화 형태를 포괄할 수 있을지도 의문이다. 즉 야담이나 일화 따위를 민담에 포함시키기보다는 그 특징으로 미루어 구별하는 편이 낫다. 그러므로 이러한 문제점으로부터 본다면 설화의 2분법도 곤란하여, 또 다른 분류법을 모색하지 않을 수 없다.

(2) 5분법

한국 설화는 ① 동물담, ② 신이담神異譚, ③ 일반담, ④ 소담笑譚, ⑤ 형식담으로 분류할 수 있다.

① 동물담은 의인화된 동물들의 이야기이다. 다시 말하면, 동물담 속에 등장하는 동물들은 인간화된 인격을 가지고 인간처럼 행동하고, 대화하고, 선·악, 현·우의 갈등을 일으킨다. 그러나 다음과 같은 경우는 설령 등물들이 등장한다손 치더라도 이 동물담의 범주로부터 제외된다. 첫째, 인간으로 둔갑한 동물 또는 동물화한 인간들이 등장하는 이야기, 가령 <둔갑한 여우 이야기>와 같은 둔갑담은 동물담으로 분류하기보다 신이담에 배속시킴이 좋을 것이다. 둘째, 동물이 인간으로, 혹은 인간이 동·식물로 변형·탈신·환생하는 것 역시 신이담으로 처리된다. 예컨대, <잉어색시>, <우렁이 속에서 나온 처녀>, <할미꽃 전설>, <접동새 전설>, <구렁덩덩 신선비>, <개구리 신랑> 따위. 셋째, 상상적 동물(가령 용·이무기·불가사리 등등)이 등장하는 설화들도 신이담에 배속된다. 넷째, 동물의 보은담 역시 신이담으로 처리된다. 예컨대, <두꺼비의 보은>, <의구義狗>, <의마義馬> 따위. 다섯째, 동물이 이야기 속에 등장하기는 하나, 극히 부분적인 삽화를 이룰 때, 예컨대 <새의 말을 알아듣는 형제>와 같은 이조담異助譚이나, 혹은 <효감호孝感虎>, <효자와 잉어>와 같은 이조담들에서도 동물이 중요한 역할을 하고 있지만 이들은 주인공의 행위를 돋보이게 하기 위한 하나의 보조적인 역할에 지나지 않을 때, 신이담으로 처리함이 마땅할 것이다. 여섯째, 동물의 포획담, 가령 <기름강아지 잡은 호랑이>, <참새 잡기>와 같은 일군—群의 이야기들은 대개 소담에 속한다. 일곱째, <고래 뱃속에서의 도박>, <고래와 새우의 크

기>와 같은 과장담 역시 소담에 속한다. 여섯째, <늙은 닭과 그 동료들>, <심보 나쁜 호랑이와 할머니>, <두더지 사위>와 같은 이야기들은 그 내용상으로 보아 훌륭한 동물담임에 틀림없지만 그 형식적 특성으로 말미암아 동물담으로 취급하기보다 형식담으로 처리한다. 이 동물담은 다시 기원담(유래담)·지략담·치우담癡愚譚·경쟁담으로 세분된다.[7]

② 신이담은 초인간적인 행위를 내포하는 이야기다. 그러므로 앞에서 말한 신화와 전설의 대부분은 여기에 속한다. 이를 좀 더 세분한다면 기원담·변신담·응보담·주보담呪寶譚·복술담卜術譚·초인담으로 된다. 기원담은 우주와 인류, 또는 습속의 기원을 설명해 주는 것이며, 변신담은 동물이나 식물로의 환생, 이계異界로의 탈신脫身, 동물의 둔갑, 인간의 변신 따위를 포함하고, 응보담은 다분히 권성징악성勸善懲惡性을 띤 것으로, 응보에 의한 인간으로의 환생, 효성의 보답, 모방과 실패 또는 선악의 응보나 혼령의 응보와 같은 신령의 응보, 동물의 보은 등을 포괄한다. 또한 주보담은 도깨비방망이, 여의보如意寶(여의주), 화수분 등과 같이 부富를 더해 주는 재산물의 획득에 관한 것이며, 복술담은 풍수가風水家나 점복가占卜家에 의한 운명의 예언이 실행되어 가는 과정을 보여주는 것이어서 참언讖言·치병治病·연명延命·지물知物·결혼·난제 해결 등에 관련되고, 초인담이란 신선·혼령 기타 초인적인 인간의 능력을 보여주는 것이다.

③ 일반담은 인간의 행위를 이야기하는 것으로 다른 이야기에 비한다면 교훈적인 면이 두드러지게 나타난다는 특징이 있다. 여기에는 야담·일화의 상당수가 포함된다.

④ 소담은 문자 그대로 웃음을 제공하는 이야기로, 일화의 상당수와 음담패설류도 여기에 속한다. 다른 이야기에 비하여 비교적 단일 삽화로 된 단순 형식이며, 도덕성도 별로 없어서 오히려 비도덕적인 면이 돋보일 때도 있다. 이것은 다시 과장담·모방담·치우담癡愚譚·사기담(지략담)·경

---

7) 조희웅, "한국동물담 Index", 『문화인류학』 5(1972. 12), pp. 121~134.

쟁담으로 세분된다.8)

⑤ 형식담이란 이야기 자체가 어떤 고정된 형식(frame, 틀)을 가지고 전개되는 이야기를 말한다. 그러므로 경우에 따라서는 내용보다는 형식에 치중하여 스토리성을 결하고 운율에만 치중하는 수도 있다. 그러나 엄격히 말한다면, 형식담에 속하는 이야기들은 앞서 말한 네 가지 종류(특히 소담)에 배분시킬 수 있는 것들이지만 그 형식성의 특이성으로 말미암아 따로 떼어 독립시키는 것이다. 형식담의 특성은 다음과 같다. 첫째, 일정한 고정된 형식에 의하여 스토리가 구성된다. 둘째, 대부분의 이야기가 어희적語戱的인 요소를 가지고 있어서 흥미도를 더해 준다. 셋째, 반복성(점층적이든, 연쇄적이든, 회귀적이든 간에)을 띤다. 넷째, 풍부한 운율을 수반하는 경우가 많다. 다섯째, 과장적이다(이것은 다른 설화도 그러하지만 형식담의 경우는 특히 더하다). 여섯째, 이야기의 내용보다 이야기를 한다는 행위 자체가 더 중요시된다. 따라서 내용보다 형식이 뛰어나 둔사적遁辭的인 목적을 가지고 설화되는 수도 있다.

4) 설화의 기원과 전파

(1) 기원

스티스 톰슨은 우리가 설화를 연구하려고 할 때 우선 부딪치게 되는 일반적인 문제로 ① 설화의 기원, ② 설화의 의미, ③ 설화의 전파, ④ 설화 이형異型들의 변화, ⑤ 설화 이형간의 관계와 같은 다섯 가지를 들고 이들 문제는 각각 독립적인 성질의 것이 아니라, 어느 하나를 다루려고 하면 다른 문제들도 반드시 부수적으로 고찰된다고 하였다.9)

---

8) 장덕순 외 3인 공저, 앞의 책 p. 56.
9) S. Thompson, *The Folktale*(New York, Holt, Rinehart and Winston, 1946), pp. 367~368.

　서로 이웃하고 있는 두 지역에서뿐만 아니라, 멀리 떨어져 있는 두 지역 사이에서도 유사한 설화가 발견된다는 사실로부터 설화의 기원에 대한 연구가 시작되었다. 가령 극동 지방은 말할 것도 없고 아프리카나 남양·북구 같은 극지極地에서까지 그림 동화와 혹사한 설화가 이야기되고 있음이 알려지고, 개중의 어떤 것은 거의 전 세계적인 분포를 보이고 있음을 설화 연구가들은 매우 흥미 있는 연구 과제로 생각하게 되었던 것이다. 더 나아가서 그들은 수많은 지역의 구전 및 문헌설화를 비교 검토한 결과, 장소와 시대를 초월하여 존재하는 허다한 유사한 설화들에 대하여 저마다의 결론을 내리게끔 되었다.

　우선 그림 형제가 독일 설화의 수집을 통하여 얻었던 결론은, 독일 설화는 인구어족印歐語族의 공통 조상에 근원하는 것이고(인구설印歐說, Indo-European Theory 또는 아리안Aryan설이라고도 함), 설화 중 특히 '민담은 신화의 부스러기broken-down mythology'라고 하였다. 빌헬름 그림의 이러한 견해는 이어 자연신화학파自然神話學派들에 의하여도 동조되었지만, 인구어족이 아닌 타 민족들의 설화들이 속속 채집 보고됨에 따라 신빙도가 희박해져 갔다.

　빌헬름 그림의 설이 정면으로 부인되기 시작했던 것은 벤파이T. Benfey가 인도 설화의 번역집인 『판차탄트라Panchatantla』를 간행하면서부터였다. 그는 이 책의 보주補註 속에서 우화가 그리스로부터 인도로 전입轉入되었음에 비하여, 일반 민담은 주로 문헌을 통하여 인도로부터 아랍인의 중계로 비잔티움을 경유하고 다시 보카치오나 스트라파롤라의 작품을 통해 전 유럽으로 이동하였고, 또 한편 주로 구전으로 인도로부터 티베트·몽고를 경유하여 동유럽으로 전해졌다고 하였다. 요컨대 벤파이는 빌헬름 그림이 그다지 중시하지 않고 부차적인 의견으로 내비쳤던 전파설을 그의 통칙通則으로 하여 '모든 설화는 인도로부터'라는 확신을 가지고 있었다. 이 벤파이의 일방통행적이고도 과장적인 가설은 그 후에도 수십 년에 걸쳐 대단한 세력을 떨치다가 차차 수정되어 갔지만, 설화의 보고寶庫로서 인도를 부각시킨 점이나, 전파 경로, 또는 구전과 문헌에 의한 전파 문제를 거론한 것은 대단한 공적이라 할 수 있다. 또한 그의 추종자들이 설화의 원천으로 인도를 가정하고 수집했던 막대한 양의 자료들은 설화 연구에 커다란 도움이 되었다. 우리나라 최초의 설화 연구서라고 할 만한 손진태의 『조선민족설화의 연구』(1947)도 이러한 벤파이의 입장에 따라 기술된 부분이 상당히 많이 발견된다. 예컨대 <토끼전>의 근원설화의 연구도 인도를 원 고향으로 추정하고 있음은 너무나 잘 알려진 사실이다.

설화의 이러한 단일 기원설에 대해 다원 발생을 제기하고 나섰던 것은 타일러E.B. Tylor나 랭A. Lang 같은 인류학파人類學派였다. 빌헬름 그림도 인심동사人心同似에 의한 다원 발생 가능성을 시사한 바 있지만, 인류학파에서는 세계 도처의 미개 민족의 연구를 통해 유사한 관념이나 상상이 서로 아무런 관련 없이 독자적으로 발생할 수 있다는 허다한 사례들을 제시하였다. 그러나 설화 발생에 대한 인류학파의 주장 역시 일리가 있는 것이긴 하지만, 설화의 일부분만이 아닌, 복잡한 구조 전체가 멀리 떨어져 있는 두 지역에서 전승되고 있는 이유를 결코 우연으로 돌릴 수 없는 것이다.

설화의 기원과 전파를 연구하는 또 다른 입장으로는 크론K. Krohn이 창시하고 아아르네A. Aarne 등이 계승한 이른바 핀란드 방법Finnish method 또는 역사지리학파historic-geographic school의 방법이 있다. 이 학파의 연구 방법을 요약해 보면 다음과 같다. ① 많은 유사한 자료를 집적集積하여 전체에 공통적인 원형을 상정想定한다. ② 상정된 원형에 의해 설화의 원 고향, 즉 발생지를 가정한다. ③ 성립시대를 찾는다. ④ 각 지방, 각 국가들에 있어서의 변화를 찾는다. ⑤ 이동의 방향을 찾는다.

(2) 전파

상이한 두 지역에서 구전되고 있는 설화가 결코 무관한 것이 아님을 증명하기 위하여 아아르네가 연구한 유형 210 <수탉·암탉·오리·핀·

바늘 들의 여행*Cock, Hen, Duck, Pin and Needle on a Journey*〉을 예로 들어 보겠다. 그는 이 형型의 이야기를 아시안형·서구형·동구형의 셋으로 나눈 바 있는데, 아시아형의 개요를 제시하면 다음과 같다.

> 달걀·전갈·바늘·똥·절구가 함께 여행을 하게 된다. 그들은 어떤 노파의 집에 갔지만 노파는 출타하고 없었다. 악한 노파를 벌주기 위해 각각 숨어서 기다린다. 달걀은 아궁이에, 전갈은 물통 속에, 바늘은 땅 위에, 똥은 문 옆에 숨는다. 노파가 집에 돌아와 불을 켜려고 아궁이로 갔더니 달걀이 뛰어 나와 노파의 얼굴을 더럽힌다. 물통으로 씻으러 갔다가 그 속에 숨어 있던 전갈에게 물린다. 노파는 급히 집으로부터 도망하나 바늘에 다리를 찔리고, 드디어는 문 옆 똥 위에 넘어져 죽는다.

아시아형 속에 등장하는 원조자가 서구형에는 암소·말·암양·거위·닭으로 되어 있으며, 동구형에는 말 대신에 돼지로 되어 있다. 그런데 아아르네에 의하면 이 이야기는 아시아에서 발생하여 서남아시아와 발칸 반도를 거쳐 러시아·독일·이태리·스페인까지 미치고, 동쪽으로는 중국·한국을 거쳐 일본에 이르고, 다른 한편으로 몽고를 거쳐 베링 해협을 건너 캐나다·북미 서안으로, 또 한 갈래는 버마 반도를 거쳐 수마트라·자바로 전파된 것이라 한다.

같은 아시아형에 속하는 것이라 하더라도 지역에 따라 심한 차이를 보인다. 에버하르트Eberhard에 의하면 중국에는 이 이야기가 20여 개소에서 채집 보고되어 있는데, 설화 중의 악자惡者가 돼지나, 둔갑한 고양이·범·곰·괴물·도둑·표豹·원숭이 등으로 매우 다양하게 나타난다고 한다. 관경오關敬吾에 의하면 일본에서는 이 이야기가 '원해합전猿蟹合戰'이라 하여 전국적으로 분포되어 있을 뿐만 아니라 옛 문헌에도 기록되어 있고, 일본의 5대 민담 중의 하나로 꼽히고 있다고 한다. 그런데 일본의 경우에는 악자惡者가 보통 원숭이로 나타나고, 피해자는 게蟹, 원조자는 밤(혹은 달걀)·전갈·바늘·쇠똥·절구 등으로 나타난다.

한편 이 민담은 우리나라에도 널리 알려져 있는 이야기로서 우리나라의 경우에는 악자가 보통 호랑이며, 피해자는 할머니로 나타난다. 지방에 따라서는 악자가 장한壯漢으로, 적대자가 처녀로 되어 있는 곳도 있다. 또한 원조자도 다소 차이가 보이는데, 필자가 수집한 네 가지 각편Version들에 등장하는 원조자를 순서대로 나열해 보이면 다음과 같다.

① 꺼진 불 − 고춧가루 − 바늘 꽂은 행주 − 쇠똥 − 멍석 − 지게(또는 말)
② 바늘 − 파리 − 달걀 − 게 − 절구통 − 멍석 − 지게
③ 게 − 밤[율栗] − 개똥 − 절구통 − 멍석 − 지게
④ 달걀 − 송곳 − 개똥 − 자라 − 맷돌 − 멍석 − 동아줄 − 지게 − 호미

그러나 위와 같은 역사지리학적 연구 방법의 난점은 무엇보다도 연구에 소용되는 자료를 얻기 곤란하다는 점이다. 왜냐하면 민족에 따라서 설화 채집이 거의 완벽하게 이루어져 연구자가 이용할 수 있는 경우도 있지만 거의 대부분은 이러한 작업이 이루어져 있지 않고 있을 뿐더러, 자료의 소멸로 인한 장래의 채집 가능성조차도 보이지 않고 있기 때문이다. 또한 설령 자료 채집이 되어 있다 하더라도, 설화는 방언으로 쓰이는 경우가 많으므로 연구자가 실제로 이용할 수 없다는 난점도 들 수 있다. 더욱이 한 설화의 연대 추정에는 문헌 자료가 필수적으로 따라야 하는데 소수의 예를 제외하면 각 민족, 각 지역마다 문헌이 남아 있는 경우란 거의 없고, 설령 문헌 자료가 남아 있다손 치더라도 연대의 추정은 곤란하다. 가령 <토끼전>의 설화(Type 91)가 『삼국사기』에 있다든가, 이솝우화 중의 <고양이 목에 방울 달기>(Type 110)란 우화가 『순오지旬五志』에 실려 있다고 하여도 전자와 후자가 몇 백 년 전 설화라고 단정 지을 수는 없는 것이다. 이 설화가 문헌에 수록되어 있다는 사실은 적어도 그 문헌의 성립시에는 그 설화가 존재하였다는 사실만을 알려줄 뿐, 언제까지 소급할 수 있는가는 전연 미지수에 속한다. 그리고 상이한 두 지역의 유사

한 설화를 놓고 볼 때 그 선후 관계를 따지는 것은 어디까지나 추정에 그칠 뿐 실상實相은 알 수 없다는 현실적인 문제도 남아 있다.

그러나 이러한 여러 단점에도 불구하고 설화의 비교 연구는 대단히 중요하다. 비교의 연구는 어떤 한 지방, 한 국가의 설화 비교뿐만 아니라, 다른 지방 또는 다른 국가와의 비교 연구도 필요하다. 가령, <장자늪 전설>의 전국적인 분포라든가, 본토 설화와 제주도 설화의 비교 연구, 나아가서 한·중·일 설화의 비교 연구 같은 것은 앞으로의 좋은 과제가 될 것이다.

5) 설화의 의미와 형식

(1) 의미

설화가 단지 흥미를 위해 지어낸 이야기에 불과하다는 생각에 대하여 끊임없이 반론이 제기되어 왔다. 즉 일견 웃음거리와 심심파적에 불과한 것으로 생각되는 이야기의 배후에는 숨겨진 의미가 있다는 것이다. 이러한 견해 중에서 가장 지속적인 것은 아마도 B.C. 300년경 유헤메리즘 Euhemerism으로부터 근대 영·미의 역사학파나 영국의 리버스Rivers에 이르는 일련의 역사학적 이론일 것이다. 이 이론에서는 설화(특히 신화)를 과거의 참 역사적 기록으로 생각한다. 유헤메리즘은 B.C. 316년경 창시자 유헤메러스의 이름을 따서 명명된 것인데, 유헤메러스는 신화가 역사적 사건의 설명이요, 역사적 인물의 과장된 모험이다. 그러므로 제신諸神은 실제 인물로 그들의 생전 행위가 역사적 사실의 와전 즉 죽은 왕, 대용사 大勇土, 철인哲人, 인류의 은인들에 대한 감사가 아첨 때문에 신격화하여 갔음을 볼 수 있다는 것이다. 예컨대, 제우스는 크레타섬의 왕 아에올루스Aeolus로서, 익숙한 선원이기도 하였는데, 그의 정복력 또는 그를 숭배하게 된 요인이 되었다는 것이다. 우리 학계에서도 설화를 곧 역사의 기록으로 생각한 경우가 적지 않게 있다. 단군신화의 해석으로부터 시작하여 『삼국유사』 소재의 많은 전승들은 역사적 사실로 파악되었던 것이다. 그리고 실제로 무녕왕릉武寧王陵의 경우처럼 고대 문헌의 기록이 허구가 아니었음이 판명된 경우도 적지 않다. 그러나 설화 해석에 있어서 역사적 사실의 탐구에 치중한 나머지 종종 작위적作爲的인 데로 흐르는 감이 많음이 이 견해의 병폐로 지적될 수 있다.

한편 설화의 의미를 사실적으로 파악하려 한 위와 같은 주장에 대하여, 설화의 의미를 상징적인 것으로 보려 했던 견해에는 두 갈래의 흐름이 있다. 그 하나는 설화의 배면背面에서 자연 현상이 풍유화되어 있음을 찾아내려 한 데 대하여, 또 다른 하나는 설화에 숨겨진 인간의 심리를 찾아내려 했던 것이다. 전자의 예는 이미 B.C. 6세기경의 테아게네스 Theagenes가 『일리아드』에 나오는 트로이와 그리스 간의 싸움을 제 원소 간의 싸움으로 해석하려 한 데서 찾을 수 있고, 이어 스토아학파가 신화에서의 신성한 인물을 자연력의 인격화로 본 것을 지나, 19세기에 이르면 유명한 자연신화학파mythological school가 등장한다.

자연신화학파는 신화를 이렇게 설명하였다. 즉 원시인은 그들이 항상 접촉하는 태양·달·별·비·바람·안개·지진·화산의 폭발·가뭄 등의 자연현상에 대하여 강한 관심을 갖고 있었고, 이러한 자연 현상을 풍유적·합리적·시적인 표현으로 설명하려 든다. 그리하여 달의 차고 기울음盈虧, 하늘을 달리는 해양의 규칙적인 운행을 표현하거나 설명하는 데 있어서 원시인은 상징적으로 인격화된 서사시를 구성한다. 이것이 곧 신화라는 것이다. 그리고 이 학파의 견해는 다시 20세기에 이르러 천체신화학파로 이어진다.

외국의 예는 그만두고라도, 우리나라에서 육당六堂은 자연신화론 중 태양신화학파의 영향을 지대하게 받아 그의 유명한 '불함문화론不咸文化論' 또는 '붉사상설思想說'을 주장하였다. 일례로 그는 <동명왕편>에 기록된,

　　한나라 신작 3년 임술년(B.C. 59)에 천제가 태자를 부여왕 옛도읍지에
내려와 놀게 했는데 태자의 이름은 해모수였다. 해모수가 하늘에서 내려
올 때 다섯 마리의 용이 끄는 수레를 타고 따르는 무리 백여 인은 모두
흰 고니를 탔는데 채색 구름이 그 위에 뜨고 구름 속에서 음악 소리가 들
려왔다. 웅심산에 머물러 10여 일을 지낸 후에야 비로소 내려왔는데 머리
에는 검은 깃털의 모자를 쓰고 허리에는 용광의 칼을 찼다.[10]

라는 이야기의 해뜨기[일출日出] 광경을 그대로 묘사한 태양신화로 해석
하였다.[11]

　　물론 자연신화학파들이 이야기 속에서 자연 현상을 찾아냈던 것은
신화에서만은 아니었다. 앙드레 르페블과 같은 사람은 뻬로Perrault가 수
집했던 설화 <붉은 두건을 쓴 꼬마Little Red Riding Hood>를 다음과 같
이 해석하였다.

　　붉은 모자라는 것은 아침놀의 불그스레함을 가리킨 것이고 붉은 모자
자체는 아침놀이다. 그녀가 가져갔던 과자와 버터 그릇은 아마도 공물供物
의 빵과, 공물供物로서 바쳐졌던 버터를 가리키는 것이리라. 할머니는 옛
아침놀을 인격화했던 것이고, 새로운 것은 그것에 계속되는 것이다. 이리
는 다 타가는 태양이든가 아니면 구름과 밤이다.

　　한편 이 <붉은 두건을 쓴 꼬마>에 대하여 심리학적 해석을 한 프롬E.
Fromm의 생각은 이러하다. 즉 이 이야기는 할머니, 어머니, 딸의 3세대를
대표하는 인물이 주가 되고, 남성 대 여성의 갈등에서 남성(이리)을 증오
하는 여성이 승리하는 것으로 끝나, 남녀 간의 투쟁에서 남성이 승리를
하는 오이디푸스 신화와는 정반대의 것이라는 것이다.[12] 이와 같이 일군

---

10) "漢神爵三年壬戌歲　天帝遣太子　降遊夫餘王古都　號解慕漱　從天而下　乘五龍車　從者百餘
　　人　皆騎白鵠　彩雲浮於上　音樂動雲中　止熊心山　終十餘日　始下　首戴烏羽之冠　腰帶龍光之
　　劍"(이규보李奎報, <동명왕편東明王篇>).
11) 최남선崔南善, "조선의 신화", 『조선의 문화』(동명사東明社, 1948).

의 심리학자들은 무의식이나 꿈을 설화에 연관시켰다. 프로이트는 '억압되어 있는 성性 libido인 무의식의 발로로 설화가 생긴다.'고 하였으며, 분트Wundt를 비롯하여 라이엔von der Leyen, 라이스트너Leistner와 같은 사람들은 꿈을 설화의 기원으로 보았다. 이러한 의미에서 이른바 선류몽旋流夢 설화를 로하임Geza Róheim의 '소변을 보지 못하고 방광膀胱이 가득찬 채 잠든 사람(환자患者)이 꾸게 되는 큰물[대수大水]의 꿈에서 유래된 것일 뿐더러, 요의자극尿意刺戟이 성적 자극에로 변하기도 하는 것'과 동궤同軌의 것이라고 한 김열규金烈圭의 견해는 경청할 만한 것이겠다.[13]

한편 설화를 결코 허구적인 것이 아니라, 의식儀式의 구술 상관물口述相關物 oral correlative로서 존재하는 것이라는 의견을 가진 제의학파들의 견해가 있다. 이 학파는 그리스 신화와 의식儀式과의 관계를 구명한 해리슨J. E. Harrison을 비롯하여 뻬로가 수집한 설화에서 고대 의식의 기원을 찾을 수 있다고 한 쌩띠브Saintyves, 또는『설화의 형성La Forrmation des Légends』에서 전설은 토테미즘이나 그 의식에 관계하고 있음을 간파한 방 제넵Van Gennep과도 관계를 가지며, 라글란L. Raglan, 캠벨J. Campbell 등등으로 이어져 사실상 오늘날의 설화 해석은 심리학적 분석과 아울러 제의학파적 설화 해석이 양대 산맥을 이루고 있다고 하여도 과언이 아니다.

설화의 이러한 해석이 우리 설화에 적용될 수 있는 하나의 예는 이른바 장애비행주지障碍飛行主旨 obstacle flight motif를 들 수 있다. <여우가 되어온 누이동생>이란 우리 설화에서 도망자가 추격자에 대하여 적赤·청靑·황黃의 병을 던져 장애를 일으키게 하는 장면이 있다. 나우만H. Naumann에 의하면 원시 종교 의식은 대개가 심술궂은 사자死者의 복귀를 피하는 것과 관련되어 있다고 한다. 그리하여 많은 설화들은 이러한 사자들을 피하기 위한 변장된 의식이나 사자에 관한 원시 신앙을 반영해 주

---

12) E. Fromm, *The Forgotten Language*(New York, Reinhardt & Co., 1951).
13) 김열규, "민속신앙의 생생력生生力 상징,『한국민속과 문학연구』(일조각, 1971), p. 214.

고 있어서, 장애비행주지와 같은 것은 이러한 사자의 복귀를 방해하기 위한 의식적 설화가 기본으로 되어 있다는 것이다.

이제껏 논의해 온 여러 견해 중에 어떤 하나의 이론만이 설화 연구의 절대 유일한 척도가 된다고 장담할 수는 없다. 왜냐하면 설화는 매우 다양한 것이어서 경우에 따라서 이론異論이 적용될 여지는 얼마든지 있기 때문이다. 그러므로 설화연구에 있어서도 앞으로 여러 학설의 다양한 적용을 시도할 만하다고 하겠다.

(2) 형식

설화는 시공을 초월하여 일정한 법칙에 따라 진행되므로 보편적인 유사성을 띠게 된다. 이러한 법칙으로 말미암아 화자話者는 이야기의 전체적인 줄거리는 물론이고 세부적인 연결까지도 쉽게 재생시키며, 청자聽者역시 이러한 법칙에 익숙해져 있기 때문에 설화의 분위기 속으로 쉽게 빠져들어 이해를 용이하게 할 수 있게 되는 것이다.

올릭Axel Orlik은 설화에 내재하는 이러한 공통적 법칙을 '서사 법칙'이라 불렀는데, 그의 생각을 따라 설화의 형식을 설명해 보면 다음과 같다.14)

① 개폐開閉의 법칙

설화는 결코 갑작스런 행동으로 시작되어 돌발적으로 끝나지는 않는다. 언제나 평온에서 시작되어 평온으로 끝난다. 이 경우 평온은, 특히 민담에서 현저한 것 같이, 투어套語로써 나타내진다. 가령 민담은 '옛날에'나, 이것의 2중 첩어二重疊語 또는 3중 첩어三重疊語로서 시작되어, '그래 잘 살다

---

14) Axel Orlik, "Epic Laws of Folk Narrative", *The Study of Folklore*, edited by Alan Dundes(1965), pp. 129~141.

죽었대'와 같이 끝나는 것이 보편적인 경향이다. 이 같은 투어가 상당히 복잡하게 되어 기교화하면 '옛날 옛적 호랑이 담배 피울 적에', '옛날 옛적 갓날 갓적 투구바리 소년 적에'라든가 '옛날 옛적 개미 거름 지고 미꾸라지 도망칠 때'와 같이 시작되어, '바로 오늘이 결혼식이었는데 내가 가서 한바탕 잘 얻어먹고 오는 길이야', '오늘 애를 낳았는데 내가 가서 미역국을 끓여 주고 오는 길이지', 또는 '그래 그 사람이 죽었는데 어제가 바로 제삿날이었지'와 같이 되는 수도 많다. 이러한 민담 특유의 서두序頭와 결말의 형식은 설화의 다른 양식에도 유사한 형태로 사용되기도 한다.

② 반복의 법칙

기록문학이 어떤 대상이나 사건을 강조하려면 세부를 보다 강조해서 묘사한다든가 또는 다른 수단을 사용하지만, 설화는 <바보 사위의 실수담>에서처럼, 행위를 반복하여 이야기하는 수밖에 별 도리가 없다. 이 반복의 법칙은 반복이 몇 번 행해지느냐에 따라서 다음의 '숫자의 법칙'과 연관되기도 한다.

③ 숫자의 법칙

설화 속에서는 1·2·3·4 등의 숫자가 특히 유의적有意的이다. 물론 그 밖의 다른 숫자 예컨대 5·7·9·12·33·99·100······ 따위도 등장하기는 하지만 이들은 모두 복수를 뜻하는 외에 아무런 의미도 없다. 말하자면 5·7······의 각개 숫자가 설화 속에서 하나의 역할을 수행하고 있어서, 설화자가 그 각개에 대하여 이야기할 경우란 거의 없다는 것이다. 가령 '7'이란 숫자는 설화 속에서 '7공주', '일곱 쌍둥이', '7형제'처럼 종종 등장하지만, 대개의 경우 이들은 7인조로 되어 동일 보조를 취하거나, 아니면 아래에서 이야기할 '최후에 중점을 두는 법칙'을 나타내기 위하여 6명의 형들을 하나로 뭉뚱그려 막내와 구별시키거나 한다.

한편 '4'란 숫자는 올릭에 의하면 서구적 전통에서는 거의 나타나지 않고, 다만 인도의 종교적 문헌설화 속에서 '3' 대신에 '4'의 법칙이 존재한다고 한다.[15] 한국 설화의 경우 인도의 영향 여부는 알 수 없으나, <네 사람의 장사>, <4형제의 똑같은 재주>, <꿩과 비둘기와 까치와 쥐> 같은 이야기가 널리 전승되는 것으로 보아 '4의 법칙'도 유효하다고 하겠다. 그러나 '4'란 숫자도 위에서 얘기한 '7'의 경우와 같이 별의미를 가지지 못하고 다만 추상적이고 공식적인 경우도 많다. 숫자 3은 예부터 신비스럽고 성스런 숫자로 '마술의 수'로 알려져 왔듯이, 설화 속에서는 일부의 예외를 제외한다면, 모든 사물과 사건이 이 숫자에 의거하여 이루어지는 경향이 있다. 즉 설화는 세 번 반복되는 언행言行, 3명의 등장인물, 또는 세 가지 사물로써 진행되는 것이다.

④ 대립의 법칙

숫자 '2 법칙'은 대개 대립의 법칙과 유관有關하다. 선善 대 악惡, 현賢 대 우愚, 미美 대 추醜와 같은 것이 대립의 예이지만, '선'은 항상 '현'이나 '미', 반면 '악'은 '우'나 '추'와 짝이 된다는 전형성을 띠는 것이 보통이다. 대립은 동시에 일어나기도 하지만, <혹부리 영감>이나 <흥부 놀부>의 예처럼 성공담에 이어 실패담이 뒤따르는 것과 같은 대립 형식도 있다.

⑤ 최후 중점의 법칙

일련의 인물이나 사건이 나타날 때 주요한 인물은 가장 먼저 등장하지만, 사건의 해결은 최후에야 이루어지게 된다. 그러므로 <여우가 되어온 누이동생>에서 누이동생으로 둔갑한 여우에게 맏형, 둘째형이 차례로 실패하여 차례로 잡혀 먹히지만, 막내만은 승리하여 여우를 물리친다. 이것이 '최후 중점의 법칙' 중에서도 순차적順次的인 형식이다. 즉 차례로 실

---

15) 앞의 책, p. 133.

패가 거듭되다가 최후에 이르러 성공이 이루어지는 경우다. 이 법칙에는
또한 점층적漸層的 형식이 있어서 <금강산 포수의 호랑이 퇴치>에서처럼
성공은 역시 종국에 이르러 이루어지지만 해결해야 할 과업을 달성하기
위한 과정은 점점 어려워져 간다.

　⑥ **단선적單線的 진행의 법칙**

　설화의 내용 전개가 시간의 흐름에 따라 한 주인공을 중심으로 계속되
어 가는 것이다. 기록문학에서는 몇 번이고 거듭 확인할 수 있기 때문에
등장인물은 퍽 복잡하고 시간도 역행하는 수가 많지만, 설화에서는 구전
이라는 데서 오는 일회성으로 말미암아 화자와 청자에게 기억과 이해를
편케 하기 위해서 반드시 순차적인 진행을 취하지 않으면 안 된다. 그러
기 위해서는 구성이 단일해야 하고, 또 주도적 인물에 대한 집중성이 필
연적으로 따라야 한다. 인물이 3형제나 4형제 등으로 나뉘어 있을 때는
단선적 진행을 따르다가 어느 부분에 이르러서 병립적인 형식을 취하는
수도 있다. 즉 <아버지의 유물과 3형제>나 <4형제의 똑같은 재주>와
같은 설화가 그러한 예다. 또한 진행의 형식 중 특이한 것으로 누적적 진
행·연쇄적 진행·회귀적 진행과 같은 것도 있다.16)

6) 공간과 시간

　설화 속의 공간계를 그 위치하는 장소에 따라 가른다면 지상계(인간
계)·천상계·지하계·용궁계·선계仙界의 다섯으로 나눌 수 있다. 그런
데 이들은 수직적 공간 체계와 수평적 공간 체계에 의해 다시 세분된다.
수직적 공간 체계란 <단군>, <주몽>, <6가락六駕洛 시조>, <알지>,

---

16) 장덕순 외 3인 공저, 위의 책, pp. 63~64.

<혁거세> 등의 설화에서 보이는 바와 같이 상승·하강에 의해서 도달할 수 있는 공간이며, 수평적 공간체계란 <석탈해>, <호공瓠公>, <파소婆蘇>, <아유타국 공주阿踰陁國公主 허황옥許黃玉(수로왕비首露王妃)> 같은 설화들에서 보이는 승선乘船에 의한 도해渡海나 혹은 도보 여행으로 도달할 수 있는 공간을 말한다. 그러나 문제는 앞서 말한 여러 공간계들이 민중들에게는 반드시 수직적으로만 생각되거나, 반면 수평적으로만 생각되지는 않은 데 있다.

<해와 달이 된 오누이>, <콩쥐팥쥐>, <개구리 신랑>, <연이와 버들잎 소년> 같은 설화에서 주인공은 비상飛翔하거나 또는 동아줄 따위를 타고 승천하지만, <구복여행求福旅行>, <바리공주>와 같은 설화에선 그렇지 않다. 즉 <구복여행>에서는 주인공이 상제上帝에게 복을 빌기 위하여 여행을 하게 되는데, 이때의 여로旅路는 결코 수직적인 비상이 아니라 수평적인 도보 여행이라는 점에 주목이 간다. 결국 주인공은 산과 강을 넘고 갖은 난관을 극복한 끝에 상제를 만나게 된다. 또한 서사무가 <바리공주>에서도 공주가 부모의 병환을 고치기 위하여 약을 구하러 가는 도정道程이나, <원천강 본풀이> 혹은 <이공 본풀이>의 서천 서역국西天西域國도 모두 수평선 상에 있다. 이는 곧 공간으로서의 하늘이 민중에게는 수직적인 것뿐만 아니라 수평적인 것으로 파악되었음을 보여주는 것이라 하겠다.

흔히들 영靈의 세계는 지하에 있는 것이라고 하여 왔다. 그러나 설화를 검토해 보면 '저승' 역시 하늘의 경우와 마찬가지로 수직적 공간으로서만이 아니라 수평적 공간으로도 존재한다. 즉 저승 혹은 염라대왕의 주처住處가 수직적 공간으로서, '하늘'이나 '땅속'의 두 경우가 모두 나타나고, 수평적 공간으로서는 현실계의 연장선 상에 나타난다. 가령 제주도 설화 <한락둥이>에서 한락둥이는 부친을 찾으러 저승으로 떠난다. 그러나 그는 지하로 여행하거나 천상天上으로 비상하는 것이 아니라, 강을 건너고 산을 넘어 드디어 목적지인 저승에 도착한다. <강림도령>에서도 강림이

염라대왕을 만났던 것은 구천九泉 땅속이 아니었다. 갈 때는 연못을 통하여 저승에 이르나, 올 때는 연못을 통하지 않고 직접 걸어서 귀가한다. 물론 <지하국 대적 퇴치> 설화나 『삼국유사』 <사복불언蛇福不言>조에 보이는 것 같이 명백히 지하계가 존재하고 있음을 보여주는 설화도 있다.

한편 선계도 수평적 공간 체계와 수직적 공간 체계가 모두 존재한다. 즉 산악선계나 해중선계가 전자에 속하고, 천상선계는 후자에 속하는 것이다.17)

다음은 설화에 나타난 시간관을 살펴보자. 민간에 널리 알려진 설화 <오뉘성> 이야기를 보면 시간과 공간을 초월하려는 민중의 의식이 엿보인다. 다른 설화에서 보이는 '비행에의 꿈'은 이 설화에 보이지 않고, 다만 누이와 내기를 한 오빠가 서울까지 왕복 300리 길을 불과 반나절에 쇠로 된 신을 신고 걸어서 갔다 온다. 이것은 공간과 시간을 축소시켰을 때에야 비로소 가능해진다. 축지법縮地法은 공간인 땅을 주름잡아 축소시키는 것이겠지만, 공간의 축소에 따라 시간도 축소되어짐은 물론이다. 이것을 '축소된 시간'이라 부른다면 이 축소된 시간에 반하는 '확대된 시간'도 있다. 축소된 시간이 긴 시간을 짧게 줄이는 것이라면 확대된 시간은 짧은 시간을 길게 늘이는 것이다. 그리하여 현실에서 불과 몇 분 동안의 일이 사람의 일생으로 탈바꿈하여 나타난다. 『삼국유사』 권3 탑상塔像에 보이는 <조신調信> 설화는 그러한 예에 속한다고 보겠다. 물론 꿈속의 일이기는 하지만 조신은 불과 한식경도 못 되는 짧은 순간에 50년이란 오랜 세월을 체험했던 것이다.

다음으로 '시간의 정체停滯'를 생각해 보자. 가령 구르고 있는 차바퀴를 보면, 하나의 굴대에 의하여 연결되어 있는 앞바퀴와 뒷바퀴가 끊임없이 시간의 흐름에 따라 굴러가지만, 둘 사이의 거리는 조금도 좁혀지지 않는다. 굴대라는 고정된 힘이 양자의 간격을 묶어 놓고 있기 때문이다. 이때

---

17) 조희웅, "한국서사문학의 공간관념", 『고전문학연구』, 제1집(1971. 9).

에 두 바퀴의 속도 역시 원칙적으로 등속等速 관계를 유지한다. 이처럼 두 개의 사물이 끊임없이 움직이지만 두 물체 사이의 거리가 좁혀지지 않을 때에 두 물체는 시간의 정체 관계에 있다고 할 수 있다. <이여송과 노인>이라는 설화에서는 무례하게 검정소를 타고 앞을 지나가는 노인을 보고 이여송이 급히 말을 타고 쫓아갔지만, 두 사람의 거리가 끝내 좁혀지지 않았다고 한다. 이는 정체된 시간을 말해주는 설화의 한 예이다.

또한 우리는 설화 가운데서 흔히 나타나는 하늘나라에서의 하루가 지상에서의 1년에 해당된다는 이야기를 종종 듣는다. 우리가 일단 지상계를 벗어나면 지구상의 시간 관념은 무의미하게 된다. 시간의 척도가 우리와 똑같은 개념으로 통할 수 있는 것은 인간계뿐이다. 인간계를 벗어난 지하계·용궁계·선계에서의 하루의 경과가 인간계의 1년이나 백년, 때로는 천년에 해당할 수도 있다. 그리하여 우리 민담 중에는 이계異界에서 얼마를 살다가 고향으로 돌아와보니 이미 수십 년이 흘러가 버렸다는 설화들이 많이 전승되고 있는 것이다. 가령 <세 동무>, <신선놀음에 도끼자루 썩는 줄 모른다>와 같은 것들이다.

끝으로 '시간의 역류逆流' 현상이 있다. 길게 말할 것도 없이 시간의 역류란 <젊어지는 샘물>, <삼년고개>와 같이 시간이 과거로 과거로 거슬러 올라감을 말하는 것이다.

7) 기록문학 속의 설화

19세기 중엽 이래 서구의 비교문학자들은 어떤 전설적인 설화의 유형과 영웅들이 어떻게 이동해 갔는가를 추구하는 데에 지대한 관심을 표명하기 시작하였다. 그리하여 그들은 여러 나라의 문학 속에서 롤랑Roland이나 돈 환Don Juan이나 파우스트Faust 등을 추적하여, 시대에 따라 또는 지역에 따라 이들 동일한 설화적 제재題材가 변모된 모습을 탐색하는 것이야말로 비교문학의 중요한 과제라고 생각하였다. 이러한 작업을 비교문학에서는 '제재사題材史 연구'라고 일컫는다.

한국의 고전문학 연구에서도 상당한 성과가 얻어진 고전소설의 근원설화 연구는 이러한 제재사 연구의 일부라 할 만한 것으로, 전파론에 곁들여 논의되어 왔다. 이제까지 연구된 것을 보면 <토끼전>·<흥부전>·<콩쥐팥쥐전>·<춘향전>·<심청전> 같은 고전소설들의 근원설화 내지는 삽입 설화들이나, 우리의 기록문학의 소재 연구로 또 하나 중시되는 것은 <지하국 대적 퇴치> 설화다. 사실 고전소설 중 상당수가 이 설화를 채용하고 있음을 볼 수 있으니, 가령 <김원전金圓傳>·<금령전金玲傳>·<최치원전>(혹은 <최충전>) 등과 같은 작품들이 그것이다. 또한 『전등신화』의 <신양동기申陽洞記>나 <홍길동전>, 중국소설의 번역소설인 <설인귀전薛仁貴傳>에도 <지하국 대적 퇴치> 설화가 사용되고 있음으로 보아 이 설화의 민간전승은 매우 오랜 역사를 가지고 있으며, 또 널리 퍼져 있었음을 알 수 있다. 실제로 이제까지 채집 보고된 것을 보면 제주·부산·동래·대구·홍성洪城·서산瑞山·춘천·정평定平 등등의 전국적인 분포를 보이고 있다. 이 중 정평에서 채집된 것은 <김원전>의 내용과 거의 비슷하고, 부산에서 채집된 것은 <최치원전>의 내용과 유사하다.[18] <김원전>의 내용은 다음과 같다.

① 공주가 괴물에게 납치당한다.
② 나라에서는 공주를 구할 용사를 구한다.
③ 용사가 등장한다.
④ 보물을 얻은 용사는 부하들과 함께 드디어 괴물의 거주지에 이른다.
⑤ 용사가 괴물을 죽이고 공주를 구출한다.
⑥ 부하들이 배반하여 용사를 동굴 속에 남겨둔 채 공주를 데리고 돌아간다.
⑦ 동굴 속에서 용의 아들을 구한 덕으로 용궁에 이르러 용왕의 딸을 아

<hr>

18) 정평 지역에서 채집된 것은 손진태, 『조선민담집』(동경, 향토문화사, 1930), p. 278 ; 부산의 것은 동씨의 『조선민족설화의 연구』(을유문화사, 1947), p. 110을 참조.

내로 얻는다.

⑧ 드디어 용사가 귀환하여 부하들을 처벌하고 다시 공주와 결혼한다.

<최치원전>은 괴물에게 납치당한 부인을 추적하여 원님 스스로가 지하국에 이르게 되고, 부인의 도움으로 사슴 가죽으로 된 열쇠 끈으로써 괴물(돼지)을 죽이고 무사히 귀향한다는 내용이다. 또한 <홍길동전>에서는 홍길동이 율도국硉島國을 세운 후, 요괴 굴에서 요괴를 퇴치하고 그 요괴에게 납치되었던 여인을 아내로 삼는다는 점에서 <홍길동전>도 부분적으로 <지하국 대적 퇴치>와 같다고 볼 수 있다. 그리고 <금령전>에서도 주인공 해룡이 머리 아홉을 가진 괴물에게 납치당한 공주를 구출한 후 결혼한다는 점이 일치된다. 이들의 여러 고전소설들이 내용에 있어서 일부 유사성을 보이는 것은 두말할 것도 없이 똑같은 소재의 원천으로서 <지하국 대적 퇴치> 설화를 사용했기 때문이다. 이 설화는 톰슨Aarne-Thompson의 'AT 301'과 매우 비슷하다. 즉 'AT 301'은 <도적맞은 세 공주*The three stolen princess*>로도 널리 알려지고 있어 명칭부터가 우리 설화와의 관련성을 짐작하게 하여 준다(우리나라의 예에서는 흔히 원님의 세 명의 딸이 납치된다). 세계적인 일반형을 보면 '3공주의 납치-영웅의 등장-초인적인 능력을 가진 세 명의 부하-밧줄을 타고 지하계에 도착-괴물 퇴치-공주들을 먼저 지상으로 올려 보냄-세 명의 부하가 영웅을 지하국에 버려둠-신령 혹은 독수리의 도움으로 영웅이 지상으로 올라옴-부하들을 처벌하고 막내공주와 결혼'하는 순서로 진행되는데, 유화類話에 따라 세부적인 차이점은 있으나, 대체적인 내용은 우리나라의 것과 별다름이 없다고 하겠다. 그런데 AT 301의 역사를 살펴보면 어떤 학자는 <베어울프>의 전반부에 나타나는 베어울프와 그레텔과의 싸움이, 실은 유럽에 널리 알려진 설화(AT 301)로부터 이루어진 것으로 추정하여, 적어도 1,000여 년의 역사를 가진 것이라고 추정한다. 분포 지역도 매우 넓어서 유럽 전역(특히 발틱해 근처의 여러 나라와 러시아)·근동·인도·

극동·북아프리카·미국·캐나다 등이 알려지고 있다. 이 중 극동에서는 중국·몽고·한국·일본 등에 고르게 분포되어 있는데, 이들은 원래 몽고의 <부론다이> 설화가 전파된 것이라고 한다.

한편 우리는 현대문학 속에서도 소재로서 설화가 사용되고 있음을 종종 본다. 가령 벽초碧初의 『임꺽정전林巨正傳』에서는 <달래고개>의 전설과 <견묘쟁주犬猫爭珠> 설화가 예화로 사용되고 있을 뿐만 아니라, 직접 작중인물의 행위로 기술되고 있는 <사신간使臣間의 수문답手問答> 설화가 사용되고 있다. 또한 박경리朴景利의 『토지土地』 제1부 제1권 114페이지에는 '인과응보담'이 채용되고 있고, 같은 책 제3권의 188페이지에는 '살생금지'에 관한 설화가 사용되고 있다.[19] 김소월金素月의 시작詩作 <접동새>는 설화적 소재가 현대시로 변모된 하나의 예일 것이다.

요컨대 이러한 제 문학 작품 속에서 설화적 소재를 찾아내는 것도 설화 연구의 한 방법이 될 수 있다. 그러나 여기서 좀 더 나아가서 어떤 작가의 작품 속에 용해된 설화의 참 의미를 캐어내며 기록문학으로 어떻게 승화하였느냐 하는 문제, 다시 바꿔 말하면 수용과 재창조의 문제를 고찰하는 것도 중요한 연구 과제가 될 것이라고 생각된다. 왜, 어떤 힘이 <지하국 대적 퇴치> 설화를 작가들로 하여금 그처럼 빈번히 작품 속에서 소재 내지는 제재로 즐겨 사용하게 하였는가? 그것은 그들이 속해 있는 사회 집단이 매우 오래 전부터 무의식적으로 간직해 오던 원형原型 archetype이란 것이 있기 때문은 아닐까? 혹은 이 설화가 가진 의미는 위에서 열거例擧한 여러 소설 외에도 또 다른 작품이나, 현대의 작품 속에까지 우리가 알지 못하는 사이에 판별하기 어려운 형태로 용해되어 나타나고 있지는 않는지? 이와 같은 문제에 이르면 우리는 설화 연구의 또 다른 새 분야인 신화비평 속으로 들어가게 된다.

---

19) 손진태, 『조선민담집』, p. 184, '포수와 노루砲手と獐' 참조.

8) 그 밖의 여러 문제

이제껏 보아온 설화 연구의 제 측면 외에도 설화학에서는 많은 과제가 제기될 수 있다. 이제 그러한 문제들 중 몇 가지를 간략하게 뭉뚱그려 덧붙이고자 한다.

① 설화의 구조

구조의 사전적 정의定義를 보면, '전체를 이루는 부분들이 서로 배열되는 양태樣態'라고 되어 있다. 그러므로 설화의 구조 연구란 설화의 각 부분이 어떤 상관관계를 지니며 전체 작품을 이루고 있는가 하는 것을 연구하는 것이라고 할 수 있다. 이 방면의 연구는 레비-스트로스Lévi-Strauss가 신화를 총체적 단위로 분석하고 그들로부터 의미를 찾아내려 하였던 데 비해서, 프로프V. Propp는 러시아 민담을 집중적으로 연구한 결과 그 민담들이 기능 체계, 선적線的 체계, 연대기적 체계에 따라 전개된다는 결론을 얻고, 이상적인 설화의 기본 삽화를 31개 항으로 표시한 구조론을 주창主唱한 바 있다.[20] 그 후 이와 같은 두 사람의 상이한 구조 분석 방법은 많은 사람들에 의하여 비판 내지는 수정이 가해졌다. 우리 학계에서도 이들의 제 연구 방법론에 따라 설화의 구조 연구에 관한 몇몇의 노작勞作이 산출되었다.[21] 하지만 이들은 아직 제한된 자료 내에서의 구조 분석이므로 앞으로 설화 전반에 걸친 본격적 연구가 기대된다고 하겠다.

---

20) Lévi-Strauss, *Mythologiques : Le cru et le cuit*(Paris, 1964) 및 V. Propp, *Morphology of the Folktale*(2nd ed., Austin, 1928) 참조. J.L. Fisher는 Lévi-Strauss의 구조를 '병립적 구조 paradigmatic structure'라 하고, Propp의 구조를 '순차적 구조syntagmatic structure'라고 불렀다.

21) 김열규, "민담과 이조소설의 구조", 『한국민속과 문학연구』, pp. 31~55 및 조동일, "민담의 미적·사회적 의미에 관한 일고찰", 『한국민속학』 3(1970. 12)을 참조.

② 화자와 기록자의 연구

기록문학에 있어서 작가에 대한 연구가 중요하듯, 설화문학 연구에 있어서도 화자story-teller에 대한 연구는 중요하다. 왜냐하면 설화를 전달하는 화자는 원작자가 아니더라도 이야기를 전달하는 과정에서 많건 적건 간에 창작력을 발휘하게 되는 까닭이다. 또한 이야기는 누구나 능숙하게 잘할 수 있는 것이 아니다. 천부적인 재능을 가진 작가가 따로 있듯이 설화 전달에는 이야기 특유의 기술이 필요하여서 이름난 이야기꾼이 따로 있는 법이다. 그리고 이야기꾼에 따라서 수십 가지의 설화 목록을 조금도 혼동하지 않고 거침없이 기억해 내는 재능을 가진 사람이 있다. 이러한 화자의 창작 행위 또는 그가 가진 설화 목록을 충분히 검토할 만한 문제가 된다. 그림 형제가 만났던 마리 할머니 또는 그 밖의 그림 설화의 주요한 화자의 연구, 혹은 러시아의 아자도프스키M. Azadowski가 이루어낸 것 같은 화자에 대한 연구는 설화 연구의 중요한 과제가 된다.

한편 그림 형제가 남긴 설화집은 원화에 충실하였다고 하나, 문학도였던 두 사람의 손에 의하여 많은 윤색이 가해졌었다는 것은 너무나 잘 알려진 사실이다. 그러므로 우리가 어떤 설화집을 검토하려 할 때 반드시 한번 검토하고 넘어가야 할 일은 기록자의 연구도 중요하다는 점이다.

③ 설화의 역사

우리나라처럼 구전설화의 문자로의 정착이 매우 빈약하다든가, 시기적으로 늦어진 경우에는 설화 역사를 더듬어 보기란 매우 어렵다. 그러나 남은 문헌이라도 철저한 검색이 이루어져야 하겠다. 가령 『삼국유사』에 대한 분류 작업이나 부분적인 연구 외에 조직적이고도 총체적인 연구가 시도된 일이나 있는가? 더구나 조선조 후기로 들어오면서 기록된 많은 문헌 설화집들에 대해서 본격적인 연구는 말할 것도 없고, 연구자를 위한 분류 작업마저도 전연 손을 못 대고 있는 형편이다.

또한 우리는, 구전에 의해서건 문헌에 의해서건, 외국 설화의 유입 과정을 조심스럽게 살펴보지 않으면 안 된다. 역대에 걸친 외민족의 침탈侵奪 또는 외국과의 교류에 의한 수많은 설화들의 수수授受가 이루어졌으리라는 것은 그다지 상상하기 어렵지 않다. 증거 인멸로 각개 설화의 유입 시기를 결정하기란 거의 불가능한 것이기는 하지만, 중국 설화집-예컨대 『태평광기』나 불경들의 한국 유입 시기를 검증하면, 그러한 외국 문헌에 실려 있는 설화들이 이 땅에 유입된 하한 연대에 대한 실마리는 어느 정도 잡힐 수 있는지도 모른다. 아울러 개화기 이후에 있어서도 서구설화의 번역 소개 상황을 추구해 가면 뻬로·안데르센·그림 설화들의 유입 역사가 분명해질 수 있을 것이다.

한편 인쇄된 설화집의 역사를 살펴, 인쇄물로 인한 설화의 전파 상황도 더듬어 보아야 한다. 설화의 전파에 관한 한 인쇄물의 영향이 지대한 까닭이다. 더구나 그 인쇄물이 교과서였다면 그 영향은 막대하다. 가령 <선녀와 나무꾼>, <삼년고개>, <할미꽃 전설> 등등이 민간에 그토록 널리 알려졌음은 교과서의 공로라 할 것이다. 심지어 <벌거벗은 임금님>, <일곱 마리의 백조> 같은 외국 동화까지 어린이 사이에 국적없이 즐겨 이야기되고 있는 것들이다. 그러므로 설화 채집 시 인쇄물의 영향 여부는 조심스럽게 찾아내지 않으면 안 된다.

④ 한국적 설화

한국 특유의 설화에는 어떠한 것들인가? 그러한 예로서 도깨비 이야기·호랑이 이야기·풍수담·인삼에 관한 이야기·과거담科擧譚·기생담 등등에 대한 집중적인 연구가 필요하다. 그 경우 이들 이야기가 한국에 많이 나타나게 된 지리적·사회적 혹은 경제적 배경이나 이들 설화의 특질 등이 파악되어져야 할 것이다.

또한 한국 설화의 특색으로 나타나는 다음과 같은 문제들에 대한 해답을 찾지 않으면 안 된다. 가령 왜 한국 설화에는 상층 계급(왕이나 양반)과 평민 계급과의 교류를 나타내는 설화가 드문가? 왜 한국 설화엔 결혼을 이야기하는 설화는 있어도 연애담은 결여되어 있는가? 왜 외국에서처럼 왕자 혹은 공주들의 로맨스가 적은가? 왜 난생설화가 많은가? 왜 기자棄子 abandonment child, 또는 동물 양육animal nurse, 승천 따위의 모티프가 많은가? 이들 한국설화의 제 특질과 타 지역 것과의 비교 연구가 행하여지지 않으면 안 된다.

그리고 한국민이 애호하는 인기 설화의 리스트도 작성해 볼 필요가 있다. 만약 어떤 설화가 다섯 또는 열로 제한시킨 리스트 안에 들었다면, 한국민이 그 설화를 사랑하게 된 원인을 탐구해 보아야 할 것이다. 아마도 이러한 연구로부터 민족 심리라든가 민족성 같은 것이 결론적으로 제시될 수 있을지도 모른다.

● 참조 원고

『고전문학을 찾아서』(문학과지성사, 1976. 8).

3. 설화의 유형 분류

1) 머리말

인간은 일상생활 속에서 끊임없이 무한한 사물 혹은 사상事象과 접하게 된다. 이 경우 인간에게는 당연히 그 복잡다단한 만상의 체계를 단순화하여 정리하려는 경향이 있다. 바로 인간의 이러한 성향에서 논리학이 비롯되었을 것으로 생각되며, 언어의 기원도 따지고 보면 사물의 구별의식에서 생긴 것으로 생각된다. 이 점은 분류가 다른 어느 학문보다도 기본으로 되고 있는 생물학이나 광물학, 혹은 도서관학 같은 분야를 생각해 보면 이해하기 쉬울 것이다. 얼핏 보아 좀처럼 구별이 쉽지 않는 자료 더미 속에서 연구자는 공통의 특징을 찾아내고 그것에 의하여 무리로 나누어 간다. 물론 각 연구자가 무엇을 공통적인 특징으로 상정想定하느냐에 따라서 분류체계는 달라질 수밖에 없다. 때문에 어느 학문 분야에서건 단일 분류안이란 존재하지 않는다. 다만 그 분류체계가 얼마나 다른 연구자들에게도 식별되기 쉬우며, 그 분류체계에 예외 즉 별종이 적게 존재하는가에 따라, 자연 그 분류안의 일반성과 보편성이 인정될 것이다.

분류란 어떤 사항을 공통점을 가진 것끼리 묶어 나가는 작업이다. 그런데 이 분류에는 어떤 단일 사항을 공통점으로 지닌 몇 개의 그룹으로 하방향으로 나누어 가는 방법과, 반대로 복수 사항에서 공통점을 지닌 것끼리 상방향으로 묶어 나가는 방법이 있을 수 있다. 앞의 경우처럼 삼각형의 구도를 갖는 것을 우리는 '구분'이라 하고, 뒤의 경우처럼 역삼각형의 구도를 갖는 것을 '유분'이라 한다. 그런데 어느 경우든 분류 작업에는 상하층의 층위가 존재하기 마련이다. 논리학적 원칙에 의한다면, 각 계층을 나누는 기준은 동일하여야 하며 상하 양 계층의 총량은 같아야 한다. 따라서 분류의 과정에서 어떤 묶음에도 배속할 수 없는 사상이 발견되었다면 그 분류안은 완전한 것이 되기는 어렵다. 그러나 우주 만상 중에는 분류의 어떤 묶음에도 속할 수 없는 사상이 분명 존재한다. 이 때문에 유일 분류안이란 있을 수 없는 것이다.

분류는 언제 왜 필요해지는 것일까? 아마도 대상을 어떤 특정 목적을 위해 이용하려 할 때 생겨나는 것이리라. 가령 모래톱을 지나며 바라보게 되는 무수한 모래알의 더미는 그저 단순한 모래들의 모임에 불과한 것이겠지만, 우리가 그것을 어떤 목적을 가지고 바라본다면 그들은 사금 조각으로 혹은 석영알로 바뀌어 보일 것이다. 세상에 널려 전하는 이야기들의 무리 즉 설화들의 떼도 그러하다. 그저 듣고 지나치는 설화의 각편은 모래알과 같은 것이지만, 수많은 설화들의 무리 중에서 특정 이야기를 끄집어내어 이용하고자 한다면 자연 그들을 무리 짓는 작업이 필요한 것이다. 이것이 설화의 정리 작업이며, 이러한 정리의 과정에는 필연적으로 분류가 수반되며, 나아가 그 수행자의 분류의식이 적용되게 마련이다. 따라서 다른 어느 학문 분야에 못지않게 설화학에 있어서 분류 작업은 중요하며, 그 첫걸음이 되는 것이라 규정할 수 있다.

주지하다시피 본격적인 설화의 연구가 시작되었던 것은 19세기 유럽에서였다. 물론 그 이전에도 설화 자체가 교훈 혹은 오락의 기능을 가진 것으로 중시되었던 일은 매우 오래 전까지 소급할 수 있겠다. 현전하는 역사시대 초기 이래의 많은 교훈서나 우화집들이 이를 잘 말해주고 있다. 그러나 설화를 인류가 남긴 문화 유산의 하나로, 그 속에서 인류의 역사·문화를 더듬고, 과거·현재·미래를 꿰뚫어 보려 했던 것은 그다지 오랜 일이 아니다. 따라서 설화의 체계적인 분류가 시작되었던 것도 근대 이후의 일이었다. 그 이전에도 백과전서나 패설잡록집에 분류에 값할 만한 것이 간혹 보이긴 하지만, 그들은 분류라기에는 너무 개괄적이거나 편의적인 것들이었다.

이 글에서는 우선 동서양의 설화 분류에 대하여 약술한 다음 우리 설화의 분류에 대한 기왕의 논의들을 들어 각각의 분류안들이 지닌 문제점들을 살펴보고, 필자 나름의 대안을 제시하는 선에서 그치기로 하겠다.

2) 설화 분류의 역사

설화 분류의 역사를 검토하여 보건대, 지금까지 수많은 분류안들이 제시된 바 있지만, 이들 중 중요한 것은 대체로 아래와 같은 몇 가지 중 어느 하나가 아닐까 생각한다. 첫째는 설화를 인습적으로 전래되어 온 '종류'에 의거하여 분류하는 방법이다. 이 분류법은 다분히 민족적인 전승범위를 벗어나면 통용될 수 없게 된다는 한계점을 지니고 있다. 가령 설화의 하위 범주로서 흔히 일컬어지는 신화·설화·민담의 3분법은 모든 지역 설화에 적용시킬 수 있는 보편적인 분류라고 할 수는 없다. 왜냐하면 지역에 따라 이들간의 구획은 매우 어렵거나 사실상 구획된 하위 분류항의 내용들 가운데 어떤 것이 전연 결여되어 있는 경우도 있기 때문이다.

두 번째는 설화를 일정한 단위에 의하여 분류하는 방법이다. 일반적으로 우리가 어떤 대상을 과학적으로 분류하기 위해 무엇보다 먼저 그것을 묶음으로 나누기 위한 기준이 필요하다. 이러한 기준을 단위라고 부를 수 있다. 물론 단위라는 것은 측정하려는 대상 및 그 층위에 따라 달라질 수 있다. 이는 마치 길이나 무게의 측정 단위가 그 대상물에 따라 달라지고 층위에 따라 달라지듯, 설화의 분류 역시 층위에 따른 단위가 설정될 수 있음을 의미한다. 이러한 설화 분류의 단위에 대한 설화 연구자들의 의견이 각양각색이어서 한마디로 말할 수 없겠으나, 가장 대표적인 것으로 '유형'과 '모티프'를 기준으로 한 분류를 들 수 있다.

　세 번째는 '구조 유형'에 따라 분류하는 방법이다. 구조란 부분들이 모여 전체를 이루는 어떤 사상에서, 그 부분들의 배열 모습을 가리키는 말이다. 어떤 사물이 원소들의 집합으로 이루어진 구조체이듯 설화도 설화소의 구조체이다. 그러므로 원자론적으로 보아 유사한 구조 유형을 지닌 물체들이 존재하듯 설화의 경우도 유사한 구조 유형을 지닌 설화들이 존재한다. 그러나, 전자와 같은 자연과학적 구조에는 원자라는 고정적인 기본 단위가 존재하지만, 후자와 같은 인문과학적 구조에는 명명키 어려운 구조 단위가 존재하기 때문에, 설화의 구조 분류의 방법 역시 연구자에 따라 달라질 수가 있는 것이다. 사실 구조주의적 설화 연구자가 있는 곳에서는 별개의 유형 분류가 제시되곤 하였다.

　어떤 의미로는 설화학 연구의 첫 페이지를 열었다고 할 수 있는 사람은 그림 형제, 특히 빌헬름 그림Wilhelm Grimm(1786~1859)이었다. 그림은 민담을 '신화의 부스러기'라고 보고, '전설은 색채가 부족하며, 무언가 이미 알려져 있는 것, 의식되어 있는 것, 하나의 물物이나 역사를 통해서 확실시되고 있는 이름과 결부되는 특성을 가진다.'(W. Grimm : *Deutche Sagen* 1, 1876, vorw. V.)고 하였으며, '민담은 이름도 장소도 또 정해진 향토도 알지 못하고, 모든 나라에 있어서 공통적이다.'(J. Grimm : *Deutche Mythologie*, 1844, p. xiv)고 한 점 등으로 미루어, 설화의 하위 종류로 신화·민담·전설 등을 구분짓고 있음을 알 수 있지만, 이는 인습적인 분류를 따른 것일 뿐, 참다운 의미의 설화 분류를 시도한 것이라 할 수는 없다. 이는 그들이 남긴 『어린이와 가정을 위한 설화』에 담긴 총 200편(멜헨 114편 외에도 동물담 24편, 소담 21편, 성도담聖徒譚 6편, 이야기 형식의 속담·수수께끼 35편)을 아무런 분류 의식 없이 수록하고 있음을 보아서도 알 수 있다.

아마도 설화 분류학상 최초로 의미있는 작업을 보여 준 것은 하안J. G. von Hahn의 글 "그리이스와 알바니아의 멜헨Griechische und albanische Märchen"(Leipzig, 1894)"이 아닐까 한다. 그는 글 속에서 그리이스와 알바니아의 설화가 독일 설화와 유사하다는 점에 착안하여 분류를 시도하였는데, 이야기들을 압축시켜, 유분 및 구분으로 재정렬하기 위한 계획을 권두에 붙였었다. 그는 이야기들을 세 부분으로 나누고, 1=가족 관계 ; 2=잡다한 주제들 ; 3=영웅과 귀령鬼靈 간의 시합으로 하였다. 이 세 부분은 다시 40개의 하위 부분으로 분류되어, 그 각각에는 가능한 한 잘 알려진 신화나, 그것을 대표하는 이야기 그룹의 주인공 이름을 붙였다. 그 후 하안의 이러한 계획은 구울드Baring Gould(1834~1924)에 의해 차용되고 수정되어, 헨더슨Henderson의『북지 민속Folklore of the Nothern Counties』초판에 부록으로 실린 바 있고, 이것은 다시 제이콥스Joseph Jacobs(1854~1956)에 의하여 수정되어 1890년 간행된 검G. L. Gomme의『민속학개론The Handbook of Folklore』에 전재되었고("Some Types Indo-European Folk-tales"), 또다시 1914년에는 버언C. S. Burne(? ~1922) 여사가 검의 저서를 증정·발간함에 따라 널리 알려지게 되었다. 하여튼 이 분류안에 대하여 당시 영국민속학회의 주 멤버였던 랄스톤W. R. S. Ralston, 너트R. Nutt, 하틀랜드E. S. Hartland, 랭A. Lang 등은 그것이 매우 불충분함을 지적한 바 있으며, 영국민속학회에서는 그 주제들을 면밀히 검토한 후 분류 이전에 이야기에 대한 완전 분석이 이루어져야 한다는 결정을 내렸다. 구울드 안案은 정확히 말한다면 분류라고 할 수 없는 것으로, 인도와 유럽의 유사설화 유형 70개를 들었던 것에 불과하다. 그러나 구울드의 리스트는 막대한 수의 전형적 설화들에 대한 특징적인 요소를 일일이 상술하였던 장점을 가지고 있어서, 수집자를 위한 안내로서는 매우 유용하였다.[1]

---

1)『인구설화의 제 유형』은 중국에서는 1914년에 이미 번역(인구민간고사형식표印歐民間故事型式表)된 후, 이것을 바탕으로 1928년에 종경문鍾敬文의 저서『중국민담형식표』가 나왔으며, 일본에서는 1927년에 오까 마사오[강정웅岡正雄]가『민속학개론』에서 번역

핀란드의 민속학자로 역사지리학파의 기반을 닦은 공로자의 한 사람인 아아르네A. Aarne는 1910년에 FFC 제3집으로 간행된 『멜헨 유형의 색인 *Verzeichnis der Märchentypen*』에서 주로 핀란드의 자료를 중심으로 다음과 같은 설화의 분류안을 제시하였다.

    1) 동물담
    2) 본격담
       ① 마술담
       ② 종교적 이야기
       ③ 현실적 이야기
       ④ 어리석은 악마
    3) 소화

아아르네의 이 유형 색인집 초판은 1927년 미국의 톰슨S. Thompson이 세계적인 자료를 보유補遺하여 새로운 타입·인덱스로 간행하였으며(FFC 74), 그는 다시 1935년에 스웨덴의 룬트에서 개최되었던 설화연구회의에서 많은 학자로부터 더 많은 자료를 추가하여 달라는 요구를 받고, 이를 받아들여 1961년 개정판을 내었는데(FFC 184),[2] 이 책의 분류안은 다음과 같이 되어 있다.

    1) 동물담
    2) 일반담
    3) 소담 및 일화
    4) 형식담
    5) 미분류담

소개한 바 있다.

2) *The Types of the Folktale : A Classification and Bibliography Antti Aarne's Verzeichnis der Märchentypen, Translated and Enlarged*, FFC 184(Helsinki : Suomalainen Tiedeakatemia, 1964).

  물론 이들 항목은 보다 상세한 하위 분류 항목으로 나뉘어 있으나, 이 책 및 그 상세한 분류안은 이미 국내에도 널리 알려진 바 있으므로 자세한 논급은 할애하기로 한다.

  한편 베젤스키A. Wesselski나 폰·시도우C. W. von Sydow는 설화를 발생적 관점에서 분류하여 단삽화담單揷譯譚과 다삽화담多揷譯譚으로 대별하였다. 특히 시도우는 설화를 산문전승Prosa-Volksdichtung, prose narrative으로 규정한 후, 이를 세분하여 단일 형식과 복합 형식으로 나누고, 후자의 특징으로써 많은 삽화로 구성되고 있으며, 짧은 이야기에 비해 수가 많으며 변화도 풍부하고, 특수한 화술과 기억력을 필요로 하며(따라서 전승자 제한), 일단 기억되었던 이야기는 자유로이 변경시킬 수가 없기 때문에 옛날의 전승형식이 비교적 왜곡되지 않고 전승된다는 점 등을 들었다. 그리고 그는 단삽화담에 속하는 우화Fabeln를 ① 동물우화, ② 동물서사시, ③ 비유우화(소담), ④ 누적담으로 세분하고, 반면 단삽화담의 민담chimerat ; Märchen은 전승자가 이를 기억하려면 높은 능력을 필요로 하는 것으로서, 그 중에는 ① 공상담(마[주]술담Zaubermärchen, 또는 기적담Schiremärchen), ② 현[사]실담, ③ 비유담, ④ 집합담, ⑤ 연쇄담이 있다고 하였다. 그리고 전설도 단삽화담과 다삽화담으로 양분할 수 있는데, 단삽화 전설은 ① 추억전설, ② 연대 기록, ③ 신앙전설, ④ 개인전설, ⑤ 발생전설로 분류하고, 다삽화 전설은 ① 가족전설, ② 영웅전설로 분류하였다. 그 밖에 허구담fiktion이란 것도 있는데, 이것은 서민의 공상으로 만들어진 시적인 것으로서, 엄밀히 말한다면 이야기라기보다 민간신앙에 가까운 것으로서, 청자를 웃길 목적으로 이야기되거나 혹은 그 밖의 다른 목적을 위하여 이야기되는 것이라고 하였다.3)

  독일의 욜레스A. Jolles도 설화의 단순형식을 논한 바 있다. 즉 그는 『단순 형식Einfache Formen』(초판 1930 ; 재판 1956)이라는 저술 속에서, 종래

---

3) *Kategorien des Prosa-Volkdichtung*(『*Selected Papers on Folklore*』, Copenhagen : Rosenkilde & Bagger, 1948).

의 문학 연구가들이 그다지 문제삼지 않던 설화의 단순형식을 논하고, 그
것은 '문학의 근저를 이루는 것'으로 예술형식과 대립되는 것이며, 전자가
유동성·일반성·반복성을 특징으로 하는 데 비하여, 후자는 고정성·특
수성·일회성이 특징이라 하였다. 나아가 그는 단순형식을 취하는 장르로
서 종교적 전설·사가saga(북구 전쟁영웅담)·신화·수수께끼·격언·실
사實事·회고담·멜헨·소담笑譚 따위를 예거하였다. 욜레스는 작고하기
직전 이들 9개 형식 외에 제10의 형식으로 우화를 추가한 바 있다.4)

그 밖에 크래프A. H. Krappe는 설화를 지방전설local legend, 이동전설
migratory legend, 사전史傳 prose saga, 민담fairy tale, 소담merry tale, 동물담
animal tale, 신화myth로 분류하였고,5) 보그스R. Boggs는 민간 설화folk
narrative, folk fiction를 교훈과 오락을 목적으로 만들어진 이야기라 규정하
고, 이를 ① 우화 및 교훈담fables and exempla, ② 신이담fairy tales, ③ 소담
jocular tales, ④ 노벨novelles, ⑤ 동화nusery tales로 분류하였다.

이쯤에서 구조주의자들의 주장을 잠깐 살펴보기로 하자. 구조주의자들
은 궁극적으로 설화는 동일 구조로 되어 있으나, 그 구체적인 실현에 있
어서는 다양한 형식으로 나타나고 있다는 점에 대하여 동일한 생각들을
갖고 있다. 이러한 면에서 프로프나 레비-스트로스, 그레마스, 멜레친스
키, 던데스, 마란다 들이 매우 유사하다.

프로프의 이론은 기왕의 설화 분류에 대한 비판적 태도로부터 시작되
고 있다. 즉 그는 우선 설화를 신이담·일반담·동물담으로 분류한 밀러
V. F. Miller류의 3분법이나, 분트W. Wundt의 7분법의 경우(『민족심리民族心
理』)처럼, 설화의 하위 장르를 기초로 한 분류법은, 각 영역의 중복으로
인해 애매모호해진다고 비판하고, 볼코프R. M. Volkov나 아아르네의 경우
처럼 테마에 의한 설화의 분류도, 테마 간을 분별해 내는 명확한 객관적

---

4) A. Jolles, *Einfache Formen : Legende, Sage, Mythe, Rätsel, Spruch, Kasus, Memorabile,*
　Märchen, Witz(1930 ; Halle, 1956 ; Tübingen : Max Niemeyer, 1974).

5) *The Science of Folklore*(New York : W. W. Norton & Co., 1964).

원리 규준이 결코 용이하지 않을 뿐만 아니라, 여러 이본들을 모으는 작업 역시 쉽지 않음을 들어 반대하였다. 가령 종래의 모티프에 따른 구분법에 의하면, 동일한 행동일지라도 그 주인공이 사람이냐 동물이냐에 따라 별개의 양식으로 분류하였던 것이다. 프로프는 이야기 자료를 분석한 결과, 설화에 있어서 수많은 인물들이 현저히 적은 수효의 기능에 대비되어 있다는 가설에 이르게 되었다. 그에 의하면, 설화(특히 신이담)는 다양한 형태 속에 인용된 기능들이 규칙적으로 이어짐으로써 생기는 이야기로서, 그것은 형태학적 입장에서 보면, 가해 혹은 결여로부터 시작하여, 몇 개의 중간 기능을 거쳐, 결혼이나 결말로써 사용되는 기타의 기능(포상, 획득, 혹은 일반적으로 결여의 해소, 추적으로부터의 구조 등)으로 끝나는 전개 양상을 지닌다. 한 편의 이야기는 예비적 기능에 이어 악행으로부터 시작되어 결혼에 이르게 되는데, 그 사이에 사슬처럼 연쇄되는 총 기능의 수효는 31개이다. 그러나 이 모든 기능이 설화 속에 반드시 나타나는 것은 아니며, 원칙적으로 하나의 기능은 다음의 기능을 야기시킨다. 그리고 설화에는 7개의 배역을 지닌 인물들이 등장하여 도식을 따르게 된다.[6]

　프로프의 방법론을 계승한 미국의 던데스A. Dundes는 프로프가 사용한 '기능'이란 용어 대신 언어학자인 파이크Pike가 사용했던 '모티프소素'란 용어를 차용하였다. 그는 어떤 특정 모티프소의 컨텍스트에 나타나는 모티프를 이異모티프allo-motif라 하고, 이모티프소와 모티프소에 대한 관계는 이음異音과 음소, 혹은 이형태와 형태소의 관계로 비정比定한 다음, 모티프소는 구조적 연쇄를 나타내지만 모티프는 그렇지 않다고 하였다. 그러므로 그는 모티프의 패턴화가 연구 대상이 아니라 모티프소의 패턴화가 연구 대상이라 하고, 구조적 '에믹emic'인 관점에서 보면, 비상히 많은 '에틱

---

6) V. Propp, *Morfologia Skazki*(1928 ; 재판 1968) ; *The Morphology of the Folktale*(1958 ; revised edition, Indiana, Bllomington : The American Folklore Society and Indiana University, 1968).

etic'적인 모티프들은 하나로 정리될 수 있는 것으로 보았다. 결론적으로 그는 설화의 유형을 ① 중핵적인 두 개 모티프소의 연속(결핍 → 결핍 해소), ② 4개의 모티프소의 연쇄(금지 → 위반 → 결과 → 탈출 시도), ③ 4개의 모티프소로 이루어지는 또 다른 연쇄(결핍 → 기만欺瞞 → 기만당함 → 결핍 해소) 등으로 나누었다.

이상에서도 알 수 있는 바와 같이 일세를 풍미하였던 구조주의적 설화 연구는 당시까지의 연구자들이 미처 깨닫지 못하였던 경이로운 결과를 보여준 것은 사실이었지만, 그 분석 혹은 분류가 너무나 도식적인 것에만 치중한 나머지, 실제의 자료에는 희미하게 되어 있거나 혹은 명백히 누락된 요소들까지도 임의로 보충하여 공식화하였다. 더구나 그들은 구조 분석에만 온통 신경을 쓴 나머지 의미 따위에는 그다지 관심이 없어 보인다. 따라서 내용을 떠난 구조란 껍데기에 지나지 않는다는 그들에 대한 비난을 면할 도리가 없는 것이다.

지금까지 약술하였던 설화 분류에 대한 제가의 설은 각각 관점에 따라 상이하게 주창되었음을 알 수 있다. 이것은 각 연구자의 전공 지역에 따른 자료의 제한이라든가 전통적 분류법에 힘입지 않을 수 없었기 때문이겠다. 설화를 인습적으로 전래되어 온 '종류'에 의거하여 분류하는 방법은 그 적용범위가 너무 한정적일 수밖에 없으므로 보편타당성이 결여되기 쉽다. 또한 설화를 분류 층위에 따른 기본 단위로써 분류하는 방법은 단위 추출에 명증성明證性이 없다는 난점을 안고 있다. 반면 구조 유형에 의한 분류법은 구조 설정이 너무나 주관적이라는 폄貶이 있다. 하지만 이러한 단점에도 불구하고 설화의 분류는 이러한 방법 중 하나를 택할 수밖에 없는 것이 아닌가 하며, 유일무이한 단일안은 있을 수 없다는 것이다. 다만, 주의할 점은 일반적인 장르 분류가 그러하듯, 설화 분류시에도 될 수 있으면 세계적 일반보편성과 특수지역성을 고려하는 것이 최선의 방법일 것이다.

3) 동양 및 국내의 설화 분류사

인도나 중국의 경우에서도 알 수 있는 바와 같이 동양에서의 이야기 수집의 역사는 매우 오래되었다. 따라서 수집된 자료들의 체계적인 분류도 매우 오래 전부터 행해져 왔다. 물론 그들 대다수는 정통의 설화뿐만 아니라 잡록패설류까지도 아우르는 폭넓은 것이었다. 따라서 그 분류 모습도 설화의 양식적 분류를 뜻하기보다 일종의 '유서類書' 형태를 띠고 간행된 것들이었다. 예컨대 『열녀전列女傳』이나 『수신기搜神記』, 혹은 훨씬 후대의 『태평광기』들이 모두 그러하다. 이 중 전 20권으로 이루어진 『수신기』의 경우 분류 항목은 보이지 않지만, 각 권의 구성 내용이 어느 정도 이야기의 종류대로 모아져 있음으로 보아, 명확한 분류 의식이 있었음을 헤아릴 수가 있다. 한편 전한前漢의 유향劉向(B.C. 77~B.C. 6)이 편찬했다는 『고열녀전古列女傳』을 명나라 때 해진解縉이 증편增編했다는 『고금열녀전古今列女傳』에는 모두 7개의 분류 항목(① 모의母儀 / ② 현명賢明 / ③ 인지仁智 / ④ 정순貞順 / ⑤ 절의節義 / ⑥ 변통辯通 / ⑦ 얼폐孼嬖)이 보이는데, 이 책은 태종 4년(명明 영락永樂 1년, 1404)에 수입된 바 있다. 아마도 동서의 분류 항목은 후대의 유서들의 선범先範이 되었을 듯하다. 이 밖에도 설화의 분류 의식을 보여주는 예들로서 당나라 때의 『유양잡조酉陽雜俎』나 송나라 때의 『세설신어世說新語』 같은 것이 있으나, 논급은 할애하기로 한다.[7]

유서 분류의 가장 굉대宏大하고, 후대 분류 의식에도 상당한 영향을 미쳤을 것으로 추정되는 문헌은 『태평광기』가 아닐 수 없다. 이 책의 정확한 국내 수입 연대를 알 수는 없지만, 고려 때 황문통黃文通이 찬撰한 〈윤포묘지명尹誧墓誌銘〉(1154)에 나타나는 내용으로 미루어 12세기 초엽에는 이 땅의 일부 식자층 사이에서 애독되었음이 분명하다.[8] 이 책 역시 패설

---

7) 조희웅, 『조선후기 문헌설화의 연구』(형설출판사, 1980), pp. 56~57 참조.

잡록의 유서로서 조선조에 들어서도 널리 읽혀지다가, 세조 8년(1462)에
는 마침내 성임成任(1421~1484)에 의하여 원전 500권이 50권으로 요약
편집되었다. 분량에 있어서 1 / 10로 줄어들었지만, 분류 항목은 거의 그
대로 유지되었는데, 역시 이것은 후일 분류안들에 참고가 되므로 다음에
인용하기로 한다(괄호 안의 숫자는 『태평광기』 권책의 순번임).

[상上]

신선神仙 (1~5)	여선女仙 (6~7)	도술道術	방사方士 (7)
이인異人 (7~8)	이인異人 2	이승異僧	석증釋證
보응報應 (8)	보응報應 (9)	징응懲應 (9~10)	수定數 (10~11)
감응感應	식응識應	명현名賢	풍간諷諫
염검廉儉	인색吝嗇	기의氣義	지인知人
정찰精察 (12)	준변俊辯	유민幼敏	기량器量
공거貢擧	직관職官	권행權倖	장수將帥
잡휼지雜譎智	효용驍勇 (13)	호협豪俠 (14)	박물博物
문장文章	무신유문武臣有文	호상好尙	고일高逸
악樂 (15)	서書	화畵	산술算術
복서卜筮	의醫	이질異疾	상相
기교伎巧 (16)	절예絶藝	박희博戲	기완器玩 (17)
주酒	교우交友	사치奢侈	궤사詭詐 (18)
첨녕詔佞	유오謬誤	유망遺忘	치생治生 (19)
탐貪	편급褊急	회해詼諧	조초嘲誚 (20)
치비嗤鄙	무뢰無賴 (21)	경박輕薄	혹포酷暴
열녀烈女	현부賢婦	재부才婦 (22)	미부美婦
투부妬婦	기녀妓女	정감情感 (23)	동복童僕
몽夢	몽귀신夢鬼神 (24)	몽유夢遊	무巫
환술幻術 (25)			

<hr>

8) 又於大金皇統六年(1146) 撰太平廣記撮要詩一百首 隨表進呈 上敎遣知奏使崔惟淸奬諭曰
卿年高聰明 藻思如新 嘉歎不忘(『조선금석총람朝鮮金石總覽』, 조선총독부, 1987).

[하下]

요망妖妄 (26)	신神 (26~28)	음사淫祠 (29)	귀鬼 (29~31)
야차夜叉	신혼神魂	요괴妖怪 (32)	정괴情怪
흉기凶器	화火	영이靈異	재생再生 (33)
총묘塚墓	명기銘記	뇌雷	우雨
석石	파사坡沙	수水	보寶
기물奇物	이목異木	초草 (34)	목화木花
과菓	향약香藥	복이服餌	목괴木怪
화훼괴花卉怪	약괴藥怪 (35)	용龍	교교蛟蛟 (36)
호虎 (37)	우牛	마馬	견犬
시豕	서鼠	서랑鼠狼 (38)	사자獅子
상象	잡수雜獸	낭狼	웅熊
이狸	주麈 (39)	원원猿 (39~40)	성성猩猩 (40)
호호狐 (40~42)	사蛇	학鶴	앵무鸚鵡
응鷹	골鶻	공작孔雀	연燕
자고鷓鴣	작鵲	계鷄	안鴈
작爵	오烏	잡금雜禽 (42)	수족水族 (43)
곤충昆蟲 (43~44)	만이蠻夷 (45)	잡전雜傳 (45~48)	잡록雜錄 (49~50)

한편 성임은 『태평광기상절太平廣記詳節』을 간행한 데 이어 1492년 경에는 『태평광기』를 본받아 국내외의 고금 이문異聞들을 편집하여 『태평통재太平通載』 100권을 간행한 바 있다.9) 이 책의 전편은 이미 산일散佚되어 전하지 않으나 잔본殘本을 통하여 그 분류 항목(권7, 도술道術 ; 권8 방사方士 / 이경異境 ; 권9 이인異人 1 ; 권28 준변俊辯 ; 권29 유민幼民 / 기량器量 ; 권65 귀鬼 3 ; 권66 귀 4 ; 권67 귀 5)은 앞의 『태평광기상절』을 본딴 것임을 알 수 있다.10)

---

9) "嘗倣太平廣記 編輯古今異聞 名曰 太平通載 行于世"(『성종실록』 권169, 15년 갑진 8월 갑술조).

10) 이내종李來宗, "선초필기鮮初筆記의 전개 양상에 관한 연구", 박사학위논문(고려대, 1997. 8) 참조. *항목 이름 다음의 숫자는 원서의 편목 순번을 가리키는 것임.

　『태평광기』류의 분류 의식이 우리의 문헌설화집에 적용된 것들로 조선 조 후기의 이우준李遇駿(1801~1867)의 『몽유야담夢遊野談』과 이원명李源命 (1807~1887)의 『동야휘집東野彙輯』(1869)이 있다. 아래는 후자의 분류 항 목이다.

권수	부部	유類
1	은수恩數	과증科證
	유현儒賢	도학 현재道學賢才
	장상將相	현상賢相……도량광보度量匡輔 / 준정청충峻正淸忠 / 훈업명 망勳業名望
		천장天將
		명장名將……충렬忠烈 / 공업功業 / 의기義氣 / ?(항목명 누락) / 지략智略
2	절의節義	충절忠節 / 효행孝行 / 정렬貞烈 / 충의忠義
	기예技藝	문장文章 / 서화書畫 / 금기琴碁
3	방술方術	천문天文 / 지리地理 / 의약醫藥 / 복서卜筮
	도류道流	선술仙術 / 도인道人 / 방사方士 / 좌도左道 / 승도僧道
4	성행性行	은륜隱淪 / 도회韜晦 / 감식鑑識 / 재지才智 / 용력勇力 / 기개氣槩 / 권귀權貴 / 풍류風流 / 부요富饒 / 유개流丐 / 구도寇盜
5	인사人事	적선積善 / 시의施義 / 수은酬恩 / 보원報怨 / 권술權術 / 회해詼諧 / 감화感化 / 경계警戒
6	부녀婦女	덕행德行 / 기혼奇婚 / 가연佳緣 / 이적異蹟 / 지식智識 / 재혜才慧 / 투한妬悍 / 구한仇恨 / 기우奇遇 / 지조志操 / 정의情義 / 재기才技 / 명창名唱
7	잡지雜識	창화唱和 / 이합離合 / 궁통窮通 / 유람遊覽 / 기적奇蹟 / 재능才能 / 횡재橫財 / 식화殖貨 / 보복報復 / 기의氣義
8	술이述異	영이靈異 / 신기神奇 / 무축巫祝 / 명우冥遇 / 사마邪魔 / 유괴幽怪 / 이배異配 / 물감物感 / 보주報主 / 성력誠力 / 음덕陰德
	습유拾遺	상업相業 / 직간直諫 / 풍정風情 / 규풍規諷 / 괴사怪事 / 경오警悟 / 선적仙蹟 / 청복淸福 / 환몽幻夢

　　이상의 분류 항목은 대항목 13부部에 소항목 84류類에 달하고 있다. 그러나 위에서도 짐작할 수 있는 바와 같이 이 분류의 최대 난점은 각 층위 간 혹은 동일 층위 간에 분류 기준이 모호하다는 것이다. 따라서 이 분류 항목들 사이에는 중첩현상이 두드러져 보인다.11)

　　이 밖에 『어우야담於于野談』의 이본 중에도 분류 항목이 보이는 것이 있으나, 동 분류는 원본에 있었던 것이 아니라 1940년 무렵에 원전을 재편하는 과정에서 편입된 것이므로, 더 이상의 논급은 생략하기로 한다.12)

　　다음 근대 이후에 설화 분류에 대한 업적 중 대표적인 것으로는 최남선과 손진태의 것을 들 수 있지 않을까 한다. 먼저 최남선의 분류안을 들어 보기로 한다.

　　　1) 인문 신화人文神話(건국 신화)
　　　　　① 신혼神婚, ② 인혼人婚, ③ 영웅, ④ 타계, ⑤ 지모地母
　　　2) 민간 설화
　　　　　① 물형物形설명 설화, ② 사물 기원 설화, ③ 명장名匠 설화, ④ 신조神助 설화, ⑤ 물화物化 설화, ⑥ 신통력 설화, ⑦ 호소湖沼 전설, ⑧ 주력呪力 혹은 위령威靈 전설, ⑨ 인과보응因果報應 전설, ⑩ 지명기원 설화(특히 사원연기적寺院緣起的 지명설화)
　　　3) 애국 설화
　　　4) 민속적·국제적 전승 설화13)

　　이상의 분류는 육당이 『삼국유사』의 해제 속에서 제시한 것이기 때문에, 자연 그 분류 대상도 『삼국유사』라는 단일 문헌에 수록되어 있는 제

---

11) 『동야휘집』의 설화 분류에 대한 좀 더 자세한 논구論究는 조희웅, 앞의 책, pp. 58~62를 참조할 것.
12) 이 책은 1941년 유제한柳濟漢에 의한 유취본類聚本으로서, 이 책 발문跋文에 "외람함을 무릅쓰고 보는 사람의 편이를 위하여 부문별로 유취 정리하여 5권으로 편성하였다."고 하고 있다.
13) 최남선崔南善 편, 『삼국유사』의 초간본이 아닌 1946년 민중서관 간 『증보增補 삼국유사』, pp. 36~41을 참조.

한적인 자료들에 그치고 있어서 이 역시 각 항목들 간의 필연적 차별성을 찾을 수 없다. 따라서 이 분류를 다른 여타의 수많은 자료에 그대로 적용시킬 수 없음은 당연하다. 손진태의 분류는 『조선민담집』(1930)의 것을 참조할 수 있는데, 그 내용으로 미루어, 표제의 '민담'이란 곧 신화·전설·민담을 아우르는 광의의 개념 곧 '설화'를 지칭한 것임을 알 수 있다. 동서의 설화 분류는 ① 신화·전설류, ② 민속·신앙에 관한 설화, ③ 우화·돈지頓智설화·소화, ④ 기타의 민담으로 크게 나누고 있는 바, 이는 학술적인 분류안이라기보다는 자료집의 편찬을 위한 편의적인 장절章節 구획에 불과한 것이다. 그는 우리나라 최초의 설화 전문 연구서라고 할 수 있는 『조선민족설화의 연구』(1947)에서도, 그 서설序說의 첫머리에서 "민족설화라는 것은 한 민족 사이에서 설화되는 신화·전설·고담古談·동화·우화·소화·잡설 등의 총칭"이라고 정의하였을 뿐, 한국설화의 분류안은 제시하고 있지 않다.

4) 설화 분류의 대안

　위에서 살펴본 바와 같이 이제까지의 설화 분류는 대체로 두 가지의 고정된 틀 속에서 이루어져 왔음을 알 수 있다. 그 하나는 설화 자료의 총체를 예상하고 분류를 시도했던 것이 아니라, 각각의 문헌 편찬자가 자신이 대상으로 한 자료들만을 분류하려 한 다분히 편의적인 것이었다는 점이고, 또 다른 하나는 실정에 맞지 않는 기왕의 통상적인 분류법에 너무 의존하여 왔다는 점이다. 그런 때문에 어떤 새로운 자료를 기왕의 분류안에 편입시켜 보려 할 때에는 으레 차착差錯이 생기기 쉬웠던 것이다.

　근대 이후에 시도되었던 우리의 설화 분류들은 일반적으로 3분법(신화·민담·전설) 내지 4분법에 의거하였다. 물론 설화라는 용어가 광의로 사용되었는가 협의로 사용되었는가, 혹은 전설의 예처럼 그것이 본래적인 의미의 전설을 의미하는 것인가 아니면 민담을 의미하는 것인가 등등 많은 용어의 혼란은 있었지만, 국내외적으로 3분법설이 대체로 통용되었다. 상술한 최남선이나 손진태 같은 초기의 설화 연구가들도 그 기본적인 분류의식은 3분법에서 그다지 벗어나고 있지 않으며, 그 이후의 학자들의 분류안 역시 기본적으로는 동궤同軌를 취하였다고 볼 수 있다. 가령, 설화 분야를 국문학 연구의 주요 갈래로 인정하였던 이능우의『입문을 위한 국문학개론』(1954)에서는 설화를 신화·전설·민담으로 나누어 약술하였으며, 가람의『국문학개론』(1961)에서도 설화를 성질상으로 분류하여 신화·전설·동화·설화로 4분하고 있음을 볼 수 있다. 한편 손진태의 뒤를 이은 설화 연구가 장덕순도 문헌설화 분류 관계 논문들이나『국문학통론』(1960)·『한국설화문학연구』(1970)·『한국문학사』(1975) 등에서 신화·전설·민간설화(민담)의 3분법설을 고수하였다. 그 밖에 비교적 근자에 이루어진 최인학·조동일 등의 설화 분류안을 거론함 직하나, 널리 알려진 것이고 누구나 쉽게 참고할 수 있겠으므로 여기에서는 번잡함을 피하여 할애하기로 하겠다.

　설화 분류학상 3분법설이 절대적인 것은 아니었다 하더라도, 설화학의 기초를 놓았고, 또 계속 전범典範을 보이었던 영·독·불에서의 사정도 그다지 차이가 있어 보이지는 않는다. 즉 설화의 3분법이 보편타당한 것이라고 할 수는 없지만, 상당히 일반적인 것으로서 용인되어 왔음은 사실이다. 그러나 이 같은 통념을 재고해 보아야 할 계제에 이르렀다. 왜냐하면 단도직입적으로 말하여 설화의 실제 자료들은 3분되지 않기 때문이다. 현지 조사 보고자들에 의하면 북미 인디언 설화의 대부분은 신화와 전설뿐이며(A. Hultkranz), 뉴기니아 북부 카이족 같은 경우는 신화와 전설을 포괄한 전설만 존재한다(Ch. Keysser)고 한다. 이처럼 설화의 종류나 분포는 지역적으로 편재되어 있는 것이다. 이에 비한다면 우리의 경우는 엄밀히 말하여 전설과 민담뿐이다. 뿐만 아니라 특정 설화 유형이 신화·전설·민담의 어느 것에 속하는 것일까에 대하여서도 정설이 없는 경우가 많다. 과거 동일 설화를 놓고 연구자에 따라 문헌에 따라 분류 명칭의 혼동이 적지 않았던 점은 이 점을 뒷받침해 주는 것이라 할 수 있다.

그러면, 한국설화 분류의 전제조건으로서 고려되어야 할 사항은 무엇인가를 생각하여 보기로 하자. 첫째, 분류 및 인덱스는 한국 설화의 특성을 충분히 고려한 독자적인 것이어야 할 것이다. 둘째, 주분류 항목은 기억에 곤란할 정도로 세분되어서는 안 된다. 예컨대 다섯 이상이 되어서는 곤란하다. 주분류의 하위 분류인 종분류從分類(2차적 분류 이하)의 수도 될 수 있으면 간단한 것이 좋다. 그리고 주분류이든 종분류이든 그 안에 다수의 동종同種의 설화를 내포시킬 수 있는 분류 항목이 아니면 곤란하다. 다시 말하면, 하나의 분류 항목 속에 극히 소수의 유형밖에 배속시킬 수 없다면 그 분류 항목은 무의미한 것이다. 셋째, 구전설화와 문헌설화를 다 같이 고려해야 할 것이다. 흔히 설화의 분류와 인덱스에는 이 양자 중 어느 하나에 전적으로 치우치는 감이 있다. 현전 문헌설화 중 대부분이 어느 시기까지 구전되다가 문자로 정착된 것임을 감안하거나, 또는 현재 구전되는 설화 중 상당수가 문헌설화의 영향을 받은 것임을 추량한다면 이것은 자명한 일이 아닐 수 없다. 넷째, 신화・전설・일화・야담의 처리도 충분히 고려해야 할 것이다. 이제까지의 분류안에서는 문헌설화나 구전설화, 무속 신화巫俗神話 같은 것에 대해서 다소 소홀한 감이 있었다. 또한 민담화한 전설이나 전국적인 분포를 보이고 있는 전설 따위를 제외한다면, 설화를 분류할 때 전설 전반에 대한 검토가 별로 없었던 것 같다. 일화나 야담도 전설의 경우와 똑같이 말할 수 있다. 요컨대 민중 속에서 오랜 세월 동안 전해 내려온 이들 여러 설화적 작품들을, 민담에 못지 않게, 설화 분류 혹은 인덱스 작성시에 고려하지 않으면 안 되겠다.

이러한 여러 문제점들을 충분히 감안한 결과 설화는 제1차적으로 동(식)물담・신이담・소담・일반담・형식담의 5개 항목으로 나눌 수 있다고 본다. 그 근거로는 우선 설화 속에 등장하는 등장인물에 주목하였을 때, 설화에는 동식물(간혹 사물 포함)이든가, 아니면 인간・신 들이 주인

공으로 나타나게 마련이다. 이 중 동식물이 주인공인 이야기를 동식물담
이라고 할 수 있다. 그런데 주의하여야 할 것은 이들 이야기 속에 등장하
는 동식물들은 어디까지나 의인화되어 있어야 하고 동식물들이 중심 인
물로서 활약하여야 한다는 점이다. 다시 말하여 이야기 속에 등장하는 동
식물들이 주동적 역할을 하는 대신 다만 소도구로서의 보조적 역할을 하
는 경우라면 이를 동식물담이라고 규정할 수 없다는 것이다. 동식물담은
어디까지나 인간에 대비되는 동식물들의 이야기인 것이다. 그리고 동식물
담이라는 명칭은 간편함을 위하여 '동물담'이란 약어를 사용하는 것이 좋
다고 생각한다.

　설화 중 동물담을 제하고 남게 되는 것은 신 및 인간들의 이야기이다.
이 중 우선 신이 주인공인 경우는 신이담으로 규정할 수 있다. 그리고 인
간이 주동적 역할을 하는 이야기 속에서 그 나타나는 행위나 사건이 초
인적인 성격을 띤다면 이 역시 신이담에 속하는 것이다. 따라서 '인간
↔ 동물'의 둔갑담이나 변신담, 현실적 동물이 아닌 상상적 동물들의 이
야기는 신이담이다. 그리고 동물의 보은담은 인간 중심의 이야기에 동물
이 보조적 인물로 일시 등장하며, 또 그 성격도 신이성에 중점을 두었다
는 점에서 신이담이다. 또한 <효감호孝感虎>의 경우처럼 동물이 약간 중
요한 역할을 하기는 하더라도 그것은 어디까지나 주인공인 인간의 보조
적인 역할을 하는 것에 불과한 경우이므로 신이담으로 처리하여도 별무
리가 없다.

　이제 마지막으로 남게 되는 것은 현실적인 인간들의 이야기이다. 물론
현실적이라고 하지만 그 중에는 인간이 극히 과장되어 표현되는 경우가
매우 많다. 그리고 이러한 과장 속에서는 신이성이 확실히 배제되고 있
다. 이제 문제되는 것은 인간을 둘러싼 이야기에도 그 성향이 양극화하는
경향이 있어, 하나는 쾌락적인 면으로 다른 하나는 교훈적인 면으로 흘러
간다는 점이다. 전자를 '소담', 후자는 일단 '일반담'으로 규정하고자 한
다. 그러나 설화 분류의 가장 난점이 바로 이 양자의 구별에서 생기게 되

는데, 그것은 이야기에 따라서 이 양자의 성질을 겸한 경우가 적지 않기 때문이다. 즉 화자가 설화로써 재미를 노리는 동시에 교훈성의 강조를 의도한다면, 그 자료는 소담과 일반담의 통합적 성질을 띠게 되는 것이다. 그러나 특정 설화의 분류시 양자의 구분이 전연 불가능한 것은 아니라고 본다. 교훈성과 흥미성의 어느 것이 보다 두드러지느냐에 의하여 양자의 구분이 판별될 수 있는 것이다.

끝으로 모든 이야기 중에는 유별나게 그 내용보다는 형식formula이 뚜렷하게 나타나는 일군의 이야기들이 있다. 등장인물로 보면 동물담이나 신이담 혹은 일반담이 될 수도 있고, 성질로 보면 소담이나 일반담일 수가 있지만, 궁극적으로 이 일군의 이야기는 반복되는 형식의 묘미에 치중한다는 점에서 다른 모든 이야기들과 구별지워 볼 수가 있다. 이들 특이한 형식을 지닌 이야기들을 형식담이라고 한다. 물론 형식담이 내용보다는 형식에 치중하는 이야기라고 하여, 형식담에서 내용이 전혀 무시된다거나 소홀히 여겨진다는 뜻은 절대로 아니다. 왜냐하면 그것은 기본적인 형식(틀)을 따라서 내용이 진전되기 때문이다. 특히 형식담의 한 종류인 누적담과 같은 이야기에서는 형식 못지않게 내용도 중시된다. 좀 더 근원적으로 살펴본다면, 설화란 것 자체가 '이야기'를 뜻하므로, 의미 없는 설화란 있을 수 없는 것이다.

5) 결어

위에서 필자는 지금까지의 국내외의 설화 분류들에 대하여 역사적으로 살펴본 다음, 그간 대표적인 통설로 여겨져 왔던 신화·전설·민담의 3분법에 대신하여, 동물담·신이담·소담·일반담·형식담의 5분법설을 제시해 보았다. 물론 이 대안이 완벽한 것이라고 주장할 생각은 전혀 없다. 솔직히 말하여 이 세상에 완벽한 분류란 있을 수 없기 때문이다. 어떤 특정 분류안이 보편타당성을 얻기 위해서는 무엇보다도 합리적인 논거 제시 및 대안이 필요하겠는데, 이 점에 대하여 필자는 어느 정도 공감이 있을 것으로 생각한다. 물론 위의 분류안이 필자로서는 새삼스런 것은 아니며, 그 기본 틀은 이미 전고前稿를 통하여 누차 재천명된 바 있었다.14) 다만 이 글에서는 본서 편찬 의도에 따라 내 주장보다 기왕의 분류안 소개에 중점을 두어 기술하였다. 그러나 여러 가지 사정에 의하여 너무 소략하였음을 스스로 부끄러워 하지 않을 수 없다.

● **참조 원고**

『황패강선생고희기념논총黃浿江先生古稀紀念論叢 I : 설화문학연구(상) · 총론』(단국대학교출판부, 1998. 2).

---

14) 『고전문학을 찾아서』(문학과지성사, 1976), p. 338, "설화분류의 5분법" ; 『한국설화의 유형적 연구』(한국연구원, 1983), p. 21ff. ; 『설화학강요』(새문사, 1989), p. 43, "분류" 등 참조.

4. 설화 교육론

　일반적으로 대학에서의 '설화'에 대한 강의는 '구비문학' 강의의 일부로써 이루어지고 있는 형편이므로, 구비문학 교육에 대한 이야기부터 시작해보려 한다. 대략적으로 말하여 구비문학 연구의 시작은 1920년대 내지는 1930년대 초부터였다고 생각한다. 그러나 당시의 연구들은 아직 문화 현상 혹은 민속으로서의 연구였지 문학으로서의 연구와는 거리가 멀었다. 하지만 그 이후 해방이 되기까지에 기록문학의 소재로서의 구비문학 연구가 이따금 이루어졌으니, 가령 육당이나 도남선생 들의 노작이 그러한 예들일 것이다. 물론 이러한 연구들은 아직 개인적인 연구 차원을 넘지 못했고, 이들을 수용·발전시킬 고등교육기관도 미미하였다. 따라서 '구비문학' 내지는 '설화학'이라는 신흥 학문의 성립은 훨씬 후대에 이루어졌으므로 더 논할 필요조차 없겠다.

　이 땅에서 본격적인 구비문학 연구와 강의가 시작된 것은 1960년대 초 무렵일 것으로 생각해도 별 무리는 없을 것인데, 이때부터 명칭은 여하간에 '구비문학'의 유관 강의와 아울러 현지조사가 행해지기 시작하였다. 설화·민요·판소리·탈춤들의 대한 관심은 곧바로 새로운 자료의 발굴 및 이론 정립으로 이어졌고, 더 나아가 일부 대학에서는 독립 학과목으로서 교수되기도 하였다. 그러나 상당히 오랜 기간 동안 구비문학의 각 장르들을 아우를 통합 개념이 채 확립되지 않은 채 연구와 교육이 진행되던 형편이었으므로, 구비문학 전반의 적당한 교재는 물론 어떻게 가르치는가 하는 문제에 대하여는 각 강의 담당자 임의로 수행되었다. 1970년대에 들어 개설 교재가 마련된 데 이어 각 대학에서의 구비문학 강좌가 속속 개설됨에 따라 형편은 일신되었다. 짧은 시일 안에 구비문학은 고전시가·고전소설·한문학 연구에 병행하는 위치를 점하게 되었고, '구비문학개론' 혹은 이와 유사한 학과목은 '국문학사'나 '국문학개설'에 뒤이은 국문학과의 주요 설강 과목으로 자리잡게 되었다. 이에 따라 학위논문 분야로서의 독립성까지도 인정받게 되었으나, 아직 대학 교원의 신규 채용시 제시되는 필요 전공분야로까지 이르렀다고 볼 수는 없다.

　구비문학에 대한 관심을 더욱 고조시키고, 구비문학을 명실 공히 국문학 연구의 제3의 기둥으로 정립시키기 위해서는 무엇보다 구비문학의 교육 문제가 중요하지 않을 수 없다. 학문 연구란 문자 그대로 단순히 자기 혼자만의 연구에서 끝날 것이 아니라, 그 연구 결과가 논저를 통하여 타인에게도 알려지고 공인되어야 한다. 이러한 절차에 의하여 이론이나 주장이 충분히 검증된 후에 비로소 강단에서의 강의가 허용될 수 있는 것이다. 그런데 강단에서의 교육은 '무엇을 가르치는가?' 하는 것 즉 내용도 물론 중요하지만, 그에 못지않게 '어떻게 가르칠 것인가?'가 매우 중요하다. 사실 이 두 가지는 동전의 양면처럼 실제로 불가분의 것이다. 하지만 금번 논의 중점을 교육 내용보다 교육 방법에 치중하자는 명제命題가 있었으므로 여기에서도 후자를 중심으로 하되, 경우에 따라서는 내용 면에 대한 언급도 할 작정이다.

　설화론은 구비문학 강의 중에도 주요한 부분을 차지한다. 그 현저한 예로 현재는 물론이려니와 과거에도 국문학 연구 논저들에서 설화에 대하여 매우 빈번히 언급되었을 정도이다. 하지만 설화론이 기록문학의 연구 영역에서 벗어나 고유 연구 영역을 갖게 된 것은 그다지 오래 된 일이 아니다. 단정 짓기 어렵기는 해도 설화론이 '설화학'으로까지 나아간 것은

‘구비문학’의 성립 시기와 궤를 같이 하는 것이 아닌가 한다. 왜냐하면 그 이전까지만 하여도 설화의 이론 연구와 현지조사는 별도로 행해지던 것이 보통이었기 때문이다. 주지하다시피 설화문학은 그 구연 현장이 바로 삶의 현장이다. 소설로 친다면 소설가와 독자는 작품을 통하여 간접적으로 만나게 되지만, 설화는 화자와 청자가 구연 현장에서 맞대면하게 된다. 설화가 설화 현장과 분리되고 일단 채록된다면 그것은 이미 ‘죽은 자료’인 것이다. 하지만 시간과 함께 사라지는 설화적 자료를 보존하고 연구하기 위해서는 녹음이나 채록에 의존하는 한계성을 수용하는 수밖에 도리가 없다. 따라서 설화의 연구는 구비문학의 모든 장르가 그러하듯, ‘현지조사 자료수집 (채록)–정리 (분류)–해석’의 3단계를 거치게 마련인데, 이 3단계 연구가 설화연구의 시작이요 끝이 되겠다.

　다음은 설화 교육의 실제에 대하여 경험을 토대로 이야기하고자 한다. 필자가 재직하고 있는 대학에서 ‘구비문학론’이 정식 설치된 것은 1984년의 일이지만, 그 이전에도 이른바 ‘답사 여행’은 실시되고 있었다. 물론 이 답사 여행은 국문과 2~3학년생을 대상으로 전 교수 참여 하에 실시되었고, 자료 채집 대상도 구비문학 자료 조사뿐만 아니라 방언 및 민속 자료 등이었고, 게다가 사찰 같은 명소 시찰(?)까지 겸하였다. 따라서 조사가 형식상으로 이루어졌을 뿐만 아니라, 답사를 끝내고 귀환하고 나서도 자료의 정리가 이루어지지 않았다. 말하자면 구비문학의 필수 3단계 학습 과정 중 겨우 1단계만이 일과성으로 이루어졌을 뿐이다. 그러던 중 1984년에 비로소 ‘구비문학개론’이 개설된 데 이어 1988년도에는 ‘설화문학론’ 강의까지 개설되었다. 이 두 과목 모두 전공 선택과목으로(1997년 교과과정 개편시 후자는 ‘교양선택’으로 개편됨), 전자는 2학년 1학기에 후자는 4학년 2학기에 설강되어 지금까지도 지속되고 있다. 매해 평균 수강인원은 ‘구비문학론’은 45명 내외, ‘설화문학론’은 30명 내외였다(입학 정원 50명). 그밖에 대학원 석·박사 통합 과목으로 ‘한국구비문학(특수)연구’가 있어 대체로 3년 주기로 설강되고 있다.

　　이중 『구비문학개론』의 '설화' 부분의 강의 상황부터 먼저 이야기하고
자 한다. 학기당 평균 15주 가량의 실제 강의 중 설화에 배분되는 시간량
은 초반 약 4주 정도로서, 강의와 아울러 현지조사가 실행된다. 강의 첫
시간에 별첨 강의계획서를 배포하고, 4월 초순경의 답사에 대하여 예고하
는 한편, 반 대표에게 조 편성과 아울러 지정된 지역에 대한 예비조사 및
제반 계획들을 수립할 것을 지시한다. 이후 답사를 떠나기 직전에 자료
조사방법에 대한 특강을 실시하고, 학생들 각자에게 예비지식을 갖추게
하기 위한 특별 과제를 부여한다. 그 과제란 설화 자료의 카드 작성이다
(이에 대하여는 다시 후술할 것이다). 물론 현지조사는 구비문학 전장르
에 대해 실시하지만, 여러 가지 현실적 상황을 감안하여 설화 조사 위주
의 집중 훈련을 시키는 것이다.

　　'설화' 교육에서 제일 중요한 것은 '설화의 제반 현상'에 대해서 피교
육자 스스로 이해하게 하는 것이므로, 현지조사는 물론 그 과정에 이르기
까지의 준비 작업이 매우 중요하다. 이를 위하여 여러 가지 고려하여야
할 사항이 있는데, 이에 대하여 몇 가지 언급하여 두기로 한다.

(1) 의무적인 참가 유도 : 교과목명 자체가 '구비문학개론 및 현지조사'
　　로 규정되어 있을 뿐 아니라, 실제 현지조사 참가 여부가 학점 부
　　여의 상당한 비중을 차지하고 있다. 조사 참가는 물론 수집한 자료
　　의 채록 제출이 학점 구성의 20%를 차지한다.

(2) 설화카드 작성 제출의 의무화 : 조사에 참가하는 학생들의 구비문
　　학, 특히 설화에 대한 숙지도를 높이기 위하여 현지조사를 떠나기
　　전까지 수강생 전원에게 기존 보고집들(대체로 『한국구비문학대계』
　　위주)에서 설화들을 각각 40여 편씩 정리하여 제출케 한다. 이 과
　　제를 의무적으로 완성 제출케 함으로써 조사 참가자 전원이 조사
　　현장에서 제보자에게 제시할 수 있는 예화들을 숙지하도록 함은 물
　　론, 설화의 모티프 분석과 유형 파악 및 분류 등에 도움을 줄 수

있도록 한다. 장기적인 안목에서 보면 이 카드화는 후일 한국설화 인덱스 작성에도 크나큰 이바지를 할 것이다.

(3) 설강 시기 : 설화는 학생들에게 매우 친근한 분야이며, 그 강의는 매우 다양하고 새로운 느낌을 줄 수 있다. 따라서 교양과정을 끝내고 전공과정을 본격적으로 시작하게 되는 2년차에 배정함으로써 학생들의 의욕 및 흥미를 유발시키고, 또 집단의 단결력을 기대할 수 있도록 한다.

(4) 자료의 정리 제출의 의무화와 추후의 보고서 발간 : 학생들의 유대감과 경쟁심은 채집 자료의 채록 과정 및 보고서 발간에까지 이어진다. 보고서 제출은 기말 시험 직전까지로 제한하고, 각 조별로 녹음 테이프과 아울러 채록한 자료의 프린팅 및 컴퓨터 디스켓 원본, 관계 사진, 관계 기록(조사 일정, 마을개관, 제보자 해설, 자료 해설) 등을 일괄 제출토록 한다. 이 자료들은 방학을 이용하여 선별하여 발간 작업에 들어간다.

(5) 경비 문제 : 조사 지역까지의 교통편은 학교 당국의 지원을 받으며, 보고서 발간도 학생들의 실험실습비를 활용한다. 단, 기타의 소요 경비는 학생 각자가 추가 부담해야 하는 어려움이 있다.

이러한 방식에 의한 설화 교육은 매우 성공적이라고 자부한다. 무엇보다 구성 요원들의 거리감이 최단시간 내에 제거되는 한편, 자치력과 책임감이 배양되었으며, 그룹간의 경쟁력도 고조되어, 원래적인 설화교육의 목적에 추가된 부수 효과까지도 거둘 수 있게 되는 것은 크나큰 수확이 아닐 수 없다.

설화를 제외한 여타의 구비문학 장르의 교육에는 영상 매체나 녹음 테이프의 사용이 매우 중요하겠지만, 설화의 경우에는 좀 다르다. 판소리나 무가, 혹은 민속극의 경우와 같이, 음악과 몸짓에 대한 의존도라든지 현장의 상황이라든지 민속 같은 것과 설화와는 비교적 관계가 멀다. 민속학

강의가 아닌 문학 강의의 일부라는 것을 전제한다면, 설화를 포함한 구비
문학 강의는 역시 '사설' 중심의 것일 수밖에 없다. 이런 점에서 본다면,
설화 교육이 자료 채록과 정리 및 분석 위주로 나아감은 당연하다.

　다음은 학부 4학년에 설강되는 '설화문학론' 및 대학원 과정의 '한국구
비문학(특수)연구'에 대해 살펴볼 차례이다(대학원 강의의 경우 '설화' 강
의를 대표로 내세우기로 한다). 이미 '구비문학개론'의 과정을 거친 고학
년들이니만치 그 강의 내용은 물론 개론적인 것에서 나아가 전문화함은
당연하다. 답사를 병행할 시간적인 여건은 현실적으로 전혀 무망하므로
(단, 2학년 답사 때 대학원생이 조별로 분산 참여하여 리드하도록 함), 교
육 방식은 전적으로 강의로 진행된다. 이 경우 필자의 경험으로는 (1) 강
의 위주, (2) 강독 위주, (3) 발표 위주의 대략 세 가지 방법 중 하나를 취
하여 왔다. 그리고 그 각각의 실제 내용은 다시 ① 주제별 탐구, ② 이론
별 탐구, ③ 유형별 탐구 중 하나를 택하여 그에 초점을 맞추었다.

　위의 (1) 강의 위주의 방법은 주로 학부 4학년 강의에서 사용하는데,
이 경우 주로 필자의 연구 결과를 바탕으로 행해진다. 그 주된 교재는『설
화학강요』,『한국설화의 유형』등이다. 따라서 이 클래스에서는 설화의
개념 및 특징, 용어, 한국 설화 자료사 및 연구사, 구조와 형식론, 문헌설
화론 및 구전설화와의 관계, 설화 발생론, 기타 주요 모티프들에 대한 집
중적인 논의가 행해진다.

　다음 (2) 및 (3)의 경우는 대학원 강의의 경우이다. 우선 (2) 강독 위주
의 진행은 주로 외국의 주요한 설화 이론을 이해시키기 위하여 설화학상
유명한 논문들을 중심으로 행해진다. 매번 고정된 내용은 아니지만, 개중
에는 브레몽C. Bremond, 버챈D. Buchan, 던데스A. Dundes, 클락혼C.
Kluckhohn, 레비-스트로스C. Lévi-Strauss, 뤼티M. Lüthi, 마란다와 마란다E. &
P. Maranda, 올릭A. Orlik, 프로프V. Propp, 라글란L. Raglan, 폰 시도우C. W.
von Sydow, 톰슨S. Thompson, 테일러A. Taylor, 유틀리F.L. Utley의 논저들로부
터의 발췌가 포함되어 있다. (3) 발표 위주의 경우는 수강자 각자에게 미

리 정해진 테마를 부여하고 그것에 대하여 발표하게 한다. 테마는 수강자 임의에 맡기는 방법도 있지만, 이 방법은 개인차가 너무 두드러지게 나타나고 강의 진행에 차질이 생기기 일쑤이기 때문에, 테마와 발표 일자를 미리 지정해 주는 방법이 바람직하다. 테마는 기간 연구 결과를 참조하여 작성하며 발표 준비 기간을 주기 위하여 처음 몇 주는 강의식을 병행한다.

지금까지 설화 교육의 방법론에 대하여 현장 경험을 중심으로 약술하여 왔다. 설화 혹은 구비문학 강의는 담당자의 연구 및 준비 정도 혹은 강의 스타일, 기호 등등에 의하여 매우 다양하게 진행될 수 있다. 한마디로 말하여 교육 방법에 왕도란 있을 수 없는 것이다. 더구나 학문 연구자에게 획일적인 방법론을 제시한다는 것은 있을 수 없는 일이지만, 다만 하나의 예시적 방법을 제시하여 참고에 이바지하게 함은 바람직한 일일 수도 있다. 그런 뜻에서 이 얄팍한 내용을 혜량惠諒하신다면 매우 다행이겠다.

수 업 계 획 서

1998학년도   학수번호 : AA-242
제1학기

교과목명	구비문학개론	학점 3	시간 3	담당교수명	조희웅
수강학과 / 학년	국문과 2	강의시간 및 강의실		수 2-4 904호	
면담시간	수업시간 외 하시	연구실 또는 연락처		1509호실	

1. 수업목표

기록문학에 대비되는 구비문학 장르 전반, 즉 설화·민요·판소리·무가·민속극·속담·수수께끼 등을 다루게 되며, 현지답사 및 자료 정리 같은 실습도 병행함.

2. 수업방법

[강의] 교재에 의거 순차적으로 진행함.

[시청각교재] 구비문학 각 장르별 수업 진도에 따라 현지조사 자료를 활용함.

      A. 녹음 테이프 : 설화·민요·무가

      B. 비디오 테이프 : 판소리·무가·탈춤 공연

      C. 사진 : 현장 사진

[답사] 4월 초순 3박 4일 일정으로 현지조사 실시함(1998년도 : 경남 합천).

[정리] A. 이왕에 보고된 자료를 정리 카드화하여 제출함.

      B. 답사 결과 자신이 채집한 자료를 정리하여 보고서 간행함.

3. 평가방법

출석(답사 참가 필수) 30% + 설화 자료 정리 카드 20% + 현지조사 보고(문서
화하여 테이프와 함께 제출) 20% + 학기말 고사 30% = 100%

구분	서적명	저자명	출판사명	출판 연도	비고
교재	구비문학개론	장덕순 외	일조각	1994	
부교재	한국구비문학대계	조희웅 외	한국정신문화연구원	1980~1986	
참고서	Introducing Folklore	Clarke	Holt, Rinehart & Winston	1963	
	한국구비문학선집	조희웅 외	일조각	1984	
	조선구전문학연구	고정옥	과학원출판사	1962	

4. 과제제목

1. 설화 자료 정리 카드(수강자별 별도 지정 / 1인당 중카드 50매 내외)
2. 현지조사 보고서
   [형식] A4 용지
   [제출 방법 및 내용]
       A. 녹음 자료를 PC로 채록한 후, 녹음 테이프 · 프린터로 뽑은 정리 원
          고 · 디스켓 등 제출
       B. 기타 조사 일지, 마을 개관 및 제보자 상황, 조사 사진 등 첨부.
   [기한] 학기말 고사 이전

구비문학론 강의계획

교재 : 구비문학개설口碑文學槪說(서울, 일조각—潮閣, 1971)

진도 : 별도 배부 강의계획안 참조

성적 평가 : 출석 + 설화 정리 카드(레포트 대신) + 현지조사 보고(중간고사
　　　　　　대신) + 학기말 고사

·······························설화 정리 카드 작성에 대하여·······························

목적 : 현지조사 대비

제출 시한 : 현지답사 이전(단, 현지답사 이전에 일부만 작성 제출하여도 좋음.)

방법 : Study Card(중中 card) 40매 기준(개인에 따라 +1~+2매)

요령

1) 설화 각편마다 별도 카드(전면만 사용, 긴 설화의 경우 1매 이상도 가함.)

2) 표지 카드 : 다음 사항 기재

<구비문학론 1998년도 과제 제출>
　　한국설화 유형 개요 :
　　학년 :
　　학번 :
　　성명 :
　　작성일자 :

3) 본 카드 상단 공란 : 다음 예 참조

설화 제목
등장인물 :
『대계』   -   , p. - p.
채집연월 :
채집지 : 군   면(시)   리(동)

4) 본 카드 상단 이하 줄 부분

예 1) 1. 옛날 어느 곳에 부유한 한 집에 아버지와 세 딸이 살고 있었다.
       2. 아버지와 딸들이 '누구 덕에 사느냐?'에 대한 문답을 주고받았다.
       3. 첫째와 둘째 딸은 '아버지 덕'이라고 하였으나, 셋째 딸만은 '내
          덕에 산다'고 하여 미움을 샀다.
       4. 셋째딸이 집에서 쫓겨났다.
       5. 셋째딸이 숯구이 총각을 만나 살게 되었다.
       6. 여자가 숯가마의 이맛돈이 금임을 발견하였다.
       7. 금을 팔아 부자가 되었다.
       8. 셋째 딸을 쫓아낸 여자의 친정은 몰락하였다.
       9. 셋째 딸이 걸인이 되어 찾아온 부친을 맞아 효도하였다.

예 2) 1. 형제가 길을 가다가 금덩어리를 발견하였다.
       2. 형제는 금덩어리를 두 쪽으로 쪼개어 나누어 사이좋게 가졌다.
       3. 형제가 강을 건너게 되었다.
       4. 아우가 갑자기 금덩어리를 물 속에 던졌다.
       5. 형이 그 이유를 물으니, 아우는 금덩어리로 인하여 우애가 깨질까
          두렵기 때문이라고 대답하였다.
       6. 아우의 뜻을 안 형도 금덩어리를 강물 속에 던졌다.

현지조사에 대하여

- **각 대학 현황** : 전국 각 대학에 구비문학개설 강좌는 물론 현지조사가 상당수 행해지고 있음.
  * 특히 다음 대학들은 현지조사 결과를 단행본, 혹은 학회지를 이용 발표하여 큰 성과를 올리고 있음.
    강원대, 고려대, 단국대, 서울대, 상명여대, 성균관대, 울산대, 이화여대, 제주대, 한국학대학원, 한림대, 홍익대

- **당 학과** : 1970년대 말 이래 실시 중.
  * 특히 1988년도 이래는 조사보고서를 학회지인 『백악』, 혹은 단행본으로 간행한 바 있음.
    1988   충북 단양군 : 7개조 참가 (『백악』 5)
    1989   경북 상주군 : 6개조 참가 (『백악』 6)
    1990   사정에 의하여 미실시
    1991   강원 명주군 : 7개조 참가 (『백악』 8)
    1992   전남 구례군 : 7개조 참가 (단행본 간행 완)
    1993   경북 문경군 : 6개조 참가 (단행본 간행 완)
    1994   경남 산청군 : 6개조 참가 (단행본 간행 완)
    1995   경남 함양군 : 6개조 참가 (단행본 간행 완)
    1996   경남 하동군 : 5개조 참가 (단행본 간행 완)
    1997   경남 거창군 : 6개조 참가 (단행본 간행 완)

- **금년 계획**
  1) 예정 일자 : 추후 결정(가급적 농번기를 피하여 3박 4일간 정도)
  2) 장소 : 미정
  3) 준비 요망 사항
     ① 현지조사 계획서 작성
     ② 현지로 인사장 및 협조 요청문 발송
     ③ 차량 지원 요청
     ④ 필요 장비 및 물품 공동 구입
     ⑤ 반편성(6~8명 단위) 및 답사비 준비 완료
     ⑥ 본대 출발 직전 예비조를 선발하여 현지로 출발
  4) 조사 결과 처리
     ① 조별로 녹음 테이프, 자료원고(A4 용지), 디스켓, 마을 개관 및 제보자 상황 제출
     ② 성적 처리 후 제출 원고 및 디스켓을 이용 조사보고서 간행

● **참조 원고**

『구비문학연구』 6(한국구비문학회, 1998. 6).

II. 설화의 비교

1. 동아시아 설화문학의 유형—인덱스 작성을 위한 기초 연구
－한·일 설화를 중심으로－

1) 머리말

인류가 지녀온 '노래'와 '이야기'(이하 '설화'로 통칭함)와 같은 문학 형식은 그 시간적 상한선을 가늠할 수 없을 정도의 오랜 역사를 지녔음과 아울러 문자의 보유 여부와 관계없이 지구 구석구석에 이르기까지 존재하고 있을 정도로 공간적 광포성을 지니고 있다. 더구나 설화는 언어와 국경까지도 초월하여 시공간적으로 분포하고 있으므로 인류학자는 물론 심리학자, 언어학자, 문예학자, 사회학자 등등 여러 과학 연구가들의 비상한 관심의 대상이 되어왔다. 그리하여 이러한 세계 각처의 현저한 설화적 유사성에 대하여 일부의 연구가들은 '전파의 소산所産'이라 결론짓는가 하면, 또 다른 연구가들은 근본적으로 인간의 심리란 언제 어디서나 유사한 것이므로 동일한 문화 발전 단계를 밟지 않을 수 없었고, 따라서 문화 현상 중의 하나인 설화도 유사할 수밖에 없다고 결론지었다. 이러한 '전파설'과 '인심동사설人心同似說'의 어느 것이 옳고 그른가는 지금까지도 끊임없는 논쟁이 계속되어 왔으며, 아마 앞으로도 끝내 명쾌한 해답이 내려질 수 없을 것임은 분명하다. 따라서 우리의 관심도 이러한 해결 불가능한 '수수께끼' 풀기에 매달릴 것이 아니라, 보다 실제적인 문제인 '현상 파악'으로 돌리지 않을 수 없는 것이다.

물론 현전 설화들의 분포 상태를 출발점으로 하여 그 역사적·지리적인 탐색을 하여 나가는 이른바 '역사지리학파'의 궁극적 목표도 설화의 시·공간적 기원 문제의 규명에 있는 것이 사실이다. 필자는 그들의 의도가 성공적일까에 대하여는, 앞서의 두 방법론들이나 마찬가지로 상당히 회의적이다. 문화의 전파가 순차적으로 그리고 주기적으로 이루어진다는 것은 있을 수 없으며, 그것은 흔히 시간과 공간을 뛰어넘어 심지어는 독자적인 발생 가능성도 무시할 수 없는 것이기 때문이다.

광대한 지구상의 무수한 설화 자료들을 놓고 거시적으로 그들의 전파 순서를 논한다는 것은 개인적으로 도저히 불가능하다. 왜냐하면 연구자 자신에게는 언어적 장벽이 반드시 뒤따르게 마련이며, 한편 연구 대상 지역에서의 자료 발굴에도 한계가 있기 때문이다. 그러나 이러한 갖가지 난관을 극복하고 설화문학의 역사적 규명을 진척시킬 수 방도는 무엇인가? 그것은 국지적 설화 비교로부터 출발하는 것이 지름길이리라 필자는 생각한다. 물론 이 경우에도 전혀 문제가 없다는 것은 아니지만, 언어적 장벽이나 자료적 제한성은 어느 정도 극복할 수 있기 때문이다. 아마 설화의 국지적 비교 연구가 누적된다면 전 세계적인 설화문학의 역사적 연구도 커다란 진척을 보게 될 것이다. 본 연구는 이러한 궁극적인 연구를 위한 초석의 하나를 놓는 심정으로 계획되었다.

문화의 발전 도상에서 동북 아세아라는 지역적 특수성 때문에 그 역권 내域圈內의 제 민족·국가들은 끊임없는 접촉을 하며 생활을 영위하여 왔다. 따라서 그들은 문화 유산의 하나인 설화도 끊임없이 수수授受하여 왔을 것이므로, 이들 지역 간의 설화의 비교 연구는 당연히 중요한 연구 과제의 하나가 될 것이다. 그러나 이들 간의 설화 비교 연구는 용이한 일이 아니다. 연구자 자신의 능력상의 한계는 물론이지만 각 지역에 따라 연구 상황이 한결같지 않음도 커다란 문제이겠다. 일반적으로 모든 연구가 그러하듯 '무'에서 '유'를 창출創出한다는 것은 상상하기 어렵다. 따라서 필자도 기왕의 업적을 발판으로, 동북아 지역, 특히 기왕의 연구 업적이 상당히 축적된 한일 양국 설화의 비교 연구를 중심으로 본 연구를 진행할 것이다. 물론 실제 논의 단계에서는 한일 간의 비교 연구뿐만 아니라 중국이나 몽고의 연구 성과도 가능한 한 논급하여, 앞으로 반드시 이루어져야 할 '동북아 설화의 비교 연구'라는 보다 큰 과제까지 고려해 볼 작정이다.

한국과 일본은 양국의 지리적 여건으로 인하여 매우 오래 전부터 언어문화상의 교류가 빈번하게 이루어져 왔음은 새삼 말할 필요가 없다. 그리하여 이제까지 언어나 고고학적 측면으로부터의 비교 연구는 상당히 이루어진 상태에 있다. 그러나 언어문화상의 한 현상이라고 할 수 있는 설화의 비교 연구는 비교적 답보 상태에 머무르고 있다. 일찍이 일본인 학자 고목민웅高木敏雄[다카키 도시오]의 "일한 공통의 민간설화日韓共通の民間說話"(1912) 및 송촌무웅松村武雄[마쓰무라 다케오]의 "일한 유화日韓類話"(1914)가 나온 이래 단편적인 언급을 제외하면 총체적인 입장에서 양국 설화의 비교 연구가 이루어진 적이 없었다.

한국 측에서는 1971년에 본인이 『구비문학개설』(공저)을 간행하던 중에, 양국 간 유사 설화의 항목 60편을 '한일 설화의 비교'라는 이름으로 제시한 것이 설화 인덱스 작업에 관한 최초의 작업이었다. 이 리스트가 나온 것도 이제 근 25년이 경과하였으나, 한국의 설화학계에서는 아직도 이 비교 항목이 이용되고 있는 형편이다. 그러나 그간 한국에서의 현지 자료 조사가 매우 활발히 이루어졌고, 또 개인적으로도 꾸준한 연구 업적을 쌓은 결과, 이 비교 항목을 대폭적으로 보정補訂하지 않으면 안 되기에 이르렀다. 따라서 필자는 이러한 한일 양측의 선구적 업적들을 종합하고 추가하여 한 걸음 진전된 결과를 제시해 보고자 한다.

이 글에서의 '설화'는 '스토리를 지닌 이야기문학 전체'를 가리킨다. 따라서 무명의 인류가 만들어내어 전승해 온 모든 '이야기문학의 덩어리'는 그 현실적 문학장르가 어떤 것이든 설화의 범주 속에 포함될 수 있는 것이다. 가령 신화, 전설, 민담, 서사시, 서사무가, 일화 등이 그러한 예일 것이다. 그리고 본고에서의 '설화 비교'란 단순한 유형type 비교만을 뜻하는 것이 아니라 유형에 내포되어 있는 화소話素라고 할 수 있는 모티프의 비교까지도 포괄되는 것임을 전제해 둔다.

끝으로 덧붙여 두고 싶은 말은, 본 연구의 기본 목표는 무슨 새로운 이론을 이끌어내고자 하는 것이 아니라, 논제論題에도 명기되어 있듯, 동북아 설화문학—특히 한일 양국의—인덱스 작성을 위한 기초 연구라는 점이다. 그러므로 각국 설화 간의 구체적인 비교라든가 문화사적인 가설 등의 이론 정립은 이 같은 인덱스를 발판으로 앞으로 보다 정세하게 이루어져야 할 것이다.

2) 본론

(1) 한국설화와 일본신화의 비교

동북아시아 여러 나라 사이의 역사적 관계로 미루어 고대설화 상에도 밀접한 관계가 있을 것이며, 이는 일본신화의 경우도 예외는 아니겠다. 본 절에서는 양국 설화 간의 유사성을 비교하기 위한 첫 단계로서 한국설화와 일본신화를 대상으로 하여 살펴보기로 하겠다. 먼저 비교의 리스트부터 제시해 보기로 한다.

① 하늘과 땅의 처음 : 천지天地 분리
② 장애障碍 비행飛行 : 황천국으로부터 도망친 이자나기미고토黃泉國から逃げた伊邪那岐命
③ 이무기 퇴치 : 대사大蛇 퇴치退治, 야마다노오로치八岐大蛇
④ 토끼와 악어의 경주 : 이나바稻羽의 흰토끼白兎

⑤ 용궁색시(욕신 규찰 금기浴身窺察禁忌) : 야마사치[산행山幸]와 도요타메

　히메[풍옥의豊玉姬]와 보물 받기寶物受け

⑥ 난제 부여難題賦與와 빈천사위貧賤婿 : 오쿠니누시[대국주명大國主命]와

　스사노오미코도[수좌남명須佐男命]

⑦ 나라 양보[국양國讓] : 오쿠니누시와 니니기노미코도[이이운명邇邇芸命]

　와 미즈호노쿠니[수수국水穗國]

⑧ 천사 삼보天賜三寶와 동반同伴 3인

⑨ 어류魚類 형상形狀의 유래 : 찢어진 해삼ナマコ의 입

⑩ 진범眞犯 찾기 재판 : 잉교덴노[윤공천황允恭天皇]의 재판盟神探湯(くがた

　ちの裁判)

　일반적으로 일본신화는 물론 세계 도처의 신화의 첫페이지가 제신諸神
의 탄생에 이은 천지 분리로부터 시작하고 있음은 널리 알려진 사실이다.
일본의 『고사기古事記[고지키]』의 경우, 이자나기미코도[이사나기명伊邪那
岐命]와 이자나미미코도[이사나미명伊邪那美命]라는 두 남녀신이 '아메노우
키하시[天の浮橋]'에 서서 긴 창을 휘저어 그 끝에서 떨어진 짠물이 응고
되어 일본열도日本列島가 만들어지고, 이어 천인天人의 하강으로 이 땅 위
에서의 인류 역사가 시작되었다고 한다. 한국에는 일본과 같은 확실한 문
헌 기록은 남아 있지 않지만, 무속 신화나 기록 신화, 또는 민담 등을 통
하여 이와 유사한 모티브를 꽤 많이 찾아볼 수 있다.[1] 이러한 유사성을
바탕으로 신화학자들은 일본신화의 이른바 '3종의 신기神器'를 한국신화
의 '천부인天符印 3개'와 비교한 바 있다.

　세계적인 분포를 보여주는 설화 모티프의 하나로 '장애물을 남기며 도
주하기obstacle flight'란 것이 있다. 이것은 적의 소굴로부터 도망하는 이야
기의 주인공이 추격하여 오는 적이 따라잡지 못하도록 위하여 갖가지 장
애물을 뒤에 만들어가며 도망한다는 내용이다. 아마도 이 모티프는 동북

---

1) 손진태孫晉泰, 『조선의 무격신화朝鮮の巫覡神話』 ; 동同, 『조선민담집』 ; 일연一然, 『삼국
　유사』 등 참조.

아 일대의 모든 민족 설화에 공통적으로 나타나는 모티프라 생각한다. 한국의 설화에도 이 이야기는 유명한 것이지만, 일본에서도 민담[三枚の護符]은 물론 신화에 나타난다. 즉 아내 이자나미를 찾아 황천국으로 갔다 도망치던 이자나기가 자신의 뒤를 쫓아오는 '오니바바おにばば'에게 '풀[초草]―빗[즐櫛]―복숭아[도桃]'를 차례로 던졌던바 이들은 각각 '포도―죽순タケノコ―복숭아'로 되어 상대방의 추적을 방해하였다.

'대사 퇴치' 설화 유형은 희랍 신화의 영웅 펠세우스가 괴물에게 바쳐진 안드로메다를 구해내는 종류의 이야기인데, 이 유형의 중심 모티프로는 '인신공희人身供犧'를 들 수 있다. 한국에도 이 유형에 속하는 이야기가 여러 가지가 전승되고 있는데, <대해大蟹 퇴치>, <대오공大蜈蚣[지네] 퇴치>, <백일홍百日紅> 따위가 그 대표적인 예들이다. 일본신화에서는 이 이야기가, 고천원高天原[다카마노하라]에서 난동을 부리다가 쫓겨난 수좌남명須佐男命[스사노오미코도]이 하계下界의 출운국出雲[이즈모노쿠니]으로 갔다가 비하肥河[히가와斐伊川] 가에서 울고 있는 즐명전비매櫛名田比賣[쿠사나다히메]를 만나게 되는 대목에서 나타난다. 즉 스사노오미코도가 야마다노오로치八岐大蛇라는 머리 아홉을 가진 '바케모노化け物'에게 바쳐질 운명의 쿠사나다히메를 가엾이 여겨, 스스로 히메로 변장하여 괴물을 물리치고 초치검草薙劍[쿠사나기다치, 쿠사나기쓰루기]을 얻고, 히메와 결혼하게 된다.

이 이야기에 이어 일본신화에는 유명한 '이나바[도우稻羽]의 흰토끼[백토白兎]' 이야기가 나온다. 스사노오미코도와 쿠사나다히메와의 사이에서 태어난 오쿠니누시[대국주명大國主命]가 형들을 따라 인번因幡[이나바]에 갔다가 해안에서 껍질이 벗겨진 채 울고 있는 흰토끼를 만나게 되었다. 오쿠니누시가 흰 토끼에게 우는 이유를 물으니, "나는 원래 바다 저편에 살고 있었는데, 상어わにぎめ를 만나자 '네 동족과 내 동족과 어느 쪽이 많은가 비교해 보자.'는 제안을 받고, 이에 응하여 몰려든 상어떼의 숫자를 세어 보는 척하고 그 등을 타고 바다를 건넜다. 그러나 마지막에 뭍에

오르며 상어들의 어리석음을 놀려 주다가 붙잡혀 껍질을 벗기우게 되었는데, 앞서간 오쿠니누시의 형들에게 속아 바닷물에 목욕을 하고나서 일광욕까지 하여 그 아픔을 참지 못하고 이렇게 울고 있다.”라고 하였다. 이에 천성이 착한 오쿠니누시가 흰토끼에게 고통을 벗어날 방도를 이야기해 주니 흰토끼는 그 은혜에 대한 보답으로 오쿠니누시에게 아름다운 팔상비매八上比賣[야가미히메]와의 결혼을 예언하여 주었다. 결국 오쿠니누시는 마음씨 나쁜 형들의 거듭된 살해 음모를 신들의 도움을 얻어 무사히 벗어나고 형들을 피해 출운국으로 갔다. 그 곳에는 아버지인 스사노오미코도가 수세리비매須勢理比賣[스세리히메]와 살고 있었다. 오쿠니누시와 스세리히메의 이복異腹 남매는 서로 첫눈에 반하고 말았다. 두 사람을 갈라놓기 위하여 스사노오미코도가 갖가지 과업을 오쿠니누시에게 부과하였지만, 오쿠니누시는 스세리히메의 도움을 얻어 위기를 벗어나 아버지에게서 도망하여 새 나라를 이룩하고 함께 살게 되었다. 내용 소개가 좀 장황하게 되었지만, 이야기 속에 들어 있는 모티프 중 ‘물고기의 등을 세며 물을 건넌 트릭스터trickster’, 또는 ‘악형선제惡兄善弟’, ‘연인을 위하여 친아버지를 배반한 딸’, ‘신부감의 도움을 얻어 난제 시련難題試鍊을 극복한 신랑’ 등등과 같은 것들은 한국 설화에도 흔히 나타나는 것들이다.

　다음은 『고사기古事記』에 실려 있는 ‘나라 양보[國讓り]’의 이야기를 살펴보자. 다카마노하라[고천원高天原]의 일신日神인 아마테라스 오미카미[천조대신天照大神]은 하계의 낙토樂土인 미즈호노쿠니[수수국水穗國]를 내려다보고 자신의 아들을 보내어 통치할 생각을 하였다. 그리하여 자신의 수하에 있는 신들을 보내어 오쿠니누시에게 나라를 양도할 것을 종용하니 오쿠니누시는 흔쾌히 승락하고 물러났다. 이에 아마테라스 오미카미는 자손인 니니기노미코도[邇邇芸命, 혹은 瓊瓊杵尊]를 보내어 미즈호노쿠니를 다스리게 했다. 한편 한국의 『삼국유사』에 실려 있는 ‘나라 양보’의 이야기는 이러하다. 동부여의 왕 해부루解夫婁의 신하인 아란불阿蘭佛의 꿈에 천신天神이 나타나 ‘이 땅은 나의 자손이 다스릴 땅이니 이곳을 내어놓고 다른 곳으로 옮겨 가라.'고 명하였다. 꿈에서 깨어난 아란불이 해부루에게 이야기하니 해부루는 천자天子인 해모수를 위하여 그 땅을 비워주고 다른 곳으로 옮겨갔다는 내용이다. 이 같은 양국 최고最古의 사서에 실려 전하는 양국 신화의 유사성은 아마도 인류 공유의 신화소神話素가 우연히 각각의 지역에서 나타난 예일 터이지만, 세계 각국 신화의 원류를 따져 올라가면 그 기원은 하나일른지도 알 수 없다.

설화 구성 법칙으로 가장 현저한 것 중의 하나가 '3의 법칙'이다. 이 3의 법칙은 설화 속의 도처에서 작용하여 등장인물의 수라든가 행위 따위에 제한을 가하게 된다. 일본신화에서 아마테라스 오미카미의 명을 받은 니니기노미코도는 다카마노하라로부터 하계로 내려갈 때에 세 가지 보물, 즉 팔지경八咫鏡[야다노카가미]·팔판경곡옥八坂瓊曲玉[야사카니노마가다마]·초치검草薙劍[쿠사나기노쓰루기]을 지참하여 다카치호[고천수高千穗]로 간다. 앞에서 든 한국신화(단군신화檀君神話)에서도 천자인 환웅桓雄이 하계로 내려 갈 때에 '천부인天符印 3개'를 받는다. 물론 '천부인 3개'가 구체적으로 무엇을 가리키는지 확실히 알 수 없지만, 아직까지 무속에서 거울이나 칼 따위를 신기神器로 여기고 있다는 사실로 미루어, 일본의 삼보三寶와 그다지 거리가 먼 것이 아님을 짐작할 수 있겠다.

니니기노미코도가 지상에 당도하기 직전, 한발 앞서 아메노우즈메노미코도[천우수매명天宇受賣命](『일본서기』에는 '天鈿女命'로 되어 있음)는 미즈호노쿠니의 바닷가에 당도하여 어족魚族들을 불러 모아 천손의 하강 통치를 알리는 한편 모두 그 신민이 될 것을 선언했다. 이때 모든 어족들이 그의 말에 대체로 복종했으나 단 하나의 어종인 '나마코なまこ(해삼)'가 그의 말을 흔쾌히 받아들이는 태도를 보이지 않았다. 이에 대로한 아메노우즈메노미코도는 칼로써 그의 입을 찢어 버렸다. 그 후부터 나마코의 입이 찢어지게 되었다는 이야기이다. 이것은 동물의 형상을 설명해 주는 기원담으로서, '왜 왜 이야기なぜなぜ話'의 일종이라 할 수 있다. 이와 거의 유사한 이야기가 한국의 민담에도 있다. 다만 한국에서는 '나마코'가

'메기'로 바뀌어져 있을 뿐이다.

끝으로 『고사기』의 기록은 아니지만, 『단후풍토기丹後風土記』[당고후도키]에 수록되어 있는 이야기 하나를 더 언급해 보고자 한다. 그것은 '시마코シマコ'라고 하는 '가난한 어부漁夫'에 관한 이야기이다. 그는 어느 날 바다로 고기잡이를 나갔다가 3일이 지나도록 단 한 마리도 잡지를 못하다가 바다거북을 낚게 되었다. 거북을 뱃전에 내동댕이친 채 잠시 졸다가 깨어보니 뜻밖의 미인이 앞에 앉아 있었다. 시마꼬는 배필이 되기를 자청하는 여자를 따라 가게 되었다. 여자가 시키는 대로 눈을 감고 있다가 눈을 떠보니 자신은 별세계에 도착해 있었다. 그곳에서 여자와 살며 3년을 꿈같이 보낸 시마코는 문득 자신이 살던 고향 생각이 나 잠시 다녀올 것을 아내에게 간청하였다. 졸음을 못이긴 그의 아내는 할 수 없이 시마코를 보내 주며 자기 대신에 이 상자 하나(옥수상玉手箱)를 가지고 가라고 일렀다. 바닷가로 돌아온 시마코는 자신이 살던 마을이 이미 폐허로 되었음을 알고 두고 온 아내에 대한 그리움으로 상자를 열어 보았으나 그 순간 상자 속으로부터 흘러나온 흰 연기와 함께 아내의 혼도 날아가 버렸다. 이 이야기 역시 한국의 민간에서는 '용궁색시'라는 이름으로 널리 전해지고 있음을 지적할 수 있다. 일본 『단후 풍토기』 자체의 기록이 신화라기보다 민담적인 색채가 강한 전설인 것처럼, 한국에서도 이 유형은 민담뿐만 아니라 전설로서 전승되고 있는 것이다.

이상에서 필자는 주로 일본의 『고사기』에 기록되어 있는 신화 자료들을 스토리 진행 순서에 따라 살펴보며 한국 자료들과도 비교하여 보았다. 그 결과 일본신화의 상당 부분이 한국 설화와 유사함을 이야기할 수 있게 되었다. 과거 양국 간의 문화적 접촉이 그 어떤 지역보다도 밀접하였음은 고고학적 유물로나 역사적 기록이 증명되지만 민간 전래의 설화로도 이 점은 증명될 수 있는 것이다. 따라서 필자는 위에서 신화적 자료들을 통하여 그 가능성을 간략히 살핀 데에 이어, 이하에서는 구전설화들을 통하여 논지를 보다 확고히 하고자 한다.

(2) 1960년대까지의 한·일 설화 비교 연구

본 절에서는 주로 1960년대 말까지의 한일 양국 설화 유형에 대한 선구적 업적을 검토하여 보기로 하겠다. 여기에서 시기의 하한선을 1960년대 말로 제한하는 것이 별다른 이유가 있어서가 아니라, 다만 그때까지의 연구 업적들이 그다지 볼 만한 내용이 없으며, 본격적인 논의는 그 이후에 이루어진다는 필자의 자의적인 판단 아래 설정한 편의상의 기준임을 밝혀 둔다.

전전戰前의 연구 업적으로 가장 선편先鞭을 잡은 것은, 조거룡장鳥居龍藏[도리이 류조]의 "일·한에 분포하는 미와야마산식 전설에 대하여日韓に分布する三輪山的傳說に就て"[2]라는 논문에 촉발觸發되어 쓴, 고목민웅高木敏雄[다카키 도시오]의 "일한 공통의 민간설화日韓共通の民間說話"란 글이라 할 수 있다.[3] 그는 이 논문에서 한일 양국 설화 중 공통적이거나 혹은 유사한 것으로 다음과 같은 유형들을 들었다.

    *① 삼륜산식 전설三輪山式傳說
    *② 우의 설화羽衣說話
    *③ 혹부리 이야기[瘤取の話]
    *④ 송산경松山鏡
    *⑤ 혀 짤린 참새(설절작舌切雀)
    *⑥ 소승과 화상小僧と和尙
    *⑦ 누가 가장 높은가?[誰が最高?]
    ⑧ 거북이와 토끼 설화(귀토설화龜兎說話)
    ⑨ 어리석은 형과 슬기로운 아우(우형교제愚兄巧弟)
    ⑩ 금이 열리는 나무金の生る木(無心出)
    ⑪ 효불효부孝不孝婦
    ⑫ 교활한 촌사람巧滑な村人

---

2)『동아지광東亞之光』7 : 7(1912. 7).
3) 동상 7 : 11(1912. 11), pp. 62~69 ; 7 : 12(1912. 12), pp. 41~52.

⑬ 쥐의 시집가기鼠の嫁入
⑭ 말하는 거북(해어귀解語龜)
⑮ 엉터리 명인(안명인贋名人)
('*'표는 특히 중점적으로 취급된 유형임을 나타낸 것임.)

그는 이 논문 중에서 "이상에 들었던 여러 개의 조선 동화와 일본 민간의 구송 전승의 동화를 비교해 보면, [그것들은] 전연 동일한 근원으로부터 온 것이라고밖에 생각할 수 없을 정도 매우 비슷하다. 별로 확실한 증거가 없는 이상 경솔한 판단은 삼가지 않으면 안 되겠지만, 조선쪽이 본원지로, 조선으로부터 일본으로 전해진 것은 아닐까 생각된다."4)고 하고, 또 "민간동화는 비상히 전파성이 강한 것임과 동시에 퍽 변화하기 쉬운 것이므로, 조금 비슷하다든가, 좀 다르다든가 하는 것은 그다지 문제가 되지 않는다."5)라고 하고 있다.

마쓰무라 다케오松村武雄의 글 "일한 유화"6)는 매우 본격적 논문이라기보다는 매우 짤막한 글에 지나지 않지만, 위의 다카키 도시오의 논문에서 거론되었던 유형들에 약간을 추가하였다. 그가 글 속에서 한일 양국 설화 중 공통적이거나 혹은 유사한 것으로 들었던 유형은 모두 6개이다.

① 따라 하는 바보
② 불행의 연속不幸の連續
③ 삼륜산식 전설三輪山式傳說
④ 우의 전설羽衣傳說
⑤ 송산경 설화松山鏡說話
⑥ 혹떼기 설화(유취설화瘤取說話)

---

4) 고목민웅, "일한 공통의 민간설화日韓共通の民間說話", 『증보 일본 신화전설의 연구增補日本神話傳說の研究』(동양문고東洋文庫 253, 평범사平凡社, 1974), p. 236.
5) 위의 논문, p. 237.
6) "일한 유화", 『향토연구』 2 : 4(1914. 6), pp. 32~37.

그러나 미쓰무라가 들었던 6개 유형 중 위의 다카키의 것과 중복되는 ③~⑥을 제외하면 남는 것은 ①과 ②뿐이다. 단, 그는 다카키의 논문에서 일본의 '소승과 화상' 유형으로 보려 했던 『용재총화慵齋叢話』 권5 소재의 <도수승渡水僧>이라는 이야기에 대하여, "내 생각으로는 이 설화는 '소승과 화상'의 이야기 카테고리에 편입할 것이 아니라고 생각한다……. 이 이야기는 실패의 연출連出을 이야기하는 설화라고 보는 것이 지당하다."(p. 35)라고 하였다. 그러나 필자의 생각으로는 위의 '도수승' 이야기는 영리한 소승과 어리석은 화상 간에 벌어지는 이야기이고, 화상이 실수를 거듭한다는 점에서 '소승과 화상' 유형으로나 '거듭되는 실수' 유형으로도 성립될 수 있으므로 양측 의견의 시비를 가릴 성질의 것이라고 보이지는 않는다.

손진태는 1927년에 『신민新民』 잡지 7월호부터 이듬해에 걸쳐 "조선민간설화의 연구 : 민간설화의 문화적 고찰"을 연재한 데 이어,[7] 1939년에는 일어로 쓰인 『조선민담집』을 간행한 바 있다. 전자는 부제副題로도 알 수 있는 바와 같이 전래되어 온 민간설화들의 문화사적인 원천을 추구하려 한 것으로서 그 편목篇目을 보면 ① 중국에 전한 조선설화, ② 중국 영향의 민족설화, ③ 북방 민족 영향의 민족설화, ④ 일본에 전파된 조선설화로 되어 있다. 한편 후자는 자료집이긴 하지만 각주를 겸한 부록을 통하여 수록된 각 설화에 비교되는 각국 자료들을 들고 있으나, 그 자료의 원천은 앞의 글과 큰 차이가 없다. 따라서 상게 논문의 목차 중 '④ 일본에 전파된 조선설화'에서 거론된 설화 유형들을 들어보기로 하겠다.

   ① 사신 간의 수문답手問答
   ② 청와전설靑蛙傳說
   ③ 범보다 무서운 곶감 설화

---

7) 이것은 후일 『조선민족설화의 연구』(조선문화총서 1, 을유문화사, 1947)란 이름의 단행본으로 간행되었다.

④ 삼년 아부 전설三年啞婦傳說
⑤ 일월 전설日月傳說
⑥ 호토 설화虎兎說話
⑦ 치서 설화癡壻說話
⑧ 가자茄子(가지)로 방적防賊한 설화

　이 밖에 손진태의 상기 논저에서 일본에도 상통되는 설화가 존재함을 지적한 것으로 다음과 같은 것들을 추가할 수 있다.

⑨ 형제 투금 설화兄弟投金說話
⑩ 선인 사금 설화仙人拾金說話
⑪ 면인면기 설화面印麵器說話
⑫ 징처 설화懲妻說話
⑬ 밉다가 곱다가 하는 처妻
⑭ 명관치장승 설화名官治長丞說話
⑮ 흥부 설화興夫說話, 설절작舌切雀
⑯ 불식경 설화不識鏡說話, 송산경松山鏡
⑰ 백조 소녀 전설白鳥少女傳說, 우의전설羽衣傳說
⑱ 견훤식 전설甄萱式傳說, 삼륜산식 전설三輪山式傳說
⑲ 사미 설화沙彌說話, 소승과 화상小僧と和尙

　이상의 인례 중에서 이미 다카키와 마쓰무라에 의하여 제시되었던 유형들 즉 ⑮~⑲를 제외하면, 손진태가 새로 밝힌 것은 14개인 셈이 된다. 따라서 위의 세 연구자에 의하여 한일 공동 전승 설화임이 확인된 자료는 30여 개 유형에 이름을 알 수 있다.
　지전홍자池田弘子[이케다 히로코]의 "한일설화의 관계Relationship between Japanese and Korean folktales"가 발표되었던 것은 1959년 8월 19일부터 8월 29일까지 키엘과 코펜하겐에서 개최되었던 '국제 설화학자 대회'에서였다. 그는 동 대회 발표 요지에서 우선 양국 간의 오랜 역사적 접촉을 약술한 다음, 자신이 이용할 수 있었던 200여 한국 설화를 바탕으로 한일 설화의 공통 유형들에 대하여 논하였다.

그는 우선적으로 한일 양국의 공통 설화 가운데 중국측 문헌에 의해 양국으로 전래되었을 가능성이 있는 다음의 유형들은 거론하고, 이들은 직접적인 구전에 의한 것이 아니라 문헌에 의하여 각각 별도로 전해졌을 가능성이 있기 때문에 논외로 할 것을 주장하였다.

> AT 1270 불식경不識鏡
> AT 1351 누가 먼저 말을 시작할 것인가?(부부 쟁병夫婦爭餠)
> AT 1537 5번 중살重殺된 시체(간부 간부 징치姦婦姦夫懲治)
> AT 852 거짓말 내기로 아내 얻기
> AT 920 진짜 어머니의 판별

이어 그는 한일 공통 설화군을 다음과 같은 3개의 범주로 나누어 설명하였다.

> 제1군 : 이 그룹에 속하는 설화들은, (1) 8세기 이전 문헌으로, (2) 지방적 전설로, (3) 그 분포가 주로 일본의 외곽 지역에 한정되어 있다는 특징을 지닌다.
> ① AT 301-302　　지하국 대적 퇴치(The Three Stolen Princecess-Dragon Slayer)
> ② AT 313(400)　　백조 처녀(Swan maidens)
> ③ N 831.1　　방리득보放鯉得寶 혹은 용궁색시(Dragon Palace Wife)
> ④ D2136.8　　거타지居陀知 혹은 작제건作帝建(Sea-God's will in the choice of sacrifice shown by the sinking clothes)
> ⑤　?　　호경虎景과 구룡산九龍山 전설(The Providential rescue)
> ⑥ AT 121 / 156　　무당호巫堂虎(Animal Ladder / Splinter in Bear's Paw)

> 제2군 : 이 그룹에 속하는 이야기들의 일본 내 분포는 주로 남구주南九

州지방에 한정되어 있다.

① AT 160   목木도령(Grateful animal, ungrateful man)
② AT 406   여우 누이(Child who turns out be a cannibal)
③ AT 408   바뀌어진 아내(Three Oranges)
④ AT 440   개구리 신랑(The frog son step by step finds his way
                 to the girl's bed)
⑤ AT 460B   구복여행求福旅行(Journey to find answers to questions
                 asked on the way)
⑥ AT 516Vc   효자 매아孝子埋兒(Child sacrificed to provide blood for
                 cure of friend)
⑦   ?   부래지浮來地(The Moving Island)

제3군 : 한·중·일 3국에서 각국의 특유의 이본들이 유전되고 있는
        이야기.
1) AT 123 혹은 333 해와 달이 된 오뉘(The wolf and the kids)
2) AT 210   야영野營하는 동물들(Animals in night-quarters)
3) AT 957   호랑이와 곶감(The rain leak is more fearful than the
                 tiger)
4) AT 981*   기로전설棄老傳說(Abandoning old parents in the
                 mountain)

이케다가 위 논문에서 다룬 유형의 수는 총 22개이다. 물론 그 중에는
유형 전체라기보다 모티프만이 일부 공통된 것도 있고, 이미 선학들에 의
하여 논의되었던 것들도 있으나, 그 상당수가 처음으로 거론된 예들로 인
정해도 좋을 것으로 생각된다. 그리고 유형 및 모티프의 지정을 오늘날
세계적으로 널리 사용되는 아아르네-톰슨Aarne-Thompson의 유형번호와 톰
슨Thompson의 모티프 번호로써 해 주었다는 점에서도 이 논문은 커다란
의의를 지닌다. 왜냐하면 이전에는 설화의 비교 연구시 임의로 '이야기
제목'들을 사용함으로써 그 정확한 실체를 파악하기 곤란하였음에 비하

여, 비록 제한적이긴 하지만 이 글에서 비로소 통일된 유형과 모티프의 번호를 사용함으로써 정확을 기할 수 있게 되었을 뿐만 아니라, 그에 따라 많은 지역 설화의 비교 연구가 가능하게 되었기 때문이다. 이에 이하 본고에서도 오늘날 학계에서 널리 통용되는 이러한 설화 유형번호 및 모티프 번호를 사용하여 기술함을 원칙으로 삼겠다.

(3) 1970~1980년대의 한 · 일 설화 비교 연구

1970년대 후반, 즉 1976년과 1977년에 이르러 일본에서는 한국과 일본의 설화 유형 비교의 지침이 될 수 있는 세 가지 주요한 저작이 출간되었다. 그것은 최인학崔仁鶴의 『한국석화의 연구韓國昔話の硏究』(홍문당弘文堂, 1976)와 관경오關敬吾[세키 게이고]의 『일본의 석화 : 비교 연구 서설日本の昔話 : 比較硏究序說』(일본방송출판협회, 1977) 및 도전호이稻田浩二[이나다 고지] 외 공편의 『일본석화사전日本昔話事典』(홍문당弘文堂, 1977)이다. 물론 이들 세 문헌의 원래 목적은, 한국과 일본 설화의 비교에 있던 것이 아니라 한국이나 일본 설화의 유형 설정 및 분류, 유형 간의 비교 및 인덱스 작성을 위한 것이었으므로 양국 설화 유형 간의 비교 문제는 극히 부차적으로 다루어지고 있다. 따라서 비교의 결과도 책 끝에 붙어 있는 대조표 형식으로 처리되고 있다. 그러나 어쨌든 이들이 모두 AT 유형 번호를 중심으로 해당되는 각국 설화의 유형들을 리스트화하여 보여주고 있는 것은, 아무리 그것이 소루疎漏한 것이라 하더라도 이후의 연구자들에게 보다 정세한 논의를 진척시킬 수 있는 거점據點을 마련해 준 것이라 할 수 있다.

이들 세 문헌에서 한일 양국의 공통 유형으로 거론한 설화의 총수는 최인학 226개 ; 관경오 93개 ; 『일본석화사전』 235개 정도이다. (단, 한 유형에 대응하는 상대국 유형의 수가 다수일 경우에는 편의상 1개로 계산하였음.) 그러나 이와 같은 통계 수치는 근본적으로 몇 가지 점에서 매우 불만족스러운 것이다. 첫째, 유형 비교를 위하여 이용된 자료(특히 한국측의)가 너무나 빈약하다는 점이다. 1970년대에 설화 연구자가 이용할 수 있었던 자료의 수와 20년 후 현재의 그것은 비교할 수 없을 만큼 팽대되었다. 가령 1980년대 전반기에 이르기까지 한국에서는 한국문화인류학회 및 한국정신문화연구원 주관으로 전국에 걸친 설화 자료 조사 작업이 실시되어, 그 조사 결과 각각 13권 및 83권에 이르는 방대한 자료집이 간행된 바 있고, 그 밖에도 개인이나 각급 학교의 현지 조사 자료집이 상당수 발간된 바 있다. 그런데 지금까지의 한국 설화 관계 연구서들(특히 일본측의 유형집)에서는 이들에 대한 참고가 전혀 없이, 오로지 위의 최인학의 『한국석화의 연구』(1976)에 의존해 왔다. 따라서 자연 한일 설화의 유형 비교는 극히 한정적인 차원에 머무를 수밖에 없었다. 둘째, 유형 비교가 너무 모티프적 차원에서까지 이루어져 동일 유형이라고 도저히 생각할 수 없는 것들까지 동일 유형으로 분류되었다는 점을 들 수 있다. 그 결과 하나의 유형에 대하여 상대국의 유사 유형이 너무 많이 예거例擧되고 있는 것이다. 셋째, 이유는 알 수 없지만, 너무 판이한 양국의 유형이 동일한 것으로 계산되고 있다. 아마 그 중에는 인쇄 과정상의 오식誤植도 있겠지만 그 상당수는 직접 자료가 아닌 간접 자료에 의거하였기 때문이 아닌가 생각된다.

한편 관경오의 『일본석화집성日本昔話集成』(1950～1958)이 증보된 『일본석화대성日本昔話大成』 전 11권이 완성 출간된 것은 1980년의 일이다. 이 책에는 『일본석화집성』에 누락되었던 상당수의 유형들이 추가된 바 있다. 그리고 일본의 설화 유형집으로는 도전호이(이나다 고지)의 『일본석화통관日本昔話通觀』 제28권 "석화 타입 인덱스昔話 タイプ・インデックス'(동붕사同朋社)가 1988년에 간행되었다.

이상의 제 문헌에서 거론된 한일 공통 설화 유형들을 일일이 들며 검토할 여유는 없으므로, 여기에서는 관경오의 『일본석화집성』을 근간으로 한 『일본의 석화 : 비교연구서설』 및 『일본석화대성』, 그리고 도전호이의

『일본석화통관』을 참고하여, 필자가 취사 검토한 한일 공통 유형의 리스트만을 제시해 보기로 하겠다.『일본석화집성』(1950~1958)에는 총 8,700여 설화를 바탕으로 추출한 650개의 유형이 들어 있고, 반면『일본석화대성』(1979~1980)에는 약 34,000~35,000여 설화를 바탕으로 하여,『일본석화집성』의 650개 유형에다 90여 유형을 추가하였으며,『일본석화통관』은 약 60,000여 설화의 자료로부터 총 1,211개 유형을 설정하고 있다.

◆ 맨 앞에 제시된 숫자는 AT 유형 번호임 ; 영문은 아아르네-톰슨Aarne-Thompson의 유형명 ; (　) 내는『일본석화집성』의 유형 번호와 유형명 ; [　] 내는『일본석화대성』의 유형 번호와 유형명 ; <　> 내는『일본석화통관』의 유형 번호와 유형명을 나타낸다.

1*　　　　The Fox Steals the Basket (4 百舌と狐) <536 うずらと狐>

2　　　　The Tail-Fisher (2A / 2B 尻尾の釣り / 3 川獺と狐 / 7A 狸と兎と川獺) <535B 尻尾の釣ーり仕返し型>

6　　　　Animal Captor Persuaded to Talk (45 鳥と螻蛄) <536 うずらと狐 / 537AB たにしと鳥>

9　　　　The Unjust Partner (22 猿と蟆の寄合田 / 23 猿と蟹の寄合餅) <527C 餅爭い / 528A 寄り合い田>

34A　　　Dog Drops his Meat for the Reflection [動物新1 欲ばり犬]

49　　　　The Bear and Honey [動物新4 熊と蜂蜜] <565 狐と熊>

57　　　　Raven with Cheese in his Mouth (44 田螺と鳥の歌問答) <537AB たにしと鳥>

58　　　　The Crocodile Carries the Jackal [動物新6 兎と龜]

60　　　　Fox and Crane Invite Each Other [動物新7 鶴と狐の呼び合い]<576 狐と鶴>

75*　　　Wolf Waits in Vain for the Nurse to Throw away the Child [動物新9 ガモウに食わすぞ]

76　　　　The Wolf and the Crane [動物新10 狼の忘恩]

91　　　　Monkey (Cat) who Left his Heart at Home (35 猿の生肝) <577 猿

の生き肝>

110   Belling the Cat [動物新12 猫の首に鈴]

112   Country Mouse Visits Town Mouse (36 山の鼠と家の鼠) <566 町の
鼠と山の鼠>

120   The First to See the Sunrise (18 鳥の王の選擧) <551A みそさざい
は鳥の王>

121   Wolves Climb on Top of One Another to Tree (252 鍛冶屋の婆：千
匹狼) <289 鍛冶屋の婆>

123   The Wolf and the Kids (245 天道さん金の網) <346 鬼の家の便所
/ 348 天道さん金の網>

130   The Animals in Night Quarters (30 馬と犬と猫と鶏の旅行) <572
馬と犬と猫と鶏の旅>

155   The Ungrateful Serpent Returned to Capacity [動物新13 商人と蛇 第
二類]

156   Thorn Removed from Lion's Paw (Androcles and the Lion) (228 狼報
恩) <389 狼の守護 / 390 狼の德利>

160   Grateful Animals ; Ungrateful Man (234 報恩動物ー恩知らずの人)
<402 人間忘恩>

177   The Thief and the Tiger (33A 古屋漏) <583 古屋の漏り>

178A   Llewellyn and His Dog (The Braman and the Mongoose) (235 忠義
な犬) <384 忠義な犬>

179   What the Bear Whispered in his Ear [動物新15 熊の忠告]

200   The Dog's Certificate / 200D* Why Cat is Indoors and Dog Outside in
Cold / 560 The Magic Ring (165 犬と猫と指環) <383 犬と猫と玉>

210   Cock, Hen, Duck, Pin, and Needle on a Journey (25 猿の夜盗 / 28
爺と猿 / 29 雀の仇討 / 猿蟹合戰) <522A 柿爭いー仇討ち型 / 524
子馬の仇討ち / 525 雀の仇討ち / 538A 寄り合い田ー仇討ち / 530
猿の夜盗>

222A   Bat in War of Birds and Quadrupeds [動物新16B 鳥獸合戰] <484
こうもりの二心>

225A   Tortoise Lets self be Carried by Eagle (64 雁と龜) <500 龜の甲羅 /

153 運定め－壽命の取り替え＞

510A   Cinderella (205A 米福粟福) ＜172 繼子の木の實拾い / 173 繼子の水汲み / 174 米福・粟福 / 205E 蛇婿入り / 210C 猿婿入り / 351 魔法の馬＞

513A   Six Go through the Whole World (140 力太郎) ＜131 こんび太郎＞

516B   The Abducted Princess (Love Through Sight of Floating Hair) → 465

517   The Boy who Learned Many Things (164 聽耳 / 756 大木の秘密 / 156 夢買長者 / 157 山神と童子) ＜374 蛇の聞き耳＞

551   The Sons on a Quests for a Wonderful Remedy for their Father (176 奈良梨採り) ＜102 孝行酒 / 169 なら梨取り＞

554   The Grateful Animals (127 蜂の援助) ＜252 難題婿－蜂の援助＞

555   The Fisher and his Wife (223 龍宮童子) [補遺10 金の魚] ＜42B 笠地藏 / 115AB 寶ひょうたん / 218 魚女房 / 366 魚報恩＞

560   The Magic Ring → 200

565   The Magic Mail (167 鹽吹臼) ＜110 鹽ひき臼＞

566   The Three Magic Objects and the Wonderful Fruits (Fortunatus) (469 鼻高扇 / 470 尻鳴り篭) ＜112 尻鳴りべら / 113 鼻高扇＞

571   Making the Princess Laugh [本格新14 一粒の種子] ＜121 山男の種子＞

613   The Two Travels [本格新16 二人旅] ＜162 兄弟と狼＞

653   The Four Skillful Brothers / 653A The Rarest in the World / 654 The Three Brothers (173 三人兄弟)＜159 弟出世 / 166 兄弟の邂逅 / 247 難題婿＞

653A   The Rarest in the World → 653

654   The Three Brothers → 653

670   The Animal Languages / 671 The Three Language (164A / 164B 聽耳) ＜111 聞き耳頭巾 / 162 兄弟と狼 / 180 繼子の肝取り / 374 蛇の聞き耳＞

671   The Three Language → 670

676   Open Sesame [本格新17 開け岩]

700   Tom Thumb (136 一寸法師) ＜137A 一村法師 / 138 指太郎＞

706   The Maiden Without Hands (208 手なし娘) ＜178 手なし娘＞

720   My Mother Slew Me (218 唄い骸骨) <263 歌い骸骨 / 274AB 繼子
の訴え>

725   The Dream (156 夢見小僧 / 168 生鞭死鞭) <93 夢見童子>

729   The Axe Falls into the Stream (226 黄金の斧) <52 金の斧>

736A   The Ring of Polycrates (169 魚の玉 / 227 玉取姫) <98 魚の飲んだ
黄金>

737B*   The Lucky Wife → 934

750A   The Wishes (412 米倉小盲 / 413 打出の小槌) <16 三つのかなえご
と / 117 打ち出の小槌>

780   The Singing Bone / 780A Cannibalistic Brothers (217 繼子と笛 / 218
唄い骸骨) <263 唄い骸骨 / 274B 繼子の訴え－繼子と笛型>

804   Peter's Mother Falls from Heaven <405 佛の絲>

822   The Lazy Boy and the Industrious Girl [本格新22 鴨に小判]

834   The Poor Brother's Treasure (161 天福地福) <43 毘沙門の福授け /
・92 天福地福>

851A   Trandot (130 謎解婿) <241 / 242 難題婿>

852   The Hero Forces the Princess to Say, "That is a Lie." (494 嘘の名人)
<798 嘘話の賭け>

875   The Clever Peasant Girl (524 殿樣の難題) <175 皿皿山 / 820~822
難題話>

890   A Pound of Flesh [本格新24 一筋の臀肉]

893   The Unreliable Friends (The Half-Friend) (182 兄弟の仲直り) <167
兄弟の仲直り>

896   The Lecherous Holy Man and the Maiden in a Box (122 嫁の輿に
牛) <657 牛の嫁入り>

898   The Daughter of the Sun <124 太陽の子>

910   Precepts Bought or Given Correct / 910B The Servant's Good
Counsels (515 話千兩) <434 話の功德>

910B   The Servant's Good Counsels → 910

921   The King and the Peasant's Son (521 殿樣と小僧 / 524 殿樣の難題
＝打たぬ太鼓) <807~808 難題問答 / 818~825 難題話>

山姥>

1145　The Ogre Afraid of what Rustles or Rattles (243 牛方山姥) <352 馬子と山姥>

1174　Making a Rope of Sand (灰繩千束＝ 523 親棄山 / 524殿様の難題) <213 觀音女房 / 215 龍宮女房 / 217A 繪姿女房 / 818 難題話－灰繩 / 823 難題話－馬の親子>

1204　Fool Keeps Repeating his Instruction (買物の名) <1047C 物の名忘れ>

1215　The Miller, his Son, and the Ass (591 臼を負うて馬に乘る) <982 臼を擔いで乘る>

1246　The Axes Thrown Away (314 芋轉がし) <1105 芋ころがし>

1278　Marking the Place on the Boat (335 糠の道標) [笑話新1A 船舷の目標] <987 へさきに目印 / 1075 ぬかの目印 / 1076 鳥の目印>

1293　Numskull Stays until he has Finished <1000 樋にぎり / 1001 子抱き>

1313　The Man who Thought Himself Dead (532 飴は毒) <603 和尙と小僧－飴は毒>

1319　Pumpkin Sold as Ass's Egg [笑話新3 馬の卵]

1336A　Man does not Recognize his own Reflection in the Water (Mirror) (319 尼裁判) <1102 尼の仲裁>

1339　Strange Foods (321 蠟燭蒲鉾 / 322 元結素麵 / 325 馬刀貝) <1106 ろうそく騷動 / 1107 うどんとたどん / 1110 すいかのはらわた / 1113 貝の殼食い>

1339B　Fool is Unacquainted with Bananas <1110 すいかのはらわた>

1351　The Silence Wager (497 無言較べ) <864 無言くらべ / 865 無言の行>

1358B　Husband Carries Off Box Containing Hidden Paramour / 1725 The Foolish Parson in the Trunk [笑話新4 瓶に隱れた和尙] <735 瓶の間男>

1373A　Wife Eats so Little (244 食はず女房) <356AB 食わず女房>

1373B*　Girl Eats Chicken <1211 鳥食い婆>

1383　The Woman Does not Know Herself (369 首通し) <1072 首通し>

1415　Lucky Hans (155 藁しべ長者) <96 藁しべ長者 / 414 交換の旅>

1423　The Enchanted Pear Tree [笑話新6 葺師と女房] <658 屋根ふきと

女房>

1430　The Man and his Wife Build Air Castles (437 金儲の胸算用) ＜891 金をもらったら / 892 餅をもらったら＞

1452　Bride Test : Thrifty Cutting of Cheese ＜253 難題嫁＞

1530*　The Man and his Two Dogs (382 鼠經 / 383 後生を買う) ＜901A 鼠經 / 901B 後生買い型 / 902 でん・おきゅ・ひねしろう＞

1531A　Man Shaved and with Hair Cut does not Recognize Himself＜894 おれは誰か＞

1535　The Rich and Poor Peasant (618 俵藥師) ＜438 俵藥師 / 440 盗人女房 / 441 馬の皮占い＞

1537　The Corpse Killed Five Times (624 智惠有殿) ＜439 知惠あり殿 / 440 盗人女房＞

1539　Cleverness and Gullibility (621 金ひり馬) ＜629 金ひり馬＞

1542　The Clever Boy (495 嘘の皮) ＜632 飯炊け釜＞

1555A　Paying for Bread with Beer (555 瓶を買う) ＜641 瓶の買い替え＞

1562　"Think Thrice before you Speak." (589 火事の知らせ) ＜682 火事の知らせ＞

1562A　The Barn is Burning (638 長い名の子) ＜857 長い名の子＞

1565　Agreement Not to Scratch (431B 三人の癖) ＜759 三人の癖＞

1640　The Brave Tailor (466 炮烙賣の出世) ＜1029 三人婿 / 1143 運のよいにわか武士＞＞

1641　Doctor Know Know-All (626A 嘘八卦 / 626C 遠國の火) ＜80 玉取り姫 / 732AB にせ占い / 991 元の兵六＞

1645A　Dream of Treasure Bought (158 夢買長者 / 159 だんぶり長者) ＜95 夢買い長者 / 254 夢と蜂 /＞

1655　The Profitable Exchange (187 雁取爺) ＜97 繩ないの運＞

1676B　Clothing Caught in Graveyard (410 肝試し) ＜875 肝試し＞

1685A　The Stupid Son-in-Law (464 鴨取權兵衛) ＜1141 鴨取り權兵衛＞

1687　The Forgotten Word (362A 團子婿 / 362B 買物の名 / 420 嘉兵衛鍬 / 593 鑢と藥 / 423 平林) ＜934 藥とやすり / 1047A～C 物の名忘れ / 948～949 鳴き聲と人 / 953 平林＞

"Don't Eat too Greedily." (359 鶴龜の歌 / 353 熟柿の糞) <1035 瓶と小石 / 1038 熟柿の糞>

1696   "What Should I have Said (Done)?" (330A / 330B 一つ覺え / 333B 法事の使 / 337~340 枯木見舞 外) <870 法事の使い / 1011 南京婆 / 1012~1019 屛風ぼめ 外 / 1020 魚籠のあいさつ 外 / 1026A~C 段段の教訓>

1698   Deaf Persons and their Foolish Answers (414 聞き違い) <936~937 聞き違い>

1704   Anecdotes about Absurdly Stingy Persons (449 吝い屋 / 450 辛棒比べ) <879 藁の贈り物 / 880 金槌が減る / 881 おかずの辛抱 / 882 飯泥棒>

1710   Boots Sent by Telegraph [笑話新13 走る電信] <917 電信で送る>

1725   The Foolish Person in the Trunk → 1358B

1737   The Parson in Sack to Heaven (618 俵藥師)<438 俵藥師 / 939 首のない影 / 735 瓶の間男>

1804B Payment With the Clink of Money [笑話新18A 匂いの代價] <658 匂いの代金>

1889   Münchhausen Tales (465A 雀捕り) <1136 小鳥捕り－雀を醉わせる>

1889H Submarine Otherland (223 龍宮童子 / 224 浦島太郎) [補遺11A 山彦由來] <74 浦島太郎 / 75 龍宮童子 / 76 龍宮犬 / 77 龍宮壺 / 78 龍女の援助>

1920   Contest in Lying / 1920F He Who Say "That's a Lie" Must Pay a Fine (489 法螺較べ / 491 嘘つく槍 / 492法螺吹き童兒) / 494 嘘の名人) <793 ほら吹き息子 / 794 ほらくらべ / 798 嘘話の賭け>

1920F He Who Say "That's a Lie" Must Pay a Fine → 1920

1925   Wishing Contest (133 山田白瀧) <235A 歌婿入り－ごもく型>

1925* Three Competing Wishes (175 馬鹿でも總領) <158 兄は兄だけ>

1950   The Three Lazy Ones (430 二人の無精者) <890 二人のものぐさ>

1960   The Great Animal or Great Object (482 大鳥と蝦) <794 ほらくらべ>

2031   Stranger and Strongest / 2031C The Man Seeks the Greatest Being as a Husband for his Daughter (380 土龍の嫁入)<945 石屋が最上 /

568 鼠の婿選び>

2034C　Lending and Repaying : Progressively Worse (or better) Bargain (155 藁しべ長者) <96 藁しべ長者 / 414 交換の旅>

2250　Unfinished Tales <1195~1198 はなし話>

2300　Endless Tales / 2301 Corn Carried away Grain at a Time(641 / 642 果なし話) <1181~1188 果なし話 / 841 話堪能>

2301　Corn Carried away Grain at a Time → 2300

2301A　Making the King Lose Patience (641 果なし話・第一類) <245 難題婿－話上手)

이상에서 한일 양국의 설화 중 AT의 유형 번호와 합치되는 유형은 160여 개 정도의 유형이 있음을 알 수 있다. 그러나 AT 유형 색인 자체가 서양의 설화 자료 중심으로 이루어진 것이어서, 동북아 일원의 한일 양국 설화를 그것에 대조시킨다는 것 자체에 무리가 있음은 사실이다. 위에서도 알 수 있는 바와 같이, AT 유형에 들어 있는 부분적인 모티프만이 한일 양국 설화와 공통된다든가, 혹은 그 모티프가 한일 양국 설화의 다수 유형에 나타난다든가 하는 경우도 있고, 반대로 한일 양국 설화에 나타나는 모티프들이 다수의 AT 유형들에 나타나는 경우도 있어, 정확한 통계 수치를 얻는다는 것은 거의 불가능하다. 그리고 위의 수치 중에는, AT 유형 인덱스에는 아예 들어 있지 않거나, AT 유형 번호에는 들어 있더라도 내용이 그다지 합치되지 않는 유형들이 빠져 있는 것이어서, 그 전체적인 숫자는 훨씬 증가될 수 있다. 다음이 그러한 예들이다.

8　猿の仲裁 <563 猿の仲裁>

20　猿蟹餅競爭 <527AB 餅爭い－餅ころがし型>

32A　勝勝山 <531 かちかち山 / 335 狸の婆汁>

39　龜にまけた兎 <579 兎と狼>

41　百足と蚰蜒の競爭 <575 むかでの使い>

48　鳶不孝 <455 雨蛙不孝>

529B　　　　　卵は白茄子 ＜604 和尙と小僧-卵は白なす＞

530　　　　　指合圖 ＜608 和尙と小僧-指合圖＞

531　　　　　和尙お代り ＜611 和尙と小僧-和尙お代わり＞

541　　　　　耳に布團 ＜910 耳にふとん＞

551　　　　　片目の牛 ＜634 片目の牛＞

553　　　　　薪を買う ＜723 ただの焚きつけ＞

576　　　　　星を落とす ＜863 星を落とす＞

578　　　　　芝居見物 ＜724 ただで芝居見＞

594　　　　　鎌を忘れた處 ＜986 鎌を忘れ場＞

595　　　　　底のない壺 ＜976 底のない壺＞

609　　　　　座頭と博勞 ＜816 難題話-座頭と博勞＞

617　　　　　首のない影 ＜339 首のない影＞

626D　　　　味噌の匂い ＜741 名裁判-味噌の匂い＞

635　　　　　廻りもちの運命 ＜まわりもちの運命＞

636A　　　　昔と話と謎 ＜1199 昔と話と謎＞

636B　　　　昔刀 ＜1202 昔刀＞

640　　　　　短い話 ＜1191～1194 短い話 / 1199 昔の話と謎＞

［笑話新8 侍と泥棒］
［笑話新9 板倉政談］

＜465　　　　嫁鳥＞

＜665　　　　出たものは切る / 666 根はこちら＞

＜677　　　　井の中の蛙＞

＜738　　　　名裁判-洋傘と風＞

＜763　　　　嫁に行きたい話＞

＜767　　　　昨日の屁＞

＜768　　　　屁負い婆＞

＜787　　　　敗北の承認＞

＜845　　　　烏の目入れ＞

＜866　　　　壺の手＞

＜868　　　　ぐず＞

＜893　　　　口に入るまでは＞

<905　　　友だちとおない年>
<958　　　ものまね損>
<960　　　油賣り曆賣り>
<965　　　魚を見ておれ>
<979　　　泣き婆>
<1057　　　嫁の鉈傷>
<1067　　　嫁の謙遜>
[補遺1　熊の子]
[補遺1B　熊女房]　<226　熊女房>
[補遺2　掛軸女房]
[補遺4　孟宗竹]
[補遺7　隱れ里]　<83　隱れ里>
[補遺12　不思議な皮袋]
[補遺16　旅人と團栗]　<小さなかしの實>

끝으로 이 리스트 작성에 있어서 우리가 고려해 둘 것은, 현재 한일 양국 설화간의 공통성이 있는 자료라 하더라도, 그 자료들이 과연 언제부터 전승되었을까 하는 문제이다. 가령 그림 설화나 이솝우화, 혹은 『천일야화千一夜話』와 합치되는 유형일 경우, 그것은 근대 이후의 각종 출판물, 가령 신문·잡지·동화집이나 심지어는 교과서 등을 통하여 알려졌을 가능성이 무척 높다. 그러나 이를 판별할 수 있는 뚜렷한 근거가 없으므로 이를 통계에서 제외할 수는 없는 것이다. 또 한 가지 난점은 유형 전체가 아닌 부분적인 유사성이 있다고 판단되거나 스토리의 내용이 아닌 구조가 유사성을 보였을 때 이들을 어떻게 처리하느냐 하는 것이다. 이것은 참으로 미묘한 문제이어서 현재로서는 객관적 근거에 의하기보다 주관적 판단에 맡기는 수밖에 없다고 생각한다.

(4) 중국·몽고 설화와의 비교 연구

위에서 본 연구자는 주로 일본인 학자들의 연구 성과를 중심으로, 한국과 일본 설화의 공통 유형들을 점검한 결과, 약 300여 유형에 달하는 한일 공통 설화의 리스트를 얻었다. 이는 상술한 관경오·도전호이의 한일 설화 대조표에서 거론된 숫자를 훨씬 상회上廻하는 숫자임은 물론이다. 이러한 예에 따라 다음의 과제는 당연히 한국과 중국, 혹은 한국과 몽고, 한국과 시베리아 등의 순으로 진행되어야 할 것이다. 그러나 유감스럽게도 본 연구자의 수중에는 이들 제 지역에 관한 선행 연구 업적들이 너무나 부족한 형편이다. 따라서 이하의 논술이 자연 소략함을 면치 못하게 되었음을 유감으로 생각하며 장래의 보완을 기대하는 기다리는 수밖에 없다.

일찍이 손진태는 그의 저술에서 '중국 영향의 한국 설화'로서 다음과 같은 24종을 든 바 있다.[8]

　　① 대홍수 전설
　　② 북두칠성과 단명 소년短命少年 설화
　　③ 광포廣浦 전설
　　④ 의구 전설義狗傳說 (1)
　　⑤ 의구 전설 (2)
　　⑥ 나중미부螺中美婦 설화
　　⑦ 청와靑蛙 전설
　　⑧ 아랑형阿娘型 전설
　　⑨ 효자매아孝子埋兒 전설
　　⑩ 처첩쟁발妻妾爭髮 백흑발白黑髮 설화
　　⑪ 상주尙州 오복동五福洞 전설

---

8) 『조선민족설화의 연구』(을유문화사). 1947년에 단행본으로 발간되었지만, 당초에는 1927~1928년에 걸쳐 『신민新民』 잡지에 연재되었던 것임.

⑫ 열불열녀烈不烈女 전설
⑬ 욕신금기浴身禁忌 설화
⑭ 선유仙遊에 후가부가朽柯斧柯
⑮ 좌칠우칠횡산도출左七右七橫山倒出
⑯ 아지兒智에 관한 설화
⑰ 이태조李太祖 묘지墓地 전설
⑱ 왕상득리王祥得鯉 전설
⑲ 조수潮水 설화
⑳ 산상삼시여전山上三屍與錢 설화
㉑ 강감찬姜邯贊 금와훤禁蛙喧 전설
㉒ 산지고고탱석고山之高高撑石故
㉓ 미낭능언米囊能言 설화
㉔ 독쟁이 구구九九 설화

    손진태가 거론한 이와 같은 예는, 육속陸續되어 있는 한국과 중국의 지리적 상황으로나 혹은 역사적·문화적 관계로 보아, 빙산의 일각一角에 불과함은 두말할 여지도 없겠다. 그러나 이를 입증시킬 수 있는 연구 성과는, 필시 본 연구자의 천학淺學의 탓이기도 하겠지만, 그다지 많은 것 같지 않다.

    중국의 최초의 설화의 유형 색인집은 에버하르트W. Eberhard의 『중국 설화 유형*Typen Chinesischer Volksmärchen*』(FFC 120, 1937)이다. 이 책에는 물론 타국 설화와의 비교 리스트 따위는 실려 있지 않으나, 중국 설화의 각개 유형의 분포를 보이는 가운데 가끔 한국과 일본에도 동종의 설화가 분포되어 있음을 언급하고 있다. 하지만 이 책에서 설정한 중국 설화의 총 유형 246개 가운데, 한국과의 대비는 7개 유형, 일본과의 대비는 5개 유형에서 이루어지고 있는 정도에 불과하다. 이것은 필경 이 책의 주된 목적이 애초 비교 연구를 위한 것이었을 뿐만 아니라 저자의 한국과 일본 설화 자료에 대한 지식이 별로 없었기 때문인 것으로 생각된다.

그 후 중국에서는 1978년 당대까지의 자료 채집 성과를 바탕으로 하여 Ting, Nai-Tung[정내통丁乃通]의 『*A Type Index of Chinese Folktales*』(FFC 223)가 이루어졌다. 이 책은 아르네-톰슨Aarne-Thompson의 유형집 체계를 따른 것으로, 후에 중국어역과 일본어역도 나왔다.9) 이 책에는 이케다 히로코Ikeda Hiroko의 『*A Type and Motif Index of Japanese Folk-Literature*』(FFC 209, 1971)와의 비교를 바탕으로 한, 총 23개 유형의 중·일 간의 설화 유형 대비 리스트가 부록으로 수록되어 있다.10)

정내통丁乃通	에버하르트Eberhard	이케다 히로코Ikeda Hiroko
159A1		1131A(Ⅱ)
200*	6	174A
301G		302
326E*	124(part)	326A
333C	11	333A
403A**	81	752
433D	31	408A
449A		567
465A1	195	516B
480F	22, 24(a)	480F
503E	30	503E
555*	39(part)	470A
576F*	64	145D, 1002A(Ⅱ)
613A	27	179B*
841A*	177	930C(Ⅳ)
851A*		981(Ⅲ)
980F		1645C(Ⅰ,Ⅱ)

9) 맹혜영孟慧英 외 역, 『중국 민간고사 유형 색인中國民間故事類型索引』(심양瀋陽 : 춘풍문예 출판사, 1983) ; 삼강진기자杉岡津岐子·천야미화자千野美和子·청목진리青木眞理·옥야내 수玉野奈穗 공역, 『중국 석화의 형中國昔話の型』(1984).

10) Nai-Tung Ting, *A Type Index of Chinese Folktales*(FFC 223, Helsinki, 1978)의 pp. 249~250을 교합校合 작성한 것임.

1153A*		1002D	
1336B	S.7.Ⅲ	1336A	
1520	S.8	1520	
1568B	S.17	1313	
1920J	158	1928(Ⅱ)	
2400A	186Ⅳ	2400	

　최인학의 『한국석화의 연구』(1976)의 '석화형 대조표'에서는 총 120여 개 유형, 일본의 관경오의 『일본의 석화 : 비교연구서설』(1977)의 '오리엔트・아시아・일본의 석화 비교 대조표オリエント・アジア・日本の昔話比較對照表'에서는 총 70여 개 유형, 『일본석화사전』(1977)에서는 53개 유형, 도전호이의 『일본석화통관』(1988)에서는 92개[11] 유형이 에버하르트 Eberhard의 유형과 대비되어 있다. 이 중 상게서들이 대체적으로 일・중 공통 설화 유형으로 꼽고 있는 것은 60개 정도임을 알 수 있다.[12] 그러나 이들은 모두 1937년도에 이루어진 에버하르트의 유형집을 비교의 대상으로 삼은 것이기 때문에, 동서가 이용할 수 있었던 자료의 수로나, 혹은 그들 자료를 바탕으로 추출하여 낸 총 유형의 수에 있어서 미흡하기 짝이 없는 것이므로, 상게서들의 비교 결과도 그만큼 불만족스러운 것이라 할 수 있다.

　본 연구자가 에버하르트보다는 반세기나 후에 이루어진 정내통의 유형집을 중심으로 한・중 설화 유형을 비교한 결과는 다음과 같다.[13]

---

11) 동서에서는 각국 설화의 유사성의 정도를 '동일 타입タイプ', '대응 타입', '참조 타입'의 셋으로 구분하여 표시하고 있는바, 이 수치는 첫 번째의 동일 타입만을 취한 것이다.
12) 일・중 설화 대조 리스트가 수록되어 있는 3종의 연구서 중, 2책 이상에서 일・중 공유형으로 들고 있는 것만을 계산한 것임.
13) 분류 명칭은 맹혜영 등의 중문판에 의거하였다.

종	류	총 유형	동일 유형
동물 고사	동물 고사	150	50(33%)
보통 고사	신기 고사神奇故事	162	71(44%)
	종교 고사	32	12(38%)
	생활 고사	118	48(42%)
	우준마귀적 고사愚蠢魔鬼的故事	31	8(26%)
소화	사자적 고사傻子的故事	67	19(28%)
	부처 고사夫妻故事	41	8(19%)
	여인 고사女人故事	11	4(36%)
	남인 고사男人故事	189	60(32%)
	설황적 고사說謊的故事	26	14(54%)
정식 고사程式故事	연환 고사連環故事	9	3(33%)
	권투 고사圈套故事	1	0(0%)
	기타 정식 고사其他程式故事	3	3(100%)
불분류적 고사不分類的故事	불분류적 고사	2	1(50%)
합 계		842	301(36%)

위의 통계는 약간의 오차를 감안한다 하더라도 근사치는 될 수 있다고 생각한다. 그런데 한국과 중국 설화의 30퍼센트 이상이 동일 유형이라는 결과는 매우 놀라운 사실이 아닐 수 없다. 아마도 이는 중국과 한국의 지리적 근접과 역사적 관계에서 연유된 자연스러운 결과일 것이다.

한편 동북아 지역의 몽고 및 시베리아 설화의 관한 연구는 아직 미미한 형편이지만, 이 지역 또한 과거의 역사적·지리적 관계를 생각한다면, 그 설화 연구를 소홀히 할 수는 없다. 그러나 유감스럽게도 몽고 및 시베리아 지역의 설화 인덱스는 아직까지 이루진 바가 없다. 따라서 지금까지의 몽고 및 시베리아 설화와의 비교 연구는 매우 단편적인 언급들만이 있었을 뿐이다. 참고로 관경오의 『일본의 석화—비교연구서설』에 부록된 '오리엔트·아시아·일본의 석화 비교 대조표'를 보면, 이것은 헤식Hessig의 『몽고민담집蒙古民譚集』14)에 수록되어 있는 자료들 중에서 『일본석화집성』과의 유사 설화로서 겨우 8편만이 비교되고 있을 정도이다. 단, 최근 (1993)에 간행된 도전호이의 『일본석화통관』 연구편 1에는 한·중·일을 비롯한 몽고·시베리아 등까지도 포함한 동북아 제 지역 설화의 유형 비교를 시도한 바 있어 이 방면 연구에 신기원新紀元이 될 것으로 믿어 의심치 않는다.

3) 동북아 설화 비교 연구를 위한 제언— 결어를 겸하여

본 연구자는 이 글을 통하여 주로 선학들의 업적들을 검토함과 아울러, 한국 설화의 연구자로서 이웃 국가의 설화 유형과 비교 연구를 시도해 봄으로써, 장차 만들어질 것으로 예상되는 '동북아지역 설화 Type-Index' 작업의 작은 기초를 이루고자 하였다. 위에서 논급한 제가들의 노작들은 물론 필자의 연구 결과도 모두 각각의 시점에서 입수 가능한 자료의 범위 내에서 얻어진 것들을 바탕으로 하였기 때문에, 동북아 제 지역에서의 그간의 팽대한 자료 채집 성과를 감안하여 이들은 장차 대폭 보강되지 않으면 안 될 것이다.

본 연구를 통하여 얻게 된 소득을 한마디로 요약한다면, 우선 한국과 일본 설화의 유형을 비교하여 총 306개의 유사 유형 리스트를 작성 제시했다는 점을 들 수 있을 것이다. 그리고 한국과 중국의 설화 유형을 대비한 결과 301개의 유형 리스트를 얻었지만, 번거로움을 피하기 위하여 본

---

14) W. Hessig, *Mongolische Volksmärchen*(Düsseldorf, 1963).

고에서는 통계 수치만 제시하는 데에 그치고, 리스트의 직접적인 제시는 할애하였다. 나아가 몽고 및 시베리아 지역의 설화 유형에 대한 비교 연구는 그 필요성만 절감하였을 뿐, 자료의 입수난으로 아직 준비 단계에 있음을 솔직히 토로吐露해 둔다.

앞으로 동북아 제 지역 설화의 비교 연구가 상당한 성과를 얻기 위해서는 무엇보다도 각 지역 내에서의 자료 채집 작업이 고르게 강화되어야 할 것이다. 그러나 자료 채집이 아무리 축적되었다 하더라도, 이들이 정리되고 인덱스화되지 않으면 국제적 비교 연구에는 그다지 쓸모가 없을 것이다. 왜냐하면 국외 연구자의 경우, 언어의 장벽도 문제이겠지만, 자료 입수가 용이하지 않기 때문이다. 그러나 잘 정리되어진 인덱스집만 마련된다면, 국외 연구자라도 이를 바탕으로 구체적인 연구 작업을 이루어낼 수 있을 것이다.

그런데 설화의 인덱스집이란 보통의 인덱스처럼 단순한 자료들의 알파벳순 배열 처리로 끝나는 것은 아니다. 그것은 무엇보다 먼저 각 자료의 유형과 모티프 분석이 행해진 다음 일정한 원칙에 따라 배열되어야 한다. 게다가 다른 연구자들의 소용에 이바지할 수 있게끔 그 분석 내용과 결과들이 일일이 참고 자료로써 제시되어야 한다.15) 그러므로 이러한 작업을 수행할 수 있는 최상의 적임자는 각 지역의 설화적 자산에 정통한 전문가로 제한될 수밖에 없다. 그가 특정 지역뿐만 아니라 타지역 설화에 대해서도 상당한 식견을 지니고 있다면 그것은 더욱 바람직한 일일 것이다. 그러나 개인의 관심 범위, 나아가 실제의 능력은 한계가 있는 것이므로, 광역에 대한 비교 연구를 행하기 위해서는 필연적으로 국제간의 협력 연구가 필요해진다. 아마도 설화의 비교 연구만큼 국제적인 협력이 요청되는 학문 분야도 드물 것이다.

지금까지에 이루어진 동북아 지역, 즉 중국, 몽고, 시베리아, 한국, 일

---

15) 이 경우 아르네-톰슨Aarne-Thompson의 인덱스집은 좋은 전범典範이 될 것이다.

본 등지에서의 설화의 연구 현황을 살펴보면, 각 지역에 따라 자료 수집의 정도가 상당한 차이가 있을 뿐더러, 인덱스집도 미비한 형편이다. 그러므로 이러한 상황에서 '동북아'라는 광역의 설화를 논한다는 것은 시기상조일 수밖에 없다. 다만 현시점에서 이러한 난제를 풀 수 있는 지름길이 있다면, 그것은 각 지역 설화의 전문 연구가들이 모여 공동 인덱스집을 만드는 것이다. 이 경우 궁극적인 인덱스집을 얻기 위한 분류 방법만 사전에 합의되어 있다면, 실제의 작업은 각 지역의 책임 연구원의 책임 하에 별도로 진행된다 하더라도 무방할 것이다.

● 참조 원고

이 글은 원래 1995. 3.~1996. 2. 간에 일한교류기금의 지원을 받아 도일渡日한 후 구주대학九州大學의 객원교수를 역임한 후 연구 결과 보고서로 원고 상태로 제출했던 것이다. 귀국 후 1996년 경기대 한일문제연구소 초청 세미나에서 정식 발표하고, 이어 동 연구소 간행 『한일문제연구韓日問題研究』5(경기대 한일문제연구소, 1997. 5.)에 수록한 바 있으며, 다시 원고의 "3) 1970~1980년대의 한·일 설화 비교 연구"의 후반 비교 자료 제시 부분 및 "4) 중국·몽고설화와의 비교 연구" 부분을 더한 본고를『어문학논총』15(국민대 어문학연구소, 1996. 2)에 발표했다.

2. 韓・日の說話類型の比較研究

1) 緒言

　人類が受け傳えてきた'うた'と'はなし'の形態の文學的活動はその起源を測りえないくらいの長い歷史を持ち, また文字の保有の有無とは關係なく地球のすみずにみ致るまであまねく存在することは旣に知られている事實である. しかも說話は言語と人爲的國境までも越えて時・空間的に分布しているので人類學者は勿論のこと心理學者, 言語學者, 文藝學者, 社會學者等の科學研究家たちの强い關心の的になってきた. そうしてこのような世界の各處の顯著な說話的類似性に對して一部の研究家たちは'傳播の所産'であると結論づけ, またある研究家たちは根本的に人間の心理というのはいつ・どこでも類似しているでので同樣な文化の發展の段階を踏まざるをえず, 從って文化現象の中の一つである說話も類似するはずだと結論づけた. このような'傳播說'と'人心同似說'とのどちらが正しいかは現在でも間斷なく論爭が繰り返されでおり, おそらく今後も結局明快な解答がありえないことは明らかである. 從ってわれわれの關心もこのような解決の不可能な'なぞの解き'にふりまわされることなく, もっと實際的な問題である'現象の把握'へ注がれなくてはならない.

　もちろん現在傳わる說話の分布狀態を出發點にしてそれを歷史的・地理的に探索していくいわゆる'歷史地理學派'の窮極的目標も說話の時空間的な起源の糾明にあることは事實である.筆者はかれらの意圖が成功的しているかに對しては, 上のふたつの方法論とおなじように, たいへん懷疑的である. なぜなら文化の傳播が順次的に, また周期的になされることはありえず, それはふつう時間と空間を越えて起こるものであるし, またしばしば獨自の文化として發生する可能性も無視することかできないからである.

　廣大な地球上の無數の說話資料等をおいて巨視的にそれらの傳播の順序を論ずることは個人的には到底不可能である. 研究者自身には言語的障壁がかならずついて行くようになっているし, 他方研究の對象地域での資料發掘も限界があるためである. しかし,このようなさまざまな困難を克服して說話文學の歷史的な糾明を押し進める方途はなにか? おそらくそれは局地的な說話の比較から出發することであろう. 勿論この場合にも全く問題がないわけではないが, 言語的な障壁や資料的な制限性はある程度克服することができる. 說話の局地的な比較研究が累積されれば全世界的な說話文學の歷史的な研究も大いなる進陟を見ることができる. 本研究の目的はこのような窮極的な研究のための礎石の一つを置くことである.

　文化の發展途上で東北アジアという地域的な特殊性のため, その域圈內の諸民族・諸國家は間斷なく接觸して生活してきた. 從って文化遺產の一つである說話も絶え間なく授受されでおり, これらの地域間の說話の比較研究はとうぜん主要な研究課題の一つであろう. しかしこの地域全体の說話の比較研究はたやすいことではない. 研究者自身の能力上の限界は勿論のことであるが, 各地域によって研究狀況に差異があることも大きな問題であろう. 一般的にすべての研究がそうであるように無からの有の創出というのは想像することすら難しい. それゆえ筆者も既往の業績を踏み臺にして, 東北亞地域－特に研究業績がかなり積まれきた韓日兩國の說話の比較研究を中心にして本研究を進めようと思う.

　韓國と日本はその地理的な與件のためたいへん長い前から言語と文化上の交流が頻繁に行われたのはわざわざ言うまでもない. それでいままで言語や考古學的側面からの比較研究は相當になされている狀態である. しかし言語文化上の一つ現象だというべきの說話の比較研究は比較的停滯している. かつて日本人の學者の高木敏雄の"日韓共通の民間說話"(1912)及び松村武雄の"日韓類話"(1914)が出て以來斷片的な言及を除けば本格的な兩國說話の比較研究が行われたことはなかった. 韓國側では1971年に本研究者が『口碑文學槪說』(共著)の中で, 兩國間の類似する說話の項目60餘篇を'韓日說話の比較'として提示したことが最初の業績であった. このリストが作られてから25年近くが經過したが, 韓國の說話學界ではまだこの比較項目が利用されている具合である. しかしその間韓國での現地の資料調査も大變活潑になされたし, また個人的にも根氣よく研究の業績を積んだ結果, この比較の項目は大幅に補訂しなくてはいけない. 從って本研究では韓日の兩側の先驅的な業績等を綜合し, 新たな成果を追加して一步進めた結果を提示する.

　ここでしばらく此研究での'說話'という用語について說明すると, '說話'とは即ち'スト-リ-を持っているハナシ(物語)文學の全体'を指している. 從って無名の人類が創作して傳承してきた皆の'ハナシ文學の体'はその現實的な文學ジャンルがどんなものであれ, 說話の範疇のなかに包含することができる. 神話・傳說・民譚・敍事詩・敍事巫歌・逸話などがそのようなであろう. そして本研究での'說話の比較'というのは單純な類型(type)の比較を志すのみならず, 類型に內包されている話素ともいうことができるモチフ(motif)の比較までも包括されることを前提して置く.

　おわりに添言して置こうとのは, 本研究の基本目標は新しい理論を導出することではなく, 韓日兩國の說話の比較研究のためのインデックスの作成の基礎を築くことである. 兩國の說話間の具体的な比較とか文化史的

な假說等の理論の確立はこのようなインデックスを基盤にして今後もっ
と精細に行われなくてはならない.

2) 本論

(1) 韓國說話と日本神話の比較

　東北アジア諸國間の歴史的關係を推して古代說話上にも密接な關係があ
るでしょう. これは日本神話も例外はないと思う. 本節では兩國の說話間
の類似性を比較するのための第一段階にして韓國說話の日本神話を對象に
してうかがってみよう. 先に比較のリストから提示してみる.

　　　① 天と地の始まり (天地分離)
　　　② 障碍飛行 (黄泉國から逃げた伊邪那岐命)
　　　③ 大蛇退治
　　　④ 兎と鰐の競走 (稻羽の白兎)
　　　⑤ 龍宮およめ (浴身窺察禁忌：山幸と豊玉姫と寶物受け)
　　　⑥ 難題賦與と貧賤婿 (大國主命と須佐男命)
　　　⑦ 國譲り (大國主命と邇邇芸命と水穂國)
　　　⑧ 天賜三寶と同伴三人
　　　⑨ 魚類形狀の由來 (裂けたナマコの口)
　　　⑩ くがたちの裁判 (允恭天皇)

　一般的に日本神話は勿論のこと世界到處の神話のはじめのペ-ジが諸神
の誕生に續いて天地の分離から始作することは周知の事實である. 日本の
『古事記』の場合には，伊邪那岐命と伊邪那美命の二つ男女神が'天の浮橋'に
立って長いほこ(矛)を掻き回してそのさきから零れ落ちた鹽水が固まっ

て日本列島ができて，續いて天人の下降によってこの地上での人類の歷史
が始まったとしている．韓國には日本のような確實な文獻記錄はのこっ
ていないが，巫俗神話や記錄神話，また民譚等の中にこのようなモチフを
かなりたくさん捜すことができる.[1]　なお神話學者たちは日本神話のいわ
ゆる‘3種の神器’を韓國神話の‘天符印三個’とも比較するものもいる．

　　世界的な分布が見られる說話のモチフの一つに‘障碍物を殘して逃れる
(obstacle flight)’というのがいる．これは賊の巢窟から逃れる話の主人公が
追い掛ける賊を避けるためいろいろな障碍物を作って逃亡するという內容
である．このモチフは東北亞一帶の全ての民族の說話にもれなく現われる
モチフであろうと思う．韓國の說話の中でもこのはなしは有名なもので
あるが，日本では民譚(＜三枚の護符＞)は勿論のこと神話にも現われる．即
ち妻のイザナミを捜して黃泉國に行って，そこから逃れるイザナギガ自
分の後を追い掛ける鬼ばばに‘草－櫛－桃’をつぎつぎに投げつけたのに,こ
れらはおのおの‘葡萄－タケノコ－桃’になって相手の追跡を防ぎとめた．

　　‘大蛇退治’のような說話の類型はあのギリシャ神話の英雄であるペル
セウスが怪物に捧げられたアンドロメダを救うという種類の話である
が，この類型の中心的なモチフとしては‘人身供犧’を擧げることができ
る．韓國にはこの類型に屬するはなしが數種傳承されいて，＜大蟹退治＞
＜大蜈蚣退治＞＜百日紅＞などはその代表的な例である．日本神話にはこの
話が，高天原で亂行を行って追い出された須佐男命が下界の出雲國へ行き
かけて肥河邊で泣いている櫛名田比賣と會った場面で現われる．即ち須佐
男命がヤマタノオロチ(八岐大蛇)という八頭の‘化け物’にいけにえで捧げ
られる運命の櫛名田比賣をかわいそうに思って，みずからひめに變裝し
て怪物と爭って撃ちかえして草薙劍を得た．その上に須佐男命はひめと結
婚するようになった．

―――――――

1)　孫晉泰,『朝鮮の巫覡神話』; 同,『朝鮮民譚集』; 一然,『三國遺事』等　參照.

　このはなしに續いて日本神話には有名な＜稻葉の白兎＞の話が出る. 須佐男命と櫛名田比賣との間で生れた大國主命が兄たちに從って因幡へ行く途中で海岸で皮が剝がれて泣いている白兎と會った. 大國主命が白兎にないている理由をきいてみたら, 兎は"わたしはもともと海のむこうの住んでいたが, わにざめと會って'おまえの仲間とおれの仲間とっちが多いか比べっこをしようじゃないか'と提案をして, それに應じて集まってきたわにざめたちの數をかぞえるふりをしながらその背を乗って海を渡ったんです. 最後に陸に上がりながらわにざめたちの間拔をからかって, わにざめにつかまえられて皮をはがれてしまいました. 前に來たあなたの兄たちに騙されて海にとびこんで鹽水で体をあらってから風に吹かれたので, その痛くて堪まらなくなってこんなにないているのです." というのだ. これに心根のいい大國主命が白兎に苦痛から免れる方途を教えてやったら, 白兎はその恩返しで大國主命にかわいらしい八上比賣との結婚を豫言してやった. 結局大國主命は根性のわるい兄たちの重ねた殺害の陰謀を神さまたちの助けを受け無事に間拔けて出雲國へ行った. そこには父の須佐男命が須勢理比賣といっしょに住んでいた. 大國主命と須勢理比賣の異腹兄妹は互いに一目で好きになってしまった. ふたりを分けるために須佐男命がいろいろな難題を大國主命に課したが, 大國主命は須勢理比賣の助けを得て危機をまぬかれて父から逃れて國を設け, 二人は一緒に住めるようになった. すこし內容の紹介が長くなったが, この話にはいっているモチフの中で＜魚の背をかぞえながら水を渡ったトリックスター＞, ＜惡兄善弟''戀人のため親父に背反したむすめ＞ ＜花嫁の助けで難題・試鍊を克服した新郎＞ 等等というようなものは韓國の說話にもしきりに現われることである.

　次は『古事記』に載っている'國讓り'のはなしをみてみよう. 高天原の日神である天照大神は下界の樂土の水穗國(みずほのくに)を見下して自分のむすこを送って治めようと決めた. そうして自分の手下の神たちを遣わ

して大國主命に國を讓ることを誘い勸めたのに大國主命は欣快に承知して
退けた.これに天照大神は子孫である邇邇芸命(ニニギノミコト)を遣わし
て水穗國を治めるようにした. 一方韓國の『三國遺事』に載っている‘國讓
り’のはなしはこうなる. 東夫餘の王である解夫婁の臣下の阿蘭弗の夢に
天神が現われて“この地はわれの子孫が治めるところだからここを出て
他のところへ移れ.”と命令した. 夢から目覺めた阿蘭弗が解夫婁に話した
のに解夫婁は天子である解慕漱のためにそこを離れてほかの場所に移住
したという內容である. このような兩國の最古の史書に記されて傳わる
兩國神話の類似性は人類の共有の神話素が偶然に各各の地域で現われた例
であるだろう. 世界の各國の神話の源流を溯ったらその起源は一つであ
るかも知れない.

　說話を構成する法則のなかでもっとも顯著なものの中で一つが‘3の法
則’であろう. これは說話の中の到る處で作用して登場人物の數や行爲な
どに制限を加える. 日本神話の中で天照大神の命令を受けた邇邇芸命は高
天原から下界に降りる時三つの寶, 卽ち八咫鏡・八坂瓊曲玉・草薙劍を
持って高千穗へ行ったという. 前で韓國神話(檀君神話)にも天子である桓
雄が下界に降りる時‘天符印の三個’を授かったということがある. 勿論の
こと'天符印の三個’が具體的になにを示めすかは確實にはわからないが,
いままで巫俗では鏡や刀などを神器とみなすことから推し測って, 日本
の三寶とあまり違いがないと思う.

　邇邇芸命が地上に當到する直前, ひと足前に天宇受賣命は水穗國の海の
はまべに到着して魚たちに呼びかけて天孫の下降の統治を知らせて, み
なその臣民になることを宣言した. このとき魚たちはみな服從したが,
ただ一の魚のなまこがうれしそうに受け取る態度をみせなかった. 大怒
した天宇受賣命は小刀でなまこの口をめったぎりに切りさいた. その時
からなまこの口がさけてしまったという話である. これは動物の形狀を
說明する起源譚であるいわゆる‘なぜなぜ話’の一種である. これとほと

んど類似した結果のはなしが韓國の民譚にもある. ただ韓國では'なまこ'が'なまず'にすりかわっているだけである.

　次には『古事記』の記録はないであるが『丹後風土記』に收錄されている話を一つ言及してみようとする. それは'シマコ'という貧乏な漁夫に關するはなしである. 彼はある日海へつりをしに出て3日が經たのにただ一匹もかからないから海かめを釣りになった. かめを舟のなかにころがしたまましばらくねむってから目をあけると驚いたことにきれいなむすめがすわっていた. シマコは自分の嫁になりたがっているむすめについて行った. そのむすめがさせるまま目をつぶっていてから目をあけてみると自分は別世界について行った.そこでむすめと3年を夢のように過ごしたシマコはふと自分が住んだ故鄕を思いだしてしばらく村へかえってきたいと妻に懇請した. ねだりを勝ちないでシマコの妻はやむをないで彼とわかれながら自分の代りに一つの箱(玉手箱)を持っていくように言った. 浜邊へもどってきてシマコは自分が住んでいた村がもう廢墟になっているのを知って, 置いてきた妻へのなつかしさで箱子をあけてみたが, その瞬間に箱子の中から流れて出た白いけむりと一緒に妻の魂もあがっていった. この話もまた韓國の民間で'龍宮の花嫁'というなまえでひろく傳わっているのを指摘できる.『風土記』自体の記録が神話というよりは民譚的な色彩が强い傳說であるように, 韓國でもこの類型は民譚のみならず傳說で傳承されているのである.

　以上で本硏究者は主に日本の『古事記』に記録されている神話資料等をストーリーが進行される順序に從ってうかがってみて, 韓國資料とも比較してみた. その結果日本神話の相當數が韓國說話と類似するということができた. 過去に兩國間に文化的な接觸が他のどんな地域よりも密接な關係があったことは考古學的遺物や歷史的記録が證明することであるが, 民間傳來の說話でもこの点は證明ができる. 本節では神話的資料を通じてその可能性をみたことに續いて, 以下では口傳說話を通して韓日の民間說話の類似性をより明確にする.

(2) 1960年代までの韓-日説話の比較研究

　本節では主に1960年代末までの韓日の兩國の説話類型に關する先驅的業績を檢討する．ここで時期の下限線を1960年代末に制限したのは，その時までの研究の業績はあまりみることはなく，本格的な論議はその以後になされるようになったという恣意的な判斷の下で便宜上そのようにしたことを明かして置きたい．

　戰前の研究業績の中で最先鞭を取ったのは，鳥居龍藏の"日韓に分布する三輪山的傳説に就いて"[2]という論文に觸發され書いた，高木敏雄の"日韓共通の民間説話"である．[3]　高木は同論文で韓日の兩國の説話の中で共通または類似する次のような類型たちを擧げた．

*① 三輪山式傳説
*② 羽衣説話
*③ 瘤取の話
*④ 松山鏡
*⑤ 舌切雀
*⑥ 小僧と和尙
*⑦ 誰が最高?
⑧ 龜兎説話
⑨ 愚兄巧弟
⑩ 金の生る木(無心出)
⑪ 孝不孝婦
⑫ 巧滑な村人

---

2) 『東亞之光』, 7 : 7(1912. 7).
3) 同上 7 : 11(1912. 11), pp. 62~69 ; 7 : 12 (1912. 12), pp. 41~52.

  ⑬ 鼠の嫁入
  ⑭ 解語龜
  ⑮ 贋名人
(*を付けたのは特に重點的に取り扱われた類型であることを示す.)

 高木はこの論文の中で "以上擧げた數個の朝鮮童話と日本民間の口誦傳承の童話を比較して見ると全く同一の根源から來たものとしか思われぬくらいよく似かよっている. 別に確實な徵證が無い以上は輕率の判斷は愼まねばならぬけれども, 朝鮮の方が本源地で, 朝鮮から日本へ傳わったのではあるまいかと思われる."4)と言い, さらに "民間童話は非常に傳播性の強いもので, 同時に隨分變化し易いものであるから少しくらい似ているか, 異なっているくらいのことはあまり問題にならぬ."5)と述べている.

 松村武雄の論文である"日韓類話"6)は本格的な論文というよりは大變短かい小文に過ぎないが, 上の高木敏雄の論文の中で擧論された類型に若干を追加した. 彼が同文で韓日の兩國の說話の中で共通または類似するとして擧げた類型は全6個である.

  ① 從って行動する愚者
  ② 不幸の連續
  ③ 三輪山式傳說
  ④ 羽衣傳說
  ⑤ 松山鏡說話
  ⑥ 瘤取說話

しかし松村が擧げた6個の類型の中で上記高木のと重複しているる

---

4) 高木敏雄, "日韓共通の民間說話", 『增補日本神話傳說の研究』(東洋文庫 253, 平凡社, 1974),
  p. 236.
5) 上揭論文, p. 237.
6) "日韓類話", 『鄕土研究』, 2 : 4(1914. 6), pp. 32～37.

③～⑥を除くと，殘るのは(1)と(2)だけである．但し，松村は高木の論文で日本の＜小僧と和尙＞の類型で見ようとした『慵齋叢話』五卷の所載の‘渡水僧’という話に對して，“自分の考では此の說話は＜小僧と和尙＞の話のカテゴリ-に編入すべきものではないと思う…それ故此の地の說話は失敗の連出を說く說話と見るが至當である.”(p. 35)と述べた．しかし本硏究者の考えでは上の＜渡水僧＞の話は利口な小僧と間拔けな和尙間で起こる話であり，和尙が失手を繰りかえして行う点で，＜小僧と和尙＞の類型でも＜連出される失手＞の類型でも成り立ちられるので，兩側の見解の是非を糾す性質のことではないと思う．

　　孫晉泰は1927年に雜誌『新民』の7月號から翌年にわたって“朝鮮民間說話の硏究：民間說話の文化的考察”を連載し[7]，1939年には日語で書いた＜朝鮮民譚集＞を刊行した．前者は副題からわかるように傳來され來た民間說話たちの文化史的な源泉を追求しようとしたことで，その篇目を見ると．中國に傳わった朝鮮の說話；2. 中國の影響の民族說話；3. 北方民族の影響の民族說話；4.日本に傳播された朝鮮說話になっている．一方後者は資料集であるものの，脚註を兼ねた附錄を通じて收錄された各說話と比較できる各國の資料たちを擧げているが，その資料の源泉は前の論文と大差がない．從って上揭論文の目次の中で　4.‘日本へ傳播された朝鮮說話’で擧論された說話の類型を擧げて見る．

    ① 使臣間の手問答
    ② 靑蛙傳說
    ③ 虎より怖い串柿說話
    ④ 三年啞婦傳說
    ⑤ 日月傳說

---

7)　これは後日に『朝鮮民族說話の硏究』(朝鮮文化叢書 1，乙酉文化社，1947)というの題で刊行された．

⑥ 虎兎説話
⑦ 癡婿説話
⑧ 茄子で防賊した説話

　この他にも孫晉泰は上記の著作で日本にも相通ずる説話が存在することを指摘しており，次の類型を追加できる.

⑨ 兄弟投金説話
⑩ 仙人拾金説話
⑪ 面印麺器説話
⑫ 懲妻説話
⑬ 憎かったり美しかったりする妻
⑭ 名官治長丞説話
⑮ 興夫説話(舌切雀)
⑯ 不識鏡説話(松山鏡)
⑰ 白鳥少女傳説(羽衣傳説)
⑱ 甄萱式傳説(三輪山式傳説)
⑲ 沙彌説話(小僧と和尙)

　以上の引例の中ですでに高木と松村によって提示された類型たち即ち⑮〜⑲を除けば，孫晉泰が新たに明るくしたのは14個である. 従って三つの研究者によって韓日の共同の傳承説話であることが確認された資料は30餘個の類型に達する.

　池田弘子の“韓日説話の關係Relationship between Japanese and Korean folktales”が發表されたのは1959年8月19日から8月29日までキエルとコペンハゲンで開催された‘國際説話學者大會’であった. 彼女は同大會の發表の要旨の中でまず兩國間に長い歴史的な接觸があったことを略述した後，自分が利用できた200餘の韓國の説話を土台にして韓日の説話の共通類型について述べた.

　彼女はまず韓日兩國の共通說話の中で中國側の文獻によって兩國に傳來した可能性がある次の類型たちを擧論してから，これらは直接的な口傳によって傳わったことがないし，間接的な文獻によって各各別途に傳えられた可能性があるので，論外にすることを主張した.

　　　AT　1270　不識鏡
　　　AT　1351　誰が先に言を始めるか? (夫婦爭餠)
　　　AT　1537　5番め重殺された屍 (姦婦姦夫懲治)
　　　AT　852　　嘘かけで娶妻
　　　AT　920　　眞母の判別

　續いて彼女は韓日の共通の說話群を次のような3個の範疇に分けて說明している.

　第1群：このグル-プに屬する說話たちは (1) 8世紀以前に文獻によって傳わった；(2) 地方的傳說で；(3) その分布が主に日本の外廓の地域に限定されているという特徵を持つ.

　　　① AT　301-302　　地下國大賊退治 (The Three Stolen Princecess-Dragon Slayer)
　　　② AT　313(400)　　白鳥處女 (Swan maidens)
　　　③ N　831.1　　　　放鯉得寶或は龍宮の花嫁 (Dragon Palace Wife)
　　　④ D2136.8　　　　居陀知或は作帝建 (Sea-God's will in the choice of sacrifice
　　　　　　　　　　　　　shown by the sinking clothes)
　　　⑤　　?　　　　　　虎景と九龍山傳說 (The Providential rescue)
　　　⑥ AT　121 / 156　巫堂虎 (Animal Ladder / Splinter in Bear's Paw)

　第2群：このグル-プに屬する話の日本內の分布は主に南九州地方に限定されている.

① AT 160　　　木トリョン[木お坊っちゃん] (Grateful animal, ungrateful man)

② AT 406　　　狐妹 (Child who turns out be a cannibal)

③ AT 408　　　換わった妻 (Three Oranges)

④ AT 440　　　蛙新郎 (The frog son step by step finds his way to the girl's bed)

⑤ AT 460B　　求福旅行 (Journey to find answers to questions asked on the way)

⑥ AT 516Vc　孝子埋兒 (Child sacrificed to provide blood for cure of friend)

⑦　　?　　　　浮來地 (The Moving Island)

第3群：韓・中・日 3國で各國の特有の異本たちが流傳されている話.

① AT 123 或は 333：日と月になった兄妹 (The wolf and the kids)
② AT 210：野營する動物たち (Animals in night-quarters)
③ AT 957：虎と串柿 (The rain leak is more fearful than the tiger)
④ AT 981*：棄老傳說 (Abandoning old parents in the mountain)

　池田が上記論文で取り扱かった類型の數は全22個である. 勿論のことその中には類型の全体よりは一部のモチフだけが共通するのもある, すでに先學たちのよって論議されたものもあるが, その相當數が始めて擧論された例だと認めてもよいと思う. そして類型及びモチフの指定を今日世界的にひろく使っているAarne-Thompsonの類型番號とThompsonのモチフの番號で述べた点でもこの論文は大いなる意義を持っている. なぜなら以前には說話の比較研究の時に勝手に'話の題目'を使用したので, その正確な實体を把握するのが困難だったのに比べて, 池田の論文ではたとえ制限的であるにせよ, はじめて統一された類型とモチフの番號を用いて正確を期するようになったのみならず, それに依って地域說話との比

較研究も可能になったためである. 從って以下では原則的に今日學界でひ
ろく通用しているこういう說話の類型番號及びモチフの番號を使って本
考を記述しよう.

(3) 1970～1980年代の韓－日說話比較研究

1970年代の後半,卽ち1976年と1977年に到って日本では韓國と日本との
說話類型の比較の指針となりうる三つの主要な著作が出刊された. それは
崔仁鶴の『韓國昔話の研究』(弘文堂, 1976)と關敬吾の『日本の昔話：比較研
究序說』(日本放送出版協會, 1977)及び稻田浩二外共編の『日本昔話事典』(弘
文堂, 1977)である. 勿論のことこれらの諸文獻の元來の目的は, 他國說話
との比較にあるのではなく, 韓國や日本說話の類型の設定及び分類, 類型
間の比較及びインデックスの作成であって, 兩國の說話の類型間の比較の
問題は大變副次的に扱われいる. 從って比較の結果も卷末に付いている對
照表の形式で處理されている. しかしどうやらこれらが皆ATの類型番號
を中心にして それに該當する各國の說話の類型をリスト化しているの
は, いくらそれが疎漏したものであっても, 以後の研究者により精細な議
論を進めることができる據點を備えてくれたと言える.

これらの三つの文獻で韓日の兩國の共通類型で扱われたものの總數だ
け擧げて見ると, それぞれ崔仁鶴 226；關敬吾 93；「日本昔話事典」235
個である. (但し, 一つの類型に對應する相手國の類型の數が多數である場
合は便宜上1個で計算した.) しかしこのような統計の數値はいくつかの点
で根本的に大變不十分であると思われる. 第一に, 類型の比較のために利
用された資料(特に韓國側の)があまりにも貧弱であった点である. 1970年
代の說話の研究者に利用のできる資料の數に對して20年後の現在のそれ
は比較ができないくらいに澎大である. たとえば1980年代の前半期に到
るまで韓國では韓國文化人類學會及び韓國精神文化研究院の主管で全國に

わたって說話の資料の調査作業が實施され，その結果それぞれ13卷と83卷に及ぶ尨大な資料集が刊行され，その他にも個人や各大學の現地調査の資料集が相當數發刊されたのに，いままでの韓國の說話に關する研究書(特に日本側の類型集)では全くこれらを參照せず，ひたすら上記崔仁鶴の『韓國昔話の研究』(1976)ばかりに依存していた．從って自然に韓日の說話の類型比較はきわめて限定的な次元にとどまらざるをなかった．第二に，類型の比較があまりモチフの次元でなされ同一類型とはどんなにしても考えられないものまでも同一類型と見做したことが擧げられる．その結果一つの類型に對して相手國の類似類型があまりに多く例擧されているのである．第三に，理由はわからないが，あまりも異こなる兩國の說話類型が同一するとして計算されている．おそらくその中には印刷の過程上の誤植もあるけれど，その相當數は直接資料ではなく間接資料によって比較したためではないかと思われる．

　一方關敬吾の『日本昔話集成』(1950〜1958)が增補された『日本昔話大成』の全11卷が完成して刊行されたのは1980年のことである．　この『大成』には『集成』で漏落された相當數の類型が追加された．　そして日本の說話の類型集で最も新しい稻田浩二の『日本昔話通觀』第28卷の'昔話タイプ・インデックス'(同朋社)は1988年に刊行された．

　以上の諸文獻でとりあげられた韓日の共通說話の類型を一一擧げて檢討する暇はないので，ここでは關敬吾の『集成』を根幹とした『日本の昔話：比較研究序說』及び『大成』，また稻田浩二の『通觀』を參考して，本研究者が取捨して檢討した韓日の共通類型のリストだけを提示して見よう．『集成』(1950〜1958)には全8,700餘話から抽出した650個の類型が入っているのに比べて，『集成』を增補した『大成』(1979〜1980)には約34,000乃至35,000餘話から抽出した全740餘類型になった．一方『通觀』には約60,000餘話の資料から全1,211個の類型が設定されている．

　結論的に韓日の兩國の說話の中でATの類型番號がびったり合う類型は

160個くらいであるのに氣付く. しかしATの類型索引自体が西洋の說話の
資料を中心にして作成されたので, 東北亞の一圓の韓日兩國の說話をそれ
と對照させること自体に無理があることは事實である. 上記リストでも
氣付くように, ATの類型の中に入っているモチフだけが韓日の兩國の說
話と共通しているか, またはそのモチフが韓日の兩國の說話の多數類型に
現われるかする場合もあるし, 反對に韓日の兩國の說話に現われるモチ
フたちが多數のATの類型に現われる場合もあって, 正確な統計の數値を
得ることは不可能である. しかし上の數値の中には, ATの類型のイン
デックスには全然入っていないか, ATの類型の番號中には入っていても
內容があまり合致していない類型が漏れているので, その全体的な數値
はもっと增加する.

3) 結語

　筆者はこの研究を通じて主に先學たちの業績等を檢討する合わせて韓國
說話の研究者の立場から日本の說話類型との比較研究を志し, 將來なされ
るべき'東北亞地域の說話Type-Index'の作業の基礎を備えようとした. 本
考研究で論及した諸家の勞作では勿論のこと筆者の研究結果も皆各各の時
點で入手の可能な資料の範圍內で得られたものである.
　本研究を通じて得た成果を一言で要約すれば, 韓國と日本の說話の類型
を比較して全306個の類似類型のリストを作成して提示した点を擧げられ
る. 煩わしさを避けて本研究では統計の數値だけ提示する線で止め, リス
トの直接的な羅列は割愛した. 更に中國・蒙古及びシベリア地域の說話類
型についての比較研究はその必要性を痛感しているが, 資料の入手難でま
だ準備段階にいることを明らかにして置く.
　將來東北亞の諸地域說話の比較研究が大いなる成果を得るのためにはな

によりも各地域內での資料の採集の作業がひとしく強化されるべきである. しかし資料の採集がいくら蓄積されても, それらが整理されインデックスの作成がなされなければ國際的な比較研究には全く役に立たないであろう.何故なら國外の研究者の場合, 言語の障壁も問題であるはずだが, 資料の入手もあまり容易ではないだめである. しかしよく整理されたインデックス集が備われば, 國外の研究者でもこれをもとに具体的な研究の作業を進めることができる.

　ところが說話のインデックス集というのは普通のそのように單純な資料をアルファベット順に配列して終わるのではない. それはなによりもまず各資料の類型とモチフの分析が行われた後で一定の原則によって配列されなければならない. 更に他の研究者たちの所用に貢獻するようにその分析の內容と結果等を——全て參考資料として提示すべきなのだ.8) だからこのような作業を遂行することができる最上の適任者は各地域の說話的資産に精通した專門家しかない. 彼が特定の地域だけではなく他地域の說話に對して高い識見を持っていたならそれはもっと望ましいことである.しかし個人の關心の範圍や能力というのは限界があるので, 廣域的な比較研究を行うためには必然的に國際間の協力の研究が必要になる. おそらく說話の比較研究くらい國際的な協力が要求される學問の分野は多くないだろう.

● **참조 원고**
....

이 글은 1995. 3.~1996. 2. 간에 일한교류기금日韓交流基金의 지원을 받아 일본 구주대학九州大學의 객원교수로 있으면서 연구 결과 보고서로 제출했던 것이다. 귀국 후 1996년 경기대 한일문제연구소 초청 세미나에서 정식 발표되고, 이어 동 연구소 간행『한일문제연구韓日問題研究』5(경기대 한일문제연구소 1997. 5.)에 수록된 바 있다.

---

8) こういう場合にAarne-Thompsonのインデックス集がよい典範になるはすだ.

3. 1920년대 이전까지 일본어로 쓰인 한국설화론

1) 머리말

이 글은 한국 설화학사의 체계적인 서술을 위하여 의도된 것이다. 필자는 같은 계획의 일환으로 이미 '서구어로 씌어진 한국 설화／한국 설화론'을 쓴 바 있다. 본고는 앞글에 이어, 시야를 서구에서 동양으로 옮겨, 우리 설화의 자료 정리나 연구면에서 일찍부터 상당한 실적이 쌓인 '일본어로 씌어진 한국설화／한국 설화론'을 검토하려고 한다.

우리나라와 일본은 지리적 근접성으로 인하여 매우 오래 전부터 긴밀한 관계를 맺어 왔으며, 양국의 교류가 빈번했던 만큼 문화적 교류도 다양하게 이루어졌다. 그러나 그 흐름은 과거로 소급할수록 대륙에서 우리나라를 경유하여 일본으로 향하던 것이 개화기 무렵부터는 이것이 역전되어 버렸다. 즉 우리는 서구의 근대 지식 내지는 학문의 상당 부분을 일본을 통하여 받아들인 것이다. 특히 일본이 우리나라를 병합한 이후 상당 기간 동안은 각 방면의 학문 연구 성과가 저들에 의해 독점되어 버린 감도 없지 않았다. 경제적으로나 사상적으로 피지배 민족에게는 좀처럼 연구의 여건이 주어지지가 않았다. 그리하여 근대적인 학문 연구가 시작된 20세기 초 설화 연구의 상당 부분이 일본인들에 의해 선도된 감이 없지 않다. 시대가 흐름에 따라 점차 민족주의적인 각성에 따라 우리 손에 의한 자료 채집, 정리, 연구가 본격화했지만, 여전히 현실적 여건은 학구적 의욕을 충족시켜 줄 만큼 진전되지 못한 상태에 있다.

오늘날까지 일본어로 쓰인 설화 관계 논저들은 헤아릴 수 없이 많다. 개중에는 연구의 원 목적이 일제 강점기의 통치를 위한 방편에서 이루어진 것도 있고, 학자적 양심에 의한 순수한 비교 연구에서 쓰여진 것도 있지만 이 중에는 거론할 만한 논저가 상당히 많이 있다. 본고는 이러한 논고들에 대한 단순한 공과를 따지려는 것이 아니라, 통사적 관점에서 기술하려는 것이 주 목표이므로, 질적 고하는 막론하고 필자의 눈에 띄었던 모든 논저들은 대상으로 하여 약술하여 볼 생각이다. 물론 필자의 관견으로 놓쳤거나 올바른 기술을 하지 못한 부분도 많겠지만, 이들은 후에 다시 보완되어야 할 것이다.

그리고 이 글은 연구사적 기술임을 감안하여 연도에 따라 축차적 기술을 할 것이다. 편의상 시대 구분을 합방 이전(1910)까지 / 기미삼일운동 이전(1910년대) / 1920년대 / 1930년대 / 1940년대 전반(즉 1940~1945) / 광복 이후(추후 세별細別 예정)의 몇 기로 나눌 생각이나, 이는 기술의 편의 때문이지 별다른 뜻은 없다. 필자는 전고에서 이미 우리 설화문학(연구)사의 시대구분을 4기로 대별하여, 1920년대까지를 제1기, 그 이후 1945년 광복 이전까지를 제2기, 광복 이후 1960년대 말까지를 제3기, 1970년대 초에서 현재까지를 제4기로 구분한 바 있는데, 본고에서도 이러한 골격은 그대로 유지하는 한편, 각 시기는 다시 편의상 대체로 10년 주기로 묶어 기술하려 한다.

2) 1910년 이전

1867~1868년경 메이지유신明治維新이 이루어지면서 일본은 권위주

의·국수주의·군국주의의 길로 나아가, 정치적으로는 아직 봉건적 미몽迷夢에서 깨어나고 있지 못하던 조선 정부를 강압하여 강화도조약(1876)을 맺으면서 한반도 병합 및 대륙 진출의 야망을 서서히 드러내기 시작하였고, 이에 따라 일본인의 조선 연구도 본격적으로 진행되었다. 한편 국내적으로는 1894년 갑오(고종 31)년에 일본의 강요에 의한 내정개혁이 이루어져, 우리 조정에는 궁내부와 의정부가 분리 신설되고, 의정부 산하에는 내무·외무·탁지度支·군무·법무·학무 등을 비롯한 8아문衙門을 두게 되었다. 그리고 대외적으로는 독립국가를 선언하는 동시에 중국 연호 대신 개국 기년紀年을 사용하며, 대내적으로는 공사 노비 문서 폐기, 반상班常이나 문무 차별 같은 신분 제도 철폐, 재가금지제 폐지, 과거제 폐지, 화폐나 도량형제의 근대적 개정, 해외 유학 권장 같은 굵직굵직한 혁신이 이루어져, 근대국가로서의 출발이 이루어지는 듯했다. 하지만 이러한 개혁은 불행히도 자력에 의한 것이라기보다 자국 국세의 해외 확장이라는 야욕을 갖고 있던 일본 제국주의자들의 은밀한 조정 아래 이루어진 것이었기 때문에, 주체적으로 진행되지 못한 채 1910년 한일합방이라는 민족 최대의 불행한 사태를 맞기에 이르렀다.

이러한 시대적 흐름 속에서 근대적 학문을 교육하고 나라의 앞날을 짊어질 인재를 양성하기 위한 신식 교육기관이 설립되었다. 이미 사립학교로는 원산학사(1883)에 이어 배재학당(1883)과 이화학당(1886)이, 공립기관으로는 육영공원(1886)이 설립되어, 근대적 교육을 받을 기회는 갖게 되었으나, 이러한 기관들에서 곧바로 고등 연구자가 배출된 것은 아니었다. 이 땅에 고급 연구 인력이 배출되기 시작한 것은 훨씬 후 명실상부한 고등교육기관이 생긴 뒤부터라고 할 수 있겠다. 하지만 이 무렵 재래식 서당 교육기관이 담당했던 역할을 무시할 수는 없을 것이다. 즉 서구식 교육기관이 확립되기까지의 교육은 여전히 구식 교육을 받은 교육자들이 상당 부분을 담당하였고, 따라서 학문 연구의 상당 부분도 그들에 의해 수행되었다. 다시 말하여 19세기 말~20세기 초, 즉 한일합방 이전까지는 여전히 한학자들의 학적 영향이 지속되었던 시기라고 할 수 있다.

이 무렵 일본 측의 한국 설화 연구는 당대의 역사적 상황에 부응하여 주로 제국주의자들의 한국 병탄이라는 목표 달성의 논거로 이용되었다 함은 지나친 말이 아니다. 이때 쓰인 대부분의 글들이 순수한 동기에서 우러나온 연구 업적이라기보다, 근본적으로 우리 민족의 정체성을 회의하게 하는 취향을 지닌, 관변 측에서 동원된 역사학자들의 것이었음을 보아서도 알 수 있다.

이 시기를 대표하는 대표적인 조선학자로 하야시 다이스케[임태보林泰輔](1854~1922)를 들 수 있는데, 그는 1892년에 『조선사朝鮮史』, 1902년에 『조선근세사朝鮮近世史』, 그리고 1912년에 『조선통사朝鮮通史』 등을 통하여 이른바 조선사관을 주창하였다. 즉 그는 우리 민족 역사의 근간을 기자조선과 한사군에서 시작한 것으로 보고, 기원 이후에 이르러서도 일본이 한반도 이남 가라국 땅에 임나 일본부를 설치하여 삼국의 조공을 받았으므로, 조선은 역사상 북으로는 중국에 복속하고, 남으로는 일본의 지배를 받아 타율적인 역사를 지녔다고 하여, 한국 역사의 자율성을 부정하는 데에서 나아가 일본의 조선 경영의 역사적 타당성을 입증하려 하였다.

한편 하야시는 1893년에 『인류학잡지』에 발표한 글 "조선 고대 제왕 난생 전설朝鮮古代諸王卵生の傳說"[1]에서 우리나라의 건국 조왕祖王들에 난생이 많음을 주목하고, 그와 같은 전승이 이루어지게 된 유래에 대해 흥미를 갖는 동시에 다른 나라에도 비슷한 사례가 있을 것이라는 추량을 한 바 있다. 그는 마침내 1894년에 발표한 "가라의 기원 속고加羅の起源續考"라는 글에서 여러 난생 설화의 사례들을 예거하였고, 나아가 '가야伽倻', '가라伽羅'와 같은 어휘들이 많은 불서佛書들에 나타난다는 사실 및 가락국 시조 김수로왕의 왕비인 허씨가 천축국天竺國 아유타국阿踰陀國에서 도래했다는 기록 등을 근거로, 가락국駕洛國은 인도인이 개척했다고 주장하

---

1) 임태보林泰輔, "조선 고대 제왕의 난생전설(朝鮮古代諸王卵生の傳說)" 『인류학잡지人類學雜誌』 8 : 87(1893, 명치明治 26). 『지나상대지연구支那上代之硏究』(1927. 5) 참조.

였다.

하야시에 이어 많은 일본인 학자들이 한국 상고사에 대한 회의론을 표명하였다. 그러나 지구상의 어떤 민족 혹은 어느 국가라도 문헌 기록이 남아 있지 않은 상대의 기록은 설화적 자료에 의거하기 마련인데, 유독 일본인 학자들은 이 땅의 신화시대의 역사를 자료의 신빙성 여부를 문제 삼아 인정하려 하지 않았다. 그리하여 그들은 신화적 논리를 철저하게 실증적으로 분석한 나머지 한낱 가공架空의 허탄한 이야기로 돌려 버리는 경향이 있었다.

시라토리 쿠라키치[백조고길白鳥庫吉](1865~1942)는 1894년 초에 발표한 "단군 고檀君考"2)라는 논문 및 같은 해 말에 발표한 "조선의 고전설 고朝鮮の古傳說考"3)라는 논문을 통하여 '단군檀君' 사적은 불설佛說에 근거한 승려들의 망탄妄誕스런 허구에 지나지 않는다고 단정하고, 그 논거를 다음과 같이 설명하고 있다. 즉 단군 사적이 문헌 기록에 보이는 것은 『위서魏書』의 것이 거의 유일하므로, 이 이야기의 전래는 책이 편찬된 북제北齊 천보天保 2년(551) 이전까지 소급할 수 있겠지만, 그 내용을 보면 이른바 단군의 하강처라는 태백산 단목檀木은 곧 묘향산 향목香木에 다름 아니며, 이는 승도僧徒들이 여러 불전佛典에 나오는 저 불국佛國(天竺國)의 마리산摩梨山(혹은 마라야산摩羅耶山, 말리산末利山) 우두전단牛頭栴檀에 비의比擬하여 만들어낸 이야기이므로, 결국 불교의 최초 전래 시기인 소수림왕 2년(372) 이후일 것으로 결론지었다. 따라서 시라토리의 주장에 의하면 단군신화는 372~551년 사이에 융성기를 맞았던 고구려의 승려들이 불전을 모방하여 단군이라는 가공의 인물을 시조로 조작하고, 그 시대적 상한선도 요순堯舜과 동 연대까지 끌어올렸을 것이라는 가정이다.

---

2) 백조고길白鳥庫吉, "단군고檀君考", 『학습원 보인회 잡지學習院輔仁會雜誌』 28(1994, 명치明治 27. 1). 『백조고길전집白鳥庫吉全集』 3(1970), pp. 1~14 참조.
3) 백조고길白鳥庫吉, "조선의 고전소설朝鮮の古傳說考", 『사학잡지史學雜誌』 5 : 12 (8-21)(1994, 명치 27. 12), pp. 8~21. 『백조고길전집白鳥庫吉全集』 3(1970), pp. 15~24 참조.

1894년 나카 미치요[나가통세那珂通世](1851~1908)가 발표한 "조선 고
사 고朝鮮古史考"[4]에는 더욱 극단적인 견해가 보이고 있다. 원문 일부를
번역해 보이면 다음과 같다.

> … 이극돈李克墩이 『동국통감東國通鑑』 서문에서 "우리나라에는 단군부
> 터 기자를 지나 삼한에 이르기까지의 사실을 찾을 문적文籍이 없다(載籍無
> 徵)."고 하였고, 또 이 책 범례에서는 "삼국 이전에는 사서가 모두 없어지
> 고 전하지 않아 여러 책들에서 두루 취하여 외기外記를 만들었다."고 하고
> 서, 외기는 목록에도 넣지 않고 앞에다 덧붙였다. 이 외기의 기록은 『사
> 기史記』, 『한서漢書』, 『삼국지』, 조선·한韓·예濊의 여러 전傳 들을 절취
> 한 것인데, 여기에는 이문異聞을 더하지도 않았다. 그런데 오직 그 첫머리
> 에 적은 단군 전설만은 중국의 역사책에 의거한 것이 아니라, 전연 조선
> 인이 만들어낸 것이다. 『삼국유사』에 고기古記에 말하기를 … (인용 생략)……
> 라고 하고 있다, 단군의 이름을 '왕검王儉'이라 한 것은 평양의 옛이름인
> '왕험王險'의 '험險' 자를 '인人' 변으로 바꾼 것이다. 이 전설은 불교가 조
> 선에 들어온 후 승도가 날조해 낸 망탄으로, 조선의 고전古傳이 아닐 것은
> 얼핏 보아도 명백하다. 여기麗紀 동천왕東川王 21년 '평양성으로 백성과 묘
> 사廟祠를 옮겼다.'고 한 다음에 '평양이란 본래 선인仙人 왕검의 집'이라
> 한 것은, 왕검을 『열선전列仙傳』 중의 인물로 보고 개국의 태조로 여기지
> 않았던 까닭에, '단군의 옛 도읍지'라 하지 않고, '선인의 집'이라 한 것으
> 로 짐작되는 바이다. 그런데 그 외기 중에 "처음에 동방에 군장君長이 없
> 더니 신인神人이 단목檀木 아래로 내려와 나라 사람들이 받들어 임금으로
> 삼으니, 이 이가 단군으로, 국호를 조선이라 했다. 때는 요임금 무진년이
> 다. 처음에 평양에 도읍을 정했다가 후에 백악白岳으로 도읍을 옮겨 은나
> 라 무정武丁 8년 을미년에 이르러 아사달산阿斯達山에 들어가 신이 되었
> 다."고 한 것은 전연 승도들의 망설妄說을 역사상의 사실로 여겨 이것을
> 절록節錄하고, 다만 그 재위의 연수는 권근權近의 『동국사략東國史略』에 의
> 거하여 1,048년이라 하고, 그 다음에 계속하여 사신史臣의 생각을 적어,

---

4) 나가통세那珂通世, "조선고사고朝鮮古史考 제2장 조선 낙랑현토 대방고朝鮮樂浪玄菟帶方考",
  『사학잡지』 5 : 4(1894. 4), pp. 37~58.

"앞 사람들이 1,048년이라 한 것은 단군이 전세傳世한 햇수의 총수를 말한 것이지, 단군의 나이를 말한 것이 아니다. 이 설은 매우 일리가 있다." 고 했지만, "기록을 찾을 수 없다載籍無徵"고 한 그때의 일에 대해서 증명될 만한 아무것도 없는데, 후세 승도들의 망설을 억지로 이해시키려고 하는 것은 너무 지나친 일이다.[5]

시라토리와 나카 마치요 두 사람의 견해를 비교해 보면, 모두 단군신화의 존재를 승려들의 날조로 보아 믿을 것이 못 된다는 점에서 일치하지만, 나카의 경우는 일고의 가치도 없는 허구로 치지도외하려는 데 비해, 시라토리의 경우는 비록 망설이라 하더라도 거기에는 어느 정도 사실이 곁들여져 만들어진 고전古傳임을 인정해야 한다는 점에서 다소 차이가 있다.

단군신화에 대한 일본 역사학자들의 부정론적 입장은 이후 더욱 정치精緻해져 갔다. 반면 이에 대항하는, 민족 주체주의적 입장에서의 단군 옹호론은 미처 나오지는 않았는데, 아이러니컬하게도 한일합방의 당위성을 주장하는 측에서 단군을 받아들이려는 움직임도 있었던 듯하다. 그러한 사정은 당시 조선 사학 연구의 중추적 역할을 담당했던 사람 중의 하나인 이마니시 류[금서룡今西龍](1875~1932)의 "단군설화에 대해서檀君の說話に就て"란 글 첫머리에서 감지할 수 있다.

단군설이 망탄스런 것은 명치明治 27년(1894) 4월 고故 나가那珂박사가 『사학잡지』 제5편 제4호에 실은 "조선 고사 고" 중에서 논증되고, 이어 같은 해 12월에 시라토리[白鳥] 박사는 동지 제12호에 "조선 고전설 고"의 일부에서 단군담檀君談 구성에 대해 논하고 아울러 다른 전설과의 연관에 대해 지적했다. 양 박사의 이들 논증에 의해서 단군설이 망탄이며 불전에 의해 만들어진 것임은 명백하게 되었다. 그런데 그 후 10여 년을 지나면서 스사노미코토[소잔명존素戔嗚尊]와 단군 사이에는 어떤 연관이 있다거나

---

5) 위의 논문 pp. 40~42 참조.

혹은 동일신이라거나, 이것을 조선 경성에 합사合祀하자고 하여, Collective polytheism으로써 일본과 조선의 종교적 결합을 이루려는 자까지 생길 즈음 우리나라 모회某會에서는 거회적擧會的으로 이를 가결하였다고 한다. 우리들은 당시 양 박사의 설을 전연 알지 못하는 모회의 거동을 보고 놀랐지만, 다행히 합사는 실행되지 않았다. 지금 조선 반도는 병합되고 일한日韓의 상대 동역설同域說을 부르짖는 이들이 일본에도 많다. 이런 형세로 나간다면 곧 동역론이 응용되어 여러 해 전에 있었던 합사론이 재연되지 않으리라는 법도 없다. 이에 단군에 대한 내 생각을 펴는 것도 불필요한 것이라고 생각지는 않는다.6)

이마니시는 이 글에서 단군에 대해 논하기를, '왕검'이란 원래 고구려 때 평양의 이칭인 '왕험'인데, 이 '왕험'이란 이름이 고려조에 이르러 평양을 개창開創한 선인에게 붙이는 이름으로 변하여 '왕검'으로 되고, 특히 고려 중엽 이후에는 여기에 '단군'이란 존칭을 바쳐 '단군왕검'으로 하여 조선을 창시創始한 신인으로 신봉하게 되었고, 조선조에는 '단군'이라고만 하고 '왕검'의 명칭은 붙이지 않게 되었다고 했다. 그리고 이마니시 역시 이러한 명칭 조작 과정에서 승려들이 중심 역할을 하였다는 주장에 동조했다.

이 같은 일본 사학자들의 단군설화에 대한 '고려 중엽 이후 조작설' 내지 '승도 조작설僧徒造作說'은 후에 미우라 히로유키[삼포주행三浦周行](1871~1931)·이나바 이와키치[도엽암길稲葉岩吉](1876~1940)·오다 쇼고[소전성오小田省吾](1871~1953) 등에 의해서도 줄기차게 옹호되었는데, 그들 주장의 공통점은 우리 민족 정기를 말살하는 대신 일제日帝의 한국 통치를 합리화하기 위해 이론적 무기를 제공했다는 점에 있다. 반면 이러한 일본 일제 관학파官學派들의 주장은 민족사학자들로 하여금 광범위한 논거를 바탕으로 하여 '단군 옹호론'을 펼치게 하는 결과를 낳기도 했다.7)

---

6) 금서룡今西龍, "단군설화에 대하여檀君の說話に就て", 『역사지리歷史地理』, 임시증간(조선호, 1910. 11), pp. 223~224.

시라토리는 상게 논문("조선의 고전설 古朝鮮の古傳說考")에서 단군신화와 동일한 논리로써 주몽朱蒙·수로首露 등의 난생전설들을 승려들의 조작설을 주장하였다.

생각건대 난생전설은 인도 고유의 것으로, 불서 중에 기록되어 있는 것을, 저들 나라(조선)의 승려들이 자국自國의 조종祖宗을 찬미하기 위한 자료로 빌려다 그 용무勇武를 장식한 데 지나지 않는다.[8]

그가 주장한 논거 몇 개를 들어보면, 예컨대 주몽 전승 가운데 나타나는 '금와金蛙의 재상 아란불阿蘭弗'은 불전 중에 나오는 '아란야阿蘭若'란 것에서 '약若' 자 대신 '불弗' 자를 넣은 것이고, '동해의 가섭원迦葉原'이란 것은 부처의 고제高弟인 '가섭迦葉'에서 따 온 것이며, 수로 전승에 나타나는 수로왕과 석탈해 변신경쟁鷹鷲雀鷯도 불전 중에 들어 있는 비유담을 본딴 것일 뿐만 아니라, 수로왕이 인도의 아유타국 공주 허황후를 맞았다는 것 등이다.

이들의 주장을 엄밀히 비평한다면, 설화의 범세계성을 도외시하고 유독 인도 내지는 불전에만 국한시키려 했다는 점은 말할 것도 없고, 설화 속에 나오는 어휘들에 대해서도 차자借字로써 고유어를 표기했다는 점은 인정하면서도 모든 것을 불교어의 차용으로 보려 했다는 것은 도무지 납득하기 어렵다.

당시 일본인들의 조선사 연구 분위기 속에서 단군신화를 그들 신화와 동일시하려는 주장까지 등장하였다. 즉 『국학원잡지國學院雜誌』 13권 1호(1907. 11)에 게재된 무기명 필자의 '한국 신사와 단군韓國神社と檀君'이란 글에 의하면, 일본신화에 나오는 네노쿠니[根の國]란, '서수국瑞穗國'의 '수

---

7) 예를 들면 이능화李能和(1869~1943), 신채호申采浩(1880~1936), 안확安廓, 백산白山(1886~1946), 황의돈黃義敦(1887~1964), 장도빈張道斌(1888~1963), 최남선崔南善(1890~1957), 안재홍安在鴻(1891~1965), 정인보鄭寅普(1892~1950?) 들의 글을 들 수 있다.
8) 앞의 책, p. 20 참조.

穗'(이삭)에 대해서, 뿌리가 되는 대륙을 가리키는 것이고, '환桓'은 '신神'이요, 따라서 '환인桓因'은 '신 이장락伊奘諾'[이자나기][9]의 약칭, '환웅'은 '신 수좌지남須佐之男[스사노오]'의 약칭이며, '단군'은 한국어의 음편상音便上 '태기太祈[다키]'로 읽으면 '오십맹명五十猛命[이다키]'[10]의 '맹猛'과 비슷한데, 이 '오십맹'은 일명 한신韓神이라고도 하므로, 이처럼 양자는 서로 부합하는 바로 미루어 '단군'은 곧 '오십맹명'이라는 것이다.[11] 양국어의 음독音讀을 비교한 흥미있는 주장이기는 하나, 이 역시 저들의 '일한동조론日韓同祖論'적 발상에서 나온 해석의 한 부류라 하겠다.

3) 1910~1919년

세상에서 말하는 이른바 진시황 28년(B.C. 219)에 불사약을 구하기 위하여 서불徐市(혹은 서복徐福)과 동남동녀를 삼신산三神山으로 파견했다는 전설과 아울러 그들이 제주도에 잠시 기착하였다가 석벽상에 '서불과차徐市過此'의 각문刻文을 남겼다는 전설과 이를 방증하는 탁본에 대한 논증에 대해서는 1910년 2월에 쓰카하라 요시[총원희塚原熹]의 문제 제기 성격의 짧은 글[12]이 발표된 데 이어 동 3월에는 좀 더 장문長文의 아사미 린타로[천견륜태랑淺見倫太郎]의 보정訂補 형식의 글[13]이 발표되었다.

---

9) 일본신화 첫머리에 등장하는 '이자나기'신을 말한다.
10) 일본신화에 나오는 인물로 스사노오의 아들. 그는 아버지를 따라 하늘에서 지상으로 내려올 때 많은 나무씨를 가지고 왔는데, 가라[한韓] 땅에는 심지 않고 쯔꾸시[축자筑紫]에서부터 심기 시작하여 오야시마[대팔주大八洲]에 온통 심어 청산을 이루었다고 한다(『고사기古事記』).
11) 서천옥호西川玉壺의 "김관의의 편년통록에 있는 3종 모국신화金寬毅の編年通錄に存する三種母國神話", 『국학원잡지』 18 : 1(1912. 1)에 의하면 이러한 주장은 서천옥호가 『일한상고사의 이면日韓上古史の裏面』 제1편에 서 한 것임을 알 수 있으나 이 책의 원문은 아직 보지 못하였다.
12) 총원희塚原熹, "제주도의 진나라 서복의 유적고濟州島に於ける秦の徐福の遺蹟考", 『조선』 5 : 6[24](명치 43, 1910. 2), pp. 40~41.

　　우선 쓰카하라의 글에서는 진시황 때 방사 서복이 시황의 명을 받아 장생불사약을 구하러 나섰다는 기록이 일본의 '신황정통기神皇正統記' 등에 남아 있고, 기이紀伊지방에는 오늘날 서복徐福의 비가 남아 있음을 밝힌 데 이어, 그가 접한 우리나라의 탁본의 제서題辭에 쓰여 있는 몽인夢人 정학교丁鶴喬의 글을 소개하였는데, 그 중에는 이 탁본이 추사秋史 김정희金正喜 선생이 제주도로 귀양갔을 때 실탁實拓한 것이라는 내용이 포함되어 있다. 이어 쓰카하라는 이 탁본의 진위 여부에 대해, 추사의 문도門徒인 김준金準의 말을 빌어 일찍이 추사가 우연히 해안가에서 석각명石刻銘을 발견하고 여러 장을 탁본하여 호사가들에게 나누어준 것이라는 말을 전하였다. 하지만 그는 정작 『탐라지耽羅志』에는 이 석각문에 대한 이야기가 들어 있지 않음을 들어 의문을 제기한 후 추후 이에 대한 연구를 기대한다는 정도로 끝을 맺었다. 쓰카하라의 글에는 문제의 탁본 사진([원문자료 57] 참조)이 실려 있다.

　　이어 나온 아사미의 글은 쓰카하라의 글에 대한 응답으로 쓰인 보정補正 논문이라 할 수 있다. 그는 '서불'이 기록에 따라서는 '서복'으로 나타난다고 하고, 진시황이 그를 파견할 즈음의 시대적 상황에 대해 논한 다음 서복에 관한 중국과 일본의 문헌을 좀 더 들고 자신이 본 탁본에 대해 이야기하고 있다. 즉 그가 서울에 왔던 이듬해 병오년(1906)에 초동椒洞의 한 고서점에서 먼지를 뒤집어 쓰고 있는 이 탁본을 발견했는데, 3년 후(1909) 다시 갔더니 새로 표구하여 매물로 내놓은 것을 보긴 했으나 입수하지 못했다는 일화를 적었다. 나아가 '기유국월己酉鞠月'에 제사題辭를 썼다는 정학교는 경상도 태생의 글씨에 능한 사람인데, 제사의 글씨는 그 이름에 값하지 못한다는 것과 제사 중에 적힌 추사 김정희가 제주도에서 친히 탁본해 왔다는 말 등을 그대로 믿기 어렵다는 것, 또 '서불과차'로 알려진 문면은 실물을 본 결과 '서불과지徐市過之'가 옳을 것이라고도 했

───────────────

13) 천견륜태랑淺見倫太郎, "제주도의 서복의 석벽 문자濟州島に在る徐福の石壁文字", 『조선』 5 : 7[25](명치 43, 1910. 3), pp. 21~25.

다. 그는 이어 이 네 글자에 대해 일일이 고증했는데, 결론을 요약하면 한마디로 수상한 것이 많아 믿기 어렵다는 것이다. 아마도 이 석각이란 것은 여말 제주의 이름을 고칠 때에 한인閑人의 한사업閑事業으로 만들어진 것이지만, 일본 기주紀州 웅야포熊野浦[구마노우라]의 서복총徐福塚은 원元나라의 오래吳萊나 조선조 초의 신숙주申叔舟(1417~1475)도 이에 대한 시를 쓴 것으로 보아, 서복이 제주를 지나갔다는 전설은 아마도 고래古來의 것일 가능성을 지적하고, 좀 더 확실한 것은 제주도를 탐색하여 이 석벽의 소재를 찾아 석각을 직접 보고 연대를 추고推考해야 할 것이라 했다.

[원문자료 57][14) 세전世傳 제주 석각문 '서불과지徐市過之'

아사미가 과학적 근거를 가지고 논한 바는 매우 경청할 만한 것이나 근거 없는 탁본의 위작 여부에 대해서는 정말 세밀한 검증을 하면서도 일본 기주 웅야포에 남아 있다는 '서복총' 전설에 대하여 별 의문을 제기하지 않은 것은 그다지 수긍키 어려운 태도라고 하겠다.

다음에 살펴볼 논고는 요미우리신문[讀賣新聞]에 1910년 11월 26일부터

---

14) 총원희塚原熹 논문에 의거하였음.

1911년 1월 25일까지 전 25회에 걸쳐 연재된 다카기 도시오[고목민웅高木敏雄](1876~1922)의 "당나귀의 귀驢馬の耳"라는 글이다. 물론 이 글은 우리나라 설화에 대한 논고는 아니나 개중에는 한국 설화 연구를 위한 중요한 언급들이 포함되어 있다. 예컨대 범세계적 설화로『삼국사기』에도 수록되어 있는 <나귀귀의 임금> 즉 <경문대왕景文大王의 귀> 이야기'를 비롯하여,『수신기搜神記』에서 인용한 '고리국왕槀離國王(東明王)' 설화, 우리나라 자료에 대한 언급은 없지만『판차탄트라』와 일본의 '호랑 고옥루虎狼古屋漏'를 비교한 <호랑이와 곶감>류 설화,『유양잡조酉陽雜俎』에서 인용한 신라의 <방이 설화旁征說話> 등이다.

이 중 <경문대왕의 귀> 이야기는 1905년 제4회 제국문학회 강연회에서 행해진 쓰보이 쿠메조[평정구마삼坪井九馬三](1858~1936)의 "조선의 신화朝鮮の神話"15)라는 강연를 듣고 나서 비로소 알게 되었다는 우리나라의 경문대왕의 귀 이야기 및 희랍의 오비드가 쓴『변신』소재 마이다스왕 이야기에 대한 쓰보이의 비교에 대한 삽의挿疑로서 쓰인 것이다. 다카기는 경문왕 설화와 같은 천금의 가치가 있는 진귀한 자료를 일본에 최초로 소개한 쓰보이에게, 비교설화학자로서 매우 큰 감사를 표함과 아울러, 쓰보이가 이 설화가 '식물에 가탁해 만들어진 이야기' 즉 일종의 식물설화로 아프리카에 특히 많이 분포되어 있다고 한 데 대해, 이 이야기는 결코 식물설화가 아니라 순수한 멜헨에 속하는 이야기이며, 이런 종류의 설화는 아프리카뿐만 아니라 동서양 어디에나 많이 분포되어 있음을 지적했다.

우리나라의 대표적인 민담 중의 하나인 <호랑이와 곶감> 설화의 '곶감'은 물론 곶감 외에도 다양한 사물로 대체되어 이야기되고 있지만, 다카기가 소개하고 있는 아소산阿蘇山 기슭에서 채록된 자료에서는 '호랑 고옥루'(낡은 집의 비 새는 것)로 되어 있다. 위에서도 잠깐 말했지만, 다카

---

15) 평정구마삼坪井九馬三, "조선의 신화(제국문학회강연)",『제국대학帝國大學』11 : 1(1905. 1).

기는 우리나라의 풍부한 유화들을 전연 알고 있지 못했던 듯, 우리나라의 사례는 언급함이 없이 인도의『판차탄트라』의 제5권 제9화인 <도둑과 악귀와 원숭이> 이야기를 비교하였다. 물론 이 이야기도 인도나 일본, 우리나라뿐만 아니라 많은 지역에 전해지는 광포 설화廣布說話 중의 하나다. 손진태는『조선민족설화의 연구』[16) 중에서 일본에 전파된 조선설화를 다루면서 <범보다 무서운 곶감> 설화를 논했는데, 그 글에서의 인례引例가 바로 다카기의『일본 신화 전설의 연구日本神話傳說の研究』에 수록된 '호랑고욱루'였다.

앞에서 니시카와 교쿠코[서천옥호西川玉壺](1867~1924)가 한일 양국 신화의 비교 차원에서 우리나라의 '단군－환웅－환인'의 3대를 일본의 '오십맹명(존尊)－소잔명존－이자락존伊奘諾尊' 3대와 동곡이곡同工異曲으로 풀고 있음을 이미 본 바 있거니와, 그는 동 논문에서 한걸음 나아가 고려 국조 설화의 변형 조작론을 폈다. 즉 고려 국조설화 중의 호경虎景과 평나산平那山 여신이 혼인하여 산신으로 되었다는 이야기는 사실과 전연 무관한 옛 전승 단군신화의 후대적 변형이고, 호경이 옛 아내를 못 잊어 밤마다 찾아간 결과 강충康忠을 낳았다는 이야기는 진지왕眞智王이 사후에 도화녀桃花女와 교통하여 비형랑鼻荊郎을 낳았다는 이야기의 번안임을 주장했다. 뿐만 아니라 그는 강충이 풍수(도선道詵)의 권고에 따라 소나무를 심은 결과 삼한三韓을 통합할 자손을 얻었다는 재송栽松 설화는 일본의 소존素尊(素盞鳴尊)의 식림植林 설화의 변형이며, 그에 이어지는 이야기들 역시 전원등태수향田原藤太秀鄕의 용궁 전설이나 언화화출견존彦火々出見尊[히코호호데미노미코토]의 해궁유행海宮遊行 신화와 매우 비슷하다는 점을 들어 양국 설화 동계론을 폈다.

1910년대의 설화 비교론 가운데 자주 거론되었던 것으로는『삼국유사』<견훤구인甄萱蚯蚓>조에 수록된 속칭 '야래자夜來者' 설화다. 이 이야기는

---

16) 1927~1929년『신민新民』잡지 연재, 1947년에 단행본으로 출간.

일본식으로 말하면 '미와야마식[삼륜산식三輪山式]'전설로, 이 이야기가 거론될 때에는 으레『삼국유사』자료가 비교되곤 한다. 그러한 글 가운데 비교적 선편先鞭을 잡은 것은 도리이 류조[조거룡장鳥居龍藏](1870∼ 1953)의 "일한에 분포하는 삼륜산적 전설에 대하여日韓に分布する三輪山的傳說に就いて"라는 논문이다.[17] 후일 그의 저서『유사 이전의 일본有史以前の日本』(1918)에 재수록된다. 이 논문에는 우리나라 함북 성진城津 지방 광적사지廣積寺址에 전하는 <명 태조 전설明太祖傳說>과 동 두만강변 회령會寧 지방에 전하는 <청 태조 전설淸太祖傳說>, 일본의『고사기古事記』숭신천황崇神天皇조의 대삼륜大三輪의 전설,『일본서기日本書記』제5권 숭신천황 10년조의 기록 등이 매우 유사한 내용의 이야기임을 말하고, 이는 우연의 일치라기보다 예부터 양 민족 간의 교통이 있었던 증거이며, 특히 일본의 대삼륜신大三輪神이 한반도와 밀접한 관계를 가진 이즈모족(출운족出雲族)의 것임을 유의해야 한다고 했다. 즉 일본의 야마도국[대화국大和國](畿內)에는 매우 오랜 옛날부터 출운족이 거주했으므로, 그들이 이 전설을 가져갔을 것이라는 추론이다. 그 밖에 일본에는 도사[토좌土佐]지방, 규슈[구주九州], 시고쿠[사국四國] 일대나 류큐[유구琉球]의 미야코시마[궁고도宮古島]에 이르기까지 한반도와 역사적으로 밀접한 관계가 있는 지방에 이 같은 설화가 널리 분포되어 있는 점으로 미루어 더욱 그러하다는 것이다.

손진태의 연구에 의하면, 이 설화는 한일 양국뿐만 아니라 중국 등 '세계적으로 분포된 설화'인데,[18] 일본의 경우『고사기』및『일본서기』(제5권) 숭신천황조에 기록된 이래 도처에서 민간전설로 전승되고 있다. 일본 측 사서史書에 보이는 '미와[삼구三勾]'(세 갈래의 마麻)나 사건의 배경이

---

17) 조거용장鳥居龍藏, "일·한에 분포된 삼륜산적 전설에 대하여日韓に分布する三輪山的傳說に就いて",『동아지광東亞之光』7 : 7(1912. 7).『유사 이전의 일본有史以前の日本』(1918)의 '삼륜산 전설三輪山傳說' 말미에는 이 글의 발표 연대가 1913년 1월이라고 부기되어 있다.

18) 예컨대 서양의 경우 희랍의 '사이키와 큐피드' 유형이 동궤의 것임은 잘 알려진 것이다.

된 '미와[美和]'가 모두 음이 '미와'인 까닭에 후대에는 음이 같은 '미와[삼륜三輪]'로 변한 것은 확실하다. 도리이는 이 전설이 조선을 통하여[19] 일본으로 전래되었으며, 그 형성 시기는 양 민족의 먼 조상들이 동일 지역에 거주했던 태고적이었을 것으로 생각했다. 이에 비하여 손진태는 이 전승이 남방으로부터 일본을 경유하여 우리나라에 유입되었을 것으로 추단했다.[20] 아마도 손진태의 이러한 유입 경로 추정은 『삼국유사』의 장소적 배경이 전라도 광주光州이고, 또 『청구야담靑邱野談』 권1의 <귀물매야색명주鬼物每夜索明珠>의 장소적 배경은 강원도 횡성이며, 그 밖에도 경상도 동래東萊 지방 등지에서 동 유형의 자료가 특히 많이 보고되고 있는 점 등을 감안한 것으로 보이나, 이 이야기가 사실상 전국적인 분포를 나타내는 점을 고려한다면 그다지 신빙성 있는 견해는 못 된다.

어쨌든 도리이는 한일 양국에 분포되어 있는 '삼륜산식 전설'을 예로 들어 한일 양국민이 오래 전에 'Korea-Japanese Group'을 형성하였을 가능성을 제기하였는데, 어찌 보면 이는 당연한 것이지만, 또 한편 생각하면 이른바 저들의 '일선동조론日鮮同祖論'의 논거가 되는 것만 같아 그리 유쾌하지 못하다.

이 시기에 나타난 현상 중 특히 주목되는 것은 다만 한일 신화의 비교에서 머무르지 않고 여타의 설화 장르 특히 민담과의 비교면에서도 상당히 괄목할 만한 업적들이 나왔다는 점이다. 그러한 업적 중 대표적인 것은 다카기 도시오의 "일한 공통의 민간설화日韓共通の民間說話"와 마쓰무라 다케오[송촌무웅松村武雄](1883~1969)의 "일한 유화日韓類話"다. 이 중 다카기의 글은 1912년 1912년 『동아지광東亞之光』에 두 번에 걸쳐 연재되었는데, 이 글들은 후에 간행된 『일한 신화전설의 연구日本神話傳說の研究』에

---

19) 조거용장이 예로 들었던 우리나라의 자료는 함경도지방 성진과 회령의 민간전승이며, 『삼국유사』의 것은 미처 보지 못한 듯 예거되지 않았다.

20) 손진태, 『조선 민족 설화의 연구』(을유문화사, 1947), p. 208. 손진태가 조거용장의 글을 인용한 것은 『유사 이전의 일본有史以前の日本』(기부갑양당磯部甲陽堂, 1918), pp. 139~159에 수록된 '삼륜산 전설三輪山傳說'이다.

수합되었다.21) 우선 이 글에서 검토된 양국 설화 항목들은 다음과 같다.

① 삼륜산식 전설[<야래자> 전설]22)
② 우의 설화羽衣說話[<나무꾼과 선녀>]
③ 유취瘤取[『유양잡조酉陽雜俎』의 <방이> 설화 혹은 <혹부리 영감>]
④ 송산경松山鏡[<거울을 처음 본 사람들>]
⑤ 요절작腰切雀 혹은 설절작舌切雀 [<흥부놀부>]
⑥ [<귀토지설龜兎之說>]23)
⑦ [<바보 아우>]24)
⑧ 소승小僧과 화상和尙[<도수승渡水僧>]25)
⑨ 금이 열리는 나무[<아침에 심어 저녁에 따 먹는 오이>]
⑩ 쥐의 혼인[<두더지 혼인>]
⑪ [<두꺼비의 나이 자랑>]
⑫ 화소야花咲爺[<말하는 거북>]
⑬ 안명인贋名人[<엉터리 점쟁이>, 혹은 <다시 찾은 옥새>]
* '[ ]' 안은 우리나라에서 널리 알려진 설화의 이름을 참고로 기재한 것임.

다카기가 참조한 자료의 원전들은 위의 도리이의 글 외에 『삼국유사』, 『삼국사기』, 『용재총화』, 다카하시 도오루[고교형高橋亨](1878~1967)의 『조선의 물어집 부 이언朝鮮の物語集付俚諺』, 동 『조선동화집朝鮮童話集』, 『유양잡조』, 『흥부전』 외에 구전 자료들이다. 다카기는 이 글의 곳곳에서 역사지

---

21) 고목민웅高木敏雄, "일·한 공통의 민간설화日韓共通の民間說話", 『동아지광東亞之光』 7 : 11(1912. 11), pp. 62~69 및 7 : 12(1912. 12), pp. 41~52. 『증정 일본 신화 전설의 연구增訂日本神話傳說の研究』 2(동양문고 253, 평범사平凡社, 1974), pp. 213~ 252.
22) 조거용장이 예를 든 함북지방의 자료들뿐만 아니라 『삼국유사』의 '견훤구인甄萱蚯蚓' 조의 것도 소개되고 있다.
23) 고목은 『금석물어今昔物語』에 들어 있는 이 이야기가 불전佛典에서 나온 것이 분명하므로 일한설화日韓說話라고는 할 수 없다고 하고 있다(『증정 일본 신화 전설의 연구』 2, 평범사, 1974, p. 227).
24) 상게서에서는 『용재총화慵齋叢話』의 예화를 소개하였다.
25) 위와 같음.

리적으로 이들 설화의 일본 유입 경로를 조선으로 확언하고 있다. 이러한
태도의 선상에서 그는 "소의 신화 전설牛の神話傳說"(1913)이란 글에서도
『일본서기』 수인천황垂仁天皇 2년조 및 『고사기』, 응신천황應神天皇조에 보
이는 히메코소사[비매어증사比賣語曾社] 연기설화를 들며 "조선에서 전해
진 이야기임이 틀림없다"고 하였다.26) 그리고 "호랑이의 신화 전설虎の神
話傳說"(1914)27)에서는 원래 일본에는 호랑이가 서식하고 있지 않아 호랑
이 이야기가 없지만, 반면 우리나라에는 그것이 매우 많다고 전제한 다
음, 우리나라의 <함정에 빠진 호랑이>(혹은 <토끼의 재판>) 등에 대해
쓰고 있다. 특히 '함정에 빠진 이야기'는 원래 인도에서 티벳을 거쳐 불
교도의 매개로 한반도에 전해진 것이라 하고, 다까하시 도오루가 『조선의
물어집 부 이언』(1910) 해설에서 이 이야기를 조선 특유의 것이라고 한
것에 대한 반론을 펴, 같은 이야기가 독일에도 전승됨을 증거로 들었다.
반면 그는 『조선의 미신과 속전朝鮮の迷信と俗傳』(1913)에 수록되어 있는
<13대에 걸친 부富는 호랑이의 덕十三代の富は猛虎のお蔭>(호랑이 목에 걸
린 가시를 빼어주고 명당을 얻은 사람)의 예를 들어 이 이야기야말로 조
선 특유의 것이라 하고, 이어 『삼국유사』에 수록되어 있는 '신도징申屠澄',
'김현金現', '단군'(웅호熊虎 설화)과, 다까하시의 책에 수록되어 있는 '신호
神虎' 등의 변신담을 소개하였다. 그는 "인랑전설의 흔적人狼傳說の痕迹"28)
에서도 우리나라 호랑이 이야기로 『삼국유사』의 김현과 신도징 이야기를
들었다. 물론 이 중에서 신도징 이야기는 우리나라 이야기가 아니라 중국
것을 인용한 것을 잘못 안 것이지만, 앞서 쓰보이 쿠메조오가 『삼국유사』
소재 설화들을 일괄하여 거짓僞物으로 몰아 버렸던 데 대해, 그는 결코 모

---

26) 고목민웅, "소의 신화 전설牛の神話傳說", 『일본 급 일본인日本及日本人』597(『증정 일본
　　신화 전설의 연구』 2, 동양문고, 253, 평범사, 1974, pp. 320~321)
27) 고목민웅, "호랑이의 신화 전설虎の神話傳說", 『독매신문讀賣新聞』, 1914. 1. 1.(동상 pp.
　　342~349).
28) 고목민웅, "인랑전설의 흔적人狼傳說の痕迹", 『향토연구』 1 : 12.『증정 일본 신화 전
　　설의 연구』 2(동상, pp. 350~360) 참조.

든 자료를 위작으로 단정 지어 내칠 수는 없으며, 개중에는 관찰할 만한 가치가 있는 것이 상당히 많음을 말했다.

한편 마쓰무라의 "일한 유화"는 6페이지 정도의 짧은 글로, 위의 다카기의 설화 항목에 새 항목을 추가하다기보다는 삽의揷疑 정도에 그쳤다. 그는 이 글 첫머리에서 앞서 다카기가 『용재총화』를 인용하여 일본의 <소승小僧과 상좌上座>와 비교한 <도수승> 이야기는 동계의 것이라기보다는 차라리 일본의 시고쿠[사국四國]지방에서 보고된 '사노야[좌야옥佐野屋]'의 이야기처럼, '연속적 실패담' 유형으로 보아야 한다는 반론을 제기하였다. '혹부리 영감'은 한일 두 나라뿐만 아니라 중국의 『소부笑府』에도 있고, 나아가 아일랜드 등에도 전하는 이야기로, 서구 유화가 오히려 『소부』의 것보다도 한일 양국 설화와 유사하다고 주장하였다. 이상과 같은 두 사람의 글에서 비교 논의된 한일 양국 설화 총수는 얼마 되지 않지만, 그것은 후일 양국 설화 비교 연구자들에게는 좋은 선례가 되었다.

『향토연구鄕土硏究』에 2회에 걸쳐 실린 나카야마 타로오[중산태랑中山太郎](1876~1947)의 "백제 왕족의 향토와 그 전설百濟王族の鄕土と其傳說"은 백제에서 일본으로 건너간 백제 왕족의 전설을 논한 것으로, 이 글의 논지와는 무관하므로 언급하지 않는다. 또한 1915년 『동양학보東洋學報』에 2회에 걸쳐 게재된 이케우치 히로시[지내굉池內宏](1879~1952)의 "이조 4조의 전설과 그 구성 (상) / (하) 朝の四祖の傳說と其の構成(上) / (下)"란 논문도 조선조의 국조 전설國祖傳說을 논한 것이기는 하나, 구비문학적 전설을 논한 것이 아니라 역사적 사실 여부를 논증하려 한 역사 논문에 속하는 것이므로 역시 할애한다.

1915년에 후지이 진타로오[등정심태랑藤井甚太郎](1883~1958)가 쓴 "신라 박제상이 죽은 곳의 전설에 대하여新羅朴堤上死處の傳說に就いて"란 글29)은 박제상 전설에 대해 논한 글이지만, 논의의 중점은 전설 자체의 분석

---

29) 등정심태랑藤井甚太郎, "신라 박제상 사처 전설에 대하여新羅朴堤上死處の傳說に就いて", 『역사지리』 26 : 1(1915. 7), pp. 43~50.

보다는 박제상이 죽은 장소가 어느 곳인가에 초점이 맞추어졌다. 주지하다시피 박제상 전설은 우리나라의 『삼국사기』 권45 열전 <박제상전朴堤上傳>를 비롯하여 『삼국유사』 권1 기이紀異 '내물왕奈勿王 김제상金堤上'조, 그리고 일본의 『일본서기』 권9 신공왕후神功皇后 섭정攝政 5년조에 각각 비교적 소상하게 기록되어 있는 점으로 미루어 역사적 사실임을 부인할 수는 없을 듯하다. 이들 제서에 기록되어 있는 이야기의 내용은 대체로 같은 사건을 이야기하고 있으나, 『삼국사기』의 '박제상'과 왕자 '미사흔未斯欣'이 『삼국유사』에는 '김제상'과 '미해美海'로 되어 있으며, 『일본서기』에는 '모마리시치[모마리질지毛麻利叱智]'[30]와 '미시코치호쓰캉[미질허지벌한微叱許智伐루]'으로 되어 있고, 일본에 잡혀 갔던 눌지왕訥祇王 아우의 생환 연대가 『삼국사기』에는 눌지왕 2년(418),[31] 『삼국유사』에는 눌지왕 10년(426) 경으로 되어 있으며, 『일본서기』에는 신공 섭정 5년(205)으로 되어 있어 그 연대적 거리가 터무니없이 차이가 난다.[32] 또 박제상이 죽은 곳에 대해서는 『삼국사기』와 『삼국유사』 모두 왜왕이 제상을 목도木島에서 태워 죽였다고 되어 있는데, 『일본서기』에는 대마도에서 태워 죽인 것으로 되어 있다.

이 논문의 주지는 바로 박제상의 죽은 곳이 '대마도' 혹은 '목도'인가, 아니면 조선조 통신사들의 시들에 종종 나타나는 바와 같이 '후쿠오카[복강福岡]현의 하카다[박다博多]'인가에 대해서다. 후지이에 의하면 박제상이 하카다에서 죽었다는 설이 나오게 된 것은 조선조 도쿠가와[덕천德川] 시대 이후부터라고 한다. 1624년(관영寬永 원년)에 일본에 갔던 통신사의 『동사록東槎錄』 천계天啓 갑자년(1624) 10월 28일조에 의하면, 당일 남도藍島에 머물던 조선 사신에게 일본측 접사인 현방玄方[겜보]이 마주 보이는

---

30) 『삼국사기』, 열전 제5 '박제상'조에도 '新羅朴堤上 或云 毛末'이라는 주기注記가 붙어 있다.

31) 『삼국사기』, 신라본기 눌지마립간訥祇麻立干 2년조 참조.

32) 후지이[藤井]의 동 논문 p. 46에서는 한일 양국 간 연대적 차이가 40여 년이라 하였는데, 이는 어쩐 까닭인지 알 수 없다.

하카다를 가리키며 '신라 박제상의 주검을 묻은 곳'이라 하고, 즉석에서 '머리 돌려 서쪽을 바라보니 눈시울이 오히려 서늘하구나(回頭西望眼猶寒) 십리에 걸친 소나무 숲 칠 리에 걸친 여울 가(十里松林七里灘) 제상의 옛 넋이 지금 아직 살아 있는 듯(堤上舊魂今若在) 밤에 꿈에 나타난 사람이 평안함을 묻노라(夜來人夢問平安)'란 시를 지어 보였는데, 이 시의 '십리송 칠리탄'은 바로 하카다의 냉천진冷泉津을 가리킨 것이라 한다.

그런데 문제는 이 기록 이전에 실제 하카다에 머문 바 있던 정몽주鄭夢周의 도일 기록(1374)이나 송희경宋希璟의 『노송당일본행록老松堂日本行錄』(1420), 역시 하카다에 체류한 바 있는 신숙주申叔舟의 도일 기록(1441)과 『해동제국기海東諸國記』(1471), 그 이후의 봉사일본奉使日本 기록들, 즉 경섬慶暹의 『해사록海槎錄』(1607), 이경직李景稷의 『부상록扶桑錄』(1617), 오윤겸吳允謙의 『동사록東槎錄』(같은 해) 등의 시작에는 박제상의 하카다 사망설이 전연 보이지 않다가, 1624년 『동사록』 이후의 기록들 즉 김세렴金世濂의 『해사록海槎錄』(1635)과 『사상록槎上錄』(1635), 신유申濡의 『해사록海槎錄』(1643), 남용익南龍翼의 『부상록扶桑錄』(1655) 등에 들어 있는 사행시使行詩, 신유한申維翰의 『해유록海游錄』에 실려 있는 현계양玄界洋의 시(1719), 조엄趙曮의 『해사일기海槎日記』 및 『제곡집濟谷集』에 보이는 시들(1764)에 그런 사실이 꾸준히 나타난다는 점이다. 이로써 미루어 후지이藤井는 박제상의 '하카다 사망설'은 잘못 전해진 것이며, '대마도 사망설'이 옳을 것이라고 하였다. 그러면 왜 현방이 박제상의 죽은 곳을 대마라 하지 않았을까 하는 동기에 대해서, 그는 아마도 현방의 착각이거나, 혹은 조선인의 감정을 해치지 않기 위해 일부러 대마도를 피하고 하카다로 둘러댄 것이 아닐까 하는 결론을 내렸다. 사실 여부는 그만두고라도 그의 결론 도출 과정의 정밀함은 추장할 만하다.

1915년에 발표된 이마니시 류의 "주몽전설 급 노라[달]치 전설朱蒙傳說及老獺稚傳說"은 매우 중요하다. 이 글은 주몽 전승에 관한 국내외 사적 자료들을 연대순으로 제시함과 아울러 그 계보를 정리하려 노력하였고, 나

아가 '청조淸祖 전설' 혹은 '노달치老獺稚' 전설과의 연관 관계를 증명하려
고 애썼다. 필자 스스로 글 첫머리에서 밝혔듯 이 글은 본격적 논문으로
쓰인 것이라기보다 기왕의 자료 정리 및 신발굴 자료의 제시라는 측면이
강하기 때문에, 25페이지나 되는 방대한 양에 비해서 논의된 결과는 미약
하며 설득적이지도 못하다. 이 글에서 제시된 총 자료들을 정리해 보면
다음과 같다([[   ]] 내는 언급만 된 자료임).

주몽(동명東明) 자료

① 후한 왕충王充, 『논형論衡』 권2 길험편吉驗篇
② [[『삼국지』 위지魏志 동이東夷 부여전夫餘傳]]
③ [[『후한서』 동이전 부여전]]
④ 5세기 초 국강상광개토경호태왕릉비國岡上廣開土境好太王陵碑
⑤ 6세기 중반 북제北齊 위수魏收 『위서魏書』 고구려전
⑥ [[『북사北史』 고구려전]]
⑦ [[『양서梁書』 고구려전]]
⑧ 김부식金富軾 『삼국사기』
⑨ 이규보, <동명왕편>
⑩ 세종조(1432년 완성) 『세종실록지리지』 평안도 평양 조
⑪ 『일본속기日本續紀』 연력延曆 8년 12월 '고여황태후가계高野皇太后家系'
　　서술 및 동 9년 7월 진련진도津連眞道[무라지 마사미치] 등의 상표문
　　上表文
⑫ 『신찬성씨록新撰姓氏錄』

청조淸祖 혹은 노라치[노달치老獺稚] 전설

① 경성인鏡城人 최기남崔基南 채록(1908년) 제공 : 척실기사蹠實記事 － 회
　　령會寧 운연雲淵(鰲池岩) 실적實積(淸朝發祥古蹟)
② 경흥인慶興人 노일盧鎰 채록(1912년) 제공 : 위와 같음.
③ 회령보통학교 교장 대판김태랑大阪金太郎[오사카 킨타로] 채록(1914
　　년) 제공
　　ㄱ. 회령 오제암烏啼岩 청 태종한淸太宗漢[汗]의 부친 노이합제努爾哈齊

　　　　　[눌하치] 전설

　　　　ㄴ. 회령 오제암 노하치의 신화

　　　　ㄷ. 노이아합적[老爾丫哈赤][노라치]의 부친의 전설

　　④ 정우현鄭禹鉉 담談(1914년) : 북청北靑 올량합兀良哈 전설.

　　⑤ 동 : 북청 광적사廣積寺 전설

　　⑥ 용정龍井보통학교 교장 천구묘귤川口卯橘[가와구치 우기쓰] 채록『간
　　　　도시보間島時報』게재(1913년 7월경) : 만주인 시조 출생담('짚북 두드
　　　　리기' 설화)

　　⑦ 앞의 대판김태랑 채록(1914년) 제공 : 오산鰲山의 오랑캐[兀良哈] 전설

　　⑧ 동 두만강 대안對岸 호인胡人의 조상

　　이마니시는 이 글에서『삼국사기』의 주몽 전승 기록을 중국의『위서魏
書』의 그것과 비교하여, 전자가 후자를 절채철습竊採綴拾한 데 반하여, 국
내 전승인『구삼국사』의 것은 이규보의 <동명왕편>의 주注를 거쳐 조선
조『세종실록지리지』로 이어졌다고 하고, 주몽 전설은 본원적으로 부여
족의 옛전설에서 나온 것이므로 거기에서 갈라져 나온 후대의 국가 혹은
민족의 국조 전승들이 모두 같거나 유사한 것이라 했다. 따라서 부여에서
나온 백제도 그 개국 전설로 부여족이 공유하는 주몽 전설을 가졌던 것
이며, 중국의『동화록東華錄』에 보이는 청조 시조淸朝始祖 출생담에 보이는
천녀天女 3인이 호수에서 목욕을 하다가 막내인 불고륜弗古倫이 신작神鵲이
물어온 붉은 과일을 삼키고 잉태하여 하늘로 돌아가지 못하고 남았다가
아이를 낳은 후(이 아이가 후에 청나라의 선조가 되었다고 한다.) 승천했
다는 이야기33)도 여러 모로 주몽 전승과 흡사함을 지적했다. 즉 양 설화

---

33) "太祖高皇帝 姓愛新覺羅氏 先世發祥於長白山 …… 山之東 有布庫里山 山下有池 曰布爾
里湖 相傳 有天女三 長恩古倫 次正古倫 次弗古倫 浴於池 浴畢 有神鵲 曰朱果 置季女衣
季女含口中 忽已入腹 遂有身 告二姊 曰吾身重 不能飛昇 奈何 二姊曰 吾等列仙籍 無虞
也 此天授爾娠 候免身來 未晩 言已別去 弗古倫 尋産一男 生而能言 體貌奇異 及長 母告
以呑朱果有娠 之故 因命之曰 汝以愛新覺羅爲姓 名布庫里雍順 天生汝 以定亂國 其王置
之 汝順流而往 卽其地也 與小舫乘 母遂凌雲去"(손진태,『조선　민족　설화의　연구』
[1947], '백조소녀전설白鳥少女傳說'조, pp. 197~198 참조).

모두 모계母系가 3녀 중 하나란 점, 난생의 형태로 아이가 태어난다는 점, 아이가 장성한 후 그 모친이 아이에게 출생상의 비밀을 일러주고 집을 떠나 다른 곳으로 가서 새터를 닦게 한 점, 그리하여 그 아이가 결국은 한 국가의 창설자가 되었다는 점 등이다. 그는 나아가 주몽 전승과 함북 일대에서 채록 보고된 다수의 '노라치[老獺稚]'나 '오랑캐[올량합兀良哈, 오낭구五囊狗]'전설 같은 만주족의 시조 전설이 일맥상통함도 지적하였다. 그의 주장은 종횡무진한 감이 없지는 않으나, 발상의 신기함은 높이 살 만하고, 상당히 일리도 있다고 생각된다.

　주몽전설에 대한 연구는 1919년에 발표된 나이토오 도라지로[내등호차랑內藤虎次郎]의 "동북아시아 제국의 개벽 전설東北亞細亞諸國の開闢傳說"이라는 글에서 좀 더 폭넓게 이루어졌다.[34] 그는 동북 아시아 여러 나라 민족이 가진 개국 전설을 검토한 결과 각 국가의 원조元祖가 모두 태양 혹은 어떤 물체의 영기靈氣에 감응해서 탄생한다는 공통점을 지니고 있음을 발견했다. 그 중 가장 오랜 것은 1세기 경 왕충王充의 『논형論衡』'길험편吉驗篇'에 보이는 부여국의 개국 전설로, 여기에서는 탁리국왕槖離國王의 시비侍婢가 일광 감응感應에 의해 동명왕을 낳은 것으로 되어 있다. 특히 나이토오는 '탁리국槖離國'에 대하여 송화강松花江 지류 중의 하나인 '다오르강'변에 거주하는 '다후르족'이 세운 나라라고 주장하였으나, 이것은 오류일 듯하다. 왜냐하면 '탁리국槖離國'이 문헌에 따라서는 조금씩 다르게 표기되어 있는바, 예컨대 '고리槀離'(『삼국지』, 『요사遼史』), '고리槖離'(『위략魏略』), '고려高麗'(『수서隋書』), '색리索離'(『후한서』, 『통전通典』)로도 나타나고, '槖'(음音 '탁') 자의 유사 형태의 글자로 '槀'(음 '고') 자가 있는 것으로 보아, 이 '탁槖'이 '고槀'의 오기라고 한다. 글자의 형태상 '탁리국'은 '고리국' 즉 '고려' 혹은 '고구려'를 가리키는 것으로 보이기 때문이다. 결국 『후한서』의 '색리국索離國'이란 것도 '고槀' 자를 오기한 것으로 보인

---

34)　내등호차랑內藤虎次郎, "동북아 제국의 개벽 전설(東北亞細亞諸國の開闢傳說)", 『민족과 역사民族と歷史』 1 : 4(1919. 4).

다.35)

　나이토오는『논형』의 부여국 시조 전설에 이어 이것이 약간 변형된 형태로 고려국 시조 전설로 된『위서』의 것을 소개하였다. 이어『위서』의 것을 바탕으로 한 '고구려전'의 '주몽朱蒙'과『수서隋書』의 것을 바탕으로 한 '백제전'의 '동명東明' 및 신라에서 일본으로 전래된,『고사기』응신천황조의 신라의 왕자 '천지일모天之日矛' 및『일본서기』수인천황 2년조의 임나任那의 쓰누가아라시[도노아아라사都怒我阿羅斯] 등의 이야기도 일광 감정感情에 의한 생자生子라는 점에서 동일 선상의 것이고, 또『원조비사元朝秘史』의 아란활아阿蘭豁阿도 일광 감정에 의해 아이를 낳았는데, 이 아이 (이단찰아李端察兒)가 곧 성길사한成吉思汗의 선조로서 몽고의 시조라고 했다. 그는 몽고족의 최초의 거주지가 다후르족과 이웃했던 흑룡강 상류라는 점을 들었고, 또『요사遼史』를 인용하여 글안족의 태조 아보기阿保機도 일본의 도요토미 히데요시[풍신수길豊臣秀吉]의 탄생처럼 일광 감생이었음을 논했다. 나아가 중국의 경우 주周나라의 원조元祖인 후직后稷은 그의 어머니 강원姜嫄이 천신天神의 발자국을 밟고 감생感生하였으며, 은殷나라의 원조인 설契은 어머니 간적簡狄이 현조玄鳥 즉 제비가 떨어뜨린 알을 삼키고 아들을 낳았는데, 이는 만주족[淸]의 개국 전설에서 하늘에서 지상으로 내려와 목욕을 하던 세 천녀 중 일인一人이 새가 떨어뜨린 붉은 과일을 삼키고 만주족 선조를 낳았다는 것과 같으며, 더구나 '천녀 3인'은 주몽 (해모수解慕漱) 전설에 보이는 '하백河伯의 세 딸'과 관련이 있는 것이며, 이는 세계 광포 설화의 하나인 <백조 처녀> 이야기와도 관계가 있음을 이야기했다. 이러한 여러 자료를 근거로 하여 그가 얻은 결론은, 이런 이야기들이 태양 전설과 관계가 있으며, 나아가 동북아 제국 민족이 이 같

---

35) '탁리국橐離國'에 대하여 백조고길白鳥庫吉은 "부여국의 시조 동명왕의 전설에 대하여 夫餘國の始祖東明王の傳說に就いて"란 논문(『역사학연구』 7 : 2, 1937)에서 "탁리국은 퉁구스어로 '흑黑'을 나타내는 'saxar', 'chakarin', 만주어 'sahaliyau'의 대음對音으로 흑수黑水 즉 흑룡강에서 그 이름이 생긴 것이다."라고 하고 있으나, 이 견해가 어느 정도 타당성이 있는지는 알 수 없다.

은 공통된 '제왕감생설帝王感生說'을 선조 전설로 갖고 있음은, 이들 제 민족이 동일 근원에서 분화된 결과로 보인다고 조심스럽게 추단推斷했다.

1918년에 발표된 미우라 히로유키의 "조선의 개국전설朝鮮の開國傳說"[36]은 단군신화의 진위에 대한 것으로, 그 결론은 이왕의 일인들의 주장과 큰 차이는 없다. 더구나 이 글은 논문이라기보다 논증이 거의 없이 주관적 단상斷想을 피력하는 데 그쳤다. 그에 의하면 단군신화는 전연 근거가 없는 날조된 이야기로, 그 출현 시기는『삼국사기』에는 전연 보이지 않고『삼국유사』에 이르러 처음 보인다는 점에서,『삼국사기』가 편찬된 고려 인종 33년(1246)으로부터『삼국유사』가 편찬된 충렬왕(재위 1275~1308)시까지 사이의 150여 년일 것이라 단정했다. 나아가 그는 단군 전설을 증언해 주는 유적으로는 다만 태백산, 지금의 영변 묘향산을 비롯하여 평양 등지에 남아 있을 뿐이고, 그 중에 평양은 단군의 도읍지라면서도 거기에는 오로지 '숭렬전崇烈殿'이라는 사당이 전할 뿐임을 지적했다. 이에 반하여 기자 전설의 경우는 멀리 중국 고대의『상서尙書』홍범대전洪範大傳 주注를 비롯하여『사기』·『전한서』등에 보이고, 평양은 기자의 도읍지라는 말뿐만 아니라 오늘날까지도 외성外城을 비롯한 기자궁箕子宮, 기자의 정전井田 터, 기자묘箕子墓 외에 사당인 숭인전崇仁殿 등이 남아 있어 단군 전설의 경우와는 비교가 안 될 정도로 증거물이 남아 있으므로 일본인 학자들이 단군 전설을 후세 승려들의 부회附會로 여기고 기자 전설을 승인하는 경향도 있는 것이라 했다. 게다가 그는 단군을 성하게 제사지내는 시기일수록 독립 자존심이 성했다는 추측까지 덧붙이며, "조선은 예부터 중국의 속국으로 사대사상이 풍부하여, 그 역사도 원래 민속이 준우몽매蠢愚蒙昧했던 것을, 기자가 봉해진 이후에 비로소 예악의 가르침을 받아 중국에서까지 예의의 나라라는 찬사를 받게 되었음을 국민들이 자랑하게까지 되었다."고 하고, 끝으로 "이 2종의 전설(단군과 기자)은 중

---

36) 삼포주행三浦周行, "조선의 개국 전설朝鮮の開國傳說",『역사와 지리歷史と地理』1 : 5(1918. 3), pp. 6~11.『일본사의 연구日本史の研究』(1922. 5)에 재수록.

국 문화가 농후한 북선北鮮 지방의 것이어서, 조선 고유의 한민족이 살았던 남선南鮮 지방에는 해당되지 않는다. 더욱이 남선지방에는 스스로 그 계통을 달리하는 지방전설이 있는데, 이것을 한각閑却하고 전자前者만을 조선의 개국 전설로 하는 것은 당치 않음은 물론, 그보다도 훨씬 오랜 일본의 신화전설(이른바 천손강림신화天孫降臨神話)에 결부하여 견강부회함은 기가 막힌 일이다."고 했다.

지금까지 살편 바와 같이 1910년대에 발표된 일본 연구가들의 주제는 거의 대부분 우리나라의 국조나 개국 영웅의 시비가 중심이었다. 그들의 결론은 한결같이 기록 부족을 근거로 우리 민족의 역사적 근거를 회의 내지는 부정하는 데로 나아갔지만, 그러한 과정에서 동북아 제 민족의 설화 자료들이 속속 발굴 소개되었음은 반면적 성과라고도 할 것이다.

한편 1910년대 전반에 걸쳐 일본어로 간행된 주요한 자료집들은 다음과 같다.

① 高橋亨, 『朝鮮の物語集 附俚諺』(京城 : 日韓書房, 明治43, 1910. 9).
② 靑柳綱太郞, 『朝鮮野談集』(京城 : 朝鮮硏究會, 明治45, 1912. 1).
③ 楢木末實, 『朝鮮の迷信と俗傳』(京城 : 新文社, 大正2, 1913. 10).
④ 高橋亨, 朝鮮の俚諺集 附物語(京城 : 日韓書房, 大正3, 1914. 6).
⑤ 崔東洲著, 淸水金建吉 抄譯, 『五百年奇譚』(京城 : 自由出版社, 1916).
⑥ 三輪環, 『傳說の朝鮮』(東京 : 博文館, 大正8, 1919. 9).

이 중 가장 먼저 간행된 자료집은 다카바시 도오루[고교형高橋亨](1878~1967)의 『조선의 물어집 부 이언朝鮮の物語集 附俚諺』이다. 이 책은 거의 같은 내용이 1914년에 『조선의 이언집 부 물어朝鮮の俚諺集附物語』라는 이름으로 간행되었는데, 서명 중에 '물어物語'라는 것과 '이언俚諺'이란 단어가 맞바뀌고, 1910년판에서 속담 547편이 수록되었던 것이 대폭 증보되어 1,298편이 되었으며, 1910년판에 수록되었던 이야기 28편 중 3편(<편신노片身奴>, <장화홍련전長花紅蓮傳>, <재생연再生緣>)이 삭제된 나머지 25

편의 내용은 같다.

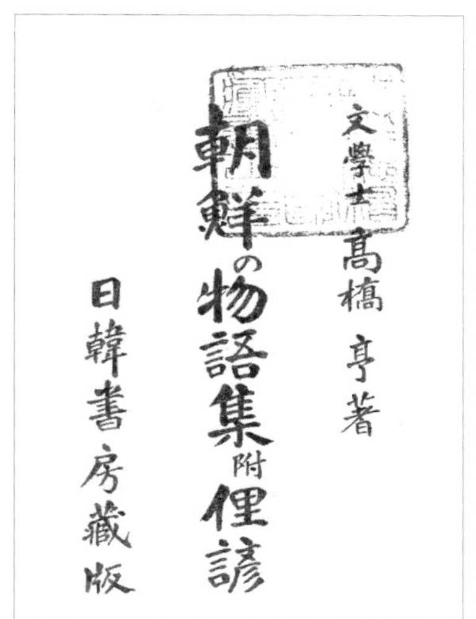

[원문자료 58] 다카하시 도오루[高橋亨],
『朝鮮の物語集 附俚諺』(1910)

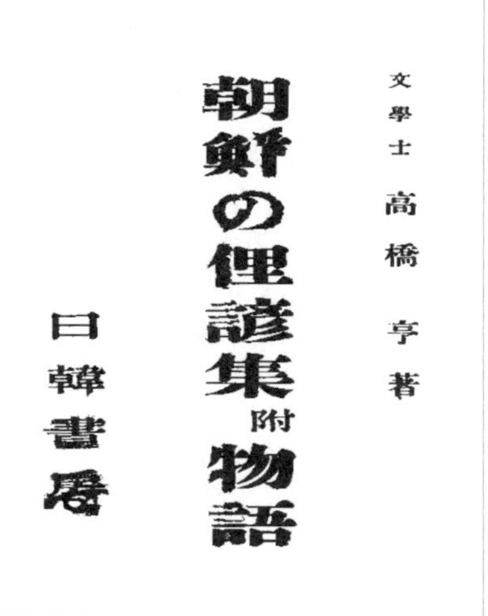

[원문자료 59] 다카하시 도오루[高橋亨],
『朝鮮の俚諺集 附物語』(1914)

이 책 첫머리 부분에는 자서自書에 앞서 저자의 동경제대 한학과漢學科 시절의 스승이었던 하시노 요시유키[추야유지萩野由之](1860~1924)의 서문이 들어 있는데, 그는 거기에서 한일 양국 설화의 유사점을 들어 말하며, 특히 <유취瘤取>(혹부리 영감)와 <선녀 우의仙女羽衣>(<선녀와 나무꾼>)를 들었다. 이어 당시 서울의 모 고등학교 학감으로 재직 중이던 저자의 자서가 붙어 있는데, 대충 이언(속담) 및 물어(설화)의 가치에 대해 언급했다. 이 책에 수록되어 있는 이야기들은 다음과 같다.

- <혹 떼기>[유취瘤取] (1)
- <서낭당>[성황당城隍堂] (5)
- <가난한 군수가 돈을 얻다>[빈군수득전貧郡守得錢] (10)
- <거짓말 내기>[허교(嘘較べ)] (17)

- <풍수선생>[풍수선생風水先生] (21)
- <사시에 하관하고 오시에 발복하다>[사시하관오시발복巳時下棺午時發福] (34)
- <댓구를 얻고 반죽음을 당하다>[득대구반사得對句半死] (36)
- <말하는 거북>[해어귀解語龜] (40)
- <도깨비가 잃은 금방망이 은방망이>[귀실금은봉鬼失金銀棒] (45)
- <엉터리 명인>[안명인贋名人] (49)
- <흥부전>[흥부전興夫傳] (56)
- <음승이 날콩 넉 되를 먹다>[음승식생두사승淫僧食生豆四升] (63)
- <외쪽 하인>[편신노片身奴] (67)
- <제 멋대로 하는 자>[무법자無法者] (73)
- <눈 뜬 사람이 소경을 속이다>[명자기맹자明者欺盲者] (82)
- <소경이 귀신을 쫓다>[맹자축요마盲者逐妖魔] (85)
- <열녀가 된 기생>[기생열녀妓生烈女] (94)
- <옴쟁이 아이가 일기를 예보하다>[선개병동지우癬疥病童知雨] (105)
- <쌍둥이 십태>[쌍동십도雙童十度] (107)
- <거울을 처음 본 가족>[한양송산경韓樣松山鏡] (114)
- <선녀의 깃옷>[선녀우의仙女羽衣] (117)
- <부귀와 영달에는 운이 따라야 한다>[부귀유명영달유운富貴有命榮達有運] (124)
- <사람과 호랑이의 다툼>[사람과 호랑이의 싸움[人と虎との爭い]] (138)
- <신호랑이>[신호神虎] (143)
- <장화와 홍련>[장화홍련전長花紅蓮傳] (146)
- <재생의 인연>[재생연再生緣] (164)
- <춘향>[춘향전春香傳] (183)
- <독한 여자>[독부毒婦] (202)

이상의 내용을 살펴보면 전래 민담이나 야담을 중심으로, <흥부전>·<장화홍련전>·<숙영낭자전>(재생연)·<춘향전> 같은 고전소설까지 망라되어 있다. 이야기 종류별로 분류해 보면 동물담 1(<사람과 호랑이

의 싸움人と虎との爭い>), 소담 9, 신이담 12, 일반담 2, 고전소설 4편이다. 자료 출처에 관한 아무런 언급이 없기 때문에 확실한 것은 알 수 없지만 그 내용으로 미루어 대체로 문헌설화집의 것을 재화再話한 것들로 생각되며, 비교적 흥미있는 이야기들을 중심으로 선집한 까닭에, 이 책에 수록된 이야기들은 훗날 발간된 유사한 자료집들의 내용 구성에 적지 않은 영향을 끼쳤을 것으로 보인다.

『조선야담집朝鮮野談集』은 '남명南冥[난메이]'이란 별호를 가진 아오야기 쓰나타로[청류강태랑靑柳綱太郎](1877~1932)가 편찬한 것으로 총 194편의 야담을 번역한 것이다. 개중에는 잡록에 속하는 것들도 몇 편 포함되어 있으나 이들을 제외하고라도, 이야기의 총량으로 미루어, 당대에 외국에 소개된 야담집으로는 발군의 것이라 할 수 있다. 자료선집의 성격상 청수淸水 김건길金建吉의 초역抄譯인 『오백년기담五百年奇譚』(경성 : 자유출판사, 1916)도 유사한 것으로 여겨지는데, 같은 책이 같은 해에 광학서포廣學書鋪에서 나왔다고 하고, 또 1919년에는 신구서림新舊書林에서, 1923에는 박문서관博文書館에서, 1926년에는 개유서관皆有書館에서도 출간된 적이 있다고 하나, 유감스럽게도 이들에 대해서는 아직 살펴보지 못했다.

나라키 스에자네[유목말실楢木末實]의 『조선의 미신과 속전朝鮮の迷信と俗傳』은 설화집이라기보다는 민간신앙 자료집이라고 할 수 있지만, 책

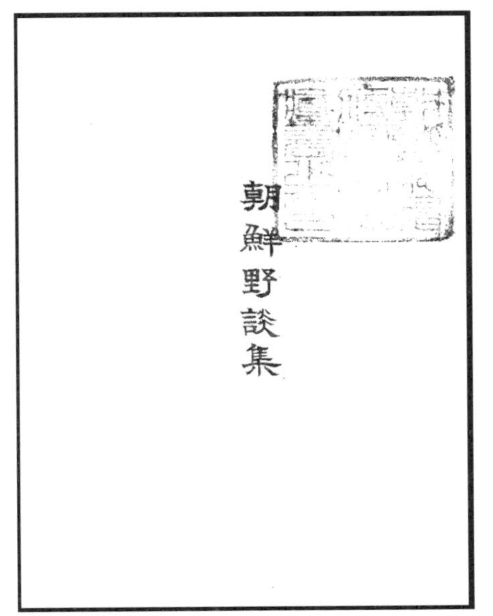

[원문자료 60] 아오야나기 쓰나타로[靑柳綱太郎], 『朝鮮野談集』(1912)

말미에 부록으로 다음과 같은 10편의 설화를 붙여 놓았다(원 제목은 일어임).

> <천민賤民 총각이 하룻밤 사이에 대신의 아들로 되다>
> <노모가 버드나무로 며느리를 때려 죽이다>
> <정부情婦에게 피를 내뿜은 황서방>
> <성황당의 인연>
> <오줌을 마신 군수>
> <일족 50여 명이 한 집안을 탕진하다>
> <죽 한 사발을 준 덕으로 명당을 얻다>
> <'무기개가 선녀의 목욕물'인 이유>
> <뒷간 귀신廁鬼 이야기>
> <13대에 걸친 부富는 맹호猛虎가 가져다 준 덕>

삼륜환三輪環의 『전설의 조선傳說の朝鮮』 역시 이 시기 출간됐던 전설집으로는 대표적인 것이다. 우선 책머리에 있는 편저자의 서문을 번역 소개하면 다음과 같다.

세계 어느 나라든 어느 마을이든 전설이 없는 곳은 없다. 무릇 인류가 살기 시작하여 얼마가 지나면 정사正史나 야승野乘이 생기는 한편 구비전설이 그 사이에서, 아니 그 이전부터 생겨나 입에서 귀로 귀에서 입으로 단편적으로 바람처럼 꿈처럼 사람의 뇌에 들어오거나 가슴에 스며든다. 그리고 전설에는 오늘날 과학적 견지에서 보면 기괴, 불사의不思議, 불합리라고 해야 할 만한 것이 적지 않다. 따라서 세상 사람들은 '황당무계'라는 말을 써서 이를 내버리거나 한마디로 웃음에 붙여 버리고 마는 경우가 많다. 그러나 우리는 그 황당무당한 것에서 일종의 흥미를 불러일으킬 수도 있다고 생각한다. 무릇 사물에 이해利害가 따르는 것은 어쩔 수 없는 바로서, 이른바 정사正史라 하더라도 꺼리고 기록지 않는 일이 있는가 하면, 전설에도 이면의 사정을 엿보는데 족할 만한 것이 있다. 다만 유감스런 것은 구비口碑라고 하거나 전설이라 하는 것에는 혹은 기억의 착

오가 있거나 전문傳聞의 와오訛誤가 있으며, 혹은 여기에서 저리로 저기에
서 이리로 이동 전가시키는 것도 적지 않다는 점이다. 이 때문에 동일한,
혹은 유사한 설화가 각처에 남아 있어서 그 근원을 찾는데 곤란한 점이
많다. 그러나 이들의 고증은 후일을 기약하고 지금은 다만 수집된 조선의
전설들을 열기列記하기로 한다.

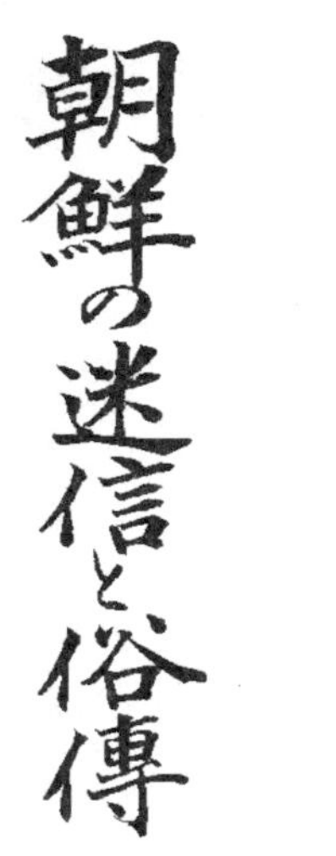

[원문자료 61] 나라키 스에자네[楢木末實], 『朝鮮の迷
信と俗傳』(1913)

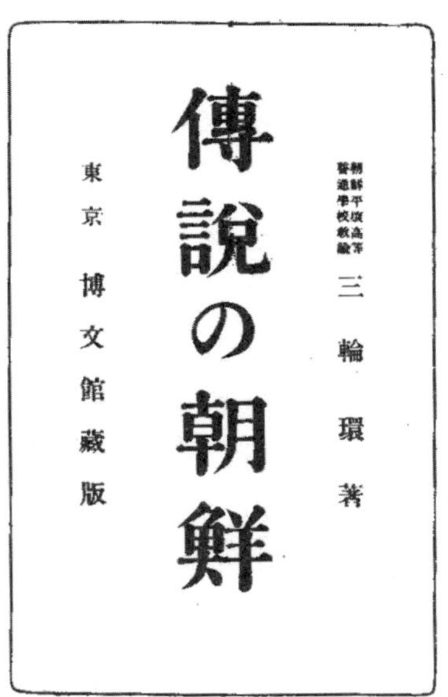

[원문자료 62] 미와 다마키[三輪環], 『傳說の朝
鮮』(1919)

이 책에는 산천 전설 34편, 인물 전설 38편, 동식물 및 기타 전설 42
편37) 외에 동화 23편을 수록하고 있다. 이 중 제1편 산천 전설에 속하는
자료를 검토해 보면 총 34편 중 평남 18편, 평북 6편, 황해 5편, 경기 2

---

37) 목차에는 40편밖에 보이지 않으나, 본문에는 제3편 끝에 '서묘西廟'와 '아들을 낳게
    한 돌子授け石'의 두 편이 더 들어 있다. 그리고 목차에 '구림사鳩林寺(p. 85)'는 '구림
    촌鳩林村'의, '금강동金剛銅'(p. 127)은 '금강동金剛銅'의, '백세청풍百世情風'(p. 218)은 '백
    세청풍百世淸風'의 오기誤記이다.

편, 경북 3편의 분포를 보인다. 이처럼 편자는 북한 지역 특히 평안도 지방에서 채록된 자료를 중심으로 하고, 남한 지역의 자료는 경주 1편(<금척릉金尺陵>)과 대구 2편(<칠성암七星巖>과 <연천鰊泉>)만 수록했다는 한계를 드러냈다. 물론 이러한 결과는 제2편이나 제3편에서도 거의 비슷하게 나타나고 있다.

제4편에 수록된 '동화'로써 짐작할 수 있는 바와 같이, 이 책은 서명에 나타난 대로 '전설집'이라기보다 민담을 포괄한 설화집이다. 더구나 이 책은 발간 시기가 이르고, 총 137편이나 되는 많은 자료를 수록하고 있으며, 후대 설화집들에 거듭 나타나는 주요한 자료들을 망라하고 있다는 점에서 매우 주목할 만한 문헌이라고 할 수 있다.

1910년대에는 전대에 비해 매우 다양해져 연구 대상의 폭이 제법 넓어졌으며 그 연구의 깊이도 상당히 정교해졌다. 전대에 이어 '단군론'에 대한 논의는 계속되었으며, 한일 설화의 비교 나아가서는 동북아 설화의 비교 연구 차원에서 우리 자료가 원용되기도 했다. 한편 이 시기에는 고려나 조선조의 국조 전설에 관한 연구도 있었으나, 실은 설화학적인 연구라기보다 역사학적 연구에 가까운 것들이었다. 특기할 만한 사항은 이 시기에 이르러 특정 종류의 설화 연구 성과가 나오기 시작했다는 점을 들 수 있는데, 예컨대 다카기의 <나귀귀의 임금>이나 이마니시의 <노달치 전설> 연구 같은 것이다. 더구나 전문적인 설화 연구가라고 할 수 있는 다카기는 한일 간의 설화를 집중적으로 살핀 논문을 발표했을 뿐만 아니라, 그 밖에도 우리 설화 자료를 논급한 여러 편의 논문을 발표하기도 했다.

● 참조 원고

『어문학논총』 24(국민대 어문학연구소, 2005. 2). 본론 머리 부분에서 말한 바 있는 1920년대 이후의 기술은 미완고임.

4) 외국에서 혹은 외국어로 간행된 한국설화 자료집 목록

[한국어]

1962　정길운(鄭吉雲) 외편.『천지의 맑은 물 淸淸的天池水』. 延邊人民出版社.

1963　연변민간문예연구조 편.『조선족 민간문예자료집』제1집~제2집.

　　　정길운 외편.『인삼처녀(人蔘處女)』. 연변인민출판사.

1965　『조선족민간문학자료집(朝鮮族民間文學資料集)』제1집~제2집.

1979　정길운 정리.『백일홍 百日紅』. 연변인민출판사.

　　　연변민간문학연구회 편.『연변민간문학집(延邊民間文學集)』. 연변인민출판사.

1980　김례삼(金禮三) 수집 정리.『천도복숭아 天桃』. 연변인민출판사.

1981　김충묵 등 수집 정리.『깍쟁이양반』. 연변인민출판사. n.d..

1982　박창묵(朴昌默) 수집 정리.『사랑산 恩愛峰』. 연변인민출판사.

　　　중국민간문예연구회연변분회.『민간문학자료집』. 연변인민출판사. 제3집.

1983　김례삼 편저.『꾀당나귀의 꿈』. 흑룡강조선민족출판사.

　　　김명한(金明漢) 수집정리.『삼태성 三台星』. 연변인민출판사.

　　　리룡득 수집 정리.『꽃사슴』. 연변인민출판사.

1984　리룡득 수집 정리.『불로초 長生草』. 료녕인민출판사.

　　　장동운(張東雲) 등 정리.『짜개바지 開襠褙子)』. 료녕인민출판사.

　　　중국민간문예연구회연변분회.『민간문학자료집』. 연변인민출판사. 제4집.

1984~1985　송정환(宋禎煥) 편.『조선사화총서(朝鮮史話叢書) : 1. 해동의 세나라 ; 2. 송악산 줄기줄기 巍巍松岳山 ; 3. 한양성의 종소리 漢陽城的鐘聲 ; 4. 피바다 삼천리』. 료녕인민출판사.

1985　김재권(金在權) 수집정리.『소년부사 少年府使』. 흑룡강조선민족출판사.

　　　김형직(金亨直)・윤봉현(尹鳳鉉) 편.『조선옛말 365켤레 朝鮮民間故事365篇』. 제1집~제3집. 심양 : 료녕인민출판사.

　　　박창묵 수집 정리.『바우돌과 현부인 石頭郎和賢妻』. 심양 : 료녕민족출판사.

　　　현용순(玄龍順)・이정문(李政文)・허룡구(許龍九).『조선족백년사화　朝鮮族百年史話』. 제2집~제3집. 심양(沈陽).

　　　흑룡강민간문예연구회(黑龍江民間文藝研究會) 조선족회원 집체 정리.『삼돌이와 호랑이』. 흑룡강조선민족출판사.

1986　김재권 정리. 중국민간문예연구회 연변분회 편.『황구연민담집 천생배필 天生配匹』. 연변인민출판사.

1987　림승환・한광일・서종식 정리.『차병걸 車炳杰 옛이야기집 상 : 팔선녀 八仙女』. 목단강 : 흑룡강조선민족출판사.

1989　김재권・박창묵 정리.『황구연민담집 黃九淵民譚集 : 파경노 破鏡奴』. 연변 : 민족출판사.

　　　리룡득.『하하하 호호호 哈哈哈・嘻嘻嘻』. 연변인민출판사.

　　　　리천록·최룡관 수집정리. 『백두산전설』. 연변인민출판사.

　　　　안도현문학예술계연합회 편. 최준 수집 정리. 『해동의 여왕』.

　　　　정영석(丁永錫). 『고산장군 高山將軍』. 연변인민출판사.

1990　동북조선민족교육출판사편. 『천냥짜리거짓말 一千兩黃金的言荒話』. 동북조선민족교
　　　　육출판사.

　　　　리룡득 수집 정리. 『도적 잡은 이야기 智擒壞人的故事』. 동북조선민족교육출판사.

　　　　윤영(尹永)·조정현(曹正鉉)·최웅범(崔雄范) 정리. 『조선민간전설 朝鮮民間傳說』. 목
　　　　단강 : 흑룡강조선민족출판사.

　　　　현상록·이현복 편. 『조선신화전설집』. 흑룡강조선민족출판사·조선문예총출판사.

1991　김태갑 편. 『조선족전설집』. 민족출판사.

1992　김재권 수집 정리. 『효부종』. 민족출판사.

　　　　중국민간문예가협회 연변분회(延邊分會). 『영리한 꾀동이』. 연변인민출판사.

　　　　중국민간문예가협회 연변분회. 『해와 달』. 연변인민출판사.

1993　김동훈·김도권 편. 『중국조선민족문학선집－구비문학편』. 민족출판사.

　　　　김재권 엮음. 『호랑이옛말50켤레』. 연변 인민출판사.

　　　　림승환·김광근 정리. 『주부의 눈물』. 흑룡강조선민족출판사.

　　　　정해철. 『달팽이 아가씨』. 동북조선민족교육출판사.

1994　정해철. 『천년 묵은 호랑이』. 연변인민출판사.

1995　리룡득 편. 『웃음 보따리』 1-3. 연변 인민출판사.

　　　　이성열. 『우스운 이야기』. 연변인민출판사.

　　　　이창인 수집 정리. 『천안삼거리 능수버들』. 여녕민족출판사.

　　　　최준. 『농부와 연꽃공주』. 안도현문학예술계연합회.

1999　석천수. 『임금의 화상』. 연변대학출판사.

　　　　한정춘. 『두만강전설집 圖們江傳說』. 연변인민출판사.

2000　김재권 수집정리. 『황구연전집』. 전 10책. 연변인민출판사.

[중국어(한문)]

*이하 참고에 이바지하기 위하여 서지사항들을 원문 그대로 수록함.

1908[38]　柳建封. 『長白山江崗誌略(長白山江崗誌略)』.

1953　霍玆. 『朝鮮民間故事』. 上海 : 文化生活出版社.

1954　百樂書店. 『朝鮮族童話故事』. 香港 : 百樂書店.

1980　吉林城民間文藝硏究會 編. 『人蔘的故事』. 北京人民文學出版社.

　　　　『亞洲民間故事 : 朝鮮』. 北京 : 人民文學出版社.

　　　　『玉女池』. 延邊人民出版社.

1982　隋書金. 『天鵝姑娘的傳說 : 東北少數民族民間故事選』. 沈陽.

　　　　延邊民間文學硏究會 編. 『故事大系 朝鮮族民間故事選』. 上海文藝出版社.[39]

---

38) 1987년에 복간된 바 있음.

1983   裵永鎭 編.『朝鮮族民間故事講述家 金德順故事集』. 上海文藝出版社.

1984   吉林集安縣文化館 編. 鴨綠江的傳說. 北京：中國民間文藝出版社.

　　　　了寧省寬甸縣文化館・寬甸縣民族事務委員會 編.『蓮花仙子』.

1987   延邊朝鮮族自治州民間文學集成編輯委員會 編.『吉林省民間文學集成：延邊朝鮮族自治州
　　　　故事』上・下. 延邊.

　　　　了寧省寬甸縣民族事務委員會 編.『朝鮮族故事集』.

1990   金在權・朴昌默 記錄整理.『黃九淵故事集』. 中國民間文藝出版社.

연도미상 國立北京大學 中國民俗學會.『婦女與兒童：朝鮮民間文藝號』. 民俗叢書. 58. pp. 68〜
　　　　85. 北京大學.40)

[일본어]

1910   高橋亨.『朝鮮の物語集 附俚諺』. 京城：日韓書房.

1912   靑柳綱太郎.『朝鮮野談集』. 京城：朝鮮硏究會.

1914   高橋亨.『朝鮮の俚諺集 附物語』. 京城：日韓書房.

1919   三輪環.『傳說の朝鮮』. 東京：博文館.

1920   山岐日城(源太郎).『朝鮮奇談と傳說』. 京城：ウツボヤ書籍店.

1924   朝鮮總督府.『朝鮮童話集』. 朝鮮民俗資料 第二篇. 大阪屋號書店.41)

1926   中村亮平.『朝鮮童話集』. 模範家庭文庫叢書 第二集. 東京：富山房.

　　　　崔東洲 著. 淸水金建吉抄譯.『五百年奇譚』. 京城：自由出版社.42)

1927   大阪六村.『慶州の傳說』. 東京：蘆田書店.43)

　　　　鄭寅燮.『溫突夜話』. 東京：日本書院.

1929   松村武雄・中村亮平.『神話傳說大系(N)支那・臺灣・朝鮮 神話と傳說』. 東京：近代社.
　　　　pp. 310〜564.44)

1930   今村革丙.『歷史民俗 朝鮮漫談』. 京城：南山吟社.

　　　　孫晉泰.『朝鮮民譚集』. 東京：鄕土硏究社.45)

----

39) 국내에서『연변의 견우직녀』(교양사敎養社, 1988)로 부분 국역본이 간행됨.

40) 동방문화서국東方文化書局, 1970 복각複刻.

41) 한국학자료총서 제15집으로 영신永信아카데미 한국학연구소에서 영인본이 나온 바
　　있음.

42) 1913년과 1916년에 경성 개유서관皆有書館에서 같은 이름의 초역서抄譯書가 간행된
　　바 있음.

43) 1932년에 경주의 전중동양헌田中東洋軒 ; 1942에 증보판을 경도 상명문성당桑名文星堂
　　에서 간행.

44) 1929년 동경 대양사大洋社에서 간행된 것도 있으며, 또 대동당大東堂에서 1934년(초
　　판)과 1935년(중판)에 경성京城 취미의교육보급회趣味の敎育普及會 송원죽이松元竹二 편
　　編으로 간행 ; 다시 1979년 중촌량평中村亮平 편『세계신화전설대계世界神話傳說大系 1
　　2 : 조선의 신화 전설朝鮮の神話傳說』로 동경 명저보급회名著普及會에서 개정판 출간하
　　였다.

　　　　申來鉉.『朝鮮の神話と傳說. 東京：蘆田書店.[46]

1934　八田己之助.『樂浪と傳說の平壤』. 平壤：平壤研究會.

1935　佐佐木五郎. "平壤附近の傳說(と昔話)"『旅と傳說』. pp. 8〜11.

1937　朴寬洙.『慶州の事蹟と傳說』. 大邱：博信堂書店.

1938　眞木琳. "朝鮮の說話".『朝鮮』通卷 272・275・278・279號(1, 5, 7, 8월)

1940　沼農生.『朝鮮の傳說』. 京城：朝鮮實業俱樂部.

1942　鐵甚平(金素雲).『三韓昔がたり』. 東京：學習社.

　　　　鐵甚平.『石の鐘』. 東京：東亞書院.

　　　　鐵甚平.『靑い葉つぱ』. 東京：三學書房.

1943　鐵甚平.『黃ろい牛と黑い牛』. 東京：天佑書房.

　　　　八田實.『傳說の平壤』. 平壤：平壤商工會議所.

　　　　豊野實.『朝鮮の傳說』. 京城：大東印書館出版部.

1944　李弘基.『朝鮮傳說集』. 京城：朝鮮出版社.

　　　　森川清人.『朝鮮野談・隨筆・傳說』. 京城：ろ-かる社.

　　　　伊泉伍直.『朝鮮の傳說』. 京城：大東印書館出版部.

1953　金素雲.『ネギをうえた人』. 岩波少年文庫 71. 岩波書店.[47]

1959　水生勝子.『朝鮮民話集』. 朝鮮外國文化出版社.

　　　　『朝鮮古代說話集』. 平壤：外國文出版社.

　　　　『朝鮮民話集』. 平壤：外國文出版社.

1966　孫晉泰.『朝鮮の民話』. 東京：岩崎美術社.

1968　閔熙植.『韓國民話集』. 서울：集賢閣.

1970　金素雲・柴田武・服部四郎.『トルコ・蒙古・朝鮮の民話』. さ・ら・え書房.

1972　瀨川拓男・松谷みよ子.『朝鮮の民話』全三卷. 東京：太陽文化社.

1974　崔仁鶴.『朝鮮昔話百選』. 東京：日本放送出版協會.

1975　朴榮濬.『韓國の民話と傳說』. 全五卷. 서울：韓國文化圖書出版社.

1976　金奉鉉.『朝鮮の民話』. 東京：國書刊行會.

　　　　金奉鉉.『朝鮮の傳說』. 東京：國書刊行會.

1977　大村浩.『日本人の知らない韓國の話』. 東京：東洋圖書出版.

　　　　梁炳浩.『韓國代表民譚選』. 서울：大韓公論社.

　　　　崔仁鶴.『朝鮮傳說集』. 東京：日本放送出版協會.

1978　堀尾靑史・齋藤君子 編.『子どもせかいむかしばなし：中國・朝鮮・モンゴル』. 八重岳
　　　　書房.

　　　　玄容駿 編. 朴健市 譯.『濟州島の民話：三多島の神話と傳說』. アジアの民話 2. 大日本
　　　　會話巧藝美術株式會社.

---

45) 1966년에 동경 암기미술사岩崎美術社에서 『조선의 민화朝鮮の民話』로 개제改題 출판.
46) 동경 : 일삼서점, 1943 ; 동경 : 태평출판사太平出版社, 1971(중간).
47) 1982년에 이와나미 소년문고岩波少年文庫 2025로 중판重版.

1979　光吉夏彌・瀬田貞二 編.『世界のむかし話 10：朝鮮・臺灣』. ほろぶ出版.

　　　許集 編.『朝鮮のむかしばなし』. 朝鮮青年社. 1979.

1980　金龍煥 監修・イラスト. 田坂常和 譯・再話. 土屋武士 編.『韓國の民話』. ブックセンター-オブジャパン.[48]

　　　瀬川拓男・松谷みよ子.『朝鮮の民話』. 全三卷. 東京：太陽文化社.[49]

　　　李周洪 編. 田坂常和 譯.『韓國笑譚集』. 東京：文興出版.

　　　渉澤青花.『朝鮮民話集』. 現代教養文庫 1029. 東京：社會思想社.

　　　崔仁鶴.『韓國の昔話』. 世界民間文藝雙書 10. 東京：三彌井書店.

1981　李錦玉 作. 朴民宜 繪.『さんねん峠：朝鮮のむかしばなし』. 新創作繪本 21. 岩崎書店.

　　　早船ちよ 作. 鈴木たくま 繪.『天女の四っ星：クムガン山物語』. 世界の民話. けやき書房.

1983　鄭寅燮 編譯.『溫突夜話』. 世界民間文藝叢書 別卷. 東京：三彌井書店.[50]

　　　荒木博之 外 監修・崔仁鶴 採話.『大ムカデダイジ：韓國の昔ばなし』. 世界の昔ばなし 6. 東京：小峰書店.

1984　柳尙熙 監譯.『韓國の怪奇民話』. 世界の怪奇民話 別卷 1. 東京：評論社.

1987　金莉瑛.『いたずらトケビ』. プレセンタ.

1988　金仁顯.『チャチュンビ傳說』. 東京：工作社.

(이상의 목록은 새로 작성한 미발표 원고임.)

[서구어]
*50쪽 이내의 유아용 책들은 모두 할애하였음.

1881　Ridel, Felix-Clair. *Grammaire Coréenne*. Précédée d'une Introduction, Suivie d'un appendice, avec un cours d'exercices gradués. Par les missionnaires de Corée de la Société des missions etrangéres. Yokohama：Imprimerie de D. Lévy et S. Salabelle.

1882　Griffis, William Elliot. *Corea : the Hermit Nation*. New York：Charles Scribner's Sons.

1889　Allen, Horace Newton. *Korean Tales*. Being a Ccollection of Stories. Translated from the Korean Folk-Lore, together with introductory chapters, descriptive of Korea. New York & London：G. P. Putnam's Sons, 1889; Ams Pr, 1992(Reprint edition); Elibron Classics, 2005; Kessinger Publishing, LLC, 2007.

　　　Garin, Nikolai Georgievich. *Po Koree, Man'chzuri i Lyadunskomu Poluostrovu[Through*

---

48) 『한국의 민화 대역집韓國の民話對譯集』(길야진웅吉野鎭雄・이원수李元壽 역)이 별책으로 부록되었음.

49) 1980년에 동경 해성사偕成社에서 문고판으로 재간.

50) 1983년 세계민간문예총서 별권으로 동경 삼미정서점三彌井書店에서 증보판 간행.

Korea, Manchuria and the Liaotung Peninsula]. St. Petesburg.

1890   Aston, William George. "Corean Popular Literature." *Transactions of the Asiatic Society of Japan*, XVIII, 104~118.

1893   Arnous, H. G. *Korea. Märchen und legenden nobst einer Einleitung uber Land und Leute, Sitten und Gebrauche Koreas*. Leipzig : Verlag von Wilhelm Friedrich, 1893.

1895   Nocentini, Lodovico. *Leggende racconti popolari delle Corea*. Roma, 1895.

1897   Landis, E. B. "Korean folk tales." *China Review*, xx ii, 693.

1900   Aston, William George. "Chhoi-chhung-Corean Märchen.*" Transactions of the Asiatic Society of Japan*, XXVIII, 1~31.

1904   Allen, Horace Newton. Korea : Fact and Fancy. Being a Republication of Two Books Entitled "Korean Tales" and "A Chronological Index." Seoul : Methodist Publishing House.

        Garin-Mixailovskii, Nikolai. Koreiskie skazki[Korean Tales]. St. Petesburg, 1904; Reprinted in Kazaxstan, 1952; in Moskva : Gos. izd. Chudoz.-lit., 1956; 1966.

1911   Griffis, William Elliot. *Fairy Tales of Old Korea*. London : George G. Harrap.

1911-1912   Enshoff, Dom. "Koreanische Erzählungen." *Zeitschrift fur Volkskunde*, xxi(1911), 355~367; xxii(1912), 69~72.

1913   Gale, James Scarth. *Korean Folk Tales* : *Imps, Ghosts, and Fairies*. Translated from the Korean of Im Bang and Yi Ryuk. London : J. M. Dent & Sons, and New York : E. P. Dutton, 1913; Reprinted by Rutland, Vermont & Tokyo, Japan : Charles E. Tuttle Company, 1963; 1971; Holmes Press, 2008.

1918   Garin, N. G. *Korea Muinasjutad*. Translated by K. Pinkowski in Estonian. Reval [Tallinn].

1922   Griffis, William Elliot. *Korean Fairy Tales*. Illustlated in color. New York : Thomas W. Crowell.

1923   Eckardt, P. Andreas. *Koreanische Konversations-Grammatik mit Lesestüken und Gesprächen*. Heidelberg : Julius Groos Verlag.

        Eckardt, P. Andreas. *Schlüssel zur koreanischen Konversations-Grammatik*. LehrBücher Methode Gapsey-Otto-Sauer. Heidelberg : Julius Groos Verlag, pp. 66~130.

1925   Garine, A. *Contes Coreens*. Adaptations francaise de Serge Persky. Illustrations de Ju-Péon. Paris : Librairie Delagrave; Lausanne, n.d.

        Hulbert, Homer Bezaleel. *Omjee, The Wizard* : *Korean Folk Stories*. Springfield, Mass. : Milton Bradley Co.

1927   Bantock, Raymond and Zong, In-sob. *Fairy Tales of Many Countries*. 2 vols.Tokyo : Sanseido.

1928   Eckardt, P. Andreas. *Koreanische Märchen und Erzählungen Zwischen Halla-und Paktusan*. Mit Originalzeichnungen von Tanwon und Songtjop. Oberbayern : Missionsverlag St. Ottilien.

Metzger, Berta. *Tales Told in Korea*. With a frontispiece in colors and six illustrations in black-and-white by Arther Y. Park. New York : Frederik A. Stokes Company.

1934   Seu, Ring Hai[So Yong-hae]. *Miror, Cause De Malheur! : et Autres Contes Coreens*. Paris : Editions Eugène Figuière; Seoul : Saemoonsa, n.d.

1935   Pyun, Y[oung] T[ae]. *Tales From Korea*. With an Introduction by H. A. Underwood. Keijo[Seoul] : The Christian Literature Society, 1935; Seoul : Shinjosha, 1956; Seoul : Il-Cho Kak, 1960.

1941   Shkurkin, P. V. *Koreiskie skazki [Korean Tales]*. Shanghai : Slobo.

1944   Riordan, James. *Korean Folk-tales*. Oxford Myths and Legends. Oxford : Oxford University Press.

1948   Garin. *Koreanische Märchen*. Übertragen und herausgegeben von Nikolay v. Kotschubey. Zürich : Wernev Classen Verlag.

1950   Runge, Kurt.*Unsong-Pai, Erzählt aus seiner Koreanischen Heimat*. Darmstadt : Kulturbuch-Verlag.

1951   Choe, Sang-su. *Legends of Korea*. Seoul : Jeong Um-sa.
       Eckardt, P. Andreas. *Unter Dem Odongbaum : Koreanische Sagen, Märchen und Fabeln*. Eisenach : Erich Röth-verlag.

1952   Zong, In-sob. *Folk Tales From Korea*. With a Forword by W. Simon and Author. London : Routledge & Kegan Paul, 1952; Westport, Conneticut : Greenwood, 1969; New York : Gordon Press, 1976; New York : Grove, 1979; Seoul : Hollym Corporation Publishers, 1970 and 1982.

1953   Jewett, Eleanore Myers. *Which Was Witch? Tales of Ghosts and Magic from Korea*. Ill. by Taro Yashima[Pseud. for Jun Iwamatsu]. New York : Viking.
       Khoza, N. A. *Koreiskie[Korean Tales]*. Moskow.
       Lee, Jai Hyon. *Korean Lora*. Seoul : Office of Public, Information Republic of Korea.
       Volk, I. *Rasskazy o Koree [Stories of Korea]*. Erevan.

1955   Eckardt, P. Andreas. *Die Gunsengwurzel : Koreanische Sagen, Volkserzählungen und Märchen*. Eisenach : Erich Roth-verlag.
       Foster, James R. *Great Folktales of Wit and Humor*. New York : Harper & Brothers, pp. 23~26.
       Kim, So-un. *The Story Bag : A Collection of Korean Folktales*. Translated by Setsu Higashi. Rutland, Vermont & Tokyo, Japan : Charles E. Tuttle Co., 1955; 1978; Silk Pagoda, 2008.
       Olmsted, David Lockwood. *Korean Folklore Reader : Texts with Presyntactic Analysis*. Uralic and Altaic Series : Vol. 16. Bloomington : Indiana University Press, 1955. (Uralic and Altaic). RoutledgeCurzon, 1997.

1956   Jewett, Eleanote M. *Which Was Wich? Tales of Ghosts and Magic From Korea*. New

York : The Viking Press.

1961   Pak, Tae-young. *A Korean Decameron : Collections of Korean Tales,* vol. 1. Seoul : Korean Literature Editing Committee.

1963   Pak, Tae-young. *A Korean Decameron,* Vol. Ⅱ. Seoul : Korean Literature Editing Committee.

1969   Ha, Tea Hung. *The Life of a Rainhat Poet.* Korea Cultural Series Vol. Ⅸ. Seoul : Yonsei University Press.

1970   Besançon, J. *De Wraak van de slang en andere verhalen uit Korea,Japan en China[The snake's revenge and other old tales from Korea, Japan, and China].* Laren(Nh.).

Chang, Duk-soon; Suh, Dai-suk; and Cho, Heui-woong. *The Folk Treasury of Korea : Sources in myth, Legend, and Folktale.* Seoul : Society of Korean Oral Literature.

Fritz Vos. "Twelve translations of Korean,Japanese and Chinese tales of Mystery" Adapted by J. Besançon in *De Wraak van de slang en andere verhalen uit Korea, Japan en China* [*The Snake's revenge and other old tales from Korea, Japan, and China*]. Laren(Nh.).

Ha, Tae Hung. *Folk Tales of Old Korea.* With Illustration in Colors and black-and-white by Pak, Nosoo. Seoul : Korea Information Service, 1958; Korean Cultural Series : vol. vi, Yonsei University Press.

Ha, Tae Hung. *The Korean Nights Entertainment(comic stories).* With Illustration by Kim, Seichong. Korean Cultural Series : vol. viii. Seoul : Yonsei University Press.

Ha, Tae Hung. *Tales From the Three Kingdoms.* Korean Cultural Series : vol. x. Seoul Yonsei University Press.

Westphal, Clarence. *Folk tales of Korea.* Denison.

1972   Levy, Howard S. *Korean Sex Jokes in Traditional Times : How the Mouse Get Trapped in the Widow's Vagina and Other Stories.* Sino-Japanese Sexology Classics Series : Vol. Ⅲ. Washington, D. C. : The Warm-Soft Village Press.

1973   Carpenter, Frances. *Tales of a Korean Grandmother.* Garden City, New York : Doubleday & Company, 1941; Repr. by Rutland, Vermont & Tokyo, Japan : Charles E. Tuttle Company.

1974   Li, Mirok. *Iyagi : Kurze Koreanische Erzählungen.* München.

Park, Yong-jun. *Traditional Tales of Old Korea : a mixture of legend and history of Korea's colorful past.* 5 vols. Seoul : Hanguk Munwha Publishing Company.

1975   Dorson, Richard M. *Folktales Told around thee World.* Chicago & London : The University of Chicago Press, pp. 287~300.

Ferrar, G. K. *Hong and the Dragon and Other Korean Stories.* Illustrations by Song, Yong Bang. Seoul : Pomso Publishers.

Scharf, Trute. *Koreanische Märchen.* Die Welt der Märchen. Fischer Taschenbücher, Bd. 1365. Frankfurt a.M. : Fischer Taschenbuch Verlag.

Zabrowsky, Hans-Jürgen. *Märchen aus Korea.* Die Märchen der Weltliteratur. Düsseldorf-Köln : Eugen Diederichs Verlag.

1978 Coyaud, Maurice et Li, Jin-Mieung. *Contes Populaires de Corée.* Paris : Association Pour Pour l'Analyse du Folklore.

Fritz Vos. "De Japanese en Koreaanse Verhaaltraditie[Traditional Narration in Japan and Korea]." *Volksverhalen : sprookjes, fabels, mythen, sagens, legenden en gezongen vertillingen Ⅱ.* Rijks Universiteit Utrecht, pp. 46~64.

Hyun, Peter. *Korean's Favorite Tales and Lylics.* Seoul : Seoul International Publishing House.

Pucek, Vladimir and Genzor, Josef. *Tajomstva Belaseho Draka : Korejske mysty a povesti*(in Slovak)[*The Secrets of Blue Dragon : A Collection of Old Korean Myths and Folk Tales*]. Brastislava.

1979 Comber, Leon. *The Golden Treasure Box : Favorite Stories From the Orient,* vol. 1. Hongkong, Singapore and Kuala Lumpur : Heinemann Asia, pp. 199~211.

Coyaud, Maurice et Li, Jin-Mieung. *La Tortue Qui parle, et autres contes et légendes de Corée.* Lyon : Féderop.

Huwe, Albrecht. *Märchen aus aller Welt, Nr. 16 : Korea.* München : Wilhelm Heyne Verlag.

1980 Coyaud, Maurice et Li, Jin-Mieung. *Aubergins Magiques : Contes Erotiques de Corée, avec d'autres contes et des descriptions de fêtes populaires de Corée.* Paris : Associations pour l'Analyse du Folklore.

1985 Oh, Myungho. *Koreanische Volkserzählungen.* Hamburg : Reuter, Klöckner Buchhandlung.

1986 Bantwal, Lakshimi. *Folk Tales of Korea.* New Delhi & Bangalore : Sterling Publishers Private Limited.

Yu, Chai-Shin, Kong, Shiu L. and Yu, Ruth W. *Korean Folk Tales.* Toronto : Kensington Educational, The University of Toronto Press.

1991 Han, Suzanne Crowder. *Korean Folk & Fairy Tales.* Elizabeth, New Jersey & Seoul : Hollym.

1992 Kathleen J. Crane Fountain. *Tiger, Burning Bright.* New Jersey & Seoul : Hollym.

1995 Faurot, Jeannette. *Asian-Pacific Folktales and Legends.* Touchstone, 1995.

Hyun, Peter. *Korean Children's Favorite Folk Tales.* Hollym.

1996 Cha, Jun Cong & Han, Byong-ho. *Magic Stick of Plenty 1 & 2 : Korean Folk Tales.* Seoul : Borim Publishing Co..

1997 Kim, Dong-sung. *Long Long Time Ago.* Elizabeth, NJ & Seoul : Hollym.

1998 Allison, Christine. *365 Bedtime Stories.* Broadway.

Dong-Sung Kim. *Long Long Time Ago : Korean Folk Tale*s. Weatherhill.

1999 Curry, Lindy Soon. *A Tiger by the Tail and Other Stories from the Heart of Korea.* Libraries Unlimited.

Lee, Seung Jae. Korean Folk Tales. Seoul : Hanshin Publishing Co.

McCarthy, Tara. *Multicultural Fables and Fairy Tales.* (Grades 1~4) Scholastic.

2000　Grayson, James H. *Myths and Legends from Korea : An Annotated Compendium of Ancient and Modern Materials.* RoutledgeCurzon.

Hwang, Pae-Gang. *Korean Myths and Folk Legends.* Oxford University Press, 2000; Jain Publishing Company.

Seo, Dae-Seok : Lee, Peter H. ed. *Myths of Korea.* Jimoondang Publishing Co.

2001　Cho, Hee-Woong. *Korean Folktales.* Korean Studies Series No. 5, Jimoondang International.

2002　Tatar, Maria, ed. *The Annotated Classic Fairy Tales : Texts, Criticism.* W. W. Norton & Company.

2004　Kim, So-un. *Korean Children's Favorite Stories.* Boston · Rutland, Vermont · Tokyo : Tuttle Publishing.

2005　Spagnoli, Cathy. *Asian Tales and Tellers.* August House.

2007　Griffis, William Elliot. *The Unmannerly Tiger and Other Korean Tales.* New York : Thomas Y. Crowell, 1911. Xi-155 pp. with 8pls.; Kessinger Publishing, LLC.

Methold, Ken & Hah, Eung-Cheon. *Famous Korean Folktales 1, People.* Compass Publishing.

2008　McClure, Gillian. *The Land of the Dragon King and Other Korean Stories.* Frances Lincoln Children's Books.

● 참조 원고

『*Korean Folktales*』. Korean Studies Series. No. 5(Edison · Seoul : Jimoondang International, 2001). 발표 원문을 보완補完하고 연도순으로 재배열했음.

참고문헌

江蘇省社會科學院 編 / 吳淳邦 外 譯, 中國古典小說總目提要 1~3, 蔚山大學校出版部, 1993.

岡正雄 譯, 『民俗學槪論』, 岡書院, 1927.

高橋亨, 『朝鮮の俚諺集 附物語』, 京城 : 日韓書房, 1914.

高橋亨, 『朝鮮の物語集 附俚諺』, 京城 : 日韓書房, 1910.

高木敏雄, 『增訂 日本神話傳說の硏究』 2, 東洋文庫 253, 東京 : 平凡社, 1974.

고전문학실 편, 『한국고전소설해제집』 상, 보고사, 1997.

高晶玉, 『國語國文學要講』, 大學出版社, 1949.

과학원 언어문화연구소 문학연구실, 『조선문학통사』 上, 과학원출판사, 1959.

關敬吾, 『日本昔話大成 11 資料篇』, 東京 : 角川書店, 1980.

關敬吾, 『日本の昔話－比較硏究序說』, 東京 : 日本放送出版協會, 1977.

國立國會圖書館支部 東洋文庫, 『增補 東洋文庫朝鮮本分類目錄』, 東京 : 國立國會圖書館, 1979.

國會圖書館, 『古書目錄』, 서울 : 國會圖書館, 1995.

權性旻, "玉所 權燮의 國文詩歌 硏究", 碩論. 서울대 大學院, 1991.

金起東 編, 『筆寫本古典小說全集』 8, 亞細亞文化社, 1980.

金起東, 『活字本古典小說全集』 4, 亞細亞文化社, 1976.

金起東, 『李朝時代小說論』, 精硏社, 1959.

金起東, 『韓國古典小說硏究』, 敎學硏究社, 1983 / 1987.

金東旭 編, 『景印古小說板刻本全集』 1-3, 延世大, 1973.

金東旭 編, 『羅孫本筆寫本古小說資料叢書』 61, 保景文化社, 1993.

金東旭, "京板 三十五張本 <春香傳> : 九州大學本", 『韓國學報』 9, 一志社, 1977. 12.

金東旭, "韓國古典小說目錄", 서울大學校 東亞文化硏究所 編, 『國語國文學事典』, 新丘文化社, 1973.

金東旭, "한글소설 坊刻本의 成立에 대하여", 『鄕土서울』 8, 1960. 7.

金東旭, 『春香傳硏究』, 延世大出版部, 1960.

金三不, 『國文學參考圖鑑』, 新學社, 1949.

今西龍, "檀君の說話に就いて", 『歷史地理』, 臨時增刊[朝鮮號], 1910. 11.

今西龍, "新羅時代の土器に彫刻せる神話", 『人類學雜誌』 23 : 262, 1908. 1.

今西龍, "朱蒙傳說及老獺稚傳說", 『藝文』 6 : 11. 京城帝大, 1915. 11.

金時習, <金鰲新話>, 『啓明』 19, 啓明俱樂部, 1927.

金烈圭, 『韓國民俗과 文學硏究』, 一潮閣, 1971.

金烈圭・趙東一・蘇在英・黃浿江 編, "『古典文學을 찾아서』, 文學과知性社, 1976.

金義政, 『력사소설 림장군전 연구』, 솔터, 1992.

金台俊, 『增補朝鮮小說史』, 學藝社, 1939.

金鉉龍 解題, "<月團團傳(假稱)> 紹介",『語文硏究』25・26합병호, 韓國語文敎育硏究會, 1980. 5.

金鉉龍, "徐居正의『太平閑話滑稽傳』에 對하여 : 安鼎福의 소설 <月團團傳>도 아울러 밝힘",『人文科學論叢』10, 建國大 人文科學硏究所, 1977. 12.

김일성종합대학 편,『조선문학사』I, 김일성종합대학출판사, 1982.

金鎭世, "<洪吉童傳>의 作者",『서울大敎養課程部 論文集』, 人文社會科學篇 1, 1969. 4.

김진영・차충환,『숙향전전집』1, 박이정, 1999.

김춘택, "중세소설작품집『화몽집』에 대하여",『조선어문』1986. 2.

김하명,『조선문학사』3~5, 사회과학출판사, 1991~1994.

那珂通世, "朝鮮古史考　第二章　朝鮮樂浪玄菟帶方考",『史學雜誌』5：4, 東京帝國大學史學會, 1894. 4.

內藤虎次郎, "東北亞細亞諸國の開闢傳說",『民族と歷史』1：4, 1919. 4.

大谷美太郎, "釜山港日本居留地に於ける朝鮮語敎育 : 附朝鮮語學書の槪評",『靑丘學叢』24, 靑丘學會, 1936. 5.

大谷森繁, "<蛙蛇獄案>並びに<鵲與烏相訟文>・<烏對卞訟文>の解說",『朝鮮學報』54, 朝鮮學會, 1970. 1.

大谷森繁, "<一夕話>並びに<丁香傳>・<李長白傳>の解題",『朝鮮學報』90, 朝鮮學會, 1979. 1.

大谷森繁, "批評 <新增要路院記>の小紹介 : 李朝小說の覺書",『朝鮮學報』52, 朝鮮學會, 1969. 7.

大谷森繁, "天理圖書館本『金鰲新話』解題",『朝鮮學報』112, 朝鮮學會, 1984. 7.

大谷森繁,『朝鮮後期小說 讀者硏究』, 民族文化硏究叢書 23, 高麗大民族文化硏究所出版部, 1985.

稻田浩二 外 共編,『日本昔話事典』, 東京 : 弘文堂, 1977.

稻田浩二,『日本昔話通觀 硏究篇 1 日本昔話とモンゴロイド－昔話の比較記述』, 東京 : 同朋舍, 1993.

稻田浩二,『日本昔話通觀 第28卷 昔話タイプ・インデックス』, 東京 : 同朋舍, 1988.

藤井甚太郎, "新羅朴堤上死處の傳說に就いて",『歷史地理』26：1(1915. 7).

모리스・쿠랑, 原著 / 李姬載 譯,『韓國書誌 : 修訂飜譯版』, 一潮閣, 1994.

文化財管理局 文化財硏究所,『日本所在韓國典籍目錄』, 文化財管理局 文化財硏究所, 1991.

박갑수, "동양문고본 <춘향전> (1), (2), (3)",『語文硏究』51, 53, 55~56, 韓國語文敎育硏究會, 1986. 10, 1987. 4, 1987. 11.

朴東亮,『企齋雜記』.

朴湧植・蘇在英・大谷森繁 編,『韓國野談史話集成』3, 泰東, 1989.

朴在淵 校注,『북송연의』, 중국소설・희곡 번역자료 총서 6, 학고방, 1996.

박현균 편,『조선고전문학연구』1, 한국문화사, 1995.

白鳥庫吉,『白鳥庫吉全集』3, 東京 : 岩波書店, 1970.

富士昭雄, "金時習の文學と淺井了意の文學について",『梅月堂學術論叢』, 春川文化放送・江原大 人文科學硏究所, 1988.

北島萬次,『朝鮮日記・高麗日記』, そしえて, 1982.

三輪環,『傳說の朝鮮』, 東京 : 博文館.

三浦周行, 『日本史の研究』, 東京 : 岩波書店, 1922.

上垣外憲一, 『雨森芳洲』, 中公新書 945, 中央公論社, 1993.

西川玉壺, "金寬毅の編年通錄に存する三種母國神話", 『國學院雜誌』 18 : 1, 1912. 1.

蘇在英, "古代小說 作品 一覽表", 『月刊文學』 1970. 12.

蘇在英, 『古小說通論』, 二友出版社, 1983.

小田幾五郎, 『象胥紀聞』, 內閣文庫本.

小田幾五郎, 『象胥紀聞』, 天理大本.

小倉進平 著, 河野六郎 補注, 『增訂補注 朝鮮語學史』, 刀江書院, 1964.

小倉進平, "釜山に於ける日本の語學所", 『歷史地理』 63 : 2, 1934. 2.

小倉進平, "『交隣須知』に就いて", 『國語と國文學』 13 : 6, 東京大學國語國文學會, 1936. 6.

孫晋泰, "朝鮮民間說話의 研究 : 民間說話의 文化的 考察", 『新民』 1927. 7~1928.

孫晋泰, 『朝鮮民譚集』, 東京 : 鄕土研究社, 1930.

孫晋泰, 『朝鮮民族說話の研究』 朝鮮文化叢書 1, 乙酉文化社, 1947.

孫楷第, 『中國通俗小說書目』, 鳳凰出版社, 1974.

松村武雄, "日韓類話", 『鄕土研究』 2 : 4, 1914. 6.

申基亨, 『韓國小說發達史』, 彰文社, 1960.

申維翰 著, 姜在彦 譯註, 『海游錄 : 朝鮮通信使の日本紀行』, 東洋文庫 252, 平凡社, 1974.

沈綷, 『松泉筆談』.

安田章, "苗代川の朝鮮語寫本類について : 朝鮮資料との關連を中心に", 『朝鮮學報』 39・40合,
        朝鮮學會, 1965.

驪江出版社, 『日本所在韓國古文獻目錄』, 驪江出版社, 1990.

鈴木棠三 編, 『象胥紀聞』, 對馬叢書 7, 村田書店, 1979.

『玉嬌梨』, 上海古蹟出版社, 1994.

우리어문학회, 『國文學槪論』, 一成堂書店, 1949.

우리어문학회, 『國文學史』, 秀路社, 1948.

雨森芳洲 編著, 『芳洲外交關係資料・書翰集 : 雨森芳洲全書三』, 關西大學東西學術研究書資料集刊
        十一一三, 關西大學出版部, 1982.

雨森芳洲, 『交隣須知』, 京都大 所藏, 寫本.

月村文獻研究所 編, 『한글筆寫本古小說資料叢書』, 昨晟社, 1986.

劉建强, "『剪燈新話』・『伽婢子』以及『金鰲神話』的 比較研究", 『梅月堂學術論叢 : 그 文學과 思想』,
        春川文化放送・江原大 人文科學研究所, 1988.

楢木末實, 『朝鮮の迷信と俗傳』, 京城 : 新文社, 1913.

柳夢寅, 『於于集 附 於于野談』, 景文社, 1979.

劉世德 / 崔溶澈 譯, "<九雲記>에 대하여 논함", 『中國語文論叢』 8, 高麗大 中國語文研究會,
        1995. 8.

柳鐸一, "日本人 刊行 한글 活字本 <崔忠傳>考", 韓國古小說研究會 編, 古小說研究叢書 第1輯,
        『韓國古小說의 照明』, 亞細亞文化社, 1990.

陸宰用, "<九雲記> 연구의 현황과 문제점 검토", 『嶺南語文學』 28, 嶺南語文學會, 1995. 12.

尹榮玉, "＜九雲記＞攷", 『朝鮮後期의 言語와 文學』, 螢雪出版社, 1978. 10.

李奎報, 『東國李相國集』 3, ＜東明王篇＞.

李能雨, "＜洪吉童傳＞과 許筠과의 關係", 『국어국문학』 42·43, 국어국문학회, 1969. 2.

李能雨, "許筠 研究", 『淑大論文集』 5, 淑明女子大學校, 1965. 12.

伊東尾四郎, "雨森芳洲遺事", 『歷史地理』 16:5, 1910. 11.

李來宗, "鮮初筆記의 전개 양상에 관한 연구", 박사학위논문, 고려대, 1997. 8.

李明善, 『朝鮮文學史』, 朝鮮科學社, 1948.

李秉岐 選解, 『要路院夜話記』, 乙酉文化社, 1949.

이복규 편저, 『설공찬전 : 주석과 관련자료』, 시인사, 1997.

李尙久, "＜淑香傳＞의 文獻的 系譜와 現實的 性格", 博論. 高麗大 大學院, 1994. 6.

李樹鳳, 『韓國家門小說研究』, 景印文化社, 1992.

李植, 『澤堂集』.

李遇駿, 『夢遊野談』.

李源命, 『東野彙輯』.

李源周, "古典小說 讀者의 性向", 『韓國學論集』 3, 啓明大 韓國學研究所, 1975. 8.

李渭應, "九州苗代川에서 發見된 壬亂遺民 沈氏家 世傳本 淑香傳 研究 : 그 筆寫 및 創作年代 推定을 爲한 音韻學的 分析을 主로", 『釜山大學校二十周年紀念 論文集』, 釜山大學校, 1966. 5.

李在秀, 『韓國小說研究』, 螢雪出版社, 1973.

李進熙, 『江戶時代의 朝鮮通信使』, 學術文庫, 1039, 講談社, 1992.

梨花女大 韓國文化研究院 篇, 『韓國古代小說叢書』, 전 4책. 韓國文化研究院, 1961.

『引鳳簫』, 乾·坤, 內閣文庫本.

『인봉소·낙성비룡』, 樂善齋本 영인, 慶熙出版社, 1968.

仁川蔡氏宗會 編, 『仁川蔡氏文獻集』, 仁川蔡氏宗會, 1988.

一然, 『三國遺事』.

林泰輔, "朝鮮古代諸王卵生의 傳說", 『人類學雜誌』 8:87, 1893. 6.(『支那上代之研究』, 1927 再錄).

林熒澤, "＜洪吉童傳＞의 新考察 (上)", 『創作과批評』 42[11:4], 創作과批評社, 1976. 12.

林熒澤, "傳記小說의 戀愛主題와 ＜韋敬天傳＞", 『東洋學』 22, 檀國大 東洋學研究所, 1992. 10.

張德順·趙東一·徐大錫·曹喜雄, 『口碑文學槪說』, 一潮閣, 1971.

長正統, "倭學譯官書簡よりみた易地行聘交涉", 『史淵』 115, 九州大 文學部, 1978. 3.

張孝鉉, "＜九雲夢＞의 主題와 그 受容史에 관한 研究", 『金萬重文學研究』, 國學資料院, 1995. 2.

(著者未詳), 『淑香傳』 上·下, 京都大 所藏, 寫本.

(著者未詳), 『淑香傳』 上·下, 九州 鹿兒島縣苗代川 沈壽官家 所藏, 寫本.

(著者未詳), 『林慶業傳』, 日本外務省 藏版, 影印本, 世林文化財團, 1983.

(著者未詳), 『장하정숙연기』, 國民大 省谷圖書館 所藏, 寫本.

(著者未詳), 『春香傳』, 東京大 所藏, 寫本, 『朝鮮學報』 126, 朝鮮學會, 1988. 1.

(著者未詳), 『태아선적강록』, 國民大 省谷圖書館 所藏, 寫本.

(著者未詳),『호씨호공록』, 國民大 省谷圖書館 所藏, 寫本.

前間恭作,『古鮮冊譜』 1~3, 東洋文庫, 1944~1957.

田川孝三, "對馬通詞小田幾五郎と其の著書",『書物同好會冊子』 11, 書物同好會, 1940. 6.

鄭光,『薩摩苗代川傳來の朝鮮歌謠』, 1990.

丁奎福, "<九雲夢>與<九雲記>之比較研究",『中國學論叢』 6, 高麗大 中國學研究會, 1992. 12.

鄭琦鎬, "『金鰲神話』と『伽婢子』における受容の樣態",『朝鮮學報』 68, 朝鮮學會, 1973. 7.

丁乃通 著, 孟慧英・董曉萍・李揚 譯,『中國民間故事類型索引』, 沈陽：春風文藝出版社, 1993.

정병설, "조선후기 동아시아 어문교류의 한 단면 : 동경대 소장 한글번역본 <옥교리>를 중
　　　　심으로",『한국문화』 27, 서울대 韓國文化研究所, 2001. 6.

鄭良婉,『日本東洋文庫本 古典小說解題』, 國學資料院, 1994.

鄭鉒東,『<洪吉童傳> 研究』, 文豪社, 1969.

정홍교・박종원 공저,『조선문학개관』 I, 사회과학출판사, 1986.

鳥居龍藏, "日韓に分布する三輪山的傳說に就て",『東亞之光』 7：7, 1912. 7.

鳥居龍藏,『有史以前の日本』, 東京：磯部甲陽堂, 1978.

趙東一, "民譚의 美的・社會的 意味에 관한 一考察",『韓國民俗學』 3, 1970. 12.

조선문학창작사 고전문학실 편,『고전소설해제』, 평양 : 문예출판사, 1988.

朝鮮總督府,『朝鮮金石總覽』, 朝鮮總督府, 1987.

趙秀三,『秋齋集』.

佐藤俊彥, "『剪燈新話』・『伽婢子』及び『金鰲神話』の比較研究",『朝鮮學報』 23, 朝鮮學會, 1962. 4.

曹喜雄, "韓國 敍事文學의 空間觀念",『古典文學研究』 1, 古典文學研究會, 1971. 9.

曹喜雄, "韓國動物譚 Index",『文化人類學』 5, 韓國文化人類學會, 1972. 12.

曹喜雄, "古典小說 研究序說 (一)",『漢陽語文』 1, 漢陽大, 1974. 12.

曹喜雄, "國文本 古典小說 形成年代 考究 : 古典小說 研究 序說 其二",『論文集(人文・造型)』 12,
　　　　國民大, 1978. 2.

曹喜雄,『朝鮮後期 文獻說話의 研究』, 螢雪出版社, 1980.

曹喜雄,『韓國說話의 類型的 研究』, 韓國研究院, 1983.

曹喜雄,『說話學綱要』, 새문社, 1989.

曹喜雄, "<손 없는 색시>(AT 706) 考",『水余成耆說博士還甲紀念論叢』, 仁荷大出版部,
　　　　1989. 12.

조희웅,『이야기문학 모꼬지』, 박이정, 1995.

조희웅, "17세기 국문 고전소설의 형성에 대하여",『語文學論叢』 16, 國民大 語文學研究所,
　　　　1997. 2.

曹喜雄,『古典小說 異本目錄』, 集文堂, 1999.

曹喜雄,『古典小說 文獻情報』, 集文堂, 2000.

曹喜雄,『古典小說 作品研究 總覽』, 集文堂, 2000.

曹喜雄,『古典小說 줄거리 集成』 1~2, 集文堂, 2002.

中山太郎, "百濟王族の鄕土と其傳說(上)／(下)",『鄕土研究』 2：1／2：2, 1914. 1~2.

中村鳥堂, "社會的研究に負へる朝鮮神話",『朝鮮及滿洲』 80, 1914. 3.

中村烏堂, "三國遺事脫解傳と種種の問題", 『朝鮮及滿洲』 86, 1914. 9 ; 87, 1914. 10 ; 89, 1914.
　　　12 ; 92, 1915. 3.

中村烏堂, "赫居世神話は何を語るか", 『朝鮮及滿洲』 77, 1913. 12.

池內宏, "李朝の四祖の傳說と其の構成(上) / (下)", 『東洋學報』 5 : 2, 1915. 5 / 5 : 3, 1915. 9.

淺見倫太郎, "濟州島に在る徐福の石壁文字", 『朝鮮』 25, 1910. 3.

靑柳綱太郎, 『朝鮮野談集』, 京城 : 朝鮮硏究會, 1912.

淸水兵三, "朝鮮物語の硏究", 『朝鮮彙報』 4, 朝鮮總督府, 1916. 1.

塚原憙, "濟州島に於ける秦の徐福の遺蹟考", 『朝鮮』 5 : 6, 1910. 2.

崔南善 編, 『增補 三國遺事』, 民衆書館, 1946.

崔南善, "朝鮮의 神話", 『朝鮮의 文化』, 東明社, 1948.

崔東洲 著, 淸水金建吉 抄譯, 『五百年奇譚』, 京城 : 自由出版社, 1916.

崔溶澈, "<九雲記>에 나타난 <紅樓夢>의 影響硏究", 『中國語文論叢』 5, 高麗大 中國語文硏究
　　　會, 1992. 12.

崔仁鶴, 『韓國昔話の硏究 : その理論とタイプインデックス』, 東京 : 弘文堂, 1976.

坪井九馬三, "朝鮮の神話(帝國文學會講演)", 『帝國大學』 11 : 1, 1905. 1.

韓國古小說硏究會 編, 『古小說의 著作과 傳播』, 亞細亞文化社, 1994.

韓國古小說硏究會 編, 『韓國古小說의 照明』, 亞細亞文化社, 1990.

韓國文化硏究院, 『韓國古代小說叢書 一』, 梨花女子大學校, 1958.

韓國精神文化硏究院, 『韓國古小說目錄』, 韓國精神文化硏究院, 1983.

한국정신문화연구원편찬부, 『한국민족문화대백과사전』, 한국정신문화연구원, 1989~1995.

韓榮煥, 『한·중·일 소설의 비교연구 : 剪燈新話·金鰲新話·도기보오꼬를 중심으로』, 正音
　　　社, 1985.

玄昌廈, "『伽婢子』と『金鰲神話』", 『比較文學』 3, 日本 比較文學會, 1960.

Bolte, J. und Polivka, G., *Anmerkungen zu den Kinder-u. Hausmärchen der Brüder Grimm*, B. 1.
　　　Hildesheim : Georg Olms Verlagsbuchhandlung, 1913.

Burne, C. S., *The Handbook of Folklore*, Publications of the Folk-lore Society LXXXIII, London :
　　　Sidgwick & Jackson, 1914.

Eberhard, Wolfram, *Typen Chinesischer Volksmärchen*, FFC 120, Helsinki : Suomalainen
　　　Tiedekatemia, Academia Scientiarum Fennica, 1937.

Fisher, J. L., "The Sociopsychological Analysis of Folktales", *Current Anthropology. June*, 1963.

Fromm, E., *The Forgotten Language*, New York, Reinhardt & Co., 1951.

Ikeda, Hiroko, "Relationship between Japanese and Korean folktales", *Internationaler Kongreß
　　　der Volkserzählungsforscher. Kiel und Kopenhagen (19. 8.-29. 8. 1989)*. Berlin : Walter
　　　De Gruyter & Co., 1961.

Ikeda, Hiroko, *A Type Motif Index of Japanese Folk-Literature*. FFC 209, Helsinki : Suomalainen
　　　Tiedekatemia, Academia Scientiarum Fennica, 1971.

Krappe, A. H., *The Science of Folklore*, New York : W. W. Norton & Co., 1964.

Orlik, Axel, "Epic Laws of Folk Narrative", Ed. by Alan Dundes, *The Study of Folklore*, Englewood Cliffs, N. J. : Prentice-Hall, 1965.

Propp, V., *The Morphology of the Folktale*, Revised edition, Indiana, Bllomington : The American Folklore Society and Indiana University, 1968.

Skillend, W. E.『고대소설 *Kodae Sosol* : *A Survey of Korean Traditional Style Popular Novels*』, School of Oriental and African Studies, University of London, W. C. I., 1968.

Sydow, Carl Wilhelm von, *Selected Papers on Folklore*, Copenhagen : Rosenkilde & Bagger, 1948.

Thompson, S., *The Folktale*, New York, Holt, Rinehart and Winston, 1946.

Thompson, S., *The Types of the Folktale : A Classification and Bibliography Antti Aarne's Verzeichnis der Märchentypen, Translated and Enlarged*. FFC 184. Helsinki : Suomalainen Tiedeakatemia, Academia Scientiarum Fennica, 1964.

Ting, Nai-Tung, *A Type Index of Chinese Folktales*, FFC 223, Helsinki:Suomalainen Tiedekatemia, Academia Scientiarum Fennica, 1978.

ㅋ

캠벨Joseph Campbell　371

쿠랑Maurice Courant　205, 276

크래프Alexander Haggerty Krappe　393

크론Kaarle Julius Krohn　365

클락혼Clyde Kluckhohn　412

ㅌ

타일러Edward Burnett Tylor　365

탁리국왕槖離國王　503

탈해脫解　360

테아게네스Theagenes　369

테일러Archer Taylor　412

톰슨Stith Thompson　151, 354, 363, 391, 412, 435

ㅍ

파우스트Faust　378

파이크Kenneth Lee Pike　394

펠세우스Perseus　426

평나산平那山　493

평정구마삼坪井九馬三(쓰보이 쿠메조)　492

포생중장蒲生重章(가모 시게아키라)　200

폰 시도우Carl Wilhelm von Sydow　392, 412

풍신수길豊臣秀吉(도요테미 히데요시)　504

프로이트Sigmund Freud　371

프로프Vladimir Propp　382, 393, 394, 412

프롬Erich Fromm　370

피셔J. L. Fisher　358

ㅎ

하백河伯　504

하안J. G. von Hahn　390

하이선何伊仙　75, 76

하틀랜드Edwin Sidney Hartland　390

한기韓琦　132

한유韓維　132

합소문盍蘇門　91

해리슨Jane Ellen Harrison　371

해모수解慕漱　370, 428, 504

해부루解夫婁　427, 428

해인사海印寺　22

해진解縉　396

허균許筠　19～24, 26, 28, 31, 184, 275

허난설헌許蘭雪軒　22

허엽許曄　22

허황옥許黃玉　376

헤식Walter Hessig　459

헨더슨Henderson　390

혁거세赫居世　360

현계양玄界洋　500

현방玄方　499

현적복　273

호경虎景　493

홍순명洪舜明　51

홍우원洪宇遠　285

환웅桓雄　489, 493

환인桓因　489, 493

황문통黃文通　396

황의돈黃義敦　488

황종현黃鍾顯　147

회헌悔軒　276

후직后稷　504

ㅊ

ㅌ

ㅍ

ㅎ

저자 조희웅

주요 경력

서울 출생
서울대학교 문리과대학 국어국문학과 졸업
동 대학원 문학석사·박사
한양대학교 전임강사
하버드대학 및 규슈대학 객원교수
국민대학교 교수를 거쳐 현 명예교수

주요 저서

『구비문학개설』,『조웅전』(완판 교주),『조선후기 문헌설화의 연구』,『한국구비
문학대계』(1-1 서울 도봉구 편, 1-4 경기 의정부시·남양주군 편, 1-6 경기 안성
군 편, 1-8 경기 용인군 편),『한국설화의 유형』,『설화학강요』,『이야기문학 모
꼬지』,『고전소설 이본목록』,『고전소설 작품연구 총람』,『고전소설 문헌정보』,
『Korea Folktales』,『경기북부 구전자료집』Ⅰ·Ⅱ(공편),『고전소설 줄거리 집성』
Ⅰ·Ⅱ,『편옥기우기』(공역),『영남 구전자료집』1~8(공편),『영남 구전민요 자
료집』1-3(공편),『고전소설 연구보정』상·하,『조웅전』(경판 교주)

글누림 학술 총서 2
이야기문학 가을갈이

초판 인쇄 2008년 12월 23일 | **초판 발행** 2008년 12월 31일
지은이 조희웅
펴낸이 최종숙 | **책임편집** 권분옥 | **편집** 이소희 김지향
펴낸곳 글누림출판사 | **등록** 제303-2005-000038호(등록일 2005년 10월 5일)
주소 서울시 서초구 반포 4동 577-25 문창빌딩 2층
전화 02-3409-2055, 2058 | **팩시밀리** 02-3409-2059
홈페이지 http://geulnurim.co.kr | **전자우편** nurim3888@hanmail.net
ISBN 978-89-6327-002-9 93810

정가 30,000원

* 잘못된 책은 교환해 드립니다.